JN253337

[illegible]岡健一

ブッククラブと民族主義

九州大学出版会

目次

余論　ブッククラブ総説……一二九
――一九四五年までの五二団体の活動

凡例

一、人名の欧文表記は、すべて人名索引にあげ、本文では省略した。

二、団体名等は、原則として初出の際にのみ、必要に応じて「　」をつけ、（　）内に欧文表記を付した。

三、書名の欧文表記は、初出の際にのみ、『　』の後の（　）内に付した。ただし、ドイツ家庭文庫の「主要シリーズ」の欧文表記は、巻末の補足資料に一括してあげた。

四、図版については巻末に図版出典を付し、表については注において出典を明示した。

五、注において、著者名がなく、タイトルが同じで、複数の号に見られる雑誌の記事については、単に前出として区別することができないため、出版年、号数、頁数を繰り返して記載した後に、前出であることを示すために（A. a. O.）と記載した。

六、注において、参考文献の記載に基づいて出典を記す場合は、元の記載方法に倣った。

七、注および参考文献表における略語は、次の通りである。

Bbl.=*Börsenblatt für den Deutschen Buchhandel*
o. J.=ohne Jahr
o. O.=ohne Ort
o. P.=ohne Paginierung
o. S.=ohne Seiten
o. T.=ohne Titel
o. V.=ohne Verfasser
Wa=Werbungsanzeige

ブッククラブと民族主義

序章　本書のテーマと構成

一　テーマと背景

本書は、ドイツにおける「ブッククラブ」の発展とその社会的役割、および民族主義的なブッククラブである「ドイツ家庭文庫」とナチズムのかかわりを考察することをテーマとする。本書が扱うブッククラブとは、会員制の廉価書籍販売組織を指すが、日本にはほとんど存在せず、文学研究の対象とされることもほとんどない。だが、ドイツでは一九二〇年代から一九八〇年代にかけて大きな発展をとげ、本の購入と読書の習慣が広がる「読書の民主化」に多大な貢献をなすと同時に、文学作品の仲介にきわめて大きな役割を果たした。そのことを、本書は、日本では知られていないドイツの書籍学分野の研究成果を応用し、ドイツの大学・図書館が所蔵する資料に基づいて解明した。一方、このようなブッククラブは、第一次世界大戦後のドイツで、保守的商業職員労働組合が設立したドイツ家庭文庫によって、民族主義的な思想の普及のために利用された。本書は、同文庫がドイツの右傾化とナチス政権の成立に大きく寄与したことを、同文庫の書籍出版と読書指導の考察を通じて明らかにした。

ところで、本書にまとめた研究はおおよそ二〇〇九年から二〇一六年にかけてなされたが、その出発点は、それよりもさらに一五年ほど前まで遡る。筆者は一九九四年頃からナチス抵抗者として知られる作家ルイーゼ・リンザーの文学に関する研究を始めたが、その過程で、リンザーに実はナチスの過去があるのではないかという問いに直面した。具体的には、二〇代前半のリンザーの八編の文章が、ナチス政権成立後の一九三四年から一九三七年にかけて、民族主義的な傾向の強い雑誌『かまどの火』に掲載されたという問題であり、第二次世界大戦後のドイツで社会改革的な若者らの支持を集めていたリンザーへの攻撃材料として、一九七〇年代から一九八〇年代にかけて、保守系のマスコミで大きく取り上げられた。一九九六年に、ドイツで在外研究を行う機会を得た筆者は、ベルリンの国立図書館の蔵書を利用して、この雑誌へのリンザーの寄稿を詳しく分析し、リンザーが作家活動の初期にナチズムに深く傾倒していたことを確認し、「過去の克服」に厳しい目を向けながら、自らの過去を隠蔽し続けたリンザーの倫理的責任を問うことで、この問題に一定の結論を出した。だが、それと同時に、この考察を通じて、『かまどの火』という雑誌そのものが、ワイマール共和国時代のドイツにおける民族主義の隆昌を考察する上で大きな資料的価値を持っており、重要な研究対象となりうることが見いだされたのであった[1]。

そこで、筆者は、二〇〇九年頃から、リンザー研究の一部としてではなく、広くナチズムと文学のかかわりに関する研究の一環として、『かまどの火』の研究に本格的に取り組んだ。周知のように、ナチズムの問題は、今日の学術的研究にとって重要な対象の一つである。その研究分野は、哲学、宗教学、歴史学、文学、メディア学、芸術学のような人文科学の専門分野にとどまらない。法学、政治学、経済学、教育学といった文科系の諸分野を広く含むのみならず、医学、衛生学、スポーツ学、生態学、女性学、ジェンダー研究といった多様な分野まで包みこんでいる。ナチズム研究は、まさに分野横断的・学際的な研究の一典型なのである。そして、こうしたナチズム研究の重要な一角を占めているのが、ナチズムと文学のかかわりに関する研究である。だが、このテーマに関する先行研究には、政権獲得後にナチスによってなされた統制と宣伝、とりわけ保守的な作家の利用・優遇や反体制的な作家に対する禁止・迫害など、もっぱらナチスによって実行された文化政策に焦点があてられるという共通した傾向があった。(2) 逆にいえば、ナチスやナチス政権と直接的なかかわりを持たない保守系の団体の活動が取り上げられることはほとんどなかったのである。それに対して、『かまどの火』に関する研究は、ナチスの結党以前から存在した右翼団体による読書指導を取り上げるという点で、第一次世界大戦後のドイツにおけるナショナリズムの隆昌の一端を解明するための新しい有益な手がかりとなる可能性があった。

このような学術的背景の下、筆者は、『かまどの火』に関する研究を進め、この雑誌がドイツ家庭文庫という団体によって刊行されたものであること、およびこの団体が当時ドイツ最大の保守的商業職員労働組合であった「ドイツ民族商業補助者連合」によって一九一六年に設立されたことをつきとめた。そして、ドイツ家庭文庫の歴史と全般的な活動、保守的・民族主義的作家をはじめとする同時代の作家とのかかわり、『かまどの火』にみられる民族主義の普及のための戦略、ナチスの政権獲得への対応やナチス政権下でナチスの宣伝媒体として果たした役割などについて考察した。そうした時期に、二〇一〇年から三年間の予定で、この研究に日本学術振興会の科学研究費補助金を受けることができ、改めてドイツで資料の調査・収集を行う機会が得られた。そこで、ライプツィヒの国立図書館とボンのフリードリヒ・エーベルト財団附属図書館に赴き、『かまどの火』を含むドイツ家庭文庫の雑誌とドイツ民族商業補助者連合の定期刊行物をはじめ、関連する貴重な一次資料と二次資料を収集するとともに、ドイツ家庭文庫の雑誌の一部については現物も入手した。とりわけ『かまどの火』については、当時ドイツに留学していた知人のドイツ文学研究者の援助も受けて、ほぼ全巻の情報を揃えることができた。こうして、ドイツ家庭文庫とナチズムのかかわりを十分な資料に基づいてより詳しく解明する体制を整えることができ、ドイツ家庭文庫が、その出版活動と読書指導を通じて第一次世界大戦後のドイツにおけるナショナリズムの隆昌に多大な貢献をなしたことを明らかにできたのであった。

ところで、ライプツィヒでは、国立図書館での資料の調査・収集以外に、研究を推し進める上で非常に大きな意味を持つ出来事があった。滞在中、ドイツ家庭文庫に関連する研究に携わっているライプツィヒ大学書籍学研究所のジークフリート・ロカティス教授を訪ね、筆者の研究に対する助言を受けた際、ドイツ家庭文庫と類似の団体がブッククラブという書籍販売組織として同時代のドイツに数多く存在し、それらに関する多数の先行研究もみられることを教えられたのである。筆者としては、まさに蒙を啓かれる思いであった。こうして、以後、ドイツ家庭文庫の研究と並行してブッククラブ全般に関する資料の調査・収集に取り組んだ。さらに、その過程で、ブッククラブがドイツにおいて文学よりもむしろ書籍学分野の研究対象となっていることに気がつき、この学問分野に対しても興味を惹かれるようになった。そして、そのようにして研究を進めていた二〇一二年に、財団法人国際文化交流事業財団の研究助成金を受けて、マインツ大学書籍学研究所で資料調査を行う機会が得られ、その際、ドイツ家庭文庫、ブッククラブ、および書籍学について、多数の資料を調査・収集することができたのであった。

こうして、ドイツ家庭文庫に関する研究にほぼ予定通りの成果が得られた段階で、筆者の研究対象はブッククラブへと移行した。ブッククラブについては後に詳しく説明するが、ごく簡単にいえば、書店での一般的な本の販売とは異なるルートで、本を安く製造・販売する団体であり、十九世紀末以降の欧米で急速に発達し、文学作品の仲介にも大きな役割を果たした。この書籍販売形式はわが国では普及せず、学術的研究もほとんどなされていないが、ドイツでは、書籍販売の重要な一形式として、すでに一九二〇年代から学問的な研究の対象ともなっている。そのため、ドイツにおけるブッククラブの発展とその社会的役割を包括的に明らかにし、わが国における欧米のブッククラブ研究の基盤を確立することは、わが国の文学研究にとって喫緊の課題といえた。筆者は、それまでに入手した資料に基づいて、十九世紀末から一九七〇年代のドイツにおける約三〇のブッククラブの概要を把握し、おおまかな発展の流れを跡づけると同時に、ブッククラブを考察する際の主な観点を明らかにし、それに基づいて一九四五年までの一七のブッククラブの特徴の比較考察を行った。さらに、ブッククラブと一般の書籍販売との関係が、時代とともに対立から協調へと変化する過程についても、概略を跡づけた。

しかしながら、ドイツにおけるブッククラブの発展の全体像を把握し、その社会的役割を十分に解明するまでには至っておらず、典型的なブッククラブの事例研究も不足していた。そのようなとき、二〇一三年度から三年間の計画で、新たに科学研究費補助金を受けることができ、再びライプツィヒの国立図書館に赴いて、多数のブッククラブのカタログ雑誌をはじめ、関連する一次資料と二次資料の調査・収集を行うとともに、少なからぬブッククラブのカタログ雑誌の現物を入手することもできた。こうして、ブッククラブの問題に本格的に取り組み、十九世紀後半以降の発展過程、組織と活動方法、提供図書、伝統的な書籍販売との葛藤などを、二次文献と代表的なブッククラブのカタログ雑誌の分析を通じて考察し、ブッククラブが、「読書の民主化」にきわめて大きな役割を果たし、社会の中・下層の人々への配慮を欠いた伝統的な書籍販売に対する重要な対案をなしたことを明らかにすることができたのであった。

なお、ここで一つ強調しておきたいのは、ドイツ家庭文庫とブッククラブに関する筆者の研究が、わが国ではほとんど知られていないドイツの書籍学分野の研究方法・成果を応用したものだということである。ドイツでは、第二次世界大戦後、九つの大学に、書籍の印刷、普及・販売、受容を主な対象として学際的な考察を行う「書籍学」(Buchwissenschaft) という学問分野が設けられているが、この分野の知識を得ることは、文学や書籍に関心を持つわが国の研究者にとってきわめて有益である。そこで、筆者は、マインツ大学書籍学研究所の事例を中心に、ドイツにおける書籍学の発展と現状に関する詳しい調査と考察を行い、書籍という研究対象の特色や書籍研究の方法論について理解を深めた[(3)]。書籍学分野の知見に基づき、書籍販売という観点から文学作品の仲介過程に重きを置いた研究の成果である本書は、わが国においてこの学問分野の存在がいまだほとんど認知されていないという意味で、大きな意義を有する。

二　全体の構成

本書は、以上のような経過を辿ってなされた研究の成果をまとめたものである。したがって、研究の順序としては、雑誌『かまどの火』をきっかけとして、まずドイツ家庭文庫が取り上げられ、それを発展させる形でブッククラブ全体の考察がなされたのであった。しかしながら、研究成果全体を一つにまとめるにあたっては、テーマの普遍性を考慮して、ブッククラブ全般に関する部分を前に置き、ドイツ家庭文庫に関する部分は事例研究として後に回した。すなわち、まず第I部でドイツにおけるブッククラブの全体的な発展を跡づけ、その後第II部において、代表的な事例としてドイツ家庭文庫と民族主義のかかわりを集中的に扱うという構成とした。また、第I部と第II部の間に余論を挟み、一九四五年以前のすべてのブッククラブについて解説を施した。

第I部は二つの章からなり、第一章ではブッククラブの一九四五年までの発展を論じる。第一節では、ワイマール共和国時代の隆昌を取り上げ、一九四五年以前のドイツで設立されたブッククラブ、その経済的・内容的特質、本の購入義務と会員数の特徴、および伝統的な書籍販売にとってブッククラブが脅威と映った理由を明らかにする。第二節では、ブッククラブと伝統的な書籍販売との対決に焦点をあて、伝統的な書籍販売の態度が静観から危機感へと変化した経緯と両者の共存の可能性を跡づけた上で、伝統的な書籍販売によるブッククラブへのネガティヴ・キャンペーンとブッククラブとかかわりを持つ作家へのボイコット、それによって生じた訴訟の結果、およびブッククラブへの対抗措置として設立された書籍販売のブッククラブについて詳細を明らかにする。また、ナチス時代におけるブッククラブの統制と発展についても考察する。

続いて、第二章では、ブッククラブの一九四五年以後の展開を論じる。第一節では、一九六〇年代から一九八〇年代にかけての隆昌を概観した上で、一九四五年以後のドイツ連邦共和国で設立されたブッククラブ、その提供図書、ブッククラブに対する同時代の評価、および伝統的な書籍販売との関係を明らかにする。第二節では、一九四五年以後のブッククラブの新たな発展を象徴するものとして、「ベルテルスマン読書愛好会」における「二段階販売システム」を考察する。具体的には、ベルテルスマン社におけるブッククラブの設立と二段階販売システムの成立の経緯を跡づけた後、その特色として、伝統的な書籍販売との緊張の緩和、宣伝・勧誘力の高まり、利益の向上という三つの点を明らかにする。さらに、第三節では、一九四五年以後のブッククラブのもう一つの主要特徴として、ベルテルスマン読書愛好会における経営の多角化を扱う。具体的には、販売方法の多角化と提供品目の多角化という二つの方向性を確認した後、後者に焦点をあて、音楽関係の提供品の拡大を中心に詳細な分析を行った上で、この展開の中に潜んでいたブッククラブの衰退の予兆を指摘する。

第Ⅰ部と第Ⅱ部の間の余論では、一九四五年以前のドイツにおける五二のブッククラブについて、個別の解説を行う。具体的には、各ブッククラブの成立年、活動拠点、関連団体、会員数、活動方法、思想傾向、読者層、ナチズムとのかかわりなどを扱い、このうち活動方法には、会員資格（入会金、会費、購入義務）、提供された図書の内容と装丁、図書の選択方法、会員雑誌、その他の提供品目、伝統的な書籍販売との関係などが含まれる。

後半の第Ⅱ部も二つの章に分かれており、第一章では、ドイツ家庭文庫そのものの考察に先立って、同文庫の母体をなすドイツ民族商業補助者連合の教育活動の民族主義的な特色を明らかにする。第一節では、ドイツ民族商業補助者連合の教育活動全体を見渡し、保守的商業職員と労働組合運動のかかわり、同連合における教育活動の分類、および民族主義的な傾向を跡づける。第二節では、職業教育を取り上げ、ドイツにおける商業学校の発展、ドイツ民族商業補助者連合の職業教育と語学教育、および商業関係の本と雑誌の刊行について詳細を明らかにする。第三節では、一般教育に焦点をあて、概要を跡づけた後、講演活動、スライドと映画、社交の育成、職業身分講習会といった個別の活動を考察する。第四節では、青少年教育に目を向け、商業青少年教育と民族主義のかかわり、徒弟部門から「商業青年同盟」への発展、とりわけ「遍歴職人」の活動を明らかにし、さらに「青年ドイツ同盟」と「若きドイツ人同盟」という外部団体への関与とナチズムへの接近を跡づける。第五節では、ドイツ民族商業補助者連合の姉妹団体である「フィヒテ協会」とその雑誌『ドイツ民族性』を取り上げる。具体的には、フィヒテ協会設立の経緯、主な活動、地方への広がりと発展、『ドイツ民族性』の刊行、保守革命的思想、およびナチズムとのかかわりを明らかにする。

続く第二章では、ドイツ家庭文庫と民族主義のかかわりについて論じ、同文庫の書籍出版と読書指導がドイツの右傾化とナチス政権の成立に大きく寄与したことを明らかにする。第一節では、ドイツ家庭文庫の活動全般を扱い、民族主義的な読書指導を行うブッククラブであることを明らかにした上で、そのことを、主として「主要シリーズ」の作家・作品を通じて具体的に跡づける。第二節では、本の提供方法と信念のきずなのかかわりに焦点をあて、「主要シリーズ」、「贈り物」、および「選択シリーズ」の提供方法を詳しく考察した上で、ドイツ家庭文庫における本の提供と民族主義の関連を明らかにする。第三節では、本の装丁の重要性を取り上げ、ドイツ家庭文庫における本の装丁の全般的な特色と装飾的価値を確認し、それに基づいて、総クロース装と民族主義の結びつきを明らかにする。第四節では、雑誌の役割に目を向け、ドイツ家庭文庫における雑誌の変遷と収録記事の概要を跡づけた上で、民族主義的な戦いの手段としての雑誌の重要性を明らかにする。第五節では、ナチス時代の活動を取り上げ、ドイツ民族商業補助者連合の解体とドイツ家庭文庫の存続の経緯を確認した後、雑誌の記事を通してナチス政権成立直後の活動と第二次世界大戦勃発の影響を跡づける。

最後に、終章では、以上の考察を総合し、ブッククラブの「読書の民主化」への貢献を確認するとともに、第一次世界大戦後のドイツでブッククラブを利用して民族主義の普及を図ったドイツ家庭文庫の功罪を明らかにし、結論とする。

三　ブッククラブの一般的特色

本書では、全体を通じてブッククラブが対象となっている。そのため、考察に先立って、ブッククラブの一般的な特色について触れておきたい。

本の購入は様々な形でなされるが、ドイツでは、書籍販売に関する専門書において、本の流通について、おおむね次のような説明がなされている(4)。まず、書籍販売は、本の著者ないしは編集者と読者ないしは購買者の間を仲介する存在である。書籍販売には、広い意味では本の製造を担う出版社と、本の販売を担う書籍販売の両方が含まれるが、狭い意味での書籍販売は後者のみを指す。さらに、書籍販売は、大きく書籍取次販売と書籍小売業に二分される。そして、書籍小売業の代表的なものは、小売店、インターネットを含む通信販売、訪問販売、デパートの本の売り場、新聞・雑誌小売店、キオスクである。これらのうち、本の販売の最も主要な形式は小売店であり、ごく狭い意味では、書籍販売といえば小売店を指す。また、小売店は、様々な種類と価格の本を扱う一般的な小売店と、特定の学問分野の本や、コミックス、映画関係の本、美術関係の本といった特定のジャンルの本を扱う特殊な小売店に分けられる。インターネットを含む通信販売の特色は、店舗を持たず、郵便、電話、ファックス、電子メールなどで注文がなされる点にある。また、訪問販売も店舗を持たないが、本を直接顧客にもたらす点が特徴である。デパートの本の売り場では、もっぱら売れやすい低価格の本が販売される。そのため、本の種類はそれほど多くない。新聞・雑誌小売店は、新聞と雑誌の販売に特化した小売店で、本としては主にコミックス、文庫本、小説、仮綴じ本などが販売される。他の販売形式との違いは、本が新聞と雑誌の商品を補う補完的な商品に過ぎず、本の小売業の中でも周縁的な存在に過ぎないことである。このことは、キオスクや、スーパーマーケット、ディスカウントストア、ガソリンスタンド、食料品店、コーヒー＝ロースターなどでの本の販売にも該当する。また、これらの販売所への本の提供は、特定の商品の棚の管理を請け負う卸売業者であるラック・ジョバーに委ねられることが多い。なお、以上のような書籍販売形式では、出版社と小売業者の間に書籍取次販売が入ることがほとんどである。他方、近年は、書籍取次店も小売業者も介さず、出版社から購買者に直接本が販売される出版社直販も増加している。出版社にとっては、本の値段は変わらないため、書籍販売業者へのマージンを支払う必要がない分、利益が多いことが長所となっている。また、このほかに、こういった一般の書籍販売とは異なる書籍販売形式であるブッククラブも、書籍販売業界の売り上げに一定の割合を占めている。書籍販売業界の調べでは、二〇一三年の主な書籍販売の売り上げの割合は、小売店四八・六パーセント、出版社直販一九・七パーセント、インターネットを含む通信販売一八・六パーセント、ブッククラブ一・六パーセント、デパート一・五パーセント、その他（スーパーマーケット、ディスカウントストア、ガソリンスタンド等）九・九パーセントとなっている。[5]

このように、ドイツにおいて書籍販売の一角を占めるブッククラブは、わが国ではほとんど馴染みがないが、いったいどのようなものだろうか。まず名称についてであるが、ブッククラブは、ドイツ語では一般にBuchgemeinschaftと呼ばれる。これは「本」を意味するBuchと「共同体」を意味するGemeinschaftからなる複合語であり、直訳すれば、「書籍共同体」とか「図書共同体」といった意味になる。この語がドイツにおいて「ブッククラブ」を指す言葉として使われたのは、一九二四年に設立された「ドイツ図書共同体」（Deutsche Buch-Gemeinschaft）が最初で、その際には独自の団体名として用いられたが、その後、同種の団体を表す一般的な名称として使われるようになった。ただし、同様の団体が英語圏にもみられることから、BuchklubおよびBuchclubという語が用いられることもある。本書においても、Buchgemeinschaftに「ブッククラブ」という訳語を充てているのは、この点を考慮したためである。また逆に、Deutsche Buch-Gemeinschaftに「ドイツ・ブッククラブ」という訳語を充てず、あえて「ドイツ図書共同体」としているのは、文字通り「ドイツ・ブッククラブ」（Der Deutsche Buch-Club）という名称を持つブッククラブとの区別を図るためである。なお、近年、ブッククラブという言葉は、リーディング・リテラシーを育成するための学習法の名称として用いられることも少なくないが[6]、本書で扱うブッククラブは、あくまでも書籍販売の一形式を指す。

さて、ではブッククラブとはいったいどのような組織なのか。ここでブッククラブの一般的な定義づけを試みるが、実は、それは必ずしも容易ではない。というのも、ブッククラブと呼ばれる団体の活動方法はきわめて多様であり、「ブッククラブ的」とみなされる特徴には、必ずといってよいほどその逆の形式がみられるからである。しかし、そうした事情があることを前提とした上で、ブッククラブの活動の主な特色をあげれば、次のような点が指摘される[7]。

①ブッククラブは、会員制の書籍販売組織である。基本的に私企業、すなわち営利的団体であるが、多くは国民教育や労働者教育に資するという公益性を謳っている。特に一九四五年以前には、実際に宗教団体や労働組合等が母体となり、特定の思想信条の普及を目的とするものも多数みられた。

②ブッククラブは、書籍取次販売や小売店を介さず、本を直接販売する。その際、本の注文と引き渡しは、主に通信販売の形で、またはブッククラブ独自の店舗や関連団体の事務所などを通じてなされる。ただし、会員の勧誘、会費の徴収、本の引き渡しなどに小売書籍販売や出張書籍販売が利用される場合もある。また、会員以外にも本を販売するブッククラブもみられるが、その場合は、本の価格は会員向けの価格よりも高い値段、つまり小売店での店頭価格と同じ値段で販売されるのが通例である。なお、同様の販売形式として、上記の出版社直販があげられるが、この場合は他の販売形式と同様に定価販売が守られねばならず、本の割安な提供がみ

られない点で、ブッククラブと異なる。

③ブッククラブの本は、版権の切れた本とライセンス版が主であるが、ブッククラブで新刊書が刊行されることもある。ライセンス版とは、一般の出版社によって刊行された本、すなわちオリジナル版の刊行から一定期間を経た後に、当該の出版社から出版の権利を取得して刊行されるものである。その際、ライセンス版は、装丁、奥付、価格等の変更によって、オリジナル版との違いが明確にされねばならない。こうして刊行されるブッククラブの本は、オリジナル版と区別する意味で、ブッククラブ版と呼ばれることもある。一般に、版権の切れた本は自由に刊行できるため、ペーパーバックのようないわゆる普及版でも多く刊行されている。しかし、版権の切れた本だけでなく、版権の切れていないより新しい本が、ライセンスの取得によってオリジナル版の刊行後数年以内に提供される点が、古典的な作家・作品を中心とする普及版とは異なるブッククラブ版の特色の一つである。

④ブッククラブの本は、基本的にハードカバーであり、クロース装や背革装が多い。クロース装とは表紙の材料として製本用の布を用いたもの、背革装は表紙の背の部分に革を用いたものであるが、いずれもソフトカバーの並装と比べて上質である。背表紙の書名や著者名に金の箔押しがなされることも少なくない。このことは、ブッククラブにおいて本の内容だけでなく印刷や装丁にも注意が払われ、愛書家的な関心を満たすことも重視されていることを示している。このように、割安であるにもかかわらず上質な装丁である点もまた、通常簡素な装丁で刊行される普及版とブッククラブ版を区別する特色の一つである。なかには、きわめて豪華な本やグラフィックアートを駆使した芸術書などが提供されるケースもみられるほどである。しかし他方で、装丁に重きを置かないブッククラブや、上質な装丁の本と簡素な装丁の本の両方を提供し、いずれを購入するかは会員の判断に委ねるといったブッククラブもみられる。

⑤ブッククラブの本は、会員のみを対象とする限定販売であることから、定価販売の拘束を受けず、一般の書籍販売における同等の装丁の本よりも安価で、おおむね二五―五〇パーセント程度割安である。価格を安くできる主な理由は、ライセンス出版のための費用がオリジナル版を刊行するための費用よりも低いことと、会員数から必要な製造部数をあらかじめ見積もることができること、書籍取次販売や小売店を介さないことなどによる。

⑥ブッククラブの会員の勧誘は、特定の団体と結びついている場合は主にその団体を通じて、そうした団体を持たない場合にはパンフレットの配布等によってなされる。とりわけ一九四五年以後には、セールスマンによる戸別訪問や宣伝カーを用いた街頭宣伝なども盛んに行われた。また、ほぼすべてのブッククラブに共通する方法として、「友愛勧誘」（Freundschaftswerbung）と呼ばれる方法がある。これは、既会員による新会員の勧誘であり、勧誘した会員数に応じて様々な特典が用意された。たとえば当該のブッククラブの本の無償提供などである。なお、入会にあたって入会金を徴収するブッククラブもみられた。

⑦ブッククラブの会員は、ひと月ごとや三カ月ごとに決められた一定の会費を納入し、一定期間に一定の本を購入する義務を負う。購入義務には、ブッククラブが選定した特定の本をそのまま購入するケースと、ブッククラブが選定した一定数の本の中から会員が選んで購入するケースがみられる。ただし、前者の方法が会員に束縛と受け取られがちであることから、特定の本を提案すると同時に、他の本への変更も認めるという方法への移行が全体的な傾向となった。その他、そうした購入義務を越えて購入することが可能な本が用意されている場合も少なくない。

⑧ブッククラブが提供する本の会員への紹介は主にカタログを通じてなされ、多くの場合、無料で提供される。このカタログには、提供される本の紹介のみならず、規約や会員資格の詳細、入会申込書、注文書、会員から

寄せられた意見等も掲載され、ブッククラブと会員の間の連絡や会員同士の結びつきを強化することにも役立てられる。また、その他にも、エッセイや文化論など様々な記事が掲載され、単なるカタログではなく、雑誌と呼ぶほうがふさわしい場合もみられる。

⑨ブッククラブの提供品は基本的には本だが、ブックカバー、本棚、地球儀、保険などもみられ、特に一九四五年以後は、レコード、カセットテープ、ビデオ、CD、ゲーム、旅行サービス、映画鑑賞割引なども一般的となった。

⑩商品の販売以外に、主に会員を対象として、講演、朗読、コンサート、書籍展示といった文化的な催しが行われることもある。

このように、ブッククラブを特徴づける観点は様々だが、最も重要なのは、会員制である、定価販売の拘束を受けない、直接販売であるという三つの要素である。ブッククラブは、この三つの特徴を併せ持つ点で、ドイツの書籍販売においてきわめて例外的な存在だといえる。だが、本書を通じて示されるように、この特殊な書籍販売形式は、ドイツにおいて十九世紀後半から登場して、一九二〇年代から一九八〇年代にかけて一世を風靡し、とりわけ文学作品の仲介にきわめて大きな役割を果たしたのであった。

（1）　これらの研究成果については、拙論「雑誌『かまどの火』について――ナチズムと文学メディアのかかわりに関する考察の新たな手がかりとして」（日本独文学会機関誌『ドイツ文学』第一一六号、二〇〇四年、六一―六八頁）、および拙著『ルイーゼ・リンザーとナチズム――二十世紀ドイツ文学の一側面』（関西学院大学出版会、二〇〇六年）を参照。

（2）　主な例としては、ドイツでは、ナチスに加担した作家を取り上げたユルゲン・ヒレスハイムとエリーザベト・ミヒャエルの『ナチス作家事典　伝記―分析―著作目録』（一九九三年）、加担した作家のみならず、禁止された作家や国内亡命作家を含め、当時の作家とナチズムの様々なかかわりを扱ったハンス・サルコヴィッツとアルフ・メンツァーの『ナチズム下の作家　事典』（二〇一一年）、ナチスに抵抗した女性作家を扱ったエッダ・ツィーグラーの『禁止・追放・迫害　ナチズムに抵抗した女性作家』（二〇一〇年）などがあげられる。Vgl. Jürgen Hillesheim/Elisabeth Michael: *Lexikon nationalsozialistischer Dichter. Biographien – Analysen – Bibliographien.* Würzburg（Königshausen & Neumann）1993; Hans Sarkowicz/Alf Mentzer: *Schriftsteller im Nationalsozialismus : Ein Lexikon.* Berlin（Insel Verlag）2011; Edda Ziegler: *Verboten – verfemt – vertrieben. Schriftstellerinnen im Widerstand gegen den Nationalsozialismus.* München（Deutscher TaschenbuchVerlag）2010. また日本では、反ナチス作家を扱った山口知三の『ドイツを追われた人びと　反ナチス亡命者の系譜』（人文書院、一九九一年）、ナチスのプロパガンダを対象とした平井正の『二〇世紀の権力とメディア――ナチ・統制・プロパガンダ』（雄山閣出版、一九九三年）、ナチスに加担した作家を取り上げた池田浩士の『ファシズムと文学――ヒトラーを支えた作家たち』（インパクト出版会、二〇〇六年）などがあげられよう。

（3）書籍学については、拙論「ドイツにおける〈書籍学〉――概観とマインツ大学書籍学研究所に関する事例研究」（九州大学独文学会『九州ドイツ文学』第二七号、二〇一三年、一－一八頁）を参照。

（4）Vgl. Jan Philip Holtmann: *Pfadabhängigkeit strategischer Entscheidungen. Eine Fallstudie am Beispiel des Bertelsmann Buchclubs Deutschland.* Mit einem Geleitwort von Prof. Dr. Georg Schreyögg. Köln（Kölner Wissenschaftsverlag）2008, S. 99–102.

（5）Vgl. Börsenverein des Deutschen Buchhandels（Hrsg.）: *Buch und Buchhandel in Zahlen.* Frankfurt am Main（Buchhändler-Vereinigung）2014, S. 5–8.

（6）たとえば、有元秀文「読解力向上を目指したブッククラブの指導法の開発　理解と解釈を重視したクリティカル・リーディングの理論と方法」（『全国大学国語教育学会発表要旨集』第一一六号、二〇〇九年、一九二－一九五頁）を参照。

（7）Vgl. Alfred Gerardi: *Kunden in jedem Haus. Wie der Versandhandel arbeitet.* Düsseldorf（Econ Verlag）1959; Max Repschläger: *Der Reise- und Versandbuchhandel.* In: *Der deutsche Buchhandel. Wesen・Gestalt・Aufgabe.* Hrsg. von Helmut Hiller und Wolfgang Strauss. Hamburg（Verlag für Buchmarkt-Forschung）1961, S. 230–240, hier 234f.; Bruno Tietz: *Der Direktvertrieb an Konsumenten: Vortrag beim – vom Unternehmensbereich Buchgemeinschaften der Bertelsmann AG am 17. Oktober in Hamburg veranstalteten – Colloquium „Werbung – Direktvertrieb – Verbraucherschutz“.* Gütersloh（Zentrale Presse- und Informationsabteilung der Bertelsmann AG）

1975, S. 25f.; Ferdinand Sieger: *Buchgemeinschaften heute: betriebsverfassungsrechtlicher Tendenzschutz*. München（J. Schweitzer）1983, S. 5ff.; Michael Kollmannsberger: *Buchgemeinschaften im deutschen Buchmarkt: Funktionen, Leistungen, Wechselwirkungen*. Mit einem Geleitwort von Elisabeth Noelle-Neumann. Wiesbaden（Harrassowitz）1995, S. 1–21; Mathias Giloth: *Kundenbindung in Mitgliedschaftsystemen: ein Beitrag zum Kundenwertmanagement – dargestellt am Beispiel von Buchgemeinschaften*. Frankfurt am Main/Berlin/Bern/Bruxelles/New York/Oxford/Wien（Peter Lang）2003, S. 52; Christian Uhlig: *Der Sortimentsbuchhandel. Ein Lehrbuch*. Völlige Neubearbeitung des Werkes von Friedrich Uhlig. Stuttgart（Dr. Ernst Hauswedell & Co.）2008, S. 50f.

第Ⅰ部　ドイツにおけるブッククラブ

第一章　ドイツにおけるブッククラブの成立
――一九四五年までの発展

第一節　ワイマール共和国時代の隆昌

一　一九四五年以前のドイツにおけるブッククラブ

ドイツにおいてブッククラブが最初の隆昌を迎えたのは、ワイマール共和国時代（一九一九―一九三三年）であった。表1は、先駆的団体とみなされるものも含めて、一九四五年以前のドイツで設立された総数五二のブッククラブの名称と設立年を示したものであるが、[1]これらのうち、左端に付した通し番号で10以降の四三のブッククラブが、まさにこの時期に設立されているのである。だが、いったいなぜ、ワイマール共和国時代にそれほど多くのブッククラブが設立されたのか。その理由は、主に当時の時代状況と伝統的な書籍販売のあり方との乖離に求められる。ここで伝統的な書籍販売という場合、それは「ドイツ書籍販売業株式取引業者組合」（Börsenverein der Deutschen Buch-händler 以下、株式取引業者組合と略記する）に組織された出版社と小売書籍販売を意味するが、従来、もっぱら小売店

番号	団体名	設立年
28	カトリック図書同好会（Katholische Buchgemeinde）	1925
29	祖国文化会の〈文化会文庫〉（›Kulturdienstbücherei‹ des Vaterländischen Kulturdienstes）	1925
30	ロマン主義同好会（Romantische Gemeinde）	1925
31	聖ヨセフ図書協会（Sankt Josephs Bücherbruderschaft）	1925 以前
32	南ドイツ図書共同体（Süddeutsche Buchgemeinschaft）	1925
33	キリスト教図書愛好家同盟（Bund der Freunde christlicher Bücher）	1926
34	愛好家サークル（Der Freunde Kreis）	1926 以前
35	ハイネ同盟（Heine-Bund）	1926
36	万人のためのウニヴェルズム文庫（Universum-Bücherei für Alle）	1926
37	国民図書同好会（Volks-Buch-Gemeinde）	1926
38	民族ドイツ図書同好会（Volksdeutsche Buchgemeinde）	1926
39	ドイツ・ブッククラブ（Der Deutsche Buch-Club）	1927
40	家庭図書同好会（Die Heimbuch-Gemeinde）	1927
41	マルクス主義図書協会（Marxistische Büchergemeinde）	1927
42	フォス書店〈牧神文庫〉（›Pan-Bücherei‹ der Vossischen Buchhandlung）	1927 以前
43	国民劇場・出版販売協会（Volksbühnen-Verlags- und Vertriebsgesellschaft）	1927 以前
44	アーダルベルト・シュティフター協会図書共同体（Buchgemeinschaft der Adalbert-Stifter-Gesellschaft）	1928 以前
45	自由愛書家協会（Gilde freiheitlicher Bücherfreunde）	1928
46	大胆な投擲（Der Kühne Wurf）	1928
47	国民図書協会（Volksbuchgesellschaft）	1928
48	シオニズム図書同盟（Zionistischer Bücherbund）	1929
49	プロテスタント家庭文庫（Evangelische Heimbücherei）	1931
50	プロテスタント愛書家出版社（Verlag evangelischer Bücherfreunde）	1931
51	褐色図書同好会（Der Braune Buch-Ring）	1932
52	図書陳列台（Der Büchertisch）	1933 以前

表１　1945年以前のドイツにおけるブッククラブ

番号	団体名	設立年
1	カトリック良書普及協会（Verein zur Verbreitung guter katholischer Bücher）	1829
2	シュトゥットガルト文芸協会（Der Literarische Verein in Stuttgart）	1839
3	国民教育普及協会（Gesellschaft zur Verbreitung von Volksbildung）	1871
4	ドイツ文学のための一般協会（Allgemeiner Verein für deutsche Literatur）	1872
5	娯楽と知識の文庫（Bibliothek der Unterhaltung und des Wissens）	1876
6	愛書家協会（Verein der Bücherfreunde）	1891
7	自然愛好家協会コスモス（Kosmos, Gesellschaft der Naturfreunde）	1904
8	読書向上文庫（Emporlese-Bibliothek）	1908
9	ドイツ家庭文庫（Deutsche Hausbücherei）	1916
10	愛書家国民連合（Volksverband der Bücherfreunde）	1919
11	ドイツ巨匠同盟（Der Deutsche Meister Bund）	1920
12	ドイツ文学愛好家協会（Gesellschaft Deutscher Literaturfreunde）	1922
13	図書同好会（Die Buchgemeinde）	1923
14	ドイツ文化共同体（Deutsche Kulturgemeinschaft）	1923以前
15	ドイツ国民文庫（Deutsche Volksbücherei）	1923
16	図書同盟（Bücher-Bund）	1924
17	グーテンベルク図書協会（Büchergilde Gutenberg）	1924
18	ブックサークル（Der Bücherkreis）	1924
19	ドイツ図書コレクション（Der Deutsche Bücherschatz）	1924
20	ドイツ図書共同体（Deutsche Buch-Gemeinschaft）	1924
21	プロテスタント図書同好会（Evangelische Buchgemeinde）	1924
22	ヴォルフラム同盟家庭文庫（Die Heimbücherei des Wolframbundes）	1924
23	ウラニア出版協会・ウラニア自由教育研究所 （Urania-Verlags-Gesellschaft・Urania Freie Bildungsinstitut）	1924
24	ボン図書同好会（Bonner Buchgemeinde）	1925
25	愛書家同盟（Der Bund der Bücherfreunde）	1925以前
26	ドイツ図書購買共同体（Deutsche Buch-Einkaufs-Gemeinschaft）	1925
27	ドイツ図書協会〈ノイラント〉（Deutsche Buchvereinigung ›Neuland‹）	1925以前

を通じて教養市民層に固定した価格で本を販売してきたドイツの書籍販売は、第一次世界大戦後、新たな状況の前に立たされた。つまり、社会のイデオロギー的、政治的、宗教的な細分化に伴って、これまでにない多様な出版物が、また戦後のインフレの中で、より安い本が求められたのである。平均的にみて、一九二〇年代の本の価格は第一次世界大戦前と比べて高く、国民の購買力と不釣合いな状況にあった。ヴィルヘルムⅡ世時代の文化的エリートも戦争とインフレによって貧困化し、生活を切りつめざるをえないなかで、国民の大部分にとって、本を買って手に入れることは困難であった。たとえば、一九二四年の時点で、労働者の平均的な週給が三六・五マルクだったのに対し、生活に必要な最低限度の収入は四一・二マルクだったとされる。[2] したがって、労働者階級や小市民階級の大部分には、本の購入は不可能に近かった。しかし他方で、十九世紀以来の国民教育や労働者教育の結果として、これまで本を読んだり所有したりしなかったサラリーマンや労働者の間でも、本への関心が高まっていた。にもかかわらず、自らの伝統を強く意識する書籍販売には、こうした状況に対応することがほとんどできなかった。そこで、対案としてブッククラブが登場し、伝統的な書籍販売の枠外で、安い本を、と同時に多様な本を提供したのである。こうした意味で、一九二〇年代におけるブッククラブの隆昌は、伝統的な書籍販売に対する経済的・内容的対案をなしたことに主な原因があったといえる。だが、一体どのようにしてそれが可能となったのだろうか。そのことを明らかにするため、次に伝統的な書籍販売とブッククラブの違いをより詳しく分析したい。

二　経済的特質

まず経済的な側面からみたとき、ブッククラブと伝統的な書籍販売の最大の違いは、経営上のリスクの回避が可能な点にある。ブッククラブの場合、会員は入会とともに一定の本の購入義務を引き受けるが、それによって、印刷・販売する本の数をあらかじめかなり正確に計算することができ、一般の出版社と比べて大幅に無駄を省き、価格を低く抑えられるのである。購入義務には、あらかじめ決められた特定の本を購入する形式と、あらかじめ用意された複数の本の中から一定数を選んで購入する形式の二種類がみられる。本の生産数と販売数がほぼ一致するという意味では、前者が最もリスクの少ない理想的な形式だといえる。しかし、後者の場合にも、少なくとも一定数の本の購入が義務づけられていることに加え、販売実績等から会員の嗜好を把握し、それに合った本を提供することも可能であり、ある程度リスクを抑えることができる。

表2は、こうしたブッククラブの経済的特質を詳しく分析したクルト・ツィックフェルトによるブッククラブの分類である。[3] ツィックフェルトは、ブッククラブの本質的な特徴を、「自由な市場経済から限定した市場経済を作ることによって、生産者と消費者の関係をより確実に形成し」[4]、「消費者を出版社が出版物をもたらすための団体へとまとめること」[5]にみる。したがって、「ブッククラブを区別する際、どのような傾向を追っているのかとか、経済以外のどのような理由から成立したのかといったことは、さしあたり問う必要はない」[6]とする。そのような立場から、ツィックフェルトは、まず、「自由な書籍業」（freies Buchgewerbe）と「限定された書籍業」（gebundenes Buchgewerbe）という呼び方によって、伝統的な書籍販売とブッククラブを区別し、次いで、「限定された書籍業」を、「拘束力を持つ購入義務」（bindende Verpflichtung zum Kauf）の有無によって、「狭義のブッククラブ」（Buchgemeinschaften im engeren Sinne）と「広義のブッククラブ」（Buchgemeinschaften im weiteren Sinne）に区別する。そして、購入義務を持つ「狭義のブッククラブ」のうち、「あらかじめ決められた特定の本を購入する形式」を「特殊な購入義務」（Spezielle Verpflichtung zum Kauf）、「あらかじめ用意された複数の本の中から一定数を選んで購入する形式」を「一般的な購入義務」（generelle Verpflichtung）と呼んで、区別するのである。また、「広義のブッククラブ」は、他の先行研究にはみられないツィックフェルト独自の分類であり、「専門協会出版社」（Fachvereins-Verlag）が該当するが、これは労働組合や学術団体のような組織と密接に結びついて、それらの需要に見合った本を生産・販売する企業である。たとえば、

表２　ツィックフェルトによる分類

限定された書籍業のブッククラブ			
	①拘束力を持つ購入義務を伴う狭義のブッククラブ		
		(A) 特殊な購入義務	
			愛書家国民連合
			ドイツ図書コレクション
			ボン図書同好会
			ヴォルフラム同盟家庭文庫
			聖ヨセフ図書協会
			グーテンベルク図書協会
			ブックサークル
			国民劇場・出版販売協会
		(B) 一般的な購入義務	
			ドイツ図書共同体
			図書同好会
			ドイツ文化共同体
			アーダルベルト・シュティフター協会図書共同体
	②拘束力を持つ購入義務を伴わない広義のブッククラブ		
		専門協会出版社	
			ドイツ技術者協会出版社
			化学出版社
			職場長連合出版社
			ハンザ同盟出版社
自由な書籍業内部のブッククラブ			
			ドイツ図書購買共同体
			図書同盟
			ドイツ巨匠同盟
			プロテスタント図書同好会
			フォス書店〈牧神文庫〉

ハンザ同盟出版社は、ドイツ民族商業補助者連合という労働組合の出版部門をなし、この連合の会員を主な対象とする本の生産・販売を行った。ツィックフェルトに従って、ここに属する四つの企業もブッククラブに数えるなら、一九四五年以前のドイツにおけるブッククラブの数は、把握しうる範囲で総計五六となる。表の下段の「自由な書籍業内部のブッククラブ」（Buchgemeinschaften innerhalb des freien Buchgewerbes）、すなわち伝統的な書籍販売によって設立されたブッククラブについては後述する。なお、ブッククラブが本の価格を低く抑えられるもう一つの重要な要因として、小売店を経ない販売方法があげられる。ブッククラブの本は、郵送によって会員に直接送付されるか、または関連団体の事務所やボランティアの会員を通じて引き渡された。そのため、通常の書籍販売において、卸売業や小売業に支払われるマージンの分だけ、価格を低く抑えられたのである。[7] 本の直接販売は、ブッククラブ以外の通信販売や出版社直販にも該当するが、これらにおいては通常、本は定価で販売され、卸売業や小売店を経ないことから生じる利益はそれらの企業の利益となり、購買者には還元されない。

ところで、このようなブッククラブと伝統的な書籍販売の間で、実際のところ、本の価格にはどの程度の差があったのだろうか。この点、ツィックフェルトによれば、刊行数が三〇万部の場合、自由な書籍業での店頭価格が三・六―四・六マルクなのに対して、たとえば愛書家国民連合での価格は三・一マルクであり、その差は〇・五―一・五マルクで、一四―三三パーセント安かった。[8] また、同時代の他の論考でも、ブッククラブの本は店頭価格より約三〇パーセント安いとされている。[9] この他にも、一九二五年から一九三三年にかけて、本の平均小売価格がおよそ五・四マルクだったのに対し、ブッククラブの本はおおよそ三マルクかそれ以下という、半額近い値段だったとの指摘もなされている。[10] その上、ブッククラブの本は多くが装丁も良質で、ブッククラブによっては定期的に刊行される雑誌も無料で提供され、それ以外にも様々な特典が提供されることが少なくなかったため、小売店と比べた場合の割安感はかなり大きいものだったと推察される。

三　内容的特質

次に、内容的な側面に目を向けたとき、注目に値するのは、ブッククラブが伝統的な書籍販売では十分に考慮されなかった様々な政治的、文化的、宗教的潮流をカバーしたということである。ただし、それはすべてのブッククラブがそうした多様な内容の本を扱っていたということではない。そうではなく、個々のブッククラブは、むしろ内容を特化し、同じような関心や考え方を持つ人々を会員として集めようとした。では、具体的にどのような内容が扱われたのだろうか。その一例を示したのが、表3である。ここにあげたのは、ウルバン・ファン・メリスによるワイマール共和国時代のブッククラブの分類だが、[11]一九四五年以前のブッククラブの内容的分類を示した先行研究の中では最も典型的なものといえる。そこで、この分類に基づいて、ワイマール共和国時代のブッククラブの方向性をみてみたい。

まず、「市民的な読者を持つブッククラブ」（Buchgemeinschaften mit bürgerlichem Lesepublikum）に属するのは、戦争とインフレで貧しくなった市民層を対象としたブッククラブである。なかでも愛書家国民連合とドイツ図書共同体がこのグループの代表格であり、他のすべてのブッククラブを圧倒する会員数を獲得した。このグループの思想的特質は、むしろ特定の思想を持たず、イデオロギー的な中立性を保ったことにあり、提供される本の内容も、おおむね伝統的な文学のカノンに従っていた。[12]「特殊な読者を持つブッククラブ」（Buchgemeinschaften mit speziellen Zielgruppen）は、きわめて限定された関心を持つ少数の読者を対象としたブッククラブである。アーダルベルト・シュティフター協会図書共同体ではズデーテン地方（当時のチェコスロヴァキアのドイツ人居住区）におけるドイツ思想、フォス書店〈牧神文庫〉では狩猟と自然、国民劇場・出版販売協会では演劇、ロマン主義同好会ではロマン派に関する本が提供された。「宗教的ブッククラブ」（Religiöse Buchgemeinschaften）に属するのは、非宗教的な、世俗的な、あ

表３　メリスによる分類

分類	ブッククラブ
市民的な読者を持つブッククラブ	愛書家国民連合
	ドイツ図書共同体
	図書陳列台
	愛好家サークル
	ドイツ・ブッククラブ
	図書同好会
	ドイツ国民文庫
	ドイツ図書協会〈ノイラント〉
	南ドイツ図書共同体
特殊な読者を持つブッククラブ	アーダルベルト・シュティフター協会図書共同体
	フォス書店〈牧神文庫〉
	国民劇場・出版販売協会
	ロマン主義同好会
宗教的ブッククラブ	プロテスタント図書同好会
	ボン図書同好会
	シオニズム図書同盟
	ハイネ同盟
保守的・国家主義的ブッククラブ	祖国文化会の〈文化会文庫〉
	ドイツ文化共同体
	国民図書協会
	民族ドイツ図書同好会
	褐色図書同好会
左翼的労働者ブッククラブ	グーテンベルク図書協会
	万人のためのウニヴェルズム文庫
	国民図書同好会
	自由愛書家協会
	マルクス主義図書協会
	ブックサークル
書籍販売のブッククラブ	ドイツ図書購買共同体

るいは思想的に中立的なブッククラブに対する対案として設立されたブッククラブである。このうち、プロテスタント図書同好会はプロテスタント的、ボン図書同好会はカトリック的、シオニズム図書同盟とハイネ同盟はユダヤ的な著作の普及に尽力した。「保守的・国家主義的ブッククラブ」（Konservative und nationalistische Buchgemeinschaften）には、民族主義的な思想の普及に貢献したブッククラブが分類される。ワイマール共和国時代に設立されたブッククラブに限定したメリスの分類ではあげられていないが、本来このグループを代表するブッククラブはドイツ家庭文庫であり、設立年は一九一六年であるものの、第一次世界大戦

後に本格的な活動を開始した。また、このグループに属するブッククラブの中でも、褐色図書同好会は、ナチス政権を明確に支持した点で際立っていた。「左翼的労働者ブッククラブ」（Linke Arbeiterbuchgemeinschaften）には、労働者層を対象に、社会主義的な理念の普及に尽力したブッククラブが含まれる。このうち、グーテンベルク図書協会とブックサークルは特にドイツ社会民主党と、万人のためのウニヴェルズム文庫はドイツ共産党と、自由愛書家協会はアナルコ＝サンジカリズムの労働者組織と密接な関係を持ち、国民図書同好会は自由思想家運動出身の出版人によって設立された。これら左翼的な内容の本は、当時の書籍の中でも、伝統的な書籍販売において最も軽視されていた。プロレタリア出版社の本の売り上げは、一九三〇年に至っても本の売り上げ全体の一パーセントに過ぎなかったとされる。[13] 最後に、「書籍販売のブッククラブ」（Buchgemeinschaften des Buchhandels）は、ツィックフェルトのいう「自由な書籍業内部のブッククラブ」と同じもので、後述のように、ブッククラブの隆昌に対抗して、伝統的な書籍販売によって設立されたブッククラブである。

ところで、このようにみたとき、「書籍販売のブッククラブ」を除く本来のブッククラブの五つのタイプを、特定の世界観の有無によって大きく二つに分類することができる。すなわち、「市民的な読者を持つブッククラブ」を「世界観的に中立的なブッククラブ」とし、それ以外の四つのタイプのブッククラブを「特定の世界観を持つブッククラブ」としてまとめることである。そして、上記のように、「市民的な読者を持つブッククラブ」で提供された本の内容がおおむね伝統的な文学のカノンに従っていたことを考慮すれば、ワイマール共和国時代のブッククラブのうち、本来の意味で伝統的な書籍販売に対する内容的対案をなしたのは、「特定の世界観を持つブッククラブ」であった。

四　購入義務と会員数

続いて、ドイツ家庭文庫を含めたワイマール共和国時代のブッククラブについて、購入義務と会員数を確認しておきたい。表4は、この時期のブッククラブのうち、年間の最低限の購入義務が明確に把握されるものについて、必要な会費とそれに対して配布される本の巻数、およびそこから明らかになる一巻あたりの値段を示したものであるが、ここから次のようなことがわかる。[14] まず、二四のブッククラブのうち、年間の会費が最も高いのはドイツ・ブッククラブの七二マルク、最も低いのはウラニア出版協会・ウラニア自由教育研究所の五マルクである。次に、配布される本の巻数が最も多いのは愛好家サークル等の一二巻、最も少ないのはプロテスタント図書同好会の二巻である。そして、年間の会費と提供される本の巻数からして、一巻あたりの値段が最も高いのはドイツ・ブッククラブの六マルク、最も安いのは図書陳列台の一マルクである。ただし、後に述べるように、ドイツ・ブッククラブは、もともと裕福な会員をターゲットとするという他のブッククラブにはみられない特性を有しているため、これを除いて考えるなら、最も高いのは、図書同好会をはじめとする五つのブッククラブにみられる四マルクである。したがって、購入義務の本の一巻あたりの値段の平均は、ドイツ・ブッククラブを含めた場合には三・一マルク、ドイツ・ブッククラブを除いた場合には三マルクとなり、これは、上述したブッククラブの本の値段の指摘ともほぼ一致する。また、これらのデータに基づいて、ブッククラブの分類と本の一巻あたりの値段の関係をみると、市民的ブッククラブでは、ドイツ・ブッククラブを含めると平均三・五マルク、ドイツ・ブッククラブを除くと平均三・一マルク、宗教的ブッククラブでは平均三・三マルク、保守的ブッククラブでは平均三・四マルク、左翼的ブッククラブでは平均二・七マルク、書籍販売のブッククラブでは平均二・九マルクとなり、労働者を主な購買者とする左翼的ブッククラブにおいて本が最も安く提供されていることがわかる。

表4　1945年以前のドイツのブッククラブにおける年間の最低限の購入義務と1巻あたりの値段（単位はマルク）

分類	団体名	年間の最低限の購入義務		1巻あたりの値段	
		会費	巻数	ブッククラブごと	平均
市民的	愛書家国民連合	12.4	4	3.1	3.5（ドイツ・ブッククラブを含めた場合） 3.1（ドイツ・ブッククラブを除いた場合）
	図書同好会	24.0	6	4.0	
	ドイツ国民文庫	24.0	6	4.0	
	ドイツ図書コレクション	24.0	6	4.0	
	ドイツ図書協会〈ノイラント〉	14.8	4	3.7	
	愛好家サークル	24.0	12	2.0	
	ドイツ・ブッククラブ	72.0	12	6.0	
	図書陳列台	12.0	12	1.0	
宗教的	ボン図書同好会	9.0	3	3.0	3.3
	ハイネ同盟	14.0	4	3.5	
保守的	ドイツ家庭文庫	24.0	6	4.0	3.4
	祖国文化会の〈文化会文庫〉	12.0	4	3.0	
	民族ドイツ図書同好会	12.0	4	3.0	
	褐色図書同好会	13.8	4	3.45	
左翼的	グーテンベルク図書協会	12.0	4	3.0	2.7
	ブックサークル	12.0	4	3.0	
	ウラニア出版協会・ウラニア自由教育研究所	5.0	4	1.25	
	万人のためのウニヴェルズム文庫	13.2	4	3.3	
	国民図書同好会	6.4	4	1.6	
	マルクス主義図書協会	12.0	4	3.0	
	自由愛書家協会	12.0	3	4.0	
書籍販売	図書同盟	9.0	3	3.0	2.9
	プロテスタント図書同好会	7.2	2	3.6	
	ヴォルフラム同盟家庭文庫	6.0	3	2.0	

表５　1945 年以前の主なブッククラブの会員数

分類	団体名	会員数	計
市民的	愛書家国民連合	750,000	1,151,500
	ドイツ図書共同体	400,000	
	ドイツ・ブッククラブ	1,500 以下	
宗教的	ボン図書同好会	53,000	532,200
	カトリック図書同好会	43,000	
	聖ヨセフ図書協会	180,000	
保守的	ドイツ家庭文庫	40,000	
左翼的	グーテンベルク図書協会	85,000	
	ブックサークル	45,000	
	ウラニア出版協会・ ウラニア自由教育研究所	40,000	
	万人のためのウニヴェルズム文庫	40,000	
	自由愛書家協会	1,200 以下	
書籍販売	ドイツ図書購買共同体	5,000	

次に、会員数について把握しうるデータを示したのが表５である[15]。ここで注目したいのは、上記のように例外的な性質を持つドイツ・ブッククラブを除いたとき、市民的ブッククラブとそれ以外のブッククラブの間に、会員数の大きな差がみられることである。後者の場合、最も多い聖ヨセフ図書協会以外はいずれも一〇万人に達していない。すべての会員数を足しても五三万二二〇〇人で、愛書家国民連合の会員数に届かず、これにドイツ図書共同体の会員数を加えた一一五万人の半分以下である。このことは、これら宗教的、保守的、左翼的といった「特定の世界観を持つブッククラブ」が、特定の嗜好を持つ人々の需要を満たした一方で、その範囲を越えて受け入れられることが難しかったことを示している。また、書籍販売のブッククラブである図書購買共同体の会員数がきわめて少ないことは、後に述べるように、このブッククラブが魅力的なものではなかったことを示している。他方で、それらとは逆に、愛書家国民連合とドイツ図書共同体が圧倒的に多くの

会員を集めたことは、ごく一般的な意味で定評のある作品を、良質な装丁でより安価に手に入れることに対する需要がそれだけ大きかったことを意味している。

五　伝統的な書籍販売に対する脅威

以上みてきたように、ブッククラブは、限定された市場の形成と多様な関心への配慮によって、伝統的な書籍販売に対する経済的・内容的対案をなした。その際、内容的な面では、「特定の世界観を持つブッククラブ」が伝統的な書籍販売を代替するものとなったが、その一方で、会員数の点でより広い普及をみたのは、「世界観的に中立的なブッククラブ」であった。しかも、後者の場合、伝統的な文学のカノンに従った本の内容も、大部分が伝統的な書籍販売で提供される本のそれと重なっていた。そのため、伝統的な書籍販売にとって、「世界観的に中立的なブッククラブ」の発展はまさに脅威と映った。両者の対立が最も先鋭化した一九二五年には、ブッククラブ全体としておよそ一〇〇万人の会員が各自年間三〇—四〇マルクの本を購入しており、そのおよそ半分はあらかじめ購入を指定された義務の巻であったため、伝統的な書籍販売には、少なくとも一五〇〇万—二〇〇〇万マルクの図書購買費がブッククラブによって奪われていると思われた。[16]したがって、伝統的な書籍販売の側からブッククラブの発展を阻止しようとする動きが生じたのも当然であった。そこで次に、伝統的な書籍販売がブッククラブに対してとった対応を中心に、両者の関係を詳しくみていきたい。

第二節　ブッククラブと伝統的な書籍販売

一　静観から危機感の高まりへ

ブッククラブの設立は、当初、伝統的な書籍販売に特別な反応を引き起こしはしなかった。愛書家国民連合のような会員数の多いブッククラブも特に脅威とは感じられず、既存の専門協会出版社などと同様、大目にみられた。状況が変わったのは、通貨改革によって経済が安定した一九二四年である。この年、ドイツで一気に七つかそれ以上のブッククラブが設立されたことに加え、とりわけドイツ図書共同体の活動方法が、伝統的な書籍販売の目を啓くこととなった。つまり、最初から義務の巻を設けず、提供された一定の本の中からすべての会員が自由に選べるようにしたことと、公的な立場にある人物を引き込む活発な宣伝戦略で成功を収めたことである。これに加えて、伝統的な書籍販売の不安をさらに高めたのは、ドイツ図書共同体の会員数の急速な増加が他のブッククラブに悪影響を及ぼさず、ブッククラブが全体として発展をみせたことであった。つまり、そこに集まった人々は、伝統的な書籍販売の小売店で自由に本を買うことよりも、定期的な本の購入を義務づけられるブッククラブの会員となることを優先したのである。

こうした状況を前にして、伝統的な書籍販売もようやく危機感を強め、ブッククラブに対する対抗措置をとることになったが、その最初のきっかけは、ドイツ図書共同体の宣伝活動だった。ドイツ図書共同体は、設立直後、自らの国民教育的・文化的意義や伝統的な書籍販売に対する経済的長所を記した覚書を官庁をはじめとする公共施設に持ち込んで推薦を得ることに成功し[17]、広告の中で、同共同体の本の製造、配布、利用に、次のような公的な機関・

部署等が関与していると説明した。すなわち、①ドイツ内務省、経済省、経済委員会、②各州の経済局、文化局、福祉局、③公共の福祉に資するすべての団体の本部、労働組合、肢体不自由者療養所、保護施設、映画とラジオの催し、といったものである。[18] このような措置によって、ドイツ図書共同体は、自らが公共の利益に資する企業であるかのような印象を強く与えることができたが、なかでも内務省は、一九二四年四月二十四日に、下位の役所への内部文書で、ドイツ図書共同体への加入と推薦を強く勧め、学校でもドイツ図書共同体のための勧誘がなされた。その上、この内部文書がドイツ図書共同体によって外部に広められたことにより、世の中に対して、まるで国がドイツ図書共同体の事業を振興しているかのような印象が喚起された。これに対し、伝統的な書籍販売は、国による私企業の優遇に憤慨し、株式取引業者組合と個々の書籍販売業者が抗議を行い、書籍販売業の中央組織も、「かつて国の官庁から、他の、とりわけ下位の役所に対して、学校で有限会社への加入の宣伝をせよとの要求が出されたことがあっただろうか[19]」と詰め寄った。これを受けて、内務大臣カール・ヤレスは問題の推薦文から一線を画し、一九二四年六月二十八日には、推薦文が送られたすべての職場に対して内務省の通達が送られ、推薦文が同省の承認を受けずに発せられていたことが伝えられた。だが、その間にも推薦文は、かなりの役所がドイツ図書共同体に加入するきっかけとなった。また、ドイツ図書共同体の側でも、伝統的な書籍販売の抗議を無視してパンフレットを刊行し続け、そのなかで国と州の様々な職場を引き合いに出した。

　ドイツ図書共同体のこの妥協のない行動は、ブッククラブに対する伝統的な書籍販売の態度に大きな変化をもたらした。その変化の一例は、愛書家国民連合がいくつかのライセンスの獲得について問いあわせたことに対するゲオルク・ヴェスターマンの反応である。それまで、『ヴェスターマン月刊誌』（*Westermanns Monatshefte*）に宣伝パンフレットが添えられるなど、両者の関係は良好であったにもかかわらず、ヴェスターマンはライセンスの提供を拒否し、その理由として、愛書家国民連合が「ドイツの小売店のみならず、間接的には本を買う読者にも大きな損害を与える」[20]ことを挙げた。「そうした振る舞いの浸透は、正規の店頭書籍販売の崩壊を、と同時に一つの文化的要因の欠落を引き起こし、まさに本を買う読者にとってきわめて耐えがたいものとなる」[21]というのである。ブッククラブに対して批判的な内容のこの手紙は、株式取引業者組合の機関誌『ベルゼンブラット』（*Börsenblatt für den Deutschen Buchhandel*）に公開されたが、それは書籍販売業界に対する責任感からだけでなく、ヴェスターマン出版社はその後も愛書家国民連合のための宣伝を継続しているとの批判の声が同業者からあがっていたためでもあった。ヴェスターマンはこの手紙において、『ヴェスターマン月刊誌』の最新号に愛書家国民連合のパンフレットが添えられたことについても、「当社の広告部門の遺憾な見逃しによるもの」[22]との説明を加えねばならなかったのである。

また、伝統的な書籍販売のにわかな態度の変化を示すもう一つの事例は、J・F・レーマンス出版社（J. F. Lehmanns Verlag）が『アルトナ最新ニュース』（*Altonaer Neueste Nachrichten*）に宛てた、次のような手紙である。

残念ながら、当社としては、貴社の広告の申し出を利用致しかねます。第一に、貴社が愛書家国民連合のための宣伝記事を掲載しておられるからです。書籍販売は、この国民連合を仇敵とみなさざるをえません。なぜなら、同連合は、工場のような本の製造と小売書籍販売の締め出しによって、書籍販売の墓を掘ることだけを目的としているからです。[23]

これまで誰にも邪魔されることがなかった立場がブッククラブによってかなり危機に晒されているという認識は、一九二四年末には、伝統的な書籍販売にとって一般的な常識となった。ライプツィヒ大学教授で、ジャーナリズムと経営学の専門家であったゲルハルト・メンツは、こうした状況を前にして、ブッククラブが製造し販売するすべての本が、未来の出版社の一つからその席を奪い、売れ行きの縮小によって未来の小売店を、そしてまた製造者としての未来の出版社を害すると評した。[24]

二　実質的長所と共存の可能性

こうして、ブッククラブという新たな競争相手に関する動揺は、伝統的な書籍販売の内部で増大した。一九二五年一月二十日の『ベルゼンブラット』に、「集団書籍販売の問題について――ドイツ図書共同体、愛書家国民連合など」という記事が掲載されたことは、その衝撃の大きさを物語っている。[25] そして、この時点で焦眉の問題となったのは、出版社と作家がブッククラブと協力するべきかどうか、また協力するとすればどのような形でかということであった。いくつかの――とりわけ文学の領域の――出版社には、版権のまったく新しい利用の可能性が提供された。たとえば、小売店によってすでに十分販売され、その売り上げがある時点で停滞したような作品について、ブッククラブの一回限りの版のためにライセンスを与えることである。また、作家にとっても、ブッククラブとの協力はとても魅力的だった。というのも、ライセンス版の収益の一部が報酬として手に入るのに加え、ブッククラブの読者の間で知名度を高めることができたからである。さらに、ある作品の版権を直接ブッククラブに譲渡することで、より高い報酬を得ることも可能であった。

したがって、伝統的な書籍販売全体としてはブッククラブに対する拒絶反応が優勢であった一方で、個々の書籍販売と作家とブッククラブの間には、すでに協力関係も生じていた。たとえば、ドイツ図書共同体の会員雑誌『ツァイトゥングスブーフ』(*Das Zeitungsbuch*) と『読書の時間』(*Die Lesestunde*) では、一九二五年から翌年にかけて、版権を持つ出版社の許可を得て、ヘルマン・ヘッセ、クラブント、ハインリヒ・マン、ヴィル・フェスパー、ブルーノ・フランク、リカルダ・フーフの短編小説や詩が掲載されたが、こうした措置は、ブッククラブにとって文化的アクチュアリティーを喚起するのに役立ったと同時に、出版社と作家にとっても、通常接近することが難しい読者の間に作品を宣伝できるというメリットをもたらした[26]。また、作家とブッククラブの直接的な協力として興味深いのは、リオン・フォイヒトヴァンガーのケースである。フォイヒトヴァンガーは、一九二二年五月に完成した『ユダヤ人ジュース』（*Jud Süß*）の原稿を愛書家国民連合に提供した。連合の原稿審査委員は、内容が適切でないという理由でこの原稿を却下したものの、フォイヒトヴァンガーに対して同連合の会員の文学的趣味に合うような別な原稿を求め、その結果、『醜い侯爵夫人マルガレーテ・マウルタッシュ』（*Die häßliche Herzogin Margarete Maultasch*）が成立して大成功を収め、愛書家国民連合の急速な成長に貢献したのであった[27]。この事例は、愛書家国民連合が、すでに早い時期から、著作権切れの作品の再販とライセンス版の刊行と並んでオリジナルな出版活動を開始していたことを、と同時に、それがいかに狙いを定めて、危険を冒すことなくなされていたかを示している。もう一つの事例は、一九二五年にボン図書同好会から刊行された、オスカー・マリア・グラーフの小説『試練』（*Die Heimsuchung*）をめぐるエピソードである。一九六六年に刊行されたグラーフの伝記によれば、ボン図書同好会は、ブッククラブのオリジナル版として刊行するため、彼に一冊の本を書くよう求めたが、その際、一九二四年にヘルダー出版社（Herder Verlag）で刊行された『夢占い師』（*Traumdeuter*）と同じような内容であることを希望すると同時に、一万マルクの報酬が、半分は契約の際に、残りは原稿の引き渡しの際に支払われることを伝えた。この本は三マルクの価格で五万部刊行されたため、一万マルクは売り上げの六・七パーセントに当たり、当時一般的であった店頭価格の一〇パーセントの報酬をかなり下回ってはいたが、作家にとって、それを本の販売に先立って手に入れられることは大きな利点であった[28]。

　ところで、ブッククラブの興隆によって存続を脅かされているという伝統的な書籍販売の危機感そのものは、果たして正当なものだったのだろうか。この点で注目されるのは、ブッククラブと伝統的な書籍販売の対立が先鋭化した一九二五年の時点で、愛書家国民連合とドイツ図書共同体を合わせた会員数がおよそ五五万人にのぼっていたことである。一般の書籍販売において、本格的な装丁の文学作品を同じ部数販売するのが決して容易ではないことを考慮すれば、伝統的な書籍販売にとってブッククラブがいかに脅威と感じられたかが窺われるであろう。ただし、それはあくまでも推測に過ぎず、事実がどうであったかどうかは別問題であり、逆に、ブッククラブが伝統的な書籍販売の顧客を奪うことはなかったという見解もみられる。つまり、ブッククラブの会員は、もともと小売店で本を買う習慣がなかったり、期待する本が小売店で見いだせなかったりした人々であり、小売店とブッククラブでは顧客層が違っていたというのである。[29]

実際、ドイツ図書共同体もまたそのような立場をとり、そこに、伝統的な書籍販売との共存の可能性をみていた。そして、会員二五万人達成の記念号となった一九二五年九月十五日の『ツァイトゥングスブーフ』において、「精神的ドイツの指導的人物がドイツ図書共同体について語る」として、ヘルマン・バール、ゲルハルト・ハウプトマン、トーマス・マン、ヘルマン・シュテーア、ヤーコプ・ヴァッサーマン、シュテファン・ツヴァイクといった著名な作家のほか、ドイツ公務員同盟（Der Deutsche Beamtenbund）、ドイツ博物館（Deutsches Museum）、ベルリン教員連盟（Der Lehrerverband Berlin）、ドイツ地方公務員・職員全国同盟（Reichsbund der Kommunalbeamten und Angestellten Deutschland）など、ドイツの文化生活にかかわる三〇以上の個人と公的団体からの祝辞を掲げるとともに、[30]「ドイツ図書共同体の道」（*Der Weg der Deutschen Buch-Gemeinschaft*）と題する論説を掲載し、書籍販売の新しい状況、その前提、および推測される発展について、次のように述べた。

社会の中に新しいものが登場するとき、そこには二つしか可能性がありません。新しいものが全体の生活の中でそれまで空いたままだった席を占めるか、または、これまで不十分にしか占められていなかった席を手に入れるかです。つまり、特定の場所で不十分な組織が、よりよい組織にとってかわられるのです。それによって社会のごく小さな部分にもたらされる損失は、全体のずっと大きな部分に奉仕する利点を備えた新しいものの権利を少しも妨げません。

この関連で、ブッククラブの状況はどうでしょう。これまで書店だけが人々の本への欲求を満たしていたことに目を向けると、私たちのブッククラブがこれまで占められていた席に足を踏み入れる、少なくとも部分的には書籍販売業者を排除するという問題が生じると思われるかもしれません。しかし、私たちがこの席を前任者よりもよりよく、より完全に、より実り多く満たすなら、私たちの存在の正当性には少しも異議が出されないでしょう。ですが、もっと大きな問題は、そもそもそれがこの出来事に対する正しい態度なのかということです。私たちのブッククラブは、もしこれまで占められていなかった席を占めるとすれば、組織の特別な力によって、とりわけ書店とは違い、価値のある作品を安く提供することによって、これまで書籍販売で考慮されなかったまったく新しい人々のグループを、読者として手に入れるのではないでしょうか。事実、ブッククラブの効果に関する最も重要な部分は、そのように特徴づけられます。つまり、この意味で、ブッククラブが従来の書籍販売から席を奪うことはいささかもありません。ブッククラブは、これまで空席であったが、文化共同体のために占められねばならない席を占めるのです。

読者の本への欲求がなぜ長い間ブッククラブ組織と書籍販売によって同時に満足させられるべきでなかったのかも、まったく理解しがたいことです。ここでも、可能性は二つしかありません。読者が書店へ行くお金を持たず、ブッククラブの条件でしか本を手に入れられない場合が一つです。ここでは、私たちの組織は、書店の所有者にいささかも損失を与えることなく役に立ちます。もう一つは、ブッククラブの会員が、書店で本を買うのに十分なお金を持っている場合です。その場合、私たちの共同体を通じた本の購入は、会員にとって、他のすべての関心を排除する満足感というよりも、むしろより規模の大きい本の所有への刺激となります。もちろん、私たちのブッククラブは、叢書を拡充するためにどれほど努力し成功しようとも、常に、測りがたい大きな世界文学から一つの選集を提供することしかできないでしょう。しかしたとえば、一人の現代作家を私たちのブッククラブの本で知った――そして彼の財力がそもそもさらなる本の獲得を許す――読者は、広く自由な書籍販売で刊行されているこの作家の作品も手に入れたいと欲するでしょう。したがって、ドイツ図書共同体は、裕福な人々をまさに書店のための購買者へと養成するのです。一方、貧しい人々は、ブッククラブがなければそもそも本を買わないでしょうし、書店で買うこともないでしょう。つまり、ブッククラブは、社会に新しく生まれる価値あるものにとって避けられないことがとても多い悲劇的な必然性とは、まったく無縁です。すなわち、他の存在を排除したり、その仕事を奪ったりすることはありません。書店で直接なされる旧来の本の販売とブッククラブによって組織された本の購入は、文化的民族を満足させるために、いつまでもずっと並んでその席を占めるでしょう。[31]

　こうして、ドイツ図書共同体の会員に向けて書かれたこの論説は、内容的には伝統的な書籍販売にも向けられており、ブッククラブの意義を明らかにすると同時に、伝統的な書籍販売とブッククラブの共存の可能性を指摘した。つまり、伝統的な書籍販売の外部に、十分に開拓されていない大きな本の市場があること、その市場は端の方で伝統的な書籍販売のそれと交差するに過ぎないこと、したがって、ブッククラブと伝統的な書籍販売の競合はごく一部に過ぎないこと、要するに、ブッククラブの活動は書籍市場全体の拡大につながるのだということである。このような見解が正しいとすれば、ブッククラブは伝統的な書籍販売にとって脅威とならないばかりか、むしろ多くの新しい本の買い手を見いだしたことになり、ブッククラブの発展は書籍販売全体にとって大いに歓迎すべきことだったはずである。[32]しかし、当時、伝統的な書籍販売はそのような認識に至らず、ブッククラブをもっぱら自らの生存を脅かす敵とみなし、是が非でも制圧しようとした。なかでも会員数が突出して多い愛書家国民連合とドイツ図書共同体を制圧することは、急務と考えられた。

三　ネガティヴ・キャンペーンと株式取引業者組合の介入

ところが、伝統的な書籍販売にとって、いわゆる「営業の自由」（Gewerbefreiheit）の下で法に触れるわけでもなく、完全に自給自足的なシステムを持つブッククラブとの戦いは、容易ではなかった。たとえば、ブッククラブには株式取引業者組合に入る必要がないため、組合への加入拒否や除名といった手段は効果がない。また、ブッククラブは自ら本を生産しているため、出版社や卸売業者が本の引き渡しを拒否しても応えないし、独自の販売方法を採っているため、小売店による販売拒否も意味をなさない。そうした事情から、ブッククラブに対する戦いは、間接的な妨害という形をとるしかなかったが、その際、売り上げの減少という経済的な、見方によっては利己的な理由を表に出すことは憚られた。そこで、伝統的な書籍販売は、もっぱら書籍販売の文化的責務という問題を前面に出すことで、世の中に訴えようとした。つまり、①ブッククラブは会員となった限られた読者だけを相手にし、国民全体に奉仕しない、②ブッククラブはあらかじめ選定された本を提供し、個々の読者の関心に応じた適切な本の提供を行わない、③ブッククラブの多くはライセンス版を刊行し、新しい才能の発掘に消極的である、④ブッククラブの本の価格も実際にはそれほど安いとはいえない、といった根拠に基づいて[33]、ブッククラブは健全な読書文化を損なっており、書籍販売を担うに値しないと主張したのである。こうした主張は、むろん必ずしも正当なものではなかった。たとえば、すでにみたように愛書家国民連合の「年間シリーズ」では新刊書が提供されていたし、他にもグーテンベルク図書協会のブルーノ・トラーヴェンやブックサークルのフリードリヒ・ヴォルフのように、ブッククラブとの協力によって初めて世に認められた作家がいた[34]。また、ブッククラブの本の長所は、伝統的な書籍販売の側でも認められており、たとえば、株式取引業者組合の支配人アルベルト・ヘスは次のように述べ、愛書家国民連合による安価な本の制作に対する驚きを指導部のメンバーに隠さなかった。なお、ここにみられる「いわゆる会員」といういい方は、購買者を「会員」といい換えていることに対する皮肉であり、ブッククラブが文化的組織を装うことに対する伝統的な書籍販売の不快感を表している。

次回の理事会でお見せしますが、国民連合の最近の刊行物、つまりアート紙に非常に良い複写が多数なされている芸術学の作品は、通常の書籍販売なら少なくとも八—九マルクするでしょうが、国民連合によって、いわゆる会員に三・五マルクで販売されました。この本は、外面的にも内容的にも、いかなる点でも非の打ち所がありません。三〇万部という数を保証されて刊行されることを考慮しても、価格の低さは驚きを喚起します[35]。

だが、ブッククラブの本に対するこうした肯定的な評価が公にされることは決してなかった。伝統的な書籍販売にとって重要なことは、世間に対してブッククラブのイメージを損なうことであり、その根拠が事実に合致しているかどうかは問題ではなかったのである。ここで、ブッククラブに対して否定的なイメージを喚起する文章の一例として、後述する伝統的な書籍販売のブッククラブの設立にあたり、国務大臣アルベルト・ズューデクムが述べた祝辞の一部をあげておきたい。

私たちドイツ書籍販売の将来が、そのすべての部門において、購買者を大きな組織にまとめられるかどうかにかかっているという認識は、私には新しいものではありません。私は、それをめざす企業を興味深く注視し、それどころか、いわゆる愛書家国民連合に会員として加わりました。この企業は大変親切で、代表者の一人をよこし、団体の長所やその効果を詳しく説明してくれました。最近私は、私の判断するところ文学的にまったく価値がない小説が、「義務の巻」として、あまり趣味のよくない装丁と、部数の多さに比して高すぎると感じられ、業務に通じた印刷業者も実際非常に高いことを確認した値段で送られたとき、業務管理部と手紙のやりとりを行いました。この機会に、私は、そもそもいかなる権利を持ってこの企業が「連合」と称しているのかを知ろうとし、会員としての私に帳簿と計算を検査させてもらえるかどうか問いあわせましたが、拒否されました。今日なお、私は、そもそもこの企業の背後に誰がおり、私の見積もりではきわめて高額な「連合」の黒字がどこへ流れているのか知りません。これはありえない状況です。個別のよい業績をどれほど認めようと、まったく連合ではなく、告知が基本的に匿名でなされ、「会員」に業務管理を覗くことを拒否する「連合」の会員であることはできません。それゆえ私は、同連合との関係を解消しました。[36]

ところで、伝統的な書籍販売がこうしたブッククラブへの対抗措置を講じた際、利益代表者としての株式取引業者組合は、当初、それに加担することは自らの課題ではないという立場だった。

報告の年（一九二四年）に成功したドイツ図書共同体の設立、比較的古いが今特に活発な愛書家国民連合の努力、および特に被用者の組織によって誕生させられた同じような企業の努力、それらは疑いなく正規の書籍販売の重大な危機です。（中略）様々な方面から、株式取引業者組合が行動し、この企業の競争から会員を守らねばならないという願いが大きくなりました。それに対し、当組合にはこの発展そのものに反対する権利はいささかもないというのが、理事会の考えでしたし、今もそうです。[37]

しかし、この控え目な態度は長続きせず、やがて株式取引業者組合自身、ブッククラブに反対する措置を実行するようになるが、それは、一方ではブッククラブに公の注目が集まらないよう配慮しながら、他方では世間に向かって広くブッククラブを批判するという、矛盾する二通りの方法でなされた。たとえば、株式取引業者組合の支配人代理クルト・ルンゲは、ドイツ出版社協会が書評用見本を送る際、新聞社や編集者に、ドイツ書籍販売の新刊の書評と部外者のそれを一緒にしないことを義務づけるよう求めた。[38] しかし他方で、『ベルゼンブラット』には、ブッククラブに反対する数多くの記事が掲載され、その有害な影響に関する広い論争が行われた。そこでは、ブッククラブを肯定的に評価しすぎているとみなされた新聞雑誌の論評が反駁され、ブッククラブの宣伝活動に対して妨害措置を講じることさえ促された。[39]

ただし、この二通りの措置のうち、株式取引業者組合にとって、後者のやり方でブッククラブに対して批判的な世論を形成することの方がより重要だったことは、『ベルゼンブラット』以外の場でも、ブッククラブに批判的な論説の刊行を支援したことに見てとられる。その一つは、ミュンヒェンのハンス・フォン・ヴェーバー出版社（Hans von Weber Verlag）で刊行されたエーバーハルト・ヴァイスケーニヒの『特許を与えられた趣味のためのデパート』（*Warenhaus für patentierten Geschmack*）であり、株式取引業者組合は、これを一〇〇部注文した。[40] もう一つは、ライプツィヒのフィリップ・レクラム出版社（Philipp Reclam junior）の雑誌『レクラムの宇宙』（*Reclams Universum*）に刊行された論説「毎月の教養一人前！」（*Monatlich eine Portion Bildung!*）で、株式取引業者組合は、その特別版の刊行のための財政的援助を行った。[41] こうした個別の出版社に対する支援は、本来組合員全体に対する中立性を保ち、組合員全員の利益を考慮すべき株式取引業者組合が、その原則を破ってまでもブッククラブに反対するキャンペーンを優先した事例として、注目に値する。

ところで、ブッククラブに反対するこうした措置は、ブッククラブの側からの批判を招くことも少なくなく、株式取引業者組合に属する個人や団体に対して、ドイツ図書共同体からは少なくとも六件の、愛書家国民連合からは少なくとも一二件の訴訟が起こされた。そして、これらの訴訟においても、株式取引業者組合は、組合員である書籍販売業者を支援した。たとえば、シュテルクラーデ（Sterkrade）のある書籍印刷業者に対して、愛書家国民連合に対する訴訟に可能な限りの備えをするため、法律上の助言と広範な情報を与えた[42]。また、ドイツ図書共同体に対するダンツィヒの書籍販売業者の訴訟では、必要な控訴審手続きのための弁護士費用を引き受けた[43]。しかし、後述のように、これらすべての訴訟においてブッククラブ側の正当性が認められたため、ブッククラブに対するネガティヴ・キャンペーンは、ほとんど奏功しなかった。

四　ボイコットと訴訟

このような事態を前にして、伝統的な書籍販売は、より一層過激な措置へと向かった。それは、ブッククラブで本を刊行している作家に対するボイコットである。この措置は、すでに一九二五年二月にドイツ出版社協会によって議論されていたが、その後、ドイツ書籍販売業協会（Deutsche Buchhändler-Gilde e. V.）も、同年五月九日の総会で、「ドイツの小売店は、自らの利益と広い国民層の趣味の形成という利益のため、ブッククラブの協力者であるような作家の作品の普及には尽力しない[44]」ことを決定し、これを受けて、株式取引業者組合もこの方針を支持した。具体的な方法としては、最初、株式取引業者組合に組織された小売店に、ブッククラブで本が出版されている作家のリストを密かに送り、それらの作家の作品を販売しないよう求めることが考えられたが、実行されなかった。というのも、秘密が保たれなかった場合に、株式取引業者組合およびその他の書籍販売組織がブッククラブの安価な本による精神的価値の普及を妨げているとの批判を受け、株式取引業者組合の評判が下がることが懸念されたためである。そこで逆に、そのリストを公にすることが決定され、一九二五年七月九日の『ベルゼンブラット』に、「事務所に存在する資料によって〈ブッククラブ〉とみなされる企業の一覧表が、ブッククラブですでに刊行されている文学作品（古典は除く）の一覧表を含めて」[45]公表された。株式取引業者組合は、純粋な情報提供であるという論拠で批判を退けられると考えていたが、この措置は、実質的にはブラックリストの公表であり、作家協会からも文壇からも批判を受けた。たとえばエルンスト・モーリッツ・ホイフィヒは、雑誌『世界舞台』（*Weltbühne*）において、ボイコットを批判するとともに、ブッククラブを弁護して、次のように述べた。

> 株式取引業者組合は、作家らにブッククラブのために働くことを禁じましたが、それは、作家にある程度人間らしい報酬を支払う唯一の出版社のために働くことを禁じることになります。
> この禁止というのは、なんらかの作品をブッククラブで刊行している作家は、彼らが他の出版社で刊行している作品も含めて、小売書籍販売によって推薦されてはならない、それどころか扱われてはならないというものです。取次書籍販売を介さず、予約注文または予約購読で読者と連絡をとるブッククラブは、作家に適切な報酬を支払うことを常としているばかりか、場合によっては仕事中に月賦で報酬を支払います。ブッククラブは、作家のものを作家に与える誠実な消費組合です。投機を狙ってはおらず、最初から作家のための売れ行きを保証する特定の読者を持っているのです。[46]

その後、株式取引業者組合、ドイツ出版社協会、およびドイツ書籍販売業協会は、作家との関係を修復するべく、一九二五年八月に、ドイツ作家保護協会およびドイツ舞台作家・作曲家協会と協議を行い、次のような共同の声明を出した。

作家の自由は、いかなる方法によっても、いかなる側からも制限されてはなりません。それゆえ、書籍販売業協会は、公表によって作家の私的権利を制限することは、今も今後も行いません。したがって、このたびの公表からいかなる結果も引き出されてはなりません。[47]

この公式の撤回により、ブッククラブとの協力を理由に作家活動を制限する試みは失敗したかにみえた。だが、ボイコットはその後も続けられ、それどころか一九二五年十月十日には、『ベルゼンブラット』に掲載された全頁の広告において、「ブッククラブから身を護れ」とのアピールが発せられるとともに、小売業者に対してその方法が指南された。[48]こうしたことから、愛書家国民連合とドイツ図書共同体はともに、株式取引業者組合とドイツ書籍販売業協会を相手取って、ベルリン地方裁判所で訴訟を起こしたが、このうち、愛書家国民連合の訴訟は、おおよそ次のような経過を辿った。[49]

まず、十二月四日に最初の審理が行われ、裁判官は、株式取引業者組合に和議に応じるよう勧めた。なぜなら、問題となっているのが通常の意味での競争ではなく、株式取引業者組合の有罪が確実だからである。このときの審理について、ベルリンの『八時の夕刊紙』(*8-Uhr-Abendblatt*)は、同日の記事で次のように報じた。

地方裁判所第五民事法廷で、本日、ドイツ書籍販売業株式取引業者組合とドイツ書籍販売業協会に対して愛書家国民連合が起こした裁判の審理が行われた。かなり多くの聴衆によって証明されたように、ドイツの書籍販売と著作にかかわる人々の間でのみならず、世間の関心をもきわめて強く惹いているこの裁判のきっかけは、愛書家国民連合に対して、つまり小売書籍販売を介さず会員に直接販売する組織に対して、小売書籍販売と書籍販売業協会が始めた戦いであった。書籍販売業者の機関紙『ベルゼンブラット』において、一月に、国民連合に対するボイコットの要請が掲載された。この記事の執筆者は、その時期、地方裁判所の判決によって、不作為と損害賠償の判決をすでに受けていたが、今なお、この件に関する控訴審手続きが続いている。その上、愛書家国民連合およびそれと同じような組織のために活動した作家のブラックリストが公刊された。このボイコットに対して、召集された様々なドイツ作家保護団体によって抗議がなされ、それが功を奏して、ボイコットリストは公式に取り下げられた。国民連合の訴えは、主に、株式取引業者組合がブッククラブの団体に対して静かに、だが粘り強く継続した戦いに反対するものであった。国民連合とその会員のつながりを破壊し、誤解を招く報告によって、熱心な試みに関する世間の判断を誤らせようと試みたことが、株式取引業者組合に対して非難された。さらには、愛書家国民連合の芸術的な催し、ならびにこの団体の書籍展示を妨害することも試みられた。地方裁判所長官シュヴァルツが議長を務める本日の審理において、国民連合の弁護人である弁護士のクレッツアー博士は、国民連合は防衛する立場にあると説明した。訴えられた書籍販売業組織の代表者である法律顧問官マルヴィッツからは、国民連合は小売店を除外することによって大きな経済的損害を与えているのだから、通常の意味での競争が問題となっているに過ぎないとの主張がなされた。これについて、地方裁判所長官シュヴァルツは両者を和解させることを試み、その際、株式取引業者組合と書籍販売業協会の行動が許容範囲を大きく越えていること、また被告が確実に有罪とされるだろうことを強調した。法律顧問官マルヴィッツは、株式取引業者組合と書籍販売業協会は基本的に和解の用意があるが、国民連合の刊行物と業務管理に対する専門的な批判を行う権利が奪われることは許されないとの考えを表明した。最終的に、両者は、基本的に和解の用意があることを認めた。そして、交渉は、十二月十四日の和議に持ち越された。[50]

これを受けて一九二五年十二月十四日に行われた和議については、一九二五年十二月十五日の『ドイツ一般新聞』

（*Deutsche Allgemeine Zeitung*）の論評で、次のように報告されている。

愛書家国民連合が伝えるところによると、株式取引業者組合と書籍販売業協会に対する同連合の訴訟において、地方裁判所第一法廷で、和議の手続きが行われた。法的な状況の判断について、両者の間に違いはなかった。株式取引業者組合の代表者らは、従来の攻撃が撤回され、将来の同様な措置の回避が約束されること、また議長によって提案された将来の紛争の仲裁施設の設立にも応じるつもりであることを表明する用意があった。ただし、彼らは、原告から求められたその施設の費用の負担について責任を負うことはできないとの考えである。というのも、これに応じることは、世間では実質的な敗北と解釈されるだろうからである。愛書家国民連合の代表者らは、物質的な補償の要求は一切断念するつもりであると表明したが、訴訟費用を引き受けるという形で表されねばならない道義的な補償の要求には固執した。意見の一致に至らなかったため、来年一月に新たな審理が行われる。(51)

その後、一九二六年四月九日に、ベルリン地方裁判所が愛書家国民連合の主張を認め、株式取引業者組合は、愛書家国民連合に関して公にしたすべての要求と主張を取り下げ、ブラックリストを撤回するようにとの判決を受けた。そして、一九二六年九月十五日、訴訟全体は、愛書家国民連合と株式取引業者組合との間の最終的な和議の声明で決着が図られた。『ベルゼンブラット』では一九二六年十月二日に、愛書家国民連合の季刊誌においては第二年次第二号において公表された声明の内容は、次のようなものであった。

ライプツィヒのドイツ書籍販売業株式取引業者組合の理事会は、『ベルゼンブラット』で主張された、ベルリン＝シャルロッテンブルクのヴェークヴァイザー出版社の愛書家国民連合の活動が文化の発展を損なうという主張を維持しないことを明らかにする。ベルリン＝シャルロッテンブルクのヴェークヴァイザー出版社の愛書家国民連合は、そのシステムが書籍販売の利益に反する傾向に基づいていないこと、むしろ、古くから保たれている小売書籍販売を、精神的な製作品と国民との間の重要な、価値のある仲介者とみなしていることを明らかにする。ライプツィヒのドイツ書籍販売業株式取引業者組合の理事会は、結ばれた和議に基づいて、この声明に同意する。

この理由から、ベルリン＝シャルロッテンブルクのヴェークヴァイザー出版社の愛書家国民連合とドイツ書籍販売業株式取引業者組合の理事会は、両者の間に進行中の訴訟について、調停での和解を結んだ。両者は、将来は、お互いにそれぞれの特性を評価しあって、並んで活動したいとの希望を表明した。[52]

ドイツ図書共同体との間に同じような和解が成立したのはそれから二年後の一九二八年五月三日であったが、その際、株式取引業者組合は「ドイツ図書共同体の製作品が、文化を振興する真面目なものであり、名誉ある出版企業の威厳を有する」[53]ことを認めた。ブッククラブの信用を落とし、その活動を妨げるための様々な試みを行った後のこのような譲歩は、伝統的な書籍販売にとっては敗北に等しいものだった。また逆に、ドイツの書籍小売業と出版社の利益代表者が以前には世間に対して否定していた特性を認めたという事実は、ブッククラブにとっては勝利を意味した。こうして、伝統的な書籍販売にもようやく、ブッククラブを制圧することはできず、将来はそれと折り合っていかねばならないという認識が生じたのであった。株式取引業者組合は、この機会に係争中のブッククラブとの訴訟をすべて終わらせるとともに、組合員に対しても、ブッククラブとの対決を可能な限り見合わせ、「営業上の業績を競い、法的に許された手段の枠内で顧客へのサービスを競う」[54]よう求めた。

五　書籍販売のブッククラブ

だが、伝統的な書籍販売の側では、ネガティヴ・キャンペーンやボイコットと並んで、営業上の対抗措置もすでに考えられており、その一つが、伝統的な書籍販売の中にブッククラブと同じ組織を設立することであった。たとえば、オラニエンブルクの書籍販売業者ラインハルト・ゲルリングは、ブラックリスト公表の少し後、つまりブッククラブに反対するキャンペーンの頂点の時期に、株式取引業者組合によって発議され、導かれるブッククラブの提案を行った。[55] また、この時期には、書籍販売と協力して活動するブッククラブ的な企業がすでに存在しており、ゲルリングの提案のモデルとなっていた。たとえば、「プロテスタント図書共同体」(Evangelische Buchgemeinschaft, 後のプロテスタント図書同好会）はその一つだが、プロテスタント系の出版社の一〇〇〇巻以上の本が一冊四マルクで提供され、それらがプロテスタント系の小売店を経て販売されることによって、プロテスタント系の書籍販売の強化に役立っていた。[56] しかし、上記のようなブッククラブと伝統的な書籍販売の対立の高まりのなかで、伝統的な書籍販売による対抗措置として実現をみたのはドイツ図書購買共同体であり、ルッツ・クニーリングとヴァルター・ショッテの提案に基づき、株式取引業者組合の強力な支援も受けて、一九二五年九月一日、出版業者オイゲン・ディーデリヒスの名において招集された一八の出版社と小売店によってライプツィヒで設立され、同時にその事業を担う「図書購買センター」(Buch-Einkaufs-Zentrale GmbH) も設立された。[57] 業務管理には、ショッテとディーデリヒスの他、国務省局長ハンス・マイデンバウアー、ドイツ書籍販売業協会代表パウル・ニッチュマン、出版業者フェリックス・マイナー、弁護士アードルフ・フォン・ベルクが責任を負った。

ドイツ図書購買共同体では、参加した出版社の在庫の販売と新刊書の予約注文が行われた。いずれの場合も、本がブッククラブ用に装丁を変えられることはなく、価格は本来の店頭価格よりも五〇―六〇パーセントも安かった。

会員になるためには、小売店で入会料一マルクと、毎月の会費一・八マルク、または三カ月ごとの会費五・四マルクを支払わねばならなかった。また、一年間に少なくとも二一・六マルク分の本を購入せねばならなかった。一方、小売店は、ドイツ図書購買共同体の本の引き渡し所となるためには、五マルクを支払って、株式取引業者組合かドイツ書籍販売業協会の会員とならねばならなかった。そのかわりに、定期的に宣伝用の資料が提供され、本を通常より三〇パーセント安く仕入れることもできた。また、入会料と会費の徴収を行い、会費のうち三〇パーセントをリベートとして手に入れ、残りの七〇パーセントと入会料を図書購買センターに送った。図書購買センターでは、送られた会費が各会員の口座に管理された。提供する本の選択は、会員向けカタログ雑誌『本の世界』（*Welt der Bücher*）の指導部と有力な公共図書館司書が共同で作業を行う文学委員会の推薦に基づいて決定された。小売店は、馴染みの顧客からドイツ図書購買共同体のための会員を勧誘し、会員の注文を図書購買センターに伝え、図書購買センターは、会員の口座の残高に不足がなければ、注文を当該の出版社に伝え、出版社から小売店に本が送付された。提供された本には、たとえば次のようなものがあった。

ユーリウス・フォーゲル／エルンスト・トラウマン『学生ゲーテ』（*Goethe als Student*）

ハインリヒ・フィンケ『フリードリヒ・シュレーゲルとドロテーア・シュレーゲルの往復書簡　一八一八—一八二〇年』（*Der Briefwechsel Friedrich und Dorothea Schlegels 1818–20*）

フリーダ・ポルト『金の竪琴』（*Goldene Phorminx*）

ヨハン・ヴォルフガング・フォン・ゲーテ『若きウェルテルの悩み』（初版のファクシミリ印刷）（*Die Leiden des jungen Werthers*〔Faksimiledruck der ersten Auflage〕）

ヴァルター・ハーリヒ編『E・T・A・ホフマン　詩と著作』（*E. T. A. Hoffmann Dichtungen und Schriften*）

カスパール・ルートヴィヒ・メルクル『ホルデラウの農場主』（*Der Gutsbesitzer von Holderau*）
ヘルマン・オルデンベルク『ブッダの言葉』（*Reden des Buddha*）
カール・シュトレッカー『ニーチェ＝ストリントベリ往復書簡』（*Briefwechsel zwischen Nietzsche und Strindberg*）
エーバーハルト・ブーフナー『超感覚的なものごと』（*Von den übersinnlichen Dingen*）
フリードリヒ・レオンハルト・クローメ『世界史の統一体としての西洋』（*Das Abendland als weltgeschichtliche Einheit*）
ブランカ・グロッスィー『三〇〇年間のウィーンの喜劇歌曲』（*Wiener Komödienlieder aus drei Jahrhunderten*）
ヤーコプ・ブルクハルト『ハインリ・フォン・ガイミュラーとの往復書簡』（*Briefwechsel mit H. von Geymüller*）
ヴィルヘルム・フレンガー『ランスの仮面』（*Die Masken von Rheims*）
パウル・ショイリヒ『スケッチ』（*Zeichnungen*）[58]

　このようなドイツ図書購買共同体のシステムは、一見、本の生産者、販売者、受容者のすべてに利益をもたらす理想的な販売形式だと思われた。というのも、それは、提供する本に出版社の在庫を充てることで本の販売を促進し、引き渡し所となった小売店に新たな顧客をもたらし、購買者には店頭価格の半額近い低価格の本を提供したからである。とりわけ、戦争と革命とインフレによって損害を被った、教養ある年老いた本の購買者層が再び伝統的な書籍販売に回帰することが期待された。もちろん、他のブッククラブと同じように、会員による新会員の勧誘も奨励され、三名の勧誘ごとにカタログ価格で二・五マルクの本が進呈された。

　ところが、予想に反して、このブッククラブの発展は滞った。そこにはいくつかの要因があったが、最大の要因は、提供された本が魅力を欠いていたことにあった。というのも、それらの多くは伝統的な書籍販売の在庫から選ばれたが、それは端的にいえば売れ残りであり、本来なら反故にされるか、古書店に譲られる本が、価格を引き下げて提供されたに過ぎないからである。出版社に返品された本を販売業者が買いとり、自由な価格で販売する、いわゆる新古本の販売と同じと考えてよいであろう。したがって、ここには、ブッククラブに成功をもたらした二つの要因のうち一つが明らかに欠けていた。つまり、安い本の提供はみられるものの、読者の好みに合った内容の本の提供はみられなかったのである。しかも、小売店にとっては、売れ行きの悪かった本の販売を再度引き受けねばならない上、顧客に対して、当初の店頭価格とブッククラブの本の価格との違いを十分に説明できないというジレンマも生じた。その上、ブッククラブの本の引き渡し所となることで増える雑務、たとえば入会金や会費の徴収、本の引き渡しや宣伝などに必要な労力に比べて、利益も少なかった。その結果、ドイツ図書購買共同体の試みには、本来必要な小売店からの協力が、期待したほど得られなかった。結局、一九二六年頃までに、引き渡し所となった小売店が四〇〇、会員はおよそ五〇〇〇の個人と団体に留まった。

　こうした理由から事業が進捗しなかった上に、事業本部の財務管理の失敗も重なり、ドイツ図書購買共同体の経営はたちまち行きづまった。というのも、一九二六年一月までに、資本金六万マルクのうち三万五〇〇〇マルクが宣伝と雑費に支出される一方、それに見合った収入は得られなかったからである。そこで、事業本部は、ダッハウの図書同盟からの合併の提案を受け入れて財政のテコ入れを行い、資本金を八万マルクへと引き上げた。図書同盟は、「一角獣出版社」（Einhorn Verlag）の所有者ヴァルター・ブルームトリット＝ヴァイヒャルトによって、一九二四年に、出版社内部の予約購読として設立されたブッククラブであったが、伝統的な書籍販売の枠外にあるブッククラブに対抗し、小売店と協力して活動していた。合併後、より活発な宣伝活動が行われたが、その頂点は一九二六年九月二十七日から十月五日にかけての「図書週間」（Buchwoche）で、この間、小売店は、新会員獲得に対して三〇〇マルクを上限とする報奨金を手に入れることができた。だがその際、引き渡し所に図書同盟の本をブッククラブの会員以外にも販売することが許されたことが、ドイツ書籍販売業の販売規則に違反するとみなされ、他の小売店や株式取引業者組合から批判を蒙った。そして、この宣伝活動そのものも、大きな成功を収めなかった。

こうして、一九二七年春、ドイツ図書購買共同体は解散が決定された。結局、ブッククラブ設立という対抗措置も、伝統的な書籍販売にとってブッククラブに対する「防波堤[59]」とならないどころか、自らが批判する書籍販売の方法を実践したことで、そのメリットをよりいっそう際立たせた上、ブッククラブを批判する理由を失い、上記のようなブッククラブとの訴訟にも不利な影響を及ぼすことになったのであった。

六　ナチス時代の統制と発展

以上のように、書籍販売における独占的な地位に固執し、イメージダウンや作家に対するボイコット、およびブッククラブの模倣といった対抗措置によって競争相手を押さえつけようとした伝統的な書籍販売の試みは、結局ほとんど成功しなかった。それに対し、ブッククラブは、ワイマール共和国時代を通して、伝統的な書籍販売の妨害にもかかわらず成長を遂げ、もはやブックマーケットの周縁的現象ではなくなり、書籍販売において、伝統的な書籍販売と並んで重要な地位を占め、読書文化の確たる構成要素となったのであった。このことは、これらの新しい企業が、第一次世界大戦後の新たな文化的、政治的、社会的現実に適応する用意が欠けた伝統的な書籍販売に対する実際的な対案として理解され、世の中に受け入れられたことを示している。すなわち、安価な本の提供と多様な本の提供というこれまでにない特色が多くの読者を惹きつけ、ブッククラブに結びつけたのだった。

ところが、一九三三年のナチス時代の到来が、この新しい書籍販売形式に大きな影響を及ぼすことになる。ナチスによって資料が破棄されるなどしたこともあり、個々のブッククラブの詳細については不明な部分が多いが、大まかにいうと、統制によって一部のブッククラブの活動が抑止された一方、ナチス独自のブッククラブの設立を含め、ブッククラブの活動全体には発展ももたらされた。まず前者については、次のような事柄が指摘される。ナチスの政権発足後間もなく、ドイツ家庭文庫、グーテンベルク図書協会、およびブックサークルが、「ドイツ労働戦線」（Deutsche Arbeitsfront = DAF）に併合された。このうち、ドイツ家庭文庫はそのまま活動を継続できたが、グーテンベルク図書協会とブックサークルはナチス突撃隊に占拠され、企画担当者が逮捕されて、活動を停止した。ただし、前者は、その後、会長が亡命したスイスで活動を継続した。同じく左翼的な万人のためのウニヴェルズム文庫も、一九三三年三月にナチスによって禁止され、以後はバーゼルで活動を継続せざるをえなかった。さらに、ユダヤ系のハイネ同盟もまた、設立者の亡命によって活動を停止した。しかし、こうして特定の世界観を持つブッククラブが抑圧された一方で、世界観的な中立性を謳った愛書家国民連合とドイツ図書共同体はそのまま活動の継続を認められた。また、ドイツ・ブッククラブのように、活動を継続したのみならず、ユダヤ系作家の本なども刊行したブッククラブもみられた。さらに、ナチスによる独自のブッククラブの設立も試みられた。すなわち、一九三三年、ベルリンの「時代史出版社」（Verlag-Zeitgeschichte）によって褐色図書同好会が設立されたのである。それは、同年三月十三日の『ベルゼンブラット』の広告によれば、「ナチスの精神に導かれた最初のブッククラブであり、書籍販売業の協力に基づく新しい大きなブッククラブ」であった。[60] こうして、ブッククラブという書籍販売形式は、第三帝国時代にも一部の団体によって活動が継続されたのみならず、全体の会員数もワイマール共和国時代末期と比べて倍増し、一九四〇年時点で約一七〇万人に達した。[61]

このような状況の下、意外なことに、ナチスによる独裁体制のなかで、ブッククラブと伝統的な書籍販売の対立も現実的な解決へと向かった。たとえば、シュトゥットガルトの出版人アードルフ・シュペーマンが一九三八年にライプツィヒで開催された第一二回国際出版社会議で行った報告は、ブッククラブに関するこの時期の一般的な議論を反映している。それによれば、事前に行われた約五〇〇の小売書籍販売と約二〇〇の文芸出版社に対するアンケートの結果、伝統的な書籍販売とブッククラブの間の対立はかなり和らぎ、ブッククラブは書店での書籍販売にとって必要な補完物として肯定的に捉えられている。書籍販売業者の考えは、ブッククラブがなくなればより多くの本を売ることができるであろうが、その場合、ブッククラブとともに多数の本の購買者も失われてしまうため、全体として売れる本が少なくなってしまうであろうというものであった。[62]そこで、シュペーマンは次のような提案を行った。

①ある本のブッククラブ版（＝ライセンス版）の刊行は、オリジナル版の刊行後、早くとも四年後とする。
②ブッククラブがプログラムに取り入れることができる本は、ライセンス版に限定する。
③ブッククラブの会員への本の供給は、できるだけ書籍販売業者の店舗を通じてなされ、ブッククラブの書店と支部は閉鎖されるか、各地の書籍販売業者に譲渡されねばならない。
④書籍販売業の代表者によるブッククラブの会員の勧誘と新たなブッククラブの設立は禁止されねばならない。[63]

こうした提案を受けて、最終的に、一九四〇年十二月三十日、帝国著作院の指示により、以下のようなことが規定された。

①ブッククラブのライセンス版の刊行は、オリジナル版の刊行後、早くとも一年後とする。
②出版社とブッククラブにおいてある作品が同時に刊行されることも許される。
③書籍販売業者は、ブッククラブのために会員を勧誘する権利を与えられる。

④個々のブッククラブの通例の条件は、書籍販売業者によって守られる。
⑤個々の書籍販売業者は、ブッククラブによって本の引き渡し場所として認められる。
⑥ブッククラブは、書籍販売業者に対して、会員に対する本の価格の少なくとも二〇パーセントのリベートを譲らねばならない。
⑦ブッククラブは、自らがもはや単独の版権を持たない作品、または著作権がもはや守られない作品の再版を一般の書籍販売業者が利用できるようにせねばならない。そのかわり、これらの版に対しては、会員に通用する価格とは異なる店頭価格が定められねばならない。(64)

こうして、ブッククラブと伝統的な書籍販売とのかかわりについて、ようやく一定の明確なルールが定められたのであった。しかしながら、帝国著作院のさらなる指示において、一九四一年には新しいブッククラブの設立が許可制となり、同年八月一日には会員の勧誘および新会員の受け入れが禁止され(65)、さらには第二次世界大戦の戦況の悪化により、出版事業全体が縮小を余儀なくされることとなった。

（1）　表1の各ブッククラブの名称と設立年については、余論の注にあげたそれぞれのブッククラブについての文献を参照。なお、表1にあげたブッククラブのうち三つの団体について、ドイツにおけるブッククラブの枠内でとりあげる理由を補足すると、次の通りである。第一に、カトリック良書普及協会は、ウィーンのメキタル派によって設立されたものだが、ドイツにおけるブッククラブの先駆的団体とみなされている。第二に、読書向上文庫は、企画段階に留まり、設立には至らなかったが、その構想の重要性から、多くの先行文献において、実際に設立されたブッククラブと同等の扱いを受けている。第三に、アーダルベルト・シュティフター協会図書共同体は、チェコスロヴァキアのエーガーで設立されたが、ズデーテン地方におけるドイツ思想の普及に尽力した。

（2）Vgl. Michael Bühnemann/Thomas Friedrich: *Zur Geschichte der Buchgemeinschaften der Arbeiterbewegung in der Weimarer Republik*. In: *Wem gehört die Welt — Kunst und Gesellschaft in der Weimarer Republik*. Hrsg. von der Neuen Gesellschaft für Bildende Kunst. Berlin（Neue Gesellschaft für Bildende Kunst）1977, S. 364–397, hier S. 364.

（3）表2は、次の文献に基づいて作成されている。Vgl. Kurt Zickfeldt: *Die Umgestaltung des Buchmarktes durch Buchgemeinschaften und Fachvereinsverlage in Zusammenhang mit den Plänen und Versuchen der Sozialisierung und Verstaatlichung des Buchwesens*. Osterwieck am Harz（A. W. Zickfeldt）1927, S. 58. なお、ツィックフェルトの論文は、小著の対象であるブッククラブの最初の隆昌と同じ時代に執筆されたものだが、当時のブッククラブと伝統的な書籍販売の違いについては、参照した文献のなかで最も詳しく論じられている。

（4）Ebenda, S. 55.

（5）Ebenda, S. 56.

（6）Ebenda, S. 57.

（7）なお、この点については、卸売業や小売店を仲介せずとも、一定の送料は必要なため、それほど大きな差はないという見方もある。Vgl. Kurt Runge: *Die Buchgemeinschaft und ihre Problematik*. In: *Das Recht am Geistesgut. Studien zum Urheber-, Verlags- und Presserecht. Eine Festschrift für Walter Bappert*. Hrsg. von Fritz Hodeige. Freiburg（Verlag Rombach）1964, S. 219–241, hier S. 226.

（8）Vgl. Kurt Zickfeldt: a. a. O., S. 94ff.

（9）Vgl. Hans Rosin: *„Buchgemeinschaft“ und Bildungspflege*. Stettin（Verlag „Bücherei und Bildungspflege“）1926, S. 1.

（10）Vgl. Urban van Melis: *Buchgemeinschaften*. In: *Geschichte des deutschen Buchhandels im 19. und 20. Jahrhundert. Bd. 2: Die Weimarer Republik 1918–1933. Teil 2*. Im Auftrag der Historischen Kommission hrsg. von Ernst Fischer und Stephan Füssel. Berlin/Boston（Walter de Gruyter）2012, S. 553–588, hier S. 554.

（11）表3は、次の文献に基づいて作成されている。Vgl. ebenda, S. 557–578.

（12）ただし、まさにそれゆえに保守的・国家主義的ブッククラブに近かったとの指摘もなされている。Vgl. Reinhold Neven DuMont: *Die Kollektivierung des literarischen Konsums in der modernen Gesellschaft durch die Arbeit der Buchgemeinschaften*.（Freiburg Univ. Diss.）Köln 1961, S. 60.

(13) Vgl. Urban van Melis: *Buchgemeinschaften in der Weimarer Republik*. Stuttgart (Anton Hiersemann) 2002, S. 25.

(14) 表4のデータについては、余論の注にあげた各ブッククラブについての文献を参照。

(15) 表5のデータについても、余論の注にあげた各ブッククラブについての文献を参照。

(16) この統計的データは、ドイツ図書購買共同体を構想したヴァルター・ショッテに拠る。Vgl. Berthold Brohm: *Das Buch in der Krise. Studien zur Buchhandelsgeschichte der Weimarer Republik*. In: *Archiv für Geschichte des Buchwesens. Bd. 51*. Hrsg. von der Historischen Kommission des Börsenvereins des Deutschen Buchhandels e. V. Frankfurt am Main (Buchhändler-Vereinigung GmbH) 1999, S. 189–332, hier S. 251.

(17) Vgl. ebenda, S. 241ff.

(18) Vgl. Kurt Zickfeldt: a. a. O., S. 97f.

(19) [o. V.]: *Stellungsnahme des Börsenvereins gegenüber den Werbemaßnahmen der Deutschen Buchgemeinschaft GmbH. in Berlin*. In: *Bbl*. 91 (1924) Nr. 139, S. 8395ff., hier S. 8396. Zitiert nach Berthold Brohm: a. a. O., S. 242.

(20) Georg Westermann an VdB. In: *Bbl*. 91 (1924) Nr. 247, S. 14309. Zitiert nach ebenda, S. 243.

(21) Ebenda.

(22) Ebenda.

(23) J. F. Lehmanns an die »Altonaer Neuesten Nachrichte«. In: *Bbl*. 91 (1924) Nr. 285, S. 18203. Zitiert nach ebenda, S. 243.

(24) Vgl. *Bbl*. 92 (1925) Nr. 1, S. 5. Zitiert nach ebenda.

(25) Vgl. [o. V.]: *Zur Frage: »Kollektivbuchhandel. Deutsche Buchgemeinschaft – Volksverband der Bücherfreunde u. ä.«*. In: *Bbl*. 92 (1925) Nr. 16, S. 955–964. Zitiert nach ebenda.

(26) Vgl. ebenda, S. 239. この他に興味深い事例として、やや時期は後になるが、次のようなものがある。トーマス・マンは、アーダルベルト・ドレーマーの提起を受けて、ザムエル・フィッシャーに『ブッデンブローク家の人々』(*Buddenbrooks*)の廉価版を出すよう急き立てたが、フィッシャーがそれを決心できたのは、一九二九年にドイツ図書共同体が協力を約束し、ライセンス出版のための契約が結ばれたことによってであった。この場合、ブッククラブは出版社が損失を回避するのに役立ったのである。Vgl. Helmut Hiller: *Bücher billiger*. München (Buch und Öffentlichkeit e. V.) [um 1968], S. 17.

(27) Vgl. ebenda, S. 244.

（28）Vgl. Urban van Melis: *Buchgemeinschaften in der Weimarer Republik.* A. a. O., S. 96f.

（29）たとえば、オットー・エルツェによれば、「ブッククラブへ向かった購読者層という考えは誤りであったし、今でも誤っている。この読者層を小売店の大部分は所有していなかったし、現在も所有していない。」Otto Oeltze: *Die Buchgemeinschaften.* In: *Handbuch des Buchhandels. Bd. 4. Übrige Formen des Bucheinzelhandels – Zwischenbuchhandel und Buchgemeinschaft.* Hrsg. u. Red. von Friedrich-Wilhelm Schaper. Wiesbaden/Gütersloh（Verlag für Buchmarkt-Forschung）1977, S. 406–453, hier S. 417. また、ベルトルト・ブロームも、「小売書籍販売の顧客はブッククラブの会員と同一視されない」とみなす。Berthold Brohm: a. a. O., S. 255.

（30）Vgl. [o. V.]: *Führende Persönlichkeiten des geistigen Deutschland über die Deutsche Buch-Gemeinschaft.* In: *Das Zeitungsbuch.*（1925）Nr. 18, S. 5–12.

（31）[o. V.]: *Der Weg der Deutschen Buch-Gemeinschaft.* In: Ebenda, S. 2–4, hier S. 3f.

（32）たとえば、ロルフ・R・ビグラーによれば、「ブッククラブは、出版社に、本一般に、そして間接的には小売店にも、新しい読者と新しい購買者をもたらした。」Vgl. Rolf R. Bigler: *Literatur im Abonnement. Die Arbeit der Buchgemeinschaften in der Bundesrepublik Deutschland.* Gütersloh（Bertelsmann Reinhard Mohn oHG）1975, S. 24.

（33）Vgl. Urban van Melis: *Buchgemeinschaften in der Weimarer Republik.* A. a. O., S. 232ff.

（34）Vgl. ebenda, S. 233.

（35）Brief von Hess an die Herren des Vorstands vom 22. Juni 1925（Sächsisches Staatsarchiv Leipzig 353 Bv, o. P.）. Zitiert nach ebenda, S. 234.

（36）Albert Südekum: *Gruß an die B. E. G.* In: *Welt der Bücher.*（1925）Nr. 1, S. 1f., hier S. 1. なお、小著の参考文献の一つであるハンス・ローズィンの一九二六年の論考も、「教養の育成」という点でブッククラブの欠点を批判した上、伝統的な書籍販売によるブッククラブであるドイツ図書購買共同体の意義を強調したものであり、こうしたネガティヴ・キャンペーンの一例とみなされうる。

（37）[o. V.]: *Geschäftsbericht des Vorstandes des Börsenvereins der Deutschen Buchhändler zu Leipzig über das Vereinsjahr 1924/1925. Zu erstatten in der Hauptversammlung des Börsenvereins der Deutschen Buchhändler zu Leipzig am Sonntag Kantate, dem 10. Mai 1925.* In: *Bbl.* 92（1925）Nr. 92, S. 6587–6602, hier S. 6593. Zitiert nach Urban van Melis: *Buchgemeinschaften in der Weimarer Republik*. A. a. O., S. 235.

(38) Vgl. Brief vom 5. August 1925 (Sächsisches Staatsarchiv Leipzig 351 Bv, o. P.). Zitiert nach ebenda, S. 235f.

(39) Vgl. ebenda, S. 236.

(40) Vgl. ebenda, S. 236f.

(41) Vgl. ebenda, S. 237.

(42) Vgl. ebenda.

(43) Vgl. ebenda, S. 238.

(44) *Protokoll über die Verhandlungen der ordentlichen Hauptversammlung des Börsenvereins der Deutschen Buchhändler zu Leipzig am Sonntag Kantate, dem 10. Mai 1925, im Deutschen Buchhändlerhaus zu Leipzig. Entschliessung betr. Buchgemeinschaften*. In: *Bbl.* 92 (1925) Nr. 111, S. 7859–7863, hier S. 7863. Zitiert nach Urban van Melis: *Buchgemeinschaften*. A. a. O., S. 582.

(45) [Albert] Hess: *Bekanntmachung*. In: *Bbl.* 92 (1925) Nr. 158, S. 10865ff, hier S. 10865. Zitiert nach ebenda, S. 582f.

(46) Ernst Moritz Häufig: *Vom Buchhändlerbörsenverein*. In: *Die Weltbühne*. 21 (1925) Nr. 29, S. 107–109, hier S. 108.

(47) Vgl. *das Protokoll dieser Zusammenkunft* (Sächsisches Staatsarchiv Leipzig 355 Bv, o. P.). Zitiert nach Urban van Melis: *Buchgemeinschaften*. A. a. O., S. 583f.

(48) Vgl. Helmut Hiller: a. a. O., S. 14.

(49) Vgl. Eberhard und Herbert Amtmann: *VdB — Bibliographie. Geschichte und Verzeichnis der nachweisbaren Titel des „Volksverband der Bücherfreunde" und der „Weltgeistbücherei"*. Heidelberg (Eberhard Amtmann Verlag) 1999, S. 7ff.

(50) *8–Uhr-Abendblatt*. 4. Dez. 1925. Zitiert nach [o. V.]: *Der Abwehrkampf des Volksverbandes der Bücherfreunde gegen den Börsenverein der deutschen Buchhändler und die Deutsche Buchhändler-Gilde e. V.* In: *Vierteljahresblätter des V. d. B.* 1 (1926) Nr. 1, S. 6f., hier S. 6f.

(51) *Deutsche Allgemeine Zeitung*. 15. Dez. 1925. Zitiert nach ebenda, S. 7.

(52) [o. V.]: *Vergleich zwischen dem Börsenverein des Deutschen Buchhandels und dem Volksverband der Bücherfreunde*. In: *Bbl.* 93 (1926) Nr. 230, S. 1185. Zitiert nach Berthold Brohm: a. a. O., S. 249.

（53）［o. V.］: *Vergleich zwischen dem Börsenverein des Deutschen Buchhandels und der Deutschen Buchgemeinschaft.* In: *Bbl.* 95（1928）Nr. 108, S. 513. Zitiert nach ebenda.

（54）［o. V.］: *Buchgemeinden und Buchhandel.* In: *Bbl.* 92（1925）Nr. 254. Zitiert nach ebenda, S. 250.

（55）Vgl. ebenda, S. 250.

（56）Vgl. ebenda, S. 250f.

（57）ドイツ図書購買共同体と図書同盟に関する記述については、次を参照。Vgl. Kurt Zickfeldt: a. a. O., S. 101f.; Berthold Brohm: a. a. O., S. 251ff.; Urban van Melis: *Buchgemeinschaften in der Weimarer Republik.* A. a. O., S. 128ff.; Urban van Melis: *Buchgemeinschaften.* A. a. O., S. 576.

（58）Hans Rosin: a. a. O., S. 17.

（59）Rundbrief von Albert Hess: Betr.: Gründung einer Gegenorganisation gegen die Buchgemeinschaften an die Vorstandsmitglieder des Börsenvereins vom 3. September 1925（Sächsisches Staatsarchiv Leipzig 348 Bv, S. 38–43, hier S. 42）. Zitiert nach Urban van Melis: *Buchgemeinschaften.* A. a. O., S. 576.

（60）Zitiert nach Helmut Hiller: a. a. O., S. 18.

（61）Vgl. Thomas Garke-Rothbart: *„… für unseren Betrieb lebensnotwendig …" Georg von Holtzblinck als Verlagsunternehmer im Dritten Reich.* München（K. G. Saur）2008, S. 83; Frank Weissbach: *Buchgemeinschaften als Vertriebsform im Buchhandel.* In: *Buchgemeinschaften in Deutschland.* Hrsg. von Gunter Ehni und Frank Weissbach. Hamburg（Verlag für Buchmarkt-Forschung）1967, S. 17–101, hier, S. 48f.

（62）Vgl. Helmut Hiller: a. a. O., S. 18f.

（63）Vgl. ebenda, S. 19.

（64）Vgl. ebenda, S. 20.

（65）Vgl. ebenda.

第二章　ドイツ連邦共和国におけるブッククラブ

──一九四五年以後の展開

第一節　一九六〇年代から一九八〇年代の隆昌

一　一九四五年以後のドイツ連邦共和国におけるブッククラブ

ナチス時代にも会員数の上で成長をみたブッククラブは、一九四五年以後、さらに大きな発展を遂げた。だが、その数や種類を正確に把握することは、情報の不足により容易ではなく、とりわけドイツ民主共和国（旧東ドイツ）の事情を把握することは難しい。そのため、本書において一九四五年以後のドイツにおけるブッククラブの発展を論じるにあたっては、もっぱらドイツ連邦共和国（旧西ドイツ）が対象となる。その上で、本節ではその隆昌期の状況について考察するが、まずは先行文献から得られるいくつかの重要な情報を指摘することにより、一九四五年以後のドイツのブッククラブの活動を概観したい。

ブッククラブの数については、一九五〇年代末にごく小規模なものを含めて八五団体存在したという指摘がみら

表1　1964年頃のドイツ連邦共和国におけるブッククラブ

ブッククラブ名	会員数
ベルテルスマン読書愛好会（Bertelsmann Lesering）	2,500,000
ドイツ図書同盟（Deutscher Bücherbund）	740,000
ドイツ図書共同体（Deutsche Buch-Gemeinschaft）	600,000
グーテンベルク図書協会（Büchergilde Gutenberg）	300,000
ファッケル＝ブッククラブ（Fackel-Buchklub）	160,000
プロテスタント図書同好会（Evangelische Buchgemeinde）	160,000
ヨーロッパ教養共同体（Europäische Bildungsgemeinschaft）	150,000
ヨーロッパ・ブッククラブ（Europäischer Buchklub）	150,000
ドイツ家庭文庫（Deutsche Hausbücherei）	125,000
本の中の世界（Welt im Buch）	80,000
ドイツ・ブッククラブ（Deutscher Buchklub）	80,000
ヘルダー図書同好会（Herder Buchgemeinde）	80,000
ボン図書同好会（Bonner Buchgemeinde）	38,000
現代ブック＝クラブ（Moderner Buch-Club）	5,000

れる一方[1]、その後の淘汰により、一九七九年までに七団体にまで減少したとの指摘もみられる。[2]表1は、一九六四年頃の主なブッククラブとその会員数を示したものだが[3]、上位三ないし四団体、なかでも一位のベルテルスマン読書愛好会の会員数が際立って多いことがわかる。また、これらのブッククラブは、一九四五年以前の主なブッククラブと同様に伝統的な書籍販売を介さない販売形式をとる「古典的ブッククラブ」（klassische Buchgemeinschaften）と、伝統的な書籍販売をも販路に含む「現代的ブッククラブ」（moderne Buchgemeinschaften）に分けられる。[4]このうち「古典的ブッククラブ」には、会長のドレスラーが亡命から戻った後、一九四七年にフランクフルトで再建されたグーテンベルク図書協会、娯楽と知識の文庫が一九四八年に再建された「シュトゥットガルト家庭文庫」（Stuttgarter Hausbücherei）、「ドイツ職員労働組合」（Deutsche Angestellte Gewerkschaft）の復活を受けて、一九四九年に再建を認められたドイツ家庭文庫、本拠地をベルリンから最初はハンブルクへ移

して一九五一年に再建された後、さらにダルムシュタットへ移転したドイツ・ブッククラブ、一九五八年に設立されたドイツ図書同盟などが含まれる。なお、これらのうちグーテンベルク図書協会とドイツ家庭文庫は、社会主義的ないし民族主義的な世界観を抑制することによって、会員数を増やしていった。(5) 一方、一九四八年以後、書籍小売業を販路に含む「現代的ブッククラブ」が多数設立された。一九四五年以前の「書籍販売のブッククラブ」の一部に先例はみられたが、戦後はとりわけベルテルスマン読書愛好会によってこの形式が強力に推進され、ブッククラブと伝統的な書籍販売との間の長年にわたる敵対的な関係が、書籍そのものに対する人々の関心を喚起し、書籍市場全体を拡大するという意味での協力関係へと転換された。(6) 主な団体としては、一九五〇年にギュータースロー(Gütersloh)に設立されて、急成長を遂げたベルテルスマン読書愛好会、一九五〇年にシュトゥットガルトに設立されたヨーロッパ・ブッククラブ、一九五二年に設立されたヘルダー図書同好会とファッケル＝ブッククラブ、一九五三年に「クルト・デッシュ出版社」(Kurt Desch Verlag)によって設立された本の中の世界があげられる。

これらドイツ連邦共和国におけるブッククラブの活動について把握しうる具体的なデータを示すと、次の通りである。一九六一年時点で、入会金は〇—二マルク程度、年間の会費は一八—五〇マルク程度で、これに対して年間四—六冊程度の本が提供された。その際、ブッククラブによってあらかじめ指定されたタイトルの本が提供されるケースと、提供可能な全タイトルの中から会員が自由に選択できるケースがみられ、前者の中には、一定の条件の下で他のタイトルとの交換を認めるケースもあった。(7) また同時期、ブッククラブの本は、同等の装丁のオリジナル版よりも二五—七〇パーセント程度安価であった。(8) 一九六六

図１　ベルテルスマン読書愛好会のカタログ雑誌

年時点で、各ブッククラブの提供タイトル数は三六〇—七五〇程度で、そのうち八〇—一五〇程度が新たに追加されたものであった。[9] ブッククラブの活動の中心をなすライセンス版は、一九八〇年頃の時点で、提供するタイトルのおよそ七五パーセントを占めた。[10] さらに、本だけでなく、レコード、カセットテープ、ビデオ、CD、ゲーム、催し物のチケット等の販売も一般的となった。

さて、このようなブッククラブの活動には、二つの頂点があった。一つは一九六八年であり、ブッククラブ全体の売り上げが書籍市場全体の売り上げの一七パーセントを占め、本の購入先として小売書籍販売に次いで二位であった。[11] もう一つは一九八一年頃で、ブッククラブ全体の会員数が最大の七三〇万人に達し、当時のドイツ連邦共和国の人口の約一二パーセントを占めた。[12] こうしたことから、おおむね一九六〇年代から一九八〇年代が、ドイツ連邦共和国におけるブッククラブの活動の最盛期であったと考えられる。そしてこの間、ブッククラブは文学作品の仲介に大きな役割を果たし、「ドイツで成功を収めた小説について語ろうとする者は、なによりもまずブッククラブのタイトルについて語らねばならない」[13] と評されるほどであった。この点について、具体的な作品の販売数の例をあげると、ヨハネス・マリオ・ジンメルの小説『風のみぞこたえを知る』(*Die Antwort kennt nur der Wind*, 1973) は、一九七三年秋から一九七八年末までの約五年間に、小売書籍販売での販売数が最大六八万七〇〇〇部であったのに対し、ブッククラブ全体での販売数は少なくとも一五三万一〇〇〇部で、約二・二倍であった。[14] さらに、一九七九年までに小売書籍販売とベルテルスマン読書愛好会で販売された数を比べたとき、ギュンター・グラスの『ブリキの太鼓』(*Die Blechtrommel*, 1959) が九万八〇〇〇部に対し二九万三〇〇〇部で約三倍、ハインリヒ・ベルの『女のいる群像』(*Gruppenbild mit Dame*, 1971) が二六万六〇〇〇部に対し五〇万部で約一・九倍、同じく『カタリーナ・ブルームの失われた名誉』(*Die verlorene Ehre der Katharina Blum*, 1974) が一七万二〇〇〇部に対し三三万七〇〇〇部で約二倍であった。[15] また、外国文学では、ボリス・レオニードヴィチ・パステルナークの『ドクトル・ジバゴ』(*Doktor*

図２　主要提案図書の紹介

Schiwago, 1957）が、五〇万部以上に対し八二万六〇〇〇部で、約一・七倍であった。[16] なお、こうした特定の作品の大きな売り上げには、ブッククラブによって名称が異なるが、「提案図書」（Vorschlagsbände）、「主要提案図書」（Hauptvorschlagsbände）、「主要シリーズ」（Hauptreihe）などとして提供された本が大きな役割を果たした。というのも、これらはおおむね四半期ごとに配布されるカタログの冒頭で特に大きな紙面を割いて紹介された上に、前もって決められた期限——たいていは四半期の半ば——までに他の本への変更の希望が伝えられなかった場合、会員に自動的に送付されたからである。[17] したがって、その販売数はきわめて大きく、ベルテルスマン読書愛好会を例にとれば、中には一〇〇万部に及んだものもあり、[18] これらの図書を購入する会員の割合が減少した一九八一年頃でもなお、平均数十万部を数えたのであった。[19]

二　ブッククラブの提供図書

では、こうしたブッククラブではどのような本が提供されたのか。この点について、ここで、一九七二年から一九七七年の六年間にブッククラブによって提供された図書に関する調査の結果を主な手がかりとして確認したい。[20] この調査は、ブッククラブの提供図書の特色を、書籍販売の業界紙『ブックレポート』（Buchreport）と図書取次販売会社「リブリ」（LIBRI）のベストセラー・リストにおける順位との相関関係から明らかにしようとしたものであり、ブッククラブにライセンスを提供している出版社や作品が取り入れられている作家についても詳しく分析されているが、ここでは、図書に関する部分を取り上げる。また、ブッククラブの活動の全般的な特色を捉えることを優先し、複数のブッククラブに共通する傾向に焦点を当て、個々のブッククラブの特性の分析は省略する。なお、調査の対象となったのは、「ドイツ語圏で最も重要な六つのブッククラブ[21]」、すなわちベルテルスマン読書愛好会、ドイツ図書共同体、ヨーロッパ教養共同体、ドナウラント、ドイツ図書同盟、グーテンベルク図書協会の六つであるが、このうちドナウラントはオーストリアのブッククラブであるため、以下の記述からは除外する。

（1）全般的な特徴

ブッククラブが提供する本は、文学（Belletristik）、実用書（Sachbuch）、児童・青少年向き図書（Kinder- und Jugendbücher）という三つのカテゴリーに限定されており、各ブッククラブにおけるこれらの六年間の平均割合は、ベルテルスマン読書愛好会で四六・五パーセント、三九・七パーセント、一三・八パーセント、ドイツ図書共同体で四九・九パーセント、四〇・〇パーセント、一〇・一パーセント、ヨーロッパ教養共同体で四四・一パーセント、三九・〇パーセント、一六・九パーセント、ドイツ図書同盟で四五・九パーセント、三九・八パーセント、一四・三パーセント、グーテンベルク図書協会で三九・八パーセント、四六・一パーセント、一四・一パーセントであった[22]。したがって、どのブッククラブでも、提供される本の八〇パーセント以上が文学と実用書によって占められ、大きく二分されていた。また、グーテンベルク図書協会以外では、文学の割合が実用書のそれを上回っていた。

（2）文学カテゴリーの特徴

文学カテゴリーの提供図書は、まず全集・選集、民衆文学、大人向けの童話・伝説、小説、物語、ルポルタージュ、詩・抒情詩、叙事詩、バラード、戯曲、その他に分けられるが、これらのうち小説（Roman）が特に高い割合を占めており、六年間の平均割合は、ベルテルスマン読書愛好会で七一・八パーセント、ドイツ図書共同体で六八・七パーセント、ヨーロッパ教養共同体で六五・八パーセント、ドイツ図書同盟で七一・七パーセント、グーテンベルク図書協会で六一・一パーセントであった。[23] 次に、小説の内容は、犯罪小説・スパイ小説・探偵小説、冒険小説・西部劇、戦争・兵隊小説、郷土小説等、歴史小説、恋愛小説・女性小説・運命小説等、未来小説・SF、伝記的小説・自伝的小説、ユーモア小説、動物と風土をめぐる小説、官能小説、その他に下位区分され、これらの中では恋愛小説・女性小説・運命小説等（Liebes-, Frauen-, Schicksalsromane etc.）が特に高い割合を占め、六年間の平均割合は、ベルテルスマン読書愛好会で四六・三パーセント、ドイツ図書共同体で四二・九パーセント、ヨーロッパ教養共同体で四六・八パーセント、ドイツ図書同盟で四四・六パーセント、グーテンベルク図書協会で三二・三パーセントとなっており、各ブッククラブで二位または三位に位置する犯罪小説・スパイ小説・探偵小説と冒険小説・西部劇の割合（最高で一六・四パーセント）を大きく上回っていた。[24] また、文学カテゴリーの提供図書は、同時期の一般書籍販売におけるベストセラーとの相関関係が高く、たとえば、五つのブッククラブすべてに取り入れられた五二作品のうち二三作品（四四・二パーセント）が上記ベストセラー・リストの上位に位置した。[25] 加えて、六年間に一つ以上のブッククラブで「提案図書」に類する本とされた作品は全部で七九あるが、その多くは「典型的な娯楽文学」[26]であった。ここで、ベストセラー・リストで上位に位置し、すべてのブッククラブで取り上げられ、かつ一つ以上のブッククラブで「提案図書」の類とされた作品を文学カテゴリーのごく典型的な例としてあげると、次の一二作品である。ロータル＝ギュンター・ブーフハイム『Ｕボート』（*Das Boot*）、ロバート・クライトン『キャメロン家の人々』（*The Camerons*）、フレデリック・フォーサイス『ジャッカルの日』（*Der Schakal*）、アーネスト・ヘミングウェイ『海流の中の島々』（*Inseln im Strom*）、ヒルデガルト・クネフ『もらった馬』（*Der geschenkte Gaul*）、ザンドラ・パレッティ『夏だった冬』（*Der Winter, der ein Sommer war*）、エーリヒ・マリア・レマルク『楽園のかげり』（*Schatten im*

Paradies）、ヨハネス・マリオ・ジンメル『夢の素材』（*Der Stoff, aus dem die Träume sind*）、同『風のみぞこたえを知る』（前出）、同『人は孤島にあらず』（*Niemand ist eine Insel*）、同『シーザーの暗号』（*Und Jimmy ging zum Regenbogen*）、アレクサンドル・ソルジェニーツィン『一九一四年八月』（*August 14*）[27]。なお、これらのうち、すべてのブッククラブで「提案図書」とされたのはジンメルの『風のみぞこたえを知る』と『人は孤島にあらず』のみであるが、この二作品は上記の恋愛小説・女性小説・運命小説等のカテゴリーに含まれる[28]。

（3）実用書カテゴリーの特徴

実用書については、六年間にベストセラー・リストで上位に位置した本のうち、すべてのブッククラブに取り入れられたものは五冊に過ぎず、全体として、一般の書籍販売におけるベストセラーとブッククラブの提供図書との間に著しい相関関係は認められない[29]。そのかわりに、ある実用書がブッククラブの提供図書に取り入れられるかどうかの選定基準となったのは、特定のテーマであった。どのブッククラブでも特に多くの図書が提供されたテーマとしては、滅亡した民族と文化・中世末までの歴史、近代の歴史（中世末以後の歴史的人物に関する伝記を含む）、文化史的思索（エーリヒ・フォン・デニケンとその主張）、ドイツ連邦共和国ないしオーストリアにおけるアクチュアルな政治的出来事、第二次世界大戦、東欧ブロック諸国の「現実の社会主義」に対する批判、宗教、家族と男女関係、人格トレーニング・心理技法・人格テスト、健康な生活態度への入門、発達心理学・教育・教育学、就学上の問題と各教科の学習に関する親への助言、動物と植物・自然保護・環境保護、宇宙旅行、スポーツの出来事とスポーツマンの伝記、旅行と探検の報告、職業とキャリア、料理と家政の助言、趣味の工作・手仕事・工芸、芸術、カリカチュアとコミックがあげられる[30]。他方、どのブッククラブでも避けられる傾向にあったのは、現代の社会的状況に対する一般的発言、ドイツ連邦共和国における政治状況に対する批判、知識人とイデオロギーに対する批判である。[31] したがって、ブッククラブで提供される実用書では、「政治的に風当たりの強い」テーマが避けられ、「無難な、〈流行に左右されない〉[32]」テーマが優先される傾向にあった。なお、実用書の提供図書の場合、六年間に一つ以上のブッククラブで「提案図書」の類とされたものは三五冊と少なく、すべてのブッククラブで「提案図書」とされたものはなかった。[33]

（4）児童・青少年向き図書カテゴリーの特徴

児童・青少年向き図書については一七の下位区分によって調査がなされたが、どのブッククラブでも大きな割合を占めたのは、絵本・塗り絵帳（Bilderbücher/Malbücher）、西部劇・冒険図書（Wildwest- u. Abenteuerbücher）、童話・伝説・寓話（Märchen/Sagen/Fabeln）であった。各ブッククラブにおけるこれらの六年間の平均割合を示すと、ベルテルスマン読書愛好会で二二・二パーセント、二八・六パーセント、一〇・七パーセント、ドイツ図書共同体で二四・七パーセント、一九・六パーセント、一二・七パーヤント、ヨーロッパ教養共同体で二一・二パーセント、二三・八パーセント、九・三パーセント、ドイツ図書同盟で二六・二パーセント、二四・三パーセント、一二・九パーセント、グーテンベルク図書協会で二六・三パーセント、一六・三パーセント、一八・八パーセントであった。[34] また、ブッククラブの児童・青少年向き図書には、調査がなされた時期にリブリのベストセラー・リストの最上位に位置した本が多く含まれていたが、このことを顕著に示すのは、すべてのブッククラブで提供された二作品、すなわちエリック・カールの『はらぺこあおむし』（*Die kleine Raupe Nimmersatt*）とオトフリート・プロイスラーの『大どろぼうホッツェンプロッツ』（*Der Räuber Hotzenplotz*）である。[35] なお、どのブッククラブでも、六年間に児童・青少年向き図書が「提案図書」の類とされることはなかったようである。

三　同時代の評価

ブッククラブの活動に対する同時代の肯定的な評価としては、「読書の民主化」（Demokratisierung des Lesens）[36]への貢献があげられる。それは、ブッククラブが「新しい読者層」[37]を開拓したことと同時に、その読者層が「教養の低い層」[38]ないしは「社会的に劣悪な状況に置かれた層」[39]に属し、「〈本と縁のない〉層」[40]であったことを意味する。換言すれば、彼らは「それまで一度も書店に入ったことがない国民層」[41]、「通常の書籍販売の顧客には属さない国民層」[42]であり、彼らにとって、ブッククラブは「本というメディア領域への唯一の入り口」[43]をなした。こうして、ブッククラブは、「出自と教育による個々人の運命づけを克服することに特筆すべき規模で成功し」、「本の提供と潜在的な読者との間の距離を縮めた」[44]のであった。

ブッククラブが実際にこうした社会の低い層に属する人々を会員として獲得したのかという点については、次のようなデータが参考となろう。一つは、ブッククラブの会員に学歴の低い人々が多くみられたことで、初等教育修了者と中等教育修了者が合わせて八〇パーセント程度を占めた。たとえば一九七五年の報告によれば、ブッククラブ全体として前者が六〇パーセント、後者が二〇パーセントであり[45]、一九七七年のベルテルスマン読書愛好会の会員調査でも、前者が五七パーセント、後者が三〇パーセントであった[46]。もう一つは、会員の中に中・下層の被用者が多かったことである。一九六一年の報告によれば、ブッククラブの会員に占める労働者とサラリーマン・公務員の割合は、ベルテルスマン読書愛好会で二二パーセントと三八パーセント、グーテンベルク図書協会で四四パーセントと三四パーセント、ドイツ図書共同体で一〇パーセントと七三パーセント、ドイツ図書同盟で一六パーセントと五一パーセント、ヨーロッパ・ブッククラブで七パーセントと五九パーセントであり、両者を合わせた割合は六〇―八三パーセントに達した[47]。また、「ドイツ世論調査所」（DIVO-Institut）の一九六五年の調査によれば、ブックラブの会員が特に多くみられるのは、職業的には、「学歴が低く、地位の低いサラリーマン」、「下級と中級の公務員」、および「熟練労働者」であった[48]。

では、ブッククラブはなぜこうした人々を新しい読者層として獲得することができたのか。その第一の理由はすでに指摘した装丁の割に安い本の価格にあるが、これと並んでしばしば指摘される理由に、「気後れ」（Schwellenangst）[49]の問題がある。つまり、書店が持つ「文化エリート的なイメージ」[50]が教養の低い人々に心理的な不安を引き起こし、書店で本を買うことから遠ざけていたのに対し、ブッククラブは、カタログによる販売を通じて、書店に赴く必要のない、気楽な本の購入方法を提供したという見方である。そして、これらがブッククラブの長所とみなされたことの証左として、次の二つの世論調査の結果が指摘される。まず、上記のドイツ世論調査所の調査によれば、ブッククラブを知っている一三一四人になされたブッククラブの長所に関する質問の回答（全一一三パーセント）のうち、一位は「安く、買い得な本が得られる」（六〇パーセント）であり、二位は「落ち着いてカタログで選べる」（一〇パーセント）であった[51]。次に、一九六八年に「アレンスバッハ世論調査所」（Institut für Demoskopie Allensbach）によって行われた調査では、ブッククラブの長所と短所を合わせて四一八パーセントの回答のうち特に多い一位から五位は、「ブッククラブでは本を書籍販売においてよりもかなり安く入手できる」（五七パーセント）、「ブッククラブのカタログには誰にでも見つけられるものがある」（五六パーセント）、「晩の余暇にブッククラブのカタログ雑誌から落ち着いて本を選び出すのが楽しい」（五一パーセント）、「家族みんなが一緒に本を選べる」（四二パーセント）、「ブッククラブではためらうことなく読みたいものをすべて注文できる」[52]（三五パーセント）であった。ただし、気楽さについては、ドイツ世論調査所の調査結果に占める割合が二位とはいえかなり低いことや、同じことがブッククラブ以外の通信書籍販売（Versandbuchhandel）にも該当する可能性があることなどから、本当にブッククラブの長所といえるのかどうか、またそうである場合それはブッククラブに独自のものなのかどうかについて、より詳しい検証の余地があると思われる。

一方、ブッククラブの活動に対しては、このような肯定的な見方だけでなく、一九五〇年代末から一九七〇年代半ばにかけて批判的な見解も表明されており[53]、そこではおおむね次の六つの点が議論の焦点となった。

①「販売の成功」、すなわち本の「経済的採算性」が「文学的価値の唯一の尺度[54]」とされ、「文化財の商業化[55]」が顕著である。

②提供図書が、新たに獲得された「教育水準が比較的低い消費者グループの休養と娯楽の需要に順応」させられ、「文化そのものが大衆文化へ引き下げ[56]」られている。

③カタログにおいて、あらゆるレベルの本が「無差別[57]」に列挙され、「文学のヒエラルヒーの崩壊[58]」がもたらされている。

④カタログにおける本の紹介がもっぱら「宣伝の決まり文句」からなり、「情報を伝える目的にではなく、会員を購買へ動かすことに役立って[59]」いる。

⑤会員を「出版社が――文学的公共性から離れたところで――直接管理する[60]」ため、カタログが「文学的情報の唯一の源[61]」となる。

⑥ブッククラブにおける本の購入は、「ただ提供品に頼る[62]」ことであり、「自ら努力する」ことや「自らの動機で行動する[63]」ことが省かれ、会員が「自らの読書を向上させ」、「本が要求を課すことを感じてそれを満たそうとし」、「本に対する態度を変える[64]」ようになる契機を伴わない。

つまり、ブッククラブは、消費者文化化、大衆文化化、公共性の解体などをもたらし、文学生活に「無秩序と混乱[65]」を引き起こすと考えられたのであった。

ブッククラブの活動に対するこうした相異なる評価のうちいずれを適切と判断するかは容易ではないが、すでに第一章でみたようなブッククラブの成立の背景に照らしてみれば、一面的に批判することは決して妥当ではあるまい。少なくとも、ブッククラブによる既存の読書生活の崩壊を憂える立場には、ワイマール共和国時代にブッククラブの発展を阻止しようとした伝統的な書籍販売の態度と同じような狭量さが窺われるのである。

四　伝統的な書籍販売との関係

ところで、一九四五年以前にみられたブッククラブと伝統的な書籍販売の対立と協調の間の揺れは、第二次世界大戦後にも繰り返された。まず協調関係を示すエピソードとして、一九四九年にローヴォルト出版社から刊行され、広く普及したC・W・ツェーラムの『神・墓・学者』（*Götter, Gräber und Gelehrte*）の出版の背景に、ドイツ・ブッククラブの協力があったことがあげられる[66]。他方で、一九四九年秋、ベルリンの書籍販売業者で出版人のエーリヒ・クラマーによって、「小売書籍販売（店頭書籍販売）とブッククラブの間の敵対関係[67]」に終止符を打つべく、書籍販売業者によるブッククラブを設立し、価値のある本を他のブッククラブが競合できないような低価格で提供することで、「これらをできる限り排除する[68]」という計画が立てられた。だが、この「ドイツ書籍販売図書同好会」（Buchgemeinde des Deutschen Buchhandels）の計画に対しては、ドイツ図書購買共同体の場合と同じく、当の書籍販売業者からの抵抗が大きく、その主な理由は、「顧客への個人的な助言に小売書籍販売の強みがある[69]」と考える彼らの職業意識にあった。つまり、「ベストセラーの苦力」ないしは「いくつかの書籍工場の小遣い」へと「成り下がり」、「規格化された大衆の需要をデパートのように満足させる[70]」ことへの反発である。また、多くの出版社も反対したが、その理由は、ブッククラブ版がオリジナル版の刊行後一定の期間をおいて刊行されるとしても、長期的には同じ小売店に定価のオリジナル版と特価のブッククラブ版が同時に置かれることによって、前者の売り上げが損なわれることに対する警戒感にあった[71]。こうして、クラマーの構想は結局実現をみなかった。

このようななかで、文芸出版社と主に文芸書を扱う小売店、およびブッククラブの作業グループにより、一九五二年六月十四日に、いわゆる「ハンブルク協定」（das Hamburger Abkommen）が結ばれたが、それは次のようなものであった。

①出版社によるオリジナル版の刊行とブッククラブにおけるライセンス版の刊行との間には、一般に二年の期間が置かれねばならない。
②ブッククラブは、会員の勧誘と会員への本の引き渡しに関して、すべての書店と協力することを承諾する。
③リベートはパートナー同士の独自の合意に委ねられる。
④この協定といくつかの追加の協定によって、一方では出版社と小売店の関係が、他方で出版社とブッククラブの関係が調整されねばならない[72]。

しかし、ハンブルク協定は、一九五八年九月に連邦カルテル庁によってカルテルとみなされ、廃止された[73]。だが、いずれにせよ、第二次世界大戦後、書籍販売業にとってブッククラブとの協力は必要なものとみなされており[74]、それは、小売店とブッククラブの協力と、出版社にとってのライセンス料の意味という二つの点に特に強く表れている。

第一に、小売店とブッククラブの関係が問題を孕むものとみなされるにもかかわらず、特に第二次世界大戦後に小売書籍販売を利用したブッククラブが発展した背景には、市場開拓にとってブッククラブが持つ意味の大きさがあった。[75] たとえば、小売店で世話をされた会員は、ブッククラブで提供された本とは別に、小売店で提供された本にも関心を持ちうる。また、書籍販売業とともに活動するブッククラブは、収入が少ない月に小売店を経済的に支え、無名の作家の作品のような大きな売り上げの見込めない本の販売に粘り強く専念する可能性を高めるのである。なお、こうした協力関係の下では、小売店にブッククラブ版とオリジナル版という価格の異なる同じ本が存在するということも、問題にはならない。なぜなら、前者の低い価格は、少なくとも一定期間その会員となる人にしか利益をもたらさないからである。[76]

第二に、ブッククラブから支払われるライセンス料は、出版社にとっても大きな助けとなりうる。[77] つまり、出版社が他の本のライセンス収入を予算に当てることで出版が可能となる本が少なくないのである。そのリスク軽減効果は、必ずしも出版社に利益をもたらすとは限らない本、たとえば若い作家の本やきわめて高価な本を刊行する際の支えとなる。出版社は、ブッククラブのライセンス料によって経済的基盤を安定させることで、そうした本の売れ行きを落ち着いて見守ることができるのである。

こうして、出版社とブッククラブの間にも、もはや競争がないだけでなく、むしろ後者は前者を援助し支える存在として不可欠なものとみなされるようになったのであった。

第二節　ベルテルスマン読書愛好会における二段階販売システム

一　ベルテルスマン読書愛好会の設立

前節で触れたように、ドイツ連邦共和国（旧西ドイツ）におけるブッククラブは、伝統的な書籍販売を介さない販売形式をとる「古典的ブッククラブ」と、伝統的な書籍販売をも販路に含む「現代的ブッククラブ」に分けられるが、後者の最も典型的な事例といえるのが、ベルテルスマン読書愛好会の「二段階販売システム」(Zweistufiges Vertriebssystem)[78]である。そこで、本節では、その成立の経緯と主な特色について詳しく考察する。そのため、まずは、ベルテルスマン社においてブッククラブが設立された経緯に目を向けたい。なお、ベルテルスマン社のブッククラブは、一九五〇年に「読書愛好会　ベルテルスマンの本」(Lesering Das Bertelsmann Buch)として設立された後、一九五三年に「ベルテルスマン読書愛好会」(Bertelsmann Lesering)に変わり、さらに一九五五年に「ベルテルスマン読書愛好会有限会社」(Bertelsmann Lesering GmbH)となった。他方、ベルテルスマン社は、一八三五年に「C・ベルテルスマン出版社」(C. Bertelsmann Verlag)として設立されたが、一九七一年に大幅な組織再編がなされて「ベルテルスマン株式会社」(Bertelsmann AG)となり、その際、ブッククラブの名称は再び「ベルテルスマン読書愛好会」となった。こうした変遷を踏まえ、本節では、特に区別する必要がない限り、出版社名には「ベルテルスマン社」を、ブッククラブ名には「ベルテルスマン読書愛好会」ないし「読書愛好会」を充てる。

さて、ベルテルスマン社の歴史は、熟練製本工カール・ベルテルスマンがギュータースローにC・ベルテルスマン出版社を設立した一八三五年に遡る。主な出版物は、歌曲集と譜本、教会に関する著作、並びに教科書が中心であった。一八五〇年に、カールの息子ハインリヒ・ベルテルスマンが後を継ぎ、その後数年間に従業員を一四人から六〇人へと増やし、出版物にも学問的神学、哲学、および歴史の分野を追加した。一八八七年には、ハインリヒの義理の息子ヨハネス・モーンが社長を継ぎ、出版物の重点を宣教と教会、および学校教育と青少年に関連する著作に置いた。一九二一年からは、ヨハネスの息子ハインリヒ・モーンが出版社を指揮し、一九二八年に、出版物の重点を文学作品へと移した。通俗的な小説の普及版の刊行が大成功を収め、数年のうちに、出版社は四〇〇人の従業員を擁する企業へと成長した。第二次世界大戦中は、材料の不足のため普及版の製造は継続されなかったが、パッケージに宛先と宛名を記すだけで簡単に戦地の兵隊に送ることのできる「野戦郵便図書」（Feldpostausgabe）の刊行が成功した。しかし、一九四四年、出版社はナチス政権との対立が原因で閉鎖され、一九四五年には、空爆によって、出版社の建物の大部分が、材料や本の在庫もろとも破壊された。

戦後、ベルテルスマン社の出版活動は一九四六年に再開され、その一年後、ハインリヒの息子ラインハルト・モーンが出版社の指揮を引き継いだ。戦後間もない時期の商品の不足とお金の余剰は書籍市場の繁栄をもたらし、ベルテルスマン社も高い売り上げを得たが、それは一九四九年に終わりを告げた。一九四八年の通貨改革の後、国民の消費は、家具、繊維製品、および食料品などの基本的な商品へと向かい、演劇、音楽、および本といった文化的で娯楽的な商品は、徐々に贅沢品となったのであった。加えて、まさにベルテルスマン社が重点を置いていた娯楽的な本は、映画、ラジオ、グラフ雑誌などとの競争の高まりに陥った。この時点で、ベルテルスマン社では、書籍販売の課題が次のように定義し直された。

図３　郵送に便利な野戦郵便図書

本の地位の確保は、それが物質的消費と出版マスメディアの領域で購売意欲を刺激され消費へと導かれる読者に提供されるかどうか、またどのように提供されるかに大きく左右される。伝統的なスタイルの書籍販売は、四―五パーセントの教養ある人々の需要を基準として発展した。高級な内容の読み物が毎年何倍にも増えることを考慮したとき、このグループの読者への、ないしはこの読書の関心への制限そのものが、かなりの重荷、いやそれどころか過大な要求である。よって、書籍販売が他のグループの読者ないしは従来の顧客の他の文学的関心も満足させようとするなら、現代的な宣伝の原理に沿った新しい形式を探さねばならない[79]。

この新しい考え方に従って、出版事業を活性化させるための様々な方法が議論された。たとえば、現代的で割安なポケットブックの刊行、ブッククラブの設立、季節に左右されない専門書の刊行などである。そして、最終的に、一九五〇年六月一日、ブッククラブ「読書愛好会　ベルテルスマンの本」が設立された。

二　二段階販売システムの成立

ところで、読書愛好会の設立にあたっては、「書籍販売のすべての部門との協力[80]」が徹底して推し進められた。というのも、ブッククラブと伝統的な書籍販売との間に長年存在した対立を回避することが、最優先の課題とされたからである。

一九四九年末、ハンブルクの出張書籍販売業者ヨハネス・トルトゼンが、ベルテルスマン社の支配人フリッツ・ヴィックスフォートに、ベルテルスマン社が本を提供し、トルトゼンが宣伝と会員の世話をするブッククラブの共同設立を提案した。ベルテルスマン社では、通貨改革以後大きく減少した売り上げを向上させるための新たな可能性を模索していた時期とも重なって、この提案を興味深く受け止めたものの、次の二つの理由から拒否した。第一に、特定の書籍販売業者だけに優先的に本を供給することで、書籍販売全体との協調関係が損なわれることが懸念されたこと、第二に、ブッククラブの提供する本すべてをベルテルスマン社の刊行物だけで支えることに無理が感じられたことである。そこで、トルトゼンは、新たに設立されたブッククラブである「読者同盟」（Leserunion）に活動の場を見いだそうとしたが、そこでの業務は、会員を勧誘してブッククラブへ引き渡すことに限定された。そのため、彼は、納品を含めた会員の世話を自らの管理で行うというアイデアを実現すべく、引き続きベルテルスマン社と交渉を続けた。これに対し、社長のラインハルト・モーンもまた、ヴィックスフォートと同様、ブッククラブの設立が新しい市場を開く可能性を認識した一方で、ベルテルスマン社のように書籍販売全体との協力に頼らざるをえない出版社が、部分的にせよ書籍販売との対立に陥るような形でブッククラブを設立することは躊躇した。

第一章・第二節で詳述したように、ドイツにおいてブッククラブが本格的に登場した一九二〇年代以後、伝統的な書籍販売にとってブッククラブは脅威と映っており、そのことは、ブッククラブに対する次のような態度となって表れていた。つまり、伝統的な書籍販売は、一方でブッククラブが彼らの顧客を奪うことを恐れ、興味のある人々に直接呼びかけて会員として獲得するというブッククラブのやり方を批判しながら、他方で、本を買いたい人は買うべき本を書店で見いだす努力をするべきだとみなし、ブッククラブの会員はその努力を避ける人たちであり、本の購買者としては問題外だと考え、ブッククラブを軽蔑したのであった。ブッククラブの会員が本の購買者としてふさわしくないのであれば、書籍販売がブッククラブに顧客を奪われるはずがないという意味で、これらの態度は互いに矛盾しているが、いずれにせよ、こうした敵視と軽蔑は、書籍販売における従来の独占的な地位がブッククラブによって脅かされているという、伝統的な書籍販売の危機感の表れでもあった。そして、その危機意識がどれほど強かったかということは、一九二五年に、伝統的な書籍販売自らがブッククラブを設立するという挙に出たことによく表れている。つまり、失われた（と伝統的な書籍販売が考える）顧客を取り戻すためならば、敵の手段を真似ることさえ厭わなかったのである。こうして設立されたドイツ図書購買共同体は、財政の破綻や小売書籍販売の協力の不足によって間もなく解散されたものの、皮肉なことに、ブッククラブの歴史において画期的な一面を有していた。というのも、従来のブッククラブの自己完結したシステムとは異なり、ブッククラブに一般の書籍販売を関与させ、会員の勧誘、会費の徴収、本の引き渡しなどを委ねたからである。また、同様の試みが、エーリヒ・クラマーによって第二次世界大戦後にもう一度繰り返されたことは、前節で触れた通りである。

このように、ブッククラブと伝統的な書籍販売は長年にわたって敵対的な関係にあり、そうした状況下で、後者によって、前者を駆逐することを目的として、小売書籍販売を巻き込んだブッククラブというものも、すでに構想されていたのであった。そして、まさにこのような事情から、ベルテルスマン社でブッククラブが設立されるにあたっては、伝統的な書籍販売との葛藤に陥らないことが大前提とされたのである。そのため、トルトゼンとの話し合いにおいても、第一に、トルトゼンだけとこの計画を実行するわけにはいかない、第二に、直接販売のブッククラブ、すなわち会員と直接結びつく古典的な形式のブッククラブは問題外であり、とにかく一般の書籍販売が介入させられねばならない、という二つの点が重視された。そして、だれもが接近可能なブッククラブを設立することを意図して、ヴィックスフォートはトルトゼンに対し、「すべての人がどの書籍販売でもベルテルスマン読書愛好会の会員になれる」[81]という原則を提案した。

これに対して、トルトゼンは進んで理解を示し、「出張・通信書籍販売」(Reise- und Versandbuchhandel) に計画を提示して、説得を試みた。一方、ベルテルスマン社では、出張・通信書籍販売だけでなく、初めから書籍販売のすべての部門の協力を求めるつもりでおり、一九五〇年五月三十一日に、書籍販売全体に対して、新たなブッククラブの設立を通知した。

会議や、小規模な集まりや、株式取引業者組合でのすべての話し合いで、真面目な書籍販売業者が発言するいたる所で、繰り返し次のことが示されました。つまり、私たちの職業身分にとって決定的な問題は、単純に、過去数年間の社会的変動によって失われた購買層の埋め合わせを見いだすことに私たちがどの程度成功するかだということです。ドイツ国民の中に依然として存在する大きな読書の喜びを維持し、かなり貧しい層にも本への愛を育むことを可能にする手段と方法を見いだすことが重要なのです。

一年前、私はこうした熟慮から、普及版の刊行を始めました。その成功——その間に一四〇万部が供給されました——は、採られた道が正しかったことを証明しました。しかし、それが達成されたのは、ひとえにすべての小売店が提供されたチャンスを認識し、買い得な本のためにその間辛抱強く尽力したからです。それにもかかわらず、書籍販売は相変わらず、当然の憂慮を抱いて、本来的な本の買い手の流出を見守っています。それゆえ、私は今日もう一歩踏み出し、もしその可能性が提供されていたなら、あなた方の多くによってとっくに喜んでなされていたであろう活動への参加にお招きしたいと思います。

本年六月一日に、私は、「読書愛好会　ベルテルスマンの本」を設立します。

それは、関心を持つ人々の個々の集団に奉仕するのみならず、書籍販売全体を包括することによって、この種の他の団体とは本質的に区別されます。書籍販売はそれによって、ブッククラブとの競争に、独自の、少なくとも同等の能力によって効果的に対応できる手段を得ます。そして出版社は、期待される広い基盤を通じて、あまりにもよく知られた理由からこれまで出版が叶わなかった大いに価値のある文学的な本に道を拓く可能性を手に入れるのです。

読書愛好会において解決へもたらされねばならないのは、三つの努力、文学的文化創造の三つの問題です。つまり、かなり貧しい読者にも本の世界を開くこと、その際書籍販売業者に世話を委ねること、そして、ベストセラーだけに規定されない土台を詩人のために再び築くことです。(82)

C. BERTELSMANN VERLAG GÜTERSLOH

Gütersloh, den 31. Mai 1950

Sehr geehrter Herr Kollege!

Bei allen Gesprächen auf Tagungen, im kleineren Kreis, im Börsenblatt, überall, wo ernsthafte Buchhändler zu Wort kommen, immer wieder zeigt es sich, daß für unseren Berufsstand die entscheidende Frage einfach die ist, wieweit es uns gelingt, einen Ersatz für die Käuferschichten zu finden, die durch die soziale Umschichtung der letzten Jahre verlorengegangen sind. Es kommt darauf an, die immer noch vorhandene große Lesefreudigkeit im deutschen Volke zu erhalten und Mittel und Wege zu finden, die es auch den minderbemittelten Schichten ermöglichen, ihre Liebe zum Buch zu pflegen.

Vor einem Jahr begann ich aus diesen Überlegungen mit der Herausgabe meiner Volksausgaben. Der Erfolg – 1 400 000 Bände wurden inzwischen ausgeliefert – brachte den Beweis, daß der eingeschlagene Weg richtig war. Er konnte aber nur erzielt werden, weil das gesamte Sortiment die gebotene Chance erkannte und sich in der Zwischenzeit unentwegt für das preiswerte Buch eingesetzt hat. Trotzdem beobachtet der Buchhandel immer noch mit berechtigter Sorge das Abwandern wesentlicher Buchkäufer. Ich möchte daher heute noch einen Schritt weitergehen und Sie zur Teilnahme an einer Arbeit einladen, die viele von Ihnen schon lange gern getan hätten, wenn dazu die Möglichkeit geboten worden wäre.

Zum 1. Juni dieses Jahres gründe ich den

LESERING DAS BERTELSMANN – BUCH.

Er wird sich von den andern Einrichtungen dieser Art wesentlich dadurch unterscheiden, daß er nicht nur einer einzelnen Interessentengruppe dient, sondern den gesamten Buchhandel umschließt. Dieser hat damit ein Instrument, der Konkurrenz der Buchgemeinschaften durch eigene, zumindest gleichwertige Leistungen wirksam begegnen zu können. Der Verlag aber erhält die Möglichkeit, durch die zu erwartende breite Basis manchem wertvollen dichterischen Buch den Weg zu bereiten, dessen Veröffentlichung aus allzu bekannten Gründen bisher nicht durchführbar war.

Dreierlei Bestrebungen, dreierlei Probleme literarischen Kulturschaffens sind es, die im LESERING zu einer Lösung geführt werden sollen: auch dem minderbemittelten Leser die Welt der Bücher zu erschließen, dem Buchhändler dabei die Betreuung zu überlassen und dem Dichter wieder eine Basis zu schaffen, die nicht nur vom Bestseller bestimmt wird.

Die Bedingungen:

Mitglied des LESERINGS kann jeder werden. Er zahlt in monatlichen Raten von 3.20 DM oder in Vierteljahrsraten von 9.60 DM einen Jahresbeitrag von 38.40 DM und kann dafür aus der gesamten schöngeistigen Produktion des Verlages Bertelsmann (mit Ausnahme des Neuen Wilhelm Busch-Albums) jährlich 8 Bände ohne Rücksicht auf den Ladenpreis auswählen.

b.w.

図４　ベルテルスマン読書愛好会設立に関する通知

こうして、伝統的な書籍販売を取り込み、会員の勧誘と世話をそれらに委ねる二段階販売システムのブッククラブが成立したのであった。すなわち、新しい会員は、ベルテルスマン社自体によってではなく、外部の書籍販売会社によって勧誘され、世話をされ、ベルテルスマン社はそれらの会社に代価を支払うというシステムである。そして、この二段階販売システムは、従来のブッククラブが持たない三つの長所を伴っていた。すなわち、①伝統的な書籍販売との緊張の緩和、②宣伝・勧誘力の高まり、③利益の向上である。そこで以下、これらの長所について具体的に考察する。なお、「二段階販売システム」という言葉については、読書愛好会において設立当初から用いられていたかどうかは不明だが、一九四五年からベルテルスマン社の印刷主任を務め、読書愛好会の活動にも深くかかわったローラント・ゲックによって、遅くとも一九六八年の著作『幾百万人のための本　フリッツ・ヴィックスフォートとベルテルスマン社の歴史』(*Bücher für Millionen. Fritz Wixforth und die Geschichte des Hauses Bertelsmann*)の中で用いられている。[83]

三　伝統的な書籍販売との緊張の緩和

ベルテルスマン読書愛好会の二段階販売システムは、ブッククラブの歴史において「革新的」[84]なものであった。というのも、読書愛好会の設立時点で、すでにブッククラブも伝統的な書籍販売も存在していたが、前述の通り両者は敵対的な関係にあり、それぞれがおおむね別々に活動していたのに対し、読書愛好会では、伝統的な書籍販売との協力が試みられたからである。すなわち、今や「どの書籍販売も読書愛好会の会員を勧誘し、世話をすることができる」[85]ことによって、読書愛好会は、ブッククラブと伝統的な書籍販売との間の緊張関係を少なくとも部分的に緩和することに成功したのであった。したがって、読書愛好会の成立により、ドイツのブッククラブには、「書籍販売と並列し、書籍販売と競合する〈古典的〉ブッククラブ」に加えて、「書籍小売販売を販路に含む〈現代的〉ブッククラブ」が登場することになり、ブッククラブのあり方に「ラディカルな構造転換[86]」がもたらされたのである。
ところで、二段階販売システムに取り込まれた伝統的な書籍販売には、小売書籍販売、出張・通信書籍販売、および「図書・雑誌訪問販売」（Werbender Buch- und Zeitschriftenhandel）があった。このうち、ブッククラブに対して最も敵対的な小売書籍販売からの協力は、当初は多く得られず、最初の招きに応じたのは六〇〇店ほどに過ぎなかった。だが、その後、読書愛好会の活動の長所を認め、協力する小売書籍販売の数は二〇〇〇店以上に増加し、全会員の一割が小売書籍販売によって世話をされるまでになった。それにより、すでに一九五二年、ヴィックスフォートは、小売書籍販売に対して次のようにいうことができた。

読書愛好会は、すでにドイツで最も大きく、最も能力の高い読書共同体です。読書愛好会によって、ドイツの書籍販売は、書籍販売業者が他のブッククラブとちょうど同じように安く提供できることを、読者に示すことができます。（中略）離れ始めた大きな読者層と書籍販売を新たな方法で再び結びつけるという私たちの当初の考えが、過去数年間の最も優れたアイデアであったことが証明されたのです。[87]

とはいえ、一九五〇年代半ばの時点では、ブッククラブとの協力に対する小売書籍販売の評価は分かれていた。つまり、ブッククラブの会員が書店を訪れ、ブッククラブの本を受け取る以外に書店の本も買うという事実が肯定的に評価された一方、安い価格とプログラムの充実によって、本がもっぱらブッククラブから購入され、書店が単なる引き渡し所となってしまうことが懸念されたのである。[88] そのため、小売書籍販売のための読書愛好会の努力と貢献が伝統的な書籍販売によって公に認められるまでには、なお幾年もの歳月がかかった。株式取引業者組合の長年の支配人であり、近代の書籍販売史の専門家でもあるエルンスト・ウムラウフが、『ベルゼンブラット』の特別号で、読書愛好会を指して次のように述べたのは、ようやく一九六六年のことであった。

小売書籍販売とブッククラブの協力は、数多くの書籍販売にとって本質的な安定化の要因となり、危機の余波（一九四九年から一九五三年まで）を克服するのを助け、同様に他方で、多くの出版社にとって、ブッククラブへのライセンスの付与から得られる収益はきわめて重要なものとなった。[89]

このような小売書籍販売に比して、当初、会員の九割を獲得したのは、トルトゼンがその連合の会長を務めていた出張・通信書籍販売であった。また、一九五一年からは、図書・雑誌訪問販売も会員獲得に加わった。この部門は、従来ベルテルスマン社とのつながりがなかったことと、リベートの不一致により参加していなかったが、その多くはすでに、マティアス・ラッカスの南西出版・販売会社（Süd-West Verlags- und Vertriebs-GmbH）のブッククラブである「万人のための本」（Bücher für Alle）の会員勧誘を行っていた。そして、読書愛好会との協力の後間もなく、図書・雑誌訪問販売が世話をする会員の数は、出張・通信書籍販売に次いで二位となった。[90]

その後、この二段階販売システムには、一九五四年に修正が加えられた。というのも、会員数が増加するにしたがって、雑費が多くかかるようになり、ベルテルスマン社から支払われるリベートでは、これらの書籍販売会社が会員の世話を十分に行うことができなくなったからである。そこで、宣伝と勧誘は従来通り販売会社に委ねたまま、書籍販売会社の委託により、会員の管理と世話を実施する組織として、「ベルテルスマン読書愛好会出版共同体」（Verlagsgemeinschaft Bertelsmann Lesering GmbH）が設立された。この場合、ベルテルスマン社は、書籍販売会社から獲得された顧客の情報の委譲を受け、それに対して一人当たり毎月数マルクの賃貸借料を支払った。また、それは予約購読と同じ期間、すなわち少なくとも一年間継続された。一九五七年の時点で、読書愛好会の会員のうち約一二三万五〇〇〇人が書籍販売会社を通じて、六六万五〇〇〇人がベルテルスマン読書愛好会出版共同体を通じて世話をされた[91]。もっとも、前述のような二段階販売システム設立の経緯からして、このような形で会員の管理と世話が読書愛好会において集中的になされ、販売会社の業務が宣伝と会員の勧誘に限定されるとなれば、もはや本来の二段階販売システムとはいえないのではないかとの疑問も生じるであろう。だが、この点については、二段階販売システムは遅くとも二〇〇七年まで継続して維持されたとの見方もなされており[92]、その判断の根拠は、会員の所有者がブッククラブにあるのか販売会社に留まるのかという点にあると推察される。つまり、読書同盟や万人のための本では会員が販売会社からブッククラブに完全に譲渡されたのに対し、読書愛好会では、会員の所有者は引き続き販売会社に留まったということである。

こうした事情から、この形式に変更された後、賃貸借料を得ることを目的として、書籍販売業界以外の会社も会員の勧誘に加わった。つまり、読書愛好会の会員が署名した予約購読の契約書は、ベルテルスマン社が支払う賃貸借料ゆえに、一種の有価証券のような意味を持ったのである。そこで、たとえば、ハンブルクの痩身・強壮薬(Schlankheits- und Kräftigungsmittel)製造業者ヘルベルト・グスタフ・アンドレーゼンは、顧客向け雑誌での広告を通じて、読書愛好会に約二〇〇〇人の新しい会員を獲得し、それに対して、一人当たり毎月一マルクの代価を求めた[93]。

なお、こうして読書愛好会に協力することは、小規模な小売書籍販売にとっては不利だったと思われるかもしれない。というのも、大規模な勧誘活動を行うことができず、自らの浮動客に対して読書愛好会のための勧誘をするのがせいぜいだからである。だが、ベルテルスマン社は、自らが派遣したセールスマン[94]——一九五七年時点でおよそ八〇〇人——の手数料と宣伝費用と引き換えに、新たに獲得された会員を小売書籍販売に提供した。この出費は、少なくとも八〇〇人から一〇〇〇人の会員の世話をすることで報われた。つまり、小売書籍販売は、会員に取り次ぐすべての読書愛好会の本の販売価格の約四〇パーセントを受け取ったため、一〇〇〇人の会員の場合、平均して毎月約一五〇〇マルクの利益が得られたのである。[95]

四　宣伝・勧誘力の高まり

以上のような伝統的な書籍販売との協力は、「数千の販売会社の恐るべき勧誘力[96]」を利用するものであり、読書愛好会に、一段階に組織されたブッククラブには不可能な、会員数の爆発的な増加をもたらした。具体的な数字をあげると、読書愛好会設立翌年の一九五一年七月一日に一〇万人、一九五三年に九五万人、一九五四年に一二〇万人、一九五六年に一八〇万人、一九五八年の最初の四半期に二〇〇万人、そして一九六〇年には二五四万人といった具合である。[97]一九六四年頃の時点で、第二位のドイツ図書同盟の会員数七四万人を大きく引き離し、主なブッククラブの総会員数の約四八パーセントを占めていたことを考慮すれば[98]、読書愛好会の二段階販売システムの威力の大きさがわかるであろう。

こうした会員数の増加には、「本に顧客をもたらす」という従来の書籍販売の考え方を、「読者を待つのではなく、本を読者に運び、顧客を読書へと教育する[99]」という原則へと転換したことが奏功した。そして、この原則を実行する上で大きな役割を担ったのが、主に出張・通信書籍販売と図書・雑誌訪問販売によって派遣された、家庭を訪問して新会員を勧誘するセールスマンと、宣伝用のバスを用いた勧誘であった。すなわち、「読むことのできる人はベルテルスマンを読む[100]」というスローガンの下、「数千人のセールスマンと数百台の宣伝カーによって前例のない宣伝キャンペーンが始められ」、「店舗書籍販売が従来到達していなかった市場が開かれた[101]」のであった。

ただし、そうした宣伝・勧誘においては、いささか度を越した手段が用いられることもあったようである。たとえば、読書愛好会の宣伝者らは、一九五五年に設立された下部組織である「青少年読書愛好会」(Jugend-Lesering)の会員を勧誘するために、徒弟の寄宿舎と学校を好んで訪問したが、偶然自分の子供がこれを経験したある父親は、その様子を次のように報告している。一九五六年九月二十九日、ダルムシュタットのルートヴィヒ＝ゲオルクス＝ギムナジウム（Ludwig-Georgs-Gymnasium）の生徒らは、学校で抽選で本を配るための無料くじをもらい、そこに名前と住所を書かねばならなかった。だが、本がくじで決められることはなく、そのかわり、しばらくすると、ベルテルスマン社の委託を受けた人物が生徒らの家庭を訪問し、彼らが無料くじの署名によって読書愛好会の会員となったことを説明した。これについて文書で同意を表明するよう強く求められた親たちの中には、不意打ちを受けて断れない者が少なくなかった[102]。また、一九五六年七月十一日、ケルンのノイマルクトで、ある女性がセールスマンから声をかけられ、読書愛好会に入るよう乞われた。彼女がその意思はないというと、セールスマンは、ベルテルスマン社の提供品の価値に納得してもらうために、無料で提供される顧客向けカタログ雑誌を彼女に数カ月間送ることを提案した。それから彼は、申込用紙にメモするため彼女の住所を尋ね、休みなくおしゃべりをしながら、彼女に申込用紙を差し出して署名を求め、その際、その署名が何の義務も伴わないことを強調した。だが、彼女は一カ月後に会費の支払いを求められ、そのときようやく、自分が読書愛好会の入会申込書に署名していたことに気がついたのであった[103]。あるいは、バイエルン地域の販売所の所長であるミュンヒェンのボーネンベルガーは、いわば宣伝のエキスパートであり、約二〇〇人のセールスマンを、アメリカの販売心理学に沿って教育した。彼らは、勧誘の際、玄関で、低俗作品撲滅のための――法的には登録されていない――ある団体の証明書を素早く見せ、その団体の委託を受けてある調査を実施しなければならないと述べた。この前置きはたいてい、「開け胡麻」の呪文のような効き目を持った。家の中で、彼らは、家族、自由時間の過ごし方、子供の教育などについて主婦と歓談し、まるで役所の書類であるかのように、深刻な表情で調査用紙に記入した。そして、青少年の問題に関連して、低俗な作品によって彼らが危険に曝されていることを話題にし、ギュータースローのキリスト教的な出版社が、成長期にある青少年の手に渡しても何ら差しつかえがなく、悪影響を及ぼす心配のない読み物を提供していると述べることで、巧妙に読書愛好会への橋渡しをし、まるでたまたま持ち合わせていたものであるかのように、入会申込書を取り出した。数多くの父母がこの宣伝戦術に屈し、ボーネンベルガーは、ほぼ毎月四〇〇〇人から五〇〇〇人の新会員を読書愛好会にもたらした。[104]

一方、車を用いた宣伝は、一九五二年夏、ベルリンの通信書籍販売業者ホネッテによって始められた。[105] 彼は、読書愛好会の文字と宣伝文句が書かれ、両側に帯状の細い窓があり、そこから読書愛好会の本を載せた本棚が見えるステーションワゴンにセールスマンを乗せ、それを人通りの多い場所に停めることによって、勧誘に成功した。ベルテルスマン社の本に興味がある人は、すぐに近づいて情報を得ることができ、ワゴンの中のテーブルに着いて本を試読することができた。セールスマンはその場で入会申込書を渡すことができ、多数の新会員がこの方法で獲得された。ヴィックスフォートはこのアイデアが気に入り、翌年には、この種の車が二〇〇台以上、ドイツ国内の町を巡った。オットー・エルツェによれば、「これらの車には、本に興味があり、進んで会員登録をしたいと願う人々が押しよせた。それは書籍販売における過去最大の宣伝キャンペーンの合図だった。会員数は、一九五三年に三五万人から九五万人に成長した。それにより、読書愛好会にとって決定的な突破口が開かれた。[106]」ところが、このいわゆる「バス宣伝[107]」は、成功だけでなく、激しい反発ももたらした。多くの小売書籍販売にとって、彼らの店舗の近くにベルテルスマン社の宣伝カーが停まることは脅威と感じられたのであった。また、商業の制限区域や交通規制に関する法律上の問題もあり、他との比較を用いた客寄せ的な宣伝方法にも批判が向けられた。それでも、読書愛好会の提供品に関心が持たれていたことから、バス宣伝は一九五四年まで継続され、この年、会員数はついに一〇〇万人を突破した。

このように、読書愛好会の二段階販売システムによって販売会社から投入されたセールスマンとバス宣伝は、書籍販売においても、「よい本を選び、よいものが自ずと勝利を収めるのを待つだけでは不十分」であり、「よく働く販売組織と現代の実情にマッチした宣伝の助けによってのみ、今日なお出版活動の成功が達成される」[108]ことを示した一方で、こうしたやり方で顧客を奪い取られたとの思いを小売店が強く抱いたことは、小売書籍販売が読書愛好会との協力をなお躊躇する大きな原因ともなったのであった。[109]この意味で、「読書愛好会の〈二段階制〉という有名な原理の背後にあるのは、ベルテルスマン社が出張販売の暴力的なエネルギーを読書愛好会のために解き放つことに成功したという単純な事実だ」[110]との指摘や、こうした利益志向が、ブッククラブの本質を「国民教育」から「効果的な販売形式」[111]へと変質させたとの指摘もなされているほどである。だが、このような問題点を孕みながらも、読書愛好会の宣伝が効果を上げた背景には、潜在的な本の需要の高さがあった。すなわち、多くのドイツ国民は第二次世界大戦中の爆撃で本を失くしており、また戦後の経済成長の恩恵に浴した国民層は一種のステータスシンボルとして、上質な装丁でありかつ書店ではみられないような本を求めていた。[112]読書愛好会の宣伝・勧誘力は、こう

図５　バス宣伝

して潜在的に存在しながら、伝統的な書籍販売ではカバーされていなかった本の需要を捉えたのであった。

五　利益の向上

以上のような二段階販売システムは、主に次の二つの点から、一段階のブッククラブにはなかった利益を読書愛好会にもたらした。一つ目は、すでに確立された書籍販売のネットワークが利用されたため、大幅な経費の削減ができたことである。すなわち、読書愛好会は、「代理店も、事業所も、独自の勧誘者も、会員への提供のための巨大な管理機構も必要とせず」、「それらはすべて書籍販売の仕事[113]」であった。二つ目は、一冊の本から得られる利益率が高かったことである。表2は、出版社、一段階のブッククラブ、二段階のブッククラブごとに、税込価格を一〇〇パーセントとして、税金や必要経費を除いていった場合、最終的に残る利益率を示したものであるが[114]、出版社（五・〇八パーセント）、一段階のブッククラブ（一一・三一パーセント）、二段階のブッククラブ（一二・八二パーセント）の順に高いことがわかる。その際、出版社と一段階のブッククラブの差は、主に、後者において書店へのリベートが不必要なことと、ライセンス料がオリジナル版を製作するために出版社が作家に支払う報酬よりも低いことから生じており、一段階のブッククラブと二段階のブッククラブの差は、後者において、販売会社にリベートが支払われるかわりに、共通経費が低く、会員勧誘の経費もかからないことから生じている。そしてさらに、この利益率を小売店での税込価格が三八・〇〇ユーロの本の場合に当てはめたのが、表3である[115]。ここでは、参照した資料が二〇〇八年に刊行されたものであるため、一九五〇―一九六〇年代とは通貨が異なっており、税率等にも違いがあると思われるが、大まかな違いを捉えるための目安としては十分であろう。また、この本の場合、ブッククラブでの税込価格は、内容と装丁が同一の本の場合に伝統的な書籍販売とブッククラブの間にみられる平均的な価格差を考慮すると、三五パーセント割安の二四・七〇ユーロとなる。その上で、表2の計算に当てはめた場合、一

表２　出版社、一段階のブッククラブ、二段階のブッククラブの計算

	出版社	一段階のブッククラブ	二段階のブッククラブ
1	税込小売価格（＝Lp） 100.00％	税込ブッククラブ価格 100.00％	税込ブッククラブ価格 100.00％
2	付加価値税（7％） 6.54％	付加価値税（7％） 6.54％	付加価値税（7％） 6.54％
3	実質小売価格 93.46％	実質ブッククラブ価格 93.46％	実質ブッククラブ価格 93.46％
4	リベート（Lp の 35％） 35.00％	リベート —	販売会社のリベート（30％） 30.00％
5	実質価格（＝Np） 58.46％	実質価格（＝Np） 93.46％	実質価格（＝Np） 63.46％
6	報酬（Lp の 10％） 10.00％	ライセンス 4.00％	ライセンス 4.00％
7	共通経費（Np の 40％） 23.38％	共通経費（Np の 40％） 37.38％	共通経費（Np の 25％） 15.87％
8	製造費（Lp の 20％） 20.00％	製造費 30.77％	製造費 30.77％
9	1 冊ごとの利益 5.08％	ブッククラブへの配当 21.31％	ブッククラブへの配当 12.82％
10	会員勧誘 —	会員勧誘（10％） 10.00％	会員勧誘 —
11	1 冊ごとの利益 5.08％	1 冊ごとの利益 11.31％	1 冊ごとの利益 12.82％

表３　税込小売価格が 38.00 ユーロの場合の具体例

	出版社	一段階のブッククラブ	二段階のブッククラブ
1	税込小売価格（＝Lp） 38.00 €	税込ブッククラブ価格 24.70 €	税込ブッククラブ価格 24.70 €
2	付加価値税（7％） 2.49 €	付加価値税（7％） 1.62 €	付加価値税（7％） 1.62 €
3	実質小売価格 35.51 €	実質ブッククラブ価格 23.08 €	実質ブッククラブ価格 23.08 €
4	リベート（Lp の 35％） 13.30 €	リベート —	販売会社のリベート（30％） 7.41 €
5	実質価格（＝Np） 22.21 €	実質価格（＝Np） 23.08 €	実質価格（＝Np） 15.67 €
6	報酬（Lp の 10％） 3.80 €	ライセンス 0.99 €	ライセンス 0.99 €
7	共通経費（Np の 40％） 8.88 €	共通経費（Np の 40％） 9.23 €	共通経費（Np の 25％） 3.92 €
8	製造費（Lp の 20％） 7.60 €	製造費 7.60 €	製造費 7.60 €
9	1 冊ごとの利益 1.93 €	ブッククラブへの配当 5.26 €	ブッククラブへの配当 3.16 €
10	会員勧誘 —	会員勧誘（10％） 2.47 €	会員勧誘 —
11	1 冊ごとの利益 1.93 €	1 冊ごとの利益 2.79 €	1 冊ごとの利益 3.16 €

冊ごとの利益は、出版社が一・九三ユーロ、一段階のブッククラブが二・七九ユーロ、二段階のブッククラブが三・一六ユーロとなり、二段階のブッククラブで得られる利益は、出版社のおよそ一・六四倍、一段階のブッククラブの一・一三倍となるのである。

六　二段階販売システムの意義

以上のように、ベルテルスマン読書愛好会の二段階販売システムは、会員管理を伝統的な書籍販売に委ね、伝統的な書籍販売と協力して活動した点で、ブッククラブの歴史において画期的なものであった。たしかに、小売書籍販売の理解と協力が十分に得られなかったことや、利益を志向するあまり一部で行き過ぎた販売手段がとられたといった問題点もみられたが、全体としてみれば、伝統的な書籍販売との緊張の緩和、宣伝・勧誘力の高まり、利益の向上といった長所を持つ、優れた書籍販売方法であったといえよう。

ベルテルスマン読書愛好会が登場するまで、書籍業におけるブッククラブの特色は、「生産レベルにも販売レベルにも明確に分類されえない」[116]ことにあった。つまり、一般の書籍業において、本の製造は主に出版社が、販売は主に書籍販売が担うのに対し、ブッククラブは、自らがその両方を行う自己完結した、すなわち一段階のシステムだったのである。これに対し、ベルテルスマン読書愛好会の特色は、二段階販売システムによってブッククラブの事業から販売部門を切り離して伝統的な書籍販売に委ねた点にあった。つまり、プログラムの作成、本とカタログの生産、在庫管理、販売会社への供給などにはベルテルスマン社が責任を持つ一方、会員の獲得、会費の管理、カタログの送付、注文されたタイトルの引き渡し、クレームへの対処といった「会員管理の大部分の課題」[117]が伝統的な書籍販売に委ねられたのである。なお、既述の通り、宣伝・勧誘面での伝統的な書籍販売のブッククラブへの協力は、読者同盟と万人のための本でもみられたが、これらにおいては、獲得された会員の情報が手数料と引き換えにブッククラブによって買い取られ、以後の会員の管理はブッククラブによって直接、つまり一段階でなされたのに対し、読書愛好会では、獲得された会員の管理は引き続き外部の書籍販売会社に委ねられたのである。また、ドイツ図書購買共同体とドイツ書籍販売図書同好会では、会員の管理も伝統的な書籍販売の業務に含まれたため、システムの点では読書愛好会とかなり似通っていたが、これらはブッククラブに対する対抗措置として構想されたという意味でベルテルスマン読書愛好会と同一視することはできず、しかも成功には至らなかった。こうした意味で、ベルテルスマン読書愛好会の二段階販売システムは、「現代的ブッククラブ」を「古典的ブッククラブ」と区別する最も主要な特徴であり、ドイツ連邦共和国におけるブッククラブの活動の新たな展開を象徴するものとなったのである。

第三節　ベルテルスマン読書愛好会における経営の多角化

一　経営の多角化の二つの方向性

ドイツ連邦共和国におけるブッククラブの活動には、「現代的ブッククラブ」において発展した二段階販売システムと並ぶもう一つの特色がある。それは「経営の多角化」(Diversifikation)[118]と呼ばれるものだが、本節では、この点について、ベルテルスマン読書愛好会の事例に基づき、販売品目の拡大を中心に詳しく考察する。なお、以下では、「ベルテルスマン読書愛好会」、「ベルテルスマン・レコード愛好会」(Bertelsmann Schallplattenring)、および「本とレコードの友のヨーロッパ愛好会」(Europaring der Buch- und Schallplattenfreunde) が取り上げられるが、必要に応じて、「読書愛好会」、「レコード愛好会」、「ヨーロッパ愛好会」という略称を用いる。

さて、ベルテルスマン読書愛好会の発展を経営の多角化という観点からみたとき、大きく二つの側面が指摘され

図６　キールに開設された「本の部屋」

る。すなわち、販売方法の多様化と販売品目の拡大である。このうち、まず販売方法の多様化としては、次のような点が指摘される。(119)

①ブッククラブの事業はカタログを利用して通信販売で行われるのが通例であったが、読書愛好会では、一九六四年に、「本の部屋」（Bücherstube）の名称で、最初の固定した店舗がキールに開設され、同様の店舗が、続く数年間に拡充された。

②一九六六年には、古典的な小売書籍販売との協力により、「パートナー＝クラブ＝支店」（Partner-Club-Filiale）が開設された。これにより、読書愛好会の本が既存の小売書籍販売で販売される可能性が増大した。

③一九九六年、読書愛好会は、書籍販売チェーン店「ブールバール」（Boulevard）によって、小売書籍販売の市場に地歩を固めた。ゲルゼンキルヒェン（Gelsenkirchen）に最初の支店が開設されたこの「快適な書店」（Wohlgefühlbuchhandlungen）は、思わず立ち寄りたくなるような大規模な店構えによって、顧客を本の購入へと導いた。

④同じく一九九六年、読書愛好会は、メディア通信販売会社「ベスト！セラー」（Best!Seller）の設立によって、会員拘束のないメディア販売の領域へと販路を広げた。もっぱらカタログを通して、本を中心にＣＤとビデオが販売されたが、会員システムがないため、価格拘束の法律に基づいて、アクチュアルなベストセラーは店頭価格でのみ販売された。

⑤二〇〇一年には、すでに一九九九年に設立されていたメディア販売のためのオンライン＝プラットフォーム

「ＢＯＬ」が、独自のプロフィット＝センターとして、読書愛好会に統合された。ＢＯＬには購入義務はなく、読書愛好会の会員も非会員も同じように、広範囲の本、ＣＤ、ビデオ、および娯楽プログラムの中から、インターネットを通じて自由に選択・購入することができた。

次に、提供品の拡大としては、次のような点が指摘される。(120)

①一九五五年、「通信販売会社　家と本」（Versandhaus Heim & Buch）が設立され、本棚、戸棚、ランプのような家具や、レコードとレコードプレーヤーが、読書愛好会の会員に提供された。

②一九五六年以後レコードが、後に音楽カセットないしＣＤが、読書愛好会のプログラムの確固たる構成要素となった。これら音楽領域の提供品は、読書愛好会における本以外の提供品のなかでも、特に大きな比重を占めた。

③一九六四年には、読書愛好会の会員が休暇旅行を予約できるクラブ＝旅行サービスが設立された。

④一九七一年には、読書愛好会で初めてゲームが販売された。

⑤一九七四年と一九七五年には、読書愛好会でカメラと工芸品が販売された。

⑥一九七六年には、読書愛好会の会員のためにフィルムの現像を行うフォトラボ＝サービスが設立された。

⑦一九八三年には、読書愛好会のチェーン店でのヴィデオカセット・レンタルサービスが開始された。

⑧最終的に、二〇〇七年の時点では、読書愛好会の提供品には、本、レコード、カセットテープ、ＣＤ、ＤＶＤ、音響機器、ゲーム、ゲーム・コンソール（家庭用ゲーム機）、コンピューター・ソフト、家具、装飾品、カメラ、フォトラボ＝サービス、休暇旅行、クレジット、保険、携帯電話、催し物のチケット、生涯教育講習な

どが含まれた。

二　本と本以外の提供品の関係

このように、ベルテルスマン読書愛好会では二つの側面での多角化がみられる。資料の都合により、以下では提供品の拡大についてより詳しく検討するが、この点でまず確認されるのは、①あくまでも本が読書愛好会の中心的な提供品である、②ただし、音楽も読書愛好会にとって自明の提供品とみなされる、③本と音楽以外の提供品はあくまでも補完的な役割しか持たない、という三つの点であり、それは次のような事情による。

読書愛好会の提供品を本、音楽、本と音楽以外の三つに分けたとき、売り上げの割合は一九七〇年代末までほぼ一定で、約八〇パーセント、約一五パーセント、約五パーセントであった[121]。ここでは、提供品の重点は明らかに本に置かれており、音楽は割合としてはかなり低い。むろん、本が読書愛好会の提供品の中心をなすことは明らかであり、一九八〇年代に入ってからも、「私たちの提供品の重点はいずれにせよ本であり続ける。伝統的な理由からのみならず、経済的な理由からも[122]」とされている。しかしその一方で、すでに一九六〇年代から、音楽も読書愛好会の提供品として欠かせないものとみなされている。たとえば、一九六八年には、「提供品を本とレコードとまったく関係のない物へと拡大し過ぎることは適切でない[123]」とされ、一九七七年にも、「特別なプログラムによって、〈本〉と〈録音媒体〉という核となる生産品の売り上げが縮減されてはならない[124]」として、プログラムの過度の多様化によって読書愛好会のイメージが変質し、顧客ないし会員によって主に本と音楽の提供者とみなされなくなることへの懸念が表明された。一九八八年にも、本と音楽以外の提供品はメディア内容の提供プログラムを補完するが、ただし「核をなすプログラムとの協調性」や「売り上げの割合と外部に見えるイメージ（カタログ、店）の点で追加の提供品が優位に立たない[125]」といった基準に合致しなければならないとされている。しかし、それにもかかわらず、一九八〇年代から一九九〇年代にかけては、本と音楽以外の提供品の割合も増加し、一九九二年には、本、音楽、本と音楽以外の提供品の売り上げの割合は五五パーセント、二八パーセント、一七パーセントとなり、一九九四年には、本の売り上げの割合は、ついに五〇パーセント以下となった[126]。

こうした事態を前にして、一九九〇年代末に、本への再焦点化が行われ、「私たちは、再びよりはっきりとメディアの生産品に集中し、とりわけ本の割合を強化する[127]」とされた。そして、本を「再びクラブのプログラムミックスにおける第一の地位に[128]」移すというこの方向性は、少なくとも二〇〇七年まで一貫して進められた。

このように、ベルテルスマン読書愛好会の提供品については、①本の重点化＝一九五〇―一九八〇年、②本でない領域への拡大＝一九八〇―二〇〇〇年、③本への再焦点化＝二〇〇〇―二〇〇七年という流れが見てとれる[129]。したがって、ブッククラブの提供品として本が最重要視されながらも、少なくとも一時期、本以外の提供品が本と同等かそれ以上の意味を持ったことは間違いないのである。

三　音楽部門の提供品の発展

上記のように、ベルテルスマン読書愛好会における本以外の提供品の中では、音楽部門の提供品が特に大きなウェートを占めている。そこで次に、ベルテルスマン社においてレコードと音響機器の販売を担ったベルテルスマン・レコード愛好会の発展を跡づけたい[130]。

ベルテルスマン・レコード愛好会は、一九五六年七月一日に活動を開始し、読書愛好会に倣った精力的な宣伝によって、早くも半年後に会員数が一〇万人を突破した。販売システムも読書愛好会とほぼ同じであり、会員には、三カ月ごとに一六・五マルクの会費に対して、一五ポイントの価値の三〇センチメートルのＬＰレコードが提供された。主要提案レコードと自由選択のためのレコードに加え、長期会員に特典として提供されるレコードと、新会員の勧誘に貢献した会員に特典として提供されるレコードがあり、会員向けのカタログ『ベルテルスマン・レコード愛好会グラフ』（*Bertelsmann Schallplattenring Illustrierte*）も刊行された。また、再生装置を持たないことが入会の妨げとならないよう、ポータブル・レコードプレーヤーやステレオも提供され、数年後には、ベルテルスマン社はドイツ最大のレコード再生装置販売者となった。

その後、一九五八年に、独自のレコード生産会社「ソノプレス有限会社」（Sonopress GmbH）が設立され、これによって、ひと月の生産能力は三五万枚にまで高まり、レコードの需要の大部分が独自の生産品でカバーされた。また、内容的な面で独自のレパートリーを構築するために、一九五八年七月一日に、プロダクション会社「アリオラ・レコード有限会社」（Ariola Schallplatten GmbH）も設立された。こうして、生産力の向上とプログラムの充実により、レコード愛好会の会員数は、一九五九年初めに二〇万人を超えた。

だが、レコード愛好会には、依然として魅力的なアーティストが欠けていた。それらはライセンス生産の手段でしか手に入れられなかったが、それまでは交渉がうまくいっていなかったのである。しかし、レコード愛好会は徐々に興味深いパートナーと映り始め、ついにドイツ最大のレコード会社が協力を決定した。すなわち、「ドイツ・グラモフォン社」（Deutsche Grammophon-Gesellschaft）との間に協定が締結され、レコード愛好会において同社のレコードが提供されるようになったのである。この動きについて、『労働の世界』（*Welt der Arbeit*）では、「競争相手からパートナーを作ることは、一つの芸術作品だ。私は、この協力を歓迎すべきだと思う。なぜなら、結局、利益を蒙るのは消費者だからだ[131]」と評されたが、ラジオとテレビでは、「青天の霹靂[132]」と報じられた。というのも、レコード愛好会の低い価格が、ドイツ・グラモフォン社の売り上げを脅かす危険性が感じられたからである。しかし、この点についての活発な議論は、驚くほど急速に終息した。というのも、レコード愛好会の「閉じた市場[133]」は音楽販売の通常の販路を損なわないことが、間もなく明らかになったからである。この魅力的な協力により、レコード愛好会の会員数は、一九六二年までに五〇万人に増加した。こうして、レコード愛好会でも、読書愛好会と同様に毎年およそ二〇〇の新しいタイトルが追加されるようになり、会員は常時様々なジャンルの五〇〇のタイトルの中から選ぶことができるようになった。またその際、国内外の一流のレコード会社がそれらのレパートリーを提供した。

なお、この間、一九六一年に、第三の愛好会となる本とレコードの友のヨーロッパ愛好会が設立された。同愛好会は、読書愛好会とレコード愛好会の混合であり、毎月の会費は九・九マルクで、三カ月ごとの点数にかえて、本かレコード、あるいは本とレコードの両方を購入することができた。また、会員数は、一九六一年末までに、早くも二万四〇〇〇人に達した。

四　カタログにみる具体例

以上のような点を踏まえ、最後に、ベルテルスマン読書愛好会のカタログの記事を通して、同愛好会における提供品の拡大をみてみたい。そのため、ここでは、一九六四年第三号と一九七二年第三号の内容を比較し、その間に生じた変化を跡づける。

（１）提供品とそれらがカタログの頁数に占める割合

そこでまず、各カタログにおいてどのような品目が提供されているのかを確認するとともに、各品目の重要性を示す一つの指標として、それらがカタログの頁数にどの程度の割合を占めているかを比較してみたい。

初めに、一九六四年のカタログ『ベルテルスマン読書愛好会グラフ』（*Bertelsmann Lesering-Illustrierte*）の第三号における提供品と頁数の割合をみると、表４のようになり、そこから次のようなことがいえる。[134]

表4　1964年第3号における提供品と頁数の割合

提供品	頁数	割合（%）
本	74	89.2
レコード	2	2.4
音響機器	1	1.2
旅行	1	1.2
家具	2	2.4
地球儀	1	1.2
朗読	1	1.2
ブックエンド・ブックカバー	1	1.2
合計	83	100.0

①カタログの頁数では、本が八九・二パーセントを占めている。
②本以外の提供品としては、レコード、音響機器、旅行、家具、地球儀、朗読、ブックエンド・ブックカバーがある。
③本以外の提供品の中では、レコードと家具に二・四パーセントの数値がみられるが、それ以外は一・二パーセントである。全体としては、とびぬけて高い割合を占める品目はない。
④レコードと音響機器を合わせた割合は、三・六パーセントである。これにレコードの形で提供されている朗読を加えると、四・八パーセントとなる。
⑤本以外の提供品のうち、家具（本棚）、朗読、ブックエンド・ブックカバーは、本との関連性が強い。

次に、一九七二年のカタログに目を向けると、タイトルが『見事なレコードプログラムのあるベルテルスマン読書愛好会』（*Bertelsmann Lesering mit dem großen Schallplattenprogramm*）に変わっており、すでにこの点にレコードのウェートの高まりが表れている。実際、第三号における提供品と頁数の割合は表5のようになり、そこから次のようなことがいえる。[135]

①頁数の割り当てからすると、本は五四・七パーセント、本以外の

表5　1972年第3号における提供品と頁数の割合

提供品	頁数	割合（%）
本	52	54.7
レコード（カセットテープを含む）	31	32.6
音響機器	5	5.3
旅行	2	2.1
家具	2	2.1
地球儀	1	1.1
映画鑑賞割引	2	2.1
合計	95	100.0

提供品が四五・三パーセントと、本がかろうじて五〇パーセントを保つ一方、本以外の提供品が五〇パーセントに迫る勢いである。

②本以外の提供品としては、レコード（カセットテープを含む）、音響機器、旅行、家具、地球儀、映画鑑賞割引がある。

③本以外の提供品の中では、レコード（カセットテープを含む）の占める割合がきわめて高く、三〇パーセントを超えている。

④そのため、本とレコード（カセットテープを含む）だけで、誌面の八五パーセント以上を占める。

⑤音楽関係の提供品として、レコード（カセットテープを含む）と音響機器を合わせると、誌面に占める割合は三七・九パーセントに達する。

⑥したがって、音響機器を含めると、本と音楽関係の提供品だけで、誌面の九〇パーセントを超える。

以上のデータを基に、一九六四年第三号と一九七二年第三号を比較すると、次のようなことがいえる。

①全体として、本の占めるウェートの低下と、音楽関係の提供品のウェートの高まりが見てとられる。

②本の占める頁数が三四・五パーセント減っているのに対し、レコード（カセットテープを含む）と音響機器を合わせた割合が、三四・三パーセント増加している。

③レコード（カセットテープを含む）の割合は約一三・六倍、音響機器の割合は四・四倍となっており、とりわけ前者の割合の増加が顕著である。

④家具（本棚）、朗読、ブックエンド・ブックカバーといった本とかかわりの深い商品のうち、朗読とブックエンド・ブックカバーが姿を消し、かわって映画鑑賞割引が登場しており、提供品における本との関連性の希薄化が窺われる。

なお、表には表れていないが、一九六四年第三号では「目次」においてすべての提供品が同列に扱われているのに対し、[136]一九七二年第三号では、目次が大きく「本」、「レコード」、「特別な提供品」に分かれており、[137]こうした点にも、本以外の提供品の存在意義の高まりが見てとられる。

（2）提供品の数と内容の変化

では、このような変化は、具体的な提供品の数と内容にはどのように反映しているだろうか。

1　本[138]

まず、提供されている本の数には、大きな変化がみられる。一九六四年第三号では六九四冊に対し、一九七二年三号では四九七冊で、後者は前者の七一・六パーセントに留まっており、カタログにおける頁数の減少と本の提供数の縮小が連動していることが明らかである。一方で、提供されている本の傾向については、それほど大きな変化

表６　本のカテゴリーの比較

1964 年第 3 号	1972 年第 3 号
主要提案図書	主要提案提供品
新刊書	
家族・社会小説	社会小説
愛と結婚に関する小説	恋愛小説
要求の高い現代小説	現代文学
世界文学の偉大な作品	世界文学
	古典
カール・マイ	
	娯楽小説
愉快な本	愉快な本
冒険	冒険小説・探偵小説
探偵小説	探偵小説・冒険小説
	スパイ小説
外国語の小説	
故郷と山々	
生きいきとした歴史と人生像	歴史小説
	文化と歴史
	歴史
イラスト入り大世界史	世界史
戦争に関する本	戦争に関する本
芸術愛好家のために	芸術
	絵画
	写真集
音楽愛好家のための本	音楽
キリスト教の世界	
読書愛好家の中の世界	旅行記
	私たちの世界の中の人間
	地理
	図解書
自然の王国の中で	自然と広い世界
	動物に関する本
教養と知識	教養と知識
	技術
実際的な助言者・参考書	実際的な助言者・参考書
	参考書
スピーチ上達術	
教科書・辞書・語学講座	学習支援の本
ベルテルスマン百科事典文庫	百科事典
趣味の本	趣味と収集
児童・青少年向き図書	児童・青少年向き図書
アクチュアルな本	アクチュアルな問題
	オリンピック '72
	政治
	現代の事件
小さな読書愛好会文庫	
小さな同伴者	

はみられず、そのことは、二つの号で提供されている本のカテゴリーから明らかである。両者における本のカテゴリーは必ずしも同一でないため、厳密に比較することは困難だが、それでも表6のような形で並べてみると、ある程度の同一性が窺われ、社会小説、恋愛小説、現代文学、世界文学、探偵小説、冒険小説、ユーモア文学、歴史小説、歴史書、戦争関連書、芸術関連書、音楽関連書、旅行関連書、自然関連書、教養書、種々の参考書、百科事典、趣味関連書、児童・青少年向き図書、アクチュアルなテーマを扱った本などが多いことがわかる。[139]

2　レコード[140]

次に、レコードについて比較をしてみたい。カテゴリーと提供品の数を比較すると、表7のようになる。まず注目に値するのは、提供タイトル数の大幅な増加であり、一九六四年第三号では合計六二に対し、一九七二年第三号では合計三九三と、六・三倍にも増えている。一九七二年第三号ではミュージック・カセットも八三タイトル提供されているので、これを合わせて合計四七六と考えると、七・七倍にもなる。提供品の内容については、カテゴリーで比較すると、一九六四年第三号にみられた「朗読」と「現代の出来事の音による記録」がなくなっていることが目につく。これらの項目には、『ファウスト』のような名作の朗読や、一九一四年から一九五五年にかけての政治家の演説・対談などが含まれていた。それに対し、一九七二年第三号では、「ポップミュージック」と「アクチュアルなターンテーブル」といった同時代の音楽や、「パーティー音楽」、「ムード・ユーモア」、それにジャンルを問わない買い得な二枚組レコードを提供する「一七・五〇マルクの二枚組レコード」が追加されている。また、両者にある程度共通する児童・青少年向きの音楽、クラシック系の音楽、流行歌、パーティー音楽、ジャズ、フォークソングないし民族音楽を、レコードの主なジャンルとみなすことができよう。さらに、一九七二年第三号でみた場合、特に大きなウェートを占めているのは、「世界的なスター・流行歌のパレード」の八二（二〇・九パーセント）と「ク

表7　レコードのカテゴリーとタイトル数の比較

1964年第3号		1972年第3号	
朗読	4		
現代の出来事の音による記録	3		
児童・青少年向きレコード	15	児童・青少年向きレコード	44
巨匠の音楽	11	クラシック	70
オペラ	5	オペラ	20
オペレッタ	3	オペレッタ・ミュージカル	25
ポリドールとフォンタナの偉大な娯楽プログラム	7	娯楽音楽	11
国際的な流行歌	5	世界的なスター・流行歌のパレード	82
		ポップミュージック	33
		アクチュアルなターンテーブル	7
歓喜・騒動・上機嫌	3		
		パーティー音楽	27
		ムード・ユーモア	12
ジャズ	2	ジャズ	8
フォークソング・故郷の歌曲	4	民族音楽	16
		17.50マルクの二枚組レコード	38
合計	62	合計	393

ラシック」の七〇（一七・八パーセント）である。

ここで、一九七二年第三号の各カテゴリーに含まれる代表的なアーティストの名を記すことで、レコードとカセットの提供品の内容の把握にかえたい。ただし、「児童・青少年向きレコード」については、ほとんどが児童文学や童話の朗読であるため、代表的な作品名をあげる。

①児童・青少年向きレコード

『グリム兄弟の最も素晴らしい童話』（*Die schönsten Märchen der Brüder Grimm*）、『ハイジ』（*Heidi*）、『長靴下のピッピ』（*Pippi Langstrumpf*）。

②クラシック

ヨハン・セバスチャン・バッハ、ゲオルク・フリードリヒ・ヘンデル、ルートヴィヒ・ヴァン・ベー

図７　流行歌のレコードの紹介

トーヴェン、フランツ・ヨーゼフ・ハイドン、フェーリクス・メンデルスゾーン。

③オペラ

ヴォルフガング・アマデウス・モーツァルト、カール・マリア・フォン・ヴェーバー。

④オペレッタ・ミュージカル

ヨハン・シュトラウス、フランツ・レハール。

⑤娯楽音楽

ミヒャエル・テオドレ、ヴィリー・シュナイダー。

⑥世界的なスター・流行歌のパレード

ザ・レス・ハンフリーズ・シンガーズ、スー・クレイマー、ピーター・オルロフ、ペーター・マフィー、ペーター・アレクサンダー、ダリア・ラヴィ、シャリー・バッシー、イヴァン・レブロフ、カレル・ゴット、ハインチェ、ウード・ユルゲンス。

⑦ポップミュージック

ディオンヌ・ワーウィック、ドン・マクリーン。

⑧アクチュアルなターンテーブル

ロイ・ブラック&アニタ、メアリー・ルース、シャルル・アズナヴール。

⑨パーティー音楽

ジョー・メント、ジェームス・ラスト。

表８　音響機器の提供品と数の比較

		1964年第3号	1972年第3号
本来の提供品	アンプ（スピーカー付属）	1	
	レコードプレーヤー	2	3
	レコードプレーヤー（スピーカー付属）	1	3
	テープレコーダー（ダブルデッキ用）		2
	テープレコーダー（コンパクトカセット用）		4
	スピーカー		1
	音響調整装置		1
	電流安定器		1
	ラジオ		4
	小計	4	19
関連する提供品	ダブルデッキ		2
	コンパクトカセット		1
	イヤホン		2
	マイク		1
	レコードとコンパクトカセットの収納ケース		10
	レコードクロス		1
	小計	0	17
	合計	4	36

⑩ムード・ユーモア
　ハインツ・エアハルト、ルイーゼ・マルティーニ。
⑪ジャズ
　レイ・チャールズ、マヘリア・ジャクソン。
⑫民族音楽
　ルードルフ・ショック。

3　音響機器⒁

音響機器について、一九六四年第三号と一九七二年第三号の提供品とその数を比較すると、表8のようになる。これにより、アンプからラジオまでを音響機器の本来の提供品と考えたとき、提供品目では、一九六四年が三に対し一九七二年は八で、二・七倍に増えており、提供品の数では、四に対し一九で、四・八倍に増えている。さら

図８　音響機器の提供品

に、一九七二年の場合、ダブルデッキなど、これらの音響機器に関連する提供品として六品目一七の商品がみられ、こうしたものも含めると、品目では三に対し一四で四・七倍、提供品の数では四に対し三六で九倍となる。したがって、音響機器の提供品は著しく増加しているといえる。

４　旅行(142)

旅行については、一九六四年第三号では、冬の旅行を検討中との記載があるのみである。参考までに、同年第一号に掲載された記事をみると、「ベルテルスマン＝旅行サービス・ホテルプラン有限会社」(Bertelsmann-Reisedienst Hotelplan GmbH) の提供品として、四つの休暇旅行が提供されている。すなわち、スペイン（マロルカ）、ギリシア（エギナ島の湾岸）、ハンガリー（プラッテン湖）、イタリア（リミニ）である。いずれも日程は一五日間程度で、三月から十月にかけて複数回の出発日が設けられ、ホテルの種類と出発地（フランクフルトかデュッセルドルフ）に応じて異なる値段設定がなされている。

一方、一九七二年第三号では、「クラブ旅行サービス」(Club-Reisedienst) による飛行機の臨時便、観光旅行、および体験旅行の提供がなされている。このうち、臨時便はいずれもフランクフルト発で、北アメリカ（一二便）、南アメリカ（二便）、南アフリカ（二便）、オーストラリア（一便）である。また、観光旅行はニューヨーク五日間とサンフランシスコ七日間が、体験旅行としてはエジプト五―一四日間、アテネ四日間、レバノン七日間、キプロス七日間、日本十日間が提供されている。

　これらを比較すると、一九七二年のほうが多様化し、数も増えているといえる。

5　家具[143]

　家具については、一九六四年第三号では、上記の「通信販売会社　家と本」の商品が提供されており、誌面でウォールラックとキャビネットがそれぞれ五種類紹介されるとともに、詳細については、無料で手に入るカラーのカタログを参照するよう要請されている。

　一方、一九七二年第三号では、付属家具、ウォールラック、スカンジナヴィア家具が三六枚のカラー写真で紹介された無料の『クラブ家具カタログ』（*Club-Möbel Katalog*）に関する情報に加えて、読書愛好会が契約している全国三四の家具卸売商で、会員が特別なサービスを無料で受けられることが紹介されている。特別なサービスとは、①あらゆる種類の家具（布張りの家具とテーブルと絨毯のある居間、マットレスと掛布団とベッドカーペットのある寝室、システムキッチン等）が多数提供されること、②家具の選択にあたり専門家による助言が受けられること、③購入した家具が専門家によって備えつけられることである。

　このようにみると、家具の販売も、少なくとも家具卸売商でのサービスの分だけ充実しているといえる。

図９「家と本」のカタログ

6　地球儀[144]

地球儀については、一九六四年第三号で提供されているのは、オリジナル立体地球儀だけだが、一九七二年第三号ではて、それに加えて、ポリー・イルミネーション・グローブと特許つき地球儀用ルーペも提供されており、わずかながら品目が増加している。

7　映画鑑賞割引[145]

最後に、一九六四年第三号にはみられず、一九七二年第三号で新たに登場した映画鑑賞割引について触れておきたい。これは、全国一〇二の映画館で、読書愛好会の証明書を提示することにより、大人も子供も全席一・五マルクで鑑賞できるというものである。映画の内容は、毎木曜日に割り当てられている「世界の最良の映画」と、毎日曜日に割り当てられている「素晴らしい児童・青少年向きプログラム」（童話、娯楽、アニメーション映画）に分かれるが、具体的には次のようなものである。[146]

a　世界の最良の映画

小説の映画化

『太陽王とアンジェリック』（*Angelique und der König*）

『グループ』（*Die Clique*）

『シシリアン』（*Der Clan der Sizilianer*）

『司祭ドン・カミロ』（*Hochwürden Don Camillo*）

探偵物

『白いチョッキを着た紳士たち』（*Die Herren mit der weißen Weste*）
『地下室のメロディー』（*Lautlos wie die Nacht*）
西部劇
『荒野の七人』（*Die glorreichen Sieben*）
『アラモ』（*Alamo*）
冒険物
『ゼロの決死圏』（*Der gefährlichste Mann der Welt*）
娯楽映画
『決して終わらない日』（*Ein Tag, der nie zu Erde geht*）
『ママは腕まくり』（*Meisterschaft im Seitensprung*）
『恋はゴースト』（*Solange Du da bist*）
『ムッシュー』（*Monsieur*）

b　素晴らしい児童・青少年向きプログラム
　童話、娯楽、アニメーション映画
『長靴をはいた猫』（*Der gestiefelte Kater*）
『日曜日の狩人ドナルド・ダック』（*Donald Duck als Sonntagsjäger*）
『ハインツェル小僧』（*Die Heinzelmännchen*）
『電光石火のバットマン』（*Batman hält die Welt in Atem*）

『スーパーマウスと仲間たち』（*Supermaus und Spießgesellen*）
『リューベツァール――山の主』（*Rübezahl, Herr der Berge*）
『出撃するトムとジェリー』（*Tom und Jerry auf dem Kriegspfad*）
『テーブルよ、ご飯の用意！』（*Tischlein, deck dich!*）

（3）　まとめ

このようにみると、一九六四年から一九七二年までの九年間に、提供品の内容と数に大きな変化が生じていることがわかる。すなわち、本の提供数の大幅な減少と、本以外の提供品の大幅な増加であり、なかでも音楽関係の提供品の増加はきわめて顕著である。また、単に提供品と数が増加しただけでなく、家具や映画鑑賞割引のように、全国の卸売商や映画館の協力によって内容の充実が実現したものもみられる。上記のように、売り上げの点では、一九八〇年頃までは本が最も高く、その意味で本に重点が置かれていた。だが、以上の考察から、少なくとも提供品の数と内容の点では、すでに一九七〇年代初頭において、本から本以外の提供品への重点の移動がなされていたことが確認されるのである。

五　ブッククラブ衰退の予兆

以上、ベルテルスマン読書愛好会における経営の多角化についてみてきた。あくまでも一端を扱ったに過ぎず、包括的な考察は今後の課題である。しかしながら、以上の考察から少なくとも、とりわけ提供品の拡大という点で、同愛好会が一九七〇年代以降、単なる書籍販売団体を越えて、あるいは書籍販売という本来の路線から逸脱して、総合的な「余暇産業」（Ferienindustrie）[147]ともいうべき特色を持つに至ったこと、またその結果として、もっぱら本の所有と読書の普及、およびそれを通じた国民教育を主な目的としていた一九四五年以前のドイツにおけるブッククラブとは性格を異にするものとなったことは、明らかであろう。

ところで、読書愛好会がこのように本以外の提供品の拡充を図った背景としては、ドイツ国内においてブッククラブの市場が汲み尽くされたこと、一般の書籍販売のサービスが向上したこと、本と競合する様々なメディアが普及したことなどがあげられる。[148] たとえば、すでに指摘したように、ドイツにおけるブッククラブ全体の売り上げの頂点は一九六八年であり、[149] またある調査では、自由時間に占める読書の割合は、一九六七年から一九七三年の間に、一三パーセントから九パーセントへと減少している。[150] こうしたことから、読書愛好会を魅力的なものとする上で本以外の提供品の重要性が増し、本に対する関心を本以外のものでつなぎとめねばならないという逆説的な状況が生じたのであった。そうした意味で、読書愛好会における経営の多角化は、まさにドイツ連邦共和国における新たな文化的状況の反映であると同時に、一九八〇年代以降顕著になるブッククラブの衰退の予兆でもあったのである。[151]

（1）Vgl. Kurt Runge: a. a. O., S. 221.
（2）Vgl. W. Christian Schmitt: *Vor dem Ende der Lesekultur. 20 Jahre Buch- und Literaturmarkt aus nächster Nähe*. Kehl/Strasbourg/Basel（Morstadt）1990, S. 59.
（3）表1は、次の文献に基づいて作成されている。Vgl. Frank Weissbach: a. a. O., S. 52f.
（4）Vgl. ebenda, S. 49ff.; Wolfgang Strauss: *Die deutschen Buchgemeinschaften*. A. a. O., S. 274.
（5）Vgl. Helmut Hiller: a. a. O., S. 16.
（6）Vgl. Wolfgang Strauss: *Die deutschen Buchgemeinschaften*. A. a. O., S. 274.
（7）Vgl. Herbert Grundmann: *Parallelausgaben. Gegenüberstellung von Original- und Sonderausgaben der Verlage mit Buchgemeinschafts- und Taschenausgaben*. Bonn（H. Bouvier）1961, „Abkürzungen und Bedingungen der Buchgemeinschaften“（o. P.）.

(8) Vgl. ebenda, S. 1–275. 本書では、一九六一年三月一日までに編集が終了した一万冊近い本が、タイトルごとに、装丁（クロース装、背革装、厚紙装等）と価格とともに列挙されており、同じ内容で同等の装丁が施された本について、オリジナル版とブッククラブ版の価格差を詳しく知ることができる。

(9) Vgl. Frank Weissbach: a. a. O., S. 83.

(10) Vgl. Max Böck: *Die Auswirkungen neuer Markt- und Vertriebsformen auf Preisbindung und Sortiment*. München（V. Florentz）1980, S. 131.

(11) Vgl. Wolfgang Strauss: *Bemerkungen zur gesellschaftlichen Relevanz von Buchgemeinschaften*. In: *Beiträge zur Geschichte des Buches und seiner Funktion in der Gesellschaft*. Hrsg. von Alfred Świerk. Stuttgart（Anton Hiersemann）1974, S. 280–290, hier S. 289.

(12) Vgl. Michael Kollmannsberger: a. a. O., S. 57.

(13) Werner Faultisch/Ricarda Strobel: *Bestseller als Marktphänomen. Ein quantitativer Befund zur internationalen Literatur 1970 in allen Medien*. Wiesbaden（Harrassowitz）1986, S. 96.

(14) Vgl. Walter Hömberg: *Kulturvertrieb als Freizeitservice? — Buchgemeinschaften*. In: *Medien*. 3（1981）H. 2, S. 6–12, hier S. 7.

(15) Vgl. Michael Kollmannsberger: a. a. O., S. 106f.

(16) Vgl. ebenda.

(17) Vgl. Frank Weissbach: a. a. O., S. 18f., 63f.

(18) Vgl. Peter Kliemann: *Buchgemeinschaften*. In: *Literaturbetrieb in Deutschland*. Hrsg. von Heinz Ludwig Arnold. Stuttgart/München/Hannover（Richard Boorberg）1971, S. 135–146, hier S. 145.

(19) Vgl. Martin Hutter: *Das Angebot der Buchgemeinschaften*. In: *Medien*. A. a. O., S. 14–23, hier S. 20.

(20) Martin Hutter/Wolfgang R. Langenbucher: *Buchgemeinschaften und Lesekultur. Studie zum Programmangebot von sechs Buchgemeinschaften（1972–1977）*. Berlin（Volker Spiess）1980. Dazu vgl. auch Martin Hutter: a. a. O., S. 14–23.

(21) Martin Hutter/Wolfgang R. Langenbucher: a. a. O., S. 7.

(22) Vgl. ebenda, S. 44f., 56f., 72.

（23）Vgl. ebenda, S. 44f.
（24）Vgl. ebenda, S. 46f. なお、恋愛・女性・運命小説等の「等」の部分に含まれるのは、家族小説（Familienroman）と医療小説（Arztroman）である。Vgl. ebenda, S. 135.
（25）Vgl. ebenda, S. 120.
（26）Ebenda, S. 133.
（27）Vgl. ebenda, S. 121, 135f.
（28）Vgl. ebenda, S. 135f.
（29）Vgl. ebenda, S. 146f., 149f.
（30）Vgl. ebenda, S. 152–178.
（31）Vgl. ebenda.
（32）Martin Hutter: a. a. O., S. 22.
（33）Vgl. Martin Hutter/Wolfgang R. Langenbucher: a. a. O., S. 180f.
（34）Vgl. ebenda, S. 80.
（35）Vgl. ebenda, S. 182f.
（36）Bodo Franzmann: *Lesekultur heute. Über Nutzen und Notwendigkeit von Lesen, Leseförderung und Buchgemeinschaften*. In: *Medien*. A. a. O., S. 24–30, hier S. 29.
（37）Ebenda; Martin Hutter: a. a. O., S. 15; Hans Zopp: *Buchgemeinschaften. Ihre Rolle und Wertigkeit in der Kulturvermittlung*. In: *Medien*. A. a. O., S. 39–40, hier S. 40.
（38）Wolfgang R. Langenbucher: *Die Demokratisierung des Lebens in der zweiten Leserevolution. Dokumentation und Analyse*. In: *Lesen und Leben: Eine Publikation des Börsenvereins des Deutschen Buchhandels in Frankfurt am Main zum 150. Jahrestag der Gründung des Börsenvereins der Deutschen Buchhändler am 30. April 1825 in Leipzig*. Hrsg. von Herbert G. Göpfert, Ruth Meyer, Ludwig Muth, Walter Rüegg. Frankfurt am Main（Buchhändler-Vereinigung GmbH）1975, S. 12–35, hier S. 25.
（39）Sabine Dörrich: *Die Zukunft des Mediums Buch. Eine Strukturanalyse des verbreitenden Buchhandels*. Bochum（Universitätsverlag Brockmeyer）1991, S. 43. Zitiert nach Michael Kollmannsberger: a. a. O., S. 88.

（40） Wolfgang R. Langenbucher: a. a. O., S. 25.

（41） Bodo Franzmann: a. a. O., S. 29.

（42） Sabine Dörrich: a. a. O. Zitiert nach Michael Kollmannsberger: a. a. O., S. 87.

（43） Bodo Franzmann: a. a. O., S. 29.

（44） Hans Zopp: a. a. O., S. 40.

（45） Vgl. Peter Glotz: *Der Beitrag der Buchgemeinschaften zur Arbeitnehmerbildung*. In: *Bertelsmann-Texte 4*. Hrsg. von der Zentralen Presse- und Informationsabteilung der Bertelsmann AG. Gütersloh（C. Bertelsmann）1975, S. 21–28, hier S. 24.

（46） Vgl. Arnd Roszinsky-Terjing: *Imperien auf dem Hauptvorschlagsband. Über Buchgemeinschaften*. In: *Literaturbetrieb in der Bundesrepublik Deutschland. Ein kritisches Handbuch*. Hrsg. von Heinz Ludwig Arnold. München（edition text + kritik GmbH）1981, S. 112–124, hier S. 115.

（47） Vgl. Frank Weissbach: a. a. O., S. 92.

（48） Maria-Rita Girardi/Lothar Karl Neffe/Herbert Steiner（Bearb.）: *Buch und Leser in Deutschland. Eine Untersuchung des DIVO-INSTITUTS*. Gütersloh（C. Bertelsmann）1965, S. 100.

（49） Walter Hömberg: a. a. O., S. 8. Dazu vgl. auch Wolfgang R. Langenbucher: a. a. O., S. 30ff.; Michael Kollmannsberger: a. a. O., S. 89–93.

（50） Walter Hömberg: a. a. O., S. 8.

（51） Vgl. Maria-Rita Girardi/Lothar Karl Neffe/Herbert Steiner（Bearb.）: a. a. O., S. 104.

（52） Alfred Clemens Baumgärtner（Hrsg. unter Mitarbeit von Alexander Beinlich u. a.）: *Lesen — Ein Handbuch. Lesestoff, Leser und Leseverhalten, Lesewirkungen, Leseerziehung, Lesekultur*. Hamburg（Verlag für Buchmarkt-Forschung）1974, S. 599.

（53） Vgl. Wolfgang Kayser: *Das literarische Leben der Gegenwart*. In: *Deutsche Literatur in unserer Zeit*. Mit Beiträgen von W. Kayser, B. von Wiese, W. Emrich, Fr. Martini, M. Wehrli, Fr. Heer. 2., durchgesehene Auflage. Göttingen（Vandenhoeck & Ruprecht）1959, S. 5–31; Reinhold Neven DuMont: a. a. O.; Jürgen Habermas: *Strukturwandel der Öffentlichkeit. Untersuchungen zu einer Kategorie der bürgerlichen Gesellschaft*. Neuwied/Berlin（Luchterhand）1962, bes. S. 179–185; Peter Uwe Hohendahl: *Die Freude des Wählens. Die Programm-Illustrierten der Buchgemeinschaften*. In: *Zeitschrift für Literaturwissenschaft und*

Linguistik. Beiheft 1: Literatur für viele 1. Studien zur Trivialliteratur und Massenkommunikation im 19. und 20. Jahrhundert. Hrsg. von Anton Kaes und Bernhard Zimmerman. Göttingen（Vandenhoeck & Ruprecht）1975, S. 121–132.

（54）Reinhold Neven DuMont: a. a. O., S. 210.

（55）Jürgen Habermas: a. a. O., S. 182f.

（56）Ebenda, S. 182.

（57）Reinhold Neven DuMont: a. a. O., S. 198.

（58）Peter Uwe Hohendahl: a. a. O., S. 132.

（59）Reinhold Neven DuMont: a. a. O., S. 199.

（60）Jürgen Habermas: a. a. O., S. 184.

（61）Peter Uwe Hohendahl: a. a. O., S. 131.

（62）Ebenda, S. 125.

（63）Wolfgang Kayser: a. a. O., S. 18.

（64）Ebenda, S. 19.

（65）Ebenda, S. 30.

（66）Vgl. Helmut Hiller: a. a. O., S. 22.

（67）［o. V.］: *Verlage/Bertelsmann-Konzern. Die Bestsellerfabrik.* In: *Der Spiegel.*（1957）H. 30, S. 32–41, hier S. 33.

（68）Roland Gööck: *Bücher für Millionen. Fritz Wixforth und die Geschichte des Hauses Bertelsmann.* Gütersloh（Bertelsmann Sachbuchverlag）1968, S. 113.

（69）［o. V.］: *Verlage/Bertelsmann-Konzern.* A. a. O., S. 34.

（70）Ebenda.

（71）Vgl. ebenda.

（72）Vgl. Helmut Hiller: a. a. O., S. 22f.

（73）Vgl. ebenda, S. 23.

（74）Vgl. Michael Kollmannsberger: a. a. O., S. 29; Wolfgang Strauss: *Die deutschen Buchgemeinschaften.* A. a. O., S. 276f.

（75）Vgl. Wolfgang Strauss: *Die deutschen Buchgemeinschaften*. A. a. O., S. 277.
（76）Vgl. ebenda, S. 277f.
（77）Vgl. ebenda, S. 269f.; Helmut Hiller: a. a. O., S. 25.
（78）Roland Gööck: a. a. O., S. 122.
（79）Zitiert nach Jan Philip Holtmann: a. a. O., S. 114.
（80）Roland Gööck: a. a. O., S. 164.
（81）Ebenda, S. 115.
（82）Rundschreiben des C. Bertelsmann Verlages anlässlich der Gründung des Leserings（Gütersloh, 31. Mai 1950）. In: *175 Jahre Bertelsmann. Eine Zukunftsgeschichte*. Hrsg. von Bertelsmann AG. Gütersloh（C. Bertelsmann）2010, S. 133.
（83）Vgl. Roland Gööck: a. a. O., S. 122.
（84）Jan Philip Holtmann: a. a. O., S. 115.
（85）Zitiert nach [o. V.]: *Verlage/Bertelsmann-Konzern*. A. a. O., S. 35.
（86）Frank Weissbach: a. a. O., S. 50. Dazu vgl. auch Wolfgang Strauss: *Die deutschen Buchgemeinschaften*. A. a. O., S 274.
（87）Zitiert nach Roland Gööck: a. a. O., S. 129.
（88）Vgl. Peter Meyer-Dohm: *Der westdeutsche Büchermarkt. Eine Untersuchung der Marktstruktur, zugleich ein Beitrag zur Analyse der vertikalen Preisbindung*. Stuttgart（Gustav Fischer Verlag）1957, S. 178–181, bes. S. 180.
（89）Zitiert nach Roland Gööck: a. a. O., S. 164.
（90）Vgl. ebenda, S. 130.
（91）Vgl. [o. V.]: *Verlage/Bertelsmann-Konzern*. A. a. O., S. 39.
（92）Vgl. Jan Philip Holtmann: a. a. O., S. 150ff.
（93）Vgl. [o. V.]: *Verlage/Bertelsmann-Konzern*. A. a. O., S. 39.
（94）一九五六年に設立された読書愛好会独自の勧誘・販売組織「販売共同体　本と知識」（Vertriebsgemeinschaft Buch und Wissen）のセールスマンではないかと思われる。Vgl. Jan Philip Holtmann: a. a. O., S. 117.
（95）Vgl. [o. V.]: *Verlage/Bertelsmann-Konzern*. A. a. O., S. 35.

(96) Jan Philip Holtmann: a. a. O., S. 191.
(97) Vgl. Roland Göck: a. a. O., S. 125, 131, 156, 162, 175, 202.
(98) Vgl. Frank Weissbach: a. a. O., S. 52.
(99) Zitiert nach Jan Philip Holtmann: a. a. O., S. 164f.
(100) Zitiert nach〔o. V.〕: *Verlage/Bertelsmann-Konzern*. A. a. O., S. 35.
(101) Zitiert nach ebenda, S. 34.
(102) Vgl. ebenda, S. 35.
(103) Vgl. ebenda, S. 35f.
(104) Vgl. ebenda, S. 36.
(105) Vgl. Roland Göck: a. a. O., S. 131ff.
(106) Zitiert nach ebenda, S. 131.
(107) Ebenda.
(108) Ebenda, S. 145.
(109) Vgl. Peter Meyer-Dohm: a. a. O., S. 178–181.
(110) Siegfried Lokatis: *Ein Konzept geht um die Welt. Vom Lesering zur Internationalisierung des Clubgeschäfts*. In: *175 Jahre Bertelsmann. Eine Zukunftsgeschichte*. A. a. O., S. 132–171, hier S. 134.
(111) Jan Philip Holtmann: a. a. O., S. 110.
(112) Vgl. Siegfried Lokatis: a. a. O., S. 141.
(113) Roland Göck: a. a. O., S. 122.
(114) 表2は、次の文献に基づいて作成されている。Vgl. Jan Philip Holtmann: a. a. O., S. 204.
(115) 表3は、次の文献に基づいて作成されている。Vgl. ebenda, S. 205.
(116) Ebenda, S. 105.
(117) Ebenda, S. 115.
(118) Zu diesem Begriff vgl. ebenda, S. 161f.

(119) Vgl. ebenda, S. 118, 122, 161f.
(120) Vgl. ebenda, S. 122, 157; Roland Göök: a. a. O., S. 157.
(121) Vgl. Jan Philip Holtmann: a. a. O., S. 157.
(122) [o. V.]: *Das Buch bleibt Schwerpunkt Nummer eins', Interview mit Lesering-Chef Dr. Hans Zopp*. In: *Börsenblatt*. (1983) Nr. 26, S. 817. Zitiert nach ebenda, S. 158.
(123) Ringkamp/O. Oeltze: Dokument von 22. 11. 1968. (Bertelsmann Unternehmensarchiv–0006/75〔2〕), S. 7. Zitiert nach ebenda, S. 157f.
(124) J. Bauer: Dokument von 12. 10. 1977. (Bertelsmann Unternehmensarchiv–0006/272), S. 29. Zitiert nach ebenda, S. 158.
(125) N. Preußner: *Geschäftskonzept des Clubbereichs*. In: *Meilensteine für die Cntrolling-Arbeit des Club-Bereichs 1970–1994*. Hrsg. von Bertelsmann. Gütersloh (Bertelsmann) 1989, S. 229–248, hier S. 238. Zitiert nach ebenda.
(126) Vgl. Jan Philip Holtmann: a. a. O., S. 159.
(127) [o. V.]: *Der Club Bertelsmann „Wir mussten einfach reagieren", Interview mit Geschäftsführer Wulf Böttger*. In: *Börsenblatt* (2001) Nr. 96, S. 8–11, hier S. 10. Zitiert nach ebenda.
(128) M. -O. Sommer: *Editional*. In: *Wir im Club*. 2005/02. Zitiert nach ebenda.
(129) Vgl. Jan Philip Holtmann: a. a. O., S. 162.
(130) Vgl. ebenda, S. 117; Roland Göök: a. a. O., S. 168, 179f., 203f., 211.
(131) Zitiert nach Roland Göök: a. a. O., 180.
(132) Zitiert nach ebenda.
(133) Ebenda.
(134) 表4は、次の文献に基づいて作成されている。Vgl. *Bertelsmann Lesering-Illustrierte*. (1964) H. 3.
(135) 表5は、次の文献に基づいて作成されている。Vgl. *Bertelsmann Lesering mit dem großen Schallplattenprogramm*. (1972) H. 3.
(136) Vgl. *Bertelsmann Lesering-Illustrierte*. A. a. O., S. 2.
(137) Vgl. *Bertelsmann Lesering mit dem großen Schallplattenprogramm*. A. a. O., S. 3.

(138) Vgl. *Bertelsmann Lesering-Illustrierte*. A. a. O., S. 4–5, 49, 52–81; *Bertelsmann Lesering mit dem großen Schallplattenprogramm*. A. a. O., S. 4–59.　表6は、これらに基づいて作成されている。

(139) 一九七二年第三号の「冒険小説・探偵小説」と「探偵小説・冒険小説」は、順序を入れ替えただけで、掲載頁と内容は同じだが、カテゴリーとしては独立しており、間違いではない。

(140) Vgl. *Bertelsmann Lesering-Illustrierte*. A. a. O., S. 88f.; *Bertelsmann Lesering mit dem großen Schallplattenprogramm*. A. a. O., S. 44–46, 60–89.　表7は、これらに基づいて作成されている。

(141) Vgl. *Bertelsmann Lesering-Illustrierte*. A. a. O., S. 83; *Bertelsmann Lesering mit dem großen Schallplattenprogramm*. A. a. O., S. 89–94.　表8は、これらに基づいて作成されている。

(142) Vgl. *Bertelsmann Lesering-Illustrierte*.（1964）H. 1, S. 46f.; H. 3, S. 51; *Bertelsmann Lesering mit dem großen Schallplattenprogramm*. A. a. O., S. 100f.

(143) Vgl. *Bertelsmann Lesering-Illustrierte*.（1964）H. 3, S. 84f.; *Bertelsmann Lesering mit dem großen Schallplattenprogramm*. A. a. O., S. 96f.

(144) Vgl. *Bertelsmann Lesering-Illustrierte*.（1964）H. 3. S. 50; *Bertelsmann Lesering mit dem großen Schallplattenprogramm*. A. a. O., S. 27.

(145) Vgl. *Bertelsmann Lesering mit dem großen Schallplattenprogramm*. A. a. O., S. 98f.

(146) 映画のタイトルについては、邦題があるものにはそれを充てた。

(147) Walter Hömberg: a. a. O., S. 11. Dazu vgl. auch W. Christian Schmitt: *Eine Branche im Röntgenbild: Backen auch Buchklubs bald (wieder) kleine Brötchen?* In: *Medien*. A. a. O., S 12ff., hier S. 13.

(148) Vgl. Peter Kliemann: a. a. O., S. 137f.; Martin Hutter/Wolfgang R. Langenbucher: a. a. O., S. 11; Arnd Roszinsky-Terjing: a. a. O., S. 112f.; Michael Kollmannsberger: a. a. O., S. 56ff.

(149) Vgl. Michael Kollmannsberger: a. a. O., S. 73.

(150) Vgl. Jan Philip Holtmann: a. a. O., S. 177.

(151) 書籍の購入源を小売店、デパート、出張・通信販売、出版社直販、ブッククラブ、その他の六通りに分けた調査で、ブッククラブが最も高いランクを示したのは一九六八年であり、売上高は一三億マルクで、書籍業界全体の売り上げの一七パーセントを占め、小売店に次いで二位であった。だが、遅くとも一九七六年には四億八〇〇〇万マルクで八・二パーセントに減少して三位となり、一九八二年には五億九五〇〇万マルク、七・二パーセントで四位、一九八六年には五億二五〇〇万マルク、五・四パーセントで五位、一九八八年には五億一五〇〇万マルク、四・八パーセントで六位となった。その後、ドイツ再統一に伴い、旧東ドイツ地域での発展により、売上高が一時的に増加したが、ランクは六位のままであった。さらに、二〇一三年時点では、売上高は一億五五〇〇万ユーロで一・六パーセントに過ぎず、二〇一二年から購入源にインターネット販売が加わったことから七位である。Vgl. Michael Kollmannsberger: a. a. O., S. 72ff.; Börsenverein des Deutschen Buchhandels (Hrsg.): a. a. O., 1980, S. 9; 1989/90, S. 74; 1993, S. 23; 1995, S. 25; 2000, S. 31; 2010, S. 6; 2014, S. 6ff.

余論　ブッククラブ総説

――一九四五年までの五二団体の活動

本余論では、第Ⅰ部・第一章であげた一九四五年以前のドイツにおける五二のブッククラブについて、個別の解説を行う。具体的には、成立年、活動拠点、関連団体、会員数、活動方法、思想傾向、読者層、ナチズムとのかかわりなどである。このうち、活動方法については、会員資格（入会金、会費、購入義務）、提供された図書の内容と装丁、図書の選択方法、会員雑誌、その他の提供品目、伝統的な書籍販売との関係などが含まれる。ただし、すべてのブッククラブについてこれらの項目が網羅的に扱われているわけではなく、得られた情報の量に応じた記述となっているが、その多寡はある程度それぞれのブッククラブの重要性の差とみなされる。

解説にあたり、五二のブッククラブを大きく七つのグループに分け、それぞれのグループの中ではまず成立年順に、成立年が同じ場合にはアルファベット順に配列した。グループ分けは、先行文献における代表的な分類を考慮した上で、[1]メリスによる分類に倣い、「先駆的ブッククラブ」、「市民的な読者を持つブッククラブ」、「特殊な読者を持つブッククラブ」、「宗教的ブッククラブ」、「保守的・国家主義的ブッククラブ」、「左翼的労働者ブッククラブ」、「書籍販売のブッククラブ」とした。なお、複数のグループに該当する特色を持つブッククラブもみられるが、そうした場合は、最も重要な特色を優先して分類した。たとえば、このことが最も顕著に表れているのは「プロテスタント図書同好会」であり、宗教性よりも小売書籍販売との協調という点を重視し、「書籍販売のブッククラブ」に分類した。

一　先駆的ブッククラブ

（1）　カトリック良書普及協会（Verein zur Verbreitung guter katholischer Bücher）

カトリック良書普及協会は、一八二八年に設立されたウィーンの「メキタル派」（Mechitaristen）の書籍販売の支部として、一八二九年にまずウィーンで、また一八三〇年にはミュンヒェンでも設立された。「民衆の間で目覚めた読書欲に、道徳を改善する宗教的な本によって健全な栄養素を提供する」[2]ことを目標とし、聖人の伝記、新約聖書、伝説といったキリスト教的な本が提供された。[3]会員には、年間三グルデンの予約購読価格で、およそ全紙二〇枚（三二〇頁）分の本六冊が提供された。注文は、当時のドナウ王国（オーストリア＝ハンガリー帝国）の大主教と司教の役員会や、国内外のすべての信頼のおける書籍販売業者で可能であった。ブッククラブの「先駆者」[4]とみなされており、活動は一八四九年まで継続した。

（2）シュトゥットガルト文芸協会（Der Literarische Verein in Stuttgart）

シュトゥットガルト文芸協会は、一八三九年に設立され、学問的な形式をとった「最初のブッククラブ」[5]として際立っていた。

（3）国民教育普及協会（Gesellschaft zur Verbreitung von Volksbildung）

国民教育普及協会は、一八七一年六月十三日にベルリンに設立され、その後数十年間に設立された多数の労働者教育団体や市民団体の先駆けとなった。代表者は、「進歩党」（Fortschrittspartei）の党員で、ドイツにおける組合運動の設立者でもあるヘルマン・シュルツェ＝デリチュであった。協会の活動は、公共図書館と巡回図書館、講演、巡回演劇、巡回映画などの領域で行われ、その普及の頂点は一八九〇年から一九一四年であった。[6]同協会にとって、本は講演と並んで最も重要な教育手段であり、自らの活動を通して公共図書館に多くの本が所蔵されるよう尽力し、その結果、一八七一年から一九一四年にかけて、ドイツ帝国において注目に値する公共図書館のネットワークが成立した。とりわけ一八七一年から一八九〇年にかけては、同協会は次の三つの点で、公共図書館の振興を図った。第一に、国民的とみなされる作品の例示を含む本のリストを、公共図書館の設立と拡充の際の参考資料として刊行した。第二に、地方における国民教育の建設にあたり、非力な協会を助けるために、公共図書館を設立したり、助成したりした。第三に、一八七二年から一八七七年まではベルリンの小売書籍販売と協力して、一八七七年からは独力で、公益に資する本の販売を行った。[7] 資本の不安定さから、一八八五年には中断されたものの、このいわゆる「協会出版社」(Vereinsverlag)は、あらかじめ決められた、社会的に同質の広範な読者集団のために本を製造した点で、「ブッククラブの原型」[8]とみなされる。

（4）　ドイツ文学のための一般協会（Allgemeiner Verein für deutsche Literatur）

ドイツ文学のための一般協会は、一八七二年にベルリンに設立され、「最も初期の有名なドイツのブッククラブ」[9]とみなされる。会費は年間三〇マルクで、「傑出した、人気のある作家の筆になる七つの作品」[10]を提供することが約束された。

（5）　娯楽と知識の文庫（Bibliothek der Unterhaltung und des Wissens）

娯楽と知識の文庫は、一八七六年に、シュトゥットガルトのヘルマン・シェーンラインのもとで設立され、「最も古いブッククラブ」[11]との指摘がなされている。四週間ごとに、二五六頁のクロース装の本が、最初は〇・五マルクで、後に〇・七五マルクで提供され、販売方法としては行商が大きなウェートを占めた。これは、雑誌、百科事典、および比較的大部の専門書などの場合に一九七〇年頃までみられた出張訪問販売とよく似た形式であるが、その後のブッククラブの発展にとって重要な意味を持ったとされる。[12] シェーンライン自身は、自らが一八六五年に刊行した娯楽と教育のためのイラスト入り月刊誌『万人のための本』（*Das Buch für alle*）の販売において、行商販売の十分な経験を積んでいた。

提供された本の七五パーセントは広い意味で娯楽文学（小説・物語）であり、歴史や自然科学に関する本はごくわずかであった。また、一八九二年に刊行された広告では、ブッククラブの教育的な意図や個人が蔵書を持つ機会の提供といった、ブッククラブ全般に該当する目標設定にも触れられている。

私たちは、このプログラムの革新によって、これまで価格のためにそうすることが許されなかったたくさんの本の愛好家に、教育と娯楽を同時に提供するとても信頼のおける個人蔵書をつくる機会を保証し、ぜひとも支援したいと願っています。[13]

娯楽と知識の文庫は、一八八八年に「クレーナー兄弟出版社」（Verlag der Brüder Kröner）に売却され、その一年後、アードルフ・フォン・クレーナーとヴィルヘルム・シュペーマンによって共同で設立された「ドイツ出版団体連合」（Union Deutsche Verlagsgesellschaft）へ移された。その後、第一次世界大戦を乗り越え、さらにナチス政権時代にも、政治的なテーマを扱わなかったため活動を妨げられず、一九三四年には、二万三〇〇〇部の部数を数えた。だが、会員数が増加しなかったため、経済的な理由から、一九三五年に「ヴォーバッハ出版社」（Vobach Verlag）に売却された。しかし、一九三七年九月一日には、「ドイツ出版団体連合」の初期の二人の職務外協力者ゲオルク・フォン・ホルツブリンクとヴィルヘルム・シュレッサーが、その年の初めに二人で設立した「ドイツ出版配送部」（Deutsche Verlags-Expedition）のために買い戻し、部数を毎月三万二〇〇〇部に高めた。この時期には、クロース装で、多色刷りのカバーのついた本は、価格が一・五五マルクとなった。さらに、一九四〇年には、「ドイツ国民図書出版社」（Verlag Deutsche Volksbücher GmbH）の多数の株を獲得することで、独自の図書出版社を備えることもできた。だが、一九四四年には、戦争の影響で活動を中止した。

(6)　愛書家協会（Verein der Bücherfreunde）

愛書家協会は、「アルフレート・シャル出版社」(Verlagsbuchhandlung Alfred Schall) によって、一八九一年にベルリンに設立された。ドイツにおける「最初のブッククラブ」[14]、「本来それとともにドイツにおけるブッククラブの歴史が始まる」[15]などと評される一方、ブッククラブの特色としてライセンス版の刊行を重視する立場からは、「先駆者に過ぎない」[16]ともみなされている。年間八巻の本の予約購読が義務づけられ、会員価格で割安に購入できたが、選択の可能性はなかった。

労働者教育、ないしは国民教育の理念に基づく「愛書家協会」の計画の元には、「知識は力」(Wissen ist Macht)、「本を国民に」(Das Buch dem Volke)[17]という原則があり、経済的側面のみならず、知識と教養にもはっきりと表れている社会的乖離を橋渡ししようとした。

ドイツの読者を貸出図書館から自分の書棚に慣れさせ、とりわけまた、信頼のおけるよい作品からなる自分の小さな蔵書をできるだけ安いコストで備えることを可能にするのです。古典作家の作品のみならず同時代の詩人と作家の作品を知り、身の回りに置くことが、私たちの国民の――本を買うという「贅沢」が許される人たちだけでなく――「欲求」とならねばなりません。よい本は最良の友なのです。[18]

提供された本には新刊書も含まれ、国民的古典作家の作品や同時代のドイツ文学の傑出した作品のほか、実用的な著作もみられたものの、プログラムは広がりや変化に乏しかった。愛書家協会への申し込みは、アルフレート・シャル出版社でも、一般の書籍販売でも可能であり、設立の三年後、会員数はすでに一万二〇〇〇人に達した。[19]

（7）　自然愛好家協会コスモス（Kosmos, Gesellschaft der Naturfreunde）

自然愛好家協会コスモスは、一九〇四年、シュトゥットガルトの「フランク出版社」（Franckh'sche Verlagshandlung）によって、「自然科学的研究の急激な発展[20]」を顧慮して設立された。ブッククラブと呼ばれることもあるが、オリジナル版とブッククラブ版の間のライセンス関係といったブッククラブの重要な基準を欠いていた[21]。

（8）　読書向上文庫（Emporlese-Bibliothek）

読書向上文庫は、一九〇八年に、ベルリンの「シェール出版社」（Verlagshaus Scherl）の委託を受けて、フーゴー・シュトルムが、ハインリヒ・コンラートという匿名で、労働者教育のために立てた計画である。会員は年間一二冊の本を安価に入手し、「最初は娯楽文学だが、後には程度の高い作品が続く[22]」というものであった。だが、実現に向かわなかったため、彼はそれを、一九一二年七月三十日に、ミュンヒェンの「ゲオルク・ミュラー出版社」（Verlag Georg Müller, 後の「ランゲン＝ミュラー出版社」〔Langen-Müller Verlag〕）に提供し、ミュラーは一万二〇〇〇マルクで買い取った。しかし、結局、実現されることはなかった。こうしてアイデアに留まったものの、読書向上文庫は、「国民教育の理念と調達可能な庶民的な本への要求が合流した[23]」点と、「ブッククラブのアイデアが先取りされている[24]」点で重要であり、言及に値する。

二　市民的な読者を持つブッククラブ

（1）　愛書家国民連合（Volksverband der Bücherfreunde）

愛書家国民連合は、一九一九年一月六日、「ドイツ国民の広い層、特に苦労して戦う中間層に、世界的なドイツ文学の最良の作品を、文学的にも製本技術的にも模範的な版で、安い値段で手に入るようにする[25]」ことを目的として、もっぱら同連合の本の製造・販売に携わる「ヴェークヴァイザー出版社」（Wegweiser Verlag GmbH）とともにベルリンに設立され、ワイマール共和国時代の最大規模のブッククラブへと発展した。会員数は一九三一年までにおよそ七五万人かそれ以上に達した。主な設立者は、フランツ・グラーフ・フォン・マッシュカ博士、アウグスト・ラッセン、およびハンス・オッセンバッハであった。

第一次世界大戦終結後間もない一九一九年という時期は、新しい出版社の設立には不向きだったと思われるかもしれない。だが、政治的混乱と国民の大部分の荒廃した経済的状況は、必ずしも文化生活に損害を与えておらず、人々は空腹を抱えているだけでなく、本にも飢えていた。ただ、多くの人々は、彼らを取り巻く混沌と価値観の変化の中で、読むべき本がわからなかったのである。愛書家国民連合は、設立の翌年、まさにそのような人々に呼びかけるべく、一〇〇頁を超える宣伝冊子を無料で大量に配布した。それは、マックス・ハルベ、ヘルマン・ズーダーマン、テオドーア・カップシュタイン、フリードリヒ・カイスラー、オットー・フラーケ、ハンス・オッセンバッハ等の文学作品と、アルベルト・ゼルゲルの論考『ファウストと私たち』（*Faust und wir*）、および国民教育というテーマに関するいくつかの論考を含んでおり、巻末には、連合の会則と入会申込書、および宣伝冊子の送付先の連絡依頼が付されていた。冊子の巻頭に置かれた綱領的論文では、「民族全体の自己責任」と「精神の宝物の民主化」が話題にされ、次のように述べられた。

教養の社会化という大きな活動は、よい著作の普及とともに始まりますが、それには安価な本の製造がどうしても必要です。しかし、その本は、安くても美しく、ひとつひとつが見た目にも個性を持って刊行されねばなりません。蔵書を所有するという考えが断念されてはならないのです。[26]

ここで力説されている、本の所有と、単なる廉価本ではない、装丁の面でも優れた本に対する要請は、ワイマール共和国時代の多くのブッククラブに共通するものである。

　愛書家国民連合では、当初は義務の巻だけを刊行し、年間一二・四マルクの予約購読料に対して、四巻の「年間シリーズ」が三カ月に一巻ずつ引き渡された。しかしその後、会員からの要望を受けて、一九二〇年代中期より、義務の巻に追加して選択の巻が、つまり会員が自由に選んで購入できる「選択シリーズ」が導入された。また、「選択シリーズ」については、各巻を一〇冊まで購入することができた。さらに、一九三〇年代からは、義務の巻が廃止され、三カ月ごとに購入する巻を会員が連合のすべての作品から自由に選べるようになったが、そのかわりに、会員は、三カ月ごとに最低二・九マルク分の本を購入しなければならなかった。その際、自ら本の選択を行わない会員には、連合が提案する巻が割り当てられた。「選択シリーズ」の刊行数はおおよそ五〇〇〇部から一万部だったが、必要な場合には急いで増刷できるよう、組み版は数カ月間残しておかれた。また、以上の本と並んで、会員には、『〈愛書家国民連合〉の季刊誌』（*Vierteljahrsblätter des „V. d. B.“*）や『愛書家国民連合』（*Volksverband der Bücherfreunde*）といった宣伝冊子が無料で配布された。さらに、本以外に、ファクシミリや署名入りのオリジナルのエッチング、レコード、地球儀なども提供された。

図１　『〈愛書家国民連合〉の季刊誌』

　本の選択は連合の会員からなる委員会によってなされ、主に実用書、科学的な本、娯楽文学的な本、古典作家の本、旅行記といったジャンルが扱われたが、提供される本の価格や装丁は様々であり、そこには、一般大衆から愛書家まで、購読者の多様なニーズに応えようとする意図があった。そのことは、たとえば一九三一年から一九三二年にかけて刊行された本によく表れている。アクチュアルな意味を持つ歴史学、国家学、社会学のテーマを扱った、クロース装で糸綴じの「ヴェークヴァイザー図書」（Wegweiserbücher）三九〇冊は、〇・四マルクだった。それに対し、背革装の「二・九マルク図書」（2.90-RM-Bücher）は、「愛書家国民連合の文学的・書籍技術的達成能力」を最もよく表すもので、「全世界の書籍市場において、芸術的にもっと美しく、素材がもっと気高く、価格がもっと低い本はない」[27]とされた。このほかに、二巻の『百科事典』（*Konversations-Lexikon* 三六マルク）や『クラナッハ聖書』（*Cranach-Bibel* 三九マルク）といった、非常に高価な本も提供された。

愛書家国民連合において、本を選択するさいに最も重要な基準とされたのは、内容の中立性であった。たとえば、一九二五年の宣伝冊子では、次のようにいわれている。

設立時期から今日まで、愛書家国民連合は、党派を越え、あらゆる政治的・宗派的な考え方の違いを越えて、ゲーテの意味での人間的なドイツ文化の精神に奉仕し、ドイツ文化の再生を今日の時代の最も重要な課題の一つと認める人々を周囲に集めるという原則に忠実であり続けました。[28]

このような中立性、すなわち「政治的・宗派的に偏りのない領域への後退」[29]は、政治的・経済的混乱の時代であったからこそ、多くの人々から受け入れられた。愛書家国民連合は、「汚れた政治」に「美」を、「実験的な試み」に「伝統的な価値」を、「屈辱的なヴェルサイユ条約」に「ドイツ文学の世界的重要性」を、「仮綴じの日々の著作」に「綴じられた不朽の作品」を対置したのである。[30]だが、そうした態度に対しては、疑問も投げかけられた。たとえば、プロテスタント系のブッククラブからは、「民族と結びついた宗教的な深さのかわりに美的な関心だけが支配するところでは、本当の、真の国民教育は、この書籍活動の目的や結果となりえない」[31]（強調は原文）と批判され、また社会主義的なブッククラブからは、フランス国民への復讐心を煽る「軍事的雪辱戦プロパガンダ[32]」と揶揄された。しかし、いずれにせよ、実際に提供された本に目を向けたとき、同連合のプログラムの保守的な性格は否定しがたいようである。というのも、そこには、国家に批判的な作家や社会主義的な作家の作品はみられず、おおむね保守的、市民的、ないしは伝統的な作家の作品に限定されているからである。具体的には、ヨハン・ヴォルフガング・フォン・ゲーテ、フリードリヒ・フォン・シラー、ハインリヒ・フォン・クライスト、ウィリアム・シェークスピアといった古典作家、アーダルベルト・シュティフターの『習作集』（*Studien*）とハンス・クリスチャン・アンデルセンの童話、ゾフィー・ヘヒシュテッター、ジグリット・ウンセット、ヴォルフガング・ゲッツといった同時代作家の娯楽文学、エードゥアルト・フォン・ハルトマンの『道徳的意識の現象学』（*Phänomenologie des sittlichen Bewusstseins*）やアレクサンダー・フォン・グライヒェン＝ルスヴルムの『諸民族の運命――舞台とその強制』（*Schicksale der Völker: der Schauplatz und sein Zwang*）のような実用書、さらにはリヒャルト・ミュラー＝フライエンフェルスの『日常の心――すべての人のための心理学』（*Die Seele des Alltags: eine Psychologie für jedermann*）やアルミン・T・ヴェーグナーの旅行記などである。こうした意味で、「愛書家国民連合は、たとえ特定の政治的党派の発案に基づいていないとしても、（中略）ドイツ国家的なグループに近かった[33]」ともみなされている。ただし、愛書家国民連合は、具体的に特定の政党を支持したり、特定の文学的方向性に結びついたりすることはなく、それによってナチス時代にも活動を継続することができた。

愛書家国民連合は、後述するドイツ図書共同体と同様、もっぱら「営利的な」（erwerbswirtschaftlich）企業であったが、両企業に共通する特色として、公益に資する文化的共同体というイメージの喚起があげられる。両企業は、たとえば、第Ⅰ部・第一章・第二節で述べたように公的な立場にある人物からの推薦の言葉を公表したり、「ドイツ青年作家賞」（Jugendpreis deutscher Erzähler）を設立して文芸界の発展に貢献したり、公共図書館や国境・外国図書館のために本を寄付したりして、公益性を世間に訴えた。また、「予約購読者」、予約購読の「諸条件」、および「企業」を、それぞれ「会員」、「規約」、「連合」と呼び換えることは、組織に非営利的な共同体のイメージを付与し、ブッククラブへの会員の結びつきを強固なものとした。さらに、このようなイメージ戦略と並んで、友愛勧誘によって会員による新会員の勧誘が奨励されたことも、会員数の増加に効果的だった。たとえば、先にあげた地球儀は、販売されるだけでなく、四人の新会員獲得と引き換えに進呈される景品ともなっていた。

（2）　ドイツ文学愛好家協会（Gesellschaft Deutscher Literaturfreunde）

ドイツ文学愛好者協会は、一九二二年にベルリンに設立され、ルードルフ・バウムバッハの『偽りの金貨』（*Trug-gold*）、ハインリヒ・フェーデラーの『ならず者以上のならず者』（*Spitzbube über Spitzbube*）、エジプト学者で作家のゲオルク・モーリッツ・エーバースの『ホモー・スム（私は人間である）』（*Homo sum*）といった作品や、雑誌『宝物探索者』（*Der Schatzgräber*）などを提供した。

図２　『宝物探索者』

（3）　図書同好会（Die Buchgemeinde）

図書同好会は、一九二三年に、「フィッシャー印刷社」（Fischer-Druck-GmbH）によってベルリンに設立され、一九二四年七月の通貨安定後に、世の中に姿を現した。支配人はエリアス・フィッシャー博士とアンナ・リューデケだったが、前者は印刷社の支配人および所有者でもあった。また、同印刷社は、『宣伝シュピーゲル』（*Reklame-Spiegel*）、『スキー』（*Der weisse Sport*）、『リュージュ』

(*Der deutsche Rodelsport*) といった雑誌を刊行する出版社、印刷所、製本所、および図書通信販売を包含していた。その後、図書同好会は、一九二六年に、「レンネルト印刷所」(Buchdruckerei Rennert) のものとなり、その所有者ハンス・レンネルトとパウル・レンネルトが支配人となった。

当初は、毎月の会費が二マルクで年間六冊の本が提供されたが、後に一・七五マルクに引き下げられた。また、一九二九年九月からは、毎月の会費が三マルクで年間一二冊の本が提供される形式も追加された。さらに、年間図書と並んで、三マルクで「選択シリーズ」から本を購入できるようになり、義務の巻との交換も可能となったが、選択の幅は小さかった。本は上質の紙に印刷され、上品かつ念入りに製本され、革の背表紙と金の打ち出し模様を備えており、高価な図書シリーズといった印象を与えた。(ただし、実際には、質的にも美的にもかなり貧弱な装丁であったとの見方もなされている。[34])

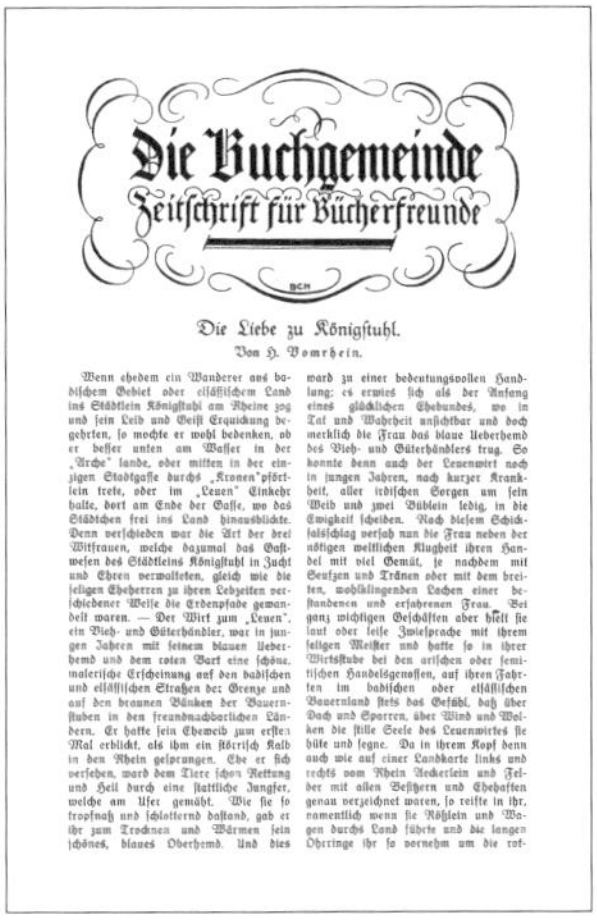
Die Buchgemeinde
Zeitschrift für Bücherfreunde
BCH

Die Liebe zu Königstuhl.
Von H. Vomrhein.

Wenn ehedem ein Wanderer aus badischem Gebiet oder elsässischem Land ins Städtlein Königstuhl am Rheine zog und sein Leib und Geist Erquickung begehrten, so mochte er wohl bedenken, ob er besser unten am Wasser in der „Arche" lande, oder mitten in der einzigen Stadtgasse durchs „Kronen"pförtlein trete, oder im „Leuen" Einkehr halte, dort am Ende der Gasse, wo das Städtchen frei ins Land hinausblickte. Denn verschieden war die Art der drei Witfrauen, welche dazumal das Gastwesen des Städtleins Königstuhl in Zucht und Ehren verwalteten, gleich wie die seligen Eheherren zu ihren Lebzeiten verschiedener Weise die Erdenpfade gewandelt waren. — Der Wirt zum „Leuen", ein Vieh- und Güterhändler, war in jungen Jahren mit seinem blauen Ueberhemd und dem roten Bart eine schöne, malerische Erscheinung auf den badischen und elsässischen Straßen der Grenze und auf den braunen Bänken der Bauernstuben in den freundnachbarlichen Ländern. Er hatte sein Eheweib zum ersten Mal erblickt, als ihm ein störrisch Kalb in den Rhein gesprungen. Ehe er sich versehen, ward dem Tiere schon Rettung und Heil durch eine stattliche Jungfer, welche am Ufer gemäht. Wie sie so tropfnaß und schlotternd dastand, gab er ihr zum Trocknen und Wärmen sein schönes, blaues Oberhemd. Und dies ward zu einer bedeutungsvollen Handlung: es erwies sich als der Anfang eines glücklichen Ehebundes, wo in Tat und Wahrheit unsichtbar und doch merklich die Frau das blaue Ueberhemd des Vieh- und Güterhändlers trug. So konnte denn auch der Leuenwirt noch in jungen Jahren, nach kurzer Krankheit, aller irdischen Sorgen um sein Weib und zwei Büblein ledig, in die Ewigkeit scheiden. Nach diesem Schicksalsschlag versah nun die Frau neben der nötigen weltlichen Klugheit ihren Handel mit viel Gemüt, je nachdem mit Seufzen und Tränen oder mit dem breiten, wohlklingenden Lachen einer bestandenen und erfahrenen Frau. Bei ganz wichtigen Geschäften aber hielt sie laut oder leise Zwiesprache mit ihrem seligen Meister und hatte so in ihrer Wirtsstube bei den arischen oder semitischen Handelsgenossen, auf ihren Fahrten im badischen oder elsässischen Bauernland stets das Gefühl, daß über Dach und Sparren, über Wind und Wolken die stille Seele des Leuenwirtes sie hüte und segne. Da in ihrem Kopf denn auch wie auf einer Landkarte links und rechts vom Rhein Aeckerlein und Felder mit allen Besitzern und Ehehaften genau verzeichnet waren, so reifte in ihr, namentlich wenn sie Rößlein und Wagen durchs Land führte und die langen Ohrringe ihr so vornehm um die rot-

図３『図書同好会』

主に娯楽文学的作品と通俗科学的実用書が提供されたが、作品の選択に統一性はみられず、古典的なドイツ文学と外国文学を中心に、様々な時代のタイトルが並存した。たとえば、テオドーア・フォンターネ、ヴィクトル・ユゴー、マーク・トウェーン、レフ・トルストイ、グスタフ・フライターク、リカルダ・フーフ、マクシム・ゴーリキー、チャールズ・ディケンズといった作家の作品である。また、雑誌『図書同好会　愛書家のための雑誌』(*Die Buchgemeinde. Zeitschrift für Bücherfreunde*) が、無料で年間一二冊配布された。

思想傾向は中立的であり、「国民のすべてのグループを包括し、すべてのグループに奉仕する組織となり、党派の論争、宗教的対立、職業上の相違から離れて、私たちの民族のすべての精神的な力を結集する」[35]ことを目標とした。だが、全体として文学的な評価の定まった売れ行きのよい作品を提供したという意味で、ターゲットとする会員層は、「国民のすべてのグループ」というよりも、むしろ「市民的な読者層」[36]であった。

（4）　ドイツ国民文庫（Deutsche Volksbücherei）

ドイツ国民文庫は、一九二三年にベルリンに設立され、同地の「ペーター・J・エスターガールト出版社」（Peter J. Oestergaard Verlag）と密接なつながりを持っていた。当初の宣伝では、申し込み、会費の納入、および刊行物の引き渡しを一般の書籍販売を通じて行うと予告されたが、小売店の協力が得られず、実施されなかった。会費は毎月二マルクで、一九二四年四月から二カ月ごとに義務の巻が提供され、その後、選択の巻も提供された。

「言葉と文書で啓蒙しつつ、教育しつつ、楽しませつつ影響を及ぼし、堅実な知識と芸術を国民の幅広いグループに運ぶことを自らの課題[37]」とするドイツ国民文庫の重点は、教養市民的な読者のための「国民的・学問的著作[38]」に置かれた。具体的には、地誌学、民族学、自然科学、技術、スポーツ、身体文化などである。それらと並んで、より古い時代と同時代の娯楽文学も提供され、小説と巨匠の作品は金の打ち出し模様のついた背革装で装丁されたが、これらは、実用書に方向づけられたプログラムの中では例外をなしていた。提供された本の質を保証する「名誉委員会と活動委員会」（Ehren- und Arbeitsausschuß）[39]のメンバーも、作家や文学研究者によってではなく、もっぱら他の職業の専門家によって占められていた。具体的には、経済評議員、プロイセン主要農業委員会委員長、農業経済学教授、造園教育・研究所所長、動物園園長、合唱協会会長、督学官、校長協会会長といった肩書を持つ人々である。

ドイツ国民文庫で提供された本としては、たとえば、ベルトルト・シトロフ『自然民族の愛と結婚』（*Liebe und Ehe bei den Naturvölkern*）、ラインホルト・ゲルリング『身体衛生と美容』（*Körper- und Schönheitspflege*）、『ライン伝説集』

(*Rheinisches Sagenbuch*)、エードゥアルト・メーリケ『物語集』(*Erzählungen*)、フリードリヒ・テオドール・フィッシャー『どなたかも』(*Auch einer*)、ヴィクトール・フォン・シェッフェル『エッケハルト』(*Ekkehard*) などがあげられる。また、「外国の名作」シリーズには、チャールズ・ディケンズ『互いの友』(*Unser gemeinsamer Bekannter*)、ポール・フェヴァル『せむし』(*Der Bucklige*)、グザヴィエ・ド・モンテパン『黄金閣下』(*Seine Majestät das Geld*) などが含まれていた。また、「文学的な価値の認められた手に汗にぎる娯楽小説」[40]（強調は原文）として、ハンス・フリードリヒ『運命の下の家』(*Das Haus unterm Schicksal*)、クララ・ズーダーマン『幸せを通り過ぎて』(*Am Glück vorbei*)、パウル・ブルク『そこに故郷がある』(*Da ist Heimat*)、ハンス・ラント『国王の里子』(*Des Königs Pflegesohn*)、ハインツ・ヴェルテン『愉快な王子』(*Der lustige Prinz*)、アルフレート・シロカウアー『バイロン卿』(*Lord Byron*) などがあった。

雑誌『世界と知識　娯楽的・教訓的絵入り雑誌』(*Welt und Wissen. Unterhaltende und belehrende illustrierte Zeitschrift*) も提供された。この雑誌は、ドイツ国民文庫の純粋な会員雑誌ではなく、ペーター・J・エスターガールト出版社から一九一二年以来毎月刊行されていたものだったが、会員の教育を目的とする同文庫の目標に合致した。というのも、それは「人間の知識の進歩のために戦う専門の学者と、職業活動と並行して教養を広め深めようとするすべての人々を結びつけるもの」であり、「多数の複写、写真、信頼できるスケッチに支えられて、毎月の号で、通俗的な論文、自然科学の研究領域の短い報告、地誌学と民俗学、文化史と技術、並びに職業と家庭に必要な示唆と助言を刊行した[41]」からである。たとえば、「細菌を恐れるべきか」(*Soll man sich vor Bazillen fürchten?*)、「い

図4　『世界と知識』（写真はベルリン銀行の金庫の扉）

かにして読心術者となるか」(*Wie man Gedankenleser werden kann*)、「オッフェンバッハのドイツ皮革博物館」(*Das Deutsche Ledermuseum in Offenbach*)、「アフリカ奥地の人口過剰」(*Übervölkerung in Innerafrika*)といったものである。また、本と雑誌以外に、会員には、ドイツ国民文庫によって催されたスライド講演が五割引で提供され、現代風の講演、芸術の夕べ、本棚、傷害保険、死亡保険なども提供された。

（5）　ドイツ図書コレクション（Der Deutsche Bücherschatz）

ドイツ図書コレクションは、サラリーマンの労働組合を母体として、一九二四年にベルリンに設立され、一九二五年に『ベルゼンブラット』において、「小売業の新たな競争相手」として活動方法が紹介された。[42] 入会金は一マルク、毎月の会費は二マルクで、二カ月ごとに総クロース装の義務の巻が引き渡された。また、義務の巻のかわりに購入できる交換用の巻が提供された時期もあった。本の価格は一定ではなかったが、全体としては年間の会費に見合ったものとなっていた。会員雑誌『ドイツ図書コレクション』(*Deutscher Büchershatz*)も無料で配布された。

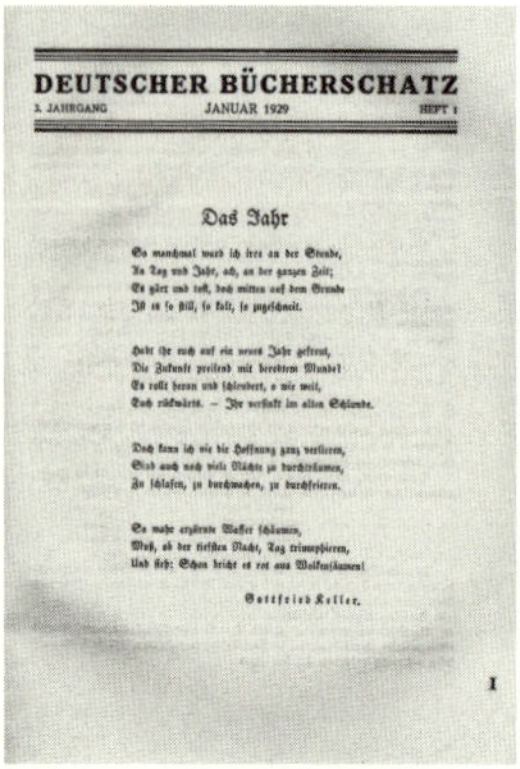
DEUTSCHER BÜCHERSCHATZ
3. JAHRGANG　JANUAR 1929　HEFT 1

Das Jahr

So manchmal ward ich irre an der Stunde,
An Tag und Jahr, ach, an der ganzen Zeit;
Es gärt und tost, doch mitten auf dem Grunde
Ist es so still, so kalt, so zugeschneit.

Habt ihr euch auf ein neues Jahr gefreut,
Die Zukunft preisend mit beredtem Munde!
Es rollt heran und schleudert, o wie weit,
Euch rückwärts. – Ihr versinkt im alten Schlunde.

Doch kann ich nie die Hoffnung ganz verlieren,
Sind auch noch viele Nächte zu durchträumen,
Zu schlafen, zu durchwachen, zu durchfrieren.

So wahr erzürnte Wasser schäumen,
Muß, ob der tiefsten Nacht, Tag triumphieren,
Und sieh: Schon bricht es rot aus Wolkensäumen!

Gottfried Keller.

1

図５　『ドイツ図書コレクション』

提供された本は、他の様々な出版社やブッククラブで刊行された本のライセンス版であった。主な作家・作品は次のようなものであり、おおむね市民的な傾向を持っていた。オットー・ルートヴィヒ『ハイテレタイ』(*Heiterethei*)、ヴィルヘルム・ラーベ『飢餓牧師』(*Hunger-pastor*)、グスタフ・フライターク『借りと貸し』(*Soll und Haben*)、ヴァルター・フォン・モーロ『全集』(*Gesammelte Werke*)、フリードリヒ・フレクサ『ある娘、幸運へ旅する』(*Ein Mädchen reist ins Glück*)、リオン・フォイヒトヴァンガー『陶器の神』(*Der tönerne Gott*)、『一九二九

年用　デューラー芸術文化日めくりカレンダー』（*Ein Dürer Abreißkalender für Kunst und Kultur für das Jahr 1929*）。

（6）　ドイツ図書共同体（Deutsche Buch-Gemeinschaft）

ドイツ図書共同体は、一九二四年四月十二日に、有限会社としてベルリンに設立された。設立にあたって資本を提供した印刷社「A・ザイデル商会」（A. Seydel & Co.）の所有者であるパウル・レオンハルトが支配人となり、文学面での指導者は書籍販売業者フリードリヒ・ポッセケルが務め、広報宣伝活動にはパウル・ゲツラフが協力した。

ドイツ図書共同体は、世の中にアピールするために様々なアイデアを駆使したが、会社名がすでにその一つであった。つまり、「ドイツ」は「公的」な印象を与え、「図書」は「教養」、「文化」、「伝統」といったものを連想させ、「共同体」は、「団体」や「クラブ」や「連合」といった言葉以上に、「連帯感」のイメージを喚起した。これによって、自らを営利的な企業ではなく、国民が家庭に本を備えることを支援する公的な団体であるかのように見せかけたことは、会員数の増加に大きく結びついた。その結果、同共同体は一九二九年までにおよそ四〇万人の会員を集め、一九四五年以前のドイツにおいて、愛書家国民連合に次ぐ巨大ブッククラブとなった。

ドイツ図書共同体の発展に貢献したもう一つのアイデアは、義務の巻の廃止と会員資格の段階分けにあった。義務の巻をまったく設けず、本の選択を一切会員に委ねることは、個々のタイトルの厳密な刊行数を前もって計算できないため、経営上のリスクを高めたが、少なくとも一定期間に一定額の本を購入する義務は残されていたし、継続的な本の販売の中で会員の嗜好を把握し、会員の好みに合った本を提供することで補うことも可能であった。そしてなによりも、自由な選択の可能性そのものが、会員獲得に有利に働いた。会員資格は、三カ月ごとの会費と提供される本の冊数に応じて、三つに分けられていた。すなわち、グループAは三・九マルクで一冊、グループBは七・四マルクで二冊、グループCは一〇・八マルクで三冊である。選択可能な本のタイトルは、一九二五年末に一〇〇冊、一九二八年末に二三〇冊、一九三三年中期には四五〇冊であり、各巻の刊行数は、通常六〇〇〇―一万五〇〇〇部であった。さらに、これら三カ月ごとに購入される本以外にも、一・五マルクの安価なシリーズ「小さな叢書・宝石箱」(Kleinbuchreihe Schatulle) と、四マルクのシリーズ「テンペル古典作家」(Tempel-Klassiker) が提供された。後者は、一九二五年にライプツィヒの「テンペル出版社」(Tempel-Verlag) から権利を獲得したものだが、著名なブックデザイナーであるエーミール・ルードルフ・ヴァイスによってデザインされたクロース装で、ドイツの古典やドイツ語訳の外国語の古典が刊行された。

一般に、ブッククラブの本の購入が勧められる一つの根拠は、文学顧問会や名誉委員会などによって十分な質を備えた本が選ばれ、読む価値が保証されたことにあったが、ドイツ図書共同体では、とりわけハンス・W・フィッシャー、ユーリウス・バープ、ハンス・マルティン・エルスターが文学顧問を務めた。これらの人物は、様々な一般的な文学的定期刊行物への協力の中で、同共同体の理念とプログラムを世の中に知らせることができた。また、エルスターは、ドイツ作家保護連盟とドイツ・ペンクラブの会長として、大変多くの作家とのコンタクトをドイツ図書共同体のために利用することもできた。

これらの文学顧問によって選ばれたドイツ図書共同体の本のプログラムは、市民的な読者を主な対象としており、およそ七割が文学作品で、特定の世界観的方向性を持たず、おおむね確立された教養のカノンを範としていた。たとえば、ドイツ語圏の作家では、ヨハン・ヴォルフガング・フォン・ゲーテ、E・T・A・ホフマン、フリードリヒ・ヘッベル、テオドーア・シュトルム、ヴィルヘルム・ハウフ、テオドーア・フォンターネ、ゴットフリート・ケラー、グスタフ・フライターク、ヴィルヘルム・ラーベ、ゲルハルト・ハウプトマン、ヤーコプ・シャフナー、リカルダ・フーフ、ヘルマン・シュテーア、トーマス・マン、ハインリヒ・マン、カール・ハウプトマン、外国の作家では、ハンス・クリスチャン・アンデルセン、チャールズ・ディケンズ、フョードル・M・ドストエフスキー、ギュスターヴ・フロベール、ロマン・ロラン、イエンス・ペーター・ヤコブセン、ジグリット・ウンセットなどである。このほか、オットー・フラーケ、ハンス・フランク、ヘルベルト・オイレンベルクといった同時代の作家の作品や、様々な分野の実用書と専門書、青少年向けの図書、旅行記、博物誌も提供された。たとえば、『ワインの本』（*Das Buch vom Wein*）、『食道楽の本』（*Das Buch der Tafelfreuden*）、『不滅の響き　最も美しいオペラとオペレッタ』（*Unvergängliche Klänge. Die schönsten Opern und Operetten*）、『カール・シュピッツヴェークのスケッチ』（*Zeichnungen von Carl Spitzweg*）といったものである。また、ドイツ図書共同体は、ブッククラブとして初めて一般の出版社との共同生産を行った。すなわち、一九三七年に、マーガレット・ミッチェルの『風とともに去りぬ』（*Vom Winde verweht*）を、「ヘンリー・ゴーヴェルツ出版社」（Verlag von Henry Goverts）とともに刊行したのである。

ドイツ図書共同体は、「愛書家的関心を考慮する、あるいはまず美しい本に対する理解を目覚めさせる企業を自認しており[43]」、クロース装や背革装といった本の装丁も重視した。また、本以外に、カレンダー、地球儀、ブックカバー、レターセットと鉛筆、割り引きの演劇チケットやツアー旅行なども提供した。ただし、ドイツ図書共同体の成功は、本をはじめとする提供品にのみ基づくのでなく、愛書家国民連合の項目でも触れたような、公益に資する団体のイメージを喚起する宣伝、特典が得られる友愛勧誘、および雑誌の提供などにも基づいていた。このうち、宣伝に関しては、内務省の推薦を得て、国の支援を受けた事業であるかのような印象を喚起したことがよく知られている。雑誌については、初めは『ツァイトゥングスブーフ』が、一九二六年の途中からは『読書の時間』が二週間ごとに刊行されて、会員に無料で配布され、本のプログラムをはじめとする様々な情報が与えられた。たとえば、会員数二五万人達成の記念号となった一九

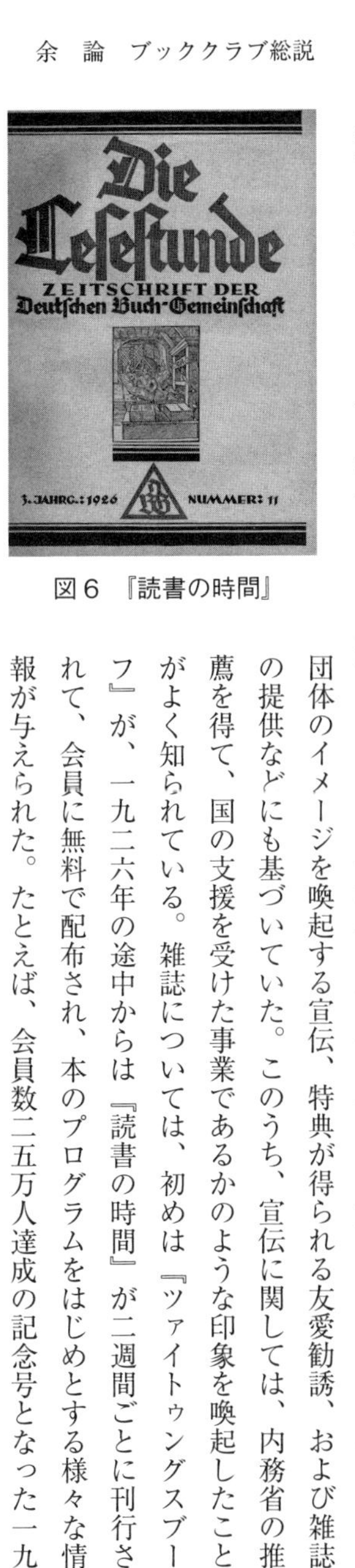

図６『読書の時間』

二五年九月十五日の『ツァイトゥングスブーフ』では、冒頭に伝統的な書籍販売とブッククラブの関係を扱った論考と著名な作家や公的な団体からの賛辞が掲げられ、続いて、ヴィルヘルム・シェーファー、パウル・エルンスト、ブルーノ・フランク、ヘルベルト・オイレンベルク、ヴィルヘルム・フォン・ショルツ、ヴァルター・フォン・モーロ、アードルフ・ケルシュ、アルフレート・デーブリーン、アルフォンス・パケ、フリッツ・フォン・ウンルー、ハンス・マルティン・エルスターなどの小品が掲載されている。雑誌の責任者は、一九二七年まではズィギスムント・コーベルネ、その後はハインリヒ・ズィーマーであった。

一九三二年、世界恐慌の影響でドイツ図書共同体が財政難に陥ったとき、法学・政治学博士で『フォス新聞』(*Die Vossische Zeitung*)の元経済ジャーナリストであるフェリックス・グッゲンハイムが支配人となった。グッゲンハイムは、ユダヤ人であったにもかかわらず、さほど妨害を受けることもなく一九三八年まで活動したが、その後アメリカに亡命した。ドイツ図書共同体は、ナチス時代も引き続き活動を認められたが、出版指導部にナチスの地方議会会派の代理人が所属することによって、事業が監視された。

(7)　愛書家同盟(Der Bund der Bücherfreunde)
愛書家同盟については、一九二五年十月に、株式取引業者組合がシュテルクラーデ(Sterkrade)の書籍印刷業者W・シャラーに送った書簡の中で言及され、愛書家国民連合よりも会員数が少ないことが報告されている。(44)

(8)　ドイツ図書協会〈ノイラント〉(Deutsche Buchvereinigung ›Neuland‹)
ドイツ図書協会〈ノイラント〉は、一九二五年以前にミュンヒェンに設立された。「ノイラント」とは、「開墾地」、「開拓地」、「新開発地」といった意味である。同協会の目的は成人教育の機会を提供することにあり、「バイエルン国民教育連合」（Bayerischer Volksbildungsverband）と連携して、学術的・文学的な講演、コンサート、その他の芸術的催しなどが行われたが、図書の刊行も活動の一つであった。

　私たちの本は、楽しませ、気分を高め、単調で味気ない日々の生活を内面的な幸福を与える貴重な休息時間によって克服せねばなりません。私たちは、文学的に申し分のないよい本の先駆者です。私たちは、才能ある若いタレントの開拓者であり、保護者です。そして、教養のために戦うすべての人々の援助者です。[45]（強調は原文）

　こうした観点から、ドイツ図書協会〈ノイラント〉は、よい読み物を求める人々のために、責任を持つ複数の人物の選択に基づいて、読む価値があると同時に娯楽的な本を提供した。

　会員は、年間一四・八マルクまたは二二・二マルクの会費を、三カ月ごとまたは半年ごとに分割して支払い、それに対して、年間四冊または六冊の背革装の本を受け取った。たとえば、一九二五年から翌年にかけて、ルートヴィヒ・ティーク『ヴィットーリア・アコロンボーナ』（*Vittoria Accorombona*）、オットー・フライシュハウアー『フックスケール男爵と牧師』（*Baron Fuchskehl und sein Pfarrer*）、ルートヴィヒ・アンツェングルーバー『面汚し』（*Der Schandfleck*）、マリー・ケルシェンシュタイナー『神の息吹』（*Der Atem Gottes*）、ヨーゼフ・フォン・アイヒェンドルフ『詩人とその仲間』（*Dichter und ihre Gesellen*）、アレクセイ・K・トルストイ『白銀侯爵』（*Der silberne Fürst*）などが提供された。また、バイエルン国民教育連合によって成人教育の機関誌として刊行された隔月の雑誌『犂手（すきて）』（*Der Pflüger*）も、無料で配布された。

　宣伝への協力については、勧誘数に応じて背革装の本が提供されたが、三名に対して一冊、六名に対して二冊、一二名に対して四冊、一八名に対して六冊であった。また、本の提供にかえて補償金を得ることもでき、本一冊について〇・三二マルクが支払われた。

（9）　南ドイツ図書共同体（Süddeutsche Buchgemeinschaft）

南ドイツ図書共同体は、「国内外の新旧の作家の最もよく最も重要な作品を、きわめて安いが欠点のない装丁で」販売し、「手ごろな値段で素晴らしい家庭蔵書を獲得する機会を提供する」[46]ことを目的として、一九二五年にドナウヴェルト（Donauwörth）に設立された。社名の「南ドイツ」には、ベルリンを中心に北ドイツで多く設立されたブッククラブへの対抗意識が表れていた。

似たような響きの名を持つ多数の団体が、すでに北ドイツから活動を開始しています。私たちは、南ドイツにおけるその種の最初の団体として、私たちの価値の高い出版物が事実上無敵であることを、それらの団体に示すつもりです。[47]

先述のドイツ図書協会〈ノイラント〉と南ドイツ図書共同体のいずれが先に設立されたのかははっきりしない。だが、「南ドイツにおけるその種の最初の団体」という表現から、少なくとも一九二五年の時点で、後者には前者の存在が知られていなかったことが窺われる。

少なくとも三二〇頁の背革装の本が年間一〇冊提供され、郵送料と雑費込みで一冊三・八マルクだった。本の文学的価値は、選択を行う委員会によって保証された。また、本のほかに、「ニュールンベルク生命保険会社」（Nürnberger Lebensversicherungsanstalt）の災害保険も無料で提供された。この保険は、死亡や障害を伴う災害に対して五〇

○マルクの保険金を保証するもので、会員のみならず、その配偶者にも適用された。

（10）　愛好家サークル（Der Freunde Kreis）

愛好家サークルは、「ロータル・ヨアヒム出版社」（Lothar Joachim Verlag）によって、一九二六年以前にライプツィヒに設立され、通常の小売店で固定した価格で販売される自社のクロース装の叢書「歓喜」（Die Freude）を会員に割引価格で販売した。具体的には、二・四マルクにかえて二マルク、三・六マルクにかえて三マルク、四・八マルクにかえて四マルク、一八マルクにかえて一五マルクであった。もともと比較的安い本をさらに安く購入する可能性が提供されたのである。また、毎月少なくとも一巻の購入が義務であったが、より多くの巻を購入する場合には、さらに値引きされた。

内容的には、売れ行きが確かなタイトルを幅広くカバーしていた。たとえば、ヴィルヘルム・ブッシュ、ヨーゼフ・フォン・アイヒェンドルフ、ヨハン・ヴォルフガング・フォン・ゲーテ、ハインリヒ・ハイネ、ゴットホルト・エフライム・レッシング、フリードリヒ・フォン・シラー、ウィリアム・シェークスピア、テオドーア・シュトルム、ジョナサン・スウィフトといった作家の作品である。

（11）　ドイツ・ブッククラブ（Der Deutsche Buch-Club）

ドイツ・ブッククラブは、印刷業者パウル・ハルトゥング、書籍販売業者クルト・ザウケ、および文学博士エルンスト・ハウスヴェーデルによって、一九二七年十一月三日にハンブルクで有限会社として設立された。ザウケ、ハウスヴェーデル、およびズィークフリート・ブヘナウが支配人となり、十一月末までに宣伝パンフレットが刊行され、早くも十二月には、最初の「今月の本」（Das Buch des Monats）として、クヌート・ハムスンの『放浪者』（*Land-*

streicher）が送付された。

ドイツ・ブッククラブは、一九二六年に設立されたアメリカの二つのブッククラブを活動の模範としていた。一つは「今月の本クラブ」（Book-of-the-Month-Club）であり、ここからは、一流の出版社の新刊書から審査委員会を通じて毎月一冊の本を選定するという方法と本の価格の統一が取り入れられた。(48) もう一つは、「文芸協会」（the Literary Guild）で、ここからは、一般の書籍販売で公刊される前に本を印刷する権利を買う方法と、本を安価に提供する方法が取り入れられた。ただし、この二つのアメリカの企業は、その成立の少なからぬ部分をドイツのブッククラブに負っていた。

私たちの知るところ、現代のブッククラブは図書団体を持つ戦後のドイツで生じ、その後、事業家が、雑誌の予約注文と通信販売の方法を組み合わせて、現代の書籍市場に応用できると考えたとき、アメリカにやって来たのです。(49)

こうして、ドイツ・ブッククラブでは、「読書委員会」（Leseausschuß）によってドイツの出版社の多数の新刊書から一定数の本が推薦され、これを受けて「名誉幹部会」（Ehrenpräsidium）において今月の本が決定された。また、一九二八年一月以後、『ハンブルクのドイツ・ブッククラブの予約購読者のための報告』（*Mitteilungen für die Abonnenten des Deutschen Buch-Clubs Hamburg*）において、今月の本に関する情報が提供された。提供される本は新刊書に限られ、一般の書籍販売で刊行されるのとほぼ同時に、しかも低価格で提供された。たとえば、ハムスンの『放浪者』は、一般の書籍販売では一〇マルクだったが、ドイツ・ブッククラブでは六マルクだった。(50)

しかし、こうした活動方法は、一般の書籍販売に大きな不安を引き起こし、(51) 一九二七年十二月三日に株式取引業者組合と協議が行われた結果、一般の書籍販売と同じ価格で本を提供することが合意された。この合意はあまり厳密に適用されず、たとえば一九二七―一九二八年の「年間シリーズ」一三巻は、一般の書籍販売の価格では九四マルクだったのに対し、ドイツ・ブッククラブでは七八マルクで提供されたものの[52]、価格面での長所を大きくアピールすることができなくなったことは痛手であった。とはいえ、ドイツ・ブッククラブはもともとお金がかかり、一八マルクという四半期の会費は、他のブッククラブのおよそ五倍であった[53]。つまり、ドイツ・ブッククラブは、文学に関心を持ち、一般の書籍販売での本の購入にも慣れた、生活に余裕のある人々を対象としていたのである[54]。したがって、提供された本も文学的なレベルの高い本が多かった。ここで、一九二七年から一九三二年までに提供された本の作者名をあげると、次のような人々である。マイケル・アーレン、マルティン・ベーハイム＝シュヴァルツバッハ、ルートヴィヒ・ベニングホフ、ヘンリー・ベンラート、V・ベルゲ、ルードルフ・G・ビンディング、ヨハン・ボーエル、ブルーノ・ブレーム、ハンス・カロッサ（二回）、ジョゼフ・コンラッド、テオドール・ドイブラー、ハンス・ファラダ、レオンハルト・フランク、ジャン・ジロドゥ、ジュリアン・グリーン、ハンス・グリム、クヌート・ハムスン（二回）、ゲルハルト・ハウプトマン、ハインリヒ・ハウザー、マックス・ルネ・ヘッセ（二回）、クルト・ホイザー、リカルダ・フーフ、リヒャルト・カッツ、セルマ・ラーゲルレーヴ、H・W・ライナー、D・H・ロレンス、アンドレ・モーロワ、マックス・モーア、アルフレート・ノイマン、バルダー・オルデン、ルートヴィヒ・レン、コリン・ロス、ヨーゼフ・ロート（二回）、アレクサンダー・フォン・ルスラント、エルンスト・ザンダー、ヴィルヘルム・シェーファー、ヴィルヘルム・シュミットボン、フリードリヒ・シュナック、アルトゥール・シュニッツラー、イナ・ザイデル、ズィグリット・ズィーヴェルツ、アップトン・シンクレア、ヴィルヘルム・シュパイアー、ヘルマン・シュテーア、フランク・ティース、フェリックス・ティマーマンズ、ゲオルク・フォン・デア・ヴリング（二回）、カール・H・ヴァッガール、ヤーコプ・ヴァッサーマン、アルノルト・ツヴァイク、シュテファン・ツヴァイク。[55] なお、この他に、著者名のないアンソロジーも数冊刊行された。

また、『ハンブルクのドイツ・ブッククラブの予約購読者のための報告』の書評コーナーである「ドイツ・ブッククラブの推薦図書」（Bücher, die der Deutsche Buch-Club empfehlt）では、たとえばフーゴ・フォン・ホフマンスタール、フランツ・カフカ、アンドレ・ジッド、マルティン・ブーバー、ルネ・シッケレの本があげられており、[56] ここでも、ブーヒェナウ、ハウスヴェーデル、ザウケの文学趣味の確かさが証明される。なお、読書委員会はＫ・Ｈ・ルッペル、アルノー・シロカウアー、フランツ・シェーンベルナー、エルンスト・ザンダーなどが、[57] 名誉幹部会は主に精神科医のハンス・プリンツホルンとルードルフ・Ｇ・ビンディングが務めた。[58]

本は、上質な紙で、独自の芸術的な装丁で制作された。年ごとに同じ質のクロースが用いられ、デザインは、ドイツ・ブッククラブの商標も作成したライプツィヒの版画家ハンス・メーリングによってなされたが、[59] 一色で印刷されたタイポグラフィックなカバーは、バウハウスの様式を窺わせた。

ドイツ・ブッククラブの活動は間もなく評価を得た。たとえば、ホフマンスタールは、一九二八年十一月四日の書簡で「内容のある読書へと読者を誘う努力」[60] を、ハノーファー＝ブラウンシュヴァイクの書籍販売連合会長も、一九二八年七月十九日の『ベルゼンブラット』で、「新しい方法と可能性の探求」[61] を称えた。だが、会員数は一五〇〇人を上回らず、一九二九年にハルトゥングとザウケが事業から手を引いたことで、危機に陥った。特に、書籍販売業者としての経験を買われていたザウケの離脱は、大きな損失だった。プリンツホルンとビンディングとのコンタクトももっぱら彼がとっていたことから、同年十二月をもって、名誉幹部会も消滅した。

残ったブーヒェナウとハウスヴェーデルは精力的に事業を続け、「ハンブルク愛書家協会」（Gesellschaft der Bücherfreunde zu Hamburg）の年鑑の刊行も引き受け、一九三〇年一月二十五日に『イムプリマトゥーア』（*Imprimatur*）の第一巻を刊行した。また、同年春には、「ドイツ・ブッククラブ古書部門」（Der Deutsche Buch-Club, Abteilung

Antiquariat）の最初の古書カタログが、秋には第二巻が刊行され、オークションも行われた。さらに、印刷や本の製造も引き受け、そのために「ハンブルク印刷所」（Hamburger Druckerei-Kontor）も設立された。だが、財政状況は改善せず、ブーヒェナウは、一九三一年十二月に、共同経営者および支配人としての関与を取り止め、印刷所の活動だけを継続した。その後、ドイツ・ブッククラブの事業はハウスヴェーデルのみによって引き継がれたが、一九三二年一月には、国内の経済状況を考慮して、会費と本の価格が引き下げられねばならなかった。

一九二八年から一九三六年までの今月の本のタイトルは、ドイツ・ブッククラブが、同時代の重要な文芸出版社との良好な関係を築き、新刊書のライセンスを優先的に獲得していたことを明らかにする。総数一〇六のライセンス版のうち、「インゼル出版社」（Insel-Verlag）が一五、「S・フィッシャー出版社」（S. Fischer Verlag）が一二、「アルベルト・ランゲンとゲオルク・ミュラー、および両者の連合出版社」（Albert Langen, Georg Müller und deren vereinigter Verlag）が一〇、「ドイツ出版社」（Deutsche Verlags-Anstalt）が八、「リュッテン＆レーニング」（Rütten & Loening）が五、「ローヴォルト出版社」（Rowohlt Verlag）と「キーペンホイアー出版社」（Kiepenheuer Verlag）がそれぞれ四であり、これら当時の主な出版社だけで、提供された本の半数以上を占めているのである。(62)

ハウスヴェーデルは、一九三三年のナチスによる政権掌握以後も、「望ましからぬ」ないしは「禁止された」作家の本の刊行を憚らなかった。たとえば、一九三五年秋にもなお、テオドール・ドイブラー、アルフレート・ノイマン、ルートヴィヒ・レン、ヨーゼフ・ロート、アルトゥール・シュニッツラー、ヤーコプ・ヴァッサーマン、アルノルト・ツヴァイク、シュテファン・ツヴァイクなどが刊行された。(63)だが、シロカウアーとシェーンベルナーが亡命を余儀なくされたこともあり、『ハンブルクのドイツ・ブッククラブの予約購読者のための報告』における同時代の文学に関する論考が中止された。また、法律の変更に合わせて、一九三五年十月十一日には、社名が「ドクトル・エルンスト・ハウスヴェーデル商会」（Dr. Ernst Hauswedell & Co.）に改められた。同年末には、ハウスヴェーデルは

『イムプリマトゥーア』への関与を中止した。

　一九三五年八月二十四日から、新刊書のライセンス出版が少なくとも一年半後と決められたため、ドイツ・ブッククラブの事業はきわめて困難になった。独自の装丁を施すことによる抜け道がなくもなかったが、会員数の減少により、採算が合わなくなっていた。『ハンブルクのドイツ・ブッククラブの予約購読者のための報告』も、一九三三年以来、二カ月ごとに、しかも名称を『情報　ハンブルクのドイツ・ブッククラブの月刊誌』（*Information. Monatsblätter des Deutschen Buch-Clubs, Hamburg*）に変更して刊行されたが、一九三五年九月／十月号より『情報　今月の本の予約購読者のための月刊誌』（*Information. Monatsblätter für Abonnenten auf das Buch des Monats*）へと変更された。これにより、名目上ドイツ・ブッククラブは消滅したが、事業は、「ドクトル・エルンスト・ハウスヴェーデル出版社」（Verlag Dr. Ernst Hauswedell）において継続された。

　しかし、数百人の予約購読者のために、一六頁の冊子を年間六回刊行することは難しくなり、『情報　今月の本の予約購読者のための月刊誌』は、一九三六年一月以後、一般的な書評誌に変更され、タイトルも『文学とその隣接分野の新刊書に関する情報』（*Information über neue Bücher der schönen Literatur und verwandter Gebiete*）へと改められた。ただし、従来のドイツ・ブッククラブの会員には、引き続き無料で送付された。版数は、一九三六年の五〇〇〇から一九三九年には一万へと伸びたが、一九四一年初夏の四／五号が最後となった。紙の不足の増大により本の調達が不可能となったことで、事業は中断に追い込まれた。

（12）　図書陳列台（Der Büchertisch）
図書陳列台は、「デュル・ウント・ヴェーバー出版社」（Dürr und Weber Verlag）によって、一九三三年以前にライプツィヒに設立され、通常の小売店で固定した価格で販売される自社の本を会員に割引価格で販売した。

三カ月ごとに、〇・三マルクの郵送料込みで三マルクを支払い、それに対して、同出版社の「小部屋文庫」(Zellenbücherei)が、毎月一冊送付された。したがって、一冊の価格は〇・九マルクときわめて安かった。同文庫はおよそ一〇〇のタイトルを含み、通常約一〇〇頁で、簡素な厚紙装丁で提供された。内容的には、主に様々な学問分野の実用書や手引書、地域研究からなっていた。たとえば、『ドイツ文学史一時間』(*Deutsche Literaturgeschichte in einer Stunde*)、『世界文学一時間』(*Weltliteratur in einer Stunde*)、『ゲーテ〈ファウスト〉入門』(*Einführung in Goethes Faust*)、『投資と利用』(*Kapitalsanlage und Verwendung*)、『芸術史概論』(*Abriß der Kunstgeschichte*)、『オカルティズム』(*Okkultismus*)、『ドイツの婚姻法』(*Deutsches Eherecht*)などである。

三　特殊な読者を持つブッククラブ

(1)　ロマン主義同好会 (Romantische Gemeinde)

ロマン主義同好会は、ライプツィヒの「エッダ出版社」(Edda Verlag)の社長ヴェルネク＝ブリュッゲマンによって、一九二五年に設立された。「恥ずべき利己主義と、人間の中にある神的なものに対するきわめて冷酷な無関心という毒気から、ドイツ人の民族の魂を救う[64]」ことを目的とし、政治とは一切かかわりを持たなかった。会員数については、会員雑誌第一号の序文で、「数カ月でさしあたり一五〇〇人の同志が獲得された[65]」と報告されている以外は不明だが、規模は小さかったと推察される。会費や購入の義務はなく、「青い花」(Die blaue Blume)というロマン主義の作品シリーズが、一冊四マルクで提供された。本は、「ロマン主義の美の理念にかなった立派な装丁[66]」で、平均三〇〇―四〇〇頁の分量であった。内容的には、文学ではノヴァーリス、E・T・A・ホフマン、ルートヴィヒ・ティーク、ヨーゼフ・フォン・アイヒェンドルフ、アーダルベルト・フォン・シャミッソー、アヒム・フォン・アルニム、クレメンス・ブレンターノ、アウグスト・ヴィルヘルム・シュレーゲル、ヴィルヘルム・ハウフ、フリー

図７『青い花』

ドリヒ・デ・ラ・モット・フケー、ジャン・パウル、ハインリヒ・フォン・クライスト、ルートヴィヒ・ウーラント、グリム兄弟、ニコラウス・レーナウ、ゴットフリート・ケラー、ヴィクトール・フォン・シェッフェル、エードゥアルト・メーリケ、アーダルベルト・シュティフター、テオドーア・シュトルムなど、絵画ではフィリップ・オットー・ルンゲ、アードリアン・ルートヴィヒ・リヒター、アルフレート・レーテル、カール・シュピッツヴェーク、モーリッツ・フォン・シュヴィント、音楽ではルートヴィヒ・ヴァン・ベートーヴェン、カール・マリア・フォン・ヴェーバー、フランツ・シューベルト、ローベルト・シューマン、ペーター・コルネリウス、リヒャルト・ヴァーグナーなどが取り上げられた。ロマン主義の文学、絵画、音楽などに関する記事が掲載された雑誌『青い花　ロマン主義の育成のためのロマン主義同好会の雑誌』（*Die blaue Blume. Zeitschrift der Romantischen Gemeinde zur Pflege der Romantik*）も、送料込み二マルクで会員に提供されたが、五巻しか刊行されなかった。

そのほか、「常に生活とのかかわりの中でロマン主義の精神が育まれる」べく、地方グループで、「ロマン主義の夕べ」(67)が開催された。また、一九二六年一月一日から、「ロマン主義同好会の自助行為」(68)として、会員の親族のための葬祭料が導入された。希望者は、年に二回、一マルクを葬祭料金庫に支払うよう求められたが、利率が有利に設定されており、会員が死亡した際、遺族に五〇〇マルクが支払われた。こうした取り組みには、「浮世離れ」（Weltfremdheit）(69)というロマン主義のイメージを正す意図があった。

（2）　フォス書店〈牧神文庫〉（›Pan-Bücherei‹ der Vossischen Buchhandlung）

フォス書店〈牧神文庫〉は、ベルリンの「フォス書店」（Vossische Buchhandlung）によって、一九二七年以前に設立されたが、規模は小さかった。会員には、特定の数の本を、予約購読により低価格で購入することが義務づけられた。ギリシア神話に由来する名称が表している通り、もっぱら狩猟と自然に関する本を出版した。

（3）　国民劇場・出版販売協会（Volksbühnen-Verlags- und Vertriebsgesellschaft）

国民劇場・出版販売協会は、一九二七年以前にベルリンに設立され、「価値のある安い本を提供することで、資力の乏しい国民層をもりたてることを本質的な目的[70]」として、あらゆる種類の印刷物と演劇作品の出版・販売を行った。とりわけ、期限を設けない分割払いシステムが、購買力の乏しい消費者に加入の可能性を与えた。通常の小売店では四・二マルクで購入されるクロース装の演劇作品が、会員には三マルクで直接販売された。演劇に関心を持つ個人だけでなく、演劇同好会も会員の主要部分を成していた。

（4）　アーダルベルト・シュティフター協会図書共同体（Buchgemeinschaft der Adalbert-Stifter-Gesellschaft）

アーダルベルト・シュティフター協会図書共同体は、一九二八年以前に、当時のチェコスロヴァキアの町エーガーに設立された。ズデーテン地方（当時のチェコスロヴァキアのドイツ人居住区）におけるドイツ思想の普及に尽力したが、規模は小さかったと思われる。会員は特定の義務の巻を購入せねばならず、自由な選択の可能性はなかった。

四　宗教的ブッククラブ

（1）　ボン図書同好会（Bonner Buchgemeinde）

ボン図書同好会は、ボンのミュンスター教会で働いていた主席司祭ヨハン・ヒンゼンカムプと、一八八四年に設立され、本の販売も行っていた「ボロモイス協会」（Borromäusverein）のフリッツ・ティルマンによって、一九二五年一月二十日に設立された。会員数は、一九二七年までに約五万三〇〇〇人に達した。入会金はなく、年間九マルクの会費で三冊の本が引き渡された。会費は後に九・九マルクに引き上げられたが、分割払いも可能であった。また当初、提供される本は基本的に同好会の出版社で製造される義務の巻であった。この他に、一九二六年と一九二七年には、六・三マルクの『フィオレッティ（小さい花）』（*Fioretti*）のような高価な特別版も刊行されたが、あまり売れなかった。その後、一九二八年より、他の出版社からの借用によって選択の巻が導入されたが、それは会員のためというよりは、むしろカトリック系の出版社への配慮からであった。選択の巻には特別な装丁はなされなかったが、ボン図書同好会独自の本については、よい装丁に大きな価値が置かれ、もっぱら総クロース装であった。一九二八年からは会員雑誌『図書同好会　ボン図書同好会の季刊誌』（*Die Buchgemeinde. Vierteljahresschrift der Bonner Buchgemeinde*）も、年に四冊無料で提供された。

総じて、宗教的なブッククラブの責任者らは、世界観的に中立的なブッククラブから際立ち、それに対する対案を提供しようとしたが、ボン図書同好会でも、愛書家国民連合やドイツ図書共同体のようなブッククラブの世俗的な方向性からははっきりと距離がとられ、それらのブッククラブの作品と対極をなすカトリックの文学が前面に置かれた。同好会の生みの親であるティルマン教授は、設立の動機を次のように説明した。

図書同好会は、既存の非カトリック的な八つのブッククラブに対する反対運動でなければなりません。カトリックの立場からはその図書が拒否される愛書家国民連合は、会員がますます増えつつあります。カトリックの会員は、少なく見積もっても八万人です。ここで抵抗することを、ボロモイス協会は義務とみなします。[71]

また、それと同時に、ボン図書同好会は、世俗的なブッククラブだけでなく、プロテスタント系のヴォルフラム同盟家庭文庫に対抗して、カトリック的な著作を安く販売し、インフレと経済危機でダメージを受けたカトリック系の書籍販売に新しい読者をもたらすことも意図していた。そうした意味で、ボン図書同好会は初の本格的なカトリック系のブッククラブであった。

カトリック教徒は、ボン図書同好会から、いきいきとした泉からのように、理性と心情と心のための糧を得ます。彼は、同好会によって、知識、宗教の奥深さ、および人間の文化といったものへ少しずつ導かれます。同好会の理念が満たされるのは、知的な関心を持つすべての人々の意志に支えられて、その見地から、真のカトリック文化の最高のあり方を実現することができるときのみです。[72]

とはいえ、主に教養あるカトリック教徒を対象としたプログラムには、宗教的な本だけでなく、教訓的・娯楽的な、非宗教的な本も含まれていた。提供された本の具体的なタイトルとしては、次のようなものがあげられる。まず、宗教的な本としては、二巻の『新約聖書』(*Das Neue Testament in zwei Bänden*)、ヨーゼフ・ショイバー『教会と宗教改革　十六・十七世紀におけるカトリック生活の繁栄』(*Kirche und Reformation. Aufblühendes katholisches Leben im 16. und 17. Jahrhundert*)、ジョン・ヘンリー・ニューマン『損と得』(*Verlust und Gewinn*)、ヨーゼフ・キューネル『神

の日々から　教会暦にかかわる宗教的考察』（*Von den Tagen des Gottes. Religiöse Betrachtungen im Anschluß an das Kirchenjahr*）などである。次に、非宗教的な本としては、ヨーゼフ・ホプマン『宇宙学　今日の天文学の研究方法と成果』（*Weltallkunde. Arbeitsweise und Ergebnisse der heutigen Astronomie*）、アントン・ショット『フス時代』（*Hussenzeit*）、アードルフ・ゲーニウス『地理学ハンドブック　地図二〇枚付き』（*Geographisches Handbuch mit 20 Karten*）などである。

（2）　カトリック図書同好会（Katholische Buchgemeinde）

カトリック図書同好会は、カトリック教会の支援の下、一九二五年秋にボンに設立され、わずか七カ月の間に四万三〇〇〇人の会員を集めた。

（3）　聖ヨセフ図書協会（Sankt Josephs Bücherbruderschaft）

聖ヨセフ図書協会は、一九二五年以前にローゼンハイムに設立され、少なくとも一八万人の会員がいた。年に四冊の義務の巻を購入しなければならなかった。純粋に宗教的なブッククラブであり、もっぱら宗教的な本が提供された。

（4）　キリスト教図書愛好家同盟（Bund der Freunde christlicher Bücher）

キリスト教図書愛好家同盟は、一九二六年に設立された。

（5）　ハイネ同盟（Heine-Bund）

ハイネ同盟は、一九二六年に、「世界出版社」（Welt-Verlag）の一部門としてベルリンに設立された。世界出版社は、一九一一年に設立され、もっぱらユダヤ的並びにシオニズム的な文学を販売していたが、一九二一年以来、ジャーナリストで翻訳家のアーロン・エリアスベルク（本名Z・ホルム）が所有しており、ブッククラブも、彼によって、出版社のための新たな市場を作る目的で提案された。したがって、ハイネ同盟で提供された本は、本来は世界出版社がより高い値段で小売店を通じて販売していたものだった。会員数の詳細は不明だが、かなり小規模なブッククラブだったと推察される。

　年間の会費は一四マルクで、四巻の「年間シリーズ」が提供された。会費は、三・七五マルクの四回の分割払いで納入することも可能であった。固定した義務の巻のシステムは時とともに緩められ、最初は追加の選択の巻が提供され、一九三〇年からは、「年間シリーズ」、交換用の巻、選択の巻から自由に選べるようになった。また、会員雑誌『ハイネ同盟の雑誌』（*Blätter des Heine-Bundes*）も刊行され、組織の指導部と会員を結びつける役割を果たすと同時に、文学的・伝記的な文章や、ブッククラブの活動と本のプログラムに関する情報を提供した。しかし、一九二八年の四月と十月の二回しか刊行されておらず、それは、このブッククラブが商売上の大きな成功を収めなかったことの証しでもある。

「ユダヤ人の精神性を比類なく体現した[73]」ハイネの名を冠するハイネ同盟は、単なる宗教団体ではなく、ユダヤ人の生活と風習が伝えられるべき文化団体と考えられており、次のような目標を、ベルリンの教区ラビ、ユダヤ人教員団体の全国連合、ユダヤ人婦人同盟といった名声あるユダヤ人の個人や団体と共有していた。

　本は、ユダヤ文化の意味を読者に教えねばなりません。同時に、読書を通じて、肯定的なユダヤ人意識を育む可能性が読者に与えられねばなりません。ハイネ同盟は、ユダヤ人の文化的価値の仲介と現代の文学的潮流に関する考慮を結びつけることによって、この考えを実現しようとします。同盟は、会員に主として同時代の作家の文学的価値の高い作品を提供しますが、そこでは、ユダヤ人の歴史の一端が扱われているか、あるいは、成し遂げられた業績ゆえにユダヤ人とドイツ人の精神的・文化的生活から無視されえない過去と現代のユダヤ人が中心となっています。(74)

こうして、ハイネ同盟は、本のプログラムを通じて、「ユダヤ的共同体の生活と創作活動を、知識、娯楽、および喜びの源としてユダヤ教の人々に近づけ(75)」ようとし、主に次のような作品を提供した。ミリアム・アリ『エルサレムの小さな娘』（*Das kleine Mädchen von Jerusalem*）とエメ・パリエール『未知なる聖所』（*Das unbekannte Heiligtum*）のフランス語からの翻訳、ザロモン・ポリヤコフ『サバタイ・ツヴィ』（*Sabbatai Zewi*）のロシア語からの翻訳、ジョゼフ・オパトシュ『森の少年』（*Ein Waldjunge*）のイディッシュ語からの翻訳、それにドイツ語の作品として、マルクス・エーレンプライス『東洋と西洋の間の国　ある現代ユダヤ人のスペイン旅行』（*Das Land zwischen Orient und Okzident. Spanische Reise eines modernen Juden*）、J・エルボーゲン編『ユダヤ史上の人物と時』（*Gestalten und Momente aus der jüdischen Geschichte*）、アルノルト・ツヴァイク『ドイツの舞台のユダヤ人』（*Juden auf der deutschen Bühne*）。なお、世界出版社の自己理解は断固としてユダヤ的で反同化的であったが、必ずしもシオニズム的ではなく、ドイツの文化領域内部での自律的なユダヤ文化に貢献しようとした。このことは、ハイネ同盟にも該当する。ナチスの政権掌握後、エリアスベルクは、一九三三年六月一日にドイツを離れ、パレスチナへ移住した。これによって、世界出版社とハイネ同盟の活動は終わり、一九三六年十一月には、最終的に商業登記簿から抹消された。

（6）　シオニズム図書同盟（Zionistischer Bücherbund）

シオニズム図書同盟は、ベルリンの「ユダヤ出版社」（*Jüdischer Verlag*）によって、一九二九年に設立された。シオニズムの運動においては、「ドイツ語でのシオニズム的な文学出版の停滞と、シオニズム的な本への関心の明らかな欠如[76]」が嘆かれていた。それゆえ、シオニズムのブッククラブを組織するというユダヤ出版社の提案――それはルーマニアとオーストリアのシオニズム団体の提案にも基づいていたが――は、「シオニズム機構」(Zionistische Exekutive)によって肯定的に受け止められた。

たちまち成功するなどというはなはだ楽天的な思い違いはしていませんが、私たちは一つの試みを、歓迎すべきものであり――もし長く続けば――成功を約束するものであるとみなしています。したがって、機構は、あなた方がご提案のシオニズム図書同盟を設立することに同意し、この団体に道徳的な支えを与えるつもりです。[77]

シオニズム機構は、組織と財政の点でブッククラブにかかわることはなかったが、文学委員会に発言権を持っていたと思われる。というのも、そこには、ユダヤ出版社の社長ジグムント・カツネルソン、法学博士でシオニズムの著名な出版人であり、一九一九年十二月からはユダヤ出版社によって刊行された『ユダヤ展望』(*Jüdische Rundschau*)の主任編集者を務めたローベルト・ヴェルシュのほかに、シオニズム機構の代表者マックス・マイアーも含まれていたからである。

シオニズム図書同盟は、ユダヤ的国家運動とシオニズムのイデオロギーの本と、国家ユダヤ思想の作品を出版することを目的とした。ヴェルシュは、刊行される本の内容について、次のように述べている。

私たちのプログラムは、シオニズムのイデオロギーに関する本、国家主義的ユダヤ思想家の著作(最近五〇年の、つまりヘブライ語からのたくさんの翻訳など)、シオニズムの歴史とユダヤ人の国家運動の叙述などを、幅広く包括せねばなりません。むろん、狭い意味での本来の宣伝的著作は除外されます。一方、シオニズム図書同盟は、図書シリーズで様々な考え方を持つ作家の作品をもたらしはしますが、党の政策に関する中立性は堅持し、シオニズムにかかわる時局的な政治問題はもたらしません。(78)

中立性を維持し、アクチュアルな政治的テーマを避けることは、シオニズムの陣営が多数の方向性やグループに分かれており、部分的には敵対してもいたため、特に重要だった。またその意味で、本の選択は、決して容易ではなかった。

とはいえ、シオニズム図書同盟の活動は、わずか三冊の本を出版した後、中止された。失敗の原因は、シオニズム組織の協力の不足にも求められるが、一九二九年から一九三〇年にかけて、「ユダヤ機関」(Jewish Agency)の設立や、嘆きの壁事件とその後のイギリスとの見解の相違など、シオニズム運動にとってアクチュアルな大きな外交問題が生じたため、シオニズムの歴史と取り組むことが時間の浪費と考えられたことにも求められる。なお、シオニズム図書同盟では、本の装丁はほとんど重視されなかった。

(7)　プロテスタント家庭文庫(Evangelische Heimbücherei)
プロテスタント家庭文庫は、一九三一年に設立され、直後に一〇名の名誉委員会を提示したが、そのうち九人はプロテスタントの「管区総監督」(Generalsuperintendent)であった。財政状況が芳しくなく、一年後に倒産した。

(8)　プロテスタント愛書家出版社(Verlag evangelischer Bücherfreunde)
プロテスタント愛書家出版社は、一九三一年に設立されたと思われる。

五　保守的・国家主義的ブッククラブ

（1）　ドイツ家庭文庫（Deutsche Hausbücherei）

ドイツ家庭文庫については、第II部・第二章を参照。

（2）　ドイツ文化共同体（Deutsche Kulturgemeinschaft）

ドイツ文化共同体は、「ドイツ国立劇場」（Deutsche Nationalbühne）の創設を目標として、一九二三年以前に、ベルリンに設立された。団体名にドイツ文化を謳い、ドイツ文学の発展にも貢献しようとした。年間の会費は一マルクで、年間五冊の「選択シリーズ」の中から二冊を選んで購入しなければならなかった。ライセンス版とともに、他の出版社が書店を通じて販売している本も提供されたが、その際、本来の目的がドイツ国立劇場の創設にあり、本の生産・販売はそのための手段に過ぎないとの見解を表明することで、一般の書籍販売業との対立を回避しようと努めた。

ドイツ文化共同体では、「真のドイツ人気質」（Wahres Deutschtum）と「ドイツ家庭文庫」（Deutsche Hausbücherei）という二つの著作シリーズが刊行された。前者の例としては、『ドイツ文化著作集』（全三巻）（*Eine Sammlung deutschkultureller Schriften H. 1–3*）があり、第一巻は「ビスマルク」（*Bismarck*）、第二巻は「演劇文化」（*Theaterkultur*）、第三巻はリヒャルト・エルスナーの『将軍』（*Der General*）であった。後者については、エルンスト・モーリッツ・アルントの『ライン川　ドイツの川にして、ドイツの国境にあらず』（*Der Rhein, Deutschlands Strom, aber nicht Deutschlands Grenze*）しか刊行されなかった。

（3）　祖国文化会の〈文化会文庫〉（›Kulturdienstbücherei‹ des Vaterländischen Kulturdienstes）

祖国文化会の〈文化会文庫〉は、一九二五年七月にベルリンに設立され、「鉄兜団」（Stahlhelm）、「人狼」（Werwolf）、「青年ドイツ騎士団」（Jungdeutscher Orden）、「バイキング」（Wiking）、「ドイツ同盟」（Deutschbund）、「青年の国同盟」（Junglandbund）といった愛国主義的な団体と結びつきを持っていた。年会費は、個人会員が一マルク、法人会員が少なくとも二〇マルクで、一巻三マルクの義務の巻が四巻引き渡された。また、選択の巻も利用でき、様々なタイトルの本が用意されていた。本の選定は、一三人の人物からなる文学委員会によってなされた。

（4）　民族ドイツ図書同好会（Volksdeutsche Buchgemeinde）

民族ドイツ図書同好会は、一九〇八年から「民族的出版者団体」（Vereinigung völkischer Verleger）の支配人を務めていたヘルマン・ケラーマンが所有する「アレクサンダー・ドゥンカー出版社」（Alexander Dunker Verlag）によって、一九二六年にワイマールで設立された。毎年四冊の義務の巻が刊行され、総クロース装で各三マルクだった。それと並んで、国家的方向性の出版社の在庫から選択の巻も提供された。郵送料は会員負担だったが、そのかわり、本は小売書籍販売よりも二五―三三パーセント安かった。ワイマール共和国における「最も重要な民族主義的ブッククラブ」と評されるように、「国民文化」（Nationalkultur）の思想が前面に出された。[79]

［当同好会の目的は、］今日貧しくなった愛国主義的な人々が、好感の持てる衣装に包まれたよい精神の糧を提供する美しく安い本を必要としているため、（中略）国民教育に特に役立つ特定の作品のかなり大きな売れ行きを保証することによって、会員のための有利な購入価格を可能にすることです。読み物は、（中略）ドイツの作家の新しい作品と並んで、より古いドイツ文学の重要な民族的財産をもたらし、なによりも、民族性に根差し

た深い教養と世界観に貢献せねばなりません。[80]

具体的には、一九二六―一九二七年にかけての義務の巻として、ヴィリバルト・アレクシス『イーゼグリム』（*Isegrimm*）、オットー・ハウザー『ゲルマン人の信仰』（*Germanischer Glaube*）、『エッダ』（沢山の星図つき）（*Die Edda, mit vielen Sternkarten*）、およびエーゴン・フォン・カップヘアの小説があげられる。選択の巻には、アードルフ・バルテルス『人種と民族性』（*Rasse und Volkstum*）、マリー・ディールス『国内のフランス人』（*Franzosen im Land*）、エルンスト・ハウク『故郷の宗教』（*Heimatreligion*）、オットー・ハウザー『ユダヤ教の歴史』（*Geschichte des Judentums*）、エーバーハルト・ケーニヒ『もし老フリッツが知っていたら』（*Wenn der alte Fritz gewußt hätte*）、ハインリヒ・ロッキイ『人間とその本』（*Der Mensch und sein Buch*）、ユーリウス・ラングベーン『教育者としてのレンブラント』（*Rembrandt als Erzieher*）、ハウプトマン・トレープスト『兵士の血』（*Soldatenblut*）などが含まれていた。また、こうしたドイツ民族的な文化の重視は、出版社の余剰金の利用方法にも反映し、必要な諸経費の調達後に余った資金は愛国主義的な文化目的に役立てられ、その使途は、招聘された愛国主義的な同盟と団体によって決定された。

民族ドイツ図書同好会の会員獲得には、「よいドイツの本の真の友という選ばれた者たち」のための「精神的共同体」[81]であるというエリート的な態度表明も貢献した。宣伝に貢献した会員には、本などの特典が提供された。

（5）　国民図書協会（Volksbuchgesellschaft）

国民図書協会、別名「ドイツ図書・文化愛好会」（Deutsche Buch- und Kulturgemeinde）は、一九二八年、ザーレ河畔ヴァイセンフェルス（Weißenfels a. d. S.）に設立され、マルティン・カレノフスキーの指揮の下、民族主義的な青年運動の団体「シュヴァルツホイザー同好会」（Schwarzhäuser Ring）によって運営された。シュヴァルツホイザー同好会は、詩人ヴィルヘルム・コッツデによって設立された「鷲と鷹同盟」（Bund der Adler und Falken）から分離して、カール・ディートリヒによって率いられた団体であり、展覧会や朗読会といった催しと並んで、本の刊行を行っていた。

一九三〇年の宣伝パンフレットで、「国民図書協会はもっぱらドイツ民族に奉仕するものであり、決して純粋な利益ブッククラブと同等に扱われたくはありません[82]」と述べられているように、活動の重点は民族主義的な側面に置かれ、一九三三年までに一〇〇を超えるタイトルが選択に供された。

（6）褐色図書同好会（Der Braune Buch-Ring）

褐色図書同好会は、一九二〇年にヴィルヘルム・アンデルマンによって設立された「時代史出版社」（Zeitgeschichte Verlag）によって、一九三二年にベルリンに設立され、一九三三年から出版を開始した。保守的・国家主義的なブッククラブは、総じて、ナチスの思想が一般的なものとなり、スムーズな政権交代と報復主義的でファッショ的な文化政策の確立が可能となることに貢献したが、褐色図書同好会は、明確にナチス政権を支持した点で際立っていた。たとえば一九三三年の宣伝パンフレットでは、褐色図書同好会は、「本をナチスの世界観を深め、新しい生の感情を強めるための最も有効な手段とみなす、思想的に近い男女の共同体でなければなりません。〈褐色図書同好会〉の指導部は本を、ドイツ的な思考の敵に対する戦いの効果的な手段と考えます。それゆえ、当同好会は、非ドイツ的な作家の前線についにドイツ的な信条を持つ作家の前線を対置することを、自らのきわめて偉大できわめて気高い課題とみなします[83]」と述べられた。

こうした傾向は、ナチスを意味する「褐色」という言葉を用いた名称にも表れており、一九三三年から会員に無料で提供された月刊の会員雑誌『褐色の騎士』（*Der braune Reiter*）の第一号でも、会員への報告において、「出版社の伝統と〈褐色図書同好会〉の枠内で発言する作家の名が、〈褐色図書同好会〉のナチス的信条を保証します[84]」と述べ

図８　『褐色の騎士』

図９　同右
（写真はローゼンベルク）

られた。ちなみに、この号に記事が掲載された人物は、バルドゥア・フォン・シーラッハ、エルンスト・グラーフ・ツー・レヴェントロウ、ハンス・グレゴール、エルンスト・フォン・ザロモン、トーア・ゴーテ、フリードリヒ・ゲオルク・ユンガー、およびカール・アロイス・シェンツィンガーであった。

褐色図書同好会には、入会料と登録料はなく、本の提供方法は二種類に分かれていた。一つは「基本シリーズ」（Stammreihe）であり、毎月一・一五マルクの会費で、一年間に本四冊と『褐色の騎士』二四冊（毎月二冊）が提供された。もう一つは、「ダブルシリーズ」（Doppelreihe）で、毎月二マルクの会費で、一年間に本を八冊と『褐色の騎士』二四冊が提供された。本は、カタログにあげられた作品の中から自由に選択することができた。本の装丁も重視され、「丈夫で芸術的な総クロース装の、大きな、価値のある、一部は豊富なイラスト入りの作品[85]」が提供された。また、本の販売には、伝統的な書籍販売も関与した。

六　左翼的労働者ブッククラブ

（1）　グーテンベルク図書協会（Büchergilde Gutenberg）

グーテンベルク図書協会は、一九二四年八月二十九日、「ドイツ書籍印刷業者教育連合」（Bildungsverband der deutschen Buchdrucker）の成人教育団体によって設立され、ライプツィヒの同連合の「書籍印刷所」（Buchdruckwerkstätte GmbH）内に居を構えたが、一九二六年三月に、当初から原稿審査部が入っていたベルリンの同連合ビルに、印刷所とともに移転した。一九二八年には、スイス、チェコスロヴァキア、オーストリアなどにも、同協会のグループが設立され、総会員数は、一九三三年までにおよそ八万五〇〇〇人となり、左翼的労働者ブッククラブの中では最大となった。同協会の設立に本質的な貢献をなし、初代支配人となったのは、教育連合会長のブルーノ・ドレスラーであった。また、企画顧問は、当初、社会民主主義と労働組合の機関誌のための執筆者と編集者を長年務めた教養ある印刷業者エルンスト・プレクツァングが務めたが、一九二七年五月からは、小学校教師で作家でもあったヨハネス・シェーンヘアが引き継ぎ、さらに一九二八年八月からは、ジャーナリストのエーリヒ・クナウフが担当した。

グーテンベルク図書協会の本の提供方法は、〇・七五マルクを払って入会した上、毎月一マルクの会費で、三カ月ごとに一冊の本が提供されるというものだった。だが、すでに一九二六年の第四の四半期からは、複数のタイトルからの選択が可能になった。具体的には、同四半期には四タイトルが、一九二八年の第四の四半期には一〇タイトルが、一九二九年から一九三三年にかけては、四半期ごとに五タイトルが刊行された。また、毎月の会費は、一九三二年から〇・九マルクに引き下げられた[86]。一九三三年までに一七五タイトルが刊行され、総刊行数は二五〇万部であった。なお、同協会の本は、一九二五年十月一日に設立された「ブックマイスター出版社」（Buchmeister-Verlag）を通じて、より高い値段で非会員にも販売された。

グーテンベルク図書協会では、社会の現実を反映し、社会主義的な労働者文化のために道ならしをする労働者文学の確立が前面に出された。とりわけ、教養ある俗物、官僚主義、労働貴族階級などを嫌うクナウフが企画顧問を引き受けて以後、同協会には、「あふれる闘争精神で時代の問題に立ち向かう社会主義的共同体[87]」というプロフィールが与えられた。そのことは、ドレスラーの一九二八年の次のような言葉にもよく表れている。

人間はパンだけで生きるのではありません。人間は精神的欲求も持っています。そして、ここ二〇―三〇年間の労働者運動を見渡せる人は、この欲求がどのように発展したかも知っています。グーテンベルク図書協会が存在しているのは、専門技術的な検討と同時に、この認識のお蔭です。一九二四年八月二十九日にライプツィヒのフォルクスハウスで、ドイツ書籍印刷業者教育連合の代表者会議の全会一致で同協会が誕生したとき、労働者の会合が初めて、私的な利益の追求や資本主義的な利益獲得の努力に影響を受けることなく、本の生産に、とりわけ精神的本質からして労働者階級に近い、またはなんらかの形で労働者にとって重要な本の生産に関与するために、手をあげたのです。これが、グーテンベルク図書協会の目的であり目標でした。つまり、労働と労働者の生のために、文学の領域に完全な市民権を獲得し、文学がまさに道しるべとなり、労働者の精神的欲求を誠実に満たすものとなることを認めることです。(88)

こうした意味で、グーテンベルク図書協会において、協同組合の原理に則って、支払われた会費がすべて本の刊行と会員雑誌の普及に充てられ、それによってすべての会員が利益を得たことや、単なる本の割引購入組織でなく、本来の意味での共同体であろうとし、ボランティアで働く事務所の職員と会員との接触を重視したことは、とりわけ市民的、営利的なブッククラブとの大きな違いであった。しかし、創立三〇周年の記念誌において次のように述べられている通り、より広範囲な影響を及ぼすことも意図されていた。

グーテンベルク図書協会は、ドイツの労働組合の文化的な欲求に基づく行為でしたが、自らへの高い要求に

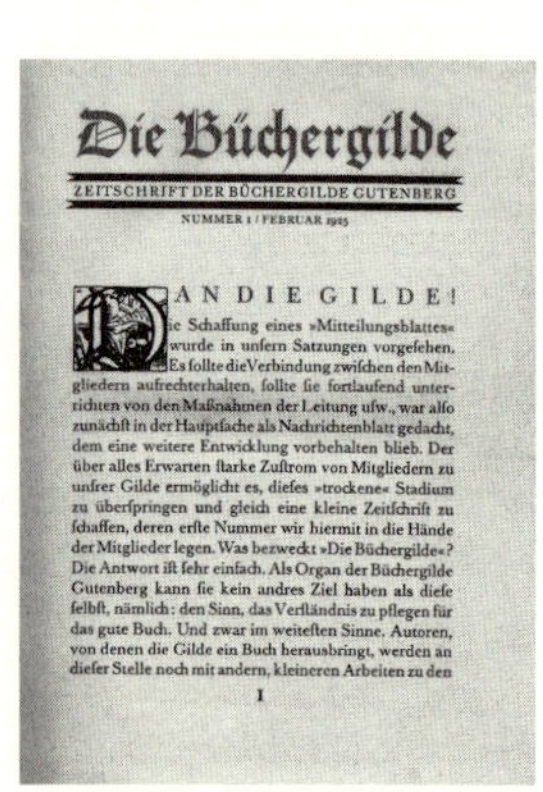
Die Bűchergilde

ZEITSCHRIFT DER BÜCHERGILDE GUTENBERG

NUMMER 1 / FEBRUAR 1925

AN DIE GILDE!

Die Schaffung eines »Mitteilungsblattes« wurde in unſern Satzungen vorgeſehen. Es ſollte die Verbindung zwiſchen den Mitgliedern aufrechterhalten, ſollte ſie fortlaufend unterrichten von den Maßnahmen der Leitung uſw., war alſo zunächſt in der Hauptſache als Nachrichtenblatt gedacht, dem eine weitere Entwicklung vorbehalten blieb. Der über alles Erwarten ſtarke Zuſtrom von Mitgliedern zu unſrer Gilde ermöglicht es, dieſes »trockene« Stadium zu überſpringen und gleich eine kleine Zeitſchrift zu ſchaffen, deren erſte Nummer wir hiermit in die Hände der Mitglieder legen. Was bezweckt »Die Büchergilde«? Die Antwort iſt ſehr einfach. Als Organ der Büchergilde Gutenberg kann ſie kein andres Ziel haben als dieſe ſelbſt, nämlich: den Sinn, das Verſtändnis zu pflegen für das gute Buch. Und zwar im weiteſten Sinne. Autoren, von denen die Gilde ein Buch herausbringt, werden an dieſer Stelle noch mit andern, kleineren Arbeiten zu den

1

図 10　『図書協会』

よって、当初から、すべての階級の教養を求める人々もまたすでに教養のある人々も入会でき、信頼のおける文学的な世話を受けられる読者共同体と規定されました[89]。

ただし、同じ記念誌で次のように述べられているように、それは決して大衆化と同義ではなかった。

> 協会、その協力者、およびその友人たちの教育的な意図は、個々人の「内的な人格」を可能な限り活性化し育て、人間が大集団をなす単調で捉えどころのない大衆の中で己を見失わないようにすることをめざします。この意味で、当協会は、大衆化とは正反対の影響を及ぼす精神的な力です。それは巨大な配送センターではなく、感覚と趣味が育まれる読書共同体であり続けます[90]。

「グーテンベルク図書協会」の主な作家としては、ルートヴィヒ・アンツェングルーバー、マックス・バルテル、オスカー・マリア・グラーフ、ヴィセンテ・ブラスコ・イバニェス、マックス・クレッツァー、ヨハネス・シェーンヘア、アップトン・シンクレア、シンクレア・ルイス、ジャック・ロンドン、マルティン・アンデルセン・ネクセ、エルンスト・プレクツァング、ブルーノ・トラーヴェン、マーク・トウェーン、アルノルト・ツヴァイクなどがいた。したがって、そこには、社会主義的小説（シンクレア、ネクセ）と並んで、恋愛小説（ロンドン、トラーヴェン）もみられた。とりわけトラーヴェンは、プレクツァングが、協会設立当初、ドイツ国内でのライセンス獲得が困難だった時期に、「ドイツ社会民主党」（Sozialdemokratische Partei Deutschlands = SPD）の機関紙『前進』（*Vorwärts*）

の文化欄担当者フランツ・ディーデリヒを通じて獲得した作家であり、『死の船』(*Das Totenschiff*) などの成功によって、グーテンベルク図書協会の発展に貢献した。また、ヨハン・ヴォルフガング・フォン・ゲーテ、フリードリヒ・フォン・シラー、フョードル・M・ドストエフスキー、エーミール・ゾラなどの世界的な古典も提供された。このように、同協会から提供された本の大部分は物語文学だったが、それ以外に、同時代の作家の旅行記や、自然、芸術、社会に関する実用書も提供され、一九二九年からは、クナウフの原稿審査の下で、ソ連の文学と歴史の出版が強化された。たとえば、セルゲイ・アリモフ、ミハイル・カルポフ、A・ノヴィコフ＝プリボイ、アレクサンダー・ペレグドフ、ミハイル・ゾーシチェンコなどである。

会員には、一九二五年二月から、雑誌『図書協会』(*Die Büchergilde*) が無料で配布され、誌上での意見交換を通じて、出版社指導部と会員との間に密接なつながりが作り出された。

私たちは、グーテンベルク図書協会の会員が通知したいことや、その他にも述べたいことがあるとき、この場で協会または作家に話をするために発言することを、とても望ましいと思っています。私たちは、緩やかな組織ではなく、人生を向上させるための重要な文化領域を獲得しようとする連帯した共同体でありたいのです。(中略)たとえば、様々な会員から、図書協会のある本の最も印象深い箇所について、あるいはその本の読者への影響についても意見を聞くことは、大変興味深いことでしょう。[91]

同雑誌では、上記のような作家のうち、ドイツでまだ知名度の低い外国の作家について、それぞれの作家の国の社会的・政治的状況まで含めた詳しい紹介がなされた。また、多くの国々の進歩的な芸術家のアクティヴなグラフィック作品も紹介された。たとえば、パブロ・ピカソ、ディエゴ・リベラ、アジャ・ユンカース、マルク・シャ

DIE HEIMSTATT FÜR DAS GUTE WERK

図11　グーテンベルク図書協会の商標

ガール、エーミール・ノルデ、マックス・ペヒシュタイン、オットー・ディクス、アルフレート・クービン、レッサー・ウルリ、ゲオルク・ネルリヒ、アレクサンダー・ネロスロフ、エーミール・シュトゥムプ、A・W・ドレスラー、クルト・ギュンター、エーリヒ・オーザー、フリッツ・ヴィンクラー、ハンナ・ナーゲル、マックス・ハウシルトなどだが、「注意深く形づくられ、きちんと印刷されたこの小冊子ほど、一九二〇年代に多くのいきいきとした芸術を就労者に伝えた信頼できる芸術雑誌はない[92]」とさえ評されている。なお、『図書協会』の他に、主に組織の問題を扱う職場委員のための伝達誌として、『協会の友』(*Der Gildenfreund*)も刊行された。

印刷業者連合の団体だけに、印刷技術に多くの価値が置かれた。このことは、グーテンベルクの簡素な印刷機のハンドルを描いた協会の商標にも表れている。ここでは、印刷術の黎明期に素晴らしいインキュナブラが作成されたグーテンベルク印刷機は、大量の工業製品ないし商業製品としての本からの離反と、芸術的価値にあふれる手工業製品としての本のへ志向を表しているのである。このような意味で、出版プログラムに劣らず本の装丁もグーテンベルク図書協会の成功の重要な一因をなしたが、この点でまず注目に値するのは、会員からの背革装の導入の希望に対する対応である。協会は、金箔を誇らしげに見せびらかす背革装のまがい物の輝きを、市民的ブッククラブが会員の勧誘に用いる典型的な餌として、「贅沢の民主化[93]」として拒否し、クロース装を優先したのであった。ただし、同じことは、第II部・第二章で詳述するようにドイツ家庭文庫でも生じており、背革装に対するクロース装の優先、換言すれば本物志向という点で、左翼のブッククラブと右翼のブッククラブに共通性がみられることは興味深い。また、「精神的・芸術的統一体[94]」であるべき本の装丁と装飾のためのグーテンベルク図書協会の尽力は、間もなく世の中に認められた。すなわち、「ドイツ書籍芸術財団」（Deutsche Buchkunst-Stiftung）によって、活字、植字、イラスト、印刷、紙、装丁、形式と内容の関係に従って審査・決定される最も美しい五〇冊の中に、一九二九年、同協会の本が三冊選ばれたのである。具体的には、アルベルト・ヴィクステン『北氷洋での冒険』（*Abenteuer im Eismeer*）、エルンスト・プレクツァング『時の流れの中で』（*Im Strom der Zeit*）、ブルーノ・トラーヴェン『ジャングルの中の橋』（*Die Brücke im Dschungel*）である。これに続いて、一九三〇年にはヨハン・コマロミ『おい、コサック』（*He, Kosaken!*）、エーリヒ・クナウフ『ドーミエ』（*Daumier*）、一九三一年にはゲオルク・シュヴァルツ『炭坑地帯』（*Kohlenpott*）、一九三二年にはアンドレ・ドメゾーン『動物の喜劇』（*Die Komödie der Tiere*）が表彰された[95]。このようなグーテンベルク図書協会の活動には、同協会独自のデザイナーやイラストレーターと並んで、「ライプツィヒ・グラフィック・書籍芸術大学」（Leipziger Hochschule für Grafik und Buchkunst）と「書籍印刷工養成所」（Buchdrucker-Lehranstalt）の専門家も関与した。特にヘルベルト・ハウシルトとクルト・ライベタンツである[96]。

グーテンベルク図書協会は、イデオロギー的にナチスと相容れず、一九三三年五月二日にナチス突撃隊によって事務所を占拠され、同月九日に解体され、ドイツ労働戦線に併合された。ドレスラーは同年スイスに亡命し、「亡命協会」（Exilgilde）を設立して活動を続け、一九四五年までに会員数一〇万人に達した。他方、クナウフは大逆罪で逮捕され、一九四四年五月二日にブランデンブルク刑務所で殺害された。

（2）　ブックサークル（Der Bücherkreis）

ブックサークルは、一九二四年十月、ベルリンに設立された。それは、ドイツ社会民主党の公式の情報によれば、同党の出版社である「J・H・W・ディーツ出版社」（J. H. W. Dietz）によって設立された組織であるが、ワイマール共和国時代の同党の文学活動に精通した人々からは、「社会主義教育活動全国委員会」（Reichsausschuß für sozialistische

図12　『ブックサークル』

Bildungsarbeit）によって設立されたものとみなされた。前者の根拠としては、ブックサークルの最初の本、およびその後のプログラムのいくつかがＪ・Ｈ・Ｗ・ディーツ出版社で刊行されたこと、事務所が一九二四年から翌年にかけて同出版社内部に置かれたこと、一九二六年の『ドイツ社会民主主義年鑑』（*Jahrbuch der deutschen Sozialdemokratie*）において、ブックサークルが同出版社の一部門とみなされたことなどがあげられる。他方、後者の根拠としては、ブックサークルの業務の執行に責任を持ち、外部に対して組織を代表する「指導委員会」（Leitender Ausschuß）に、社会民主主義婦人雑誌『婦人世界』（*Frauenwelt*）の編集者リヒャルト・ローマン、社会主義教育活動全国委員会委員で国会議員のアルトゥール・クリスピーン、「大ベルリン地区ドイツ社会民主党教育委員会」（Bildungsausschuß der SPD für Groß-Berlin）の秘書アルベルト・ホルリッツなどが所属していたことがあげられる。[97]（なお、ローマンは、一九三〇年に「コンツェントラツィオーン株式会社」〔Konzentration-AG〕の支配人アードルフ・ルップレヒトと交替した。）いずれにしても、党の出版社を利用しており、党の公的な出版物にも記録されていることからして、ブックサークルがドイツ社会民主党と緊密に結びついていたことは疑いない。また、ブックサークルの発案者は、一九二七年から一九三〇年にかけてＪ・Ｈ・Ｗ・ディーツ出版社の支配人であったミヒャエル・ヤクボウィッツであったと考えられている。[98]

入会金はなく、会員は、毎月一マルクの会費を払い、年間四冊の本を受け取った。本は、一九二七年からは四半期ごとに二冊から一冊を、一九二九年から一九三二年までは三冊から一冊を選ぶことができた。また、毎月の会費は、一九三二年から〇・九マルクに引き下げられた。一九三三年初めまでに、全部で約七〇タイトルの本が一〇〇万部以上販売された[99]。本とは別に、雑誌『ブッククサークル』(*Der Bücherkreis*)も当初は毎月、一九三〇年からは三カ月ごとに、無料で引き渡された。一九二八年からは「長期会員特典」(Treueprämie)が導入され、会員歴一年または四タイトルの購入により、本一冊をごく低価格で購入できた。また、友愛勧誘による新会員勧誘の特典もあり、一九二九年からは現金で支払われた。

指導委員会を支援するため、「文学顧問会」(literarischer Beirat)が設立され、一九二五年には、詩人マルティン・アンデルセン・ネクセ、カール・ヘンケル、アルノー・ホルツ、画家ハンス・バルシェク、社会民主主義の出版人パウル・カンプフマイアーがメンバーを務めた。同顧問会は、本のプログラムを作成し、会員からの提案と批判を受け取った。他方で、ブックサークルは組織の拡大に伴って有限会社化され、その支配人は、一九二六年にはＪ・Ｈ・Ｗ・ディーツ出版社で発送係や編集者の経験があるアルノルト・マイゼが、一九二七年にはミヒャエル・ヤクボウィッツが、そして彼の死後一九三三年までは、「労働青年出版社」(Arbeiterjugend-Verlag)の元社長アウグスト・アルブレヒトが務めた。有限会社化により、居所が出版社の外部に移され、選択の巻も、一九二六年末からは独自の出版社で刊行された。また、新しい規約では、ブックサークルが営利企業ではないことが強調され、「事業の利益は、生産の増加または会費の削減に使われる[100]」とされた。一九二七年からのサービスの向上は、その結果である。「労働大衆の書籍購買者組織[101]」をなすブックサークルの階級闘争的立場について、アルトゥール・クリスピーンは、次のように述べた。

階級意識を目覚めさせられた労働者は、資本主義が与えるのとは違った精神の糧を要求します。（中略）社会民主主義的な運動は、自らのために独自の豊かな文学を創造します。（中略）戦うプロレタリアートは、これらの芸術を、彼を抑圧する者に対する効果的な武器に変えます[102]。

しかし他方で、雑誌においては、「ブックサークルは政治的組織ではない」[103]とされ、アクチュアルな政治的問題は扱われなかった。本の刊行においても、社会主義的な文学の普及と同時に、「私たちの時代の創造的な人々にとって持続的な価値を持つ作品を会員の間に普及させる」[104]ことも目的とされ、結果として、本のプログラムは市民的なブッククラブのそれとさほど変わらないものとなった。

ブックサークルのこうした方向性を最もよく示しているのは、一九二四年から一九二八年にかけて本の企画を担当した印刷業者フリードリヒ・ヴェンデルである。ヴェンデルは、一九〇七年にドイツ社会民主党に入ったが、第一次世界大戦中にスパルタクス団員となり、その後「ドイツ共産主義労働者党」（Kommunistische Arbeiterpartei Deutschlands＝KAPD）の設立にかかわり、共産主義の労働者新聞で編集者を務め、一九二二年に再びドイツ社会民主党に戻ったという経歴を持つ人物であった。また、社会民主主義の風刺的雑誌『左翼の笑い』（*Lachen links*）と『本物』（*Der Wahre Jakob*）の編集者でもあった。彼は、「文化社会主義的」[105]な立場から、ブックサークルをプロレタリアの教育組織とし、プロレタリアの読書に役立つ調和のとれたプログラムを提供しようと試みた。したがって、本の生産においては、通俗科学的作品と文学作品がほぼ釣り合いを保ち、雑誌『ブックサークル』には、自然科学、人文科学、技術、文学に関する論考、ノヴェレ、詩、娯楽文学といった多様な内容が収録された。また、読者が多様な文化的教養を得られるようにするため、一九二八年までに、同雑誌の枠内で、芸術に関する特別号が三冊、文学に関する特別号が四冊、音楽に関する特別号が二冊、文化概念と社会主義に関する特別号が各一冊刊行された。こうしたヴェンデルの方針は、社会主義的プログラムの欠如として左翼社会主義者から批判を受けたが、それでも、提供された本の中には、パウル・ツェヒ、フリードリヒ・ヴォルフ、マクシム・ゴーリキーといった左翼的な作家の作品や、労働者運動の歴史に関するものもみられた。彼は、任期中に二五冊の本を企画編集し、それらを、六〇万部をやや上回るほど販売した。その成功によって、ブックサークルは、すでに一九二六年、六人の有給のスタッフ、三六〇の支払い所、一〇二三の支払い所支部を持ち、外国にも大変多くの会員がおり、チェコスロヴァキア、オーストリア、ベルギー、オランダ、ルクセンブルク、および南北アメリカにも支払い所があった。

一九二九年一月、ヴェンデルが健康上の理由で退き、カール・シュレーダーが後を継いだが、それによって、ブッククサークルのプログラムと雑誌に大きな変化が生じた。シュレーダーは、一九一三年にドイツ社会民主党の党員となった後、一九一八年に「ドイツ共産党」（Kommunistische Partei Deutschlands = KPD）の設立にかかわり、一九二〇年から一九二二年にかけてドイツ共産主義労働者党の指導的メンバーとなり、一九二四年にドイツ社会民主党に復帰し、党の様々な教育組織で働いたという経歴を持つ人物だが、極左の立場を保ち続けていた。そのため、早くも彼の下で編集された雑誌の最初の論説で、ブックサークルとその雑誌のためにまったく新しいプログラムが実施されることが表明された[106]。また、彼は、一九二九年の『ドイツ社会民主主義年鑑』で、自らの基本原則を次のように紹介した。

①文学という手段による労働者階級内部での教育的な仕事。
②現代文学が場所を与えられねばならない。すなわち、なんらかの形で今日の社会主義の戦いに役立つ文学である。
③ドイツと世界の社会主義的な詩人が可能な限り発言を許され、労働者階級に影響を及ぼし、新しい才能を発見し、新しい読者を見いだし、そのようにして、社会主義の書籍販売全体に広い土台と有望な地位を獲得させねばならない。
④生産が体系的に構想され、それによって、ドイツと世界における社会主義的な文化的努力の明確なイメージが生じなければならない[107]。

つまり、シュレーダーは、ヴェンデルとは違い、同時代の社会主義の戦いを意識して支持し、ブックサークルのプログラムでもって、国内外の労働者運動を活性化しようとしたのである。一九三〇年の雑誌でも、「〈ブックサークル〉は社会主義の偉大な社会的・文化的運動に役立つ道具となるつもりです[108]」と述べられている。この左翼社会主義者の下で、ブックサークルの本の企画は統一的な左翼的プロフィールを得、フランツ・ユングやアダム・シャル、アルベルト・ズィグリスト（アレクサンダー・シュヴァープのペンネーム）の作品などが刊行された。なかでも重要なのは、一九三〇年に刊行されたズィグリストの『建築の本』（*Das Buch vom Bauen*）であり、現代建築およびそれに類したテーマのマルクス主義的な分析がなされた。また、同年に刊行されたエーリヒ・ヘルマンの『その前と後』（*Vorher und Hernach*）のイラストはカール・メッフェルトによって描かれたが、そこには、ブックサークルの本を現代的なグラフィックアートの装いで呈示しようとするシュレーダーの努力が窺われる。

雑誌『ブックサークル』も、シュレーダーを通じて、新しいプロフィールを得た。各巻ごとにテーマが設定され、ロシア、労働と企業、女性、行刑、子供、生産力、旅と冒険、売春、愛と結婚、ナチズム、映画とラジオ、社会的移動、アメリカといったテーマが扱われた。労働者階級の若い無名の作家も発言を許された。四つの巻すべてが八〇頁の厚さで、豊富な内容と現代的なグラフィックデザインを備えた一九三〇年が、シュレーダーの影響の頂点であった。特に、焦眉の政治的問題であるナチズムについて立場を表明した第四巻は、文芸雑誌として並外れた政治的水準に達した。一九三一年からは、再び頁数が減り、装丁もいくらか保守的となったが、内容のレベルに変わりはなかった。一九三二年からは、ナチズムに対する戦いの支持への、また経済危機におけるすべての社会主義者の連帯への編集部のアピールが増加した（特に一九三二年の第三巻と第四巻）。一九三三年の第一巻は、「カール・マルクス　三月十四日の没後五〇周年に」というモットーが掲げられ、これに合わせて、ブックサークルの事実上最後の本となる、オットー・メンヒェン＝ヘルフェンとボーリス・ニコラエフスキーの共著『カール・マルクスとジェニー・マルクス』(*Karl und Jenny Marx*)が刊行された。

一九三二年初め、シュレーダーは、同時代のプロレタリアの作家と並んで、著名な作家の社会小説(Gesellschaftsroman)をプログラムに取り入れるという、ブックサークルの新しい企画を告知した。その意図は、十九世紀と二十世紀の鏡像であり、現代につながる過去の歴史像でもあるこれらの小説を、批判的論考を添えて刊行することによって、読者が社会主義的な立場から伝統をいきいきと眺め、現代の戦いと関連づけることを可能にすることにあった。最初の本として、シュレーダーの序文が添えられたグスタフ・フライタークの『借りと貸し』が、また二冊目として、カール・グツコーの『ローマの魔術師』(*Der Zauberer von Rom*)が告知されたが、それらの現物の存在は確認されていない[109]。

ブックサークルではシリーズの本と雑誌以外に、タイポグラファーおよびカリグラファーとして著名なヤン・チヒョルトの装丁による前衛的な本や、ブロンズの彫像や絵も購入できた。また、ブックサークルでは、社会主義的書籍販売と党新聞の事業所が支払い所・販売所として利用されたが、このように政治的な組織を拠り所とする度合いが大きい分、グーテンベルク図書協会と比べて社会主義的な方向性も鮮明であった。その結果、会員もドイツ社会民主党の幹部や社会民主主義的な労働組合の幹部、および労働者に限られ、会員数は、ワイマール共和国時代末期の時点でも約四万五〇〇〇人程度に留まった。なお、すでに一九二五年初め、ヴェンデルの下で、ブックサークルとグーテンベルク図書協会の提携が話題とされたが、後者はこれを拒否した。ただし、両者はその後も友好的協力関係を保ち、互いのプログラムの作品を書評で肯定的に評価しあうなどした。

ブックサークルは、一九三三年、国会議事堂炎上の直後、ベルリンの事務所がナチス突撃隊に占拠されて、本の在庫や書類を破棄され、その後、ドイツ労働戦線に併合された。シュレーダーは、すでに一九三二年から、ナチスに対する抵抗のネットワークを組織していたが、一九三六年に、他の同志とともに逮捕され、一九四〇年まで懲役刑に服し、その後遺症によって、一九五〇年に死去した。なお、雑誌の表紙にも描かれたブックサークルの商標は、版画家で画家のカール・シュルピヒによってデザインされた「ブックサークルの中の男」(Mann im Bücherkreis) であり、その後、J・H・W・ディーツ出版社のポケットブックの商標として使用された。

(3)　ウラニア出版協会・ウラニア自由教育研究所 (Urania-Verlags-Gesellschaft・Urania Freie Bildungsinstitut)

ウラニア出版協会・ウラニア自由教育研究所は、大テューリンゲン (Groß-Thüringen) のドイツ社会民主党指導部の財政的支援により、一九二四年秋、イエナに設立された。会員数は、雑誌の刊行部数から、約四万人であったと推測される。年間四冊の本と一二冊の月刊誌が提供された。本と雑誌を含めた三カ月ごとの会費は、最初は、本が仮綴じの場合一・二五マルク、綴じられた版の場合一・八マルクだったが、後にそれぞれ一・六マルクと二・二五マルクに値上げされた。また、総クロース装の版も提供され、その場合の三カ月ごとの会費は三マルクであった。提供された本は、すべてが自らの出版社から刊行されたわけではなく、他の出版社から受け継がれたものも多くあった。特にドレスデンの「プロレタリア自由思想家出版社」(Verlagsanstalt proletarischer Freidenker)、ライプツィヒの「自由思想家出版社」(Freidenkerverlag)、ベルリンの「自由思想家出版協会」(Verlagsgesellschaft Freidenker) があげられる。これらの出版社は、一九三一年にウラニア出版協会に吸収され、そのさい、名称が「ウラニア自由思想家出版社」(Urania-Freidenker Verlag GmbH) に変更された。

他のブッククラブとの最も大きな違いは、雑誌の刊行を主な活動とし、三カ月ごとの本の刊行がむしろ雑誌の付録とみなされた点にあった。一九二六／二七年第三号までは『ウラニア　自然知識と社会学のための月刊誌』(*Urania. Monatshefte für Naturerkenntnis und Gesellschaftslehre*)、一九二六／二七年第四号からは『ウラニア　自然と社会に関する文化政策的月刊誌』(*Urania. Kulturpolitische Monatshefte über Natur und Gesellschaft*, 以下いずれも『ウラニア』と略記する）である。新たなブッククラブ設立の意図について、一九二四／二五年第一号の「緒言」では、次のように述べられた。

> イラストの豊富な月刊誌『ウラニア』は、発達理論的な基本的立場から、わかりやすく興味を惹くやり方で、一方では自然の本質と生成について、特に自然に対する私たち人間の立場について報告します。他方で、先史と文化史、地理学と民族学、経済と技術、生物学と心理学から、人間の共同体の共同生活を規定しており、また将来規定することになる原則が推しはかられます。「自然研究者の散歩」は、自ら自然観察をしようという気を起こさせます。と同時に、『ウラニア』の読者は、社会学的な教育を受けた目で世界を遍歴せねばなりません。傑出した自由思想家についての論文は自由な人間という世界観をもたらし、同時代の詩人の作品からの抜粋もまた、それに対する興味を喚起します。付録の『身体』（*Der Leib*）では、特に身体文化と健康な生き方が取り扱われます。[110]

図13　『ウラニア』

こうして、『ウラニア』では、通俗科学的なやり方で、自然科学と人文科学の知識の仲介が行われたが、政治的教育も決して疎かにされることはなかった。この点、雑誌の二年目の序文では、次のようにいわれた。

> 私たちの大衆教育活動の目下の目的は、階級闘争を実行できるようにするために、プロレタリアートを精神的に目覚めさせることです。[111]

実際、ウラニア出版協会・ウラニア自由教育研究所の作家は、社会民主主義的・自由思想家的運動に属しており、特に重要なのは、同協会・研究所会長のユーリウス・シャクセルと社会民主主義的ゲルマニストで教育学者のアンナ・ズィームセンであった。全部で八九のタイトルがあったが、最初に刊行された本として、ユーリウス・シャクセルの『生の科学の発展』（*Die Entwicklung der Wissenschaft vom Leben*）のほか、エードゥアルト・エルケス『神はいかに創造されたのか』（*Wie Gott erschaffen wurde*）、ゲオルク・エンゲルベルト・グラーフ『石油と石油政策』（*Erdöl und Erdöl-Politik*）、オットー・フェリックス・カーニッツ『社会の中の子供』（*Das Kind in der Gesellschaft*）があげられる。本以外に、講演も不定期に開催され、一九二六年と一九二七年にはカレンダーも刊行された。

（4）万人のためのウニヴェルズム文庫（Universum-Bücherei für Alle）

万人のためのウニヴェルズム文庫は、ドイツ共産党、「国際労働者協会」（Internaionale Arbeiter-Hilfe）、および「新ドイツ出版社」（Neue Deutsche Verlag）の協力により、一九二六年十月にベルリンに設立された。その際、中心的な役割を果たしたのは、ドイツ共産党中央委員会委員であり、「赤いフーゲンベルク」（der „rote Hugenberg.“）の異名を持つ左翼の有力新聞発行者で、国際労働者協会の発案者でもあったヴィリ・ミュンツェンベルクであった。会員数は、一九三二年までに約四万人に達した。

規約の第一条で「就労者のブッククラブ[112]」と規定されているように、万人のためのウニヴェルズム文庫は、「労働者階級の大多数の獲得と他の就労者階級および就労者層との同盟関係の構築のための戦いの中で、革命的労働者運動のイデオロギー的影響を拡大し、市民的影響を克服する[113]」ための多様な手段の一つとして設立された。したがって、規約や広告などの文書でも、できるだけ広い就労者層に呼びかけ、彼らに進歩的・革命的な思想を伝えるという目標設定が考慮された。そのため、そうした文書の執筆には、A・クレラやF・C・ヴァイスコップといった共産主義者と並んで、M・ヘルマン＝ナイセやE・ルートヴィヒといった市民的人文主義者も加わった。
入会金〇・三マルク、会費は月一・一マルクで、三カ月ごとに一冊の本が提供された。出版プログラムは、当初から三カ月ごとの巻と選択の巻で構成された。このうち、三カ月ごとの巻はブッククラブの自前の本だったが、選択の巻には、新ドイツ出版社、キーペンホイアー出版社、ローヴォルト出版社、「マーリク出版社」(Malikverlag)、および「エーリヒ・ライス出版社」(Erich Reiss-Verlag) などの本が借用された。一九三三年春までに、総数一一五—一四九のタイトルとカレンダーが提供され、一九三二年だけで二〇万冊が販売された。文学顧問には、マクシム・ゴーリキー、アップトン・シンクレア、ケーテ・コルヴィッツ、エゴーン・エルヴィーン・キッシュ、ジョージ・グロス、ヨハネス・R・ベッヒャーのような人物がいた。なお、遅くとも一九三三年にはシステムの変更がなされ、入会金は廃止され、会費は月一マルクとなり、三カ月ごとに三マルクの本を一冊受け取るか、二カ月ごとに二マルクの本を一冊受け取るかを選ぶことができた。

提供された本の内容は、「創造的な人間のまなざしを広げ、その頭脳を普遍的な思考へ、進歩的な思考へ喚起する」[114]という綱領的要求に沿って社会主義的に方向づけられており、ソ連の実像を伝えること、資本主義の秩序の本質を暴くこと、戦争賛美や国家主義に抵抗すること、マルクス＝レーニン主義の知識を伝えることが重視された。また、ソ連の作家の本を出版し、ドイツの読者に紹介することと、若い作家に出版の可能性を提供することも考慮された。具体的には、次のようなものである。①ハインリヒ・ハイネ、スタンダール、エーミール・ゾラ、オノレ・ド・バルザックのような人文主義的な世界文学の作品、②コンスタンティン・フェージン、ボリス・アンドレーヴィチ・ピリニャーク、セルゲイ・トレチャコフなどの新しいソ連の文学と、ソ連に関する旅行記や写真集、③エゴーン・エルヴィーン・キッシュ、ヨハネス・R・ベッヒャー、アンナ・ゼーガース、クルト・クレーバーといったドイツのプロレタリア的・革命的文学、④クルト・トゥホルスキー、ヴァルター・メーリング、アルフォンス・ゴルトシュミットといった市民的・進歩的な作家の作品、⑤カール・マルクス、ウラジミール・レーニン、ローザ・ルクセンブルク、フランツ・メーリングなどの歴史的・理論的著作。これらのうち、会員にとってとりわけ魅力的だったのは、ゾラとトゥホルスキーの作品であった。たとえば、後者の『ドイツ、世界に冠たるドイツ』（*Deutschland, Deutschland über alles*）は、新ドイツ出版社では総クロース装で五マルクだったが、会員には二マルクで提供された。また、同書にみられるように、万人のためのウニヴェルズム文庫では、本の装丁も重視された。

図14　『万人のための雑誌』

会員には、毎月一冊の雑誌が無料で配布された。タイトルは三度変わっており、一九二六年末までは『あれこれ』（*Dies und Das*）、一九二七―一九二八年は『万人のためのマガジン』（*Magazin für Alle*）、一九二九―一九三三年は『万人のための雑誌』（*Blätter für Alle*）であった。これらの雑誌は、教養雑誌と娯楽雑誌の特徴をあわせ持ち、伝統的な書籍販売でも販売され、共産主義的日刊紙『夕方の世界』（*Welt am Abend*）の付録としても引き渡された。そのため、発行部数が二六万部と高く、書籍市場で重要な地位を占めたが、そこには、ミュンツェンベルク＝コンツェルンの財政的支援があった。この他に、万人のためのウニヴェルズム文庫の活動的な支援者のための機関紙として、『我々の道』（*Unser Weg*）も、一九二八年五月から必要に応じて刊行された。

雑誌と同様に大きな影響を及ぼしたのは、「ウニヴェルズム祭」（Universum-Feste）であり、一九二八年から毎年ベルリンで開催され、その頂点は、二万人以上の来場者を迎えた一九三一年であった。この催しでは、万人のためのウニヴェルズム文庫の作品の朗読と上演と並んで、音楽、大市、ダンス、並びに福引きが提供され、知名度の高まりと会員数の増加に役立った。その他に、交通事故とスポーツ事故の保険（就業不能または死亡の場合に五〇〇〇マルクまで支払われる）が無料で提供された。また、新会員四名の勧誘に対して、選択の巻から一冊が進呈された。

ところで、万人のためのウニヴェルズム文庫で提供された本については、ハインツ・ローレンツ（Heinz Lorenz）によって、詳細な目録が作成されているが、それによれば、選択の巻には、同じ番号を持つ複数のタイトル（二七、八八、八九、一一〇）や欠番（三九、四一、一二〇）がみられる。[115]また、同文庫が、すべてのタイトルをストックしておく状況になく、必要に応じて増刷を行い、その際、変更箇所や刊行数の記録を十分に行わなかったため、把握されていない増刷が多数存在する。会員には、雑誌を通じて本の品切れと提供再開の情報が伝達されたが、たとえば、一九二九年初めに刊行された第三六巻のニコライ・オグネフ『生徒コスチャ・リャプツェフの日記』（*Das Tagebuch des Schülers Kostja Rjabzew*）の場合、『万人のためのマガジン』の一九二九年第九号で品切れが報告されたかと思うと、次の第一〇号で増刷と提供再開が告知され、一九三二年第五号では再び品切れが告知されるといった具合であった。[116]こうした事情から、提供された本の情報をより完全に把握することが望まれている。

万人のためのウニヴェルズム文庫は、一九三三年三月、ナチスによって禁止され、以後は、バーゼルから活動が継続された。

（5）国民図書同好会（Volks-Buch-Gemeinde）

国民図書同好会は、アルトゥール・ヴォルフによって、一九二六年春、ライプツィヒに設立された。ヴォルフは自由思想家運動の出身で、一九二三年に出版社であり書店でもある「ディ・ヴェルフェ」（Die Wölfe）を設立し、一九二三年以後のプロレタリア作家の様々な作品と並んで、彼によって刊行された雑誌『家庭の時間　芸術、文学、および詩のためのプロレタリアの演壇』（*Heimstunden. Proletarische Tribühne für Kunst, Literatur und Dichtung*）を販売していた。同出版社の最初の刊行物であるこの雑誌の目的は、「職についている民衆の女性と若者に、苦しみに満ちた昼

図15　『家庭の時間』

間の労働の後で、夕方自分の家で娯楽と刺激と教訓を与えること。そして、残念ながらいたるところで普及している安くて底の浅い低俗な小説文学が労働者の家に入るのを防ぐこと[117]」にあった。また、ブルーノ・フォーゲル、エルンスト・プレクツァング、マックス・バルテル、ゲリト・エンゲルケ、エルンスト・トラー、オスカー・マリア・グラーフ、ヘルミュニア・ツア・ミューレン、クルト・クレーバーといった左翼的な作家の本を主な刊行物としながらも、アクチュアルな問題とはかかわらない詩集や散文も提供した。出版社は少しのタイトルしか刊行されず、雑誌も、一九二五年と一九二七年に名称変更を行ったが、うまくいかなかった。は当初は成功したようだが、一九二六年に財政難に陥った。本

こうした状況下で、ヴォルフは一九二六年、本の販売増を意図してブッククラブを設立したが、それは彼によれば、「会員に〈義務の巻〉を押しつけず、すでに一五〇冊の本からの――またこれに絶えず新たなものが加わる――自由な選択を提供し、しかも他のブッククラブより安い、唯一の左翼的方向のブッククラブ[118]」であった。本は三カ月ごとに一冊提供され、料金着払いで受け取られた。三カ月ごとの会費は三段階に分けられ、背革装は一・六マルク、絹麻装は二・五マルク、総クロース装または半クロース装は三・六マルクであった。また、提供されたタイトルの中から自由に選択でき、そこには他の出版社の本も含まれていた。

国民図書同好会は、ドイツのブッククラブすべての中で最大の選択の可能性を有しています。現在有効な選択リストでは、三〇〇冊の本が完全に自由に選択でき、継続的に新しいものも追加されます[119]。

しかしながら、「すべての文化的人間は、アルコールや悪しき楽しみに無駄にお金を使わず、自らの家庭文庫へのこの安価な道を行き、持続的な価値を持つ知的な財産という宝物を自らの家に集めねばならない[120]」というヴォルフの要求は共鳴を得られず、ブッククラブの計画は失敗に終わり、出版社の財政を健全化することはできなかった。国民図書同好会の活動は間もなく停止され、一九二七年中頃には、ヴォルフは書店での本の販売に専念した。

図16　『階級闘争』

（6）マルクス主義図書協会（Marxistische Büchergemeinde）

一九二七年十月一日、マックス・ザイデヴィッツ、マックス・アドラー、クルト・ローゼンフェルト、パウル・レーヴィ、およびハインリヒ・シュトレーベルによって、「マルクス主義的雑誌」（*Marxistische Blätter*）というサブタイトルを持つ雑誌『階級闘争』（*Der Klassenkampf*）が、次のような目的を持って刊行された。

> 『階級闘争』は、日々の政治的な諸問題をマルクス主義的な観点から考察し、それによって、民主主義的な共和国の内部においても、プロレタリアートの解放の戦いは、プロレタリアートの利益を熱烈に主張することによってのみ遂行されうるという認識が深まることに貢献するつもりです[121]。（強調は原文）

編集責任者のザイデヴィッツは、軍国主義化と装甲巡洋艦建造に反対するドイツ社会民主党の国会議員であった。雑誌は、ベルリンの「ラウプ出版社」（Laubsche Verlagsbuchhandlung GmbH）から刊行されたが、同社の持ち主兼支配人はオットー・ブラスであった。また、ザイデヴィッツらは、同じ月にマルクス主義図書協会を設立し、「マルクス主義図書協会のレッドブック」（Rote Bücher der Marxistischen Büchergemeinde, 以下「レッドブック」と略記する）の刊行を企画した。しかし、オットー・ブラスがマルクス主義図書協会のために自らの出版社を使わせることを拒否したため、ザイデヴィッツの妻ルートが社長を務める「マルクス主義図書協会出版社」（Verlag der Marxistischen Büchergemeinde GmbH）がベルリンに設立され、レッドブックの第一巻は、一九三〇年に同出版社から刊行された。刊行数は三〇〇〇部であったが、会員数が少なかったため、売り上げを伸ばす必要から、会員のためのA版（三マルク）とは別に、非会員のためのB版（四・七五マルク）も刊行された。同巻は、『資本主義の危機と労働者階級の課題』（*Die Krise des Kapitalismus und die Aufgabe der Arbeiterklasse*）と題され、ザイデヴィッツによる前書き以下は、次のような内容であった。

第Ⅰ部　ゲオルク・エンゲルベルト・グラーフ「戦時下と戦後時代の世界経済の構造的変化」（*Weltwirtschaftliche Strukturwandlungen der Kriegs- und Nachkriegszeit*）
第Ⅱ部　エードゥアルト・ヴェッケルレ「資本主義の危機」（*Die Krise des Kapitalismus*）
第Ⅲ部　マックス・ザイデヴィッツ「資本主義の危機の政治的影響」（*Die politische Auswirkung der Krise des Kapitalismus*）
第Ⅳ部　マックス・ザイデヴィッツ「革命の課題」（*Die Aufgaben der Revolution*）
第Ⅴ部　マックス・アドラー「社会的革命」（*Die soziale Revolution*）
第Ⅵ部（付録）　フランツ・ペトリヒ「危機理論の概観」（*Ein Streifzug durch die Kriesentheorien*）[122]。

続く第二巻は、『階級闘争における組織　労働者階級の政治的組織の諸問題』（*Die Organisation im Klassenkampf. Die*

Probleme der politischen Organisation der Arbeiterklasse）というタイトルで一九三一年に刊行されたが、出版社の名称は「マルクス主義出版協会出版社」（Verlag der Marxistischen Verlaggesellschaft mbH）へと変更されていた。フリッツ・ビェリックの前書き以下は、次のような内容であった。

第Ｉ部　オットー・イェンセン「反乱から大衆組織へ」（*Von der Revolte zur Massenorganisation*）
第II部　フリッツ・ビェリック「ドイツにおける社会民主主義組織の発展」（*Die Entwicklung der sozialdemokratischen Organisation in Deutschland*）
第III部　ヘルムート・ヴァーグナー「組織と階級」（*Organisation und Klasse*）
第IV部　クルト・ラウマン「組織と機構」（*Organisation und Apparat*）
第Ｖ部　エルンスト・エックシュタイン博士「組織はどのように見えるべきか」（*Wie soll die Organisation aussehen?*）[123]。

『階級闘争』――その編集も一九三一年第六号からは主にルートが引き受けた――の編集者らは、一九三一年のライプツィヒでのドイツ社会民主党党大会の後、この雑誌の一九三一年第一三号において「党への警告」（*Mahnruf an die Partei*）を公表し、とりわけブリューニング政権に対するドイツ社会民主党の容認政策を批判した。この警告は同党内部で大きな反響を呼び、党右派の扇動者らは、党幹部会の新聞で、執筆者らの除名ならびに雑誌の発行禁止を要求した。それを受けて、一九三一年七月十四日、党委員会は、「党内に、また党のほかに自律した組織を設立しようとするあらゆる特別行動と努力の中止を要求した」[124]が、それは、「目下の嵐の時代にこれまで以上に無条件に党の統一と団結が必要とされる」にもかかわらず、「党組織の内部で特別な報告手段を持つ〈マルクス主義図書協会〉を基にして、〈ドイツ社会民主党〉と並ぶ特別な存在となる組織の端緒が作られている」[125]との理由によるものだった。これに対し、ザイデヴィッツは、非難はでっちあげであるとして、要求を退けた。マルクス主義図書協会自体は、「党への警告」とは関係がなかったからである。他方、ラウプ出版社は、『階級闘争』の一九三一年第一四号において、今後、同誌の編集部の活動にはかかわらないとの声明を出した。

雑誌『階級闘争』第一三号において公表された〈党への警告〉は、共通の土台が見捨てられ、党内部に意見の対立が引き起こされかねない危険をもたらします。それゆえ、E・ラウプ出版社は、出版社の所有者である同志らが〈党への警告〉に対する政治的責任を引き受けないことをここに告知することを義務と考えます。[126]

ザイデヴィッツないし雑誌『階級闘争』の編集者とラウプ出版社を指揮するオットー・ブラスとの間には、このように大きな立場の違いがみられたのであった。なお、上記のように、ドイツ社会民主党当局は、表面上はマルクス主義図書協会の組織上の特殊性を問題にしたが、実際には、批判は「そこで刊行された出版物に向けられて」[127]いた。というのも、すべての本が、単に当時の政治的状況との批判的対決であるのみならず、社会民主主義の議会会派および党組織との根本的な政治的相違を示していたからである。

一九三一年のうちに、レッドブックの第三巻が、『ソヴィエト＝ロシアに対する私たちの立場　ロシア革命の教訓と展望』（*Unsere Stellung zu Sowjet-Rußland. Lehren und Perspektiven der Russischen Revolution*）というタイトルで刊行された。出版社はベルリンの「マルクス主義出版社」（Marxistische Verlagsgesellschaft mbH）であり、再び、会員のためのA版（三マルク）と非会員のためのB版（四・七五マルク）が刊行された。ザイデヴィッツの前書きに続く内容は、次のようなものであった。

第Ⅰ部　テオドーア・ハルトヴィヒ「プロレタリアの世界革命に対するソ連の意味」（*Die Bedeutung der Sowjetunion für die proletarische Weltrevolution*）
第Ⅱ部　フリッツ・レーヴィ「革命の前に」（*Vor der Revolution*）
第Ⅲ部　フリッツ・レーヴィ「革命の後に」（*Nach der Revolution*）
第Ⅳ部　アレクサンダー・ゲルシェンクローン「ソヴィエトロシアの体制」（*Die Verfassung Sowjetrußland*）
第Ⅴ部　フリッツ・レーヴィ「社会主義における五カ年計画」（*Fünfjahrplan im Sozialismus*）
第Ⅵ部　エードゥアルト・ヴォルフ「世界革命におけるソヴィエトロシア」（*Sowjetrußland in der Weltrevolution*）
第Ⅶ部　総括「ソヴィエトロシアに対する私たちの立場」（*Unsere Stellung zu Sowjetrußland*）[128]。

マックス・ザイデヴィッツとクルト・ローゼンフェルトは、一九三一年九月二十九日にドイツ社会民主党から除名され、同年十月四日に、「社会主義労働者党」（Sozialistische Arbeiterpartei＝SAP）を設立した。この新しい党は、一九三一年九月四日から一九三二年十一月六日まで、『松明　社会主義週刊新聞　ナショナリズムと文化的反動への抵抗』（*Die Fackel. Sozialistische Wochenzeitung. Gegen Nationalismus und Kulturreaktion*）を刊行したが、著名な出版人カール・クラウスからタイトルの使用について抗議を受けたため、十一月十三日から翌年一月八日までは『社会主義週刊新聞』（*Sozialistische Wochenzeitung*）とだけ名乗った。その後、一九三三年一月八日から一九三三年二月二日までは、金曜日ごとに、『戦いの合図　ドイツ社会主義労働者党週刊新聞』（*Das Kampfsignal. Wochenzeitung der Sozialistischen Arbeiterpartei Deutschlands*）が刊行された。これらの機関誌は、ルートが社長を務めるベルリンの「自由出版協会」（Freie Verlagsgesellschaft mbH）で刊行された。他方、『階級闘争』は一九三二年七月一日まで刊行されたが、オットー・ブラスは新たな雑誌『マルクス主義の演壇』（*Marxistische Tribüne*）を出版し、それは、一九三一年十一月八日から一九三三年六月三日まで、ラウプ出版社から刊行され、『階級闘争』グループのうちドイツ社会民主党に残った人々の機関誌となり、編集にはアルカディ・グルラント博士が責任を持った。

一九三二年、レッドブックの第四巻と第五巻が、自由出版協会から刊行された。前者は、アンナ・ズィームセンの『社会主義への途上で　ハイデルベルクからエアフルトまでの社会民主主義の綱領の批判』（*Auf dem Weg zum Sozialismus. Kritik der sozialdemokratischen Programme von Heidelberg bis Erfurt*）であり、社会主義労働者党の立場からの最初の本となった。後者は、『赤い労働組合の本』（*Das rote Gewerkschaftsbuch*）というタイトルで、アウグスト・エンデルレ、ハインリヒ・シュライプナー、ヤーコプ・ヴァルヒャー、およびエードゥアルト・ヴェッケルレによって刊行された。

レッドブックは、一九三二年のクリスマス直前には、わずか二マルクで販売された。その後、マルクス主義図書協会の本として、ファシズムをテーマとするレッドブックの第六巻、レーニンの著作集『道　道―武器―目標』（*Der Weg. Weg – Waffen – Ziel*）、パウル・フレーリヒによるローザ・ルクセンブルクの伝記、マックス・アドラーの『社会主義政策の新たな道』（*Neue Wege sozialistischer Politik*）、アンナ・ズヴィームセンの『プロレタリアの女性読本』（*Das proletarische Frauenbuch*）などが予定されていたが、ナチズムの台頭により、いずれも刊行には至らなかった。

こうして、ドイツ社会民主党との軋轢も一因となり、マルクス主義図書協会の活動はザイデヴィッツの計画通りには進まなかった。しかし、それでもやはり同協会は同党の陣営から生まれたものであり、党からの除名を別とすれば、ウラニア出版協会・ウラニア自由教育研究所の場合と同じように、同党の教育政策との緊密な接触がみられた。ただし、後者では教育的な問題が前面に置かれたのに対し、マルクス主義図書協会では政治的な問題がより重視され、そこには、協会の綱領にみられるように、階級闘争の実現に対するザイデヴィッツの並々ならぬ熱意があったのだった。

私たちは、プロレタリアートの階級闘争のための道しるべを、何事も勇敢に決然と述べ、覚醒させる、実り豊かな批判を必要とします。仮借なく、幻想を抱くことなく真実が求められ口にされ、過去の誤りが知らされ、現在の課題が指摘され、未来への道、権力獲得への道、社会主義への道が示されねばならないのです。[129]

第二次世界大戦後、ザイデヴィッツとその妻にして同志のルートは、ドイツ民主共和国（旧東ドイツ）において建国時の模範的な労働者となり、社会主義の建設に本質的な貢献をなした。

（7） 自由愛書家協会（Gilde freiheitlicher Bücherfreunde）

自由愛書家協会は、一九二八年、アナルコ＝サンジカリストによって、自前の出版社とともに設立された。独自の全国指導部を持つ自立した組織ではあったが、「ドイツ自由労働者連盟」（Freie Arbeiter-Union Deutschlands）と結びつきを持ち、連盟のすべての地方組織に、自由愛書家協会の地方グループを形成することが求められた。また、アシイ出版社（Asy-Verlag GmbH）とも連携が図られた。同協会の規約は、次のようなものであった。

「自由愛書家協会」は、価値ある著作を出版社の儲けを度外視して仲介することにより、よりよい人類秩序を獲得する戦いにおける創造的な人々を手助けする。

「自由愛書家協会」は、さらに、自由主義的な芸術と文化の革新に対する関心を啓発するために、文学と芸術に関する講演、参観、および演劇、映画、コンサートといった催しを提供する。

「自由愛書家協会」は、会員のために、毎年少なくとも三冊の文学的または学問的な本を刊行する。その選択と装丁にあたり、協会指導部は、著名な作家とグラフィックデザイナーのグループから助言を受ける。協会の本にかえて、会員に、希望に応じて、アシイ出版社および協会指導部が契約を結んでいるその他の出版社の同じ値段の本も、特価で提供される。特別な会費の納付がなされた場合、「自由愛書家協会」によって、他の出版社のすべての任意の作品も、店頭価格で調達される。

「自由愛書家協会」の会員は、月刊誌『熟慮と決起』(*Besinnung und Aufbruch*) を受け取る。それは、協会の思想を育成し、協会の計画を告知し、自由主義的な作家の論考をもたらし、現代の文化生活のすべての問題に対して態度を明らかにする。

協会の会員は、地方グループを結成して地域の指導部を選出する。地域の指導部は、宣伝、会費の徴収、協会指導部との交渉、著作物の引き渡しなどを行う。個々の会員は、最寄りの地方グループと直に結びつくか、またはベルリンの事務所に直接支払いをする。

協会の会費は毎月一マルクで、入会金は二五ペニヒである。

「自由愛書家協会」の拡充については、地方グループが協会指導部と共同で判断する。全国協会会議は二年ごとに開催され、協会指導部によって召集されて、協会の活動の方向性と実施について決定する。[130]

一九二九年五月には、『熟慮と決起――自由愛書家協会月刊誌』(*Besinnung und Aufbruch/Monatsblätter freiheitlicher Bücherfreunde*) が、一〇ペニヒの価格で刊行され、その第一巻で、雑誌と協会の課題が次のように告知された。

協会の友へ

新しい雑誌と自由愛書家協会でもって、私たちはプロレタリアの読者に歩み寄ります。(中略)

精神的革命と社会的革命のかすかに光る火花を明るい炎へと掻き立てることが、今日、以前にも増して重要です。しかしそれは、搾取され抑圧された人々のうち少数の進歩的な人々が戦いへの叫び声を高くあげる以外に、いかにして生じるでしょう。

「自由愛書家協会」は、協会なりの手段を用いて、私たちの生のあらゆる領域での精神的・社会的変革のための戦いへと人々を誘います。「自由愛書家協会」は個人の企業ではありません。それは、大衆にとってぜひとも必要な精神の糧がすべての積極的な愛書家の相互扶助によって生産され普及させられねばならないと考える、国内の多くの友人たちの切なる願いに基づいて設立されたのです。（中略）

私たちは、自由な社会主義の理念のために、単に冷静に理論的にのみならず、現実を素材とする物語や小説を通して生の真っただ中へと向かう多様なやり方で、読者の中でも最も素朴な人の頭と心を感動させようとします。そして、今日の状況の下で、物質的にも精神的にももはや耐えられず、喜びに満ちたよりよい現実を望むすべての人々の活発な連帯意識を創ることを手助けします。

したがって、私たちは、私たちとともにこの活動を始めるすべての人々に挨拶を送ります。そして、新しい同盟のための宣伝活動をともに行い、私たちが自らの義務を果たせば、来るべき人間性の感情の中で素晴らしく花開く自由の種をまくのを手伝ってくれるよう呼びかけます。[131]（強調は原文）

この会員雑誌は、失業した会員にも引き続き無料で引き渡された。

すべての会員は、協会の三カ月ごとの本を少なくとも一冊購入すれば、万一失業しても、雑誌『熟慮と決起』を会長から無料で配布されます。私たちは、失業した会員が困難な時期を乗り越えて私たちのブッククラブに忠実であり続け、懐具合がよくなれば再び通常の義務を守ってくれると信じています。[132]

こうした配慮は、すでにこの時期、ドイツに三〇〇万人の失業者がいたことによるものであろうが、そこには、利潤を追求する企業との相違がよく表れている。

> すべての人間の自由と平等のために戦う私たちは、なんらかの資本を所有し、利益を得るために本を市場に投じる〈出版社〉ではありません。私たちはみな所有しない者であり、私たちの誰も、自由な著作と本の刊行で利益を得るつもりはなく、そうすべきでもありません。作品はただ、自由な思想を広めること、頭を澄ませること、心の調子を高めることだけに役立ちます。当協会は、むやみに読者へ向かい、読者をめがけて盲目に生産する出版社ではなく、逆に、**社会主義的な共同体の一部**です。つまり、毎月の定期的な会費を通じて乏しい財力を出し合い、それによって、安くて価値のある本を自ら手に入れるとともに、そうしたものをいたるところで提供し、普及させることを可能にする人々の同盟なのです。[133]（強調は原文）

本の出版は、アシイ出版社または「サンジカリスト出版社」（Verlag Syndikalist）によって引き受けられ、新しい装丁が施され、協会の本としての特別価格で会員に引き渡された。また、一―五名の新会員勧誘に対して、同協会の様々な本が進呈された。さらに、協会の本の一―五巻と七巻は、「アシイ図書」（Asy-Bücher）または「アシイ文庫」（Asy-Bücherei）としても刊行されたが、そこには、少ない販売数を補うと同時に、活動の禁止に対して防衛する意味もあったようである。自由愛書家協会の主要図書としては、次のようなものがあげられる。

番号なし　エーリヒ・ミューザム『レーゾン＝デタ　サッコとヴァンゼッティのための記念碑』（*Staatsraison. Ein Denkmal für Sacco und Vanzetti*）

第　一　号　ブルーノ・フォーゲル『アルフ　素描』（*Alf. Eine Skizze*）
第　二　号　フリッツ・グロス『最後の時　死の伝説』（*Die letzte Stunde. Legenden vom Tode*）
第　三　号　アン・リネル『ネルティ』（*Nelti*）
第　四　号　エーミール・パトー／エーミール・プージェ『最後の戦闘』（*Das letzte Gefecht*）
第　五　号　カール・プレットナー『中部ドイツの首領――牢獄の壁の裏のわが人生』（*Der mitteldeutsche Bandenführer — Mein Leben hinter Kerkermauern*）
第　六　号　マックス・ネットラウ『アナーキストと社会革命家――一八八〇年から一八八六年におけるアナーキズムの歴史的発展』（*Anarchisten und Sozialrevolutionäre — Die historische Entwicklung des Anarchismus in den Jahren 1880–1886*）
第　七　号　ウィリアム・ゴドウィン『ケイレブ・ウィリアムズ、あるいはあるがままの物事』（*Caleb Williams oder die Dinge wie sie sind*）
第　八　号　イサーク・シテインベルク『革命における暴力とテロ』（*Gewalt und Terror in der Revolution*）
第　九　号　ローベルト・ラデツキー『歩道の端で』（*Am Rande des Bürgersteiges*）
第一〇号　エーリヒ・ミューザム『選集　一八九八―一九二八年』（*Sammlung 1898–1928*）
第一一号にかえて、マーリク出版社のオリジナル版三冊から選択
テオドール・プリヴィエ『皇帝は行き、将軍たちは残った』（*Der Kaiser ging, die Generäle blieben*）
エルンスト・オトヴァルト『平穏と秩序』（*Ruhe und Ordnung*）
イリヤ・エレンブルク『平等主義者の陰謀』（*Die Verschwörung der Gleichen*）
第一二号　ジョン・ヘンリー・マッケイ『作品　全一巻』（*Werke in einem Band*）[134]

だが、「教養に飢えた労働者にとって大きな犠牲を意味する」[135]本の購入の負担を軽減しようとする自由愛書家協会の企ては大きな反響を呼ぶことはできず、最初の年の会員数は三〇〇人に過ぎなかった。ベルリン、ブラウンシュヴァイク、ゲッピンゲン、ライプツィヒ、およびマグデブルクには比較的大きな地方グループが成立したものの、結局、会員数は一二〇〇名を超えなかったと思われ、財政状況はすこぶる悪かった。会員数の拡大のために、地方グループで協会の夕べが催され、エーリヒ・ミューザム、ブルーノ・フォーゲル、テオドール・プリヴィエ、ルードルフ・ロッカーといった協会の著名な作家が文学について語り、勧誘と本の販売がなされたが、来場者がほとんどいないこともしばしばであった。

七　書籍販売のブッククラブ

（1）　ドイツ巨匠同盟（Der Deutsche Meister Bund）

ドイツ巨匠同盟は、一九二〇年、「ドイツ巨匠出版社」（Deutsch-Meister-Verlag）とともにミュンヒェンに設立され、もっぱら同出版社の本を販売した。入会金は〇・一マルクで、年会費は、初め二・六マルクだったが、一九二五年夏から三・二マルクに引き上げられた。会員は、通常の小売書籍販売を経て非会員にも販売されている「ドイツ巨匠出版社」の本を二五―三〇パーセントの割引価格で購入することができた。ただし、背革装の版は例外で、二〇―六〇マルクの値段であり、二マルクの値引きしか保証されなかった。

ドイツ巨匠出版社の本はもっぱら比較的古い文学の再版で、アヒム・フォン・アルニム、クレメンス・ブレンターノ、アーダルベルト・フォン・シャミッソー、ヨーゼフ・フォン・アイヒェンドルフ、ヴィルヘルム・ハウフ、ゲオルク・ビューヒナー、アネッテ・フォン・ドロステ＝ヒュルスホフ、ルイーゼ・フォン・フランソワ、フリードリヒ・ゲルシュテッカー、ヨハン・ヴォルフガング・フォン・ゲーテ、フリードリヒ・ヘッベル、ハインリヒ・フォン・クライスト、アーダルベルト・シュティフター、テオドーア・シュトルムといったドイツ文学の名作が刊行されたが、そこには、「ドイツ民族の精神と心の統一[136]」を成し遂げるという意図があった。本の装丁は、半クロース装と背革装だった。また、会員雑誌『巨匠　ドイツ巨匠同盟月刊誌』(*Die Meister. Monatsschrift des Deutschen Meister Bundes*) が無料で提供されたが、それは、「可能な限り多くの量と多様なパースペクティヴで、過去の時代と現代の偉大なドイツ文学全体のイメージを例示しようとする[137]」ものであった。

ドイツ巨匠同盟を「国民教育的で、良風美俗を促進する企業[138]」とみなすトーマス・マンの言葉が宣伝に用いられたり、分割払いなどの好都合な支払い方法が提供されたりした。また、宣伝に貢献した会員には、二名の新会員勧誘に対して店頭価格二マルクの本が、同じく三名に対して三マルクの本、四名に対して四マルクの本が提供された。しかし、会員数の十分な増加にはつながらず、経費の理由から、雑誌の刊行は一九二七年十二月に中止された。

ドイツ巨匠同盟の特色は小売店との協力にあり、獲得した会員を小売店での本の購入に慣れさせようとした。また、自らの本を、より高い値段ではあるが、伝統的な書籍販売を経て非会員に販売し、それによって、ブッククラブの出現によって失われた顧客を小売店に取り戻すことに貢献しようとした。しかし、小売店に過剰な業務を強いたことや、他の出版社の協力が得られなかったことにより、十分な成果は達成されなかった。

Die Meister

6. Jahrgang　Heft 1　Januar 1925

Friedrich Gottlieb Klopstock
(1724—1803)

Winterfreuden

Also muß ich auf immer, Kristall der Ströme, dich meiden?
Darf nie wieder am Fuß schwingen die Flügel des Stahls?
Wasserkothurn, du warest der Heilenden einer, ich hätte,
Unbeseelet von dir, weniger Sonnen gesehn!
Manche Rose hat mich erquickt; sie verwelkten! und du liegst,
Auch des Schimmers beraubt, liegest verrostet nun da!
Welche Tage gabest du mir! wie begannen sie, wenn sich
In der Frühe Glanz färbte noch bleibender Reif!
Welche Nächte, wenn nun der Mond mit der Heitre des Himmels,
Um der Schönheit Preis, siegend stritt und besiegt.
Dann war leichter der Schwung, und die Stellung unkünstlicher, froher
Dann der Rufenden Laut, blinkete heller der Wein,
Und wie war der Schlaf der endlich Ermüdeten eisern,
Wie unerwecklich! Wer schlief jemals am Baume wie wir?
Aber es kam mit gebotnem Gepolter der Knecht; und wir sahen
Wieder den farbigen Reif, wieder den Schimmer der Nacht.
Der du so oft mit der labenden Glut der gefühlten Gesundheit
Mich durchströmtest, Quell längeres Lebens mir warst,
Wenn ich vorüberglitt an hellbeblüteten Ulmen;
(Schnee war die Blume); der Bahn warnende Stimme vernahm,

1

図17　『巨匠』

(2)　図書同盟 (Bücher-Bund)

図書同盟は、ダッハウの「一角獣出版社」(Einhorn-Verlag) の所有者ヴァルター・ブルームトゥリット＝ヴァイヒャルトによって、同

図18『本の虫』

出版社の予約購読として、一九二四年に設立された。会費は年間九マルクで、半クロース装の三冊の義務の巻と、月刊の雑誌『本の虫』(*Der Bücherwurm*)が提供された。さらに、選択の巻も一冊二・七マルクで、追加で提供された。その後、義務の巻は廃止された。会員数は、設立二年目に数千人であった。

会員に対して本の内容を保証する選択委員会には、ブルームトゥリット＝ヴァイヒャルトの他に、ミュンヒェン大学歴史学教授カール・アレクサンダー・フォン・ミュラー、全国芸術監督者エドウィン・レーツロープ博士、作家ヴィルヘルム・シェーファー、ゲーテ国立博物館館長ハンス・ヴァール博士といった人々が属していた。提供された本の内容は、おおむね教養市民的なものだったようである。

図書同盟は、連携によって、糧としての本を民族全体のために取り戻そうとする、ドイツの教養層の自助行為です。というのも、私たちの文化とそのすべての価値は、それどころか最良の意味での民族としての私たちの存在は、このよきドイツの教養層とともに高まったり落ちぶれたりするからです。[139]

図書同盟の特殊性は小売店との協力にあり、会員は通常小売店で申し込み、会費を払い、本を取り寄せた。一九二六年には、図書購買共同体と合併した。

（3）　プロテスタント図書同好会（Evangelische Buchgemeinde）

プロテスタント図書同好会は、「南アメリカにおける福音伝道と大衆伝道のためのドイツ協会出版社」（Verlag der Deutschen Vereinigung für Evangelisation und Volksmission in Südamerika）の支配人であったフリードリヒ・ヴィルヘルム・ブレポールによって、当初は「プロテスタント図書共同体」（Evangelische Buchgemeinschaft）として、一九二四年春、ベルリンに設立された。初めは、「ドイツ良書普及本部」（Zentralstelle zur Verbreitung guter deutscher Literatur）と密接な結びつきを持っていたが、その後、「ドイツのためのプロテスタント報道連合」（Evangelische Preßverband für Deutschland）によって業務管理がなされ、最終的に、一九二五年春、様々なプロテスタントの前衛部隊と地方連合の法人会員からなる管理協会に業務が委ねられた。書籍販売に関する責任は、法律上ベルリンの「エッカルト出版社」（Eckart-Verlag GmbH）が負っていたが、プロテスタント図書共同体の事業所は、一九二六年初めには同出版社から分離された。その後、一九二七年に、プロテスタント図書同好会への名称変更が行われた。

入会金は一マルクで、本の購入義務は、年間二冊、四冊、八冊の三つのグループに分けられていた。また、プレゼント用に追加で購入することもできた。本の価格は、すべて三・六マルクだった。部分的には、他の出版社の本も独自の装丁で提供された。会員には、当初は雑誌『エッカルト　プロテスタント精神文化のための雑誌』（*Eckart. Blätter für evangelische Geisteskultur*）が、一九二七年からは雑誌『プロテスタント図書同好会の報告』（*Mitteilungen der Evangelischen Buchgemeinde*）が、無料で配布された。また、ドイツ良書普及本部およびドイツのためのプロテスタント報道連合と共同で、文学講習会も開催された。

本の販売はもっぱらプロテスタントの小売店を通じて展開され、会

図19　『エッカルト』

員との交渉全体が小売店を含めてなされたが、その意図は、伝統的な小売店を援助し、新たに台頭しつつあるブッククラブを弱体化させることにあった。またこれに、宗教的理念に基づく動機が加わった。ブレポールは、一九二四年に綱領的な文書を公表して、プロテスタント図書共同体の課題と活動方法を紹介し、その組織を、「ドイツ全土における低俗文学の恐るべき蔓延[140]」に対する戦いにおいて小売店を支援するものとして、また既存のカトリック系の書籍販売に対する対抗措置として説明したが、同共同体を引き継いだプロテスタント図書同好会もまた、単なる割引図書の販売団体ではなく、良書の普及とプロテスタント的著作の振興を義務と考える組織であった。

ただし、社名の変更後、規約が緩和されて、プロテスタント文学と並んで「すべての生の領域の重要な著作[141]」が考慮されるようになり、カール・ネッツェル『ドストエフスキーにおける福音』(*Das Evangelium in Dostojewski*)、アルフレート・フランクハオザー『内輪の主』(*Der Herr der inneren Ringe*)、マティアス・クラウディウス『使者』(*Der Bote*)、リカルダ・フーフ『マルティン・ルターのドイツ語の著作』(*Martin Luthers deutsche Schriften*)、アンナ・シーバー『昨日と今日、私とあなたの物語』(*Geschichten von gestern und heute, von mir und dir*)といった作品が刊行された。また、娯楽文学、伝記、芸術学などの内容を含む八巻の「年間シリーズ」も毎年提供された。『プロテスタント図書同好会の報告』が最後に刊行された一九三一年三月をもって活動が終了したとの見方がある一方、一九三三年まで活動が継続されたとの見方もある[142]。

(4)　ヴォルフラム同盟家庭文庫(Die Heimbücherei des Wolframbundes)

ヴォルフラム同盟家庭文庫は、一九二四年、ドルトムントに設立された。母体であるヴォルフラム同盟は、一九二一年に、カトリックの学生団体が、ドイツ文学におけるカトリック的信条を時代に合わせて育成するために作った作業同盟(Arbeitsbund)であった。会費は、年間六マルクまたは一二マルクで、三―六冊の本が提供されたが、もっぱら伝統的な書籍販売を通じて購入される本を販売し、価格は通常の小売店と同じだった。本の安価な購入がなされないという点では、ブッククラブの条件の一つを欠いているとみることもできる。だが、ブッククラブに敵対するヴォルフラム同盟家庭文庫は、本の価格自体は無条件に拘束力を持っているとみなし、カトリック的著作の小売店を通じた普及に尽力したのであった[143]。その際、できるだけ会員の好みに合った本を提供し、購入の強制感を与えないために、「年間シリーズ」の義務の巻が三つのグループに分けられた。つまり、①娯楽文学、歴史、宗教、②娯楽文学のみ、③宗教的著作のみ、である。また、ドルトムントの「ヴォルフラム出版社」(Wolfram Verlag)から、雑誌『犂』(*Der Pflug*)が隔月で刊行された。

ヴォルフラム同盟家庭文庫における本の出版は、二人の指導的なカトリックのジャーナリスト、つまりフリードリヒ・ムッカーマン神父とヨハネス・ムムバウアー主任司祭に支えられていた。また、ヴァルター・ホフマンが設立したライプツィヒの「国民的図書館本部」(Zentralstelle für volkstümliches Büchereiwesen)の協力も受けた。

図20　『犂』

だが、「危険を孕んでいると感じられ、大地からキノコがぐんぐん育つように増殖するブッククラブへの抵抗として設立された[144]」にもかかわらず、ヴォルフラム同盟家庭文庫は、世間に向かって自らを広くアピールすることはなかった。つまり、「外部への宣伝を一切断念し、人から人への勧誘を通じてグループを拡大する[145]」ことを優先したのである。しかし、このようなやり方が成功を収めることはなく、同文庫の活動は一九二八年に中止された。

(5)　ドイツ図書購買共同体(Deutsche Buch-Einkaufs-Gemeinschaft)

ドイツ図書購買共同体については、第I部・第一章・第二節を参照。

図21　『世界の声』

（6）家庭図書同好会（Die Heimbuch-Gemeinde）

家庭図書同好会は、一九二七年に創刊された雑誌『世界の声　最も素晴らしい世界的な本のあらまし』（*Weltstimmen. Die schönsten Weltbücher in Umrissen*）を補完するために、既出のフランク出版社によって設立された。

（7）大胆な投擲（Der Kühne Wurf）

大胆な投擲は、一九二八年、ベルリンの「クナウル出版社」（Knaur Verlag）によって設立され、一五マルクの既刊本の普及版を、クロース装でかつ二・八五マルクという低い値段で販売することによって、ブッククラブの本に対抗しうる安価で装丁のよい本を市場にもたらすことに成功し、読者の共感を得た。

（1）Vgl. bes. Bernadette Scholl: *Buchgemeinschaften in Deutschland 1918–1933*. Engelsbach/Frankfurt am Main/Washington（Hänsel-Hohenhausen）1994; Urban van Melis: *Buchgemeinschaften in der Weimarer Republik*. A. a. O.; Urban van Melis: *Buchgemeinschaften*. A. a. O.

（2）Zitiert nach Helmut Hiller: a. a. O., S. 3.

（3）Vgl. ebenda.

（4）Eberhard Henze: *Buchgemeinschaften*. In: *Lexikon des gesamten Buchwesens. Bd. 1*. Hrsg. von Severin Corsten, Günther Pflug und Friedrich Adolf Schmidt-Künsemüller. Stuttgart（Anton Hiersemann）1987, S. 592–597, hier S. 592.

（5）Ebenda.

（6）Vgl. Horst Dräger: *Volksbildung in Deutschland im 19. Jahrhundert. Bd. 2.* Bad Heilbrunn/OBB.（Verlag Julius Klinkhardt）1984, S. 50.

（7）Vgl. Horst Dräger: *Die Gesellschaft für Verbreitung von Volksbildung. Eine historisch-problemgeschichtliche Darstellung von 1871–1914.* Stuttgart（Ernst Klett Verlag）1975, S. 181. なお、国民教育普及協会については、次の文献も参照。Ursula Brunn-Steiner: *Der Volksbildungsverein Wiesbaden: bibliothekarische Bildungsarbeit im Kaiserreich und in der Weimarer Zeit.* Wiesbaden（Stadtarchiv）1997, S. 18–26. 新海英行『現代ドイツ民衆教育史研究――ヴァイマル期民衆大学の成立と展開』（日本図書センター）二〇〇四年、六九―七五頁。

（8）Helmut Hiller: a. a. O., S. 5.

（9）Gerd Schulz: *Buchhandels-Ploetz. Abriß der Geschichte des deutschsprachigen Buchhandels von Gutenberg bis zur Gegenwart.* 5., aktualisierte Auflage. Freiburg/Würzburg（Verlag Ploetz）1990, S. 60.

（10）Zitiert nach Eberhard Henze: a. a. O., S. 593.

（11）Rolf R. Bigler: a. a. O., S. 16.

（12）Vgl. Otto Oeltze: a. a. O., S. 411.

（13）Zitiert nach ebenda.

（14）Rudolf Rüppel: *Christliche Buchgemeinschaften in Europa und in den USA.* In: *Bertelsmann Briefe.*（Juli 1964）H. 31, S. 1–6, hier S. 2.

（15）Wolfgang Strauss: *Die deutschen Buchgemeinschaften.* A. a. O., S. 271. Dazu vgl. auch Otto Oeltze: a. a. O., S. 414.

（16）Vgl. Reinhold Neven DuMont: a. a. O., S. 58.

（17）Otto Oeltze: a. a. O., S. 414.

（18）Zitiert nach ebenda.

（19）Vgl. Helmut Hiller: a. a. O., S. 8.

（20）Eberhard Henze: a. a. O., S. 593.

（21）Vgl. Helmut Hiller: a. a. O., S. 8.

（22）Rolf R. Bigler: a. a. O., S. 19.

(23) Ebenda.

(24) Wolfgang Strauss: *Die deutschen Buchgemeinschaften*. A. a. O., S. 271.

(25) Zitiert nach Kurt Zickfeldt: a. a. O., S. 59.

(26) Werbebroschüre des Volksverbands der Bücherfreunde (1920), S. 2. Zitiert nach Bernadette Scholl: *Buchgemeinschaften in Deutschland 1918–1933*. A. a. O., S. 62.

(27) [o. V.]: *Zwölf Jahre V. d. B. Im Zeichen Goethes. Jahrbuch 1931/1932*. Berlin u. a.: Volksverband der Bücherfreunde, Wegweiser Verlag, [circa 1932], S. 60. Zitiert nach Urban van Melis: *Buchgemeinschaften in der Weimarer Republik*. A. a. O., S. 66f.

(28) [o. V.]: *Was bietet der Volksverband der Bücherfreunde seinen vielen Hunderttausenden von Mitgliedern?* [Werbebroschüre] [Berlin, circa 1925], S. 1. Zitiert nach ebenda, S. 67.

(29) Bernadette Scholl: *Bürgerlich orientierte Buchgemeinschaften*. In: *Buchgestaltung in Deutschland 1900–1945*. (Ausstellungskatalog) Hrsg. von Walter Kambartel. Bielefeld (Antiquariat Granier) 1987, S. 47–52, hier S. 48.

(30) Vgl. ebenda.

(31) Beckmann: *Volksverband der Bücherfreunde*. In: *Eckart. Blätter für evangelische Geisteskultur*. 3 (1926/27) H. 4, S. 136f., hier S. 137. Zitiert nach Bernadette Scholl: *Buchgemeinschaften in Deutschland 1918–1933*. A. a. O., S. 65.

(32) [o. V.]: *Der ‚Volksverband der Bücherfreunde' treibt Revanche-Propaganda!* In: *Der Bücherkreis*. 1 (1925) H. 5, S. 18.

(33) Reinhold Neven DuMont: a. a. O., S. 60.

(34) Vgl. Bernadette Scholl: *Bürgerlich orientierte Buchgemeinschaften*. A. a. O., S. 51.

(35) *Die Buchgemeinde*. 1 (1924/25) H. 2, [2. Umschlagseite]. Zitiert nach Bernadette Scholl: *Buchgemeinschaften in Deutschland 1918–1933*. A. a. O., S. 67.

(36) Urban van Melis: *Buchgemeinschaften in der Weimarer Republik*. A. a. O., S. 84.

(37) *Satzungen der Deutschen Volksbücherei*. In: *Welt und Wissen. Unterhaltende und belehrende illustrierte Zeitschrift*. 13 (1924) H. 11, [o. S.]. Zitiert nach Urban van Melis: *Buchgemeinschaften*. A. a. O., S. 562.

(38) Werbeseiten in ebenda 14 (1925) H. 8, [o. S.]. Zitiert nach ebenda.

(39) Bernadette Scholl: *Buchgemeinschaften in Deutschland 1918–1933*. A. a. O., S. 67.

（40）Zitiert nach Hans Rosin: a. a. O., S. 14.

（41）Peter J. Oestergaard: *Welt und Wissen*. In: *Welt und Wissen. Unterhaltende und belehrende illustrierte Zeitschrift*. 13（1924）H. 3,［o. S.］. Zitiert nach Urban van Melis: *Buchgemeinschaften in der Weimarer Republik*. A. a. O., S. 86.

（42）Vgl. Eccardus: *Eine neue Konkurrenz des Sortimenters*. In: *Bbl*. 92（1925）Nr. 116, S. 8245f. Zitiert nach ebenda, S. 116.

（43）Bernadette Scholl: *Bürgerlich orientierte Buchgemeinschaften*. A. a. O., S. 50.

（44）Vgl. Urban van Melis: *Buchgemeinschaften in der Weimarer Republik*. A. a. O., S. 79.

（45）Zitiert nach Hans Rosin: a. a. O., S. 14f.

（46）Vierseitiges Werbeheft der Süddeutschen Buchgemeinschaft［o. T.］,［o. O. 1925］（Sächsisches Staatsarchiv Leipzig 351 Bv, o. P.,［S. 2］）. Zitiert nach Urban van Melis: *Buchgemeinschaften*. A. a. O., S. 562.

（47）Ebenda. Zitiert nach Urban van Melis: *Buchgemeinschaften in der Weimarer Republik*. A. a. O., S. 87f.

（48）今月の本クラブについては、尾崎俊介「アメリカを変えたブッククラブ——Book-of-the-Month Club の過去・現在・未来」（愛知教育大学英語研究室「外国語研究」第四三号、二〇一〇年、四三—六四頁）に詳しい。

（49）John A. Tebbel: *History of Book Publishing in the United States. Vol. 3. The Golden Age between Two Wars. 1920–1940*. New York/London（R. R. Bowker）1978, S. 206. Zitiert nach Bernadette Scholl: *Buchgemeinschaften in Deutschland 1918–1933*. A. a. O., S. 100.

（50）Vgl. Heinz Sarkowski: ‹*Der Deutsche Buch-Club*›, *Hamburg*（*1927–1935*）. In: *Ernst Hauswedell: 1901–1983*. Hrsg. im Auftrage der Maximilian-Gesellschaft von Gunnar A. Kaldewey. Hamburg（Maximilian-Gesellschaft e. V.）1987, S. 9–35, hier S. 13.

（51）Vgl.［o. V.］: *Der Deutsche Buch-Club*. In: *Bbl*. 94（1927）Nr. 285, S. 1430. Zitiert nach Urban van Melis: *Buchgemeinschaften in der Weimarer Republik*. A. a. O., S. 81.

（52）Vgl. Heinz Sarkowski: a. a. O., S. 14.

（53）Vgl. ebenda, S. 15.

（54）なお、このように裕福な人々をターゲットとしていたという意味で、一九二七年当時、ドイツ・ブッククラブの長所は、単に便利さと、このクラブに所属するという一種の俗物根性へのアピールにしかないとの評価もなされていた。Vgl. Urban van Melis: *Buchgemeinschaften in der Weimarer Republik*. A. a. O., S. 83.

(55) Vgl. Heinz Sarkowski: a. a. O., S. 16f.
(56) Vgl. ebenda, S. 17.
(57) Vgl. ebenda, S. 18.
(58) Vgl. ebenda, S. 19, 21.
(59) Vgl. ebenda, S. 17.
(60) Zitiert nach ebenda, S. 22.
(61) Zitiert nach ebenda.
(62) Vgl. ebenda, S. 29.
(63) Vgl. ebenda, S. 30. なお、この意味で、ザルコフスキイは、ドイツ・ブッククラブを「左翼リベラルな方向性を持った企業」とみなしている。Vgl. ebenda, S. 28.
(64) Fritz Werneck: *Aufruf zum Beitritt*. In: *Die blaue Blume. Zeitschrift der Romantischen Gemeinde zur Pflege der Romantik*. 1（1925）H. 1, S. 4f., hier S. 4.
(65) Fritz Werneck: *Zum Geleit*. In: ebenda, S. 1–3, hier S. 2.
(66) Fritz Werneck: *Aufruf zum Beitritt*. A. a. O., S. 4.
(67) Ebenda.
(68) Ebenda.
(69) Ebenda.
(70) Zitiert nach Kurt Zickfeldt: a. a. O., S. 68.
(71) *Der katholische Buchhandel Deutschlands. Seine Geschichte bis zum Jahre 1967*. Hrsg. von der Vereinigung des katholischen Buchhandels e. V. Frankfurt am Main（Vereinigung des katholischen Buchhandels e. V.）1967, S. 126. Zitiert nach Urban van Melis: *Buchgemeinschaften in der Weimarer Republik*. A. a. O., S. 95.
(72) H. Wolff: *Die Buchgemeinde als Idee*. In: *Die Buchgemeinde. Vierteljahresschrift der Bonner Buchgemeinde*. 1（1928）H. 2, S. 29.
(73) [o. V.]: *Diverse Mitglieder*. In: *Blätter des Heine-Bundes*. 1（1928）Nr. 2, S. 6. Zitiert nach Urban van Melis: *Buchgemein-*

schaften in der Weimarer Republik. A. a. O., S. 100.

(74) Kraus: *Der Heine-Bund*. 1997, S. 68. Zitiert nach ebenda.

(75) Werner Bab: *Eine jüdische Büchergemeinde*. In: *Allgemeines Jüdisches Familienblatt. Wochenblatt für die gesamten Interessen des Judentums*. 7 (1926) Nr. 36, S. 5. Zitiert nach ebenda, S. 99.

(76) Brief des Zentralbüros der Zionistischen Exekutive (London) an den Jüdischen Verlag vom 13. 2. 1929. Zitiert nach Bernadette Scholl: *Buchgemeinschaften in Deutschland 1918–1933*. A. a. O., S. 96.

(77) Ebenda. Zitiert nach ebenda, S. 96f.

(78) Ebenda. Zitiert nach ebenda, S. 97.

(79) Justus H. Ulbricht: *›Von deutscher Art und Kunst‹ — Völkische Verlagsaktivitäten in Weimar*. In: *Ein Verlag braucht eine große Stadt. Verlage in Weimar*. Hrsg. vom Förderkreis Pavillon e. V. (Jahresgabe 1995) Weimar (Förderkreis Pavillon e. V.) 1995, S. 26–32, hier S. 29. Zitiert nach Urban van Melis: *Buchgemeinschaften*. A. a. O., S. 567.

(80) Zitiert nach Bernadette Scholl: *Buchgemeinschaften in Deutschland 1918–1933*. A. a. O., S. 90.

(81) Justus H. Ulbricht: a. a. O., S. 80. Zitiert nach ebenda, S. 91.

(82) Prospekt der Volksbuchgesellschaft von 1930, S. 1. Zitiert nach ebenda.

(83) *Der Braune Buch-Ring*. Werbebroschüre. (1933) S. 1. Zitiert nach ebenda, S. 91f.

(84) K. A. Schenzinger: *Mitteilungen an die Mitglieder des „Braunen Buch-Rings“*. In: *Der braune Reiter*. 1 (1933) H. 1/2, S. 27.

(85) [o. V.]: *Die Mitgliedschaft*. In: *Der Braune Buch-Ring — Weg und Ziel*. Hrsg. von Wilhelm Andermann. Berlin (Der Braune Buch-Ring) 1940, S. 4.

(86) Vgl. Michael Bühnemann/Thomas Friedrich: a. a. O., S. 366.

(87) Hellmuth Heinz: *Die Büchergilde Gutenberg 1924–1933*. In: *Marginalien. Zeitschrift für Buchkunst und Bibliophilie*. (1970) H. 37, S. 23–43, hier S. 27.

(88) Bruno Dreßler: *Büchergilde Gutenberg*. In: *Die wirtschaftlichen Unternehmungen der Arbeiterbewegung. Ein Blick in die Gemeinwirtschaft*. Hrsg. vom Bezirksausschuß des Allgemeinen Deutschen Gewerkschaftsbundes. Berlin (Verlagsgesellschaft des Allgemeinen Deutschen Gewerkschaftsbundes) 1928, S. 113–117, hier S. 113f. Zitiert nach Urban van Melis: *Buchgemein-*

schaften in der Weimarer Republik. A. a. O., S. 111.

(89) Zitiert nach Helmut Hiller: a. a. O., S. 11f.

(90) Zitiert nach Wolfgang Strauss: *Die deutschen Buchgemeinschaften*. A. a. O., S. 272.

(91) Vgl. [o. V.]: *An die Gilde!* In: *Die Büchergilde*. 1 (1925) Nr. 1, S. 1–4, hier S. 3.

(92) Hellmuth Heinz: a. a. O., S. 29.

(93) Zitiert nach ebenda, S. 30.

(94) Ebenda, S. 31.

(95) これらの本の装丁・装飾の具体的な特徴に関しては、ebenda, S. 31–35 を参照。

(96) Vgl. ebenda, S. 31.

(97) Vgl. Brigitte Emig: *Zur Geschichte der sozialdemokratischen Buchgemeinschaft „Der Bücherkreis" und ihres Verlags 1924–1933*. In: Brigitte Emig/Max Schwarz/Rüdiger Zimmermann: *Literatur für eine neue Wirklichkeit. Bibliographie und Geschichte des Verlags J. H. W. Dietz Nachf. 1881 bis 1981 und der Verlage Buchhandlung Vorwärts, Volksbuchhandlung Hottingen/Zürich, German Cooperative Print. & Publ. Co., London, Berliner Arbeiterbibliothek, Arbeiterjugendverlag, Verlagsgenossenschaft »Freiheit«, Der Bücherkreis*. Berlin/Bonn (J. H. W. Dietz Nachf.) 1981, S. 463–482, hier S. 464f.

(98) Vgl. ebenda, S. 465.

(99) これらの本の著者名と作品名は、ebenda, S. 475–481 を参照。

(100) [o. V.]: *Neue Satzungen des „Bücherkreises"*. In: *Der Bücherkreis*. 2 (1926) H. 19, S. 122f., hier S. 123.

(101) [o. V.]: Ein Arbeiter schrieb. In: *Der Bücherkreis*. Okt. (1924) H. 1, S. 3ff., hier S. 4.

(102) Vgl. Christa Schwarz: *Die Stellung der sowjetischen Belletristik im deutschen Verlagsschaffen 1917–1963*. In: *Beiträge zur Geschichte des Buchwesens*, Bd. 4, Leipzig 1969, S. 7–161, Anm. 258. Zitiert nach Bernadette Scholl: *Buchgemeinschaften in Deutschland 1918–1933*. A. a. O., S. 78.

(103) [o. V.]: *Briefkasten*. In: *Der Bücherkreis*. 1 (1925) H. 9, S. 18.

(104) [o. V.]: *Neue Satzungen des „Bücherkreises"*. A. a. O., S. 122.

(105) Brigitte Emig: a. a. O., S. 470.

(106) Vgl. [o. V.]: *Die Mitglieder und Freunde des Bücherkreises*. In: *Der Bücherkreis*. 4 (1929) H. 1, S. 2f., hier S. 2.

(107) *Jahrbuch der deutschen Sozialdemokratie für das Jahr 1929*. (Berlin. 1930), S. 243. Zitiert nach Brigitte Emig: a. a. O., S. 471.

(108) [o. V.]: *An unsere Mitglieder und Freunde*. In: *Der Bücherkreis*. 6 (1930) H. 4, S. 74–77, hier S. 74.

(109) Vgl. Brigitte Emig: a. a. O., S. 472f.

(110) [o. V.]: *Zum Geleit!* In: *Urania. Monatshefte für Naturerkenntnis und Gesellschaftslehre*. 1 (1924/25) H. 1, [S. 1].

(111) Zitiert nach Vetter: *Geistige Erweckung des Proletariats*. 1986, S. 777. Zitiert nach Urban van Melis: *Buchgemeinschaften in der Weimarer Republik*. A. a. O., S. 122.

(112) UB. Universum-Bücherei für Alle. [Werbeschrift], Berlin 1932, S. 14. Zitiert nach Heinz Sommer: *›Universum-Bücherei für Alle‹ — Ein Nachtrag. Ergänzendes zu dem Beitrag von Heinz Lorenz im Heft 92 (1983) der ›Marginalien‹*. In: *Marginalien. Zeitschrift für Buchkunst und Bibliophilie*. (1984) H. 96, S. 22–34, hier S. 23.

(113) Heinz Sommer: a. a. O., S. 22.

(114) H. H.: Unser Programm. In: Blätter für Alle (1927) Nr. 5, S. 114. Zitiert nach ebenda, S. 23.

(115) Vgl. Heinz Lorenz: *Die Universum-Bücherei. 1926–1939. Geschichte und Bibliographie einer proletarischen Buchgemeinschaft*. Berlin (Elvira Tasbach) 1996, S. 198f., 201, 208f., 212f., 214.

(116) Vgl. Heinz Sommer: a. a. O., S. 25f.

(117) Zitiert nach Schütte: *„Die Wölfe“*, S. 7 (ohne Beleg). Zitiert nach Bernadette Scholl: *Buchgemeinschaften in Deutschland 1918–1933*. A. a. O., S. 87.

(118) *Heimstunden. Proletarische Tribühne für Kunst, Literatur und Dichtung*. (1926) H. 2, S. 96. Zitiert nach ebenda, S. 88.

(119) [o. V.]: *Eine Preisfrage!* In: *Heimstunden. Proletarische Tribühne für Kunst, Literatur und Dichtung*. Sonderheft (1927), [Heftrückeninnenseite]. Zitiert nach Urban van Melis: *Buchgemeinschaften in der Weimarer Republik*. A. a. O., S. 117.

(120) *Heimstunden. Proletarische Tribühne für Kunst, Literatur und Dichtung*. (1926) H. 2, S. 96. Zitiert nach Bernadette Scholl: *Buchgemeinschaften in Deutschland 1918–1933*. A. a. O., S. 88.

(121) [o. V.]: *„Klassenkampf“ — Unser Programm!* In: *Der Klassenkampf*. 1 (1927) H. 1, S. 1.

(122) Zitiert nach Horst Gebauer: *Die Marxistische Büchergemeinde*. In: *Marginalien. Zeitschrift für Buchkunst und Bibliophilie*.

(1984) H. 95, S. 61–67, hier S. 61.

(123) Zitiert nach ebenda, S. 62.

(124) Beschluß des Parteiausschusses vom 14. 7. 1931. Zitiert nach Max Seydewitz: *Es hat sich gelohnt zu leben. Lebenserinnerung eines alten Arbeiterfunktionärs. Bd. 1: Erkenntnisse und Bekenntnisse*. Berlin/Ost (Dietz) 1976, S. 236. Zitiert nach Bernadette Scholl: *Buchgemeinschaften in Deutschland 1918–1933*. A. a. O., S. 95.

(125) Zitiert nach Horst Gebauer: a. a. O., S. 63.

(126) Zitiert nach ebenda, S. 63f.

(127) Ruth Seydewitz: *Alle Menschen haben Träume. Meine Zeit — Mein Leben*. Berlin/Ost (Buchverlag Der Morgen) 3. Auflage. [o. J.], S. 125. Zitiert nach Urban van Melis: *Buchgemeinschaften in der Weimarer Republik*. A. a. O., S. 124.

(128) Zitiert nach Horst Gebauer: a. a. O., S. 64.

(129) [o. V.]: *Was will die Marxistische Büchergemeinde?* Programmatische Schrift der Büchergemeinde, als Anhang in jedem bei ihr erschienenen Buch abgedruckt. Zitiert nach Urban van Melis: *Buchgemeinschaften in der Weimarer Republik*. A. a. O., S. 125.

(130) *Besinnung und Aufbruch*. 1 (1929) H. 4, S. 15f. Zitiert nach Heinz Lorenz: *Die Gilde freiheitlicher Bücherfreunde 1929–1933*. In: *Marginalien. Zeitschrift für Buchkunst und Bibliophilie*. (1992) H. 126, S. 34–48, hier S. 35.

(131) [o. V.]: *Gildenfreunde*. In: *Besinnung und Aufbruch*. 1 (1929) H. 1, S. 3f.

(132) [o. V.]: *Mitteilungen der Geschäftsleitung*. In: *Besinnung und Aufbruch*. 2 (1930) Nr. 3, S. 48. Zitiert nach Urban van Melis: *Buchgemeinschaften in der Weimarer Republik*. A. a. O., S. 120.

(133) [o. V.]: *Gildenfreunde*. A. a. O., S. 3.

(134) Heinz Lorenz: *Die Gilde freiheitlicher Bücherfreunde 1929–1933*. A. a. O., S. 39–44.

(135) *Der Syndikalist*. 10 (1928) Nr. 3, Beil. S. 4. Zitiert nach Bernadette Scholl: *Buchgemeinschaften in Deutschland 1918–1933*. A. a. O., S. 92.

(136) [o. V.]: *Satzungen des Deutsche-Meister-Bundes E. V.* (Sitz München). In: *Die Meister. Monatsschrift des Deutschen Meister Bundes*. 8 (1927) Nr. 8, [o. S.]. Zitiert nach Urban van Melis: *Buchgemeinschaften in der Weimarer Republik*. A. a. O., S. 146.

(137) Zitiert nach Hans Rosin: a. a. O., S. 13.

(138) Zitiert nach einer Werbeanzeige. In: *Eckart. Blätter für evangelische Geisteskultur*. 1 (1925) H. 5, [Heftrückeninnenseite]. Zitiert nach Urban van Melis: *Buchgemeinschaften in der Weimarer Republik*. A. a. O., S. 147.

(139) [o. V.]: *Ein Willkommen*. In: *Der Bücherwurm*. 9 (1924) H. 1, S. 1.

(140) F. W. Brepohl: *Die Deutsch-Evangelische Buchgemeinschaft. Ein Vorschlag zur Hebung der Verbreitung evangelischen Schrifttums*. Neuhof/Kr. Teltow (Zentralstelle zur Verbreitung guter deutscher Literatur) 1924, S. 3. Zitiert nach Urban van Melis: *Buchgemeinschaften in der Weimarer Republik*. A. a. O., S. 143.

(141) [o. V.]: *Zum ersten Male*. In: *Mitteilungen der Evangelischen Buchgemeinde*. (1927) Nr. 1, S. 1f., hier S. 2. Zitiert nach Urban van Melis: *Buchgemeinschaften in der Weimarer Republik*. A. a. O., S. 144.

(142) Vgl. Urban van Melis: *Buchgemeinschaften in der Weimarer Republik*. A. a. O., S. 145.

(143) Vgl. ebenda, S. 140.

(144) Bernadette Scholl: *Buchgemeinschaften in Deutschland 1918–1933*. A. a. O., S. 82.

(145) Heinz Raskop: *Die Heimbücherei des Wolframbundes 1927/28*. In: *Der Pflug*. 5 (1927) H. 4, S. 181f., hier S. 182.

第Ⅱ部　ドイツ家庭文庫をめぐって

第一章　保守的労働組合と民族主義
——ドイツ民族商業補助者連合の教育活動

第一節　教育活動の概要

一　商業補助者と労働組合

第Ⅰ部でみたように、ブッククラブは、一九二〇年代から一九八〇年代にかけて、ドイツにおける書籍販売と大衆の読書に大きな役割を担った。第Ⅱ部では、これらのブッククラブの中でも最も早い時期に設立され、著しく保守的・国家主義的な傾向を有していたドイツ家庭文庫を取り上げ、その活動について詳しく考察する。またその際、同文庫の考察に先立って、母体をなす「ドイツ民族商業補助者連合」（Der Deutschnationale Handlungsgehilfen-Verband）の教育活動について詳細に跡づける。

ところで、同連合について考察する上では、「職員」（Angestellte）と「商業補助者」（Handlungsgehilfe）について理解することが不可欠である。まず、ここでいう職員とは、サラリーマンや勤め人と同義であり、企業などにおいて研究・開発、計画・準備、管理・監督、通信・事務、記録・整理等に従事する者を指している。十九世紀末から二十世紀の世紀転換期に生じた新中間身分だが、こうした新たな職業身分が発生した主な原因としては、工業化に伴って旧中間身分と呼ばれる中小生産者層が解体し、転職したこと、百貨店のような大経営の出現により女性や徒弟といった安価な不熟練労働力の需要が増大したこと、職業の自由（ドイツでは一八七一年）が認められて以後ユダヤ人が多数流入したことなどがあげられる。このような職員の数は、ドイツでは、一九〇七年に約一五〇万人だったのが一九三〇年には約三九〇万人と、二〇年あまりの間に二倍以上に増加した。[1]

次に、職員のうち商業の分野で働く人々は全体として商業職員と呼ばれたが、その中でも特に「商業登録簿に登録されたなんらかの商業的機能を有した企業」において、「対価をもって商業労働の遂行を目的に雇用されている者」[2]が商業補助者である。簡単にいえば、徒弟の期間を終えて商店や企業に正式に雇用された後、自らが商人として独立するまでの間にある商業職員であり、ドイツ民族商業補助者連合による一九〇八年の調査では、商業諸部門から工業部門まで比較的均等に分布していた。具体的な業種は、卸売業・銀行業・保険業・周旋業・交通業、それに飲料・食料、繊維・衣料、鉄製品、書籍・楽譜、工芸・皮革、薬屋などといった小売業、および工業などである。また職種としては、業務代理人、経営主任、部課長、簿記係、帳場担当、通信・文書係、計算業務担当、倉庫係、商業販売担当、発送係、出張販売担当、室内装飾担当などが含まれる。[3] なお、商業職員の数もまた、ドイツにおいては、一八八七年に約四七万人であったのが、一九〇七年には約八四万人、一九三〇年には約二五〇万人と、およそ四〇年間に五倍もの増加を示し、職員層全体のおよそ六五パーセントを占めるに至った。[4]

さて、こうした商業補助者によって一八九三年に設立されたドイツ民族商業補助者連合は、一九三二年までに四〇万三一一二人の会員を擁し、ワイマール共和国時代のドイツで「最大の、最も影響力の大きい商業補助者団体」[5]となったが、同時に、労働組合らしからぬきわめて保守的な信条を有していた。その理由は、会員である商業補助者が「プロレタリア化」(Proletarisierung)[6]という身分上の危機に晒されていたことにある。資本主義的な競争による伝統的な非営利的生業経営・零細経営の淘汰は、徒弟から補助者へ、そして独立した商人へというツンフト的上昇経路の解体をもたらし、その結果、商業補助者の多くが独立不可能な被用者に留まってしまうという可能性が高まっていたのである。実際、ドイツ民族商業補助者連合の調査によれば、一九〇三年から一九〇八年の間に独立に成功した会員は年平均一パーセントに留まっている。[7]しかし他方で、伝統的にカラーの有無による厳しい差別が存在したドイツにおいて、企業家と労働者の間に位置する中間身分に属し、「民吏」(Privatbeamte)ないし頭脳労働者を自任していた商業補助者にとって、自らを肉体労働者から、すなわちプロレタリアートから区別することほど重要なことはなかった。したがって、彼らには、一八九〇年以降の労働者保護政策や、社会主義鎮圧法廃止以後の社会民主党の躍進も、自らの地位を脅かすものと映っていたのである。[8]

このような事情から中間身分としての地位の確立・維持を求めて労働組合を結成した商業補助者には、マルクス主義と国際主義の影響下にある社会民主主義に対して明確に一線を画すことが不可欠であった。[9]その結果、ドイツ民族商業補助者連合の運動は、商業分野における被用者の労働条件の向上をめざす近代的な側面と同時に、中間身分的小経営による商業世界の再建をめざすという前近代的な側面を併せ持つこととなった。[10]そして、後者の側面は、具体的には、商業補助者の自立を妨げる大経営の法的規制、商業活動からのユダヤ人と婦人労働者の排除、労働者のための産業裁判所とは異なる商業仲裁裁判所の設立、職員保険法の制定といった形で表れた。[11]さらに、大恐慌の後、産業大衆社会の中での危機感をより強く抱いた商業補助者の多くは、来る第三帝国での新規まき直しに期待をかけてナチス支持へと向かったが、[12]ドイツ民族商業補助者連合はその典型的な事例であり、一九三〇年九月の総選挙で、構成員の約半数(若い層では四分の三)がナチスに投票したといわれる。[13]だが、同連合の場合、会員のナチスへの接近は、このような経済的側面からのみなされたのではなく、会員に対して継続的に実施された教育活動の帰結でもあった。国際的プロレタリア運動や社会民主主義から身を護るため、ドイツ民族商業補助者連合は、発足以来盛んな教育・出版・宣伝活動を展開し、民族主義、国家主義、反共産主義、反ユダヤ主義といった信条を会員の間に浸透させようと試みたが、その結果として、会員の多くはナチズムのイデオロギーを受け入れやすい状況にあったのである。[14] このような意味で、ドイツ民族商業補助者連合の教育活動は、ドイツにおいて因習的な中間層イデオロギーがナチズムと合流した過程を明らかにする上できわめて重要な事象なのである。

二　民族主義的特色と教育活動の分類

ところで、ドイツ民族商業補助者連合の教育活動が商業職員に対する職業上の教育に留まらず、信条にかかわる教育を含んでいたことは、たとえば、一九二二年に同連合の機関誌『ドイツ商業の番人』（*Deutsche Handels-Wacht*）の別冊『民族性と生活』（*Volkstum und Leben*）第二号に掲載された「労働組合政策と教育活動」の次のような一節からも窺われる。

> 共同管理と共同占有に対する私たちの労働組合的要求は、私たちの身分上昇のための社会的な活動から生じました。（中略）第一七部門（一般教育）と連携して第一六部門（専門教育）によって催される経済教育のための教育課程は、専門教育の分野で、この課題の解決をもたらします。しかし、専門教育だけでは、経済生活の共同管理は身につけられません。そこには、あらゆる能力の基礎として、しっかりとした幅広い一般教養が欠かせないのです。この一般教養の促進は、私たちの民族市民的労働共同体が自らに課した目標なのです。[15]（強調は引用者）

このように、職業教育と並んで民族性に重きを置く教養教育を行ったドイツ民族商業補助者連合の教育活動は、文学、演劇、社交、市民大学、青年運動、出版活動といったものを広く含んでおり、全体をどのように総称し、どのように分類するのかということが、すでに一つの大きな問題となる。この点、まず活動の総称については、ここではあくまでも便宜的なものとして、「教育活動」という言葉を用いる。次に、分類については、同じ一九二二年の『民族性と生活』第九号に、連合の幹部の一人であるベンノ・ツィーグラーが寄せた「私たちの教育組織」という論説が、一つの手がかりを与えてくれる。ツィーグラーはそこで、――ドイツ民族商業補助者連合の労働組合闘争が「商業補助者がひとかどの人物となり」、「私たちの文化的生活全体にかかわるよう手助けするためになされている」[16]ことを強調した上で――同連合の教育組織を次のような五つのグループに大別している。

専門教育　すでにその名が暗示している通り、私たちの会員の専門的な、職業的な教育に奉仕します。この課題に役立つすべての催しを含んでいます。専門的な教育課程と並んで、専門的な講演などもです。第一六部門（専門教育）によって運営されます。

一般教育　その課題は、人間の人格の発達（民族市民的教育）に役立つすべての教育組織を管理することにあります。第一七部門（一般教育）が担当します。

社交の育成　すでにその名が暗示している通り、社交的な催しが私たちの大きな信条的共同体の信条を形成する力として効力を持つように、社交をきちんと管理するのに役立つすべての努力を含んでいます。これについても第一七部門（一般教育）が担当します。ただし、この課題の領域は、そのための特別な入門書も刊行されている通り、特別な指導者によって運営されます。

青少年部門　私たちの徒弟を、職業を楽しむ有能なドイツ民族商業補助者へと育てることに奉仕します。そのため、青少年部門の活動は、専門教育の育成に関連するのみならず、なによりも、一般教育の育成にとって重要となるような方法を用います。したがって、一般教育の指導者が青少年の指導者と緊密に協力することがきわめて重視されます。青少年活動は、連合の第一四部門（青少年部門）が担当します。

遍歴徒弟　ドイツ民族商業補助者の同盟であり、生活改良の意味で、また青年運動の精神から、自らが課した教育の課題に従って生活します。とりわけ連合の青少年活動の中に位置していますが、連合の教育活動にとっても貴重な協力者です。[17]

このようなグループ分けは、たしかに一つの可能性であり、また当時実際にドイツ民族商業補助者連合の運営に携わっていた人物によってなされたものとして考慮に値する。しかし、一般教育の一部をなす社交や青少年教育の一環であるはずの同盟青年活動が必要以上に強調されていることから、組織のつながりを系統的に示していない上に、出版活動や他の団体と連携して行われた活動が含まれておらず、同連合の教育活動の全体を包括するものとなっていない。そこで、以下の考察においては、まずドイツ民族商業補助者連合内部で行われた教育活動を大きく「職業教育」、「一般教育」、「青少年教育」の三つに区別したい。というのも、この分類は、教育活動を運営する連合の部門の区別（それぞれ第一六部門、第一七部門、第一八部門）ともある程度対応するからである。また、これらに加え、ドイツ民族商業補助者連合は、下部組織であるフィヒテ協会を舞台として、民族主義的な方向性での教育活動を盛んに展開しており、この点も特筆に値する。したがって、以下の考察においては、第二節で職業教育を、第三節で一般教育を、第四節で青少年教育を、そして第五節ではフィヒテ協会における教育活動を取り上げる。

第二節　職業教育

一　ドイツにおける商業学校の発展

ドイツで学校での商業教育が著しく増加したのは一八八〇年代からだといわれるが、そこには二つの事情があった。[18]一つは、商業における徒弟制度の有名無実化である。この時期、工業化の発展に伴い、大経営で単純作業に従事する不熟練労働者の需要が増加する一方、小経営においても、大経営に対抗するための経費節約手段として、本来の職業教育を施さぬまま、徒弟を安価な労働力として利用するケースが一般化した。こうした徒弟制度における職業的育成機能の退化（徒弟飼育）が、徒弟修業とは別な場での、つまり学校での教育の需要を高めたのであった。もう一つは、資本主義や工業化の著しい発達の中で、商品の生産・流通の規模の拡大や利潤追求に対応するため、商業職員に、簿記、通信、記録、広告、宣伝、保管、運輸、売買などに関する専門的な技能が求められるようになったことである。こうした技能を習得する場として、学校での商業教育の必要性が生じたのであった。

こうして、商業学校はドイツ各地で発達したが、その名称や形式などは様々で、通学を義務とするか否かも州によってまちまちだった。とりわけ、徒弟を安価な労働力として維持しようとする経営側は、就学義務化に強く反対した。また、徒弟自身にとっても、低い賃金の中から授業料を捻出することは困難であり、両親や親戚に学費を頼らざるをえなかった。このため、一般に通学が可能となったのは、中小自営者層や職員層、また労働者層の中では熟練労働者層など、いわゆる中間身分に近い比較的裕福な職業階層出身の徒弟に限られていた。それでも、ドイツ民族商業補助者連合が一九〇八年に実施した調査によれば、対象となった三万三〇〇〇人の徒弟のうち七二パーセントが、一年から三年の商業学校通学経験を有していたとされる。そして、そこで施された教育の内容は、おおよそ次のようなものであった。

商 業 学　ドイツ語と文書通信を兼ね、最も基本的な商業知識を与える。
公　　民　ドイツ国民国家への献身という思想面での教育を施す。
計　　算　商業学で得た諸概念を用い、計算練習を通じて、それを確実に理解・習得する。
簿　　記　単式簿記と複式簿記の性格を学び、正確な記帳技術を培い、簡単な決算手続きが独力で行えるようにする。
経済地理　ドイツとその主要交易諸国の経済状態の知識を与えて視野を拡大する。
習字・速記・タイプライター　実務生活で普通に使われる手書き文字、装飾文字、速記、タイプライターなどを学ぶ。
外 国 語　一般にはまず英語。会話と商業文の読解、および簡単な商業通信文の作成を学ぶ。(19)

こうした状況の下、ドイツ民族商業補助者連合も徒弟を含む若い商業職員の職業教育に取り組み、一九〇五年には、指導部の要請を受けて、各地方支部で外国語、簿記、速記、タイプライターなどの教育が開始された。また、一九〇七年には、職業教育を担当する幹部カール・ボットが、既存の教育課程を集約して、「ドイツ民族商業補助者連合商業学校」(Handelsschule des DHV, 後に Kaufmannsschule des DHV へと名称変更)を設立した。この学校はその後拡充され、同連合の教育活動全体の基本計画の策定も行われる施設となった。また、同連合内部では職業教育は専門教育とも呼ばれ、前述のように第一六部門によって担われた。

このようにみたとき、商業の専門分野における教育は、必ずしもドイツ民族商業補助者連合に限られたものではない。しかしながら、同連合の規模の大きさからして、その職業教育は同時代のそれの一典型とみなされうる。そうした意味で、本節では、『ドイツ商業の番人』をはじめとする雑誌を主な資料として、学校教育と出版事業を中心にきわめて活発に実施された同連合の職業教育の一端を跡づけたい。

二　商業教育全般

さて、ドイツ民族商業補助者連合が商業に関する全般的な教育を行った場として最も重要なのはドイツ民族商業補助者連合商業学校であるが、それがどのようなものであったのかを、一九二六年に『ドイツ商業の番人』の別冊『商業の実務』（*Kaufmännische Praxis*）に掲載された記事から知ることができる。おそらくこの年に学校の名称変更と拡充が行われたものと推察されるが、記事によれば、開校式の式辞において、校長のカール・ボットは、この学校の持つ意義と連合における職業教育の実情について、次のように述べている。

図１　商業学校の校舎

私たちがこの学校でなそうとしている活動は、人生のスタートに立っている人たちを、つまり若い人たち、希望に満ちた人たちを対象としています。それは、まだ見習修業を行っている人たちだけでなく、第一に、見習期間を終えた後に本来の見習期間が始まったことを認識した若い商人たちを対象としています。つまり、職業上の出世をめざす人たちを対象としているのです。

私たちは、ちょうど二〇年前、ハンブルクの商業学校を、当時まだ新しかったドイツ民族商業補助者連合が引き受けた大きな教育活動の部分的な施設として開校しました。そうこうするうちに、ハンブルクにおけるこの中心的な施設に、シュパンダウのヨハネ財団における職業身分講習会が加わりました。ドイツ民族商業補助者連合の二八万人以上の会員が集結している一六〇〇の地方支部で、各地方の教育活動が盛んに行われています。一九二五年に一二〇〇の課程が一万五〇〇〇人の参加で、職業に関する五六四の講演が四万三〇〇〇人の参加で、一二七六の企業見学が五万人の参加で、そして一二七の作業共同体が二〇〇〇人の参加で催されたことを耳にするとき、この活動の規模の大きさが思い浮かべられます。[20]

ここで言及されている「ヨハネ財団」は、正式には「ベルリンの福音派ヨハネ宗教財団」（Evangelisches Johannesstift Berlin）という名を持つ慈善団体である。一八五八年にヨハン・ヒンリヒ・ヴィヒェルンによって設立され、貧窮者、病人、囚人、子供などの世話を行ったが、第一次世界大戦後のインフレに伴う財政悪化の後にドイツ民族商業補助者連合との協力関係が生じ、青少年の職業教育や成人教育にも携わった。[21]

ところで、このドイツ民族商業補助者連合商業学校の授業形態や内容の一部を、次にあげる一九三三年四月開講の授業に関する広告から窺うことができる。

四月一日　ハンブルクのドイツ民族商業補助者連合商業学校へ

全日制の授業をたっぷり備えた新しい三カ月間の教育課程が、利発な同僚のみなさんに、これまでに獲得した知識をたぐい稀なやり方で短期間のうちに円熟した商業上の教養へと伸ばし、それによって将来の地位をよりいっそう危機に耐えるものとする可能性を与えます。

専門分野　企業経営、見積り、決算と税務、経済学、商法、書簡文体、速記術、タイプライター、英語、その他。[22]

ついでながら、この商業学校と並んで、商業に関する全般的な教育が行われたもう一つの場として、次の広告にみられるような商業大学での休暇講習があげられる。ドイツでは、一九二五年時点でベルリン、ケーニヒスベルク、マンハイム、ライプツィヒ、ニュールンベルクなどに商業大学が、またケルン大学、フランクフルト大学、ミュンヒェン大学などに経済学を扱う学部・学科があり、ドイツ民族商業補助者連合でも、そうした高等教育が商人にとって持つ意味について関心を寄せていた。[23] ただし、同連合が独自の商業大学を備えていたとは思われず、この広告にみられる講習は、同連合の主催によってベルリンの商業大学等で催された市民大学的ないし公開講座的な催しであろうと推察される。また、この講習にも、ヨハネ財団との協力がみられる。以下、講師名は省き、各講習のテーマのみ記すが、きわめて専門的な内容であることがわかる。

ドイツ民族商業補助者連合の商業大学休暇講習

一九二五年六月二十九日から七月二十五日まで、シュパンダウ（ヨハネ財団）におけるドイツ民族商業補助者連合の職業身分講習会の枠内で、第一六部門（職業教育）により開催。

第一週　商人の特権としての商法　綿花＝その文化と加工　一般経営学からの特別な問題＝売り上げ、資本調達、コストと収益、企業における私事　経済的結合＝カルテル、トラスト、シンジゲート、コンツェルンなど——その経済的意味と法的規制　信用政策と商人　芸術的・文化的要因としての広告　ラテン・アメリカの経済と文化　企業見学

第二週　商人とともに技術をめぐる　原料国・輸出国としてのドイツ　企業要素としての人間　決算制度からの重要な問題（シリーズ一）　営業管理と倒産　同業組合の歴史、制度、意味　個人的顧客獲得とはなにかラテン・アメリカの経済と文化（国々のシリーズ一）　企業見学
第三週　会社法の実務から　合併の際の価値の清算の基礎と技術　企業における危険とその克服　商事契約のシステム　貿易差額と国際収支、同時に国際的経済統計への導入　宣伝の心理学について　ラテン・アメリカの経済と文化（国々のシリーズ二）　企業見学
第四週　景気と危機　商品学の経済地理学的基礎　決算制度からの重要な問題（シリーズ二）　石油＝その産出、加工、および世界経済における意味　経営統計を特に考慮した場合の、企業にとっての企業コントロールの意味　原価算定の分野における現代の努力　銀行の業務範囲から、a証券業務、b手形割引業務、c外国為替　商法における企業　商業帳簿の法律　企業見学

講習主催者　カール・ボット（シュパンダウ）[24]

三　語学教育

以上のような形でなされた商業全般にわたる教育と同時に、ドイツ民族商業補助者連合では、外国語の教育にも力が注がれていた。この点に関しては、『ドイツ商業の番人』の一九二八年の記事「ロンドンにおけるドイツ民族商業補助者連合の語学学校」において、同連合がすでに第一次世界大戦前からこの地に支部と語学学校を持っていたことや、語学学校のカリキュラム、およびドイツ民族商業補助者連合商業学校との関連性などが詳しく記されている。

ドイツ人が慣れているのとはまったく違った風に生活し、働くこの町に、ベルリンやハンブルクよりも良くも悪くもないが、とにかく違っているこの町に、ドイツ民族商業補助者連合は自前の語学学校と自前の地方支部の施設を設立しました。ロンドンには、すでに世界大戦前に、連合の大きな地方支部がありました。戦後も、活動力のある人々が間もなくロンドンで連合の活動を再開し、その結果、今日、少なからぬ数の同僚がロンドンの地方支部の夜会を訪れています。ドイツ民族商業補助者連合は、世界大戦前にもう、ラッセル・スクウェアに近いストア通りに語学学校を持っていました。大戦がこのドイツ人のパイオニア的な活動を破壊しましたが、今ようやく、ロンドンの情勢を考慮して、戦前に始められた活動を継続する可能性が生じたのです。

ドイツ民族商業補助者連合の自前の商業学校を国内に、また自前の支部学校を外国に設立するという考えは、実践的な商業生活にできるだけ密接なつながりを持ち、それによって私たちの会員の希望に特に力強く応える職業教育施設の必要性に適うものです。私たちは、英語を習得するためのロンドンの有名な語学学校をいくつか調査し、次のような結論に至りました。つまり、これらの語学学校によって与えられる授業は、私たちの同僚が自由に使える比較的短い学習時間にとって十分ではない、ということです。（中略）

ロンドンの学校は、ドイツ民族商業補助者連合のハンブルクの商業学校の分校となります。この分校の課題は、そこに通う人たちの英語の知識をより完全なものに近づけ、完成させることです。それゆえ、すでに上達している人たちのことを考慮して、初心者は受け入れられません。ロンドンの学校の教育プランは、さしあたり次のような分野を予定しています。つまり、文法、講読、書き取り、正書法、会話、および英語による商業書簡のやりとりです。

英語の知識がまだまったくない人は、まずはドイツ民族商業補助者連合のハンブルクの商業学校の外国語課程（全日制の授業）に通わねばなりません。語学の知識を完全なものにするために、そこからロンドンへ移ることは可能です。つまり、ハンブルクでの外国語のための二つの課程（それぞれ三カ月間）とロンドンでの三カ月間の課程は、初心者をイギリス人との簡単な談話が行えるようにするという目的を達成するためのひとまとまりの教育となっているのです。同様に、この学校に通う人には、各自が比較的短い期間に熱心に勉強すれば、しっかりとした商業書簡のやりとりができるようになる可能性もあります。ハンブルクでの授業を受けずに直接ロンドンの学校に通いたい人は、ロンドンの学校の要求を満たす知識を持っていることを証明しなければなりません。[25]

ドイツ民族商業補助者連合はこうした語学学校を、ロンドンだけでなくパリとバルセロナにも持ち、フランス語とスペイン語にも対応していた。そのことは次にあげる広告から窺われる。

私たちのロンドンとパリとバルセロナの語学学校は、人生の教師です。あなた方は、故郷をもっと強く愛し、職業において故郷のために戦うために、三カ月間、外国の経験を積むべきです。全日制の授業が行われる新しい教育課程が、一九三四年一月初めに、ロンドンとパリとバルセロナで始まります。詳細がすべて記されたパンフレットを、今日にもハンブルクのドイツ民族商業補助者連合商業学校の事務所（引き渡し窓口、ハンブルク三六）に請求して下さい。[26]

四　商業関連の本と雑誌の刊行

以上のような学校等での教育や職場での実務に資するため、ドイツ民族商業補助者連合では、出版部門であるハンザ同盟出版社から、商業に関連する本を多数刊行していた。その具体的な内容をみるために、ここでは二つの広告を紹介するが、これらはほんの一部に過ぎない。以下、著者名、内容紹介、価格等は省略し、本のタイトルのみをあげる。

ハンブルクの商業関連図書

『販売について』『商人の簿記』『商人の簿記の手引き』『事務手続き』　以下印刷中　『経営の近代的組織』『企業の組織と活動』『工場の簿記』『商品価格の発生』『見積り業務』『商業の計算』『手形と小切手』

商人のポケットブック

『決算一任』『効果の高い宣伝　第一部』『商人の書簡文体改善の提案』『誤った商業書簡から正しい商業書簡へ』　以下印刷中　『効果の高い宣伝　第二部』『よくある簿記の間違い』『アルゼンチン共和国――その世界貿易に対する意味』『粉飾決算と決算歪曲』『新聞の商業欄をどう読むか』[27]

簿記係のための重要なハンドブック

『商人の簿記』『工場の簿記』『商人の決算』『商業計算のすべて』『工業における見積り』『商人の業務における手形、小切手、郵便為替』『法律上の争いにおける債権者と債務者』『私は私の債権をどのように取り立てるか』『個々人は抵当権と土地登記簿についてなにを知らねばならないか』[28]

このような商業関連の本とは別に、ドイツ民族商業補助者連合では、商業に関連する記事を含む雑誌が複数刊行されていた。

第一に、一八九三年の同連合創設の翌年からほぼ毎週刊行された機関誌があげられる。当初は『ドイツ商業補助

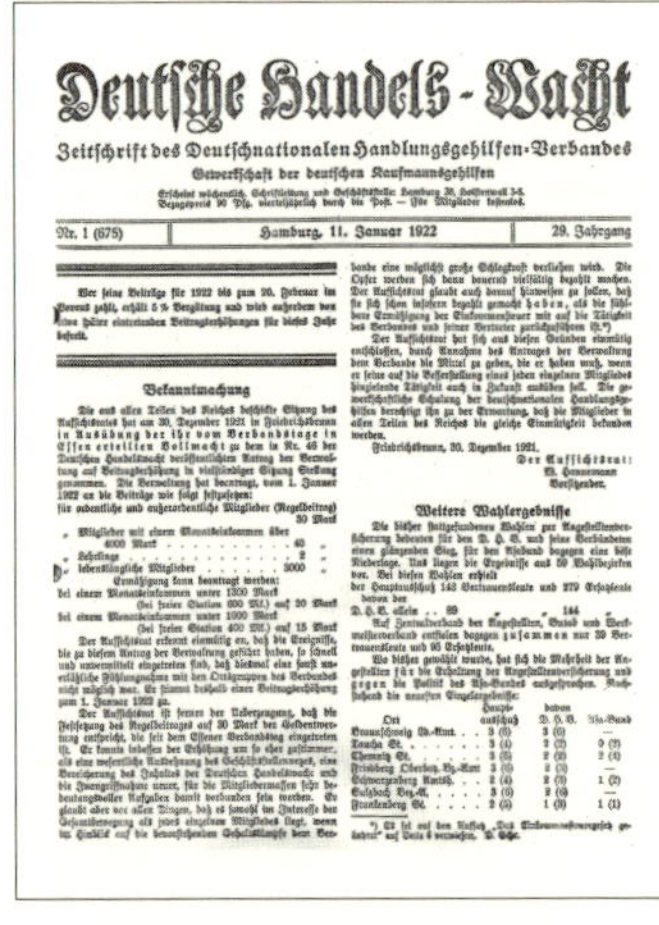

Deutsche Handels-Wacht

Zeitschrift des Deutschnationalen Handlungsgehilfen-Verbandes

Gewerkschaft der deutschen Kaufmannsgehilfen

Nr. 1 (675) | Hamburg, 11. Januar 1922 | 29. Jahrgang

Bekanntmachung

Friedrichsbrunn, 30. Dezember 1921.

Der Aufsichtsrat:

Weitere Wahlergebnisse

図２　『ドイツ商業の番人』

者連合の報告』(*Mitteilungen des Deutschen Handlungsgehilfen-Verbandes*) という名称であったが、一八九六年からは『ドイツ商業の番人』と改められた。時期によって内容に若干の異同はみられるが、一九二二年の一年間をみると、社会政策、経済、商業の実務、民族性と生活、労働組合運動、ドイツ民族商業補助者連合からの報告といった枠組みの中で、様々な論説や報告が掲載されている[29]。また、これらの内容の一部が、『民族性と生活』、『ドイツの経済生活の動向について』(*Vom Gange deutschen Wirtschaftslebens*)、『ドイツの商業青年』(*Deutsche Kaufmannsjugend*)、『商業の実務』などのタイトルで、別冊として(ただし頁数は『ドイツ商業の番人』と通しで)刊行された時期もあった。こうした機関誌の内容はいずれも、商業職員にとって職業生活と私生活の両面で有益な情報を含んでいたが、職業教育の点で特に重要なのは、商業の実務に関連する記事であった。たとえば、一九二五年四月二十二日の別冊『商業の実務』では、「商人のための大学教育[30]」、「販売統計[31]」、「商取引における引受拒絶の結果[32]」、「商店職員の権限[33]」という四つの記事において、職業上の助言がなされている。

第二に、雑誌『商人の世界』(*Welt des Kaufmanns*) があげられる。「あらゆる生活領域での商人の活動のための月刊誌」という副題を持つこの雑誌は、一九一九年よりハンザ同盟出版社から刊行され、毎年十月号を第一号とし、翌年の九月号が第一二号とされていた。また、一九三二年九月まではカール・ボットが、同年十月からは、ハンブルク市議会の副議長も務めたリヒャルト・トーマが編集に携わった。『ドイツ商業の番人』と同様、時代によって多少の異同はみられるが、収録内容はおおよそ次の四つの項目にまとめられる。

Welt des Kaufmanns
MONATSSCHRIFT
FÜR KAUFMANNSWIRKEN
AUF ALLEN LEBENSGEBIETEN
Herausgeber: Karl Bott, Berlin-Spandau
AUS DEM INHALT:
Das Kettenladensystem. Von Edm. Kleinschmitt, Detroit U.S.A.
Allgemeines zur Frage der Selbstkostenrechnung im Bankbetrieb. Von Dr. Karl Ruberg, Bremen
Weltpostverträge. Von Oberpostinspektor A. Morath, M.d.R., Berlin
Das erste Reparationsjahr. Von Otto Paatsch, Berlin
Das neue Einkommensteuergesetz. Von Dipl.-Kaufmann P. Siebs, Berlin
Hanseatische Verlagsanstalt·Hamburg
Oktober 1925
図３『商人の世界』

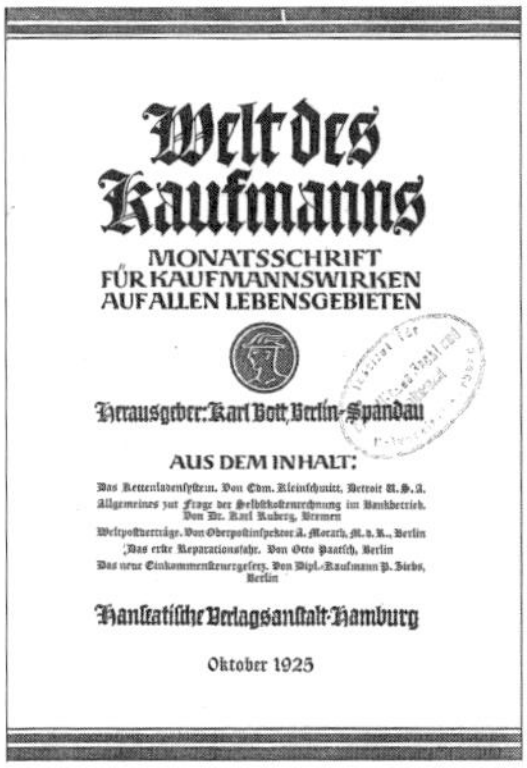

①ドイツおよび世界の経済に関連して、国民経済学、世界経済、経済地理学、世界市場をめぐる戦い、ドイツの経済生活、オーストリアの経済、アメリカの経済、植民地など。
②商業に必要な制度に関連して、商品学、財政、金融市場、租税、関税、保険、銀行、交通、報道、法律、条例など。
③商業の実務に関連して、簿記、原価計算、見積り、決算、統計、挿絵、図示、書簡、宣伝、顧客獲得、販売技術、販売心理学、小売業の特殊問題、見本市など。
④商業を営む人間に関連して、労働の意欲や喜び、商人の仕事場、商人と文化・芸術、商人と技術、商人の教育など[34]。

これらのうち、一九二三／二四年第一号から一九二八／二九年第一二号にかけて、職業教育という観点から最も興味深いと思われる「商人の教育」のコーナーに掲載された記事のタイトルを把握可能な範囲であげると、次のようなものである。

一九二三／二四年第一号―第一二号
商業学校制度改革の計画　ライプツィヒにおける商業大学週間
ベルリンの商業大学の経済学の懸賞募集
一九二四／二五年第一号―第一二号
商人への職業上の助言は目的を達成しうるか　商人の心理学的適正テスト　経済高校の問題について　教育の意志と教育の道　商

図４　コンベヤーベルト

人のための大学での勉強　ドイツ民族商業補助者連合の職業身分講習会における商業大学休暇講習　商人の経営学と実務の学問的考察　商業学校に対する企業の立場　商人のための時流にかなった知識

一九二五／二六年第一号―第一二号

商業文書の洗練（第Ⅰ部）　商業文書の洗練（第Ⅱ部）　ハンブルクの最古の商業関連図書

一九二六／二七年第一号―第一二号

北アメリカの商業学校

一九二八／二九年第一号―第一二号

商人の教育の担い手としての同業組合　イギリスにおける職業教育　商人はどの言語を学ぶべきか[35]

以上のような主な記事のほかに、この雑誌には、様々な特集記事や商業関係のクイズ、それに「〈商人の世界〉から」と題して絵や写真も掲載され、読者の興味を惹く工夫がなされていた。例えば一九二六／二七年第一号には、「斜めの運搬用のコンベヤーベルト」の写真が掲載されているが[36]、当時としては先端的な技術の紹介だったのであろう。

第三は、『商人の文化』（*Kultur des Kaufmanns*）である。この雑誌は、「あらゆる生活領域での商人の活動のための月刊誌」という副題を持つことや、内容がある程度重複していることからして、『商人の世界』の姉妹雑誌とみなされうるが、分量が少ないことから、その縮刷版といった趣を持っている。一九二〇年よりハンザ同盟出版社から刊行され、『商人の世界』と同様に毎年十月号を第一号とし、翌年の九月号が第一二号とされていた。当初はヴァルター・ラムバッハが編集を担当していたが、一九二一年の十二月号よりカール・ボットとの共同編集になっている。

雑誌の構成は、いくつかの主な論説の後に、「時代の流れの中で」という表題でくくられたコラム記事が続く。このコラム記事の内容は、『商人の世界』の内容としてあげた四つの項目とほぼ重なっているが、数はかなり少ない。また、『商人の世界』ではあまりみられなかったテーマとして、第一次世界大戦後の復興とその妨げとなっている国内問題や、青少年の職業教育などがあげられる。[37] 以下には、把握することが可能な一九二〇／二一年の八つの号から、巻頭に置かれた論説のタイトルをあげる。

第四号　女性の教育の理想　再建の舞台裏でⅠ　商人の書簡の保管

第五号　身分国家に関する商人の考え　商人とともにアメリカをめぐる　消費組合における商人の仕事　アカデミックな職業における商業知識の意味について　再建の舞台裏でⅡ

第六号　議会と決算　商人と社会的観念　商人の眼差しでアメリカをめぐる　再建の舞台裏で

第八号　民族市民としての商人　原価償却、通貨価値の下落、および課税　商人と社会的観念

第九号　社会的工場共同体について　商人の眼差しでアメリカをめぐる　ハンブルク＝アメリカ＝ラインとはなんだったのか　古きハノーファーの商業ギルド

第一〇号　ダンツィヒ　隠れた予備金の正当性　外国貿易の促進　古きハノーファーの商業ギルドⅡ　商人はいかにして経済の支配者となったのか

図５『商人の文化』

図６　シュヴィントラツハイム『港』

第一一号　配当金の判断における公正と不正　賠償金問題　六万馬力　中世の簿記
第一二号　市況が逃げ去ったら　ロシアの経済問題　工場維持のための引当金　職員のための生産的な住宅の配慮[38]

なお、この雑誌にも、「〈商人の文化〉から」と題されて、商業に関連のある絵や写真が毎号掲載されていた。例えば一九二〇／二一年の第六号には、オスカー・シュヴィントラツハイムの『港』（*Hafen*）が掲載されている。[39] そこには煙を吐く貨物船や荷物の積み下ろしをするクレーン、それに大きな荷物を運ぶ人夫などが描かれているが、ドイツ民族商業補助者連合が本拠地を置く港湾都市ハンブルクの情景かもしれない。

第三節　一般教育

一　一般教育の概要

第一節で述べたように、ドイツ民族商業補助者連合の教育活動においては、商業分野における職業上の知識のみならず、より広い一般教養をもたらすことが重視され、その際とりわけ民族主義的な信条が重視された。本節では、こうしたドイツ民族商業補助者連合の一般教育について、これを担った同連合の第一七部門の活動を中心に詳しく考察し、単なる労働組合活動の枠を越えた広がりと労働組合にそぐわぬ保守性を明らかにしたい。

そこでまず、一九二五年の『民族性と生活』第八号に掲載された記事「第一七部門の教育活動展望」に基づいて、この部門の教育の概略を跡づける。記事は、「すべての生活領域で会員を根本的に教育する」[40]という連合の教育活動の目標を確認することから始まっている。

経営者となるべく努力する者は、一方では有能な商人でなければならず、職業において無能であってはいけません。他方で彼は、意見を述べるために、一般教養を十分に使いこなすことができ、国民経済学と政治に関する時事問題にも精通していなければなりません。これに三つ目のものが加わります。つまり、強い信条の要求です。職業上の有能さと一般的知識は、それらを獲得した男性が確固たる円満な人格を持たず、自らの天分を正しく用いることができないとすれば、なんの役に立つでしょう。[41]（強調は引用者）

このように、第一七部門の活動においては、一般教養教育と同時に信条の教育が重視された。そして、これらの目標を達成するための具体的な活動について、記事では、次のような五つの項目に分けて説明がなされている。

①講演の資料の貸し出し

地方支部での活動に資するため、講演の構想や手引書などの貸し出しを行う。講演のテーマは一五〇以上あり、スライドのないものが約四〇、独自の改作が可能で、そのために必要な資料が提供されうるものが四九、一般教養的な内容の三〇〇〇枚の写真を備えたスライドつきのものが六〇以上用意されている。資料は絶えず補完され、最新の状態に保たれる。（一九二五年の上半期には、一般教養的な内容のスライドつきの講演の貸し出しが二三四件行われた。）

②社交の育成

連合の教育活動全体は会員の人格の形成と洗練なくしては成功しないという考え方に基づき、「〈ドイツの社交〉シリーズ」や「パーティー＝シリーズ」など、社交の夕べを準備するための五〇―六〇の資料のファイルや手引書の貸し出しを行う。

③文化的催しの吟味

文芸や演劇を吟味、検査し、利己的で非国家的な種類のものに対して会員に警告し、民族的生活の価値にふれるものを通じた健全化の道を示す。具体的には、劇場民族同盟（Bühnenvolksbund）とドイツ劇場（die Deutsche Bühne）との協力により、多くの劇場の上演計画に影響を及ぼす。

④作業共同体

一九二〇年のブラウンシュヴァイクでの連合大会で、労働組合、経済、政治に関する連合の認識を会員が身につける場として提案され、設立された活動である。連合には、この民族主義的作業共同体を主催できる同僚が七六人おり、作業のための六つのテーマに関する二〇〇の資料が備わっている。参加者は現在一〇〇〇人程度だが、活動の成功のためにはその数を一〇倍に増やすことが必要とされる。

⑤時事問題に関する資料の提供

政党、委員会、立法団体などにおいて連合の見解を支持する人々のために、時事問題に関する連合の立場を示す資料を提供する。また、民族主義的作業共同体の中で、政治的な関心を持つ同僚を、政治の分野での活動的な協力者へと育て上げる。[42]（強調は引用者）

こうした活動に対して、ドイツ民族商業補助者連合では、この記事が書かれた時点で、外部からの協力者を含め、一般教育のための理事が一一一三人、社交の育成のための理事が五四八人おり、またそれらの理事に対して、一般教育と政治に関する資料が『月刊案内書』（*Monatsweiser*）として提供されていた[43]。

それでは以下、一般教育の具体的な内容について、把握しうる範囲で詳しくみていきたい。なお、その中には、前節で取り上げた職業教育に関連する内容も登場するが、これは、両分野の活動がしばしば併せて実施されていたことによるものであり、ドイツ民族商業補助者連合の教育活動において職業教育と教養教育が不可分の関係にあったことを示す一つの証左である。

二　講演活動

ドイツ民族商業補助者連合で講演活動が始まったのは、同連合に出版部門として書店――当時の名称は「ドイツ民族書店」（Deutschnationale Buchhandlung）――が設立されたのと同じ一九〇四年である。経済政策、国家政策、歴史、芸術、文学など様々な学問分野にわたる講演がシリーズとして編成され、スライドや映画といった視覚教材も用いられた。講演は主に冬季に夜間を利用して行われたようだが、一九〇九年の冬になると、多数の講演者が地方支部を講演して回り、連合の外部から協力を申し出た作家、芸術家、学者らとの共同作業も始まった。同連合の幹部の一人で、後にドイツ家庭文庫の役員や『ドイツ商業の番人』の主筆を務めたアルベルト・ツィンマーマンは、一九二一年の著書『ドイツ民族商業補助者連合　その発生、活動、および意志』（*Der Deutschnationale Handlungsgehilfen-Verband. Sein Werden, Wirken und Wollen*）において、第一次世界大戦勃発前までの状況を振り返って、次のように述べている。

青少年部門の活動と連携して、教育的な取り組みのための部門による大がかりな措置が講じられました。これらの取り組みは、すでに世紀末の頃に始まっていました。多くの地方組織が、講習会や連続講演会を催しました。しかし、散発的に実施されていた活動が、一九〇四年と一九〇五年に、正式なシステムへと集約されました。連合そのものが、教育と補習の取り組みの担い手となったのです。連合は講演会を催すための詳細な、厳密に検討され入念に仕上げられた手引書を刊行しました。地方グループに、継続的に資料が引き渡される特別な教育理事の選出を指示しました。数多くの中年の同僚を、コースの指導者として養成しました。専門的な講演と一般的な講演のための草案を編集しました。科学と文学に関する著名な講演者を連れた周遊旅行を催しました。実際、戦前の数年間には、勉強のための旅行と休暇旅行が国内外で大規模に実施されました。(44)

また、上記「第一七部門の教育活動展望」には、一九二五年頃の実施方法やスタッフに関して、次のように記されている。

今年の冬の活動のために送付される資料には、準備のための活動計画、講演の催しを準備するための諸原則、および広報宣伝と一連の模範的パーティーと模範的計画の例示に加え、冬の講演者のリストも含まれています。八人の著名な芸術家以外に、職務上指導的な立場にある一二人の連合の同僚が、教育的な講演を引き受けてくれました。つまり、ディラー、グラッツェル、グロイ、ギュンター（『ドイツ民族性』）、ハーン、ヘンシェル、ヤーン博士、ケッペル、クレープス博士、ローテ博士、シュタ－ペル博士、ツィーグラーといった人たちですが、彼らは、一九二五年十一月一日から一九二六年四月三十日まで、講演旅行の運営を免除されます。これら連合の講演者に対しては、地方組織は、小額の講演料を支払うだけで結構です。それによって、小さな地方支部にも、冬の間に二回から三回まで、連合の講演者にその地で講演をさせることが可能になります。申し込みは、九月十日までに、ガウの教育局を通して、第一七部門（一般教育）に届けて下さい。[45]

このように、ドイツ民族商業補助者連合の講演活動は、ハンブルクの本部と地方支部との間の十分な連携の下に実施されていた。また、名前をあげられた講演者のうち民族主義的な信条を特に強く持つ人物として、保守革命的な雑誌『ドイツ民族性』の編集者であるヴィルヘルム・シュターペルとアルブレヒト・エーリヒ・ギュンター、それに右翼的な「若きドイツ人同盟」の中心的な設立者フランク・グラッツェルがあげられる。なお、一九二五年には、ドイツ民族商業補助者連合全体で三四二一の講演が行われ、一六万六〇〇〇人が参加した。[46]

ついでながら、引用の中で「ガウ」と呼ばれているのは、本部と地方支部の間に位置する、県ないしは州のレベルのまとまりであり、およそ一二の地区に分かれていた。ここで、独自の機関誌を刊行していたガウをあげると、アルトプロイセン、バイエルン、ブランデンブルク、ブランデンブルク＝ポンメルン、マイン＝ヴェーザー、ミッテルドイチュラント、ニーダーザクセン＝ヴェストファーレン、ニーダーザクセン、ノルトマルク、オストマルク、ザクセン＝アンハルト、ズュートヴェスト、テューリンゲン、ヴェストマルクである（一部に重複がみられるのは組織の改変によるものと思われるが、詳細は不明である）。また、同じく独自の機関誌を刊行していたことが確認されている主な地方支部としては、ベルリン、ブレスラウ、ブエノス・アイレス、ケムニッツ、ドルトムント、ゲラ、ハーゲン、ハンブルク、カッセル、ライプツィヒ、マグデブルク、ネルトリンゲン、ライン＝ラーン、ザルツブルク、ウンターフランケン、ヴィースバーデン、ヴッパータールなどがあり、ここからは、ドイツ国外の連合の支部の活発な活動も窺われる。[47]

三　スライドと映画

ところで、このような形で実施された講演は、内容的にはどのようなものだったのであろうか。それを知る上で役に立つのが、『民族性と生活』の一九二二年第八号に掲載された「ドイツ民族商業補助者連合のスライド課」という記事であり、「民族市民的[48]」と自称するドイツ民族商業補助者連合の教育活動において、スライドと映画がどのように活用されているかが詳しく述べられている。それによれば、一九二二年の時点で、同連合は五〇万マルクの価値をなす約五〇〇〇のスライドを所有しており、すでにこの金額の大きさに、「ドイツの商業補助者の教育に対する連合の責任感[49]」が表れている。そして、用意されている九〇以上のスライドつきの講演は、「会員に真の喜びと豊かな教訓を与えることができるシリーズ[50]」となっており、職業教育と一般教養の両面をカバーしている。

スライドの一部は、職業の知識に、実践的な職業教育に役立ちます。もう一つの部分は、一般教育の領域で、会員に視野の拡大と人格の充実をもたらすことに役立ちます。[51]

ただし、スライドを用いた講演の一つひとつが、職業教育と一般教育のどちらかに明確に区別されるわけではない。たとえば、「商人と世界経済」というスライドつきの講演では、経済的内容と地理学的内容が不可分に結びついている。と同時に、この講演は、連合の出版物における文字による情報を画像によって補うものと位置づけられている。

私たちの同僚は、私たちがハンザ同盟出版社から『商人と世界経済』というシリーズの本を刊行していることとを、『商業の番人』の広告で知っています。スペイン、アルゼンチン、メキシコに関する本は刊行され、さらに続編があります。これらに叙述された知識が、併せて準備されるスライドつきの講演の具体性によって補われます。こうして、言葉と映像が密接に結びつき、それによって、私たちの地方組織は、経済的・地理学的な教育を計画的に拡充することができるのです。[52]

ここで、商工業との関連性が強いスライドのテーマをあげれば、「宣伝」、「経営の近代的体制」、「食塩、磁器、ガラス等の製造」、「活字の製造と解体」、「遠洋漁業」、「ドイツの電化」、「石油――石炭の競争相手」といったものがある。また、同じ分野に関する映画も準備されており、その理由は、「商業、工業、原料生産の分野の叙述は、しばしば静止画像よりも動画によってより具体的でいきいきとしたものになるから」[53]である。具体的なテーマとしては、「ドイツの工業」、「書籍印刷技術」、「石炭と鉄」、「鋳造」などがある。なお、これら映像を用いた講演の目的は、単に現実の代用品を提供することではなく、映像で見たものを実際に見たり、それに関する本を手に取ったりしようとする気持ちを起こさせることにあり、その意味で、これらの講演に引き続いて企業見学が行われる場合もあった。

一方、より一般教養的なテーマのスライドとしては、次のようなものがあげられる。

①「リューネブルク荒野の美」、「ドイツ・アルプスの世界」、「中部ドイツの風景」。これらはドイツの風土を扱っており、第一次世界大戦後の通貨価値の下落による経済的困窮の中で旅行や放浪ができないことによる「ドイツ人の魂の苦境」を救うものである。

②「時代の移り変わりとドイツの海外貿易」、「パリ会議の経済的影響」、「自由ハンザ都市」。これらは、その内容が、ハンザ同盟出版社から刊行されているヴィルヘルム・シュターペルの『民族市民の教育』とヴァル

ター・クラッセンの『ドイツ民族の生成』によって補われるものである。
③「職員の個人住宅」、「小住宅、その家具調度」、「家の装飾と家の文化」。これらは、ドイツ民族商業補助者連合が職員層の住宅購入に力を注いでいることと関連しており、雑誌『個人住宅と労働』で述べられている内容を映像で示し、職員層の持ち家への憧れについて語り、連合の文化意志を証明する。
④「アルブレヒト・デューラー」、「ルートヴィヒ・リヒター」、およびその他のドイツの芸術家の絵画について。
⑤「ドイツ民族商業補助者連合の建築」。ホルステンヴァルにある巨大な本部ビルおよび他の都市にある連合の建物を、連合の活発な意志の強さの表れとして示す。
⑥「フリードリヒスブルン」、「ロベダ山」。これらは、連合の社会的・文化的な感性の目に見える表現である。[54]

以上のようなスライドの内容を例示した後、記事は次のような言葉で締めくくられている。

私たちは、スライドと映画をますます多く利用するでしょう。私たちの文化活動全体は、民族市民の教育という思想に貫かれています。作業共同体、パーティー、スライドがある講演またはスライドのない講演は、相互に補完しあいます。私たちは今日の映画の危険性を知っており、悪いものにかえてよいものをもたらすつもりです。[55]（強調は引用者）

四　社交の育成

同じようにドイツ人の民族性に立脚した教育という意味で、ドイツ民族商業補助者連合は、パーティーのような社交的な催しにも強い関心を持っていた。こうした点がよりはっきりと表れているのが、『民族性と生活』の一九二五年第八号に掲載された記事「社交の育成という課題」である。ここでは、連合の「民族市民の教育」が「民族生活の健全化[56]」を目的としていることに触れた後、社交と教育のかかわりについて、次のように述べられている。

　社交的な種類のすべての催しは、私たちの民族の精神生活の発展と信条を担う力の獲得にとって大きな意義を有しています。真の社交性は、同時に教育活動です。これは最上位の原則です。課題はとても広範囲に及びます。一つ目は、社交への自然な欲求を精神的・文化的に価値のある形で満たすことです。二つ目は、この社交の欲求を教育活動との緊密な関連の中に置くことです。三つ目は、社交的な催しの形式と内容を通じて信条の力を強め、民族の中に文化を担う層が再び成長することです[57]。（強調は引用者）

　著者であるオットー・ヘンシェルは、当時世間一般や団体等で行われていた社交的な催しについて、それらは「純粋な喜びの原動力ではなく、責任を持たぬ、欲の深い、富の精神しか案出できない、実に疑わしい種類の喜びと手段」であり、「瞬間の享受と感覚の喜び」、「単なる〈慰み〉[58]」に過ぎないという考えを持っていた。ヘンシェルがここで念頭に置いているのは、具体的にはキャバレーや大衆酒場、「下品さ、流行歌、黒人ダンス[59]」である。つまり、「赤裸々な金銭欲と利欲」によって人々に押しつけられているこうした「大衆酒場の文化」は、劇場の催しや様々な身分団体や職業団体の催し、たとえば定期的な集会や創立記念祭といった催しにまで影響を及ぼし、それによって、「私たちの民族の未来に対する責任を自己のうちに担っている人[60]」（強調は引用者）を不安で満たしているというのである。これに対し、彼は、「純粋な人間愛または民族共同体に対する責任」（強調は引用者）に立脚した「生活感情の高まり[61]」をもたらすような社交的催しが行われるよう配慮することを求め、それをドイツ民族商業補助者連合による教育活動の課題と位置づける。

> 社交の育成は、教育活動の一部とみなされねばなりません。つまり、表面的な満足ではなく、私たち偉大なドイツ人の、私たちの思想家や詩人、画家、音楽家の作品を、あるいは私たちの民族の名誉ある歴史に登場した政治的指導者の功績を集めることです。すべての催しは精神的な富を育むことに貢献しなければなりません。そして、生の喜びを強め、教養を深めることによって、その富を民族全体がなさねばならぬ大きな課題によりいっそう役立つものとせねばならないのです。[62]（強調は引用者）

また、シュパンダウでドイツ民族商業補助者連合の作業共同体に従事し、一九二六年からはナチスのハンブルク支部長にもなったアルベルト・クレープスも、『民族性と生活』の一九二六年第九号の論説「教育的課題としての身分上昇」において、連合の活動の最終目標である商業職員の身分の上昇と確立という課題にとって社交的な催しが持つ意味を、次のように述べている。

> 個々の商人はその生の遂行の中で、個々の地方支部はその公の行動の中で、彼らの身分に求められる外面的・内面的態度を守らねばなりません。猥談が催しのレベルを決め、参加者全員がシミー（肩をゆするアメリカのラグタイムダンス。一九二〇年代に流行＝引用者注）に合わせて『ねえハンス、膝でなにしてるの』などという歌を歌う地方支部は、残念ながら身分意識が欠如しており、会員や世間の間で望ましい名声を享受していなくとも、驚くには当たりません。真の教養の本質は、多くの知識にではなく、こうしたことに表れます。ここに、私たちが労働組合を越えて身分へと成熟できるかどうかがその答えによって左右される課題があるのです。[63]（強調は引

用者）

一九二〇年代のドイツにおけるアメリカの大衆文化の影響を批判するこうした記述からも、ドイツ民族商業補助者連合の教育活動が「ドイツ的理念のための戦い、ドイツ文化における外国精神の影響の拒否(64)」に向けられていたことが実感されよう。なお、第一七部門では、こうした社交の育成に関しても、必要な手引書や資料を提供していた。

五　職業身分講習会

「職業身分講習会」（Berufsständliches Seminar）については、前節で商業に関する休暇講習が行われる場として取り上げたが、そこはまた、連合の教育活動の指導者の養成が行われる場でもあった。この講習会は、一九二三年四月から、連合の管理部門によってシュパンダウのヨハネ財団で始められたが、その後、第一七部門による講習も加わった。また、一九二八年からはドイツ民族商業補助者連合のガウでも実施され、同連合の職員のための講習（グループAとB）と専門教育課程（グループD）に、ボランティアの協力者のための講習（グループC）が加わり、全体の規模もそれまでの六倍となった。

『ドイツ商業の番人』の一九二八年第二〇号の記事「ドイツ民族商業補助者連合の職業身分講習会(65)」によれば、講習会には週間講習と週末講習の二種類があり、前者は六日間にわたって午前中の四―五時間を利用して行われ、後者は土曜日の午後と日曜日の朝を利用して七―八時間行われた。そして、この年に実施された週間講習としては、グループCに関する「青少年指導者のための作業週間」（一〇件）、「教養と社交の理事のための講習」（六件）、「国家および市町村政策のための講習」（一件）、「作業共同体の指導者のための週間」（一件）、「経営協議会委員のための活動週間」（一件）、「地方グループ指導部のための週間」（三件）があり、約四五〇人のボランティアの協力者が受講した。また、これらに加え、地方グループ指導部、教育理事、労働裁判官、経営協議会委員のための週末講習が一九件実施され、五五〇人以上の協力者が受講した。記事によれば、これらの講習は、「利益しか知らない現代の実利主義的時代精神に精力的に対抗する」ものであり、地方グループの指導者たちを「ドイツ民族商業補助者連合において指導陣として必要とされる行動型の人間[66]」へともたらすものである。

ついでながら、ここで、ドイツ民族商業補助者連合の教育活動の中にしばしば登場する作業共同体について、『民族性と生活』の一九二五年第八号に掲載された「市民大学と私たち！」に基づいて説明を加えておきたい。そこでは、同連合の民族主義的な教育活動において作業共同体が持つ意味が、一般的な講演や社交的活動と比較して、次のように説明されている。

私たちの連合の教育活動は、この基礎から成長しました。すぐに手に入る流行じみた成功を意識して断念し、音を立てずゆっくりと前進したのです。とりわけ会員内で生じる多くの困難とも戦わねばなりませんでした。けれども教育の目的を考慮して、たとえば社交活動全体が形成し直され、古くからの、しかしだからこそ良くない習慣が多数犠牲にされねばなりませんでした。つまり、キャバレーのごとき底の浅さ、現代風のダンス、男たちの集会だけの冗談が。同様に、私たちの講演も知識の伝達のみならず、意志と努力のまとまりを形づくることに役立ちます。しかし、上に述べた教育理念にとりわけ役に立つのは、作業共同体です。講演や社交の夕べはすぐに雲散霧消し、振るわされた弦は鳴りやみ、美しい思い出しか残らないことがしばしばです。作業共同体はそうではありません。そこには、聴衆に主張や要求を投げつけ、彼らを魅了したり驚かせたりして、二、三時間後に去り、多くの未解決の問いや問題を後に残す活発な講演者はいません。いいえ、ここでは人々は小さなグループになって一緒に座り、誰もが問うことができ、誰もが自分の考えを述べることができます。第一七部門が資料を提供し、徹底的な共同作業から、多くの困難な問題の解決がゆっくりと成熟し、多くの幕が下り、多くの展望が開け、一つの世界観が、またそれとともに、作業への共同の奉仕から、新しい熱狂と同志としての感情が形成され始めるのです。ただし、そのような成功が花開くには、作業共同体が単に日々の問題に従事するのではなく、究極的な事柄に触れる問題に取り組むことが必要です。ドイツ民族性に対する支持表明という内容の世界観を形成するために、そのような素材を諸部門にもたらすことが、常に教育部門の努力だったのです。[67]（強調は引用者）

このように、作業共同体とは、少数の参加者が相互の意見交換を通して議論を深めることにより、活動への熱意や仲間意識を培いながら、ドイツ民族性に立脚した世界観を身につけていくものであった。

第四節　青少年教育

一　商業青少年教育と民族主義

上述のように、ドイツにおいて商業分野における学校教育が始まった契機の一つは徒弟制度の退化であり、もともと徒弟は職業教育の中心的な対象であった。だが、商業の専門教育と並んで民族主義的な世界観に基づいた人間形成という教育目標が掲げられたドイツ民族商業補助者連合においては、青少年教育においてもこの点が重視され、商業に携わる人々を年齢的に若いうちに自らの精神的影響下に引き込むことが試みられた。この点について、アルベルト・ツィンマーマンは次のように述べている。

一九〇四年五月二十九日、徒弟部門の設立が決定され、十月一日に誕生しました。同時に設立された『若き商人のための雑誌』が機関誌となりましたが、それはドイツで最初の徒弟向け雑誌となりました。古くから存在していた団体は、以前から徒弟部門があったにもかかわらず、後に雑誌の創刊を模倣しました。

新しい広い領域が拓かれました。たしかに私たちはとっくの昔から徒弟飼育に反対して戦い、徒弟の根本的な教育を精力的に支援していました。しかし、今や私たち自身が仕事に着手したのです。私たちは商業の知識に関連した実務的な教育と補習学校の授業を補完することを自らの義務としたのみならず、ドイツ人の民族意識とドイツの商人身分の名誉に対する感覚をも目覚めさせ、育成しようとしました。つまり、身分上のうぬぼれを克服し、身分意識そのものと身分が伴う義務に対する感覚を確かなものにし、深めようとしたのです。

『若き商人のための雑誌』において、私たちは、ゲーテが真の商人の精神は広く多様なものでなければならないと書いたときどれほど正しかったかを、後継者たちに示します。私たちは徒弟に、商人の偉大な課題のイメージを、商人の国民経済学的な意味に関するイメージを与えようと試みます。そしてドイツの商人はドイツの民族性にきわめて深く根ざしていることを伝え、民族を意識した商人は金儲けしか考えない国際的な商人よりも上位に位置しているのだという感覚を目覚めさせます。

私たちのドイツ民族的な青少年メンバーは、余暇を飲み屋の汚れた空気やダンスフロアの埃の中で過ごしてはいけません。それゆえ私たちは、後継者らと連れだって美しい世界へと出かけ、森や荒野を通り、山や谷を越えて歩きます。それは、来るべき仕事の日々のために身体を鍛え、精神を活気づけ、故郷に対する感覚を強め、祖国愛を真に深いものにします。

私たちの努力は、商業青少年の間に共感を得ました。いまや、青少年部門の会員数は約五万人です。[68]（強調は引用者）

ドイツ民族商業補助者連合においてこの分野での教育を中心的に担ったのは第一四部門であるが、その活動は、主に同盟青年運動という形で遂行された。本節では以下、この点について詳しく検討し、同連合における青少年教育が民族主義的な観点から大規模に実施されたことを明らかにしたい。

二　徒弟部門から商業青年同盟へ

さて、上の引用にみられる通り、ドイツ民族商業補助者連合には、一九〇四年に「徒弟部門」（Lehrlingsabteilung）とその機関誌『若き商人のための雑誌』（*Blätter für junge Kaufleute*）が設立された。この部門は、「ドイツ民族商業補助者連合の徒弟の父」[69]と呼ばれたエーミール・シュナイダーによって率いられ、一九〇八年に「ドイツ民族商業補助者連合青少年部門」（Jugendabteilung des DHV）に改編されたが、活動は一貫して「連合のドイツ＝国家的な教育の努力の枠内」[70]で行われた。たとえば、一九〇八年から一九一二年にかけての聖霊降臨祭の徒歩旅行は、ハンブルクやブレーメンの地方支部との共催によりリューネブルク荒野で行われたが、ワンダーフォーゲルのように旅行それ自体が目的とされるのではなく、その中で一種の軍事的な鍛錬もなされ、後に触れる遍歴職人の指導者や軍人がその指導を引き受けた。

さらに一九一二年、ドイツ民族商業補助者連合青少年部門は「商業青年同盟」（Bund der Kaufmannsjugend）へと改編される。会員数も増加し、この年に二万四六八五人であったのが、一九二七年には約五万人、一九三一年には七万一八七八人となり、組織の拡大に伴って指導者の養成も重要な課題となった。このため、ガウのレベルでも、その下に位置するクライスのレベルでも、教育大会、教育週間、週末大会などが盛んに催された。そして、これらの催しの頂点をなしたのが、ドイツ民族商業補助者連合の「全国青少年大会」(Reichsjugendtag)であり、一九二一年にはライプツィヒ(諸国民戦争記念碑)で、一九二五年にはハイデルベルクで、一九二七年にはハンブルク(ビスマルクの墓所)で、一九二九年にはダンツィヒで、一九三一年にはインスブルックで開催された。この大会が同連合の民族主義的な信条を誇示する場となったことは、すでにこれらの開催地や開催場所に表れている。つまり、ライプツィヒとハンブルクの開催場所はドイツ民族の英雄的行為と、開催地としてのダンツィヒとインスブルックは大ドイツ的な考え方と結びついているのである。また、「およそ一万五〇〇〇人の青少年参加者のひとりひとりが、大会のいずれかの時間に感動させられ、普通のこと、いつものこと、およびただ参加している人たちから断ち切られて、なんらかの仕方で崇高なものを心に刻みつける[71]」ために、整列行進、たいまつ行列、制服、旗、三角旗などが強烈な印象を与え、ハイデルベルクの大会では、陸軍少将パウル・フォン・レットフ゠フォルベックの演説が商業青少年たちを熱狂させた。このような全国青少年大会の意味について、『一九二九年のドイツ民族商業補助者連合事業報告書』(*DHV-Rechenschaftsbericht für 1929*)では次のように述べられている。

私たちにとって重要なのは、成長しつつある人間の、民族と国家に対する究極の内面的なかかわりです。私たちには、青少年が歴史に対する尊敬を持たずに育てられること、つまり、父なるエルベ川の自由のためにすべてを、生命と財産を差し出す心構えをせよと求められずに育てられることなど考えられません。私たちは、民族性の活動に根ざした教育と、防衛の力と用意がある国家を欲します。そして、民族として国家としての独自の生が尊重されるドイツ人を超越したところで初めて、人道的なヨーロッパ人を望みます。それゆえ私たちは、戦前の学校愛国主義に反対し、決定的な教育要素としてドイツ民族性という概念を据えるのです[72]。(強調は

引用者）

三　遍歴職人

徒弟部門に端緒を持つ以上のような発展と並行して、一九〇九年七月十八日には、「ドイツ民族商業補助者連合における徒歩旅行育成のための同盟[73]」として、「遍歴職人」（die Fahrenden Gesellen）が設立された。設立にあたっては、連合の幹部の一人で、後に『ドイツ商業の番人』の主筆、ドイツ家庭文庫の役員、教育組織の主任、政治委員などを歴任したマックス・ハーバーマンと、ドイツ家庭文庫の顧問を務めたクリスティアン・クラウスが特に尽力した。また、徒弟部門と同様にこの同盟でも指導者を務めたエーミール・シュナイダーは、この組織の目的について次のように述べている。

遍歴職人は、ドイツの商業補助者と徒弟の間に徒歩旅行の歓びを覚醒し深め、彼らを高貴な自然の享受に対して目覚めさせ、徒歩旅行そのものを最高の生の歓びの源へと形づくるつもりです[74]。

このような遍歴職人は、もちろんワンダーフォーゲル運動と同様に、文明社会から自然への脱出という方向性を持っていた。この点について、アルベルト・ツィンマーマンは次のように述べている。

ドイツ民族商業補助者連合には、経済的な事柄にほとんど関心を持たない同僚もいました。つまり、少しばかり風変わりで浮世離れしているとみなされることがしばしばあるものの、そのような非難を平然と甘受する人たちです。その人にとっての王国がこの世界にはない――または必ずしもない――人々、必ずしも通常の意

図７『遍歴職人』

味で敬虔であるとは限らないが、「田舎の静けさ」に属する人々です。

そうした同僚の幾人かが、一九〇九年七月十八日に、リューネブルク荒野の北端のファルケンベルクに集い、「遍歴職人」同盟を設立しました。

遍歴職人は、徒歩旅行の世話を行います。冬も夏も、彼らはギターを携えて、あるいはギターを持たずに、森や荒野へ出かけます。しかし、彼らは絶えずあちこち歩き回ることはなく、彼らにとって徒歩旅行が戯れの恋の機会であることもほとんどありません。徒歩旅行は彼らに、都会に住む人々にはいともたやすく失われてしまう生きた自然との結びつきを再び打ちたて、強める可能性を与えるべきです。遍歴職人は、敏感にされるべき目に、野原や耕牧地、山や谷にある私たちの祖国の美を示し、そのようにして、徒歩旅行を自然の気高い享受と純粋な喜びの源とするつもりです。

そして、冬の夕べに、「職人」たちは、暖かい巣の中で、歌ったり、音楽を奏でたり、物語りをしたり、読書をしたり、物思いに耽ったりします。お酒も飲まなければ、煙草も吸いません。というのも、彼らは、この二つのものを拒否するか、それらにひどく不信を抱いているからです[75]。

だが、遍歴職人もまたドイツ民族商業補助者連合の組織である以上、「民族の再生の活動[76]」を強く志向していた。ツィンマーマンは、続けてこう述べている。

遍歴職人は、私たちドイツ民族的な商業補助者運動の構成要素であり、その運動の土台の上にのみ成立し繁栄しうるのです。[77]（強調は引用者）

したがって、商業青年同盟と同様に遍歴職人においても、徒歩旅行は行進となり、遊びは戦闘演習となった。またそれは、ドイツ民族商業補助者連合において、同連合とその青少年グループにおける指導者的人材を養成する役割も担っていた。

遍歴職人では、一九一三年より、雑誌『遍歴職人　ドイツ民族商業補助者連合におけるドイツ人の徒歩旅行と生のための同盟の月刊誌』（*Der Fahrende Gesell. Monatsschrift des Bundes für deutsches Wandern und Leben im DHV*）も刊行された。会員数は、一九一四年に約六〇〇〇人であったのが、第一次世界大戦までに約一万六〇〇〇人に増加している。さらに、一九二五年には「青年国境地域活動中央本部」（Mittelstelle für Jugendgrenzlandarbeit）の創設に参加し[78]、一九二六年には会員数が約二万三〇〇〇人に達した。この数は、第一次世界大戦後の激動期に青年団体の結集を目的として設立された「ドイツ青年団体委員会」（Ausschuß der deutschen Jugendverbände）が改称した「ドイツ青年団体全国委員会」（Reichsausschuß der deutschen Jugendverbände）に属する同盟青年諸団体の会員総数の約四パーセントを占めていた[79]。こうして、遍歴職人は同盟青年の一角を占め、「民族主義的に方向づけられた労働組合に、左翼の運動には夢想することしかできないような多大な影響を及ぼした[80]」のであった。

四　青年ドイツ同盟と若きドイツ人同盟への関与

このように、ドイツ民族商業補助者連合の青少年教育が民族主義的な基盤に立って遂行されたことは、商業青年同盟と遍歴職人が加入した二つの外部団体の特色によっても裏づけられる。

その一つは、「青年ドイツ同盟」(Jungdeutschlandbund)である。この組織は、国家と軍、教育界、商工業家などの強力な支援の下、陸軍元帥コルマール・フォン・デア・ゴルツが一九一一年一月に結成したもので、青少年に軍国主義的な思想を鼓吹し、反社会民主主義的な思想を注入して、彼らを排外主義的愛国者に仕立て上げることをめざしており、当時のドイツにおいて青少年育成事業が国家主義的・軍事的色彩を濃厚にしていったことを示す団体であった。[81] この同盟の設立には遍歴職人の指導者が深くかかわり、また逆に、青年ドイツ同盟の会員もドイツ民族商業補助者連合の青少年活動と密接に結びついていたといわれるが、[82] 両者の関係について、連合の幹部の一人アルフレート・ロートは、『ドイツ商業の番人』において、次のように述べている。

> 設立者である陸軍元帥フォン・デア・ゴルツの著作と講演は、(中略)同盟の活動の精神が私たちの精神と同じであることを示しています。またその同盟は、ドイツの若者の中に祖国の意識を覚醒することにも役立ちます。したがって、その同盟と私たちの連合がこの戦いにおいて仲間同士なのは当然です。[83](強調は引用者)

青年ドイツ同盟は、一九一四年にはおよそ三五の同盟を包括し、一四歳から二〇歳の青少年七五万人、すなわち同年齢の青少年の約五分の一を擁するまでに発展した。[84]

もう一つは、「若きドイツ人同盟」(Jungdeutscher Bund)である。この組織は、第一次世界大戦後の一九一九年八月に、「自由ドイツ青年」(Freideutsche Jugend)に属していた同盟のうち民族主義的な考え方を持つグループによって結成されたものであり、それを支持した人々の中には、ヴィルヘルム・シュターペル、法律家のハンス・ゲルバー、[85] フィヒテ協会で雑誌『若きドイツ人の声』の主筆を務めたフランク・グラッツェル、クリスティアン・クラウス、同協会の講師を務めたエーミール・エンゲルハルト、同協会の事務局で働いたカール・ベルンハルト・リッターなどがいた。[86] なかでも最も中心的な役割を担ったグラッツェルは、一八九二年に生まれ、一九一〇年からワンダーフォーゲルに参加し、ベルリン大学で法学と国家学を学んだ後、弁護士となり、ドイツ民族商業補助者連合の専門的顧問やフィヒテ協会の事務局のメンバーも務めていた。そして、社会主義的な階級対立的発想ともワイマール共和国の民主主義とも対峙して、国家有機体説に立ち、ドイツ人の民族共同体としてのドイツ国家の構築を助ける行動共同体としての同盟をめざしていた。[87] 彼は、「私たち若きドイツ人同盟の者は、私たちの民族性の力から自力で成長した人間となり、外面的対立を克服して、すべてのドイツ人の真の民族共同体を創造し、私たちの民族的生活の基礎と形態としてのドイツ帝国を建設することを手助けするつもりです」[88]（強調は引用者）と述べ、若きドイツ人同盟の使命として、次の三点を強調した。

①民族主義的青年運動の行動共同体、信条の共同体となり、新しい民族意識を告知し仲介すること。
②民族共同体の創造を期して、社会を編成し直すこと。
③まだ一度も完全に現実となったことはないが、私たちの心の中にある理念の現れとしてのドイツ帝国のために活動すること。[89]

こうして、第一次世界大戦後の「最大の右翼組織[90]」となった若きドイツ人同盟は、——一九二四年にグラッツェルが引退した後にも——民族教育の問題と社会的・政治的な問題に取り組み、「ワンダーフォーゲル」(Wandervogel)や自由ドイツ青年などにみられる青年運動本来の非政治的なレベルを離れ、メンバーに政治的なアンガージュマンを求めていったのであった。

五　ナチズムへの接近

このように、きわめて民族主義的な外部団体とも密接なかかわりを持ちながら展開されたドイツ民族商業補助者連合の青少年教育は、ワイマール共和国時代の末期になると、参加者の間にナチズムとの情緒的なつながりを誘発することとなった。そのことは、たとえば、一九二九年のダンツィヒでの全国青少年大会に関する若い会員の報告によく表れている。この大会の開催にあたっては、『若き商人のための雑誌』において、六カ月間にわたってあらかじめ東部地域の経済的、文化的、政治的問題が取り上げられ、六万人の読者全員に対して予備知識が与えられていた。そして大会後、商業青年同盟の六〇〇〇人の参加者が徒歩旅行を行い、ドイツ東部の体験を心に刻んだ。ある参加者は、その様子を次のように記している。

> 夕暮れの影がダンツィヒの路地と隅々に沈む間に、ハーゲルスベルクの古い城塞の波止場の背後に、次々とガウが勢ぞろいします。松明が配られます。（中略）一〇時です。厳格な号令が夜の静けさを突如切り裂き、隊列をこわばらせます。楽団の音がホーエンフリートベルクに高らかに鳴り響きます。六〇〇〇人の若者が不動の姿勢をとります。男らしい音楽のリズムが拍子の中に脈を打たせます。——歩調とれ——進め！——そして、果てしない沈黙の隊列が行進を始めます。数千の松明が燃え上がり、激しく燃える炎の反射を夜空に投げ上げます。（中略）すべての窓がハンカチを振る人々で占められます。（中略）娘らの手から花が投げられます。（中略）老人たちは行進する男らしい若者たちに帽子を脱いで挨拶し、子どもたちは父親によって高く持ち上げられます。自由を愛する、**真にドイツ的な、新しい種族**の顔が彼らに刻まれるようにと。**勝利に満ちた民族的な若者**の印象が、ダンツィヒの人々の心の中に消しがたく残されます。[91]（強調は引用者）

また、別な参加者も、次のように述べている。

ダンツィヒの大会によって全国指導者らが私たちに授けてくれた世界観の授業は、厳しくて明確でした。私たちは、私たちの兄弟の国境地帯の困難をとても強く深く認識できるようになりました。けれども、スラヴの傭兵の群れが生粋のドイツの土地を、ドイツの文化と文明を廃墟に引き渡す様を、なすすべもなく傍観せねばならないのです。とにかく歯を食いしばり、自由と復讐の日を待ち望むのみ、待ち望むのみです。[92]

このような報告を前にしたとき、ドイツ民族商業補助者連合の若い会員の多くがその後ナチズムの運動へと参加していったことも驚くにはあたらず、むしろそこに、長年に及ぶ同連合の青少年教育の一つの帰結をみることができる。マックス・ハーバーマンは、一九三一年に同連合の若い会員たちに向けて行った演説でも、商業職員の身分確立のための運動を強く訴えかけているが、[93]第一節で述べたように実質的なプロレタリアート化に対して商業補助者や徒弟が抱いていた危機感と、ここにみたような民族主義的教育の強い情緒的な影響が重なり合うことによって、彼らはナチスの唱道する第三帝国に過大な期待を抱き、ヒトラーが首相に就任した一九三三年一月三十日を歓迎したのであった。

第五節　フィヒテ協会と雑誌『ドイツ民族性』

一　フィヒテ協会設立の経緯

一九一五年八月と一九一六年一月、雑誌『舞台と世界』（*Bühne und Welt*）において一つの団体を設立するための綱領が発表されたが、その主旨は次のようなものであった。ドイツでは、ビスマルクによって成し遂げられた政治的統一が、精神の領域で達成されておらず、国際主義というなじみのない風潮が広まっている。それに対し、ドイツが将来偉大な国家として持ちこたえるためには、外国の要素の影響を受けない新たな国家の理想を打ち立てねばならず、それを援助することが、新しい協会の課題である。[94]——綱領の起草者は、この雑誌の編集者であり批評家として著名なヴィルヘルム・キーファーであった。また、およそ一六人の人物が署名をしており、その中には、法律史家のゲオルク・フォン・ベロウ、反ユダヤ主義的な郷土芸術運動の代表者アードルフ・バルテルスとフリードリヒ・リーンハルト、作曲家で指揮者のジークフリート・ヴァーグナー、哲学者のヒューストン・スチュワート・チェンバレン、芸術史家のヘンリー・トーデなど、反ユダヤ主義的で国家主義的・民族主義的な人々が含まれていた。この他に、協会の設立に携わった人物として、同様の傾向を持つ作家のフリッツ・ブライとエルンスト・ヴァハラーや、脚本家で映画監督のハンス・フォン・ヴォルツォーゲン、それにドイツ民族商業補助者連合で指導的な役割を果たしていたクリスティアン・クラウス、アルフレート・ロート、アルベルト・ツィンマーマンなどがあげられる。[95]

こうして、一九一六年五月十日、ハンブルクにおいて、「一九一四年のフィヒテ協会」（Fichte-Gesellschaft von 1914）が誕生したが、この名称もまた、協会の理念を端的に表している。まず一九一四年という年号は、第一次世界大戦が勃発した一九一四年八月に出現したような民族の力と団結をドイツ人の間に再び呼び覚まそうという意図を示しており、この点、綱領には次のように記されていた。

私たちは、一九一四年八月に聖なる信仰の期待のごとくドイツを襲った体験の高みに留まらねばなりません。戦争中に何千倍も強固にされたあの体験は、来るべき平和の仕事に対する命令となるに違いないのです。[96]

一方、ヨハン・ゴットリープ・フィヒテの名は、ドイツ国民に自らの国民的特長の再認識を求める強い訴えである。ナポレオンによるプロシア占領下にあって、一八〇七年から翌年にかけて『ドイツ国民に告ぐ』(*Reden an die deutsche Nation*)という一連の講義を行い、世界の指導者となるべく運命づけられたドイツ国家の使命と、それに対処すべくドイツ人が自らの独自の性質を自覚する必要性を説き、新たな国民教育の計画を提唱したフィヒテの名声は、ドイツにおける国家主義の増大とともに高まり、第一次世界大戦当時一種のフィヒテ＝ルネサンスといった様相を呈していたのであった。[97]なお、本節では以下、煩瑣になることを避けるため、同協会を「フィヒテ協会」と呼ぶ。

ところで、こうして設立されたフィヒテ協会は、形式的には一個の独立した組織であるが、実質的にはその存在の大部分をドイツ民族商業補助者連合の支援に負っていた。具体的な事例をあげると、同連合は、ホルステンヴァルにあるビルのオフィスをフィヒテ協会に無料で提供し、同協会の幹部の給料を支払った。また、フィヒテ協会の宣伝パンフレットは、ドイツ民族商業補助者連合の印刷機によって、最小限のコストで作成された。フィヒテ協会がハンブルクに成人のための夜間学校としてフィヒテ大学を設立できたのも、ドイツ民族商業補助者連合の支援に拠っており、フィヒテ大学の指導者の給与も同連合から支払われた。フィヒテ協会設立の綱領が掲載された雑誌『舞台と世界』も、ドイツ民族商業補助者連合が一九一六年に元の出版社から買い取ったものであり、一九一七年一月からは『ドイツ民族性』と改名され、フィヒテ協会の機関誌として、同連合の出版部門であるハンザ同盟出版社から刊行された。同協会の地方における活動においても、ドイツ民族商業補助者連合の地方支部が核となった。さらに、フィヒテ協会の中央事務所は一九二六年にシュパンダウのヨハネ財団に移されたが、そこはまさにドイツ民族商業補助者連合の職業身分講習会の開催場所であった。——だが、いったいなぜドイツ民族商業補助者連合はフィヒテ協会に対してそれほど多くの支援を行ったのだろうか。この点について、アルベルト・ツィンマーマンは次のように述べている。

> この理由（民族の他の階層への影響＝引用者注）から、ドイツ民族商業補助者連合の代表者らはフィヒテ協会の設立に積極的に協力しました。この理由から、私たちは協会に活動の場を自由に使わせました。この理由から、私たちの国家政策部門は、協会と手を携えて活動しました。フィヒテ協会は、私たちドイツ人はなるほど国家を形成してはいるが、民族を形成しておらず、それゆえ、苦境が極度の忠誠を要求するときに役立たないのだということに注意を喚起しました。フィヒテ協会は、フィヒテの意味で、つまりドイツ理想主義の精神において、ドイツ人をドイツ人の民族共同体の建設へと結集させようとしています。フィヒテ協会は、ドイツ人を教育するための公共の道具を、つまり、学校、演劇、新聞雑誌、芸術と芸術の世話、書物と講演をドイツ的なものにすることを支持しています[98]。（強調は引用者）

つまり、ドイツ民族商業補助者連合は、フィヒテ協会を自らの民族主義的な教育の重要な協力者とみなしていたのである。

二　主な活動

では、フィヒテ協会では具体的にどのような活動がなされたのだろうか。このことを知る上で最初にあげたいのは、雑誌『若きドイツ人の声』の一九二〇年十二月号に掲載された協会の広告の文章である。

　フィヒテ協会は、党派的情熱の覆いを突き破ります。つまり、日々の政治的な戦いに力を使うのではなく、民族のあらゆるグループの男女とともに、すべての層の人々を民族の運命共同体に対する責任と忠誠へと計画的に教育することで、あらゆる国家体制に不可欠な基礎を創る仕事をします。

　フィヒテ協会は、これを次のようにして達成します。雑誌『ドイツ民族性』と『若きドイツ人の声』において、ドイツを意識した文化意志とドイツを意識した政治という目標を支持することによって。

　それなくしてはあらゆる実践的な政治の仕事が道を誤るに違いない民族主義的な信条の基礎を学識者と労働組合員が協力して維持している、ハンブルクで活動中のドイツ共同体政策のための指導者学校を通じて。

　着実なドイツ的政策だけが実行に必要な反響を得る信条の共同体の形成を支援することを目的として、協会とともに直接的な作業共同体を実施している一〇〇の市民大学において、大規模な民族教育を構想することによって。

　ドイツの演劇が新たに創設され、民芸と民俗が新たに好まれるようにするドイツ劇場協会の活動を通して。

　汚れたものや低俗なものに反対して、ドイツの本とドイツの絵画を飽くことなく擁護することによって。

　ドイツの未来の浮き沈みを決する世代として「若きドイツ人同盟」（会員数二〇万人）の中に結びついた民族主義的な青年運動との緊密な作業共同体によって。

ドイツの未来の戦線の集合地点に、あなたの場所はまだ空いています。私たちはあなたに呼びかけ、あなたは逃げることはできません。歴史がいつかあなたを無責任と呼ぶことをお望みでないなら。[99]（強調は引用者）

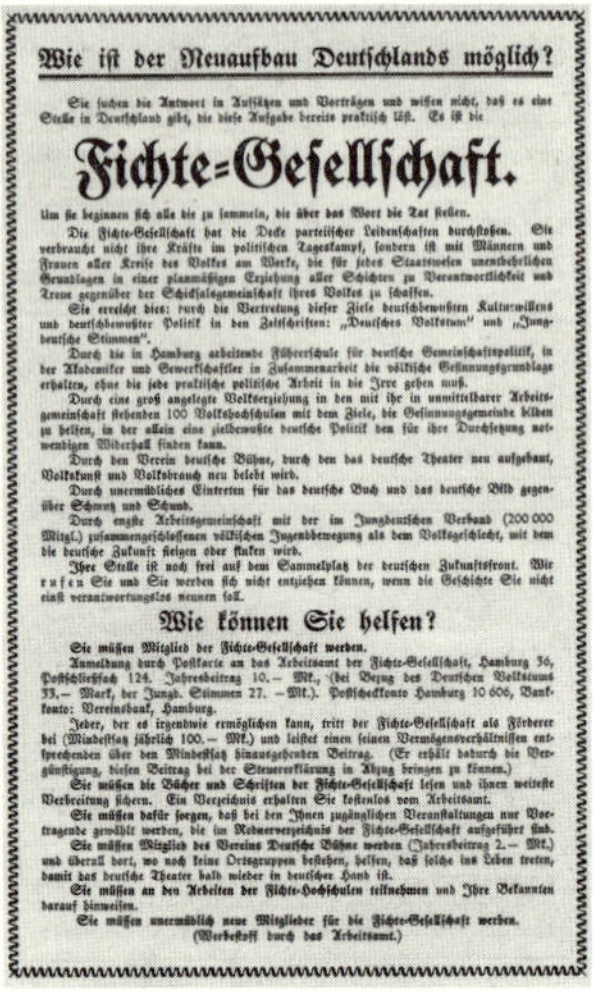

図８　フィヒテ協会の広告

ドイツ民族の再生に懸ける熱意がよく表れた文面であるが、フィヒテ協会ではそれを、著作物、学校、市民大学、ドイツ的な文化の擁護、および青年運動といった多様な活動を通じて達成しようとしていた。だが、これらすべてについて詳細が明らかになっているわけではなく、他方で、これら以外にも協会の活動とみなされるものは存在する。そこで、以下では、ここにあげられていないものも含めて、協会の主な活動のうち、ある程度内容を具体的に把握できるものをみていくことにしたい。

（1）　フィヒテ大学

フィヒテ大学は、成人のための夜間学校として一九一七年にハンブルクに設立された。社会民主主義的な市民大学に対抗して、民族主義的な基盤に立ち、「精神と肉体の両面でドイツ人の身体を健康にし、強め」、「ドイツ人の民族性を未来に対して確かなものにする」[100]ことを目標としており、設立の呼びかけにおいて、次のように謳っていた。

私たちは、私たちの文化に不可欠な真の財産は、それらが民族性の中にいきいきと根を下ろしているときにのみ繁栄するというきわめて深い認識を持つ、ドイツ的な男性と女性を育てることを欲します。ありがたいことに、私たちドイツ人は、外国の教育目標を借りる必要がありません。というのも、自らの独自の力と独自の価値から発展するのに、ドイツ人ほどふさわしい民族はいないからです。「人類を幸福にする」国際性というみせかけ、決まり文句、嘘など去るがよいのです。脅かされた民族性を護るのに十分な価値を生みます。ちょうど私たちの指導者フィヒテもこういっています。ドイツ人の魂は、「個性あふれる真面目さ、道徳的な気高さ、内面的な精神性については、いかなる民族も私たちとは比べ物にならない。したがって、再生全体が、またそれとともに全人類の再生が、そこから生じなければならないのだ。」――当市民大学は、受講者らを、フィヒテの要求に倣って、「最も深い表現が宗教に、最も高度に仕上がった様式が芸術に、最も確固とした意志の欲求が世界観に見いだされるようなドイツ的な生が湧き出る泉へと導く」つもりです。[101]

フィヒテ大学の最初の学期は一九一七年九月に、七〇〇人の人々を会員として開かれた。授業の主な分野は、哲学、歴史、言語、文学、法律、経済、美術、演劇、ダンス、体操などであり、教授や講師といった指導者はハンブルクに住み、非常勤で勤務した。一例として一九一九年のケースをみると、総数四六の授業が行われており、担当数が最も多いのはエーミール・エンゲルハルトの一〇回、次に多い三回を担当しているのが、ヴィルヘルム・シュターペル、ルートヴィヒ・ベニングホフ、テーオバルト・ビーダー、ヴィルヘルム・ディトレフゼン、ルードルフ・ヴィーゼナーの五名である。[102]また、特に多いテーマとしては、次のようなものがあげあれる。

①フィヒテに関連するもの
「フィヒテ哲学への最初の入門」、「J・G・フィヒテの現代の諸特徴」、「フィヒテの教育思想からみた古い学校と新しい学校」

②ゲルマン人の歴史に関連するもの
「ゲルマン研究の歴史から浮かぶイメージ」、「ゲルマン人の部族学」、「タキトゥス『ゲルマーニア』」
③ワーグナーの作品に関連するもの
「リヒャルト・ワーグナーの『ニーベルンゲンの指輪』の登場人物」、「リヒャルト・ワーグナーの『トリスタンとイゾルデ』」、「リヒャルト・ワーグナーの作品における愛の経験」
④その他ドイツの伝説、叙事詩、童話に関連するもの
「ドイツの伝説1　ヴィーラント伝説」、「ドイツの伝説2　ヒルデとグドルーンの伝説」、「『ニーベルンゲンの歌』」、「『ヘーリアント』」、「ドイツの民間童話とその文学的様式[103]」

なお、実現したかどうか明らかではないが、一九二〇年十月には、「私たちの生の創造的な基盤からの再生」をもたらす「蘇生の施設[104]」として、市民大学の宿泊所を田舎に建設するための呼びかけもなされており、その主な目的は、「都会の人々を集め、大都市を通じて直接的でいきいきとした土着の文化との接触をすっかり失った彼らを再び故郷の大地に移植し、新たな活力を得て、都会の共同体の中で、故郷との結びつきから新しく目覚めた人々の先駆けとして活動できるようにする[105]」ことであった。

（2）　講演活動

フィヒテ協会では、フィヒテ大学においてのみならず、外部の学校等でも講演を行っていた。そのため、ハンブルクの本部に講演部門が設立されていたが、講演者は、ベルリン、ミュンヒェン、ケルン、イエナなどにもおり、多くは——人物名は明らかでないが——大学教授や学校教師、青少年指導者、作家などであった。講演のタイトル

はたとえば次のようなもので、フィヒテ大学の場合と同じように、思想、文学、歴史、宗教などの分野でドイツ人の国民性に関連する内容が扱われていた。「マイスター・エックハルト」、「ルターの人格」、「キリスト教精神の真実」、「最も理想的な世界観とはなにか」、「宗教的経験としての国民性の経験」、「カントの人生と仕事におけるドイツ的要素」、「フィヒテとドイツ精神の再生」、「ヘーゲルの国家観」、「言語と国民性」、「ドイツの抒情詩と詩人」、「ドイツ芸術の本質」、「レーテルからベックリンに至るドイツ・ロマン主義の名匠」、「演劇と国民性」、「ヴォルフラム・フォン・エッシェンバッハの叙事詩に対するワーグナーの『パルツィファル』の関係」、「ベートーヴェン」[106]。

（3）　雑誌の刊行

フィヒテ協会では、ドイツ民族的な信条を広くドイツ国民の間に普及させるため、二つの雑誌を刊行していた。一つは、「ドイツ人の精神生活のための月刊誌」という副題を持つ『ドイツ民族性』（*Deutsches Volkstum: Monatsschrift für das deutsche Geistesleben*）であり、協会の機関誌として一九一七年から刊行された。これについては、後に詳しく考察する。もう一つは、「真の民族共同体建設のための回状」という副題を持つ『若きドイツ人の声』（*Jungdeutsche Stimme: Rundbriefe für den Aufbau einer wahrhaften Volksgemeinschaft*）である。この雑誌は一九一九年から刊行され、もっぱら青少年教育に関連する内容が扱われており、上記の広告にある若きドイツ人同盟の機関誌とも位置づけられるものである。協会が支援を行ったこの同盟は、ドイツ民族商業補助者連合の青少年団体とも深いかかわりを持っていた。

図９『若きドイツ人の声』

（4）　ドイツ劇場協会設立への参加

フィヒテ協会は、一九二〇年にハンブルクで「ドイツ劇場協会」（Verein Deutsche Bühne）の設立に参加することで、活動の領域をさらに広げた。この協会では、ドイツ人の性格の肯定的な側面が描かれていると考えられる古典的な演劇と歌劇、具体的にはクライスト、ゲーテ、シラー、ワーグナーなどが上演された。また、一九二一年八月の時点で、会員数は三〇〇〇人を超えていた。[107]

（5）　ドイツ民族教育会議への後援

フィヒテ協会は、一九二四年から一九三一年の間に六回開催された「ドイツ民族教育会議」（Tagung für Deutsche Nationalerziehung）を後援した。第一回会議の案内状によれば、この会議の目的は、ドイツ人の「民族的・政治的生活の基盤を明らかにし」、それによってフィヒテの意味での国民教育を促進することであった。[108] 会議は、一般の人々も参加する形で、二日から四日の日程で開催され、主要テーマに関する講義と討論を中心に進められた。各会議の日時、場所、主要テーマは次の通りである。

第一回　一九二四年十月二―五日　ハンブルク

テーマ「国家と民族性」

ライプツィヒ大学のフェーリクス・クリューガー教授が基調講演を行い、ドイツ人には「自らの国民的な個性と政治の調和」を見いだすことが求められているが、ワイマール共和国はその答えではないとした。つづいて、その解決策として、ウィーン大学の社会学教授オトマール・シュパンが、ドイツ人が外国の自由主義的・個人主義的な民主主義を取り除き、民族性の有機的形成物としての国家を築くことを提案した。

第二回　一九二六年三月五・六日　ハレ
テーマ「キリスト教精神と国民教育」
マールブルク支部の指導者である牧師カール・ベルンハルト・リッター、ヴュルテンベルクのカトリック系成人教育の指導者ハインリヒ・ゲツェニー博士、エアランゲン大学のプロテスタント理論の教授パウル・アルトハウス博士が主な講演を行い、国家は神の意図を部分的に実現するものであり、ドイツ国家の存在もこのキリスト教理論に基づいて正当性を保証されるのだから、フィヒテの意味における国民教育はキリスト教的な方向性を持たねばならないとした。

第三回　一九二七年三月六―九日　ハノーファー
テーマ「大都市がその住民の性格に及ぼす影響」
人々が大都市の人工的で熱にうかされたような環境へと移動することにより、ドイツ人の「民族的な」起源が、すなわち農民的な大地との結びつきや家族の連続性が失われつつあることを懸念し、国民教育は、都市の大衆の孤立と道徳的堕落を軽減するよう努めねばならないとした。

第四回　一九二八年十月二十―二十二日　リューベック
テーマ「個人の道徳的義務感」
ヴィルヘルム・シュターペルが主な講演を行い、個人の道徳的義務感は、功利主義的な打算によって獲得できる感覚ではなく、有機的な国家への帰属意識と密接に関連しているとした。また、マールブルクのリッターは、ドイツ人のうち偉大な人々は、そうした国家との深い結びつきに憧れていると述べた。

第五回　一九二九年十月二十六・二十七日　ライプツィヒ
テーマ「所有と義務」
　ロストック大学のプロテスタントの神学者フリードリヒ・ブルンシュテット教授が主な講演を行った。経済的なテーマの中で、フィヒテ協会のキリスト教的な方向性が強調され、健全なドイツ社会のダイナミズムを提供するのは国家のアイデンティティーの感覚と結びついた宗教的理想主義のみであるとして、資本主義的な私有財産でも社会主義的な生産手段の私的所有の禁止でもなく、個人の所有を地域共同体によって引き出された財産と考えるドイツ＝キリスト教的な財産の概念が提唱された。

第六回　一九三一年四月二十五・二十六日　ベルリン
テーマ「宗教と政治のかかわり」
　著名な新保守主義の作家アウグスト・ヴィンニヒが基調講演を行い、ドイツの知識人の指導者層は、社会的平等や非宗教的な唯物主義といった外国の影響から離れ、生まれつき指導の才能を賦与された人々に率いられる、神を志向する国家共同体というドイツ的な概念へと方向転換した、と述べた。[109]

三　地方への広がりと発展

　以上のように、全体として民族的な基盤に立ち、生来の指導者に導かれる有機的でキリスト教的な国家共同体の建設をめざして活動したフィヒテ協会は、本部が置かれたハンブルク支部を中心に全国的な広がりを持っていた。その組織は、大きくはノルトマルク、オストマルク、ザクセン＝テューリンゲン、ヘッセン、バイエルンという五つの地区に分かれ、それらの中に大小の地方支部があった。たとえば、リューベック、ベルリン、ポツダム、ロストック、ライプツィヒ、ドレスデン、ミュンヒエン、ブレスラウ、デュッセルドルフ、エアフルト、フライブルク、カールスルーエ、ベルゲドルフ、カッセル、マールブルク、コンスタンツ、マインツ、マンハイム、シュトゥットガルトなどである。また、オーストリアのウィーンにも支部があった。これらの支部では、毎月または隔月で、ドイツの文化的遺産の評価を高めるための講義や討論が行われ、ライプツィヒとベルゲドルフとカッセルには、ハンブルクに倣ってフィヒテ大学が設立されていた。ここで、特に活動が活発だった三つの支部について簡単に触れておきたい。

（1）ライプツィヒ支部

地方支部のうち最も大きく重要なのは、ライプツィヒであった。指導的な役割を果たしたのはライプツィヒ大学の心理学研究所所長フェーリクス・クリューガー教授であり、一九二〇年代に心理学者として名を成すと同時に、ドイツ精神の熱心な擁護者として、本務以外の名声も博していた。

ライプツィヒ支部は約一〇〇人の会員で構成され、音楽、文学、哲学などの催しを後援し、ドイツ劇場協会の活動も盛んだった。だが、最も主要な事業はハンブルクのモデルに倣ったフィヒテ大学の活動で、一九二〇年代中頃には、毎年数千人の入学者を数えていた。ハンブルクと同じように、学校の役員は給料をドイツ民族商業補助者連合から支払われた。教授陣は非常勤で、多くはボランティアであった。授業内容は主に文化的なもので、キリスト教的・国家主義的な価値観が強調された。また、ライプツィヒ支部の最も活発な会員はブルーノ・ゴルツ博士で、フィヒテ協会のために、エッチング、リトグラフ、木版画の作品集を作成した。

（2）　マールブルク支部

マールブルクでは、正式な支部が設立されるよりかなり前から、「ドイツ学生寮」（Deutsche Burse）と称する団体の指導者ヨハン・ヴィルヘルム・マンハルト博士が、フィヒテ協会の活動に熱心に協力していた。この団体は、学生寮と教育事業が組み合わされたもので、分散したドイツ国民の文化的結束を促すことに関心を持っていたマールブルク大学の国境と外国のドイツ性研究所から後援を受けていた。マンハルトは、『ドイツ民族性』の初期の寄稿者でもあり、フィヒテ協会の理事会のメンバーでもあったが、同様に、フィヒテ協会のほうもドイツ学生寮の活動を大いに支持し、その活動の宣伝を行った。

その後、マールブルクで協会の正式な支部の活動が活発になったのは、それまでベルリン支部を率いていたルター派の牧師カール・ベルンハルト・リッターが会長となった一九二五年からである。

（3）　ベルリン支部

ベルリン支部では、リッターがマールブルクに去った後、フィヒテ協会においても、ドイツ青年運動の国家主義的な諸団体においても名を知られていたハインツ・デーンハルト博士が会長を務めた。上に述べたように、一九二六年以後フィヒテ協会の中央事務所がハンブルクからベルリンへ移ったのは、デーンハルトが協会の経営管理人も務めていたためである。また、デーンハルトはドイツ民族商業補助者連合と関係の深いヨハネ財団に活動の基盤を持ち、その支援を受けて、ベルリンで、ヴェルナー・プライスターとともに、小規模ながら、民族市民的な教育のための学校を設立した。

こうして、フィヒテ協会は、ドイツ民族商業補助者連合の継続的な支援を受けながら、ドイツ民族的な思想を普及させるための重要な媒体として発展していった。ドイツ民族商業補助者連合は、協会の活動を通して、学校、大学、劇場、新聞雑誌、成人教育、講演といった「民族的教育の道具」[110]を、自らの戦いのための「精神的な参謀本部」[111]としようとしたのである。

フィヒテ協会は、それ自体の会員数は一九二〇年代末期でも約三二〇〇人に留まったが、影響力は決して小さくなかった。雑誌『ドイツ民族性』は数千人の購読者を持ち、その多くは協会の会員以外の人々であった。ドイツ劇場協会も、ハンブルクとライプツィヒに数千人の会員を持っていた。また、一連のドイツ民族教育会議にも、毎回二〇〇〇人から三〇〇〇人が参加した。さらに、フィヒテ大学には、ハンブルクとライプツィヒだけでも、四万人から五万人が入学した[112]。そしてなによりも、フィヒテ協会の活動は、その母体をなすドイツ民族商業補助者連合が数十万人の会員に対して行った教育活動に多大な影響を及ぼしたのである。

最後に、一九三〇年時点でのフィヒテ協会の指導部のメンバーをあげると、次のような人々であった。

幹　事　長　クルト・ヴェルマン
幹事長代理　ヴィルヘルム・シュターペル
事　務　局　郡長ヘルベルト・フォン・ビスマルク、牧師・博士カール・ベルンハルト・リッター、商人アードルフォ・ブンディエス、マックス・ハーバーマン（ドイツ民族商業補助者連合所属）、ベンノ・ツィーグラー（ドイツ民族商業補助者連合所属）、騎士領領主ハンス・フォン・ヴェーデマイアー＝ペーツィヒ、医学博士ヨハネス・ティース、ヴェルナー・プライスター博士（シュパンダウのヨハネ財団所属）[113]

四　雑誌『ドイツ民族性』の刊行

すでに触れたように、雑誌『ドイツ民族性』は、ベルリンのエルスナー社から出版されていた『舞台と世界』を前身とする。一八九八年に創刊され、演劇と音楽と文芸を扱ったこの雑誌は、出版者の没後、一九一三年十月一日にドイツ民族商業補助者連合によって買い取られ、一九一七年に『ドイツ民族性』という新しいタイトルで、フィヒテ協会の機関誌として、ドイツ民族商業補助者連合の出版社から刊行されたのである。具体的には、一九一七年から一九一九年にかけては、「ドイツ民族出版社」(Deutschnationale Verlagsanstalt) から、一九一九年からは、新たに設立された姉妹出版社「ドイツ民族性出版社」(Verlag des Deutschen Volkstum) から、さらに、この出版社がドイツ民族出版社と「フィヒテ協会出版社」(Verlag der Fichte-Gesellschaft) とともに「ハンザ同盟出版社」(Hanseatische Verlagsanstalt) として統合されて以後は、同社から刊行された。また、一九三二年四月までと一九三五年一月以降は月刊で、その間は隔週で刊行された。編集に関しては、一九一八年までは、『舞台と世界』の責任者であった批評家のヴィルヘルム・キーファーが携わったが、一九一九年からは、保守革命の思想家ヴィルヘルム・シュターペルに交代した。そして一九二五年には、ドイツ民族商業補助者連合はハンザ同盟出版社内部に民族性部門を設け、その主任をシュターペルに委ねるとともに、『ドイツ民族性』を活動の中心に置いた。[114] さらに、翌一九二六年からは、シュターペルと同様の思想傾向を持つアルブレヒト・エーリヒ・ギュンターが共同編集者となった。この二人を含め、主な執筆者としては、次のような人々があげられる。

①雑誌『舞台と世界』から

ハンス・フォン・ヴォルツォーゲン、ルートヴィヒ・シェーマン、カール・グルンスキー

②雑誌『芸術の番人』（*Kunstwart*）から

ヘルマン・ウルマン、ゲオルク・クライベーマー、オイゲン・カルクシュミット、レオポルト・ヴェーバー、カール・ゾーレ

③ハンブルクの「フォルクスハイム」から

ヴァルター・クラッセン、ハインツ・マル、アルフレート・プファラー

④青年運動のキリスト教的・民族主義的一派から

ヴィルヘルム・シュテーリン、カール・ベルンハルト・リッター、ヒャルマール・クッツレープ、ハインツ・デーンハルト、ヴェルナー・プライスター、ハンス・テスケ

⑤その他この雑誌に集結した民族的・国粋的な詩人・作家・学者

アルトゥール・ディンター、ディートリヒ・エッカルト、ヒューストン・スチュワート・チェンバレン、アードルフ・バルテルス、ヴィルヘルム・コッツデ、ハインリヒ・プードル、エルンスト・ヴァハラー、ヴェルナー・ヤンゼン、エーバーハルト・ケーニヒ、フリードリヒ・リーンハルト、アーダルベルト・ルントフスキー、フリッツ・ブライ、ヘルマン・ブルテ、リヒャルト・シャウケル、ゲルハルト・ギュンター[115]

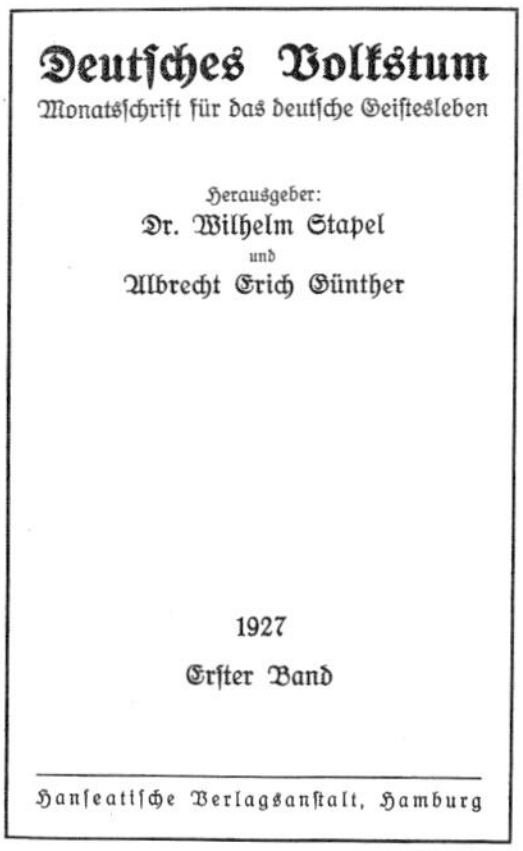

Deutsches Volkstum
Monatsschrift für das deutsche Geistesleben
Herausgeber:
Dr. Wilhelm Stapel
und
Albrecht Erich Günther
1927
Erster Band
Hanseatische Verlagsanstalt, Hamburg

図10　『ドイツ民族性』

『ドイツ民族性』の構成は、キーファーが編集に携わった最初の二年間は『舞台と世界』の形式に倣っていたが、シュターペルが引き継いで以後は、おおむね次のようになった。

①主要論文（Große Aufsätze）　各巻の主要テーマを扱う
②精選（Erlesenes）　ドイツの作家の文芸作品の抜粋
③小論文（Kleine Beiträge）　時事的な政治的出来事に根本的に取り組む
④観察者（Der Beobachter）　寸評
⑤新刊（Neue Bücher）　新刊書の書評
⑥対話（Zwiesprache）　読者との対話
⑦巨匠の声（Stimmen der Meister）　作家・思想家の名言(116)

これらのうち、雑誌の中心をなすのは、各巻の主なテーマを扱う「主要論文」の欄であった。一例として、一九三三年上半期の六冊をみると、「主要論文」の総数は四七だが、このうち八つをヴィルヘルム・シュターペルが、五つをアルブレヒト・エーリヒ・ギュンターが執筆しており、両者の重要性が窺われる。(117)また、論文の内容としては次のようなものが目を惹く。

①国家観に関連するもの
「帝国と国家」、「アダム・ミュラーの神学的国家観」、「団体システムにおける大衆と国家　民族国家としてのファシズム国家」、「新しい国家」、「法律、帝国、および改革」、「近代国家の権力を握る地位」、「帝国　結びの言葉」、「新しい帝国における教会」、「教会の自律性」、「教会と帝国　旧ドイツ帝国議会での議席としての教会」
②民族性に関連するもの

「民族生活と民族学　マックス・ヒルデベルト・ベームの著書『自律した民族』に関する考察」、「民族性と公共の美術品収集」、「控えめに考察したユダヤ人問題」、「ユダヤ的なフランス」、「ユダヤ教徒、異教徒、およびキリスト教徒　大学教授アルトハウス博士と大学教授カール・エシュヴァイラー博士への返事」

③文化政策に関連するもの

「断固たる文化政策」、「統制」、「学問、芸術、および民族教育」、「学問の未来」、「ラジオ政策[118]」

なお、ここでは詳細は省くが、「主要論文」以外の欄の記事も決して内容的に劣るものではなく、同時代の作家コルベンハイアーなどは、「何冊もの当時の国家的出版物よりも革命的な効果を及ぼした[119]」と評しているほどである。

五　保守革命的思想

最初の編集者キーファーが、第一巻の基調論文で、『「私たちの行動力の目標と源は民族性であり、私たちの国家的生活に生気を与え、より高く導く一切のものが、その中に根を下ろしています[120]」と述べた通り、『ドイツ民族性』の思想的中心をなすものは民族性であった。だが、その後、この雑誌には保守革命という新たな要素がつけ加わった。シュターペルは、『ドイツ民族性』は「ワイマールにおける支離滅裂な集まりによって受け入れられたヴェルサイユ条約の奴隷の鎖を断ち切るための努力を喚起し」、「民族と国家における敗北主義的で不穏な力を制圧しようと努力する「闘争の雑誌[121]」であるとしたが、この闘争は、国内においては議会政治、経済国家、政党国家、スローガン政治、主知主義、唯物主義、アメリカニズムなどに、そして対外的には世界政治、ヨーロッパ的思想、国際法、自決権、民主主義、自由主義、人文主義、平和主義などに向けられ、それらにかわって「ドイツの習慣、ドイツの権利、ドイツの教育、ドイツの信仰、ドイツの秩序[122]」といった思想が据えられた。このような傾向は、マルクス主義（共産主義）と西欧自由主義を、またそのドイツ的形態であるワイマール共和国とそれを強要したヴェルサイユ条約を激しく批判し、民族と共同体、および強力な国家の実現をめざした保守革命ないし新保守主義の思想と共通点が多い。[123] 実際、出版元のハンザ同盟出版社自体、一九三二年に、『ドイツ民族性』を「保守的＝革命的ナショナリズムの重要な闘争の文書であり、攻撃において鋭く、批判において仮借なく、時代の精神的、政治的、経済的問題と対決する」[124]と規定している。また、後世の文芸批評においても、『ドイツ民族性』は、「民族保守主義運動にとって大変重要な機関誌」[125]、「新保守主義のメガホン」[126]などと評され、『タート』(*Die Tat*)、『良心』(*Das Gewissen*)、『輪』(*Der Ring*)、『抵抗』(*Widerstand*)といった雑誌と並んで、この思想的潮流において重要な役割を果たしたとみなされているのである。[127]

ところで、『ドイツ民族性』のこの保守革命的な傾向は、主としてヴィルヘルム・シュターペルの影響に拠る。シュターペルは、一八八二年に生まれ、一九一一年にゴシック様式の彫刻に関する芸術史的研究で学位を取得し、ジャーナリストとなった。シュトゥットガルトで出版された雑誌『観察者』(*Beobachter*)の編集に携わった後、一九一二年十一月に、フェルディナント・アヴェナリウスの雑誌『芸術の番人』に協力し、間もなく編集者となり、この雑誌と関係が深いデューラー同盟でも指導的な立場を引き受けた。しかし、その後一九一六年にアヴェナリウスとの個人的な不和のせいで退き、一九一七年からは、プロテスタント系の神学者・教育者で、反ユダヤ主義者でもあるヴァルター・クラッセンによってハンブルクに設立されたセツルメント施設である「フォルクスハイム」(Volksheim)で活動した。そして、第一次世界大戦の経験から、社会的問題の解決を共同体の思想と民族性のイデオロギーに求めるようになり、フィヒテ協会とドイツ民族商業補助者連合の活動に深くかかわることになった。彼は、上記のようにフィヒテ大学で講師を務め、協会の機関誌『ドイツ民族性』の編集に携わったのみならず、書籍シリーズ『フィヒテ大学』を刊行するなどした。[128] また、ドイツ民族商業補助者連合においても、政治教育やハンザ同盟出版社の活動に従事し、とりわけドイツ家庭文庫の顧問や文化政策部門の指揮を担当した(129)。

このようなシュターペルが一九一七年の『民族市民の教育』（*Volksbürgerliche Erziehung*）や一九三二年の『キリスト教的政治家』（*Der christliche Staatsmann*）などの著作で表明した保守的な思想の特色は、とりわけ民族概念の重視、メシア的な指導者の希求、ヨーロッパにおけるドイツ人の覇権といった点にある(130)。彼は、民族は国家と政治から独立して成長し発展する、有機的で生物学的な形成物であり、止揚しえない自然の共同体であるとする一方、国家は、民族のその都度の状態を保持する手段に過ぎないとし、民族の一部としての個人に向けられるべき民族市民の教育の必要性を説いた。また、このような民族重視の態度は、現実の政治のレベルでは、リベラルで民主主義的な選挙を否定し、民族のメシアとしての指導者を希求するという形をとる。彼によれば、民族というものは、特殊な政党や経済的利益の代表者ではなく、真の指導者が決定的な影響力を持つときにのみ健全であり、来るべき未来の指導者は、軍人精神にあふれ、カリスマ的指導力を持ち、支配者・戦士・僧侶の三位一体的な存在とならねばならないのである。さらに、シュターペルにとっては、ドイツ人は他の民族と同等な存在ではない。ドイツ人であるということは、神が聖なる現実性と尊厳に包まれて民族のもとに降臨する日を待ち望む比類なき民族に属していることを意味しており、したがって、ドイツ人によって指導されるヨーロッパだけが満足しうるヨーロッパである。ヴェルサイユの平和秩序が支配するヨーロッパは、ドイツ人が弱体化したために病んでいるが、ドイツ人によってこそ覇権は握られるべきなのである。

図 11　『民族市民の教育』

むろん、こうした思考はいささか抽象的で非合理な側面を含んでいる。だが、まさに反主知主義や反合理主義といったものも、シュターペルの思想のもう一つの特色である。前近代的で非合理な民族的調和という考えは、彼においては、民族主義とは異質な要素の影響を被ったワイマール共和国の体制と知識人、およびユダヤ人に対する嫌悪の根拠をなしていた。シュターペルにとっては、知識人にはその精神的態度ゆえに、ユダヤ人にはそのアイデンティティーゆえに、ドイツ民族の共同体感情が拒まれているのである。そして、その意味で、彼は、第一次世界大戦直後のドイツで進行していた政治的革命を偽りの革命と呼び、フリードリヒ・エーベルトによる臨時政府もワイマール共和国もともに正道を踏み外したものとみなし、ドイツがその地位を再建するために必要なのは、西側の民主主義的原理をモデルとした革命ではなく、革命を保守主義的価値の新たな肯定へと転換させることだと主張した。[131]

こうして、『ドイツ民族性』を含めたフィヒテ協会の活動全体は、「ワイマール時代の最も有名な民族性理論家」[132]であるシュターペルの保守革命的な思想に貫かれていた。のみならず、それが第三節で扱ったドイツ民族商業補助者連合の第一七部門による一般教育活動の思想的基盤ともなっていたことは、そこで民族主義的な信条や民族市民の教育という目標が繰り返し掲げられていたことから明らかである。また、連合の機関誌『ドイツ商業の番人』は、すでに一九一七年、『ドイツ民族性』を唯一のドイツ民族主義的な雑誌として歓迎し、文学的関心を持つすべてのドイツ民族商業補助者に推薦していたが、[133]それに加えて、その後のドイツ民族商業補助者連合の出版活動全体がシュターペルの影響をいかに強く受けていたかは、一九二七年の連合の年鑑に掲載された「ハンザ同盟出版社の民族性部門の課題」から証明される。その第一条において、「ハンザ同盟出版社は民族保守主義的な思想に奉仕する」[134]といわれているのである。

六　フィヒテ協会とナチズム

これまで述べてきたように、フィヒテ協会は、ヴェルサイユ条約に対する反発、民主主義や自由主義の否定、マルクス主義的共産主義に対する憎悪、反ユダヤ主義、有機的な価値観の支持、生来の指導者の希求といった考え方を持ち、ドイツ人の民族性に基づく共同体の建設のために尽力したが、それが同時期のナチズムの運動と共通点を持っていたことはいうまでもない。それゆえ、フィヒテ協会の活動に参加した多くの人々は、ナチスの影響力が増大した一九三〇年代初頭、彼らが抱く民族共同体のヴィジョンとヒトラーが掲げる第三帝国のそれを同じものとみなしたり、ナチス革命を保守革命の政治的実現のために必要な媒介物と考えたりすることによって、ナチズムを受け入れ、ヒトラーが政権をとったとき、真の民族的国家への決定的な一歩が踏み出されたと信じたのである。

このことは、協会の代表的な人物の反応にも表れている。シュターペルは、一九三二年の『私たちはナチズムになにを期待するか』（*Was wir vom Nationalsozialismus erwarten*）において、来る政権が、党員か否かにかかわらず、民族主義的な考えを持つ名声ある知識人を活用することを期待し、『ドイツ民族性』の一九三三年九月号に掲載した「指導者性と規律　ナチス国家の理解のための論考」では、新政権の権威は生まれながらの指導者性と本物の規律の結びつきに基づくと論じた[135]。また、クリューガーは、一九三三年五月二日にライプツィヒ大学で行った講演で、ドイツ人男性の再生を含む新しいドイツの改革が認められることへの希望を表明して、ナチス革命を迎えた[136]。さらにマールブルクのマンハルトも、雑誌『ドイツの大学』（*Deutsche Hochschule*）の一九三三年第一号の論説「大学とナチズム」において、共同体全体の重要な要求と大学が一致する時代の到来を描いた[137]。これら三人は、こうした強い期待を抱きながら、ヒトラーの成功を新しい民族主義的な国家への前進として受け入れ、新しいドイツのために、それぞれの立場で、民族主義的な名声が確立した知識人として尽くすつもりでいたのである。

だが、そのような期待は思い違いであった。彼らは、ナチス運動の狂信性と勢いをあまりにも過小評価していたのである。そして、ヒトラーの革命に対する好意的な気持ちにもかかわらず、ナチス運動がその歩みを加速するにつれて、彼らは新政権を全面的に受け入れることから遠ざかっていき、ナチズムの積極的な代弁者となることはなかった。ここで、シュターペルを中心に、三人がナチス政権成立後に辿った経過やナチスとの対立点について跡づけておきたい。

シュターペルは、民族主義的・国家主義的な革命を求める過程で、すでに一九三三年以前から、ナチズムを健全な民族的本能の表れとして賞賛し、ヒトラーの中に真の指導者を見いだしていた。彼は『キリスト教的政治家』の初版を、ドイツ人の指導者としてのヒトラーに贈呈した[138]。また、一九三六年十一月二十一日に「新しいドイツの歴史に関する帝国研究所のユダヤ人問題研究部門」(Forschungsabteilung Judenfrage des Reichsinstituts für Geschichte des neuen Deutschlands)で行った講演でも、「ドイツの精神が一九三三年に政治的権力を獲得していなければ、ドイツの文化は異文化の過度の影響に屈していただろう[139]」と述べている。一方、ナチスの側でもシュターペルを評価し、たとえば一九三三年、機関紙『フェルキッシャー・ベオーバハター』(*Völkischer Beobachter*)は、『ドイツ民族性』を次のように称えた。

『ドイツ民族性』は、民族的に保たれたよい雑誌であり、民族性に基づく新しいドイツを建設しようとする流れに応じようと努めている。この月刊誌は、特に文化政策的な観点できわめて多くの重要な事柄を提供している[140]。

こうしたシュターペルの活動、とりわけ『ドイツ民族性』がナチズムと緊密な親和性を持つことは、後世の研究においてもしばしば指摘されている[141]。

だがその一方で、一九三三年以後、シュターペルはナチスから様々な批判を受けることになる。その理由は、大きく二つあった。一つは、彼がナチス当局からの統制を嫌ったことである。たとえば、ヒトラー親衛隊の雑誌『黒い軍団』（*Das Schwawrze Korps*）は、一九三五年の四月と八月に、シュターペルは新たに生成しつつある国家の意志を妨害していると非難したが、その原因となったのは、彼が引き続き自立して活動しようとしたことにあったと考えられている。具体的には、党にも帝国著作院にも加わらず、『ドイツ民族性』をナチスと結びついた雑誌として作り直すことを拒んだことである。[142] 事実、『ドイツ民族性』の一九三三年四月の最初の号で、シュターペルは次のように述べていた。

　私たちの雑誌は国家主義的な革命を欲し、そのためにそれなりに協力してきました。たしかに、すべてが私たちが考え望んだ通りになるわけではありません。実現は願望と同じではないのですから。私たちは、国家主義的な革命から新たに成立した国家に対しても、すぐさま支持を表明しました。それは、私たちなりに、ともに引き寄せたものなのです。（中略）しかし、私たちの雑誌はすべての党から自由であり続けるでしょう。私は、自分がヒトラーを選んだことを隠しはしません。けれども、『ドイツ民族性』が党との結びつきを疑われぬよう、決してナチスには入りませんでした。[143]

また、もう一つの理由は、ユダヤ人問題に対する考え方の相違である。人種思想はドイツではすでに第一次世界大戦前からみられ、右翼の思想に大きな影響を与えていた。しかし、似非科学的な人種主義を宣伝したのはナチスと若干の分派だけで、右翼インテリの大半は、ドイツ人の優秀性を、生物学的に規定できる要因よりも、歴史的＝文化的思想に根ざすものと考えていた。彼らにとって、反ユダヤ主義はイデオロギーの要ではなく、ユダヤ人が世界の敵だというアルフレート・ローゼンベルクの思想に同調する者はほとんどいなかったのである。そして、シュターペルもまたこうした人々の一人であった。この点について、ローラント・クルツは、次のように述べている。

シュタ－ペルの反ユダヤ主義のあり方は、ナチスやその他の民族主義的なあり方とは明確に区別されねばならない。彼はユダヤ人を追放しようとか、それどころか絶滅しようなどとは思わなかったし、人種やアーリア化の理念を支持することもなかったのだ。[144]

人種理論に関するこのような見解の相違は、まさにローゼンベルクがシュタ－ペルをナチズムの世界観的な敵対者とみなしていたことにも表れている。[145]

しかしながら、このようなナチズムとの齟齬がナチズムに対する幻滅をシュタ－ペルにどの程度もたらしたのかを見極めることは、決して容易ではない。一方では、一九三八年末に『ドイツ民族性』が中止に追い込まれたことをナチスによるシュタ－ペルの実質的な追放とみなし、彼はヒトラー時代の残りを半引退の状態で過ごしたという見方がなされている。[146]だが他方で、シュタ－ペルは第二次世界大戦の開戦に至るまで一貫してヒトラーと第三帝国を支持したといった見方や、彼が第三帝国からキリスト教的＝保守的なドイツ帝国が生じるという希望を捨てたのは一九四四年に至ってのことだったとの見方もある。[147]そしてなによりも、彼は「新しいドイツの歴史に関する帝国研究所」での活動を一九四五年まで続けることができたのであり、それ以前に民族主義的信条に奉仕し、反ユダヤ主義的宣伝を行ったことで、親衛隊やローゼンベルクと衝突しながらも窮地に陥ることは避けられたともみられているのである。[148]

次に、クリューガーであるが、彼は、一九三五年四月にライプツィヒ大学の学長に指名された。ナチス党員ではないものの、著名な学者が指名されたことは、新しい秩序に威信が与えられるという意味で、ナチス当局にとって好ましいことであった。一方、クリューガー自身にも、新しいドイツにおける大学の役割について、自らの理想を成就する期待がもたらされた。しかし、彼は検閲制度に批判的になり、また講義において、ハインリヒ・ヘルツ、パウル・ハイゼ、メンデルスゾーン、スピノザらを気高いユダヤ人として称えるなどした。これにより、彼は早くも一九三五年末に学長の職を解かれ、その後の当局との衝突によって、一九三八年には大学を退職するに至った。続いて、マンハルトの場合も、ナチス革命を歓迎した初期の熱狂は長く続かなかった。上記のように外国にいるドイツ人に対して特別な関心を抱いていた彼は、そうした人たちがヒトラー政権の政治的行動の中に直接関与させられていないことを公然と批判したのである。その行動は、マールブルクの党指導者による反対デモを引き起こし、それによって、彼は大学からもドイツ学生寮からも追放されたのであった。

シュターペルとクリューガーとマンハルトのこのような経験は、ナチス政権に対する期待から幻滅へと向かうフィヒテ協会の多数の会員の反応でもある。すなわち、一九三四年六月の協会の会合では、まだナチスとの緊密な協力の希望が示されていたが、一九三七年九月の会合の議事録には、ナチスとのかかわりはもはやまったく記されていないのである。

こうして、一九三三年から一九三八年の間に、フィヒテ協会の活動は徐々に終息に向かった。ヒトラー政権成立後に協会が被った最初の大きな打撃は、ドイツ民族商業補助者連合の消滅であった。ドイツ民族商業補助者連合は、一九三三年五月十日にドイツ労働戦線に吸収され、一九三四年十月二十四日にドイツ労働戦線がナチス党の組織となったことに伴って、法人としての独立性を失ったのである。その後、一九三七年秋には、ハンブルクの本部と協会を脱会したベルリン支部を除いて、フィヒテ協会の組織もすべて消滅した。さらに、『ドイツ民族性』の最後の巻が刊行された一九三八年十二月に、ハンブルクの本部も解散を決定した。そして、一九三九年一月十六日に最後の会合が開かれ、フィヒテ協会の解体の手続きが行われたのであった。なお、ベルリン支部は、全国協会からの独立を宣言して以後、ヨーゼフ・ゲッベルスとのつながりを深め、一九三九年には宣伝省の書籍と民族に関する部門に編入され、文学的な講演プログラムの準備などに携わった。

（1）Vgl. Katja Nerger/Rüdiger Zimmermann (bearbeitet): *Zwischen Antisemitismus und Interessenvertretung. Periodika und Festschriften des Deutschnationalen Handlungsgehilfen-Verbands in der Bibliothek der Friedrich-Ebert-Stiftung. Ein Bestandsverzeichnis.* Bonn（Bibliothek der Friedrich-Ebert-Stiftung）2006, S. 13.

（2）雨宮昭彦『帝政期ドイツの新中間層――資本主義と階層形成』（東京大学出版会）二〇〇〇年、八四頁。なお、ドイツ民族商業補助者連合と商業補助者については、次の文献も参照。雨宮昭彦「第一次大戦前ドイツ商業職員の〈移動〉と社会的系譜――一九〇八年ＤＨＶ労働調査に即して」（東京都立大学経済学部・経済学会『経済と経済学』第六一号、一九八八年、八三―一〇七頁）、大嶽卓弘「ブリューニンク内閣と職員層　初期ブリューニンク内閣に於ける失業保険政策とドイツ国家商店員連盟」（慶應義塾大学三田史学会『史学』第五七巻・第二号、一九八五年、一三三―一五八頁）。

（3）同書、八五―八六頁参照。

（4）Vgl. Katja Nerger/Rüdiger Zimmermann (bearbeitet): a. a. O., S. 8, 13.

（5）Siegwart Böttger/Werner Fritsch: *Deutschnationaler Handlungsgehilfen-Verband*（*DHV*）*1893–1934.* In: *Die bürgerlichen Parteien in Deutschland. Handbuch der Geschichte der bürgerlichen Parteien und anderer bürgerlicher Interessenorganisationen vom Vormärz bis zum Jahre 1945. Bd. 2.* Hrsg. von Dieter Fricke. Leipzig（Bibliographisches Institut）1970, S. 702–714, hier S. 702.

（6）Iris Hamel: *Völkischer Verband und nationale Gewerkschaft. Der Deutschnationale Handlungsgehilfen-Verband 1893–1933.* Frankfurt am Main（Europäische Verlagsanstalt）1967, S. 52.

（7）雨宮昭彦、前掲書、九八頁参照。

（8）同書、八〇―八一頁参照。

（9）H・A・ヴィンクラー（後藤俊明・杉原達・奥田隆男・山中浩司訳）『ドイツ中間層の政治社会史　一八七一―一九九〇年』（同文館）一九九四年、七〇頁、ハインリヒ・アウグスト・ヴィンクラー（後藤俊明・奥田隆男・中谷毅・野田昌吾訳）『自由と統一への長い道　I・II』（昭和堂）二〇〇八年、I、二九〇頁、デートレフ・ポイカート（木村靖二・山本秀行訳）『ナチス・ドイツ――ある近代の社会史』（三元社）二〇〇五年、一三九―一四〇頁。なお、所得の点で労働者と大差がなかったにもかかわらず、中流意識を持ち、労働者との差異化を自らのアイデンティティー形成・維持の重要な契機としていた下層のホワイトカラーを描いた文学作品として、ハンス・ファラダの『しがない男よ、さあどうする』（一九三二年）

があげられる。これについては、鷲巣由美子「ホワイトカラーの家族像　ファラダの『しがない男よ、さあどうする』を中心に」（『学習院大学ドイツ文学会研究論集』第三号、一九九九年、二一一―二三七頁）を参照。

（10）雨宮昭彦「第二帝政期ドイツにおける商業労働力の存在形態――ドイツ職員（Angestellte）問題の一側面」（政治経済学・経済史学会『土地制度史学』第三〇巻・第一号、一九八七年、一―二一頁）、二〇頁を参照。

（11）たとえば、連合発足時の会則には、「第一条　目的」において「**商人身分への社会民主主義の侵入を阻止すること**」と「**婦人労働力の使用を特に女性的な特性が必要とされる領域へ制限すること**」が、また「第二条　会員資格」において「**ユダヤ人ならびにユダヤ人の出自が明白な人物の入会は認められない**」（強調は引用者）ことが明確に規定されていた。Vgl. Iris Hamel: a. a. O., S. 11.

（12）デートレフ・ポイカート、前掲書、一三〇頁を参照。

（13）山口定「ナチスの抬頭と中間層」（東京大学社会科学研究所「ファシズムと民主主義」研究会編『運動と抵抗　中』ファシズム期の国家と社会7〔東京大学出版会〕一九七九年、一四七―一九二頁）、一八五頁を参照。

（14）Vgl. Siegwart Böttger/Werner Fritsch: a. a. O., S. 708f.; Nelson Edmondson: *The Fichte Society: A Chapter in Germany's Conservative Revolution*. In: *The journal of modern history/University of Chicago*.（1966）Vol. 38 (2), pp. 161–180, here p. 163; Klaus-Peter Hoepke: *Die deutsche Rechte und der italienische Faschismus. Ein Beitrag zum Selbstverständnis und zur Politik von Gruppen und Verbänden der deutschen Rechten*. Düsseldorf（Droste Verlag）1968, S. 11; Axel Schildt: *Konservatismus in Deutschland. Von den Anfängen im 18. Jahrhundert bis zur Gegenwart*. München（Verlag C. H. Beck）1998, S. 126.

（15）[o. V.]: *Gewerkschaftspolitik und Bildungsarbeit*. In: *Volkstum und Leben*.（1922）Nr. 2, S. 90.

（16）Ziegler: *Unser Bildungswesen*. In: *Volkstum und Leben*.（1922）Nr. 9, S. 457.

（17）Ebenda.

（18）ここでの商業学校の発展に関する記述は、雨宮昭彦「第一次世界大戦前ドイツにおける中・下級商業職員の職業的育成――徒弟制度の変質と商業学校の発展」（社会経済史学会『社會經濟史學』第五六巻・第Ⅰ号、一九九〇年、六二―九三頁）に拠る。

（19）同論文、七七―七八頁参照。

（20）Heinz Stange: *Die Kaufmannsschule des D. H. V. in Hamburg*. In: *Kaufmännische Praxis*.（1926）Nr. 9, S. 454.

（21） Vgl. Evangelisches Johannesstift Berlin, Historisches Archiv（Hrsg.）: *Historisches Archiv des Evangelischen Johannesstifts Berlin. Bestände und Sammlungen*. Stand: Januar 2006, S. 4–9.

（22） [Wa]: *Am 1. April nach Hamburg zur Kaufmannsschule des DHV*. In: *Deutsche Handels-Wacht*.（1933）Nr. 4, S. 50.

（23） Vgl. [o. V.]: *Das Hochschulstudium für Kaufleute*. In: *Kaufmännische Praxis*.（1925）Nr. 5, S. 215.

（24） [Wa]: *Handelshochschul-Ferienkursus des D. H. V*. In: *Kaufmännische Praxis*.（1925）Nr. 5, S. 218.

（25） Wessarius: *Die Sprachenschule des D. H. V. in London*. In: *Deutsche Handels-Wacht*.（1928）Nr. 24, S. 485f., hier S. 485.

（26） [Wa]: *Unsere Sprachenschulen in London, Paris, Barcelona*. In: *Deutsche Handels-Wacht*.（1933）Nr. 19, S. 268.

（27） [Wa]: *Hamburger Handelsbücher, Kaufmanns Taschenbücher*. In: *Kultur des Kaufmanns*.（1920/21）H. 8, Rückseite des Einbands.

（28） [Wa]: *Wichtige Handbücher für den Buchhalter*. In: *Welt des Kaufmanns*.（1932/33）H. 11, S. 353.

（29） Vgl. Inhaltsverzeichnisse von „*Deutsche Handels-Wacht*".（1922）Nr.1–37.

（30） [o. V.]: *Das Hochschulstudium für Kaufleute*. A. a. O.

（31） [o. V.]: *Verkaufstatistik (Umsatzstatistik)*. In: *Kaufmännische Praxis*.（1925）Nr. 5, S. 216f.

（32） Werner: *Die Folgen der Annahmeverweigerung beim Handelskauf*. In: ebenda, S. 217f.

（33） Julius Heine: *Die Befugnisse des Ladenangestellten*. In: ebenda, S. 218.

（34） Vgl. Inhaltsverzeichnisse von „*Welt des Kaufmanns*".（1923/24）H. 1 –（1926/27）H. 12;（1928/29）H. 1 –（1931/32）H. 12;（1932/33）H. 11.

（35） Ebenda,（1923/24）H. 1 –（1926/27）H. 12;（1928/29）H. 1 – H. 12.

（36） [o. V.]: *Förderband für schräge Förderung*. In: *Welt des Kaufmanns*.（1926/27）H. 1, Titelbild.

（37） Vgl. Inhaltsverzeichnisse von „*Kultur des Kaufmanns*".（1920/21）H. 4 – H. 6, H. 8 – H. 12;（1921/22）H. 3.

（38） Ebenda,（1920/21）H. 4 – H. 6, H. 8 – H. 12.

（39） Oskar Schwindrazheim: *Hafen*. In: *Kultur des Kaufmanns*.（1920/21）H. 6, Titelbild.

（40） Weitenauer: *Ein Rundgang durch die Bildungsarbeit der Abteilung 17*. In: *Volkstum und Leben*.（1925）Nr. 8, S. 440f., hier S. 441.

（41）Ebenda, S. 440.
（42）Ebenda.
（43）Vgl. ebenda; Katja Nerger/Rüdiger Zimmermann（bearbeitet）: a. a. O., S. 27.
（44）Albert Zimmermann: *Der Deutschnationale Handlungsgehilfen-Verband. Sein Werden, Wirken und Wollen*. Hamburg（Hanseatische Verlagsanstalt）1921, S. 57f.
（45）Weitenauer: a. a. O., S. 440f.
（46）Vgl. Heinz Stange: a. a. O., S. 454.
（47）Vgl. Katja Nerger/Rüdiger Zimmermann（bearbeitet）: a. a. O., S. 29–36.
（48）Ludwig Weinberger: *Die Lichtbildstelle des D. H. V.* In: *Volkstum und Leben*.（1922）Nr. 8, S. 409.
（49）Ebenda.
（50）Ebenda.
（51）Ebenda.
（52）Ebenda.
（53）Ebenda.
（54）Ebenda. なお、職員層の個人住宅に関する連合の活動については、次を参照。Vgl. Albert Zimmermann: a. a. O., S. 73f.
（55）Ebenda.
（56）Otto Henschel: *Die Aufgabe der Geselligkeitspflege*. In: *Volkstum und Leben*.（1925）Nr. 8, S. 441.
（57）Ebenda.
（58）Ebenda.
（59）Ebenda.
（60）Ebenda.
（61）Ebenda.
（62）Ebenda.
（63）Krebs: *Standwerdung als Bildungsproblem*. In: *Volkstum und Leben*.（1926）Nr. 7, S. 365.

（64）Iris Hamel: a. a. O., S. 126.
（65）Norwig: *Das berufsständische Seminar des D. H. V.* In: *Volkstum und Leben.*（1928）Nr. 20, S. 412.
（66）Ebenda.
（67）Krebs: *Die Volksschule und wir!* In: *Volkstum und Leben.*（1925）Nr. 8, S. 441f., hier S. 442.
（68）Albert Zimmermann: a. a. O., S. 56f.
（69）Ebenda, S. 75.
（70）Iris Hamel: a. a. O., S. 146.
（71）*DHV-Rechenschaftsbericht für 1927*, S. 190. Zitiert nach Iris Hamel: a. a. O., S. 153.
（72）*DHV-Rechenschaftsbericht für 1929*, S. 230. Zitiert nach Iris Hamel: a. a. O., S. 153.
（73）Iris Hamel: a. a. O., S. 147.
（74）*Das Fahrenden Gesellen Zunftbüchlein*, S. 99. Zitiert nach Iris Hamel: a. a. O., S. 147.
（75）Albert Zimmermann: a. a. O., S. 70f.
（76）*Deutsche Handels-Wacht.*（1914）Nr. 9. Zitiert nach Iris Hamel: a. a. O., S. 148.
（77）Albert Zimmermann: a. a. O., S. 71.
（78）田村栄子・星乃治彦（編）『ヴァイマル共和国の光芒――ナチズムと近代の相克』（昭和堂）二〇〇七年、一三五頁以下参照。
（79）田村栄子『若き教養市民層とナチズム――ドイツ青年・学生運動の思想の社会史』（名古屋大学出版会）一九九六年、二四三頁参照。
（80）Katja Nerger/Rüdiger Zimmermann（bearbeitet）: a. a. O., S. 10.
（81）田村栄子、前掲書、五六頁、および望田幸男・田村栄子『ハーケンクロイツに生きる若きエリートたち』（有非閣）一九九〇年、一五一頁参照。
（82）Vgl. Iris Hamel: a. a. O., S. 152.
（83）*Deutsche Handels-Wacht.*（1912）Nr. 21. Zitiert nach Iris Hamel: a. a. O., S. 149.
（84）Vgl. Iris Hamel: a. a. O., S. 149. および田村栄子、前掲書、五六頁、七〇頁参照。

（85）ゲルバーは、一九二一年の著書『青年運動について』において、ドイツ民族商業補助者連合の青少年育成の目的を「民族的基盤に立脚した人格と職業の教育」と呼んでいる。Hans Gerber: *Ueber die Jugendbewegung*. Hamburg（Hanseatische Verlagsanstalt）1921, S. 22.

（86）Vgl. Iris Hamel: a. a. O., S. 150.

（87）田村栄子、前掲書、一一七頁、および一六五頁以下参照。

（88）Franz Glatzel: *Jugendbewegung*. In: Fichte-Stiftung: *Verhandlungsbericht*, S. 59. Zitiert nach Iris Hamel: a. a. O., S. 150.

（89）Vgl. Iris Hamel: a. a. O., S. 151.

（90）ウォルター・ラカー（西村稔訳）『ドイツ青年運動――ワンダーフォーゲルからナチズムへ』（人文書院）一九八五年、一三八頁。

（91）*DHV-Rechenschaftsbericht für 1929*, S. 233. Zitiert nach Iris Hamel: a. a. O., S. 155.

（92）Ebenda.

（93）Vgl. Max Habermann: *Stand und Staat, eine Rede an die junge Mannschaft des DHV*. Hamburg/Berlin/Leipzig（Hanseatische Verlagsanstalt）1931.

（94）Vgl. Nelson Edmondson: op. cit., pp. 162f.

（95）Vgl. Iris Hamel: a. a. O., S. 128f.

（96）Zitiert nach ebenda, S. 129.

（97）Vgl. Raimund von dem Bussche: *Konservatismus in der Weimarer Republik. Die Politisierung des Unpolitischen*. Heidelberg（Universitätsverlag C. Winter）1998, S. 226. および、ヘルマン・リュッベ（今井道夫訳）『ドイツ政治哲学史――ヘーゲルの死より第一次世界大戦まで』（法政大学出版局）一九九八年、二〇七頁参照。

（98）Albert Zimmermann: a. a. O., S. 86.

（99）[Wa]: *Fichte-Gesellschaft*. In: *Jungdeutsche Stimmen*.（1920）H. 23/24. Diese Seite hat keine Seitenangabe und folgt als übernächste auf die Seite 480.

（100）Emil Engelhardt: *Die Fichte-Hochschule in Hamburg: Aufbau, Verwaltung und Arbeit: 1917 bis 1919*. Hamburg（Verlag des deutschen Volkstum）1919, S. 14.

(101) Ebenda, S. 13f.
(102) Vgl. ebenda, S. 80–90.
(103) Vgl. ebenda.
(104) Emil Engelhardt: *Das Volkshochschulheim auf dem Lande*. In: *Jungdeutsche Stimmen*. (1920) H. 19/20, S. 405–409, hier S. 408.
(105) Ebenda, S. 409.
(106) Vgl. Nelson Edmondson: op. cit., p. 170.
(107) Vgl. ibid., p. 169.
(108) Vgl. ibid., p. 172.
(109) Vgl. ibid., pp. 172f.
(110) *Verhandlungsbericht über die Gründungstagung der Fichte-Stiftung am 18. 2. 1920 in Berlin*. Zitiert nach Iris Hamel: a. a. O., S. 131.
(111) Ebenda.
(112) Vgl. Nelson Edmondson: op. cit., p. 175.
(113) Vgl. Iris Hamel: a. a. O., S. 130.
(114) Vgl. ebenda, S. 141f.
(115) Vgl. Gerlind Nasarski: *Osteuropavorstellungen in der konservativ-revolutionären Publizistik. Analyse der Zeitschrift „Deutsches Volkstum“ 1917–1941*. Bern (Herbert Lang)/Frankfurt am Main (Peter Lang) 1974, S. 20; Iris Hamel: a. a. O., S. 127, 133f.
(116) Vgl. *Deutsches Volkstum*. (1927) H. 1 – (1936) H. 12; Gerlind Nasarski: a. a. O., S. 19.
(117) Vgl. Inhaltsverzeichnis von „*Deutsches Volkstum*“. (1933) 1. Halbjahr (von Januar bis Juni).
(118) Vgl. Ebenda.
(119) Heinrich Keßler: *Wilhelm Stapel als Politischer Publizist*. Nürnberg (Spindler) 1967, S. 8. Zitiert nach Gerlind Nasarski: a. a. O., S. 19.
(120) Wilhelm Kiefer: *Deutsches Volkstum*. In: *Deutsches Volkstum*. 1917, S. 10. Zitiert nach Gerlind Nasarski: a. a. O., S. 13.
(121) Wilhelm Stapel: *Zwanzig Jahre „Deutsches Volkstum“*. In: *Deutsches Volkstum*. 1938, S. 797. Zitiert nach Gerlind Nasarski:

a. a. O., S. 19.

(122) Ebenda.

(123) 保守革命ないし新保守主義については、蔭山宏『ワイマール文化とファシズム』（みすず書房）一九八六年、一六四頁、ジェフリー・ハーフ（中村幹雄・谷口健治・姫岡とし子訳）『保守革命とモダニズム――ワイマール・第三帝国のテクノロジー・文化・政治』（岩波書店）一九九一年、五五頁以下、谷喬夫『現代ドイツの政治思想――ナチズムの影』（新評論）一九九五年、一三五頁を参照。また、保守革命と『ドイツ民族性』の関連を詳しく論じた文献として、次の文献があげられる。Ascan Gossler: *Publizistik und konservative Revolution. Das „Deutsche Volkstum" als Organ des Rechtsintellektualismus 1918–1933.* Münster/Hamburg/London（Lit Verlag）2001.

(124) Wilhelm Stapel: *Preußen muß sein. Eine Rede für Preußen.* Hamburg（Hanseatische Verlagsanstalt）1932, [S. 47]. Zitiert nach Roland Kurz: *Nationalprotestantisches Denken in der Weimarer Republik: Voraussetzungen und Ausprägungen des Protestantismus nach dem Ersten Weltkrieg in seiner Begegnung mit Volk und Nation.* Gütersloh（Gütersloher Verlagshaus）2007, S. 194.

(125) Karl Dietrich Bracher: *Die deutsche Diktatur. Entstehung, Struktur, Folgen des Nationalsozialismus.*（3. Aufl. Köln – Berlin 1970）, S. 316. Zitiert nach Gerlind Nasarski: a. a. O., S. 13.

(126) Klemens von Klemperer: *Konservative Bewegungen zwischen Kaiserreich und Nationalsozialismus.*（München – Wien 1962）, S. 135. Zitiert nach Gerlind Nasarski: a. a. O., S. 13.

(127) Vgl. Armin Mohler: *Die konservative Revolution in Deutschland 1918–1932. Ein Handbuch.* Dritte, um einen Ergänzungsband erweiterte Auflage. Darmstadt（Wissenschaftliche Buchgesellschaft）1989, S. 63; Raimund von dem Bussche: a. a. O., S. 217. およびジェフリー・ハーフ、前掲書、四二頁以下、谷喬夫、前掲書、一三五頁、ウォルター・ラカー（脇圭平・初宿正典・八田恭昌訳）『ワイマル文化を生きた人びと』（ミネルヴァ書房）一九八〇年、一〇八頁参照。

(128) Vgl. Roland Kurz: a. a. O., S. 197.

(129) Ebenda, S. 200.　および、K・ゾントハイマー（川島幸夫・脇圭平訳）『ワイマール共和国の政治思想』（ミネルヴァ書房）一九七六年、三〇頁参照。

(130) シュターペルの思想に関しては、次の文献を参照。Gerlind Nasarski: a. a. O., S. 15ff.; Raimund von dem Bussche: a. a. O., S. 223ff.; K・ゾントハイマー、前掲書、五五頁以下、二二五頁、二三五頁以下、二五八頁、ウォルター・ラカー『ワイマル文化を生きた人びと』、二四頁以下、ハインリヒ・アウグスト・ヴィンクラー『自由と統一への長い道　I・II』、I、五一六頁、II、二五頁以下。

(131) Vgl. Nelson Edmondson: op. cit., p. 167.

(132) Heide Gerstenberger: *Der revolutionäre Konservatismus. Ein Beitrag zur Analyse des Liberalismus*. Berlin（Duncker & Humblot）1969, S. 79. この他、ヨースト・ヘルマントは、シュターペルを保守革命に心酔した「右翼左派」の一員であり「国民的ボルシェヴィズム」の代表者と呼び、モッセは「フェルキッシュ運動の指導者」と呼んでいる。ヨースト・ヘルマント（識名章喜訳）『理想郷としての第三帝国——ドイツ・ユートピア思想と大衆文化』（柏書房）二〇〇二年、一五三頁以下、ジョージ・L・モッセ（植村和秀・大川清丈・城達也・野村耕一訳）『フェルキッシュ革命——ドイツ民族主義から反ユダヤ主義へ』（柏書房）一九九八年、七六頁参照。

(133) Vgl. Iris Hamel: a. a. O., S. 127.

(134) DHV-Jahrbuch 1927, S. 175. Zitiert nach Andreas Meyer: *Die Verlagsfusion Langen-Müller. Zur Buchmarkt- und Kulturpolitik des Deutschnationalen Handlungsgehilfen-Verbands in der Endphase der Weimarer Republik*. Frankfurt am Main（Buchhändler-Vereinigung GmbH）1989, S. 13.

(135) Vgl. Nelson Edmondson: op. cit., p. 176. なお、『ドイツ民族性』のナチスに対する支持表明については、小野清美『保守革命とナチズム』（名古屋大学出版会）二〇〇四年、三一七頁も参照。

(136) Vgl. Ebenda.

(137) Vgl. Mannhardt: *Universität und Nationalsozialismus*. In: *Deutsche Hochschule*. 1（1933）, S. 46. Zitiert nach Ebenda.

(138) Vgl. Roland Kurz: a. a. O., S. 200.

(139) Wilhelm Stapel: *Die literarische Vorherrschaft der Juden in Deutschland 1918 bis 1933*. Hamburg（Hanseatische Verlagsanstalt）1937, S. 43.

(140) Aus der Verlagswerbung der Hanseatischen Verlagsanstalt im Anhang an Stapels „*Die Kirche Christi und der Staat Hitlers*". Zitiert nach Roland Kurz: a. a. O., S. 194f.

(141) Vgl. Gerlind Nasarski: a. a. O., S. 20; Siegwart Böttger/Werner Fritsch: a. a. O., S. 708; Siegfried Lokatis: *Hanseatische Verlagsanstalt. Politisches Buchmarketing im »Dritten Reich«*. Frankfurt am Main（Buchhändler-Vereinigung GmbH）1992, S. 4.

およびヤン・ベルク他（山本尤・三島憲一・保坂一夫・鈴木直訳）『ドイツ文学の社会史　上・下』（法政大学出版局）一九八九年、上、六一六頁参照。

（142）Vgl. Roland Kurz: a. a. O., S. 200; Gerlind Nasarski: a. a. O., S. 21.

（143）Unter der Rubrik ›Zwiesprache‹; Deutsches Volkstum, Jg. 15, 1933, S. 311. Zitiert nach Andreas Meyer: a. a. O., S. 208. なお、シュターペルはドイツ民族商業補助者連合に関しても、ナチズムと一定の距離を保つことが必要だと考えていた。「次の時代には、ドイツの政治に対するナチズムの影響が著しく増大すると予想されます。しかし、ナチズムはおそらく突破力に過ぎません。突破の後に初めて、ドイツの未来にとって決定的な前線が形づくられると思われます。今日からみれば、二つの未来の前線を、国家ボルシェヴィズム的なものと国家保守主義的なものと呼ぶことができるでしょう。示唆された発展から推論できるのは、第一に、ドイツ民族商業補助者連合がナチズムと直接結びつくことはしないながらも緊密な関係を持たねばならないことであり、第二に、ナチズムの後に来る前線に適応せねばならないことです。ドイツ民族商業補助者連合は、国家保守主義的な前線においてのみ、自らの道徳的、国家的、職業身分的な理念を貫徹できるでしょう。」（一九三一年六月十九日の手紙。Stapel: *Sechs Sätze zur Entwicklung der Verlagsunternehmen des D. H. V.* In: NL Kolbenheyer, Reg.-Nr. 1171168, Beilage zum Brief vom 19. 6. 1931. Zitiert nach Siegfried Lokatis: *Hanseatische Verlagsanstalt. Politisches Buchmarketing im »Dritten Reich«*. A. a. O., S. 20f.）

（144）Roland Kurz: a. a. O., S. 293. Dazu Vgl. auch ebenda, S. 141. また、ジョージ・L・モッセ、前掲書、三一〇頁以下、ウォルター・ラカー『ワイマル文化を生きた人びと』、一二六頁も参照。

（145）Vgl. Roland Kurz: a. a. O., S. 201.

（146）Vgl. Christoph Weiling: *Die „Christlich-deutsche Bewegung“. Eine Studie zum konservativen Protestantismus in der Weimarer Republik*. Göttingen（Vandenhoeck & Ruprecht）1998, S. 326; Nelson Edmondson: op. cit., p. 176.

（147）Vgl. Gerlind Nasarski: a. a. O., S. 22; Roland Kurz: a. a. O., S. 201.

（148）ウォルター・ラカー『ドイツ青年運動――ワンダーフォーゲルからナチズムへ』、一三八頁以下参照。

第二章　ドイツ家庭文庫と民族主義

第一節　ドイツ家庭文庫について

一　民族主義的読書指導のためのブッククラブ

ドイツ家庭文庫は、ドイツ民族商業補助者連合の広範な教育・出版事業の一環として、一九一六年二月十六日に、当初は「ドイツ民族家庭文庫」（Deutschnationale Hausbücherei）という名称で、同連合の出版部門であるドイツ民族書店内に創設されたが、その目的は、同連合の会員とその家族に民族主義的な信条に沿った読書指導を行うことにあった。というのも、商業職員の読書が各自の自由に委ねられていることが、民族性に基づく労働組合活動を促進する観点から好ましくないと考えられたからである。この点について、連合の指導部の一員であるヴァルター・ラムバッハは次のように説明している。

図１　ドイツ家庭文庫の商標

> 成長しつつある子供や兄弟や友人たちがハインリヒ・ハイネのざれ歌を読む家庭では、畏敬の念をたっぷり抱いて、真にドイツ的な精神の証しの中に休息や教訓が求められるところで育まれるのとは異なる精神が育まれます。ドイツ民族家庭文庫は、非ドイツ的な気質の侵入を防ぐための城塞とならねばなりません。(1)

つまり、ドイツ民族家庭文庫の文学的・政治的路線は、一九〇〇年以後、民族主義、反ユダヤ主義、反共産主義を重視する保守的改革プログラムの重要な組織的代表者であったドイツ民族商業補助者連合のそれと一致していた。したがって、単なる本の定期購読団体に留まらず、この保守的改革プログラムの一角を担い、自由主義的な文壇に対抗する前線となり、本を通して、職員層を中心とするドイツ国民に、保守的な意味での政治的・文化的な影響を及ぼさねばならなかったのである。この点については、『ドイツ民族商業補助者のための一九一八年の年鑑』(*Jahrbuch 1918 für Deutschnationale Handlungsgehilfen*)でも、次のように述べられている。

> ドイツ民族家庭文庫は、私たちの一定数の会員の家によい本をもたらせば課題は満たされたと思うような事業ではありません。私たちはむしろそれを越えて、当文庫を、その効果がまだまったく評価されていないドイツ民族的な思想の普及のための手段と考えています。すべての蔵書は、どんな小さなものでも、人間の集団全体の思考に影響を及ぼすのです。(2)

このような理念の下、フィヒテ協会と雑誌『ドイツ民族性』と並ぶドイツ民族主義的な信条の普及の手段として、できるだけ多数の定期購読者からなるブッククラブを形成し、商業補助者とその家族に、読書にふさわしい本を低価格で提供するという計画が立てられたのであった。具体的には、毎年六冊の本を「年間シリーズ」として刊行し、隔月で購読者に引き渡すというものである。こうして設立されたドイツ民族家庭文庫の経営は、ドイツ民族商業補助者連合の青少年教育において中心的な役割を担っていたエーミール・シュナイダーが引き受けたが、その組織は、役員と本の選定にあたって役員を補助する顧問から構成され、次のような人物が名を連ねていた。

役員会　ハンス・ベヒリー、オイゲン・クラウス、アルベルト・ツィンマーマン
顧問会　アードルフ・バルテルス、ヴィルヘルム・キーファー、アーダルベルト・ルントフスキー、ヴィルヘルム・シュターペル、ゴルヒ・フォック（一九一六年五月三十一日の死去まで）、ハンス・グロイ、ヴィルヘルム・エーバーハルト、ヴァルター・ラムバッハ、クリスティアン・クラウス、Ｅｄ・ランツェンベルガー[3]

ところが、こうして設立に至ったものの、当時は第一次世界大戦の最中であったことから、事業は実質的な進展をほとんどみなかった。そのため、最初の「年間シリーズ」の刊行は、ドイツが降伏して戦争が終結する一九一八年まで待たねばならなかったが、その内容は次のようなものであった。

タキトゥス『ゲルマーニア』
ムーテズィウス『戦後のドイツ人』
ベリス・フォン・ミュンヒハウゼン『バラードと詩』
ミュッケ『エムデンとアイーシャ』

ゴルヒ・フォック『航海が必要だ』
ハインリヒ・レルシュ『心よ、汝が血を沸き立たせよ』[4]

また、翌一九一九年には、役員会から読者に対して次のようなアピールが発せられ、ドイツ民族家庭文庫の事業はいよいよ軌道に乗り始めることとなった。


ドイツ民族家庭文庫は、偉大な世界大戦の産物です。当文庫は、一九一四年の誇り高く真剣な精神が、ドイツ民族商業補助者連合の会員とその友人たちの間に維持されることに貢献するものです。

ドイツ民族家庭文庫のために設置された委員会は、毎年新たに刊行される書物の洪水からも、多数の比較的古い作品からも、三〇マルクから六〇マルク分の著作を掘り出します。その選択にあたり、役員は顧問に援助を請いますが、そこには、ドイツ民族商業補助者以外に、バルテルス教授、W・キーファー、A・ルントフスキー、シュターペル博士といった人々が属しています。

本は統一したよいデザインで製作され、連番を付されます。毎月五マルクないし三マルクを支払う購読者は、ドイツ民族家庭文庫に加えられたすべての著作を、またそれより支払額の少ない購読者はそれに応じた数の書物を受け取ります。

ドイツ民族家庭文庫の各巻を、個別に購入することも可能です。[5]

ドイツ民族家庭文庫は、一九二〇年には、ドイツ民族商業補助者連合の出版部門の統合に伴ってハンザ同盟出版社に帰属し、一九二三年一月一日には、同じく「ドイツ民族」を意味する deutschnational という語を用いている

「ドイツ国家人民党」（Deutschnationale Volkspartei）との混同を避けるために、「ドイツ家庭文庫」と改名された。なお、本書では、特に区別する必要がある場合を除き、「ドイツ家庭文庫」を同文庫の総称として使用している。

このようにして、第一次世界大戦後順調に発展したドイツ家庭文庫は、他の出版社から譲り受けたライセンス版の刊行を含む予約購読を実施し、以後のブッククラブの特徴的な活動方法を構築した点で、「ブッククラブ的な原理で活動する最初の企業[6]」とみなされている。さらに、一九二二年からは、既刊の書物の廉価版だけでなく、新刊書も刊行するようになった。だが、一九一九年四月にはまだ六〇〇人程度に過ぎなかった定期購読者数が大幅な増加をみるのは、一九二三年のインフレ以後のことであり、一九二六年末に六四五八人、一九二七年末に一万三九九八人、一九二八年末に二万三一七四人、そして一九三〇年末には三万九三九〇人に達した[7]。こうした会員数の増加は、ドイツ民族商業補助者連合の会員という本来の対象者以外にも、関心を持つ多くの人々を惹きつけたことによるものだが、その要因としてあげられるのは、主に次の六つの点である。

図２　ドイツ家庭文庫の本（1939年）

①通貨切り下げ後、一九二四年に価格設定を見直したこと。（月二マルクの前払いで六冊の「年間シリーズ」が引き渡された。）
②文庫の数が増えたこと。（文庫の数は一九二〇年代後半には一〇〇冊を超えていた。また、一九二五年からは「クリスマスの贈り物」が、一九三二年からは「夏の贈り物」が、「年間シリーズ」に追加された。さらに、「選択シリーズ」が設けられ、「年間シリーズ」の本との交換も可能となった。）
③本そのものの品質を高めたこと。（デザインを統一し、美しく

図３　ドイツ家庭文庫の在庫（1932年）

丈夫な総クロース装とした。）

④本の引き渡し所が増えたこと。（一九三一年の報告によれば、ドイツの七〇〇の町、オーストリアの七〇の町、チェコスロヴァキアの七二の町に引き渡し所があり、それ以外にも、他のヨーロッパ諸国や北アメリカ、南アメリカ、アフリカ、アジア〔日本も含む〕など、約三〇の国々へも販売していた。）

⑥カタログ雑誌を無料で配布したこと。

⑦新会員勧誘のために既会員を動員したこと。(8)

こうした発展に伴い、一九二六年以降は、本の選択を行う委員会に次のような著名人が加わった。すなわち、「ドイツ・キリスト教労働組合総連合」(Gesamtverband der Christlichen Gewerkschaften Deutschlands)の幹部フリードリヒ・バルトルシュ、ドイツ民族商業補助者連合会長のハンス・ベヒリー、ドイツ国家人民党のオットー・フォン・ビスマルクとフリードリヒ・ブルンシュテット博士、ドイツ民族商業補助者連合地方支部長で「中央党」(Zentrum)国会議員のオットー・ゲーリヒ、陸軍大将パウル・フォン・レットフ＝フォルベック、それに、作家ハンス・グリム、エルンスト・ユンガー、エルヴィーン・グイード・コルベンハイアー、ヴィルヘルム・シェーファー、ヘルマン・ウルマン、およびアウグスト・ヴィンニヒである。(9) また、一九二七年に「ゲオルク・ミュラー出版社」(Georg-Müller-Verlags-AG)を、一九三二年に「アルベルト・ランゲン出版社」(Albert Langen Verlag)を吸収合併することで、提供可能なタイトルが大幅に増強された。

二　主な作家・作品に表れた民族主義的傾向

ドイツ家庭文庫の民族主義的な傾向は、すでに上記の一九一八年の「年間シリーズ」とその後数年間に刊行された主な作家・作品に表れているが、ここでさらに、カタログ雑誌『かまどの火』（*Herdfeuer*）に掲載された編集部の文章やその他の年の主な提供図書も考慮して、より詳しく跡づけたい。

最初にあげたいのは、一九三一年第一一号に掲載された「ドイツ家庭文庫はどのようにしてできたのか」という文章の次のような一節である。

事前の準備にあたっては、当然ながら、ドイツ的な著作のことも考慮せねばなりませんでした。というのも、ドイツの本質はドイツの魂の中にあり、ドイツの魂はドイツの詩人と思想家の作品の中に表れるのだからです！ドイツの詩人と思想家、政治家と民族指導者があらかじめ生き、考え、書き、過去の認識として、また未来のための教えとして彼らの民族に残したものは、私たちの魂の表れであり、私たちの民族性から流れ出ているのです。[10]

では、このようなドイツ的著作の作者とはどのような人々なのか。この点、同じ文章の後のくだりでは、一九二一年までにドイツ家庭文庫に収録された作家として、主に次のような名前があげられている。

アードルフ・バルテルス、ヴィルヘルム・ラーベ、ヴィルザー、グスタフ・フライターク、ヴェルナー・ヤンゼン、W・フォン・ポーレンツ、ヴィクトール・フォン・シェッフェル、ペーター・ローゼッガー、メーリケ、ミュラー・グッテンブルン、クライスト、ヴィルヘルム・ザイデル、ゴットフリート・ケラー、ハインリヒ・フォン・トライチュケ、マックス・ギュス、ヘルマン・レーンス、ルートヴィヒ・フィンク、アウグスト・シュペル。[11]

また、同じ点について、ドイツ的な作家とはどのような人々かということだけでなく、逆にドイツ的でない作家や文芸思潮とはどのようなものなのかということも含めて端的に表しているのが、一九三四年第三号と第四号に掲載された読者へのアピールにみられる次のような一節である。

ドイツ的だと自称する詩人アカデミーが、血と土の中に最も深く根ざしているドイツの詩人たちを「まったくの田舎の代表者」と冷笑的にからかいながらも、罰せられることさえなかったとき、ドイツ家庭文庫は、アスファルト文学、派閥、および自由主義に対する戦いを実行しました。大出版社のコンツェルンが、多大な影響力を持つ政府マルクス主義者のギルドに媚びたとき、ドイツ家庭文庫は、飽くことなく優れた精神の持ち主らを燃え立たせ、新しいドイツを宣伝し、擁護しました。

レマルク、フォイヒトヴァンガー、ルートヴィヒ、デーブリーン、レオンハルト・フランクといった文学的偉人の名が世論を支配したとき、ドイツ家庭文庫は、コルベンハイアー、グリム、シェーファー、グリーゼ、ハンス・フランク、シュテーグヴァイト、ヴェーナー、メヒョーといったドイツの詩人を際立たせ、ドイツの教養財産に対する感覚を目覚めさせたのです。[12]

さらに、一九三九年第六号の冒頭に置かれた「一九一六年―一九三三年―一九三九年　ドイツ家庭文庫の全会員への呼びかけ」にも、ほぼ同じような論調と作家名がみられる。

世界観が世界観に対立し、ユダヤ的＝マルクス主義的な世界文学は、本質的にドイツ的な文学を擁護する者たちにぶつかりました。つまり、民族と結びついた著作に対する感受性をまだ持っているすべての人々が公然と支持した人たちです。ハンス・グリム、ハインツ・シュテーグヴァイト、E・G・コルベンハイアー、ヴィル・フェスパー、エーミール・シュトラウス、ヴィルヘルム・シェーファー、ハンス・フリードリヒ・ブルンク、パウル・エルンストといった詩人は、ドイツ家庭文庫において、エルンスト・トラー、クルト・トゥホルスキー、エーミール・ルートヴィヒ・コーン、エーリヒ・マリア・レマルク、およびリオン・フォイヒトヴァンガーといった類の根無し草の三文文士に対するドイツの遺産の番人だったのです。[13]

加えて、こうしたドイツ的な作家のためのドイツ家庭文庫の尽力を詳細に跡づけたのが、一九三四年第三号に掲載された「行動の国家的文化政策――数が物語る」の一節である。少し長くなるが、一部を引用したい。

崩壊の年である一九一八年に、私たちは、友人たちの机の上に『フリードリヒ大王作品集』を、一九一九年にはフリードリヒ・リーンハルトの『オーバリーン』を、一九二一年にはルートヴィヒ・フィンクの『薔薇の医師』を置きました。一九二四年には、ルートヴィヒ・リヒター、イェレミアス・ゴットヘルフ、ヴィリバルト・アレクシス、ヴィルヘルム・ラーベの著作をもたらしました。一九二九年には、ドイツ家庭文庫は、E・G・コルベンハイアーの『ペナーテースの微笑』のような非常にドイツ的な、それゆえ残念ながらほとんど読まれない作品を（当時コルベンハイアーについて知っている人が、少数の愛好者以外にいたでしょうか？）一挙に三万一〇〇〇の家庭にもたらしました。しかし、それは実際には、一〇万人のドイツの読者が最良のドイツ文学のために獲得されたことを意味します。同じ年、私たちは、フリードリヒ・グリーゼの小説『古き鐘』（今日ではグリーゼは世間の評判になっています！）とヴィルヘルム・シェーファーの『逸話集』（彼も今ようやくふさわしい名誉を得ています！）を、ほぼ同じ部数でもたらしました。ルードルフ・フーフとパウル・エルンスト、ハンス・フリードリヒ・ブルンクとベンノ・リュッテナウアーは、一九三〇年に私たちの家庭の客となり、それぞれ三万五〇〇〇の部を広められました。当時のドイツがまったく知ろうとしなかった詩人たちが、ドイツ家庭文庫で創作と生存の可能性を見いだしたのです。翌一九三一年、私たちは、ヴィル・フェスパーの男らしい作品『苛烈なる種族』を四万一〇〇〇部出版しました。著書『ドゥアラの石油探検者』が元の出版社から意図的なサボタージュにも等しい不親切な扱いを受けていたハンス・グリムは、ドイツ家庭文庫に自らの作品のための正当な基盤を見いだしました。三万四〇〇〇部の『石油探検者』が出かけていきました。私たちが一九三一年に『黒いニコラウス』を出版したニコラウス・シュヴァルツコップは、文字通り次のように知らせてきました。「もし私を信じてくれるドイツ家庭文庫がなければ、この苦しい年に難破していたでしょう。」レマルクやグレーザーの騒ぎに対して、一九三二年、私たちは、戦争に打ち砕かれず、ドイツの兵隊の名誉を救った男たちの書物を持ち出して抵抗しました。すなわち、ハインツ・シュテーグヴァイトの『炉の中の青年』（これまでに四万六〇〇〇部を発送しました）とヨーゼフ・マグヌス・ヴェーナーの『ヴェルダン戦の七人』（四万二〇〇〇部）です。また、失業を題材に金儲けをしようとする浅ましい文学に対しては、私たちは、リヒャルト・オイリンガーの『金属工フォンホルト』（三万二〇〇〇部）を通して、ドイツ人の抵抗を投げつけました。一九三三年には、コンラート・ベステの小説『異教の村』が四万部、メヒョーの騎士小説『冒険』が四万一〇〇〇部に達し、アウグスト・ヴィンニヒの『遥かなる道』が三万七〇〇〇部印刷されて広められました。一挙に五万部売れれば、それがある詩人とその作品にとってなにを意味するかは、コルベンハイアーの含蓄のある書『ヨアヒム・パウゼヴァング親方』を自由な取り引きで数千部以上販売することがどれほど難しかったかを知る者だけが、十分正当に評価できるでしょう。ドイツ家庭文庫の介入がなければ、今事実であるようなこの作品の普及（私たちは五万二〇〇〇部を発送しました）はまったく不可能だったでしょう。非常に力強く、国家社会主義的な批評によって全員一致の熱狂で受け止められたルートヴィヒ・テューゲルの『ザンクト・ブレーク』でさえ、通常の普及方法であれば、私たちの組織が彼にもたらした程度の普及（六万二〇〇〇部を出版しました）を見いだすだけでも、数年を要したでしょう。ゲオルク・シュミュックレの書（『天使ヒルテンシュペルガー』）とハンス・ヨーストの書（『かくして彼らは去りゆく』）は、同じく高い部数で出版されるでしょう。今日文学賞の受賞者として名前のあがる有名な詩人の大半がもっぱら家庭文庫の作家なのは、偶然でしょうか？[14]

　このようにみたとき、ドイツ家庭文庫に収録された作家の顔ぶれが十九世紀前半から同時代まで、およびドイツ以外のドイツ語圏の国々まで含むある程度の広がりを持つ一方、その核をなしているのは、郷土文学作家や戦争肯定的な作家をはじめとして、第三帝国において「血と土の文学」として称揚された者たちだということがわかる。また、ドイツ家庭文庫は、以上のような作家・作品を擁護する一方で、自らが非ドイツ的とみなした文学は徹底的に敵視し、排撃したが、そこに含まれるのは、上に引用した文章にみられるように、ユダヤ主義的文学、マルクス主義的文学、自由主義的文学、反戦文学、アスファルト文学といったものである。これらはナチス時代に退廃文学と呼ばれたものとほぼ一致するが、ドイツ家庭文庫においては、こうした文学傾向が民族とは異質な外国の文化の過度の影響として批判された。この点は、「ドイツ家庭文庫はどのようにしてできたのか」においても、次のように述べられている通りである。

問題となったのはドイツの本質とドイツの民族性であり、今でもそうです。私たちの血をひく人間だけが、そこから働きかけることができるのです。すでに戦争以前に、外国の文化の過度の影響と私たちの著作の歪曲の危険があったのですから、戦争の後では、勝利を収めた戦争の後でも――ひょっとしたらそうしたことの後ではなおさらのこと――民族とは異質な影響に対するより強力な戦いが始められねばならないのです。[15]

ところで、以上のようなドイツ家庭文庫の特色は、上記の「年間シリーズ」を含めた同文庫の中心的な提供図書から具体的に証明される。ドイツ家庭文庫で刊行された主な本をまとめた研究としては、一九一六年から一九三三年までの時期に関するものが二つみられる。すなわち、アンドレアス・マイアーによる「購入義務図書一覧」と、ベルナデッテ・ショルによる「年間シリーズ一覧」である。[16] しかし、一九二三年から一九四二年にかけて同文庫から刊行されたカタログ雑誌から得られる情報によれば、主な本すべてについて、一貫して購入が義務とされたり、「年間シリーズ」という名称が用いられたりしたわけではないため、そのようなまとめ方では事実との食い違いが生じる。また、いずれの研究においても一九三三年までの本しか記録されていないのは、ドイツ家庭文庫の母体であるドイツ民族商業補助者連合がナチスのドイツ労働戦線に併合されたこの年に、同文庫の活動も中止されたと考えられたためではないかと推察されるが、実際にはその後も活動が継続されている。そうした事情を踏まえて、以下では、ドイツ家庭文庫における最も中心的な図書に対する名称として、『かまどの火』の一九三八年第五号の記事「たくさんの選択のための私たちの新刊――大きな前進！」において、「選択シリーズ」と対比して用いられている「主要シリーズ」(Hauptreihe)[17] という言葉を用いる。そして、上記二つの一覧に加え、ドイツ家庭文庫のカタログ雑誌も参照した上で[18]、一九一六年から一九四二年までに刊行された「主要シリーズ」を一覧表としてまとめたのが、巻末の補足資料「ドイツ家庭文庫の〈主要シリーズ〉一覧」である。

この一覧から、ドイツ家庭文庫の二七年間の「主要シリーズ」の作品数がのべ二〇八であり、ここから二回選ばれている作品四つと二巻に分かれている一つを引くと総タイトル数は二〇三であることがわかる。また、把握しうる著者名は一四五である。これらの作品や著者名の中には、今日では忘れられたものも少なくないが、特に著者名に注目してみた場合、特徴的なのは、民族主義的な作家が多くみられることである。この点、まずユルゲン・ヒレスハイムとエリーザベト・ミヒャエルの共著『ナチス作家事典』（*Lexikon nationalsozialistischer Dichter*）に取り上げられた作家として、次の一六名があげられる。

アードルフ・バルテルス、ヴェルナー・ボイメルブルク、ハンス・フリードリヒ・ブルンク、ブルーノ・ブレーム、ハインリヒ・エックマン、リヒャルト・オイリンガー、ハンス・グリム、ミルコ・イェルズィヒ、ハンス・ヨースト、エルヴィーン・グイード・コルベンハイアー、キリアン・コル、ヴィルヘルム・プライアー、ゴットフリート・ロータッカー、ゲオルク・シュミュックレ、ハインツ・シュテーグヴァイト、ヴィル・フェスパー[19]

また、一九三三年十月二十六日の『フォス新聞』（Vossische Zeitung）に掲載され、ベルリンのプロイセン芸術アカデミーによって宣伝された、ヒトラーへの忠誠の誓いとして知られる「最も忠実な忠誠の誓い」（Gelöbnis treuester Gefolgschaft）に名を連ねた八八名の作家・詩人の中に、次の一六名が含まれている。

ヴェルナー・ボイメルブルク、ハンス・フリードリヒ・ブルンク、マリー・ディーアス、リヒャルト・オイリンガー、ルートヴィヒ・フィンク、フリードリヒ・グリーゼ、ルードルフ・フーフ、ハンス・ヨースト、ハインリヒ・レルシュ、ベリス・フォン・ミュンヒハウゼン、ヨーゼフ・ポンテン、グスタフ・シュレーア、ハインリヒ・ゾーンライ、ハインツ・シュテーグヴァイト、ヴィル・フェスパー、ヨーゼフ・マグヌス・ヴェーナー[20]

さらに、ナチスによって改組されたドイツ詩人アカデミーに名を連ねた作家には、次の一二名が含まれる。

ヴェルナー・ボイメルブルク、ハンス・フリードリヒ・ブルンク、パウル・エルンスト、フリードリヒ・グリーゼ、ハンス・グリム、ハンス・ヨースト、エルヴィーン・グイード・コルベンハイアー、ベリス・フォン・ミュンヒハウゼン、ヘルマン・シュテーア、エーミール・シュトラウス、ヴィル・フェスパー、ヨーゼフ・マグヌス・ヴェーナー[21]

加えて、ナチスによる政権掌握以後の「新しきドイツ國民の思想感情を最も正しく、最も端的に傳へてゐる文學についての正しい紹介書[22]」として一九四四年に編まれた『現代のドイツ文学（作家と作品）』には、次の四八名が取り上げられている。

ヨーゼフ・マルティン・バウアー、コンラート・ベステ、ヴェルナー・ボイメルブルク、ハンス・フリードリヒ・ブルンク、ブルーノ・ブレーム、ヘルマン・エリス・ブッセ、ハインリヒ・エックマン、パウル・エルンスト、リヒャルト・オイリンガー、ルートヴィヒ・フィンク、ゴルヒ・フォック、ハンス・フランク、ヨアヒム・フォン・デア・ゴルツ、ゲオルク・グラーベンホルスト、フリードリヒ・グリーゼ、ハンス・グリム、ルードルフ・フーフ、ミルコ・イェルズィヒ、ハンス・ヨースト、エルンスト・ユンガー、エルヴィーン・グイード・コルベンハイアー、ヒャルマール・クッツレープ、ハインリヒ・レルシュ、ヘルマン・レーンス、フェリックス・リュツケンドルフ、カール・ベンノ・フォン・メヒョー、アードルフ・メシェンデルファー、ベリス・フォン・ミュンヒハウゼン、ヴィルヘルム・プライアー、ヨーゼフ・ポンテン、ゴットフリート・ロータッカー、ウルリヒ・ザンダー、ヴィルヘルム・シェーファー、ヤーコプ・シャフナー、マルガレーテ・シーストル＝ベントラーゲ、ゲオルク・シュミュックレ、ハインリヒ・ゾーンライ、ヘルマン・シュタール、ハインツ・シュテーグヴァイト、ヘルマン・シュテーア、エーミール・シュトラウス、ルートヴィヒ・テューゲル、ヴィル・フェスパー、ヴァルター・フォルマー、カール・ハインリヒ・ヴァッガール、ヨーゼフ・マグヌス・ヴェーナー、アウグスト・ヴィンニヒ、ハインリヒ・ツィリヒ[23]

以上の作家は、重複を除いて数えると五二名となるが、これは二七年間の「主要シリーズ」の著者の三五・九パーセントを占め、特に「主要シリーズ」に複数回取り上げられている作者三九名の中では二一名で五三・九パーセントを占めている。さらに、「主要シリーズ」の全二〇三タイトルのうちこれらの作家の作品は八三冊で四〇・九パーセントを占める。このように、これらの作家とその作品は大きなウェートを占め、ドイツ家庭文庫の民族主義的な傾向を特徴づけるものとなっているのである。なお、ここで言及した以外にも、「主要シリーズ」の作家には、同様の傾向を持つ者が含まれている。たとえば、前章・第五節でみた『ドイツ民族性』の主要執筆者であるアルブレヒト・エーリヒ・ギュンターや、ナチス突撃隊としての戦いの経験を描いたハインツ・ローマンなどである。

第二節　本の提供方法と信念のきずな

一 「主要シリーズ」の提供方法

本節では、ブッククラブにおける本の提供方法の典型的な事例として、ドイツ家庭文庫におけるシステムを詳細に跡づけるとともに、それが同文庫の民族主義的な信条とどのようにかかわっていたのかを明らかにする。そこで、最初に「主要シリーズ」について、巻末の補足資料「ドイツ家庭文庫の〈主要シリーズ〉一覧」も参考にしながら提供方法の変遷を辿る。

まず、一九一六年から一九二二年にかけてのドイツ民族家庭文庫の時期に「主要シリーズ」がどのように刊行されたのかについては、詳細は明らかでない。たとえば、すでに触れたショル、マイアーともに、一九一六年と一九一七年に計一七冊、一九一八年に七冊、一九一九年と一九二〇年に計二〇冊、一九二一年に六冊、一九二二年に四冊、そして一九二三年に四冊の本が、「購入義務図書」ないし「年間シリーズ」として刊行されたとしているが、上掲の「ドイツ家庭文庫はどのようにしてできたのか」によれば、最初の「年間シリーズ」が刊行されたのは一九一八年であり、その六冊の図書は、ショルとマイアーが一九一六年と一九一七年の最初の六冊に数えているものと同じである。[24]これに対し、同文庫の名称がドイツ家庭文庫に改められた一九二三年以降は、各年次の「主要シリーズ」を正確に確認することができるが、それは主として、同年より刊行されたカタログ雑誌の中に詳しい記録が残されていることによる。[25]それによると、一九二三年には当初「年間シリーズ」として六冊の本が予定されていたが、インフレの影響により、四冊しか刊行されなかった。[26] また、インフレの影響は「年間シリーズ」の価格にも及び、一年間のシリーズ全体の値段が、一九一八年から一九二〇年までは六〇マルク、一九二一年は一二〇マルクであったのに対し、一九二二年からは一冊ずつ個別の価格が設定され、一九二三年には、八月に刊行された第三巻が一冊だけで三五〇マルクにまで上昇した。しかしその後、バビエルマルクからゴルトマルクへの移行と安定した通貨の発行に伴って、十二月刊行の第四巻が二・八マルクとなっている。[27] なお、一九二三年には、本自体の価格のほかに、会員登録料として三〇〇ないし六〇〇バビエルマルクが求められた。[28] このようなドイツ家庭文庫の「主要シリーズ」の刊行が安定するのは、レンテンマルクの導入によって経済状況が落ち着きをみせた一九二四年からであるが、以後一九四二年前半までの状況を見渡すと、五つの時期に分けられる。

第一期は、一九二四年から一九三四年までである。この一一年間は、「主要シリーズ」は「年間シリーズ」として毎年六冊刊行され、合計二四マルクの価格で、二カ月に一度の間隔で提供された。ただし、一九二七年のみ七冊刊行されているが、最後の一冊は「付録」[29] とみなされている。また、この間、一九二六年まではすべての本が「購入義務図書」であったが、一九二七年からは、一部の本を「選択シリーズ」から選べるようになった。[30] 具体的に「年間シリーズ」のどの本が交換可能となったのかについては、一九二八年については未確認であるが、一九二七年については、七冊のうち四冊が「購入義務図書」で、「付録」を除いた残り二冊を「選択シリーズ」から選ぶことができた。また、一九二九年については、「購入義務図書」は第一巻、第三巻、第六巻の三冊であり、残りの第二巻、第四巻、第五巻の三冊について「選択シリーズ」からかわりの本を選ぶことができた。さらに一九三〇年からは、「購入義務図書」は第一巻と第二巻の二冊とされ、第三巻から第六巻までの四冊を「選択シリーズ」から選べるようになった。[31] なお、一九二四年には一ゴルトマルクの会員登録料が求められたが、一九二五年から廃止された。[32]

第二期は、一九三五年から一九三八年までである。この四年間も、「主要シリーズ」は「年間シリーズ」として、価格は合計二四マルクのままで提供されたが、冊数が毎年八冊となり、それ以前よりも二冊多くなった。『かまどの火』の一九三四年第五号の記事「兵士」によれば、この変化は、一九二五年から「主要シリーズ」に加えて無料で提供されてきた「贈り物」――これについては後述する――を廃止し、そのかわりに「主要シリーズ」自体の冊数を増やしたことによるものであり、こうした改善が可能となったのは、ドイツ家庭文庫の会員数が一九三三年から一九三四年にかけて著しく増加したためであった。[33] また、冊数の増加にもかかわらず、「購入義務図書」は第一巻と第二巻の二冊のままに留まったため、「選択シリーズ」からかわりの本を選べる冊数は、第三巻から第八巻までの六冊へと増やされた。[34] なお、本の配布の機会は従来通り二カ月に一回、つまり年間六回であったが、三回目と六回目に二冊の本が提供されることで、年間では八冊となった。

第三期は一九三九年前半である。この年より、「主要シリーズ」の刊行方法は大きく変更され、半年間の「提案シリーズ」として、前半に七冊、後半に七冊と分けて刊行され、年間では計一四冊となった。ただし、そうすると、同じ二四マルクの年会費で、受け取る本の数が六冊も増えるのかと思われるが、そうではない。この点については、当時の会員の間にも誤解が生じたようで、『かまどの火』の一九三八年第六号の記事「説明のために！」では、次のように述べられている。

「一年間に一四冊」という私たちの告知が、会員は月二マルクの会費で、一年間の配本としてこれまでの八冊にかえて一四冊受け取るのだと理解されることがありますが、それは間違いです。
そうではありません！　ひと月の会費は二マルクのまま、本も一年に八冊のままです。
私たちが一四冊の新しい本のことを口にするとき、それは、一九三九年の間に私たちが本当に一四冊の本を刊行し、会員に提案するからです。それは半年ごとの提案という形でなされます。すべての購読者は、半年の義務の巻に加えて、さらに三冊の本を（主な提案または選択シリーズから）選びます。したがって、半年間に提供される本の数は四冊となります。新たに高められた生産の利点は、すべての購読者にとって、豊富さと活発さと多様性の増加、および二度の選択の可能性にあるのです。[35]

要するに、会員は半年ごとに刊行される七冊の図書から四冊を受け取るのであり、一年間に受け取る冊数は従来通り八冊に留まるが、自由選択の可能性が広がったことが、新たなシステムの利点なのである。もう少し詳しくみてみると、各期の「提案シリーズ」のうち最初に刊行される本は「購入義務図書」としてすべての会員が購入せねばならないため、年間では「購入義務図書」が二冊、「選択シリーズ」からも選べる図書が六冊となり、この点は従来と変わらない。しかし、これまでは、「購入義務図書」以外の六冊について、その本を選ぶか、または「選択シリーズ」から選ぶという形であったのに対し、新しいシステムでは、自由に選べる六冊について、「提案シリーズ」の中にすでに一二冊の選択可能性が提供されているのである。したがって、半年ごとにみれば、会員は、まず「購入義務図書」以外の六冊の中から三冊を自由に選ぶことができ、その中に気に入った本がない場合は「選択シリーズ」の中からも選ぶことができるという二段構えになっているわけである。なお、「購入義務図書」以外の三冊について、定められた時期までに自ら選択しなかった会員に対しては、ドイツ家庭文庫によって「提案シリーズ」の中から選ばれた本が提供された。[36]また、年間の冊数は変わらないため、配布の時期と冊数もこれまで通りであった。

第四期は、一九三九年の後半から一九四一年までである。すなわち、一九三九年前半から始まったシステムには、早くも半年後に、新たな、そして重大な変更が加えられた。それは、「購入義務図書」を廃止し、半年ごとに購入する四冊を、「提案シリーズ」と「選択シリーズ」の中からまったく自由に選べるようになったことである。この点について、『かまどの火』の一九三九年第二号の記事「一九三九年七月一日より完全自由選択！」は、次のように説明している。

ドイツ家庭文庫は、存在したすべての歳月を通して、善意の助言や時折の反抗に頓着せず、粘り強く固執した一つの特性を持っていました。つまり、一年の間にすべての会員に購入される義務の巻の存在です。この義務の巻は、とりわけ特定の詩人・作家や特定の作品を幅広い土台の上で一挙に普及させることが必要だった時代には、指導上不可欠な要求の表れでした。私たちが義務の巻として刊行した本は、結局は常に、私たちの民族の中で効果を発揮すべきなんらかの戦いの本でした。ここでは次の本だけをあげます。つまり、ハンス・フリードリヒ・ブルンク『ガイゼリッヒ国王』、ヴィルヘルム・プライアー『トマハンス兄弟』、カール・ベンノ・フォン・メヒョー『冒険』、ゴットフリート・ロータッカー『国境の村』、ハインツ・シュテーグヴァイト『炉の中の青年』です。

一九三九年七月一日より義務の巻を廃止し、一九三九年後半の四巻を主な提案または選択シリーズのリストから会員が自らの判断で選べる形へと移行しますが、むろんそれは、私たちが指導の意志を断念するという意味ではありません。それは従来通り存在し、私たちの事業全体の中に常にみえるものとなるでしょう。義務の巻の廃止はむしろ購読者数の喜ばしい増加の結果であり、私たちのドイツ的な著作の完全な方向づけと活動の枠がよりいっそう拡大することを可能にするのです[37]。

こうして、ドイツ家庭文庫では、一九三九年後半より、あらかじめ同文庫によって用意された本の枠内であるとはいえ、完全な自由選択の制度が実現された。また、この二年半の間は、半年ごとの「提案シリーズ」の冊数が八冊に増加した。

第五期は、一九四二年前半である。というのも、一九三九年後半から始まった状況が長続きせず、再度の変化を蒙り、年間の刊行数と価格がそれぞれ八冊と一二マルクへと半減したためである。つまり、予定としては、一九四二年の前半に四冊、後半に四冊の本が刊行され、それらから前半と後半にそれぞれ二冊ずつ、計四冊を受け取ることになり、従来よりも冊数が半減したことに合わせて、価格も半分に下げられたのである。[38]したがって、配布の機会もこれまでより減り、三カ月に一回となった。こうした変更の理由について、『かまどの火』の一九四一年第四号の記事「一九四一年回顧―一九四二年展望」では、次のように述べられている。

一九四二年には、例外なくすべてのブッククラブが会員に対して従来の通常の業務の半分しか保証できず、そのため売り上げも半分に減少します。つまり、私たちは、一九四二年一月一日より、従来の八巻にかえて四巻しか提供することが許されません。これは戦時という条件下で不可避となったもので、もはやそれ以上の説明を必要としません。[39]

つまり、再度のシステムの変更は、一九三九年に勃発した第二次世界大戦の影響によるということであるが、実際、ドイツ家庭文庫では、すでに一九四〇年半ばから図書の提供に支障が生じていた。たとえば、一九四〇年後半のための「提案シリーズ」のうち、同年八月に予定されていたアウグスト・ヴィンニヒの『驚異の世界』の刊行は十二月に延期され、かわりにルートヴィヒ・テューゲルの『馬の音楽』の刊行が前倒しされている。[40]そして、こうした混乱が時代の制約による避けがたい事態であることについて、一九四一年第二号の記事「呼びかけ！」において、次のように説明されている。

きわめて残念なことですが、すでに一九四〇年の終わりに需要の大きい私たちの本の予定通りの製造と支障のない送付の前に立ちふさがった困難は、今もまだ完全には取り除かれていません。私たちの引き渡し所と直接購読者の多くが、一九四一年の最初の送付を遅れて受け取りました。この程度の引き渡しの遅れが繰り返されることを避けるために、すべての関係部署で非常に大きな努力が払われたとしても、ごく近い将来には不可能でしょう。

はっきりさせておきたいことは、本が予定通りに届かなかったり、引き渡し所によって引き渡されなかったりしても、それは必ずしも人的労働力の不足や組織の欠陥に帰されるものではないということです。ほとんどの場合、事実上、私たちよりも状況のほうが勝っているのです。[41]

このように、戦時下の物資の欠乏や輸送手段に生じた障害などとともに、ドイツ家庭文庫の活動も徐々に縮小されたわけだが、一九四二年前半の「提案シリーズ」以後、「主要シリーズ」が引き続き刊行されたかどうかは不明である。ドイツ家庭文庫の活動そのものはその後も継続され、一九四三年と一九四四年にも本が刊行されていることは確認されるが、それが新たな「提案シリーズ」なのかどうかはわからない。

なお、ドイツ家庭文庫の本は、初期には非会員にも二割程度高い値段で販売されていたが、[42]その後は、販売は会員に限定された。と同時に、それらは個別の値段を持っておらず、一年間に提供される六―八冊の本全体で二四マルクと考えられていた。[43]また、この冊数を超えてドイツ家庭文庫の本を購入したいと望む会員のために、遅くとも一九二九年以降、「追加シリーズ」が設けられていた。つまり、時期ごとに二四マルクで購読可能であったのと同じ冊数の本を、追加の年会費を支払って、「選択シリーズ」から購読できるというものである。このシステムは、遅くとも一九三八年以降は、冊数まで自由に設定できるものとなり、三カ月分の会費六マルクに対して二冊を基準とし、し、この「追加シリーズ」についても、第二次世界大戦の勃発後、一九四一年十月一日から中止された[45]。二冊、四冊、六冊、八冊、あるいはそれを超えて一〇冊、一六冊といった数で購入することも可能であった[44]。ただ

二　「贈り物」の提供方法

上記のように、「年間シリーズ」が六冊提供された第一期（一九二四年から一九三四年）のうち、一九二五年以降は、本または芸術品が、ドイツ家庭文庫からの「贈り物」として、年間二四マルクの枠内で追加で提供された。このうち芸術品には、「クンストマッペ」ないし「ビルダーマッペ」と呼ばれる、絵をファイルしたものなどが含まれる。これらの「贈り物」は付随的な提供品であることと、内容的にはおおむね「主要シリーズ」と同様の傾向を持つことから、作品を逐一あげることはせず、その提供方法についてのみ確認しておくと、時期によって次のような三通りの変化がみられる。

まず、一九二五年から一九三一年までの七年間は、本または芸術品一点が「クリスマスの贈り物」として、「年間シリーズ」の第六巻と併せて提供された。上掲の「ドイツ家庭文庫はどのようにしてできたのか」によれば、最初のクリスマスの芸術品は「レンブラント　暗闇の中の光　エッチングによる救世主の生　ヴィルヘルム・シュターペルの詳しい説明のついた八枚の絵」であった[46]。また、一九二九年から一九三一年の三年間は、「クリスマスの贈り物の本」としてそれぞれ二冊の本が用意され、ドイツ家庭文庫の選択により、いずれか一冊が提供された。

次に、一九三二年から一九三四年までの三年間は、「クリスマスの贈り物」に、「年間シリーズ」の第三巻と併せて送付される「夏の贈り物」が加わり、提供される本または芸術品の数が二点に増えた。また、用意される本または芸術品の数も増え、一九三二年には、「夏の贈り物」は五冊中一冊、「クリスマスの贈り物」は七冊中一冊、一九三三年には、「夏の贈り物」は一四冊中一冊、「クリスマスの贈り物」は三冊中一冊が、ドイツ家庭文庫の選択によっ

て提供された。

ところで、こうして複数の本が用意された場合、受け取る側からすれば、自らの選択で希望するものを手に入れたいと考えるのは当然であろう。それに対し、ドイツ家庭文庫の側でも、すでに一九三〇年の時点で、会員の希望に添うよう努めていたが[47]、特に一九三二年の「夏の贈り物」に関しては、『かまどの火』の同年第四号の記事「私たちの夏の贈り物」に、次のような具体的な記述がみられる。

私たちの友人の中には、特定の夏の贈り物の提供を望む者が少数います。私たちは、特定の夏の贈り物を割り当てることは予定していませんでしたが、この願いを留保つきで受け入れました。夏の贈り物の印刷出版（三月中旬）よりも前に連絡が届けば、この特別な願いを叶えるようあらゆる試みをするつもりです[48]。

最後の一九三四年は、提供される「贈り物」の数は二点のままだが、「夏の贈り物」については、名称が「休暇の贈り物」に変更され、用意された本は一冊のみであった。他方、「クリスマスの贈り物」についても、用意された本は一冊だけだったが、購読者の希望に応じて、別な四冊の本のうち一冊に変更することも可能であった。

なお、上記の通り、一九三五年以後は、この「贈り物」は廃止され、かわりにその二点分が「年間シリーズ」に取り込まれて、「年間シリーズ」の数が六冊から八冊に増えることになった。

三　「選択シリーズ」の提供方法

すでに言及したように、ドイツ家庭文庫では、一九二七年以降、「購入義務図書」の冊数が徐々に減少し、一九三九年後半からは、完全自由選択となった。その際、「購入義務図書」にかえて購入できる図書として用意されたのが、「選択シリーズ」であった。この「選択シリーズ」の内容については、一九二七年から一九二九年までに関しては、一九二七年と一九二九年のタイトル数がそれぞれ二〇と五〇であったことが確認できるのみである。[49]それに対し、一九三〇年から一九四二年前半については、『かまどの火』の記事から全タイトルを確認することが可能である。ただし、その数は非常に多く、逐一あげることはできないため、かわりに、雑誌の「選択シリーズ」紹介記事で用いられている項目ごとに、一年または半年のタイトル数をまとめたのが、表1である。[50]項目については、たとえば「小説と物語」のように一貫して用いられている項目もあれば、「芸術と音楽」と「芸術、音楽、文学」のように時期によって多少変化している項目もある。しかし、後者の場合は、項目のバリエーションをすべて列記して、該当する一年または半年のタイトル数をあげてあるので、それぞれの項目がどの時期に用いられていたのかを確認することも可能である。逆に、タイトル数が空欄になっている箇所は、当該の時期にその項目が用いられていないことを表している。また、一番左に記した番号は、各項目に含まれる本の内容に応じた分類を便宜的に示したものである。

いうまでもなく、各時期に用意された本はまったく異なるものではなく、部分的に重複している。したがって、各項目のタイトル数の合計、および分類ごとのタイトル数の合計は、あくまでも提供されたタイトルの延べ数であるが、さしあたりここでこの数値に基づいて、「選択シリーズ」が一年ごとに提供された時期と半年ごとに提供された時期に分けて考えれば、一九三〇年から一九三八年までの九年間の年平均タイトル数は一六〇、一九三九年前半から一九四二年前半までの七期の平均タイトル数は二七五となり、一九三九年以降のほうが圧倒的に多く、年を追うごとにタイトル数が増加していことがわかる。これは、「主要シリーズ」として刊行された本が順次「選択シリーズ」に加えられたことにもよると思われる。ここで、「選択シリーズ」の本のおおまかな内容を分類ごとに示すと、次のようなものである。

1937	1938	1939 前半	1939 後半	1940 前半	1940 後半	1941 前半	1941 後半	1942 前半	小計	合計	割合
118	75	130	131	141	145	138	151	131	1,685	1,807	54%
13	10	9	8	8	9	9	9	4	101		
									12		
									9		
15	12	13	12	14	14	15	12	11	166	166	5%
6	5	6	7	9	8	8	8	8	100	113	3%
									13		
									47	269	8%
21	18	20	23	26	26	26	26	22	222		
									1	114	3%
					9	7	5	4	57		
5	5	8	9	8					44		
									12		
									9	89	3%
6	5	6			7	6	7	7	67		
			6	7					13		
13	13	15	17	18	23	23	22	22	196	227	7%
									31		
34	40	37	35				35	35	252	472	14%
				37					37		
					38	39			77		
									24		
									54		
									14		
									14		
6	8	10	10	10	20	15	15	14	108	108	3%
237	191	254	258	278	299	286	290	258	3,365	3,365	100%

表１　「選択シリーズ」の項目とタイトル数

分類	年次 / 項目	1930	1931	1932	1933	1934	1935	1936
1	小説と物語	38	50	72	71	87	96	111
	ドイツの古典					11	11	
	ドイツ古典文学							12
	詩と作品集	3	3	3				
2	日記と人生の記述	5	4	7	7	7	7	11
3	芸術、音楽、文学				10	9	10	6
	芸術と音楽	5	4	4				
4	旅と冒険の本	6	5	7	10	10	9	
	旅行と狩猟と冒険の本							14
5	技術			1				
	科学、自然、および風土			4	7	11	10	
	科学、自然、風土、故郷							9
	自然と風土	6	6					
6	北方的なもの	3	3	3				
	ゲルマン先史				4	6	7	6
	先史							
7	世界大戦				4	5	11	10
	世界大戦、政治、および歴史		16	15				
8	政治、歴史、時代史、防衛科学							36
	政治、時代史、防衛科学							
	政治、歴史、防衛学							
	政治、歴史、文化史						24	
	政治と歴史	10			20	24		
	ナチスに関する本				14			
	時代の本					14		
9	若者向けの本							
合　計		76	91	116	147	184	185	215

※空欄は該当の項目が使用されていないことを示す。

分類一　「年間シリーズ」と「贈り物」の既刊、それらの作家の他の作品、およびドイツの古典を含め、多数の小説、物語、詩など。
分類二　政治家とその家族、作家、芸術家などの日記、自伝、回想、伝記、書簡集、講演集、名言集、遺稿など。
分類三　抒情詩集、詩論、文学論、画集、美術論、歌曲集、音楽論、文化史など。
分類四　ドイツ国内とヨーロッパのみならず、植民地を含めたアフリカ、北米、南米、インド、アジアなどを含めた旅行記、旅行案内、狩猟体験記など。
分類五　科学技術、天文学、気象学、動物学、植物学、民俗学、ドイツの風土などに関する本や、ドイツおよび世界の地図など。
分類六　エッダとサガ、および古アイスランド、ノルマン人（バイキング）、先史時代のドイツといったものの歴史に関する本など。
分類七　第一次世界大戦における英雄的な戦いを描いた文学や従軍記、戦争捕虜や帰還兵の体験記、戦没者の手紙など。
分類八　第一次世界大戦の戦後処理やワイマール共和国を批判する本、反ユダヤ主義、民族主義、ナチズム、およびナチスの運動や政策についての本、ドイツの軍備や防衛政策に関する本など。なお、項目に明記されていない場合にも、ナチズムに関連する本は含まれている。
分類九　童話や少年少女向けの物語。

これらの分類に含まれるタイトルの数が総タイトル数の中で占める割合をみると、分類一が五四パーセントと圧倒的に多いが、このことは、「年間シリーズ」でも文学作品が多くを占めていることを考慮すればもっともなことである。ただし、そこに含まれる作品がドイツ家庭文庫の愛国主義的・民族主義的な思想を基準に選ばれていることはいうまでもない。そして、同様の意味で特に注目に値するのは、ゲルマン民族の歴史や第一次世界大戦に関する本、また第一次世界大戦の戦後処理やワイマール共和国を批判する本など、文学作品以外でもナチズムを含めた愛国主義と民族主義を擁護する本が多数含まれていることであり、分類六、七、八に含まれるタイトルの数は、総タイトル数の二四パーセント、すなわち全体の四分の一近くに達している。

ところで、「主要シリーズ」にかえて「選択シリーズ」の本を受け取ろうとする人は、一年ないし半年の初めに希望を伝えることが必要とされた。ドイツ家庭文庫があらかじめそれらの本の刊行数を見積もることができるようにするためである。[51] また、二巻本以上の本または単独でもそれに相当する大きさの本の場合には、二冊かそれ以上の「主要シリーズ」と引き換えにすることが求められた。[52] なお、「主要シリーズ」と同様、「選択シリーズ」に関しても、第二次世界大戦勃発後には、品切れにより引き渡しに支障が生じた。[53]

四　本の提供方法と信念のきずなのかかわり

ドイツ家庭文庫における以上のような本の提供方法について、システムが安定した一九二四年から一九四二年前半までの状況を集約すると、表2のようになるが、[54] 第二次世界大戦の影響で規模が縮小された一九四二年前半を除いて、一九二四年から一九四一年までの一八年間の推移をみたとき、一つのはっきりした傾向があることがわかる。それは、「購入義務図書」数の減少とそれに伴う「自由選択図書」の増加である。ドイツ家庭文庫においては、「主要シリーズ」の「購入義務」が、当初六冊であったのが次第に減少し、一九三九年後半より完全自由選択が実現されてゼロとなったのに対し、自由に選ぶことのできる本の冊数は、当初二冊であったのが八冊にまで増え、またそ

「クリスマスの贈り物」		「夏（休暇）の贈り物」		「選択シリーズ」タイトル数
刊行数	受取数	刊行数	受取数	
1	1			
(1)	(1)			
(1)	(1)			20
(1)	(1)			(40)
2	1			50
2	1			76
2	1			91
7	1	5	1	116
3	1	14	1	147
1＋4	1	1	1	184
				185
				215
				237
				191
				254
				258
				278
				299
				286
				290
				258

表２　ドイツ家庭文庫における本の提供システム

<table>
<tr><th rowspan="2">年次</th><th rowspan="2">年会費</th><th rowspan="2">総受取数</th><th colspan="5">「主要シリーズ」</th></tr>
<tr><th colspan="2">刊行数</th><th>購入義務数</th><th colspan="2">選択可能数</th></tr>
<tr><td>1924</td><td>24</td><td>6</td><td colspan="2">6</td><td>6</td><td colspan="2"></td></tr>
<tr><td>1925</td><td>24</td><td>7</td><td colspan="2">6</td><td>6</td><td colspan="2"></td></tr>
<tr><td>1926</td><td>24</td><td>7</td><td colspan="2">6</td><td>6</td><td colspan="2"></td></tr>
<tr><td>1927</td><td>24</td><td>7</td><td colspan="2">7</td><td>4</td><td colspan="2">2</td></tr>
<tr><td>1928</td><td>24</td><td>7</td><td colspan="2">6</td><td>(3)</td><td colspan="2">(3)</td></tr>
<tr><td>1929</td><td>24</td><td>7</td><td colspan="2">6</td><td>3</td><td colspan="2">3</td></tr>
<tr><td>1930</td><td>24</td><td>7</td><td colspan="2">6</td><td>2</td><td colspan="2">4</td></tr>
<tr><td>1931</td><td>24</td><td>7</td><td colspan="2">6</td><td>2</td><td colspan="2">4</td></tr>
<tr><td>1932</td><td>24</td><td>8</td><td colspan="2">6</td><td>2</td><td colspan="2">4</td></tr>
<tr><td>1933</td><td>24</td><td>8</td><td colspan="2">6</td><td>2</td><td colspan="2">4</td></tr>
<tr><td>1934</td><td>24</td><td>8</td><td colspan="2">6</td><td>2</td><td colspan="2">4</td></tr>
<tr><td>1935</td><td>24</td><td>8</td><td colspan="2">8</td><td>2</td><td colspan="2">6</td></tr>
<tr><td>1936</td><td>24</td><td>8</td><td colspan="2">8</td><td>2</td><td colspan="2">6</td></tr>
<tr><td>1937</td><td>24</td><td>8</td><td colspan="2">8</td><td>2</td><td colspan="2">6</td></tr>
<tr><td>1938</td><td>24</td><td>8</td><td colspan="2">8</td><td>2</td><td colspan="2">6</td></tr>
<tr><td>1939 前半</td><td rowspan="2">24</td><td>4</td><td>7</td><td rowspan="2">15</td><td>1</td><td>3</td><td rowspan="2">7</td></tr>
<tr><td>1939 後半</td><td>4</td><td>8</td><td>0</td><td>4</td></tr>
<tr><td>1940 前半</td><td rowspan="2">24</td><td>4</td><td>8</td><td rowspan="2">16</td><td>0</td><td>4</td><td rowspan="2">8</td></tr>
<tr><td>1940 後半</td><td>4</td><td>8</td><td>0</td><td>4</td></tr>
<tr><td>1941 前半</td><td rowspan="2">24</td><td>4</td><td>8</td><td rowspan="2">16</td><td>0</td><td>4</td><td rowspan="2">8</td></tr>
<tr><td>1941 後半</td><td>4</td><td>8</td><td>0</td><td>4</td></tr>
<tr><td>1942 前半</td><td>6</td><td>2</td><td colspan="2">4</td><td>0</td><td colspan="2">2</td></tr>
</table>

※カッコ内の数字は推定の値である。また、空欄は該当する本がないことを示す。

の際の選択肢は、「主要シリーズ」だけでも一六冊にまで増え、これに「選択シリーズ」の多数のタイトルも加わることで、大幅に高まったのである。ワイマール共和国時代のブッククラブにおける本の購入義務と選択の可能性には、完全義務形式、購入義務と選択制の併用形式、購入義務なく自由に選べる完全選択形式の三種類がみられるが、一般的に、特定の世界観を持たないブッククラブほど、会員の獲得・維持のために、選択の可能性を大きく設定することが必要とされていた(55)。だが、このようにみると、特定の世界観を持つブッククラブの代表格であるドイツ家庭文庫においても、この点でのサービスを向上させる努力がなされていたことがわかる。

しかしその一方で、表2からは読み取れないものの、こうした選択の自由の拡大とは相反する傾向も、継続的にみられた。それは、ドイツ家庭文庫において、そうした自由選択が利用されないことが望まれ、とりわけ「選択シリーズ」から本が選ばれないことが期待されていたことである。なぜなら、「選択シリーズ」の利用が少なければ少ないほど、同文庫による「主要シリーズ」の選択の適切さや「主要シリーズ」を通じた文学的指導に対する購読者の信頼が証明されることになるからである。ここで、『かまどの火』のいくつかの記事から、そのことを示す箇所を五つ紹介する(56)。

> シリーズの第三巻と第六巻に対する自由な選択**がこれまでのところごく小さな規模でしか要求されていない**ことを、私たちは、各年度の年間シリーズの構成に姿をみせる**私たちの文学指導部への最良の称賛**として評価します(57)。（一九三一年第一号「一九三一年の選択書について」、強調は引用者）

> 本来は年間シリーズの配布に限定していますが、選択シリーズも絶えず増加し、数年前から一〇〇冊以上となり、そこからの選択が可能になっています。

特徴的なことですが、その利用は多くありません。投書にみられるように、ドイツ家庭文庫では書物への導きが望まれているからです。[58]（一九三一年第一一号「ドイツ家庭文庫はどのようにしてできたのか」、強調は引用者）

手紙か口頭で、また喜ばしい同意や批判的な評価や提案で私たちの年間シリーズの形成に関与を表明した、私たちの共同体の仲間にも、感謝を申し上げます。意見や希望を相互に交わすことによって初めて、私たちがもう何年も前から嬉しく思っている信頼関係が繰り返し新たに生じ、一九三六年によりいっそう強く生じているのです。指導部を信頼し、選択シリーズが拡大されたにもかかわらず、シリーズの本を変更なく購入する信奉者の数がこれほど大きかったことは、これまで一度もありませんでした。[59]（一九三六年第五号「一九三七年の家庭文庫」、強調は引用者）

新しい年間シリーズは、私たちの指導に対する読書共同体の信頼を強めるでしょう。一九三七年には、友人たちの圧倒的多数が選択シリーズからの選択の権利を放棄しましたが、一九三八年には、その度合いがさらに高まるでしょう。[60]（一九三七年第五号「一九三八年の年間シリーズ」、強調は引用者）

喜ばしいことに、一九三九年の前半と後半のために私たちの友人の大多数が知らせてくれた本の希望は、ほとんどがそれぞれの半年の提案の本でした。私たちは、今年初めに半年間の提案シリーズの導入によって選ばれた道の正しさが、この結果で証明されたことを嬉しく思います。ドイツ家庭文庫によってパンフレットと『かまどの火』を通じて繰り返し強調された二つの根本的な事実が、友人たちによって十分正当に評価されたのです。

（一）　一冊一冊念入りに選ばれた主要提案シリーズの八冊の本から完全に自由に選ぶことで、すべての要求が満たされ、贅沢に慣れた読者の要求も満たされる。
（二）　選択シリーズの本を利用することは、本当に例外的な場合にしか必要ない。
それと同時に、私たちは、今日の前にある結果を、私たちが繰り返し支持した文学的指導の原則に対する購読者のはっきりとした信頼の証しとみなします。半年間のための提案シリーズの本はとてもよいものであり、この八冊の本の中から四冊に決めることがすでに困難です。それでよいのです。[61]（一九三九年第三号「信頼の証しでもある！」、強調は引用者）

このように、ドイツ家庭文庫においては、ブッククラブと会員の間の強い「信頼関係」が重視され、「主要シリーズ」が受け入れられる度合いがその指標と考えられた。そして、こうした指導が実際に多くの会員に受け入れられたところに、まさに特定の世界観を背景に持つブッククラブとしてのドイツ家庭文庫の特性をみることができる。つまり、会員に対して本を通じて愛国主義的・民族主義的な影響を及ぼそうとするブッククラブ側の意図と、それを進んで受けようとする購読者の心構えとの相互関係である。この点について、ヘルムート・ヒラーは次のように述べている。

このブッククラブに集まった読者はもっぱら、愛国主義的な理念に満たされ、そのような種類の本を得たいという願望を自らすでに抱いている人々であった。つまり、一方にある会員の期待や願望と、他方にあるドイツ民族商業補助者連合の指導部の目標設定との大幅な一致がみられたのである。[62]

実際、ドイツ家庭文庫におけるブッククラブと会員とのこのような相互関係は、『家庭文庫の使者』の一九二八年第一〇号の記事「信念の共同体としてのドイツ家庭文庫」において、「信念のきずな」(gesinnungsmäßige Bindung)という言葉で表現され、他のブッククラブにはみられない同文庫の特色とみなされていた。

> ドイツ家庭文庫はそういった種類の最初の企業であっただけでなく、その努力を民族主義的な課題のために意図的に役立てる目標設定の点で、今日まで変わることなく孤高を保っています。入金に先だって、愛書家の側で特定の前提がどれほどしっかりと満たされねばならないかを指摘することは、意味のある重要なことです。彼は単に契約で定められた権利と義務を引き受けるのではありません。いえ、それ以上に、彼は入会によって自らが全体の防衛の前線に属することを認識します。彼は、あらかじめ示された道に沿って、与えられた課題の作業と成就がはかどるように、個人的に関与するのだと、初めから確信していたのです。ドイツ家庭文庫と読者との間のそのような意志の一致から、つまり共通の課題についての理解からのみ、信念のきずなが目覚めたのであり、それは両者を歳月とともにますます強く結びつけ、この問題のために喜んで犠牲を払う熱狂を引き起こしました。そのお蔭で、ドイツ家庭文庫は、目的にふさわしく、結果的にもふさわしい不変の成長を遂げたのです。[63]（強調は引用者）

そして、ブッククラブと読者との間のこうした信念のきずなゆえに、ドイツ家庭文庫は会員に対して、次のように、本の購入にあたって私的な願望の実現よりも同文庫の愛国主義的・民族主義的な課題の発展を優先するよう要請することができた。

契約によるあらゆる協定と同様、ドイツ家庭文庫とその読者の関係にも、根底には給付とそれに応じた反対給付の原理があります。しかしながら、ドイツ家庭文庫の読者には、「お金」と引き換えに多くの「利益を得よう」という意図は疑いなくほど遠いものであり、彼にはむしろ、ドイツ家庭文庫の運命とさらなる発展への関与が個人的な生の問題となりました。それどころか、彼にとって、ドイツ家庭文庫は民族の独自性の維持という問題へと拡大したのです。したがって彼には、自らの願い、たとえば選択のためにできるだけ多くの本を提供してもらうとか、装丁や仕上げについて出したごく個人的で私的な要求にすべての本が合致するなどといったことは、問題ではありません。自分自身の中に解決が根拠づけられているこうした考慮は、「私が読みたい」ものでなく、「私が読まねばならない」ものを前面に押し出す問いの背後に退くのです。(64)（強調は引用者）

すでに第Ⅰ部でみたように、伝統的な書籍販売に比してブッククラブが本を安く提供できる理由の一つは、必要な刊行部数を見積もって無駄を省くことができることにあり、その際、カタログでの紹介の仕方を工夫して、「年間シリーズ」や「主要提案シリーズ」といった中心的な本の購入へと会員を誘導することや、一定の期限内に変更を申し出ない会員にそれらを自動的に送付することが、販売方法として重要であった。その意味では、ドイツ家庭文庫におけるこうした「主要シリーズ」の購入の勧めや勧告も、表向きは愛国的主義的・民族主義的な信条を謳ってはいるが、実際には、経営上の重要な手段であったとみることもできる。しかし、たとえそのような側面があるにせよ、そうした形で提供された本が会員の読書の嗜好にある程度合致していなければ、受け入れられることはなかったはずである。だとすれば、ドイツ家庭文庫に集まった会員の多くは、同文庫と同じ愛国主義的・民族主義的な世界観を持っていたと考えて間違いないであろう。

このようにみたとき、ドイツ家庭文庫における本の提供方法は、その経済的な利点のみならず、ブッククラブと会員の強い「信条的な結びつき[65]」によって成り立っていたのであり、まさにそれこそが、ドイツ家庭文庫が単なる「図書供給団体[66]」を超えて、「真の図書文化」の「保護の場[67]」であろうとする努力を支えたのであった。

第三節　本の装丁の重要性

一　ドイツ家庭文庫における本の装丁の全般的特色と装飾的価値

ブッククラブでは、伝統的な書籍販売で販売されるのと同等の価値のある本がより安く提供されたが、その際、同等の価値とは主に本の装丁を意味した。つまり、単行本として一般的なハードカバーの本を提供することであり、この点に、ブッククラブの本とペーパーバックのような廉価版・普及版の違いがある。しかしながら、ドイツにおいて、とりわけ第一次世界大戦後にブッククラブが急速に発展した主な要因の一つが、職員層や労働者層といったもともと経済的に豊かでない人々や、戦争とインフレで貧しくなった市民層に対して本を安く提供することにあったことを考慮したとき[68]、本の製造費用を高める装丁へのこだわりは、安価な提供という目的と相容れない。それにもかかわらず、ブッククラブにおいて本の装丁が重視された理由はなんだったのだろうか。本節では、この問題をドイツ家庭文庫の考察を通じて明らかにするとともに、併せて、同文庫の民族主義的信条と本の装丁のかかわりについても明らかにしたい。

さて、商業職員という新中間層を主な会員とするドイツ家庭文庫においては、本を安く提供することはむろん大きな課題となっていたが、それにもかかわらず、同文庫においては、明らかに本の外見、つまり装丁にも重きが置かれていた。そのことは、たとえば、『かまどの火』の一九三六年第二号に掲載された記事「私たちの装丁について」の次のような件から見てとることができる。

ドイツ家庭文庫は、以前より芸術的で趣味のよい装丁に価値を置いています。ドイツ家庭文庫の指導部によって本の製造に課される要求は、精神と素材、内容と装丁、文学の雰囲気と装丁の印象が完全に調和したとき初めて満たされたとみなされます。特殊技能としての本の装丁に専念する専門的な芸術家のスタッフが製造部門と緊密に協力して仕事を行い、無数のスケッチと新しい試みの後に、理念、刺激、造形、および却下から、本にふさわしい唯一の装丁が成立するのです。[69]

もっとも、前節で詳しく跡づけたように、ドイツ家庭文庫では、インフレが終息した一九二四年以後は、年間二四マルクの会費で六―八冊程度の本が提供されており、価格的にみれば、決して他のブッククラブよりも高いわけではない。しかし、それならば、装丁へのこだわりを持たなければ、本をよりいっそう安く提供できたはずである。にもかかわらず、同文庫において、本の安価な販売のみならず、本の上質な装丁が重視されたのは、いったいなぜなのか。その理由を検討するにあたり、まず、ドイツ家庭文庫の雑誌において本の装丁が言及された多数の記事に基づいて、[70]同文庫の本の装丁の特色を検討することにしたい。表3はそれらの記事で本の装丁を特徴づけるために使われた表現をまとめたものであるが、[71]ここから、全体として次の五つの特色が明らかになる。

①完成度の高さ

非常によく製造されており、同じ価格で提供される本としては最良のもので、高い価値を持ち、内容と装丁に統一が図られている。

表３「ドイツ家庭文庫」の本の装丁の特色 (a) 装丁全般

特色	表現
① 完成度の高さ	よい　本当によい　上質の　優れた　価格的に最良 とてもよく作られた　ドイツの第一級の仕事　ドイツ人らしい仕事 本にふさわしい唯一の装丁　内容、挿絵、装飾文字、装丁、見返しの紙が一つの統一 服の中身に合わされた　内容と調和した一致 価値がある　価値の高い　不変の価値を保証する 信頼のおける 統一的な 独自の　独特の 繰り返し気に入る 親しみのある 豪華な
② 美しさ	美しい　きれいな　目の喜び　とても見栄えがする 魅力的な　魅力的な衣装 趣味のよい　贅沢な趣味に適う　洗練された　エレガントな効果を及ぼす モダンな人々のよう 芸術的な　芸術的なデザイン　芸術的に是認しうる 色鮮やか　色彩と生命を住居にもたらす　瑞々しさと生彩を持つ 書籍愛好家的な性格と魅力　すべての愛書家をうっとりさせる すべての本棚の装飾品
③ 飾り気のなさ	飾り気がない　飾り気のない美しさ　控え目　めかしたてられていない とても誠実　作為的でない　ありのまま　内容を偽らない
④ 本物のよさ	本物　本物だから美しい　本物の素材　インダンスレン（高級染料） まがいものでない　人工の革や革のイミテーションを用いることは避ける
⑤ 丈夫さ	丈夫な　頑丈な　激しい衝撃にも耐える　長持ち　何世代も長持ち 実用的　有益な

表4　「ドイツ家庭文庫」の本の装丁の特色（b）個別の点

①	紙
	最良の　上質の（木質繊維を含まない）　よい　高い要求を満たす　白い
②	印刷
	注意深い　念入り　丹念な 高い要求を満たす　非の打ちどころのない はっきりした読みやすい文字
③	綴じ
	丈夫な　糸綴じ
④	製本
	きわめて念入り　丈夫な加工

②美しさ
とても美しく、魅力的で、趣味がよく、芸術的で、色鮮やかであり、本棚の装飾品としても役立ち、書籍愛好家の注意を惹くに足る。

③飾り気のなさ
美しさは決して虚飾ではなく、必要以上にめかしたてられていない。

④本物のよさ
本物の素材を用いて製造されている。逆にいえば、人工の素材やイミテーションは用いられておらず、まがいものでない。

⑤丈夫さ
丈夫で、激しい衝撃にも耐え、長持ちし、実用的である。

また、表4は同文庫の装丁の個別の点を特徴づける表現をまとめたものだが[72]、ここから、次の四つの特色が見てとられる。

①紙
高い要求を満たす上質の（木質繊維を含まない）紙が用いられている。

②印刷
高い要求を満たす念入りな印刷がなされており、文字も読みやすい。
③綴じ方
丈夫な糸綴じである。
④製本
きわめて念入りで、丈夫な加工が施されている。

これらの特徴づけを総合したとき、ドイツ家庭文庫の本の装丁の特色を、次のようにまとめることができよう。すなわち、それは上質な本物の素材を用いて入念な作業によって作られ、内容とも統一が図られており、非常に美しく芸術的だが、かといって必要以上に飾り立てられてはおらず、丈夫で長持ちする実用性をも備えているのである。

ドイツ家庭文庫によれば、同文庫では、一九二四年以来継続的に装丁の改善に対する取り組みがなされ、それによって達成された以上のような装丁は、愛書家からのみならず、『クリムシュ印刷業新聞』(*Klimschs Druckerei-Anzeiger*)のような業界誌においても高く評価され、同文庫とその本の名声を高めることに寄与した[73]。さらに、所有欲を喚起し感銘を与える装丁は、同文庫の宣伝媒体としての効果を自ずと発揮し、家庭においては、子供に本の注意深い取り扱いを教えることにも役立った[74]。

一方、先行文献においては、ドイツ家庭文庫の本の装丁が持つ意味として、所有者の身分とのかかわりが指摘されている。たとえば、トーマス・ガルケ＝ロートバルトは、ナチス時代に活躍した出版人ゲオルク・フォン・ホルツブリンクに関する研究の中で、次のように述べている。

彼にとっては、本の内容よりも、本に満たされた作りつけの戸棚が与えることができる象徴的な雰囲気、すなわち教養市民的なオーラのほうが重要だった。それは、ドイツ民族商業補助者連合が一九一六年に最初のブッククラブであるドイツ民族家庭文庫を設立した際のイデオロギーだった。この職員労働組合にとって、本はプロレタリア化の不安を追い払うためのお守りとして、職員たちが「新中間層」として教養市民の遺産を相続することの目印として役立ったのである。[75]（強調は引用者）

このような見方は、ドイツ家庭文庫の母体をなすドイツ民族商業補助者連合が、組合活動においても幅広い文化的活動においても、商業職員の身分の上昇、とりわけ新中間層としての位置づけと労働者階級との明確な区別を主たる目的としていたことを考慮したとき、妥当なものといえる。一九二八年十一月に『家庭文庫の使者』に掲載された記事「家族の中心としてのドイツ家庭文庫」には、同文庫の新しい本が届くたびに、その「とても美しい本」が手に入るよう世話をしたのが自分であるにもかかわらず、家族が先を争って読むために、当分はその本を見ることも読むこともできないことを残念に思いながらも、「ドイツ家庭文庫の本が家族の中でそれほど熱心に求められることを実に誇らしく思う[76]」父親の姿が描かれているが、そこでは、装飾品としての本とそれが収められた本棚が放つ魅力について、次のように述べられている。

彼にとっても、ドイツ家庭文庫の本は欠くことのできないものとなっていました。それらは、彼の本棚の「ゆるぎない蔵書」と特別な装飾品を形成しており、じっくりと考え込みながら自分の本棚の前に立ち、会員となって以来五年の間に手に入れた多くの本の長い列に沿ってまなざしを動かすとき、彼はいつも、本当によい本をとても簡単なやり方で手に入れたことを喜びました。彼は、夕方本棚の扉を大きく開き、読みたい本を心ゆくまですべて取り出す時間を愛しました。暖炉の中の風が静かな無言の伴奏を奏でる秘密の魔力を持つこの夕べは、家庭文庫の新しい本が到着したとき、特別な刺激を持ちました。(77)（強調は引用者）

なお、『かまどの火』の一九三二年第六号の表紙には、「ある愛書家の肖像」というタイトルが付された絵が掲載されているが(78)、書斎の本棚の前で本を手にする紳士の姿は、まさに教養市民としての新中間層の理想的なイメージを表したものといえよう。

しかしながら、こうした本の装飾的価値は、たしかにドイツ家庭文庫の本の装丁が持つ大きな意味の一つではあるものの、同文庫だけが持つ固有の特徴というわけではなく、「知的大衆商品」としての本が多かれ少なかれ持ち合わせている特徴である。そのことは、とりわけ百科事典や文学全集のような大型の本に当てはまるが、こうした大きく、重く、値段の高い本が、小型化、軽量化、低価格化へと向かう本の進化の原理に反して一斉を風靡した理由は、例えば次のように説明される。

図４「ある愛書家の肖像」

冒頭で引用した津野のあの予言は、まさにこの点を突いている。もう一度彼の言葉をみていただきたい。そこで「すがたを消す」といわれているのは次のものだ。——「百科事典同様、知的大衆商品としての函入りの全集本」。すなわち、百科事典も全集も彼にいわせれば、「知的大衆商品」なのである。津野がいう「知的大衆商品」とは、前後の脈絡から判断していえば、「持っている」だけで「知的」に見える商品ということである。たしかに、仰々しい百科事典は、

図５　新会員勧誘に対する贈り物（中央に本棚が見える）

応接間という「持っている」ことを見てもらえる場所に置かれていた。また美しい装丁の函入り全集も、どちらかといえば、人目につきやすいところに「飾られて」いた。それらは、読むためというよりも、「見せる」ための本だったというわけである。「見せる」というのが目的であるとすれば、外見は非常に重要である。中身の「かたさ」を表現すべく、かたくてごつごつしているほうがいいし、中身の「大きさ」「重さ」に比例して、実際に重量があって大きいほうがいい。また中身の「高級さ」も表すべく、価格は高くないと困る。つまり、三重苦は、ここではブランドイメージを高めるために大いに貢献していた。[79]（強調は引用者）

ドイツ家庭文庫において重視された「本に満たされた作りつけの戸棚が与えることができる象徴的な雰囲気、すなわち教養市民的なオーラ」とは、まさしくここに述べられたような「知的大衆商品」としての本が持つ価値と同じであったといえよう。そして、こうした「立派な本を所有することを通して社会的な声望を得たいという広く行き渡った願望に応える」[80]ことは、当時の市民的な読者を持つブッククラブである愛書家国民連合においても、グーテンベルク図書協会やブックサークルといった左翼的労働者ブッククラブにおいても重視された。[81]ついでながら、ここで思い出されるのが、昭和初期の日本でブームとなった廉価な教養書である「円本」が、「室内装飾に相応しい書物としてデザインされ[82]」、「純粋な読書の対象としてよりも、眺めて雰囲気にひたったり、趣味や教養を表示したりする道具としての価値[83]」を持っていたことである。

ここに、書籍のいま一つの機能、趣味・教養の表示機能が浮上してくる。置かれる書物が教養書であるとき、そこにある書籍は「読む」というよりはむしろ「見せる」ために存在させられ、「書斎」は主人が自らの教養を誇示するための空間となる。そこを訪れた客は、置かれた書籍を見ることで、主の趣味教養を確認する。そのため主人は見せるに値する内容と外観をそなえた書籍をこの接客空間に陳列する必要があった。しかし大正期にあっては、書斎にふさわしい教養書を書棚に陳列するほど買い集めることはなかなか困難なのが現状であった。それが実現するには、やはり従来に比して廉価な体系的教養書＝円本の登場を待たねばならなかったといえる。[84]（強調は引用者）

こうした事情は、円本とブッククラブの隆昌期がともに一九二〇年代であることや、両者がともに新中間層を主な購読者としていたことを考慮したとき、大変興味深い。そしてまた、以上のような意味で、ドイツ家庭文庫において、蔵書を見栄えよく収納するための本棚が新会員勧誘に対する贈り物として提供されたことも注目に値しよう。[85]

二　総クロース装と民族主義的世界観の結びつき

このように、本の装飾的価値そのものは必ずしもドイツ家庭文庫だけにみられる特性ではないとすれば、同文庫の本の装丁の独自性はいったいどこにあるのだろうか。それを明らかにするにはより踏み込んだ分析が必要となるが、ドイツ家庭文庫の本の装丁を詳しくみたとき、注目に値するのは、総クロース装に重きが置かれ、それが会員にも受け入れられていたことである。たとえば、『かまどの火』の一九三一年第一二号の記事「エルバーフェルトからの手紙」において、同地に住む長年の会員シュミッツは、「年間シリーズ」の購読について次のように述べている。

> 同じ価格で二種類の製本を自由に選べます。丈夫な総クロース装（これが通例です）、または――希望により――趣味のよい背革装です。[86]（強調は引用者）

また、一九三五年第四号の記事「愛書家は家庭文庫の会員」では、ドイツ家庭文庫に入会する意義について、次のように述べられている。

図６『ゲズィーネとボステルマン家の人々』

> なぜなら、年間シリーズにおいて、価格が高くならずに、総クロース装の本か背革装の本かを自由に選べるからです。総クロース装の本の購入の可能性は、まさにドイツ家庭文庫の大きな利点と感じられます。[87]（強調は引用者）

このように、ドイツ家庭文庫においては、「年間シリーズ」の本が総クロース装と背革装という二種類の装丁で刊行され、会員にはそれらを自由に選ぶ可能性が与えられてはいたが、両者の比重は同じではなく、総クロース装の選択が強く勧められ、それによって、すべての会員の九〇パーセントは、「年間シリーズ」を総クロース装で購入していた。[88]また、こうした総クロース装の重視は、「年間シリーズ」の本にかえて購読できる「選択シリーズ」や、「夏の贈り物」ないし「クリスマスの贈り物」として提供された本がこの装丁でのみ提供されたことにも表れている。[89]ちなみに、『かまどの火』の一九三六年第一号では、同年の「年間シリーズ」の第一巻であるコンラート・ベステの『ゲズィーネとボステルマン家の人々』の二種類の装丁が、写真で示されている。[90]左奥と前方に横に置かれているの

表５　総クロース装と背革装の相違

	総クロース装	背革装
美しさ	飾り気のない美しさ よりエレガントな効果	見た目により魅力がある 見た目にうつくしい
丈夫さ	丈夫な 長持ちする 衝撃に耐える	傷つきやすい

が背革装、右側が総クロース装である。

それでは、ドイツ家庭文庫ではなぜ総クロース装に重きが置かれたのだろうか。それを明らかにするために、同文庫の雑誌の記事に基づいて、総クロース装と背革装の特徴を比較すると、表5に簡潔に示したように[91]、前者の長所として、「美しさ」と「丈夫さ」という二つの点が浮かび上がる。

まず、美しさについてであるが、ドイツ家庭文庫の本が総じて高い美的価値を持っていたことはすでにみた通りであり、この点は、総クロース装も背革装も同様である。しかし、両者の美しさの質は同じではない。上述のように、「選択シリーズ」の本と「夏の贈り物」の本はもっぱら総クロース装で提供されたが、その意味について、『かまどの火』の一九三二年第四号の記事「選択シリーズの本と夏の贈り物の装丁の種類」では、次のように述べられている。

> 選択シリーズの本と夏の贈り物の本は、信頼のおける、本物の素材の、長持ちする総クロース装でのみ提供されます。私たちは、選択シリーズの外面的な装丁のためにどんな苦労や費用をかけることも厭いません。というのも、私たちにとって重要なことは、価値の高い総クロース装の本を通じて、背革装シリーズの購入者に対し、背革装の本はなるほど見た目にいくらかより魅力的であるものの、総クロース装は、単に長持ちするだけでなく、飾り気のない美しさゆえにより控え目で、それだけによりエレガントな効果を及ぼすのだということ

を証明することだからです。[92]（強調は引用者）

つまり、背革装の美しさが表面的なものなのに対し、総クロース装のそれはより高度な、本質的なものだというのである。そして、両者のこのような相違は、ドイツ家庭文庫が当時の他のブッククラブに対して自らの長所を主張する際の目印ともなっていた。『ハンザ同盟の書物の使者』の一九二四年第六／七号の記事「書籍協会とドイツ家庭文庫」では、この点について、次のように述べられている。

私たちドイツ家庭文庫が一九一七年以来提供しているような、継続的購入と年間文庫という本の宣伝の形式は、最近、多数の書籍協会とブッククラブに借用されました。その中には、費用のかさむ恐るべき宣伝とともに登場し、それによって明らかな成功を収めたものもあります。なんといっても、そこで提供されている本が、一見したところ他のブッククラブを、また特に私たちの文庫をはるかに凌いでいるようにみえるのですから、なおさらです。このことは、とりわけ本の選択と装丁に当てはまります。見た目に美しい背革装の本が、知識のない人々にしばしば本の価値を見誤らせるのです。その種のブッククラブが途方もなく大きな版数を自慢しているので、人々はしばしば、本の印刷と装丁から、工場のような大企業を十分に見てとります。そしてその結果、外面的な装丁のせいであっさり本の購入者となった物見高い人々の多くは、総クロース装で丈夫に綴じられ、最良の紙に注意深く印刷された本を持つ私たちの文庫に戻ってきたのです。[93]（強調は引用者）

このように、背革装の美しさは、本に対する人々の価値観を損なう危険性を孕んだものとみなされている。これに対し、総クロース装がドイツ人の健全な価値観の形成という役割を担っていたことは、『かまどの火』の一九三四年第三号—第五号に掲載されたアピール「ドイツ家庭文庫」の次のような件から見てとれる。

> 落ち着きなく活動する利子に飢えた産業が民族の健全な価値観を損なったとき、まがいもの、がらくた、およびキッチュが、文化を殺し魂を殺す効果を及ぼし始めたとき、ドイツ家庭文庫は価値観という考え方を流布し、**総クロース装**という形で**新しいドイツの本**の型を作りました。[94]（強調は引用者）

すなわち、総クロース装の美しさは、過度に大衆的な文化の影響からドイツ人の民族性を護り、民族の精神生活の発展に資するという信念ないしは使命感の表れの一つだったのである。

次に、総クロース装の丈夫さに目を向けると、傷つきやすい背革装に比して、丈夫で長持ちする長所を強調した言葉として、『かまどの火』の一九三三年第一号の記事「私たちの家庭文庫について」における、次のような件があげられる。

> 今年の夏とクリスマスの贈り物は、選択シリーズのすべての本と同様、色彩豊かな総クロースの服を着るでしょう。背革装の版の友人たち全員に、これらの本の装丁と、請求されるなどした選択シリーズの本の装丁とを、少し詳しく眺めて、比べてみるようお願いします。私たちは、より美しく、より長持ちする総クロース装が背革装よりもずっと好まれることを、繰り返し経験しています。その理由は、事柄の本質にあります。というのも、**クロース装**は「**まさに衝撃に耐える**」からです。背革装は見栄えはよいのですが、より傷つきやすく、それゆえより注意深い取り扱いを必要とします。[95]（強調は引用者）

ている。

また、一九三五年第三号の記事「ドイツ家庭文庫」でも、総クロース装の長所について、次のように述べられている。

> 本が単に目を楽しませるだけでなく、本当に繰り返し読まれるので、ドイツ家庭文庫は、当然傷みやすい背革装の巻にはない長所を持つ、本物の素材の長持ちする総クロース装の本を、特別な愛情を込めて提供します。しかも、ドイツ家庭文庫の場合いつもそうです。[96]（強調は引用者）

この他にも、一九三七年第三号の記事「ドイツ家庭文庫のすべての会員へ」では、同文庫の会員が新会員の勧誘を行う際には、「総クロース装の利点を自らの経験に基づいて強調し、愛書家を刊行中の年間シリーズと知り合いにする」[97]といわれ、一九四〇年第一号の記事「家庭文庫のある新会員への手紙！」でも、リヒャルトと名乗る会員が、新たに会員となった知り合いのカールに対して、「クロース装を選びたまえ！　君も知っているとおり、ぼくは自分の本を、腫れものにでもさわるように扱ってはいない。――家庭文庫のクロース装の本は、本当に激しい衝撃に耐えられるのだ」[98]と述べている。

このように、総クロース装は、傷みにくく、繰り返しの読書に耐えるという点で、背革装よりも優れた実用的長所を備えていた。だが、総クロース装の丈夫さの意味は、そうした実用的な側面にのみあるのではなく、その美しさと同様、ドイツ家庭文庫の民族主義的な世界観とも深いかかわりを持っていた。この点について、再度「書籍協会とドイツ家庭文庫」から一節をあげると、次のように説明されている。

> 装丁は上品で長持ち――上質の紙、念入りな印刷、総クロース装――するでしょう。それは、一時的な所有

者に奉仕するのみならず、相続財産として子や孫にも喜びと精神修養をもたらすべき本にふさわしいものです。瞬間的な娯楽しか考慮されていない本は、価値ある装丁には値しません。しかし、家庭の蔵書に属する本は、繰り返し何度も手にとられ、ドイツ精神の証しとして私たちに語りかけるべきなのです。(99)（強調は引用者）

つまり、「ドイツ精神の証し」としてドイツの家庭に備えられ、世代を越えて受け継がれ、「喜びと精神修養」を与え続けるような本にふさわしい装丁とは、丈夫で長持ちする総クロース装であり、傷つきやすい背革装はその任には堪えないのである。

このようにみたとき、ドイツ家庭文庫における総クロース装の重視は、その美しさの点でも丈夫さの点でも、ドイツ国民の間に健全な価値観を育むことができるような本の普及を図るという同文庫の目的と密接なかかわりを持っていたことがわかる。総クロース装そのものは決して珍しいものではないが、その利用が民族主義的な世界観と緊密に結びつけられたところに、他のブッククラブにはないドイツ家庭文庫の独自性が指摘されるのである。

第四節　雑誌の役割

一　雑誌の変遷

通信販売を主な形式とするブッククラブの活動においては、カタログが大きな役割を果たすが、ドイツ家庭文庫においては、それは単なる図書カタログというよりも雑誌と呼ぶほうがふさわしいものとなった。本節では、こうした点について、刊行が開始された一九二三年第一号から最後の刊行が確認される一九四一年第四号までを広く射程に収めて詳しく跡づけるとともに、雑誌の役割を明らかにしたい。
まず表6は、ドイツ家庭文庫の雑誌の誌名、刊行形式、刊行数、頁数、サイズ、表紙などの変遷をまとめたものだが[100]、ここにみられる通り、同文庫の雑誌は、当初は『ハンザ同盟の本の使者』（*Der hansische Bücherbote*）というタイトルで、月刊で刊行された。一九二三年におけるブッククラブの名称変更と雑誌の刊行について、創刊号の記事「ドイツ家庭文庫」では、次のように説明されている。

従来の「ドイツ民族家庭文庫」は、一九二三年一月一日より、「ドイツ家庭文庫」という名前に変わります。したがって今後は、「ドイツ民族家庭文庫」に関する報告はすべて、家庭文庫の友人たちに無料で配布される『ハンザ同盟の本の使者』の「ドイツ家庭文庫」の項目を見て下さい[101]。

また、この雑誌に添えられた、「新旧のドイツの著作、〈ドイツ家庭文庫〉の報告誌であり、ハンザ同盟出版社の書籍販売の予告誌兼蔵書の手引き」という副題からは、ドイツ家庭文庫の情報だけでなく、ハンザ同盟出版社の情報をも提供し、購読者の蔵書の形成に資するという意図が窺われる。しかしながら、創刊当初の『ハンザ同盟の本の使者』は、実際には雑誌というよりはパンフレットに近いものだった。表6からもわかるように、一九二三年の『ハンザ同盟の本の使者』から一九二八年の『家庭文庫の使者』までの六年間は、A5判とほぼ同じ小さめのサイズで、年間総頁数が平均約一五七頁、各号の平均頁数は約一五頁であった。なかでも一九二三年は、年間総頁数が四四頁、各号の平均頁数が約七頁に過ぎず、第一／二号、第四／五号、第六／七号が合併号となった上に、九月、十月、十一月には刊行されなかったため、年間の冊数も六冊に留まっている。
このような『ハンザ同盟の本の使者』は、一九二三年には、インフレの影響で六〇〇マルクという高額な年間登録料と引き換えに、そしてインフレの終息後、一九二四年からは、一マルクの年間登録料と引き換えに、会員に無料で配布された。[102] またこの間、一九二三年第九号（十二月号）で誌面の一頁目にバイキングの船の絵が付され、一九二五年第一号からは一頁目に目次が付され、さらに同年第四／五号からは通常の表紙が付され、それがまた一九二七年第一号からは、本の配達人をあしらった緑色の表紙に変えられるなどの改訂が施された。そして、一九二八年に雑誌の名称自体が『家庭文庫の使者』（*Der Hausbücher-Bote*）と改められた（このとき表紙の改訂がなされたかどうかは不明）後、一九二九年以後は、「ドイツ民族健康保険組合の会員のための月刊誌」（*Monatsschrift für die Mitglieder des deutschnationalen Krankenversicherungs-Vereins a. G.*）として一九二六年に創刊された雑誌『かまどの火』が、「ドイツ家庭文庫の月刊誌」（*Monatsschrift der deutschen Hausbücherei*）の役割を担うこととなった。同誌の一九二九年第一号の記事「私たち家庭文庫の友人たちへ」では、この変更について、次のように言及されている。

　新年の思いがけないプレゼントとして、私たちは、友人たちに気に入られた『家庭文庫の使者』を、新たな美しい衣装でお見せします。控えめな緑色の上着はあまりにもきつくなりました。そしてまた、あまりにもみすぼらしくなりました。そうです、彼は、私たちの愛すべき『家庭文庫の使者』は、着古した上着をもう恥ずかしく思っていたに違いありません。[103]

『かまどの火』は、一九二九年から一九三一年までの三年間はこれまでの雑誌と同様月刊で、頁数もほぼ変更なく刊行された。ただし、サイズがＡ４判に近いものとなったことで、文字数が大幅に増えた上に、紙質もよくなり、写真も多く取り入れられるようになった。さらに、一九三〇年第一号からは、表紙に再度の改訂が施されたが、これについては、一九二九年第一二号の「私たちドイツ家庭文庫の活動から」において、次のように説明され

各号平均頁数	サイズ(cm)	補　足
約 7	約 21×14	第 1/2 号、第 4/5 号、第 6/7 号が合併号。第 9 号（12 月号）より誌面を改訂。
約 12	約 21×14	第 1/2 号、第 6/7 号、第 9/10 号が合併号。
約 16	約 21×14	第 2/3 号、第 4/5 号が合併号。第 1 号より目次の追加。第 4/5 号より表紙が付される。
約 18	約 21×14	
約 18	約 21×14	第 1 号より表紙の改訂。
約 17	約 21×14	
16	28×20.5	第 1 号よりサイズの改訂。
16	28×20.5	第 1 号より表紙の改訂。
16	28×20.5	
約 62	25×16.6	第 3 号より隔月の刊行となり、サイズと表紙の改訂。内容と頁数も増加。
約 80	25×16.6	第 1 号より表紙の改訂。
約 67	25×16.6	
約 64	25×16.6	
64	25×16.6	
約 51	25×16.6	
約 48	25×16.6	
約 41	25×16.6	第 1 号より表紙の改訂。
約 35	19×12.2	第 1 号よりサイズと表紙の改訂。
約 43	19×12.2	第 1 号（1/2 月号）、第 2 号（3/4 月号）、第 3 号（5/6 月号）、および第 4 号（11/12 月号）の 4 冊のみ。

表６　ドイツ家庭文庫の雑誌の変遷

項目／年次	雑誌名	刊行形式	刊行数	年間総頁数
1923	『ハンザ同盟の本の使者』	月刊	6	44
1924	『ハンザ同盟の本の使者』	月刊	9	約 110
1925	『ハンザ同盟の本の使者』	月刊	10	約 160
1926	『ハンザ同盟の本の使者』	月刊	12	約 212
1927	『ハンザ同盟の本の使者』	月刊	12	約 212
1928	『家庭文庫の使者』	月刊	12	約 202
1929	『かまどの火』	月刊	12	192
1930	『かまどの火』	月刊	12	192
1931	『かまどの火』	月刊	12	192
1932	『かまどの火』	月刊 → 隔月	7	432
1933	『かまどの火』	隔月	6	479
1934	『かまどの火』	隔月	6	400
1935	『かまどの火』	隔月	6	383
1936	『かまどの火』	隔月	6	384
1937	『かまどの火』	隔月	6	303
1938	『かまどの火』	隔月	6	287
1939	『かまどの火』	隔月	6	245
1940	『かまどの火』	隔月	6	212
1941	『かまどの火』	隔月	4	173

ている。

『かまどの火』は、次号とともに、新しい装いでお目見えするでしょう。つまり、異なる表紙、異なる紙、拡充された内容、多くの写真、よい内容見本です。私たちは、この雑誌が友人たちの家庭でますます好まれる客となることを確信しています。この雑誌もそれを望んでおり、もう今から、心から歓迎されることを願っています。[104]

一方、このような『かまどの火』が、ドイツ家庭文庫の会員からも評価されていたことは、一九三一年第一二号に掲載された、ある会員の次のような言葉から窺われる。

事業の継続的な高まりについて正しいイメージを得ようとするなら、前の時代を振り返ることが、とりわけドイツ家庭文庫の月刊誌の成長過程を追うことが必要です。私たちの前には、小さいフォーマットの控えめな冊子『ハンザ同盟の本の使者』がありますが、一九二三年一／二月の第一号――それは合併号でした――は全部で八頁でした。一九二三年全体では四四頁だったのです。ところが今はどうでしょう？　私たちの愛する『かまどの火』は、堂々たるフォーマットの本当に素晴らしい雑誌で、豊富な写真の装飾があり、抜群によく印刷され、装丁されており、変化の多いよい内容を持ち、どの会員にも毎月喜んで迎えられる客です！　そして、もし私が家庭文庫の事業に批判を加えるとすれば、――それは私が気になっているただ一つのことですが――あらゆる告知や宣伝の印刷物において、『かまどの火』がこれまで常に貧乏くじを引き、ほとんどまったく、あるいはごくついでにしか言及されなかったことです。このため、私たちのすばらしい月刊誌に、ひどく不当なことが起きています。それは褒められ、強調されるに値します。それなしに済ませたいと思う人がいるでしょうか？[105]（強調は引用者）

このような『かまどの火』に再び改訂が施されるのは一九三二年である。この年、サイズがＢ５判よりやや小さい大きさに縮小され、刊行数も削減されて隔月の刊行となる一方、年間の総頁数は四三二頁、各号の平均頁数も約六二頁となり、頁数の点で従来の三―四倍へと大幅に増加し、表紙も写真つきのものに改訂された。ただし、表紙に関しては、翌一九三三年に再び改訂が行われ、写真が省略された。以後一九三八年まで六年間継続して使用されたこの表紙について、一九三三年第一号の「読者との語らい」では、次のように述べられている。

親愛なる読者よ、あなたは今日、私たちの雑誌の新しい表紙に驚かされます。そして、それはきっと嬉しい驚きです。昨年『かまどの火』を見守ってきた人は、装いと内容が幾度も変わったことを思い出すことでしょう。ただ、今回は、より長持ちし、より威厳がある、より美しい衣装になりました[106]。

そして、こうしたドイツ家庭文庫の雑誌の持続的な発展を取り上げたのが、一九三五年第一号の記事「よいものからよりよいものへ」である。そこでは、雑誌の表紙の変遷を示す写真に、次のような文章が添えられている。

私たちの雑誌の八つの発展段階。それは、四頁の粗末なパルプ紙に印刷された、インフレ時代の『ハンザ同盟の本の使者』（購読料、半年三〇〇マルク）から、今日の雑誌『かまどの火』の高級な装いまでの長い道のりでした。**ドイツの著作への奉仕という課題**への忠節には変わりはありません。（紙面の都合により、写真はすべ

図７「よいものからよりよいものへ」

て統一した大きさになっています。[107]）（強調は引用者）

また、同じ号には、『かまどの火』に対する第三者の評価も掲載されている。

ポンメルンとシュテッティン地区の公共図書館のための国立相談所が、一九三四年十月三日に、私たちに次のような手紙を送って下さいました。

「その一冊との偶然の出会いから始まったこの雑誌の通読は、あなた方がよい重要な著作に関するドイツの国民同胞のための有益な教材を刊行しておられるという印象を、十分に裏づけてくれました。楽しいおしゃべりと本に関する助言、および特に重要な作品からの抜粋は、自らの蔵書を形づくる上で信頼できる参考資料であり、読書のための注目すべき道しるべです。[108]」（強調は引用者）

一方、同年第三号の記事では、ドイツ家庭文庫という「共同体」の結びつきを強固にする「結合物」としての『かまどの火』の役割が、改めて次のように確認されている。

共同体には、それを結びつけるものがなくてはなりません。この課題を、雑誌『かまどの火』が果たします。控えめな本の助言者が、一年の終わりにもう一巻の価値ある本として保存される、定評ある家庭雑誌へと発展しました。『かまどの火』は、文化的生活の諸問題について批判的な立場を示しますし、楽しいおしゃべりも少なくありません。[109]（強調は引用者）

なお、ここで『かまどの火』が一巻の本とみなされているのは、一九三一年から販売されたバインダーによるものと思われる。たとえば、一九三五年第四号の記事では、「あなた方の一九三五年の第九巻[110]」という表題の下、クロースのバインダーで綴じられた一年分の『かまどの火』が、「年間シリーズ」の本と同等の扱いを受けている。そしてまた、このような利点を持つ雑誌が、新しい会員を勧誘するための有効な手段の一つともみなされていたことを、一九三七年第五号の次の記事が示している。

　この号をちゃんと保存して下さい！
　一つには、一九三八年の本が詳しく説明されるから、もう一つには、**新しい友人の勧誘に役立ちうる**からです。これを示すことが、納得させることです[111]。（強調は引用者）

以上のような雑誌の記事から判断する限り、『かまどの火』は、ドイツ的な良書の普及のための有益な資料として、ドイツ家庭文庫に会員を結びつける媒体として、また新会員勧誘の有効な手段として、年を追うごとによりよい雑誌へと発展を続けたのであった。

ただし、雑誌のヴォリュームの点では、一九三三年をピークとして、その後徐々に縮小しており、同じサイズで刊行された最後の年にあたる一九三九年には、表紙が再び写真つきのものへと改訂されたものの、年間総頁数が二四五頁、各号の平均頁数が四一頁で、一九三三年の半分程度となっている。この間の規模の縮小の理由は明らかではないが、さらにその翌年の一九四〇年には、おそらく第二次世界大戦下での紙の不足が原因となり、サイズと表紙が再び改訂され、とりわけサイズはＢ６判に近いものへと大幅に縮小された。そして、一九四一年に入り、一月から六月までに第一号から第三号までが刊行された後、七月から十月の間は刊行されず、第四号は十一／十二月号として刊行され、これが、存在が確認される『かまどの火』の最後の号となった。この号で予告された一九四二年前半の図書四冊はいずれも刊行されており、その他にも、一九四三年と一九四四年に刊行された本が少なからずみられることから、ドイツ家庭文庫の活動がナチス時代末期まで継続されたことは間違いない。しかし、雑誌に関してはこの号を最後に刊行されなかった可能性が高く、この時期の文学的な定期刊行物に関する基礎的な資料においても、『かまどの火』の刊行は一九四一年第四号までであったとみなされている。(112)

二　収録記事の概要

次に、以上のようなドイツ家庭文庫の雑誌の収録記事について、主として一九二五年以降の雑誌に掲載された目次に基づいて検討を加えたい。そのために、ドイツ国立図書館にも所蔵されていない一九二七年第一〇号を除いて、一九二五年第一号から一九四一年第四号までの一四〇号分について、収録記事の見出しとその分類、および掲載回数を示したのが表7である。(113)これによれば、ドイツ家庭文庫の雑誌の記事は、大きく七つの項目に分類される。すなわち、「主な記事」、「図書紹介」、「特定の内容の記事」、「新会員勧誘関連の記事」、「ドイツ家庭文庫からの情報提供」、「図版」、「その他」である。このうち、掲載回数が特に多いものを順番にあげると、「図書紹介」(二三八回)、「特定の内容の記事」(一八二回)、「主な記事」(一四〇回)、「ドイツ家庭文庫からの情報提供」(一三五回)となる。ただし、この結果はあくまでも掲載回数に基づくものであり、雑誌における記事の重要性とは必ずしも一致していない。たとえば、ブッククラブとしてのドイツ家庭文庫にとって最も重要なのは「図書紹介」だと思われるが、実際に誌面が最も多く割かれているのは「主な記事」である。また、「特定の内容の記事」と「ドイツ家庭文庫からの情報提供」については、継続的に掲載されていることは確かだが、頁数は総じて少ないのである。とはいえ、少なくとも掲載回数からみた場合に、これら四つの項目に分類される記事が特に重要であったことは間違いないであろ

表７　ドイツ家庭文庫の雑誌の収録記事の分類と掲載回数

分類		見出し	掲載回数	小計	合計
主な記事		主な記事	140	140	140
図書紹介	推薦書の紹介や抜粋	精選	7	64	238
		ドイツの著作から	47		
		ご存じですか……	10		
	図書カタログ	新旧のドイツの著作	31	100	
		販売図書カタログ「本の泉」	56		
		販売図書カタログ「図書案内」	13		
	年間シリーズの紹介	年間シリーズの次の巻	37	54	
		年間シリーズ（翌年１年分）	9		
		年間シリーズ（次の半年の主要提案）	8		
	選択シリーズの紹介	選択シリーズ（翌年１年分）	6	16	
		選択シリーズ（次の半年分）	7		
		選択シリーズの女性向け図書	1		
		選択シリーズの新刊	1		
		新たに拡大された選択シリーズ	1		
	その他の新刊書の紹介	先月の新刊	3	4	
		私たちの新しい本	1		
特定の内容の記事	文化事情の紹介など	現代の創作	28	28	182
	愛国主義的な記事	私たちの気に入らないもの	7	7	
	女性向け記事	私たちのご婦人のために	5	92	
		女性の文化	12		
		家庭生活における女性	33		
		あなたとあなたの子供	41		
		女性と子供	1		
	家庭音楽用の歌曲の紹介	音楽	3	3	
	クイズコーナー	当てて下さい	25	52	
		気晴らしに	21		
		チェスコーナー	2		
		チェス盤のそばで	3		
		子供たち、当ててごらん	1		
新会員勧誘関連の記事		勧誘に成功した会員のリスト	3	7	7
		勧誘の賞品	2		
		勧誘の贈り物	2		
ドイツ家庭文庫からの情報提供		今月の見通し	1	135	135
		文庫の使者の情報案内	19		
		ドイツ家庭文庫	21		
		家庭文庫の使者	2		
		ドイツ家庭文庫の公の報告	3		
		ドイツ家庭文庫の活動から	7		
		私たち家庭文庫について	23		
		読者との語らい	10		
		私たちの友人たちへのお知らせ	49		
図版		図版	19	19	19
その他		収録記事についてひと言	6	37	37
		その他の記事	31		

う。ここで、七つの項目に含まれる記事の内容を紹介すると、概略次のようなものである。

（1）「主な記事」

雑誌の冒頭に置かれ、各号の中心をなす記事である。連載小説や短編小説、作家論、作家訪問記、文学論、文化論、旅行記、それにドイツ家庭文庫自体の紹介などが含まれ、雑誌が『かまどの火』になってからは、写真も多数取り入れられている。なお、この項目に掲載された記事の本数の推移からみたとき、多くの号で本数が一〇本を上回っている一九三二年から一九三五年にかけてが、雑誌が最も充実していた時期であったと推察される。

（2）「図書紹介」

①ドイツ家庭文庫が推薦する図書の紹介やその一部を抜粋したものとして、「精選」、「ドイツの著作から」、「ご存知ですか……」などがあり、これらの内容が「年間シリーズ」の紹介に充てられることもあった。

②ハンザ同盟出版社の図書カタログとして「新旧のドイツの著作」が、また同出版社の図書販売部門が「本の泉」（Bücherborn）という名称となって以後は、同部門の図書カタログとして「本の泉」と「図書案内」がある。いずれにおいても、著者名、書名、出版社名、値段とともに、簡単な内容紹介が付された。

③ドイツ家庭文庫の「年間シリーズ」の紹介は、二つの形でなされた。一つは、時期によるシリーズの刊行形態に応じて、「翌年一年分」または「次の半年分」をまとめて紹介する形であり、新たなシリーズの刊行開始に先立ってなされた。もう一つは、個々の巻の紹介の形であり、刊行日に先立つ号で、一巻または数巻がまとめて紹介された。いずれの形式の場合も、詳しい内容紹介に加え、作家の顔写真や前節であげたような本の見本写真、本の内容に関連するイラストや装丁についての説明、本についての第三者の評価などが添えられることもあった。なお、

「年間シリーズ」の紹介は、目次に記載がない年次にも、「ドイツ家庭文庫からの情報提供」の中でなされることがあった。

④時期により「年間シリーズ」の一部または全部の巻にかえて購入することができた「選択シリーズ」については、前者の紹介の直後に、「翌年一年分」または「次の半年分」がまとめて紹介された。その他に、特に女性が読むのにふさわしい本を取り上げる「選択シリーズの女性向け図書」や、新たに加わった本を紹介する「選択シリーズの新刊」といった記事が掲載されたこともあった。これらの項目には、取り上げられている本の写真が添えられることも少なくなかった。

⑤その他、新たに刊行された「年間シリーズ」の本の紹介として、「先月の新刊」と「私たちの新しい本」があるが、掲載回数はごくわずかであった。

（3）　特定の内容の記事

①「現代の創作」は、演劇、音楽、映画、読書、文化政策といった文化的な問題に特化したコーナーである。

②ドイツ家庭文庫の民族主義的な性格は、雑誌の記事や推薦図書全般にみられるが、とりわけ一九三二年と一九三三年に掲載された「私たちの気に入らないもの」のコーナーでは、左翼の作家やユダヤ人、あるいは似非愛国主義などに対する批判が集中的に扱われた。

③家事や育児など、女性・主婦・母親にとっての関心事や、女性向けの本を紹介するコーナーとして、「私たちのご婦人のために」、「女性の文化」、「家庭生活における女性」、「あなたとあなたの子供」、「女性と子供」がある。ドイツ家庭文庫の母体であるドイツ民族商業補助者連合が女性の入会を拒否していたことからすると意外なことだが、この女性向けコーナーは、各号の記事の数や頁数は決して多くないものの、ほぼすべての期間にわたって継続的に

掲載されており、ドイツ家庭文庫が読者として女性を強く意識していたことを窺わせる。

④家庭で音楽を楽しむのに役立つ歌曲の紹介として、「音楽」というコーナーが設けられた時期があったが、掲載は三回に留まった。

⑤クロスワードパズルやチェスのクイズなどのコーナーは、わずかな誌面を占めるに過ぎないものの、「当てて下さい」、「気晴らしに」、「チェスコーナー」、「チェス盤のそばで」といった見出しの下、継続的に掲載された。「子供たち、当ててごらん」という表題で、子供向けのクイズが掲載されたこともあった。ただし、こうしたクイズのコーナーは今日でも様々な雑誌にみられるもので、ドイツ家庭文庫の雑誌の特性とみなすことはできない。

（4）　新会員勧誘関連の記事

ドイツ家庭文庫の会員の拡大は、会員による新会員の勧誘、すなわち友愛勧誘に多くを負っていたが、雑誌においても、勧誘への会員の意欲を掻き立てる試みが二つの方法でなされていた。一つは、「勧誘に成功した会員のリスト」において、勧誘数が特に多い会員の氏名を紹介することである。もう一つは、勧誘数に応じて本や品物を贈ることであり、その内容が、「勧誘の賞品」ないし「勧誘の贈り物」のコーナーで紹介された。表7からわかるように、目次に掲載された回数から判断したとき、これらの記事は、『かまどの火』の一部の号にしかみられない。だが、実際には、『かまどの火』は巻末に頁数の記されていない頁が一―二頁含まれていることが多く、そうした誌面を利用する形で、新会員勧誘関連の記事は多数の号に掲載されている。

（5）　ドイツ家庭文庫からの情報提供

「共同体」という言葉も用いられる会員制の図書購入組織であるドイツ家庭文庫にとって、意思疎通を図るための会員への情報提供は欠かせないものであった。これを担ったのが、「今月の見通し」、「文庫の使者の情報案内」、「ドイツ家庭文庫」、「家庭文庫の使者」、「ドイツ家庭文庫の活動から」、「私たち家庭文庫について」、「家庭文庫の公の報告」、「読者との語らい」、「私たちの友人たちへのお知らせ」である。「年間シリーズ」や「選択シリーズ」の本の刊行と引き渡し、本の装丁、作家の消息、ドイツ家庭文庫に対する著名人の推薦文、読者からの投書、会員資格など、様々な情報が含まれていた。

（6）図版

『かまどの火』において旅行記や文化的な記事で多数の写真が掲載されるようになるまでは、図版は珍しいものであったため、目次にも記載された。本の挿絵や版画、装丁などが掲載された。

（7）その他の記事

その他の記事には、「主な記事」より後の頁に掲載された記事のうち、他の六つの項目に分類された見出しとは独立して掲載されたものが数えられている。記事の内容は様々であり、たとえば、特定の作家の全集の紹介、新会員勧誘のための協力の呼びかけ、本や子供に関連する懸賞写真の募集といったものがみられる。また、「収録記事についてひと言」は、当該の号の掲載記事に関する編集者のコメントである。

三　民族主義的な戦いの手段

以上みてきたように、ドイツ家庭文庫では、カタログを単なる本の紹介ではなく、形式的にも内容的にも一つの文化的な雑誌へと高めようとする努力が継続的になされたが、そうした努力もまた、同文庫の民族主義的な信条に貫かれていた。たとえば、『ハンザ同盟の本の使者』創刊号の冒頭に掲げられた「緒言」では、この雑誌の意義について、次のような説明がなされている。

> 私たちドイツ民族は、歴史的な転換点に立っています。あえていうなら、この見方はまさに今日、特別な重要性を持ちます。無防備なドイツの国への正義と法に反する敵の侵略は、私たちの経済的困難を、と同時に個々人の苦境をこの上なく高めました。私たちが感じているところでは、ドイツ民族の生命が、と同時に私たち自身の生命が問題なのです！　そしてまた私たちの自由が、ドイツ人の民族性が問題なのです！　ドイツ人の文化が、私たちの経済的・政治的自由もろとも沈没しかかっており、それとともに将来の再起のあらゆる可能性が沈没しかかっているのです。
>
> 本誌は、私たちの最も重要な文化財に、ドイツの著作に捧げられます。そこには、過去と現在のドイツの偉人の不滅の作品にみられる、光と明断さを得ようとするドイツ人の努力が、つまりドイツ人の学識が、いきいきと保たれています。経済的困窮の時代にあっても、よいドイツの本への意志を保つことが重要です。それこそが、精神的自律性と自由への意志なのです。（中略）
>
> 本冊子にはどれにも、専門家によって責任を持って書かれた、特定の領域の著作全体に関する図書通信が収録されます。私たちにとって嬉しいことには、この図書通信と批評を、文学的な事柄に関する的確な判断が評価されている『ドイツ民族性』の編集者ヴィルヘルム・シュターペル博士が引き受けて下さいました。[114]（強調は引用者）

つまり、雑誌の刊行は、ドイツ家庭文庫の活動全体と同じく、ドイツ人の民族性や文化遺産、とりわけ優れたドイツの著作を保護するという目的に向けられていたのである。このことは、後にドイツ家庭文庫の歴史を振り返った『かまどの火』の一九三一年第一一号の記事「ドイツ家庭文庫はどのようにしてできたのか」の次のような件からも見てとることができる。

> そうこうするうちに、ドイツ家庭文庫の購読者たちは、考えを同じくする者の共同体に、つまりよいドイツの本の普及に真剣で重要な課題をみる人々の共同体になっていました。そこで、情報誌の出版が必要となり、一九二三年一月一日から『ハンザ同盟の本の使者』というタイトルで刊行されました。今日の私たちの基準からすればとてもみすぼらしく、わずか八頁で、粗末な紙が用いられ、綴じられてもいませんでしたが、それでも私たちは独自の情報誌を持ち、それはインフレの時代を通じて立派に私たちの役に立ってくれたのです。[115]（強調は引用者）

また、一九三一年第八号の論説「文学の独裁――誰によって」では、「左翼の文士たち」や「アスファルト自由主義」に対してドイツ文学を防衛する前線としての『かまどの火』の役割が、フィヒテ協会の雑誌『ドイツ民族性』にも比肩しうるものとみなされている。

> しかし数年前から、この行動をもはや我慢できないという声が高まりました。一方では、右翼の側で、左翼の新聞雑誌に対抗しうる新聞と雑誌の勢力を建設することが試みられ、他方では、危険に晒された文学そのものから、自らの防衛に必要な力が生じました。『ドイツ民族性』（ハンザ同盟出版社）は、長きにわたって、戦争と革命の本来の利得者となったベルリンの革命後の精神的方向性に反対する戦いを行っています。同様に『新

文学』は、ドイツ文学の窮状を認識し、きわめて高い責任感を抱いて尽力しています。もちろん、同じ前線で戦う多くの雑誌の中に、最初の数巻の一つを当時はまだほとんど知られていなかったハンス・グリムのために投入した、私たちの『かまどの火』を数え上げることが許されます。[116]（強調は引用者）

さらに、一九三二年第三号の「読者との語らい」における次のような件には、よりよい雑誌を追求する姿勢とともに、この雑誌の思想的な方向性が改めて明確に表されている。

　私たちが親密な楽しいおしゃべり以上のもの、現代の興味深い一コマ以上のものを望んでいることは、おそらくはっきりするでしょう。私たちの雑誌は、それを越えて、価値のあるものを示し、価値のないものは制圧しようと努力するつもりです。価値のあるすべてのものが、価値のないものと戦うのです。私たちは、特定の精神的な態度からのみ評価することができます。私たちは文化的な問題にかかわるのですから、この精神的な態度は三重のものです。つまり、芸術的な態度、道徳的な態度、そして宗教的な態度です。芸術的には、私たちは、本物の、純粋な、完全な文学と芸術と音楽を支持します。道徳的には、人間の共同生活に安定といきいきとした秩序を与えるものを支持します。つまり、結婚、家族、部族、民族、職業、身分、国家です。そして宗教的には、いかなる宗派であれ、キリスト教と真の信仰です。

　私たちは、読者に対して、この文化政策的な態度を示す義務があります。残念ながら、その態度がきわめて不明確で、不確かで、それどころか正反対の似たような雑誌がとてもたくさんあります。私たちは、そのような雑誌に別れを告げ、一切の有害な不明瞭さに対する戦いを、ドイツ人の文化生活内部にある一切の解体的・破壊的傾向に対する戦いを、意識して受け入れるつもりです。[117]（強調は引用者）

このように、ドイツ家庭文庫においては、提供された本と並んで、本のカタログを兼ねた雑誌もまた、民族主義的な戦いの手段として重要な役割を担っていたのである。なお、『かまどの火』の収録記事については、拙著『ルイーゼ・リンザーとナチズム――二十世紀ドイツ文学の一側面』でも一部を取り上げているので、参照していただきたい[118]。

第五節　ナチス時代の活動

一　ドイツ民族商業補助者連合の解体とドイツ家庭文庫の存続

前章でみたように、ドイツ家庭文庫の母体をなすドイツ民族商業補助者連合は、当時の中間層のナチス支持の典型的な事例であり、その会員のナチスへの接近は、身分の低下に対する危機感に加え、連合の長年にわたる民族主義的な教育活動の結果でもあった。ドイツ民族商業補助者連合は、「民族主義的な感覚を刺激すること」[119]によって、彼らをユダヤ主義や共産主義、あるいは資本主義や都会化、アメリカニズムといったものに対抗する国家主義的な「文化的更新の担い手」[120]へと育て上げようと努め、それによって、一九〇〇年代初頭からワイマール共和国時代を経てナチス時代初頭に至るまで一貫して、ドイツにおける民族主義的な信条の普及に貢献した。それは、資本主義的大経営の発展とプロレタリア運動の高まりの中で身分の低下に対する危機感を強めていた商業職員に強い影響を及ぼし、とりわけ大恐慌による経済危機以後、彼らのナチズムへの急速な接近をもたらしたのであった。このことは、逆に、ドイツ民族商業補助者連合に対するナチスの接近からも裏づけられる。ナチスの指導部は、大衆への影響力を拡大するにあたり、とりわけドイツ民族商業補助者連合を利用したが、その理由は、「その会員が、ドイツ民族商業補助者連合の〈教育活動〉の枠内での長年にわたる民族主義的な影響により、特に容易にナチスに獲得されえたから[121]」であった。こうした意味で、一九三〇年九月の総選挙への投票行動以後顕著にみられるドイツ民族商業補助者連合会員のナチス支持は、商業職員が置かれていた経済的窮状のみに起因しているのではなく、連合において実施された広範な教育活動の結果でもあったのである。ところが、一九三三年一月のヒトラーの首相就任がドイツ民族商業補助者連合にもたらしたものは、商業職員の保護のための具体的な政策などではなかった。それどころか同連合は、一九三三年五月にドイツ労働戦線に取り込まれた後、同年七月までに規約改正と人事刷新による統制を受け、それからおよそ一年半後の一九三四年末には完全に解体されてしまったのである。ドイツ民族商業補助者連合とナチスの愛国主義的、反ユダヤ主義的、反議会主義的なイデオロギー的近似性にもかかわらず、また同連合がナチスの政権参加による政治的危機の克服とドイツ国家の更新を期待していたにもかかわらずこのような結果に至った最大の原因は、労働組合としての自律性に固執する同連合とナチスの全体主義的なシステムの根本的な不一致にあったと考えられる[122]。

図８　1935年のハンザ同盟出版社

しかしながら、このことは、ハンザ同盟出版社を中心とするドイツ民族商業補助者連合の出版業コンツェルンの活動の終わりを意味しはしなかった。このコンツェルンは、当時、ハンザ同盟出版社と一九二八年に連合によって買収されたランゲン＝ミュラー出版社、およびハンザ同盟出版社の完全子会社である「本の泉　ドイツ・ブックハウス有限会社」（Bücherborn. Deutsches Buchhaus GmbH）などからなり、本の泉には、ドイツ家庭文庫と書籍取次販売店チェーン、および出張販売が属していたが、これらはすべて、母体をなすドイツ民族商業補助者連合の消滅後も、ドイツ労働戦線の企業として、ナチス時代を通して活動を継続したのである。ブッククラブに関しては、第Ⅰ部・第一章・第二節で触れた通り、ドイツ家庭文庫以外にも、ナチス時代にドイツ労働戦線の中で活動できたものもあれば、独立した団体として活動を継続できたものもあることは確かである。だが、ドイツ家庭文庫の場合、ドイツ民族商業補助者連合がナチスによって解体されたことを考慮したとき、ナチス体制下で活動を継続しえたことは意外なことと感じられる。この点については、ナチスが書籍出版の経験に乏しかったため、新保守主義的な出版社によってドイツ労働戦線内部に形成された出版業コンツェルンの中でハンザ同盟出版社が重要な地位を確保できたためだとの指摘がなされている。[123] ハンザ同盟出版社とランゲン＝ミュラー出版社はドイツ労働戦線の看板企業となり、ナチスの下級指導者とテクノクラシーの幹部エリートの間にナチスの統治に関する知識が普及するのを助け、ハンス・フリードリヒ・ブルンク、リヒャルト・オイリンガー、ハインツ・シュテーグヴァイト、ヨーゼフ・マグヌス・ヴェーナーといった保守的作家を擁するナチスの大量書籍マーケットを開拓したのである。本節では、このようにして存続したドイツ家庭文庫のナチス時代特有の特色について詳しく考察する。そこでまず、ナチス政権成立から第三帝国崩壊までにドイツ家庭文庫が辿った経過を跡づけると、おおよそ次のようになる。[124]

ナチス政権の成立は、会員の増加をもたらしたという意味で、ドイツ家庭文庫にとってさしあたり好都合なものであった。職員労働組合の統合によって、一九三三年八月には、ドイツ民族商業補助者連合の会員数はそれまでの二倍になり、最終的には一〇〇万人を突破したが、それによって、ドイツ家庭文庫の会員数も、それまでの四万人から一〇万人を超える規模にまで増加したのである。だが、一九三四年に入ると、同連合の消滅によってドイツ家庭文庫に存続の危機がもたらされた。ドイツ家庭文庫は毎年会員の三分の一が退会しており、現状を維持するだけでも毎年およそ三万五〇〇〇人から五万人の新たな会員が勧誘されねばならなかったが、母体となる労働組合が消滅したことで、新たな会員を獲得するための基盤が失われてしまったのである。こうした状況下で、労働組合なき労働組合ブッククラブを維持するために考えられたのが、顧客を職員層ではなくナチスの組織、具体的にはヒトラー・ユーゲント、ナチス突撃隊、ナチス親衛隊、ドイツ労働戦線の中に獲得するという路線変更であった。そのため、一九三五年以降、ドイツ家庭文庫の「年間シリーズ」は、冊数の増加とともに、これまで以上に強い反ユダヤ主義的、民族主義的、およびナチス的な傾向を持つようになり、それにはとりわけブルンク、オイリンガー、シュテーグヴァイトといった作家が貢献した。また、ドイツ民族商業補助者連合の消滅は、会費の支払いや本の引き渡しのために利用されていた連合の窓口の消失という痛手ももたらした。この損失は、引き続き存続した職員健康保険組合の事務所を利用することで補われたが、しかし、この経験に基づいて、ドイツ家庭文庫のネットワークは次第に私経済的な土台の上に建設し直されるようになり、一九三五年には、専属の引き渡し所としてまず六つの支店が、ハンブルク、ベルリン、ハノーファー、フランクフルト、ハレ、およびドレスデンに設けられた。この支店の数は、一九三九年には二四に増え、売り上げの四三パーセントがそれらを通じて得られるようになった。こうして、ドイツ家庭文庫は、ナチス時代にも発展を続けたのである。

しかしながら、一九三九年に勃発した第二次世界大戦によって、ドイツ家庭文庫の経営には再び大きな障害がもたらされた。すなわち、軍隊へ召集された会員の会員資格停止による売り上げの減少である。戦争勃発後も会員数は増加し、一九三九年一月一日に一四万三五三人であったのが、一九四一年一月一日には一七万三九一二人となっているが、そのうち四万七二五四人は会員資格が停止されていた。また、厳しい寒さと交通網に生じた支障によって、すでに一九四〇年春には、支店やボランティアで運営されている二〇〇の引き渡し所への本の供給に停滞が生じた。さらに、これらの引き渡し所の職員が召集されることによって、顧客へのサービスが一層低下した。それに加え、一九四二年初めにドイツ書籍販売業会長ヴィルヘルム・バウアーによってブッククラブに出された二つの指示も、ドイツ家庭文庫に不利益をもたらした。すなわち、購入が義務となるシリーズの刊行数を半分に減らすことと、新たな会員の勧誘と受け入れの禁止であるが、とりわけ後者は致命的なものとなり、この年の売り上げは戦前と比べて六四パーセントにまで減少した。

しかしそれでも、ドイツで最も古く、会員数で三番目に大きく、売上高で二番目に大きいブッククラブであるドイツ家庭文庫には大きな価値があり、一九四三年に入り、ナチスの公式の出版社である「エーア出版社」(Eher-Verlag)の所有するところとなる。エーア出版社は、すでに一九三七年頃から、自らが独自のブッククラブを所有していないことを欠陥と感じ、ドイツ家庭文庫に関心を抱いていたが、この年に同出版社がランゲン＝ミュラー出版社を買収して、政治的著作以外の書籍を扱うようになって以後、それに見合った販売組織を整備する必要性が特に高まっていたのである。そこで、全国指導者マックス・アマンの通知に基づいて六月十九日まで行われた交渉の結果、旧ドイツ民族商業補助者連合の出版業コンツェルンのうち、ドイツ家庭文庫とランゲン＝ミュラー出版社、および印刷会社を除く部門がハンザ同盟出版社の社長ベンノ・ツィーグラーの下で再私有化される一方、ドイツ家庭文庫は、支店と引き渡し所とともにドイツ家庭文庫株式会社として、一二〇〇万マルクでエーア出版社に売却され、その社長には、一九三一年以来本の泉の支配人を務めていたハンス・イーファースが就いた。イーファースは、その後、帝国著作院のブッククラブ部門の長も務めている。そしてさらに、一九四四年二月、ドイツ家庭文庫株式会社は、エーア出版社によって整理解散させられ、ナチスの中心的出版部門としてのドイツ家庭文庫となった。こうして、ドイツ家庭文庫は、ナチス時代の末期まで活動を継続したのである。

さて、以上のようなドイツ家庭文庫のナチス政権成立以後の経過をみたとき、特に興味を惹くのは、母体となるドイツ民族商業補助者連合の解体という事態を受けて、同文庫がナチス関係者の中に会員を獲得する方針をとったことであろう。そのことは、なによりも第一節であげた「主要シリーズ」に端的に表れている。というのも、そこで指摘したナチスの路線に沿った五二名の作家の九三の作品は、一九三二年までの一一五作品中では二五作品で二一・七パーセントに過ぎないのに対し、一九三三年以後の一〇一作品中では六九作品で六八・三パーセントと、非常に高い割合を示しているのである。特に目立つのは、複数の作品が収録されている作家の中で、ブルンクの四冊すべて、シュテーグヴァイトとヴェーナーのそれぞれ四冊のうち三冊、ヴィンニヒの三冊すべてがこの時期に含まれることである。したがって、ドイツ家庭文庫がもともと民族主義的な傾向を持つとはいえ、一九三三年以前と以後では明らかに質的な変化がみられ、後者には、ナチスに近い作家の作品が特に多く含まれているのである。だが、ナチス政権成立を意識した変化は、提供図書のみならず、雑誌『かまどの火』の記事の中にもはっきりと表れている。そこで、以下では、まず一九三三年から一九三五年にかけての『かまどの火』を考察することにより、ナチス政権成立という事態を受けてドイツ家庭文庫の活動に生じた変化を跡づけ、続いて一九三九年十月以降の記事の考察を通して、第二次世界大戦勃発によってもたらされた変化を確認したい。

二　『かまどの火』にみるナチス政権成立直後のドイツ家庭文庫

（1）　新会員勧誘関連記事

ナチス政権成立後に生じた顕著な変化の一つは、新会員勧誘に関連する記事にみられる。この点で最初にあげられるのは、「勧誘の贈り物」の変化である。ドイツ家庭文庫では、以前より、販売員等による新会員の獲得とは別に、会員を通じた新会員の勧誘、すなわち友愛勧誘を奨励し、勧誘に成功した会員に対して、勧誘件数と同数の商品券を提供し、それと引き換えに贈り物を進呈していた。贈り物の多くは本であるが、そのほかにもブックカバー、文具、地球儀、本棚などが含まれ、勧誘件数（商品券数）一から五〇までを一〇段階程度に分けて、総数三〇から六〇ほどの贈り物が用意されていた。この贈り物の中に、一九三三年以後、ナチズムに関連するものが著しく増加す

図９「新しい勧誘の贈り物」

るのである。その最初の表れは、一九三三年第三号における「新しい勧誘の贈り物」の告知であり、次の二冊が写真つきで紹介されるとともに、「第三帝国が拠って立つ精神と魂の基礎壁の礎石として、私たちはあなた方に二件の勧誘をお願いします[125]」との呼びかけがなされている。

勧誘数二件　エーリヒ・チェヒ＝ヨッホベルク『ヒトラー　あるドイツの運動』（*Hitler. Eine deutsche Bewegung*）

勧誘数四件　アードルフ・ヒトラー『わが闘争』（*Mein Kampf*）[126]

続いて、一九三三年第四号の記事「かつてない勧誘の賞品」では、この年の勧誘の贈り物全体が詳しく紹介されているが、それによれば、総数三七の贈り物のうち一三がナチスと関連するものとなっている。具体的には次のようなものである。

勧誘数一件

エーリヒ・コッホ『ナチス　理念、指導者、および党』（多数のイラスト入り）（*Die NSDAP. Idee, Führer und Partei*）

マルティン・H・ゾンマーフェルト『ヘルマン・ゲーリング　伝記』（八枚のイラスト入り）（*Hermann Göring. Ein Lebensbild*）

ハンス・ヴェント『ヒトラーが統治する』（一四枚の肖像画入り）（*Hitler regiert*）

勧誘数二件
『褐色の軍団』（一〇〇枚の写真ドキュメント。ナチス突撃隊とナチス親衛隊の生と戦いと勝利。アードルフ・ヒトラーの序文つき）（*Das braune Heer*）
『だれも知らないヒトラー』（総統の生活の一〇〇枚の写真ドキュメント）（*Hitler, wie ihn keiner kennt*）
ヨハン・フォン・レールス『アードルフ・ヒトラー　その人物と業績』（一九枚のイラストつき）（*Adolf Hitler, der Mann und sein Werk*）
アルベルト・ライヒ『アードルフ・ヒトラーの故郷から』（オスカー・ローベルト・アヒェンバッハによる序文つき）（*Aus Adolf Hitlers Heimat*）
エルヴィーン・ライトマン『ホルスト・ヴェッセル　人生と死』（イラスト入り）（*Horst Wessel. Leben und Sterben*）
エーリヒ・チェヒ＝ヨッホベルク『ヒトラー　あるドイツの運動』（前出）
勧誘数四件
アードルフ・ヒトラー『わが闘争』（前出）
勧誘数五件
コンスタンティン・シュタルク教授によるヒトラーの胸像（テラコッタ製、高さ約一七センチ）
勧誘数一〇件
エーリヒ・チェヒ＝ヨッホベルク『一月三十日から三月二十一日まで』（無光沢アート紙に印刷された一〇〇枚以上の写真と、一月三十日の帝国宰相のラジオ演説の二枚組レコードつき）（*Vom 30. Januar zum 21. März*）
勧誘数一五件
コンスタンティン・シュタルク教授によるヒトラーの胸像（テラコッタ製、高さ約三〇センチ）[127]

図10　「ドイツ家庭文庫の貴重な勧誘の贈り物」

さらに、一九三三年第五号の「ドイツ家庭文庫の貴重な勧誘の贈り物」では、勧誘の贈り物の総数五九のうち一七がナチス関連の贈り物となっているが、勧誘数一件と二件の商品に次の四つが追加され、それによって、勧誘数一件と二件で引き換えられるナチス関連の贈り物の数はそれぞれ五と八に増えている。

勧誘数一件

ハインツ・シュラム博士『ドイツ青年のヒトラー・ブック』（一二枚のイラスト入り）(*Das Hitlerbuch der deutschen Jugend*)

ヴィルヘルム・ケーラー『ドイツにおける愛国主義革命』（写真入りの記念本）(*Die nationale Revolution in Deutschland*)

勧誘数二件

ヴィルヘルム・ファンデルル『七人の男から民族へ　ナチスとナチス突撃隊のイラスト入りの歴史』(*Von sieben Mann zum Volk. Illustrierte Geschichte der NSDAP und der SA*)

『アードルフ・ヒトラーが語る』（総統の演説と著作の抜粋）(*Adolf Hitler spricht*)[128]

このような傾向は以後も継続されることになるが、ここで注目に値するのは次のような点であろう。まず、一九三二年までにも、勧誘の贈り物の中には「年間シリーズ」や「選択シリーズ」にみられるような愛国主義的な本は含まれていたが、ナチスに直結するものはほとんどみられなかった。それに比べると、ナチスに関連する多数の贈り物の登場は、大きな変化である。次に、ナチス関連の贈り物の多くは、勧誘件数にして一または二という到達しやすい範囲に集中し、手に入れやすくなっており、ナチズムに関連する本を広く普及させようとする意図が感じられる。さらに、ナチス関連の本には、写真やイラストを多数含み、視覚的な効果を狙ったものが多いことも特徴的である。

ところで、ドイツ家庭文庫では、新会員勧誘を促進する目的で、一九三一年第二号より、『かまどの火』に勧誘に成功した会員を紹介する欄を設け、一定期間ごとに五人以上の新会員を獲得した者の氏名を公表していた。この欄は、成功した会員の増加により必要な紙幅の増加が見込まれることから、一九三四年第一号を最後に省略されたが[129]、それだけ勧誘活動が活発になったのも、上記のような勧誘への意欲喚起によるものと思われる。ちなみに、一九三二年から一九三四年までに掲載されたリストに基づいて、勧誘に成功した会員の数を勧誘件数ごとに示すと表8のようになるが[130]、ここには次の二つの特色がみられる。まず、勧誘者の総数をみると、一九三二年の四つの号では合計人数が七六二人なのに対し、一九三三年第一号から一九三四年第一号までの七つの号の合計人数は一五三六人となり、平均すると各号約一九一人から二一九人へと増加していることになる。次に、勧誘件数に注目すると、勧誘者数の増加が最も大きいのはやはり到達しやすい勧誘数五—九であり、一九三二年には各号平均一〇三人であったのが、一九三三年第一号から一九三四年第一号までは一二九人という計算になる。加えて、一九三四年第一号では、短期間で四〇件以上の勧誘を行った会員の存在も初めて報告されている。こうして、ナチス政権成立後、勧誘活動がそれ以前よりも活発になったことが窺われるのである。ちなみに、この号では、リストとは別に、ハレ／ザーレの大管区事務所細胞長代理であるナチス党員オットー・ハンケが一四日間で一三九件の勧誘をもたらしたことが、「比類のない業績」として、ハーケンクロイツの腕章をつけた軍服姿の写真つきで紹介され、「彼の行動は、ドイツ家庭文庫のすべての会員にとって、勇気と絶対に必要な成功への意志を競い合う励みとなるでしょう[131]」とのコメン

1933						1934	合計	各月平均
1	2	3	4	5	6	1		
105	186	178	133	127	9	166	904	129
29	54	67	65	67	1	52	335	48
10	28	21	28	44	1	24	156	22
15	31	32	32	0	0	24	134	19
0	0	0	0	0	0	7	7	1
159	299	298	258	238	11	273	1,536	219

トが付されている。ここでは、勧誘の奨励とともに、ナチス党員がドイツ家庭文庫のために尽力したことを紹介し、ナチスとドイツ家庭文庫の関連性を強調することも意図されていると思われる。

さらに、一九三四年以後は、新会員勧誘を促進する手段として、帝国著作院主催の「ドイツ図書週間」(Die Woche des deutschen Buches)が利用された。同年の『かまどの火』第六号の記事では、初めに啓蒙宣伝大臣ゲッベルスのアピールが紹介され、続けて、ドイツ家庭文庫とその会員が果たすべき義務が述べられている。

ゲッベルス博士のアピール

一九三四年十一月四日から十一日まで、本年の「ドイツ図書週間」が開催されます。主催者は、編入された連合を含む帝国著作院です。ナチズムは、国家の文化財を国民が実際に所有できるものとすることを常に特別な課題とみなしてきており、「ドイツ図書週間」はこの大きな課題に奉仕するものです。すべての人々に発せられる叫びが聞かれずに消えてしまわぬよう配慮することは、必ず果たされねばならない義務です。

それゆえ私は、すべての役所と公共機関、すべての政治的・経済的組織と特に文化的連合に、「ドイツ図書週間」の準備と実施に参加し、ともに協力してその成功を確かなものとするようお願いします。私たちは民族とし

表８『かまどの火』に掲載された勧誘件数と成功した勧誘者の数

年次		1932				合計	各月平均
号		3	4	5	6		
勧誘件数	5〜9	87	151	100	73	411	103
	10〜14	25	58	39	24	146	37
	15〜19	25	36	24	21	106	27
	20〜39	17	36	29	17	99	25
	40 以上	0	0	0	0	0	0
	合計	154	281	192	135	762	191

て物質的財産に乏しくなりましたが、ドイツ精神の汲みつくせぬ宝物に富んでいます。この富を我がものとしましょう。本はいつも変わりなく戦友であり、道連れだったのです。それゆえ、ドイツ的な本を守り抜きましょう！

――さてそこで、ドイツ家庭文庫がなすべき行動はというと、

ドイツの本を守り抜こうというアピールを、聞かれぬまま消してはなりません。ですから、重要なことは、実践的な民族教育の活動を行うことです。つまり、よいドイツの本がドイツの国民同胞全員にもたらされねばなりません。それには、個々人の私的な尽力が必要です。ドイツ家庭文庫の指導を受け、価値と無価値をはっきりと見極めることができる愛書家は特に、ドイツ人の魂をめぐるこの戦いにおいて特別攻撃班となることを任じられています。この図書週間に、ひとりひとりが共同体に対する己の義務を自覚し、着手して下さい！

ドイツ家庭文庫のための勧誘の仕事は実践的な文化政策です。[132]（強調は引用者）

同じ趣旨の記事は、一九三五年と一九三六年にもみられるが[133]、ここには、ナチスの行事を積極的に紹介しかつそれと主体的にかかわりを持とうとするドイツ家庭文庫の姿勢が窺われるのである。

（2）ドイツ家庭文庫に対するナチスの評価

ドイツ家庭文庫の本や作家に対するナチスによる評価が、政権成立後間もない時期に『かまどの火』で矢継ぎ早に報告されていることも、注目に値する。作家に対する評価としてはナチスの組織への招聘があげられるが、その典型的な事例はドイツ詩人アカデミーである。一九三三年第四号の記事「ドイツ詩人アカデミー改組」では、最初に「ドイツ家庭文庫と雑誌の成立以来、私たちは、**非ドイツ的・破壊的な文士連中**と戦い、**ドイツの精神的空間**を再び清らかにするために、**真のドイツ的文学**に道を拓くことを助けてきました。（中略）この戦いを、**愛国主義革命**は、**民族と結びついた真に本物の文学**の完全な勝利によって決定づけます[134]」（強調は引用者）と述べられた後、「この勝利は、その目に見える表れを詩人アカデミーの改組に見いだします[135]」とした上で、新たに招聘された詩人の中にドイツ家庭文庫とかかわりの深い者が多く含まれることが指摘される。

> これら一四人の詩人のうち、すでにドイツ家庭文庫で発言を許された人は、八人を下りません。（中略）私たちは、ごく狭い意味で次の詩人たちを、私たちの詩人と呼ぶことができるのです。つまり、ハンス・フリードリヒ・ブルンク、パウル・エルンスト、フリードリヒ・グリーゼ、ハンス・グリム、ハンス・ヨースト、エルヴィーン・グイード・コルベンハイアー、アグネス・ミーゲル、ヴィルヘルム・シェーファー、エーミール・シュトラウス、そしてヴィル・フェスパーです[136]。

第一節で触れたように、実際には改組後のドイツ詩人アカデミーには「主要シリーズ」の作家のうち一二名が含まれているが、それはドイツ家庭文庫にとって、ナチス体制下における「私たちの活動の最もすばらしい評価[137]」であった。なお、これらの作家のうち、ヨーストが会長、ブルンクが会長代理となった。また、ドイツ詩人アカデミーのほかに、一九三五年第二号では、ゲオルク・シュミュックレが「社団法人帝国ドイツ作家連合」（Reichsverband Deutscher Schriftsteller E. V.）の幹部に招聘されたことが報告されている。[138]

次に、ドイツ家庭文庫の本に対する評価については、次のような報告がなされ、同文庫における本の選択と読書指導の正しさの証明とみなされた。一つ目は、一九三四年六月に宣伝省が選定した「ドイツ文学の六冊の本」の中に、ドイツ家庭文庫の本が三冊取り上げられたことである。具体的には、リヒャルト・オイリンガー『ドイツ受難劇』（*Deutsche Passion*）、エーミール・シュトラウス『天使のような主人』（*Der Engelwirt*）、ルートヴィヒ・テューゲル『ザンクト・ブレークまたは大いなる変化』（*Sankt Blehk oder die große Veränderung*）であった。[139] 二つ目は、「帝国ドイツ的著作振興局」（Reichsstelle zur Förderung des deutschen Schrifttums）によって編成された、貸出図書館の基礎となる六〇冊の本の中にドイツ家庭文庫の本が一三冊含まれたことであり、「私たちの活動の正しさに対するこれ以上すばらしい証明は考えられない」[140]とされている。この一三冊の本は、ヴァルター・ダレー『血と土から生まれた新しい貴族』（*Neuadel aus Blut und Boden*）、テオドーア・フリッチュ『ユダヤ人問題ハンドブック』（*Handbuch der Judenfrage*）、メラー・ファン・デン・ブルック『第三帝国』（*Das Dritte Reich*）、リヒャルト・オイリンガー『第四航空学校』（*Fliegerschule 4*）、ハンス・グリム『ドゥアラの石油探検者』、ハンス・ハイク『ヒェルスカー人アルミン』（*Armin der Cherusker*）、エルンスト・ユンガー『鋼鉄の嵐の中で』、エルヴィーン・グイード・コルベンハイアー『ヨアヒム・パウゼヴァング親方』、ゲオルク・シュミュックレ『天使ヒルテンシュペルガー』、エーミール・シュトラウス『友人ハイン』（*Freund Hein*）、ヴィル・フェスパー『苛烈なる種族』、ヨーゼフ・マグヌス・ヴェーナー『ヴェルダン戦の七人』であった。三つ目は、同じ年のうちに、アルフレート・ローゼンベルクの委託を受けて、帝国ドイツ的著作振興局がまとめ、ナチズムの基本的な理念と組織の詳細を知ろうとする人々に購入を勧めたナチスの「主要図書」一〇〇冊の中に、ドイツ家庭文庫の本が多数取り上げられたことである。まず「文学グループ」では、同文庫の「年間シリーズ」から、『ヨアヒム・パウゼヴァング親方』、『天使ヒルテンシュペルガー』、『苛烈なる種族』、およびコンラート・ベステの『異教の村』の四冊が取り入れられた。また、文学以外のグループでも、『血と土から生まれた新しい貴族』、『ユダヤ人問題ハンドブック』、『鋼鉄の嵐の中で』、ハインツ・ローマン『ナチス突撃隊掃討す』、カール・ベンノ・フォン・メヒョー『冒険』、テオドーア・リュデッケ『企業におけるナチス的統率力』(*Nationalsozialistische Menschenführung in den Betrieben*)の六冊が採用された。したがって、ナチスの「主要図書」一〇〇冊のうち一〇冊をドイツ家庭文庫の本が占める結果となり、このこともまた、同文庫によって、自らの「指導と選択が正しかったこと」[141]の証明とみなされた。四つ目は、この図書選定の第二弾である「ナチス図書シリーズ一〇〇冊」の中に、ドイツ家庭文庫の九人の作家の一二冊の本が取り上げられたことである。すなわち、『プロレタリアートから労働者階級へ』と『ヴェルダン戦の七人』のほか、カール＝テオドーア・シュトラッサー『バイキングとノルマン人』(*Wikinger und Normannen*)、同『北方ゲルマン人』(*Die Nordgermanen*)、同『ザクセン人とアングロサクソン人』(*Sachsen und Angelsachsen*)、ヴァルター・ツア・ウングナート『ドイツの自由農民』(*Deutsche Freibauern*)、フリードリヒ・グリム『ルール戦争からラインラント撤退』(*Vom Ruhrkrieg zur Rheinlandräumung*)、ハンス・フリードリヒ・ブルンク『大航海』、ハインツ・シュテーグヴァイト『炉の中の青年』、アードルフ・バルテルス『ディトマルシェンの人々』、リヒャルト・オイリンガー『金属工フォンホルト』、ハンス・ヨースト『かくして彼らは去りゆく』であるが、これらは展覧会「永遠のドイツ」でも展示された[142]。

このほか、ナチスの機関誌によるドイツ家庭文庫とその著作に対する評価もしばしば掲載されている。最も重視されているのは、唯一のナチス党公認のラジオ雑誌であり、帝国ラジオ局の機関誌でもある『ナチス・ラジオ放送』(*N.S. Funk*)の記事で、一九三四年第三号にテューゲルの『ザンクト・ブレーク』、同年第四号にシュミュックレのものである。
『天使ヒルテンシュペルガー』、一九三五年第一号にヨーストの『かくして彼らは去りゆく』、同年第六号にカール・ハインリヒ・ヴァッガールの『パン』に関する批評が転載されている。[143]このうち、シュミュックレの作品に関するもの（『ナチス・ラジオ放送』一九三四年六月十日号所収）は、次の通りである。

ドイツ家庭文庫の活動は、その会員を越えて知られています。ナチスの著名な指導者らは、ドイツ家庭文庫が文学的なドイツの本の領域で、長年にわたって文字通りパイオニア的な仕事をしてきたことを認めました。その新たな証明が、年間シリーズの新しい巻『天使ヒルテンシュペルガー』です。――よい意味で最初の行から最後の行まで印象深い言葉と息もつかせぬ緊張が読者を捉えて離さないこの本の中で、ドイツの運命、ドイツの偉大さ、ドイツの苦悩がいきいきとしてきます。（中略）こうして、『天使ヒルテンシュペルガー』という本は、前代未聞の手に汗握る小説である以上に、ドイツ史の活気に満ちた一章であり、ナチスの精神によって担われ、その出来事と人物がナチス・ドイツにおいて理解あふれる評価を見いだす作品なのです。[144]

また、ナチスの機関紙『フェルキッシャー・ベオーバハター』の記事からも、テューゲルの『ザンクト・ブレーク』とブルンクの『大航海』に関するものが、それぞれ一九三四年と一九三五年に転載されているほか、[145]一九三三年第六号の記事「『グラフ版ベオーバハター』を読んでいる人はいますか?」では、次のように、シュミュックレの本がゲッベルスの妻によってヒトラーの前で朗読されたことが報告されている。

『グラフ版ベオーバハター』を読んでいる人、または一九三三年第二五号をまだ手に入れることのできる人は、七一四頁を開いてみて下さい。ゲッベルス大臣の奥様が手にしておられ、一番下の写真で塀の上に置かれている厚い本――それは『天使ヒルテンシュペルガー』、つまり私たちの一九三四年の年間シリーズの第三巻です。上部ザルツブルクにご滞在の折、ゲッベルス大臣の奥様が、総統と御令妹に本書の一部を朗読されたのです。[146]

こうして、ナチスの団体や雑誌による評価は、ナチス体制下におけるドイツ家庭文庫の活動の正しさを証明するものとなったのである。

（3）　ナチス関係者からの賛辞

ナチスやその関連組織で活躍する人物からのドイツ家庭文庫に対する賛辞も、一九三三年から一九三五年にかけて多数掲載されている。具体的には次のような人々である。

クルト・ヴィトイェ　ナチス親衛隊北部分隊長、ナチス党国会議員
アルベルト・フォルスター　ダンツィヒ大管区指導者、ドイツ職員総連合指導者、ナチス党国会議員、参事官
ハインリヒ・ハーゼルマイアー　ナチス・ハンブルク大管区文化部局担当者
ヴィルヘルム・レーブザック　ナチス・ダンツィヒ大管区学校長
ルートヴィヒ・ラインハルト　ナチス企業細胞組織フランクフルト管区長
ユーリウス・ノイメルカー　アルベルト・フォルスター学校長
カール・マトウ　ベルリン市ケーペニック管区市長[147]

ここで、これらのうちいくつかを紹介したい。初めにあげるのは、クルト・ヴィトイェのもので、一九三三年十

月十七日に書かれている。

ドイツ家庭文庫は、すでに一九一七年以来、自由主義的・平和主義的な文学すべてと戦ってきました。ドイツの本と、ドイツの民族と土地と結びついた詩人と作家のための尽力を通じて、ドイツ家庭文庫は、ドイツ的・文化的に貴重な、先駆的な仕事をなしたのです。ドイツ家庭文庫は、――それが報われなかった時代にも――ドイツ的であったし、またそうあり続けています。それゆえ、ドイツ家庭文庫の作品は、すべての書架において上席を占めるに値します。[148]（強調は引用者）

続いてアルベルト・フォルスターの言葉（日付なし）をあげるが、フォルスターは、ナチス政権成立以前より、ドイツ民族商業補助者連合内部においてナチス支持を代表する人物であった。

ドイツ家庭文庫の活動と成長については、何年も前から存じております。ほかならぬドイツの被用者に関する活動を通じて、私は、ドイツ家庭文庫が一七年以上にわたってなした文化的な教育の仕事の途方もない意味を十分に認めることができます。ドイツ家庭文庫は、そもそも本に一つの完全な地位を初めて与えたことを自らの功績として主張できますし、それに対して、ドイツの書籍業界はドイツ家庭文庫にいくら感謝をしてもしきれないほどです。自由主義的・マルクス主義的な力が道をふさぎ、経済的な存在の可能性を奪ったため、愛国主義的なドイツ作家が民族に耳を傾けてもらえなかった時期に、ドイツ家庭文庫はこれらの詩人を意識して自らのもとへ引き寄せ、愛国主義的な文学の比類なき避難所となりました。それゆえ、ドイツ家庭文庫は、ドイツの生の革新をともに準備したのだと主張できます。ドイツ家庭文庫によって種をまかれた国家が栄え、同文庫にしかるべき賞賛が与えられるよう、新しいドイツにおいても同文庫に幾多の大きな成功がもたらされますように。[149]（強調は引用者）

三つ目は、カール・マトウのもので、一九三四年十二月十日付で書かれている。

ドイツ民族の中に完全な大変革と転換を実現したナチス革命に、ドイツの著作物は強い関心を持っていました。一九三三年以前におけるこのドイツの著作物の代表者として、一九一七年に闘争共同体として設立されたドイツ家庭文庫をあげることができます。

あの時代の精神に対する戦いは困難でした。しかし、それはドイツ家庭文庫によって、敵に対していささかも譲歩せず、容赦なく粘り強く行われました。私自身は、卓越したドイツの男たちの慎重な指導の下で書物を購読する価値をすでに一九二五年に認め、この年以来、五〇四六番の会員番号で、中断なくドイツ家庭文庫の会員となっています。私は、ドイツ家庭文庫が提供しているのと同じくらい価値があるものを、どこか他の場所で見いだすことはありません。そして、ドイツ人にドイツ的な本をきわめて好都合な条件で親しませようとするドイツ家庭文庫の努力が引き続き成功を収めることを、心から願っています。

私としては、これまで通り、機会があればドイツ家庭文庫のために力を得ようと努めるつもりです。なぜなら、私見では、ドイツ家庭文庫はアードルフ・ヒトラーの国家の精神的な基礎を据えることを積極的に支援しているからです。[150]（強調は原文）

以上のような文章の雑誌での紹介には、ナチスとかかわりの深い人々からの称賛を利用して、ナチス体制下におけるドイツ家庭文庫の存在意義を印象づけようとする意図が強く感じられる。また、これらの文章の内容の面では、ドイツ家庭文庫の長年にわたる活動とナチス政権の成立とを関連づけようとしている点が特に注目に値しよう。

ついでながら、これらの賛辞と関連して、一九三四年に二度掲載されている、ドイツ家庭文庫の「名誉委員会」（Ehrenausschuß）メンバーの紹介記事に触れておきたい。最初のものは、同年第一号の記事「ドイツ家庭文庫の名誉委員会」であるが、それによれば、同委員会には、ハンス・グリム、エルンスト・ユンガー、エルヴィーン・グイード・コルベンハイアー、アグネス・ミーゲル、ヴィルヘルム・シェーファー、アウグスト・ヴィンニヒといったドイツ家庭文庫の作家やヴィルヘルム・シュターペルのほかに、次のようなナチスの関係者や政治家が含まれている。

アウグスト・ヴィルヘルム　プロイセン皇太子、プロイセン参事官、国会議員
オットー・フュルスト・フォン・ビスマルク　ロンドンのドイツ大使館参事官
ルードルフ・ブランチュ　ルーマニア少数派担当大臣
カール・クリスティアンゼン　ハンブルク＝ヴィルヘルムスブルク警察署長
ヘルマン・エッサー　バイエルン州経済大臣
ゲオルク・イェール　オルデンブルク州政府首相
ハンス・ケルル　プロイセン法務大臣
カール・ビンセント・クログマン　ハンブルク市長
ゴットフリート・クルマッハー　グメルスバッハ郡長、ナチス女性団およびドイツ女性事業団指導者
パウル・フォン・レットウ＝フォルベック　陸軍大尉
ヴィリー・マルシュラー　テューリンゲン州政府首相

図11　執務中のドイツ家庭文庫名誉委員会委員

ヴィルヘルム・ムル　ヴュルテンベルク国家地方長官
カール・レーファー　ブレーメン＝オルテンブルク国家地方長官
バルドゥア・フォン・シーラッハ　ドイツ帝国青少年指導者
フランツ・ティーレ　ドイツ東方同盟連邦指導者代理
ハンス・フォン・チャッマー・ウント・オステン　帝国スポーツ指導者
フリッツ・ヴェヒトラー　テューリンゲン国民教育大臣[151]

名誉委員会を構成するこれらの人物の知名度も、ドイツ家庭文庫のナチス体制下での活動の後ろ盾をなしたと思われる。なお、一九三四年第一号では、執務中のドイツ家庭文庫名誉委員会委員の様子が写真で示されている。ここには上に名前のあがっていない人物も含まれており、左側の写真は、左奥からアルベルト・フォルスター、ドイツ家庭文庫におけるドイツ民族商業補助者連合の責任者アウグスト・ハイト、ヴィルヘルム・ムル、右側の写真は、制服を着て大きく写っているのがドイツ家庭文庫のミュンヒェン管区長フランツ・エマー、その右の平服の人物がヴィリー・マルシュラーである。[152]

(4)　ナチス関連記事

ナチスやヒトラーの動静に関する記事も増加するが、それらはドイツ家庭文庫のナチスへの忠節の証明として役立ったと思われる。まず、すでに触れたドイツ詩人アカデミー改組にも関連して、焚書や帝国文化院開設、編集長規則の制定、歓喜力行団などについて解説した記事として、一九三四年第二号の「ナチスの文化政策[153]」があげられる。また、一九三三年第六号の「ニュールンベルクでの文化会議におけるアードルフ・ヒトラー」では、物質的・経済的に困窮した時代における文化の重要性と、天意によって未来への道案内人となる使命を帯びた者たちに対する畏敬の念を教えることの必要性を訴えるヒトラーの言葉が紹介されている[154]。さらに、第三帝国における本や文芸の意味に言及したものとして、啓蒙宣伝大臣ゲッベルスが株式取引業者組合で行った演説の一部を収録した一九三三年第四号の「国民革命における本の使命[155]」と、一九三四年第三号のベルンハルト・パイルの論説「著作の創造的批評[156]」があげられる。前者では「ドイツの本は、民族性のしもべであることを自ら感じ認めるときに初めてその真の使命に気づく[157]」とされ、後者においては、「ドイツの民族共同体にとって本が有する価値を純粋にナチスの世界観の立場から正しく評価できること[158]」が、批評家に求められる資質とみなされている。加えて、ナチスによる政権獲得の意義を論じた記事として、一九三三年第四号のメラー・ファン・デン・ブルック「国民革命の価値[159]」と一九三四年第二号のパウル・ヴァインライヒ「一年間のドイツ革命[160]」がある。特に後者においては、「ヒトラーとその運動が指導者であり担い手でもある革命」が、民族の全生活領域を捉える、ドイツ史上初めての「ドイツ人の革命[161]」だとされている。このほか、ドイツ女子青年団の活動を詳しく紹介した一九三四年第二号のルイーゼ・リンザー「上部バイエルンのドイツ女子青年団指導者キャンプより[162]」や、ナチスの標章の由来と意味を解説した一九三四年第四号のヘルマン・ハス「ハーケンクロイツ[163]」のような記事もみられる。

こうしたなか、ナチスの動静の写真による紹介もなされている。まずあげられるのは、一九三四年第一号の紙面に挿入された二枚である。一枚目は、ベルリンでの帝国文化院の開会式の模様を報じたもので、前列にヒトラーと大臣らが、その後ろにドイツの文化と芸術の代表者らが写っている[164]。二枚目は、ゲッベルスがベルリンの書籍見本市を訪れ、ハンザ同盟出版社のブースに立ち寄った様子を写した写真である。そこでは、ゲッベルスのほか、彼を

図12　帝国文化院開会式

図13　書籍見本市を訪問するゲッベルス

図14　連隊の入場

取り巻いている帝国著作院院長ハンス・フリードリヒ・ブルンク、帝国著作院院長代理ハインツ・ヴィスマン、帝国著作院事務局長グンター・ハウプト、ハンザ同盟出版社社長ベンノ・ツィーグラー、帝国ドイツ的著作振興局長ハンス・ハーゲマイアーといった人物の顔と名前が一致するように、番号を付して示されている。[165] 次に、一九三四年第二号の記事「行進　新しい民族共同体の形」で取り上げられた五枚があげられる。[166] 一枚目は、ケルハイムの解放ホールのそばでの忠誠の表明を写したものである。二枚目から四枚目は一九三三年のニュールンベルクでの党大会の写真であるが、そこには職場長の行進や連隊の入場の様子が示されている。そして五枚目は、一九三三年の五月祭のものとなっており、記事はこれらの写真を通してナチス国家での「行進」の意味を説明し、「民族のあらゆる身分、階級、グループの統一」と「秩序、すなわちいきいきとした、だが形づくられた政治的意志によって指揮された民族の編成[167]」であるとしている。

さらに、ナチスの運動に関する著作の紹介も増加する。すでにみたように、勧誘の贈り物の中でナチスに関連する著作が提供されていたが、そのほかに、新刊書を紹介する「ドイツの著作から」のコーナーにおいても、ナチスの運動に直結する本が取り上げられた。一つ目はハインツ・ローマンの『ナチス突撃隊掃討す』だが、グライフスヴァルトにおける共産主義者襲撃を描いた「運動の最も感動的な、最良の体験の書の一つ」であり、「初めから終わりまで、感情を煽ることやおしゃべりは一切なしに、真のナチスの闘争精神がみなぎる[168]」本とされている。二つ目は歴史家ヴァルター・フランクがバイエルンの国家地方長官について書いた『フランツ・リッター・フォン・エップ』(*Franz Ritter von Epp*)で、「戦争とナチスの運動において指導的な役割を果たした人物に関する最初の歴史的解釈の試み[169]」とみなされている。三つ目はヘルマン・オクラスの『〈ハンブルクはいつまでも赤い〉――あるスローガンの終わり』(*„Hamburg bleibt rot" — Das Ende einer Parole*)で、ハンブルクにおけるナチス突撃隊の戦いの日々を年代記風に描いた、「運動のきわめて魅力的な最良の報告の一つ[170]」と評価されている。また、ドイツ家庭文庫の「選択シリーズ」に目を向けると、一九三三年には「ナチスに関する本」、一九三四年には「時代の本」というコーナーが設けられ、ナチスに関連する本が集中的に紹介された。後者で紹介されたものを具体的にあげると、既出のダレー『血と土から生まれた新しい貴族』、フリッチュ『ユダヤ人問題ハンドブック』、ブルック『第三帝国』、リュデッケ『企業におけるナチス的統率力』、ウングナート『ドイツの自由農民』、ヴィンニヒ『プロレタリアートから労働者階級へ』に加え、ギド・ボルトロット『ファシズムと国家』(*Faschismus und Nation*)、マックス・ブルヒャルツ／エドガー・ツェラー『船員　兵士　戦友』(*Matrosen, Soldaten, Kameraden*)、グスタフ・ファーバー『鍬よ、さあ耕せ!』(*Schippe, Hacke, Hoi!*)、ゴットフリート・フェーダー『金融資本家に対する戦い』(*Kampf gegen die Hochfinanz*)、ヴァルター・クント『ドイツ人の西部移住』（*Deutsche Westwanderung*）、テオドーア・リュデッケ『国家管理の手段としての日刊新聞』（*Die Tageszeitung als Mittel der Staatsführung*）、フリードリヒ・ヴィルヘルム・フォン・エルツェン『歴史の名において』（*Im Namen der Geschichte*）、エルンスト・グラーフ・ツー・レヴェントロウ『ドイツの社会主義』（*Deutscher Sozialismus*）の一四冊である。[171]

ところで、すでに勧誘の贈り物について述べたさいに、ヒトラーに関連する著書や胸像等が登場したことに触れたが、雑誌の本来の記事の中でも、ヒトラーに対する支持や忠誠を示す文面が目を惹く。具体的には、次のようなものである。

> 年頭にあたり、新しい年が私たちをこの道で大きく前進させてくれるよう願います。そのさい、アードルフ・ヒトラーが私たちにとって指導者となるでしょう。[172]（一九三四年第一号「読者との語らい」、強調は引用者）
>
> 私たちは、自らが過ぎ去った自由主義的な時代の文士文学に対する戦いにおける兵士であったこと、そしてドイツの民族性のための戦いにおいてアードルフ・ヒトラーの軍隊の兵士であることを、一分たりとも忘れるものではありません。[173]（一九三四年第五号「兵士」、強調は引用者）

また、雑誌の中には、ヒトラーに関する図版もみられる。その一つは、先にあげた宣伝相ゲッベルスの演説「国民革命における本の使命」を収録した記事と同じ誌面に掲載された、コンスタンティン・マルク教授による胸像の写真[174]であり、もう一つは、一九三五年第二号に、最上級農耕長ティーロ・シェラーという人物による『総統の手』と題する詩とともに掲載された、敬礼をしたヒトラーの手の写真である。[175]シェーラーの六連からなる詩のうち、こ

図15　ヒトラーの胸像

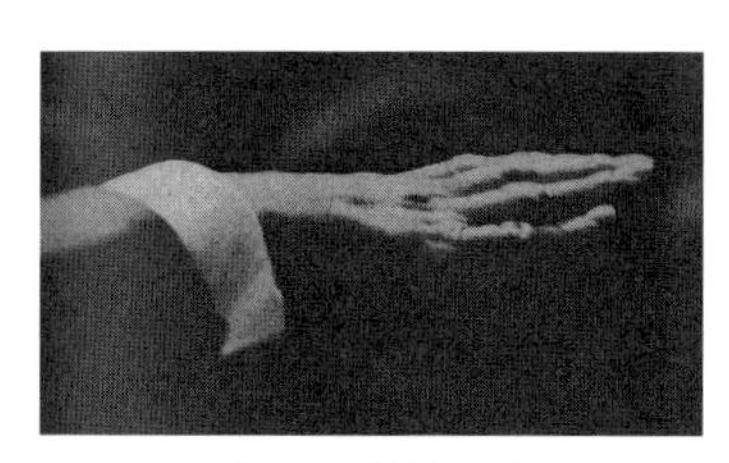
図16　総統の手

こでは最初の二連のみ紹介する。

私たちは　私たちのために考える額を知っている
私たちは　私たちのために打つ脈を知っている
だが　彼が私たちに遠慮なく近づけ
私たちを無言で服従させる手は
頭脳であると同時に心臓だ

それは　若きドイツを導き
民族全体の運命を左右し
君と私とみなのために休みなく動く手
つまり総統の手だ[176]

なお、ヒトラーの手を芸術的に表現し、創造的天才というイメージを作り出したものとしては、写真家ハインリヒ・ホフマンのものもみられ[177]、第三帝国時代、ヒトラーの手は偉大な指導者をイメージする表象の一つとなっていたものと思われる。

あげることができる。

（5）連続性と課題

ナチスによる政権獲得後数年間の記事の中には、ナチス政権成立以前と以後のドイツ家庭文庫の活動の連続性やナチス政権下での課題に触れたものも多くみられる。両者は互いに関連しあっており、明確に区別することはできないが、まず前者のうち典型的なものとして、一九三五年第二号の「一〇の文章によるドイツ家庭文庫の歴史」をあげることができる。

ドイツ家庭文庫は、一九一六年に、外国の文化の過度の影響とドイツの著作の破壊に対する闘争共同体として設立されました。

設立者は、作家アルベルト・ツィンマーマンを取り巻く民族的な男たちの集団であり、そこにはアードルフ・バルテルス教授と詩人ゴルヒ・フォックも属していました。

ドイツ家庭文庫の当初からの明確な態度をはっきり示すのは、最初の数巻にハーケンクロイツの紋章がついていたことです。

文化的な没落の時代に、ドイツ家庭文庫は、はえぬきのドイツ詩人の利益のために戦いました。

ドイツ家庭文庫は、たびたびボイコットされた愛国主義的作家の作品を、犠牲を払って出版しました。

ドイツ家庭文庫は、文化的な没落に出くわしたとき、自らの雑誌で戦いました。

ドイツ家庭文庫は、ナチス革命の勝利の後に、本を回収する必要がありません。

今日ふさわしい名誉を正当に与えられている詩人たちは、長年にわたりドイツ家庭文庫の作家でした。

すでにナチス革命以前に、指導的人物たちは、推薦や要求によって、ドイツ家庭文庫の文化政策的な活動に対する支持を公言していました。

第三帝国では、ドイツ家庭文庫はドイツの家族の民族的な活性化に積極的に従事し、民族と詩人の間に橋を築きます。[178]（強調は引用者）

このほかにも、同じような内容の記事として、一九三三年第三号の「愛国主義的高揚のために道をあけよ！」という言葉で始まる自社宣伝[179]、一九三三年第五号の「私たちの友人たちへ[180]」、一九三四年第一号の「読者との語らい[181]」、一九三四年第三号の「ドイツ家庭文庫[182]」などがあげられるが、こうした記事の内容は、おおむね次のように集約される。

①ドイツ家庭文庫は、ナチス政権成立より一七年も前に設立された民族主義的な読書共同体であり、民族主義のために戦う団体である。
②ドイツ家庭文庫の会員の多くは愛国主義的な運動の闘士であり、そこにはナチス親衛隊、ナチス突撃隊、およびその他のナチス党員も属している。
③ドイツ家庭文庫の文化政策的な活動は、ナチスによる政権獲得以前からナチスの指導的な人物によって支持されており、今日もそうした人々に認められている。
④ドイツ詩人アカデミーに新たに招集された作家など、今日ふさわしい名誉を与えられている詩人たちは、長年にわたりドイツ家庭文庫の作家であった。
⑤ドイツ家庭文庫は、ナチスによって統制されたり、順応させられたりする必要がない。

要するに、ドイツ家庭文庫の民族主義的な活動はナチスの政権獲得に大きく寄与しており、同文庫はナチス政権

図17　「愛国主義的高揚のために道をあけよ！」

下においてこれまでの貢献に見合った活動の場を認められるべきだということである。なお、これらの文章のうち「愛国主義的高揚のために道をあけよ！」の紙面には、大勢の人々がナチス式敬礼をする様子とハーケンクロイツのマークの写真が添えられていた。[183]

次に、このような連続性の認識に基づいて、第三帝国でドイツ家庭文庫がなすべき課題を論じた記事として、一九三三年第四号の「読者との語らい」[184]、一九三三年第五号の「新しい年間シリーズ」[185]、一九三四年第二号の「作品が呼ぶ！」[186]、一九三四年第三号の「行動の愛国主義的文化政策――数が物語る！」[187]などがあげられ、それらの内容を集約すると、おおよそ次のようになる。

①ナチスの革命は始まったばかりであり、中途半端な人、誤解する人、自らの目的に利用する人などによって危険に晒されている。また、過ぎ去った時代の精神もまだ払拭されていない。

②したがって、ナチズムの炎を民族全体の中で燃え上がらせ、ドイツ民族を重い病から快復させるために引き続き妥協せず戦い、民族の忠誠が捧げられる永遠のドイツについての内面的な自覚を深めることが必要である。

③そのため、ドイツ家庭文庫は、ドイツの運命を強く自覚した、民族と結びついた作品を読者に提供し、ドイツの文学と文化がドイツのすべての家庭にもたらされるよう戦うことを義務と心得ている。

具体例として「作品が呼ぶ！」の一節をあげる。

残念ながら、一九三三年一月三十一日以来、すべての世界が、人々がこれまで尊重しなかった詩人の本に殺到するといった状況にはありません。ここでは、変化はごくゆっくりと成し遂げられるでしょうし、正しい道に戻るためには多くの忍耐と多くの善意が必要です。何十年にもわたって、本質を異にする著作が支配を行使することができたのです。新しい基準が貫徹されるまでには何年もかかるでしょう。新しい時代の出現のために妥協せず真剣に戦う私たちドイツ家庭文庫は、今こそ、獲得されたものが維持され、ゲッベルス大臣がおっしゃる通り、ねずみの巣穴にもぐりこんだ破壊の精神が再び出てこないようにせねばなりません。

ここに、ドイツ家庭文庫を支持するすべての人々が出撃する可能性と必然性があります。私たちは、私たちがとっくの昔から知っている名前が、いくつかをあげれば、コルベンハイアー、シェーファー、ハインツ・シュテーグヴァイト、エーミール・シュトラウス、リヒャルト・オイリンガー、ヴィル・フェスパーといった名前が、私たちの背後にある崩壊の時代のレマルク、デープリーン、ルートヴィヒなどの名前と同じように有名になるよう配慮せねばならないのです。[188]（強調は引用者）

三　第二次世界大戦勃発の影響

ポーランド侵攻によって一九三九年九月に始まった第二次世界大戦は、以後一九四二年にかけて、ドイツに数々の勝利をもたらしたが、一九四三年二月のスターリングラード攻防戦での敗北を機に戦況は悪化し、敗戦へと向かっていく。他方、第二次世界大戦勃発以後のドイツ家庭文庫の活動を知る手がかりは、刊行が確認される雑誌『かまどの火』の最後の号、つまり一九四一年第四号の情報までしかない。つまり、戦況の推移に照らしてみれば、ドイツがまだ優勢を保っていた時期に限られることになる。だが、それによって、部分的にではあれ、民族主義的なブッククラブが第二次世界大戦の勃発をどのように受け止め、戦時下でどのように活動したのかを知ることが可能となる。

そのような観点から、一九三九年九月以降に刊行された『かまどの火』をみたとき、それ以前にはみられなかった特色として、戦争に関連する記事や図版、および戦争への協力の意思表明があげられる。その最初の表れは、一九三九年第六号の二つの記事である。一つは「部隊を訪問する総統」であり、ヒトラーが、ポーランドのヤロスラフ近くで、ドイツの部隊によってサン川に建設された橋のそばに立って部隊の分列行進を検分する姿と、ポーランドの空軍基地で兵士に挨拶をする姿が、三枚の写真つきで紹介されている。[189] もう一つは、「一七歳の娘たちが最初の救護を行う」というもので、ドイツ女子青年団の少女らが負傷者の救護の仕方を習う様子が、三枚の写真つきで紹介されている。[190] 次にあげるのは、記事の冒頭部分である。

図18　兵士に挨拶するヒトラー

運命を乗り切るためにすべての力が集められる時代には、青少年もこれを傍観することはできません。ドイツ女子青年団も、救護活動をするよう呼びかけられました。九月初め、ドイツ帝国青少年指導者バルドゥア・フォン・シーラッハは、ドイツ女子青年団の少女らに、公衆衛生活動婦としての訓練に進んで申し込むよう訴えました。帝国のいたるところで、すでに講習が始まっています。ベルリンでは、すでに最初の課程が終了しました。少女らは、二週間にわたる授業において、毎日何時間もの作業の中で、応急処置のために必要なすべての知識を身につけました。[191]

戦争勃発後最初の新年を迎える一九四〇年には、第一号の記事「戦争の新年　一九四〇年」において、本の泉の支配人ハンス・イーファースが読者に対して次のように挨拶し、ドイツの勝利のために貢献する意志を表明した。

> 私たちは、すべての前線に、空に、海にいる私たちの兵士に挨拶します。そしてドイツ家庭文庫は、兵士の礼装を着た数千の購読者に特別な挨拶を贈ります。
>
> ドイツ家庭文庫の新しい購入者の数は、昨年末の二カ月の間にかなり増加しました。もっと嬉しいのは、本を前線に送ってもらいたいと願う兵士の数が急速に増えていることです。召集された会員の家族は、ほとんど例外なく家庭文庫の購読を継続しています。家庭文庫は、戦争の最初の一カ月と次の月の一部の危機を即座に克服しました。そして、故郷にいる読書の友と軍隊にいる会員にドイツの本を歓びと力の源として引き渡すという偉大な課題を、揺るぎなく満たすことができます。それによって、家庭文庫は家庭文庫なりに、敵の宣伝の破壊と消耗のもくろみに対抗することに貢献するでしょう。
>
> この雑誌が戦争に合わせた形式と新しい衣装で、国内外の私たちの友人の手に届く間に、新しい年はもう歩み始めます。
>
> 私たちは、イギリス人にはドイツ民族を二度降伏へ導くことはできないことを知っています。一度だけで、二度目はないのです！　ずる賢い約束に騙され、名誉を傷つけられた故郷のドイツ民族は、あらゆる時代で最も大きいこのペテンにかかったとき、名誉を失い、辱められ、軽蔑され、盗まれ、貧しくなったことを忘れませんでした。私たちは、みなが一緒に、故郷にいる私たちと、前線にいる兵士であるあなた方がともに、イギリスの撃滅の意思に対して死に物狂いで抵抗し、ドイツ民族の決定的な勝利をもたらすのを助けるでしょう。ドイツの本も、この決戦において民族の優れた武器の一つとならねばなりません。[192]（強調は引用者）

図19　1940 年第 1 号の表紙の写真

図20　1940 年第 5 号の表紙の写真

なお、ここで言及された「戦争に合わせた形式と新しい衣装」とは、第四節で触れたサイズの縮小とともに、ドイツ家庭文庫のものであろう本を読む軍人の写真を掲載した表紙を指していると思われる。[193] ついでながら、同年第五号の表紙の写真は、ドイツの詩人たちが西部戦線の占領地区を旅行する様子を写したものとなっている。[194] シュトラースブルクの大聖堂を背にして並んで立つ九人の詩人のうち、家庭文庫の作家は、一番左のヴィルヘルム・プライアー、その隣のフリードリヒ・グリーゼ、左から四人目のハンス・フリードリヒ・ブルンク、および右から四人目のハンス・ヨーストである。[195]

翌一九四一年は、ドイツ家庭文庫にとって設立二五周年にあたったが、年頭の記事「回顧と展望　ドイツ家庭文庫二五周年」において、イーファースは次のように述べ、改めてドイツ民族の勝利への貢献の意志を表明した。

> ドイツ家庭文庫の二五周年は、戦いと活動の点でも、成功の点でも豊かで大きかった最も古い「民族主義的ブッククラブ」の歴史の一章を閉じます。私たちがこの記念すべき年の初めに戦争の中に置かれていることは、私たちを誇りで、またドイツ人の正義の勝利への、周囲の資本主義的＝金権政治的な風潮に対する愛国

主義的社会主義の勝利への揺るぎない信頼で満たします。それは根本において、私たちが民族の内部で文学という重要な分野で格闘したのと同じ敵なのです。

そうです、私たちは、総統アードルフ・ヒトラーに導かれたドイツ民族の勝利を、またそれとともにドイツ人の民族戦争の勝利による終結を信じます。[196]（強調は引用者）

同年第二号の記事「私たちの極北の国防軍」では、ノルウェーのキルケネスに駐屯する部隊の様子が四枚の写真とともに紹介され[197]、さらに第三号では、「軍人集会所　占領地での兵士の集合場所」[198]において、敵国での厳しい戦闘の日々の合間に、兵士らに故郷にいるときと同様の安心感と娯楽をもたらすために設けられた集会所の様子が、ビリヤードを楽しむ兵士や炊き出しのための買い物をする赤十字の女性らの二枚の写真とともに紹介されている。

このように、雑誌では、ドイツの有利な戦況の下で、戦争に関連する様々な情報が伝えられたが、その一方で、すでに述べたように、ドイツ家庭文庫の活動には様々な支障が生じており、『かまどの火』も一九四一年第四号をもって刊行が停止されたのであった。

（1）*Deutsche Handels-Wacht.*（1916）Nr. 12, S. 179. Zitiert nach Iris Hamel: a. a. O., S. 136.
（2）*Jahrbuch 1918 für Deutschnationale Handlungsgehilfen.* Zitiert nach Helmut Hiller: a. a. O., S. 9.
（3）Vgl. Iris Hamel: S. 136.
（4）Emil Schneider: *Wie die Deutsche Hausbücherei wurde.* In: *Herdfeuer.*（1931）Nr. 11, S. 2f., hier S. 2.
（5）[o. V.]: *Geschichte der DHB in Bildern.* In: *Herdfeuer.*（1935）Nr. 1, S. 458.
（6）Reinhold Neven DuMont: a. a. O., S. 59. Dazu vgl. auch Bernadette Scholl: *Bürgerlich orientierte Buchgemeinschaften.* A. a. O., S. 47; Berthold Brohm: a. a. O., S. 232.

（7）Vgl. Iris Hamel: a. a. O., S. 138.

（8）Vgl. Emil Schneider: *Wie die Deutsche Hausbücherei wurde*. A. a. O., S. 2f.

（9）Vgl. Iris Hamel: a. a. O., S. 138f.

（10）Emil Schneider: *Wie die Deutsche Hausbücherei wurde*. A. a. O., S. 2.

（11）Ebenda.

（12）[o. V.]: *Die Deutsche Hausbücherei*. In: *Herdfeuer*.（1934）Nr. 3, Rückseite des Titelblattes; [o. V.]: *Die Deutsche Hausbücherei*. In: *Herdfeuer*.（1934）Nr. 4, Rückseite des Titelblattes.

（13）[o. V.]: *1916 – 1933 – 1939. Ein Aufruf an alle Mitglieder der Deutschen Hausbücherei*. In: *Herdfeuer*.（1939）Nr. 6, S. 225f., hier S. 225.

（14）[o. V.]: *Nationale Kulturpokitik der Tat – Zahlen sprechen!* In: *Herdfeuer*.（1934）Nr. 3, S. 203.

（15）Emil Schneider: *Wie die Deutsche Hausbücherei wurde*. A. a. O., S. 2.

（16）Vgl. Andreas Meyer: a. a. O., S. 237f.; Bernadette Scholl: *Buchgemeinschaften in Deutschland 1918–1933*. A. a. O., S. 291ff.

（17）Hans Ivers: *Mehr Auswahl — ein großer Schritt vorwärts!* In: *Herdfeuer*.（1938）Nr. 5, S. 204f., hier S. 204.

（18）次の節で言及する「夏（または休暇）の贈り物」と「クリスマスの贈り物」を含め、ドイツ家庭文庫の雑誌において、主に「主要シリーズ」のタイトルに言及されている記事は、次の通りである。

[o. V.]: *Deutsche Hausbücherei*. In: *Der hansische Bücherbote*.（1924）Nr. 1/2, S. 8f.
[o. V.]: *Deutsche Hausbücherei*. In: *Der hansische Bücherbote*.（1925）Nr. 1, Rückseite des Titelblattes.
[o. V.]: *Deutsche Hausbücherei*. In: *Herdfeuer*.（1929）Nr. 1, S. 13.
[o. V.]: *Deutsche Hausbücherei*. In: *Herdfeuer*.（1929）Nr. 4, S. 61.
[o. V.]: *Jedem deutschen Hause eine gediegene Eigenbücherei durch die Deutsche Hausbücherei*. In: *Herdfeuer*.（1929）Nr. 11, S. 175.
[o. V.]: *Die Autoren der Jahresreihe 1930 der Deutschen Hausbücherei*. In: *Herdfeuer*.（1929）Nr. 12, S. 190.
[o. V.]: *Die neue Jahresreihe der Deutschen Hausbücherei*. In: *Herdfeuer*.（1930）Nr. 11, S. 172.
[o. V.]: *Das bringen wir Ihnen 1932*. In: *Herdfeuer*.（1931）Nr. 10, S. 16.

Emil Schneider: *Wie die deutsche Hausbücherei wurde*. A. a. O.
[o. V.]: *Die Sondergaben 1932*. In: *Herdfeuer*. (1931) Nr. 11, S. 10.
[o. V.]: *Unsere Sommergaben*. In: *Herdfeuer*. (1932) Nr. 4, S. 189.
[o. V.]: *Die neue Jahresreihe*. In: *Herdfeuer*. (1932) Nr. 6, S. 310–325.
[o. V.]: *Unsere Sommer- und Weihnachtsgaben 1933*. In: *Herdfeuer*. (1933) Nr. 2, S. 156f.
[o. V.]: *Die neue Jahresreihe*. In: *Herdfeuer*. (1933) Nr. 5, S. 348f.
[o. V.]: *Feriengabe*. In: *Herdfeuer*. (1933) Nr. 5, S. 362.
[o. V.]: *Weihnachtsgabe*. In: *Herdfeuer*. (1933) Nr. 5, S. 363.
Hans Ivers: *Waffenträger*. In: *Herdfeuer*. (1934) Nr. 5, S. 292f.
[o. V.]: *Die Jahresreihe 1935*. In: *Herdfeuer*. (1934) Nr. 5, S. 294–309.
[o. V.]: *Die Jahresreihe 1936*. In: *Herdfeuer*. (1935) Nr. 5, Rückseite des Titelblattes.
[o. V.]: *Die Jahresreihe 1936*. In: *Herdfeuer*. (1935) Nr. 5, S. 668–683.
Hans Ivers: *Die Hausbücherei im Jahre 1937*. In: *Herdfeuer*. (1936) Nr. 5, S. 274f.
[o. V.]: *Die Jahresreihe 1937*. In: *Herdfeuer*. (1936) Nr. 5, S. 276–291.
Hans Ivers: *Jahresreihe 1938*. In: *Herdfeuer*. (1937) Nr. 5, S. 242f.
[o. V.]: *Die Jahresreihe 1938*. In: *Herdfeuer*. (1937) Nr. 5, S. 244–251.
[o. V.]: *Unsere Neuerscheinungen für das erste Halbjahr 1939*. In: *Herdfeuer*. (1938) Nr. 5, S. 204–212.
[o. V.]: *Unsere Neuerscheinungen für das zweite Halbjahr 1939*. In: *Herdfeuer*. (1939) Nr. 2, S. 79–87.
[o. V.]: *Die neue Reihe!* In: *Herdfeuer*. (1939) Nr. 5, S. 211.
[o. V.]: *Unsere Neuerscheinungen für das erste Halbjahr 1940*. In: *Herdfeuer*. (1939) Nr. 5, S. 212–216.
[o. V.]: *Unsere neuen Bücher*. In: *Herdfeuer*. (1940) Nr. 2, S. 44–48.
[o. V.]: *Unsere Neuerscheinungen für das erste Halbjahr 1941*. In: *Herdfeuer*. (1940) Nr. 5, S. 156–160.
[o. V.]: *Unsere Neuerscheinungen für das zweite Halbjahr 1941*. In: *Herdfeuer*. (1941) Nr. 2, S. 52–56.
[o. V.]: *Unsere Neuerscheinungen für das erste Halbjahr 1942*. In: *Herdfeuer*. (1941) Nr. 4, S. 154ff.

（19）Vgl. Jürgen Hillesheim/Elisabeth Michael: a. a. O.

（20）Vgl. Joseph Wulf: *Literatur und Dichtung im Dritten Reich. Eine Dokumentation*. Frankfurt am Main/Berlin（Ullstein）1989, S. 112.

（21）ヤン・ベルク他、前掲書（上）、六一八―六一九頁参照。

（22）ヘルマン・シェーファー（稲木勝彦訳）『現代ドイツ文學（作家と作品）』（東京開成館）一九四四年、三頁。

（23）同書、四七―三七九頁参照。

（24）Vgl. Emil Schneider: *Wie die deutsche Hausbücherei wurde*. A. a. O., S. 2.

（25）注（18）を参照。

（26）Vgl. [o. V.]: *Deutsche Hausbücherei*. In: *Der hansische Bücherbote*.（1923）Nr. 1/2, S. 7; [o. V.]: *Deutsche Hausbücherei*. In: *Der hansische Bücherbote*.（1924）Nr. 1/2, S. 8.（A. a. O.）

（27）Vgl. [o. V.]: *Deutsche Hausbücherei*. In: *Der hansische Bücherbote*.（1923）Nr. 9, S. 41; Emil Schneider: *Wie die deutsche Hausbücherei wurde*. A. a. O., S. 2f.: [o. V.（Mitglied 11053）]: *Ein Brief aus Elberfeld*. In: *Herdfeuer*.（1931）Nr. 12, S. 15.

（28）Vgl. [o. V.]: *Deutsche Hausbücherei*. In: *Der hansische Bücherbote*.（1923）Nr. 1/2, S. 7（A. a. O.）; [o. V.]: *Vom Guten zum Besseren!* In: *Herdfeuer*.（1935）Nr. 1, S. 460.

（29）[o. V.]: *Deutsche Hausbücherei*. In: *Der hansische Bücherbote*.（1926）Nr. 12, S. 207.

（30）Vgl. [o. V.（Mitglied 11053）]: *Ein Brief aus Elberfeld*. A. a. O.

（31）Vgl. [o. V.]: *Amtliche Mitteilungen der Deutschen Hausbücherei Hamburg*. In: *Herdfeuer*.（1929）Nr. 3, S. 48; [o. V.]: *Deutsche Hausbücherei*. In: *Herdfeuer*.（1929）Nr. 4, S. 61（A. a. O.）; [o. V.]: *Die neue erweiterte Auswahlreihe*. In: *Herdfeuer*.（1929）Nr. 11, S. 176.

（32）Vgl. [o. V.]: *Was bietet die Deutsche Hausbücherei?* In: *Der hansische Bücherbote*.（1924）Nr. 5. Diese Seite hat keine Seitenangabe und folgt auf die Seite 52; Emil Schneider: *Wie die deutsche Hausbücherei wurde*. A. a. O., S. 3.

（33）Vgl. Hans Ivers: *Waffenträger*. A. a. O., S. 292.

（34）Vgl. [o. V.]: *Wir hören auf*. In: *Herdfeuer*.（1935）Nr. 2, S. 524 u. 526, hier S. 524.

（35）[o. V.]: *Zur Aufklärung!* In: *Herdfeuer*.（1938）Nr. 6. S. 284.

（36） Vgl. [o. V.]: *Die reichhaltige Auswahlreihe*. In: *Herdfeuer*. (1938) Nr. 5, S. 213–233, hier S. 213; [o. V.]: *14 neue Bücher im Jahr!* In: *Herdfeuer*. (1938) Nr. 5, S. 238; [o. V.]: *Bitte, beachten Sie das besonders!* In: *Herdfeuer*. (1938) Nr. 5, S. 238.

（37） [o. V.]: *Ab 1. Juli 1939 völlig freie Wahl!* In: *Herdfeuer*. (1939) Nr. 2, S. 78.

（38） Vgl. Hans Ivers: *Rückblick 1941 – Ausblick 1942*. In: *Herdfeuer*. (1941) Nr. 4, S. 145ff.; [o. V.]: *Im nächsten Jahr für RM. 12, — noch 4 Bücher!* In: *Herdfeuer*. (1941) Nr. 4, S. 173.

（39） Hans Ivers: *Rückblick 1941 – Ausblick 1942*. A. a. O., S. 146.

（40） Vgl. [o. V.]: *Verlegung von Lieferterminen*. In: *Herdfeuer*. (1940) Nr. 4, S. 141.

（41） [o. V.]: *Ein Appell!* In: *Herdfeuer*. (1941) Nr. 2, S. 77 u. 79.

（42） [o. V.]: *Deutsche Hausbücherei*. In: *Der hansische Bücherbote*. (1923) Nr. 1/2, S. 7. (A. a. O.)

（43） Vgl. [o. V.]: *Die Auswahlreihen der deutschen Hausbücherei, aus der gewählt werden kann*. In: *Herdfeuer*. (1930) Nr. 11, S. 173; [o. V.]: *Die reichhaltige Auswahlreihe*. In: *Herdfeuer*. (1931) Nr. 11, S. 10–15., bes. S. 10; [o. V.]: *Unterhaltung mit dem Leser*. In: *Herdfeuer*. (1934) Nr. 1, S. 60; [o. V.]: *Die reichhaltige Auswahlreihe*. In: *Herdfeuer*. (1934) Nr. 5, S. 310–327, bes. S. 310.

（44） Vgl. [o. V.]: *Mitteilungen der deutschen Hausbücherei*. In: *Herdfeuer*. (1929) Nr. 12, S. 192; [o. V.]: *Jetzt jeden Monat ein Buch! Jetzt brauchen Sie nicht mehr zu warten!* In: *Herdfeuer*. (1930) Nr. 5, S. 80; [o. V. (Schn.)]: *Die Leistungssteigerungen der Deutschen Hausbücherei*. In: *Herdfeuer*. (1931) Nr. 2, S. 32; [o. V.]: *Wer mehr will, braucht nicht zu fasten*. In: *Herdfeuer*. (1931) Nr. 2, S. 32; [o. V.]: *Das muß man wissen*. In: *Herdfeuer*. (1938) Nr. 1, S. 44; Richard: *Brief an ein neues Hausbücherei-Mitglied!* In: *Herdfeuer*. (1940) Nr. 1, S. 31f.; Hans Wolf: *Was noch längst nicht alle Mitglieder wissen!* In: *Herdfeuer*. (1940) Nr. 3, S. 108.

（45） Vgl. Hans Ivers: *Rückblick 1941 – Ausblick 1942*. A. a. O., S. 147.

（46） Emil Schneider: *Wie die deutsche Hausbücherei wurde*. A. a. O., S. 3.

（47） Vgl. [o. V.]: *Die neue Jahresreihe der Deutschen Hausbücherei*. In: *Herdfeuer*. (1930) Nr. 11, S. 172. (A. a. O.)

（48） [o. V.]: *Unsere Sommergaben*. A. a. O.

（49） Vgl. [o. V. (Mitglied 11053)]: *Ein Brief aus Elberfeld*. A. a. O.; [o. V.]: *Deutsche Hausbücherei*. In: *Herdfeuer*. (1929) Nr. 4,

S. 61.（A. a. O.）

（50）雑誌『かまどの火』において、主に「選択シリーズ」のタイトルが紹介されている記事は、次の通りである。表1は、これらの記事のデータに基づいて作成されている。

[o. V.]: *Die neue erweiterte Auswahlreihe*. In: *Herdfeuer*.（1929）Nr. 11, S. 176.（A. a. O.）

[o. V.]: *Die Auswahlreihe der deutschen Hausbücherei, aus der gewählt werden kann*. In: *Herdfeuer*.（1930）Nr. 11, S. 173.（A. a. O.）

[o. V.]: *Die reichhaltige Auswahlreihe*. In: *Herdfeuer*.（1931）Nr. 11, S. 10–15.（A. a. O.）

[o. V.]: *Die reichhaltige Auswahlreihe*. In: *Herdfeuer*.（1932）Nr. 6, S. 326–336.

[o. V.]: *Die reichhaltige Auswahlreihe*. In: *Herdfeuer*.（1933）Nr. 5, S. 366–383.

[o. V.]: *Die reichhaltige Auswahlreihe*. In: *Herdfeuer*.（1934）Nr. 5, S. 310–327.（A. a. O.）

[o. V.]: *Die reichhaltige Auswahlreihe*. In: *Herdfeuer*.（1935）Nr. 5, S. 684–705.

[o. V.]: *Die reichhaltige Auswahlreihe*. In: *Herdfeuer*.（1936）Nr. 5, S. 292–313.

[o. V.]: *Die reichhaltige Auswahlreihe*. In: *Herdfeuer*.（1937）Nr. 6, S. 297–299.

[o. V.]: *Die reichhaltige Auswahlreihe*. In: *Herdfeuer*.（1938）Nr. 5, S. 213–233.（A. a. O.）

[o. V.]: *Die reichhaltige Auswahlreihe*. In: *Herdfeuer*.（1939）Nr. 2, S. 88–91.

[o. V.]: *Die reichhaltige Auswahlreihe*. In: *Herdfeuer*.（1939）Nr. 5, S. 217–220.

[o. V.]: *Die reichhaltige Auswahlreihe*. In: *Herdfeuer*.（1940）Nr. 2, S. 49–66.

[o. V.]: *Die reichhaltige Auswahlreihe*. In: *Herdfeuer*.（1940）Nr. 5, S. 161–178.

[o. V.]: *Die reichhaltige Auswahlreihe*. In: *Herdfeuer*.（1941）Nr. 2, S. 57–74.

[o. V.]: *Die reichhaltige Auswahlreihe*. In: *Herdfeuer*.（1941）Nr. 4, S. 157–172.

（51）Vgl. [o. V.]: *Betr. Auswahlbände der Reihe 1931*. In: *Herdfeuer*.（1931）Nr. 1, S. 16; [o. V.]: *Eine Erleichterung in der Buchwahl*. In: *Herdfeuer*.（1931）Nr. 5, S. 16; [o. V.]: *Von unserer Hausbücherei*. In: *Herdfeuer*.（1933）Nr. 1, S. 78.

（52）Vgl. [o. V.]: *Die Auswahlreihen der deutschen Hausbücherei, aus der gewählt werden kann*. A. a. O.; [o. V.]: *Die reichhaltige Auswahlreihe*. In: *Herdfeuer*.（1931）Nr. 11, S. 10–15（A. a. O.）, hier S. 10; [o. V.]: *Die reichhaltige Auswahlreihe*. In: *Herdfeuer*.

(1934) Nr. 5, S. 310–327 (A. a. O.), hier S. 310.

(53) Vgl. [o. V.]: *Auswahlbände*. In: *Herdfeuer*. (1940) Nr. 3, S. 105. Dazu vgl. auch Hans Ivers: *An der Schwelle des 25. Lebensjahres*. In: *Herdfeuer*. (1940) Nr. 5, S. 145f.; Hans Ivers: *Rückblick und Ausblick. 25 Jahre Deutsche Hausbücherei*. In: *Herdfeuer*. (1941) Nr. 1, S. 1–7; [o. V.]: *Ein Appell!* A. a. O.; [o. V.]: *Im nächsten Jahr für RM. 12, — noch 4 Bücher!* A. a. O.

(54) 表2は、注(18)と注(50)にあげた記事に基づいて作成されている。

(55) Vgl. Helmut Hiller: a. a. O., S. 11.

(56) ここに引用した以外にも、次の記事を参照。[o. V.]: *Neueinstellungen in die Auswahlreihe*. In: *Herdfeuer*. (1936) Nr. 5, S. 316; [o. V.]: *14 neue Bücher im Jahr!* A. a. O.; Richard: *Brief an ein neues Hausbücherei-Mitglied!* A. a. O.

(57) [o. V.]: *Betr. Auswahlbände der Reihe 1931*. A. a. O.

(58) Emil Schneider: *Wie die deutsche Hausbücherei wurde*. A. a. O.

(59) Hans Ivers: *Die Hausbücherei im Jahre 1937*. A. a. O.

(60) Hans Ivers: *Jahresreihe 1938*. A. a. O.

(61) [o. V.]: *Auch ein Beweis des Vertrauens!* In: *Herdfeuer*. (1939) Nr. 3, S. 137.

(62) Helmut Hiller: a. a. O., S. 9f.

(63) Richard Wulff: *Die Deutsche Hausbücherei als Gesinnungsgemeinschaft*. In: *Der Hausbücher-Bote*. (1928) Nr. 10, S. 155ff., hier S. 155.

(64) Ebenda, S. 156.

(65) Ebenda, S. 155.

(66) [o. V.]: *Was will die Deutsche Hausbücherei? Rückblick und Ausblick*. In: *Der Hausbücher-Bote*. (1928) Nr. 3, S. 51.

(67) [o. V.]: *Zu unseren Einbänden*. In: *Herdfeuer*. (1936) Nr. 2, S. 126.

(68) Vgl. Paul Raabe: *Das Buch in den zwanziger Jahren. Aspekte einer Forschungsaufgabe*. In: *Das Buch in den zwanziger Jahren. Vorträge des zweiten Jahrestreffens des Wolfenbütteler Arbeitskreises für Geschichte des Buchwesens, 16. bis 18. Mai 1977*. Hrsg. von Paul Raabe. Hamburg (Dr. Ernst Hauswedell & Co.) 1978, S. 9–32, hier S. 26; Michael Kollmannsberger: a. a. O., S. 26ff.

(69) [o. V.]: *Zu unseren Einbänden*. A. a. O.

（70）ドイツ家庭文庫の雑誌において本の装丁に言及のある主な記事は、次の通りである。
[o. V.]: *Deutsche Hausbücherei*. In: *Der hansische Bücherbote*.（1923）Nr. 8, S. 36.
[o. V.]: *Deutsche Hausbücherei*. In: *Der hansische Bücherbote*.（1924）Nr. 1/2, S. 8f.（A. a. O.）
[o. V.]: *Was bietet die Deutsche Hausbücherei?* A. a. O.
[o. V.]: *Bücherbünde und Deutsche Hausbücherei*. In: *Der hansische Bücherbote*.（1924）Nr. 6/7, S. 97ff.
[o. V.]: *Deutsche Hausbücherei*. In: *Der hansische Bücherbote*.（1925）Nr. 1, Rückseite des Titelblattes.（A. a. O.）
Richard Wulff: *Die Deutsche Hausbücherei als Mittelpunkt der Familie*. In: *Der Hausbücher-Bote*.（1928）Nr. 11, S. 170ff.
[o. V.]: *Deutsche Hausbücherei*. In: *Herdfeuer*.（1929）Nr. 4, S. 61.（A. a. O.）
[o. V.]: *Leinen oder Halbleder?* In: *Herdfeuer*.（1929）Nr. 6, S. 80.
[o. V.]: *Wie komme ich billig zu guten Büchern? Wie ergänze ich meine Bücherei am besten?* In: *Herdfeuer*.（1929）Nr. 10, S. 158.
[o. V.]: *So wächst Ihre Bücherei*. In: *Herdfeuer*.（1930）Nr. 1, S. 15.
Hans Wolf: *Ein Buch wird zerlegt*. In: *Herdfeuer*.（1931）Nr. 1, S. 14.
[o. V.（Schn.）]: *Die Leistungssteigerung der Deutschen Hausbücherei*. A. a. O.
[o. V.]: *Bücher, die nichts kosten! Auch für Sie!* In: *Herdfeuer*.（1931）Nr. 7, S. 14.
Emil Schneider: *Wie die Deutsche Hausbücherei wurde*. A. a. O.
[o. V.（Mitglied 11053）]: *Ein Brief aus Elberfeld*. A. a. O.
[o. V.]: *Wie unsere Hausbüchereibände entstehen*. In: *Herdfeuer*.（1932）Nr. 1, S. 11f.
[o. V.]: *Einbandart der Wahlbände und der Sommergaben*. In: *Herdfeuer*.（1932）Nr. 4, S. 189.
Sophus Hansen: *Bildnis eines Buchfreundes*. In: *Herdfeuer*.（1932）Nr. 6, Titelblatt.
Susanne Böhme: *Deutsche Frauen werben für das Deutsche Buch. Briefe, die uns erreichten*. In: *Herdfeuer*.（1933）Nr. 1, S. 76.
[o. V.]: *Von unserer Hausbücherei*. A. a. O.
Von Pressentin: *Senator v. Pressentin. 1. Gauführer im „Stahlhelm", B. d. F., Gau Hamburg*. In: *Herdfeuer*.（1933）Nr. 3, S. 236.
[o. V.]: *Der 4. Reihenband wird besonders schön!* In: *Herdfeuer*.（1933）Nr. 3, S. 237.
[o. V.]: *Es geht um den Einband!* In: *Herdfeuer*.（1933）Nr. 6, S. 478.

[o. V.]: *Die Deutsche Hausbücherei*. In: *Herdfeuer*.（1934）Nr. 3, Rückseite des Titelblattes.（A. a. O.）
[o. V.]: *Die Deutsche Hausbücherei*. In: *Herdfeuer*.（1934）Nr. 4, Rückseite des Titelblattes.（A. a. O.）
[o. V.]: *Zum Halblederband „Die große Fahrt“*. In: *Herdfeuer*.（1935）Nr. 2, S. 524.
[o. V.]: *Unser nächster Band*. In: *Herdfeuer*.（1935）Nr. 3, S. 586f.
[o. V.]: *Die Deutsche Hausbücherei*. In: *Herdfeuer*.（1935）Nr. 3. Diese Seite hat keine Seitenangabe und folgt auf die Seite 591.
[o. V.]: *Bücherfreunde sind Hausbücherei-Mitglieder*. In: *Herdfeuer*.（1935）Nr. 4, S. 653.
Alf Schreyer: *Aus der Werkstatt der DHB*. In: *Herdfeuer*.（1935）Nr. 5, S. 663–666.
[o. V.]: *Unser nächster Band*. In: *Herdfeuer*.（1935）Nr. 5, S. 711f.
[o. V.]: *Die Bedingungen der DHB-Mitgliederschaft*. In: *Herdfeuer*.（1935）Nr. 5. Diese Seite hat keine Seitenangabe und folgt auf die Seite 719.
[o. V.]: *Der erste Band der Jahresreihe 1936 in Ganzleinen- und Halblederausgabe*. In: *Herdfeuer*.（1936）Nr. 1, S. 63.
[o. V.]: *Zu unseren Einbänden*. A. a. O.
[o. V.]: *Zu nebenstehender Bildseite*. In: *Herdfeuer*.（1936）Nr. 4, S. 252f.
[o. V.]: *Unser nächster Band*. In: *Herdfeuer*.（1937）Nr. 1, S. 59ff.
[o. V.]: *An alle Mitglieder der Deutschen Hausbücherei*. In: *Herdfeuer*.（1937）Nr. 3, S. 158.
Maria-Luise von Bauerndorff: *Immer gut gefallen*. In: *Herdfeuer*.（1937）Nr. 3, S. 159.
[o. V.]: *Unser nächster Band*. In: *Herdfeuer*.（1937）Nr. 6, S. 301f.
[o. V.]: *Neues Jahr – neues Ziel*. In: *Herdfeuer*.（1939）Nr. 1, S. 43f.
[o. V.]: *1916 – 1933 – 1939. Ein Aufruf an alle Mitglieder der Deutschen Hausbücherei*. A. a. O.
Richard: *Brief an ein neues Hausbücherei-Mitglied!* A. a. O.
[o. V.]: *Das deutsche Buch im Kriege*. In: *Herdfeuer*.（1940）Nr. 2, S. 68.
[o. V.]: *Ab sofort nur noch Leinen-Bände!* In: *Herdfeuer*.（1940）Nr. 2, S. 68.
U. Doebel: *Jugend und Buch*. In: *Herdfeuer*.（1941）Nr. 4, S. 152f.

（71）表3は、注（70）にあげた記事に基づいて作成されている。

(72) 表4も、注（70）にあげた記事に基づいて作成されている。
(73) Vgl. [o. V. (Schn.)]: *Die Leistungssteigerungen der Deutschen Hausbücherei*. A. a. O.; [o. V.]: *Zu unseren Einbänden*. A. a. O.; Hans Wolf: *Ein Buch wird zerlegt*. A. a. O.
(74) Vgl. Susanne Böhme: a. a. O.; U. Doebel: a. a. O.
(75) Vgl. Thomas Garke-Rothbart: a. a. O., S. 11.
(76) Richard Wulff: a. a. O., S. 171.
(77) Ebenda.
(78) Sophus Hansen: a. a. O.
(79) 明星聖子「デジタルアーカイブのための新しい『文献学』――未来の『文学全集』、そしてその先にあるものを考えて」（情報処理学会研究報告　人文科学とコンピュータ研究会報告、2006–CH–70、二五―三二頁）、二七頁。
(80) Urban van Melis: *Buchgemeinschaften in der Weimarer Republik*. A. a. O., S. 208.
(81) Vgl. ebenda, S. 207f.
(82) 塩原亜紀「所蔵される書物――円本ブームと教養主義」（横浜国立大学国語国文学会「横浜国大国語研究」第二〇号、二〇〇二年、一―一〇頁）、七頁。
(83) 同論文、九頁。
(84) 同論文、八頁。
(85) Vgl. [o. V.]: *Werbepreise wie noch nie!* In: *Herdfeuer*. (1932) Nr. 6, S. 348; [o. V.]: *Unsere Werbepreise 1932/1933*. In: *Herdfeuer*. (1932) Nr. 6, S. 349; [o. V.]: *Hallo, ich bin die Werbegabe!* In: *Herdfeuer*. (1935) Nr. 1. Diese Seite hat keine Seitenangabe und folgt auf die Seite 464; [o. V.]: *Werbegaben, die Freude machen*. In: *Herdfeuer*. (1935) Nr. 3, S. 588.
(86) [o. V. (Mitglied 11053)]: *Ein Brief aus Elberfeld*. A. a. O.
(87) [o. V.]: *Bücherfreunde sind Hausbücherei-Mitglieder*. A. a. O.
(88) Vgl. [o. V.]: *Einbandart der Wahlbände und der Sommergaben*. A. a. O.
(89) Vgl. ebenda.
(90) [o. V.]: *Der erste Band der Jahresreihe 1936 in Ganzleinen- und Halblederausgabe*. A. a. O.

(91)　表5は、注（70）にあげた記事に基づいて作成されている。
(92)　[o. V.]: *Einbandart der Wahlbände und der Sommergaben*. A. a. O.
(93)　[o. V.]: *Bücherbünde und Deutsche Hausbücherei*. A. a. O., S. 97.
(94)　[o. V.]: *Die Deutsche Hausbücherei*. In: *Herdfeuer*.（1934）Nr. 3, Rückseite des Titelblattes（A. a. O.）; [o. V.]: *Die Deutsche Hausbücherei*. In: *Herdfeuer*.（1934）Nr. 4, Rückseite des Titelblattes.（A. a. O.）
(95)　[o. V.]: *Von unserer Hausbücherei*. A. a. O.
(96)　[o. V.]: *Die Deutsche Hausbücherei*. In: *Herdfeuer*.（1935）Nr. 3. Diese Seite hat keine Seitenangabe und folgt auf die Seite 591.（A. a. O.）
(97)　[o. V.]: *An alle Mitglieder der Deutschen Hausbücherei*. A. a. O.
(98)　Richard: *Brief an ein neues Hausbücherei-Mitglied!* A. a. O., S. 32.
(99)　[o. V.]: *Bücherbünde und Deutsche Hausbücherei*. A. a. O., S. 98.
(100)　表6は、参考文献としてあげたドイツ家庭文庫のすべての雑誌に基づいて作成されている。
(101)　[o. V.]: *Deutsche Hausbücherei*. In: *Der hansische Bücherbote*.（1923）Nr. 1/2, S. 7.（A. a. O.）
(102)　Vgl. [o. V.]: *Vom Guten zum Besseren!* A. a. O.; [o. V.]: *Mitgliedschaft der Deutschen Hausbücherei*. In: *Der hansische Bücherbote*.（1924）Nr. 5. Diese Seite hat keine Seitenangabe und folgt auf die Seite 52.
(103)　[o. V.]: *An unsere Hausbücherei-Freunde*. In: *Herdfeuer*.（1929）Nr. 1, S. 1.
(104)　[o. V.]: *Mitteilungen der deutschen Hausbücherei*. In: *Herdfeuer*.（1929）Nr. 12, S. 192.（A. a. O.）
(105)　[o. V.（Mitglied 11053）]: *Ein Brief aus Elberfeld*. A. a. O.
(106)　[o. V.]: *Unterhaltung mit dem Leser*. In: *Herdfeuer*.（1933）Nr. 1, S. 75.
(107)　[o. V.]: *Vom Guten zum Besseren!* A. a. O.
(108)　Schrader: *Ein Urteil über das „Herdfeuer“*. In: *Herdfeuer*.（1935）Nr. 1, S. 461.
(109)　[o. V.]: *Die Deutsche Hausbücherei*. In: *Herdfeuer*.（1935）Nr. 3. Diese Seite hat keine Seitenangabe und folgt auf die Seite 591.（A. a. O.）
(110)　[o. V.]: *Ihr Band 9/1935*. In: *Herdfeuer*.（1935）Nr. 4, S. 654.

(111) [o. V.]: *Bitte, bewahren Sie sich dieses Heft gut auf!* In: *Herdfeuer*.（1937）Nr. 5. Diese Seite hat keine Seitenangabe und folgt auf die Seite 255.

(112) Vgl. Thomas Dietzel/Hans-Otto Hügel: *Deutsche literarische Zeitschriften 1880–1945. Ein Repertorium. Bd.* 2. München/New York/London/Paris（K. G. Saur）1988, S. 557.

(113) 表7は、参考文献としてあげたドイツ家庭文庫のすべての雑誌に基づいて作成されている。

(114) [o. V.（Schn.）]: *Zum Geleit*. In: *Der hansische Bücherbote*.（1923）Nr. 1/2, S. 1.

(115) Emil Schneider: *Wie die deutsche Hausbücherei wurde*. A. a. O., S. 2.

(116) [o. V.]: *Literarische Diktatur — von wem?* In: *Herdfeuer*.（1931）Nr. 8, S. 2f., hier S. 2.

(117) [o. V.]: *Unterhaltung mit dem Leser*. In: *Herdfeuer*.（1932）Nr. 3, S. 112.

(118) 拙著、五九―六六頁参照。

(119) Nelson Edmondson: op. cit., p. 163.

(120) Klaus-Peter Hoepke: a. a. O., S. 11.

(121) Siegwart Böttger/Werner Fritsch: a. a. O., S. 710.

(122) ドイツ民族商業補助者連合とナチスのかかわりについては、次の文献を参照。Iris Hamel: a. a. O.; Peter Rütters: *Der Deutschnationale Handlungsgehilfen-Verband (DHV) und der Nationalsozialismus*. In: *Historisch-Politische Mitteilungen*.（2009）Nr. 16, S. 81–108.

(123) Vgl. Siegfried Lokatis: *Hanseatische Verlagsanstalt. Politisches Buchmarketing im »Dritten Reich«*. A. a. O., S. 188.

(124) Vgl. ebenda, S. 6, 14, 17, 24f., 28, 30, 41, 80ff., 86ff., 99ff., 108, 127ff., 146ff.

(125) [o. V.]: *Neue Werbepreise*. In: *Herdfeuer*.（1933）Nr. 3. Diese Seite hat keine Seitenangabe und folgt auf die Seite 240.

(126) Ebenda.

(127) [o. V.]: *Werbepreise, wie noch nie!* In: *Herdfeuer*.（1933）Nr. 4, S. 320.

(128) [o. V.]: *Die wertvollen Werbegaben der D. H. B.* In: *Herdfeuer*.（1933）Nr. 5, S. 399f., hier S. 399.

(129) Vgl. [o. V.]: *Ehrung von erfolgreichen Hausbüchereiwerbern*. In: *Herdfeuer*.（1934）Nr. 2, S. 142.

(130) 表8は、次の記事に基づいて作成されている。Vgl. [o. V.]: *Die Werber-Ehrenliste der deutschen Hausbücherei!* In: *Herdfeuer*.

(1932) Nr. 3, S. 110; [o. V.]: *Die Werber-Ehrenliste der deutschen Hausbücherei!* In: *Herdfeuer*. (1932) Nr. 4, S. 192; [o. V.]: *Die Werber-Ehrenliste der deutschen Hausbücherei!* In: *Herdfeuer*. (1932) Nr. 5, S. 268; [o. V.]: *Jedes Mitglied ein Werber!* In: *Herdfeuer*. (1932) Nr. 6, S. 350; [o. V.]: *Die Ehrenliste der erfolgreichen Werber*. In: *Herdfeuer*. (1933) Nr. 1, S. 75; [o. V.]: *Die Ehrenliste der erfolgreichen Werber für die deutsche Hausbücherei*. In: *Herdfeuer*. (1933) Nr. 2, S. 158; [o. V.]: *Im Kampf um die Erneuerung deutscher Kultur*. In: *Herdfeuer*. (1933) Nr. 3, S. 238; [o. V.]: *An unsere Werber!* In: *Herdfeuer*. (1933) Nr. 4. Diese Seite hat keine Seitenangabe und folgt auf die Seite 320; [o. V.]: *An unsere Werber!* In: *Herdfeuer*. (1933) Nr. 5. Diese Seite hat keine Seitenangabe und folgt als übernächste auf die Seite 399; [o. V.]: *An unsere Werber!* In: *Herdfeuer*. (1933) Nr. 6. Diese Seite hat keine Seitenangabe und folgt auf die Seite 479; [o. V.]: *Werberehrenliste der deutschen Hausbücherei*. In: *Herdfeuer*. (1934) Nr. 1, S. 64.

(131) [o. V.]: *Otto Hanke, Halle/Saale, stellv. Gaubetriebszellenobmann, brachte in 14 Tagen 139 Werbungen!* In: *Herdfeuer*. (1934) Nr. 1, S. 63.

(132) [o. V.]: *Die Woche des deutschen Buches*. In: *Herdfeuer*. (1934) Nr. 6. Diese Seite hat keine Seitenangabe und folgt auf die Seite 400.

(133) Vgl. [o. V.]: *Die Woche des deutschen Buches*. In: *Herdfeuer*. (1935) Nr. 5. Diese Seite hat keine Seitenangabe und folgt auf die Seite 721; [o. V.]: *Woche des deutschen Buches 1936*. In: *Herdfeuer*. (1936) Nr. 5, S. 273.

(134) [o. V. (H.)]: *Umstellung der deutschen Dichterakademie*. In: *Herdfeuer*. (1933) Nr. 4, S. 297.

(135) Ebenda.

(136) Ebenda.

(137) [o. V.]: *An unsere Freunde!* In: *Herdfeuer*. (1933) Nr. 5, S. 348. なお、この記事では、ドイツ詩人アカデミーに新たに招聘された作家一一人のうち七人がドイツ家庭文庫の作家とされている。

(138) Vgl. [o. V.]: *Berufung des Verfassers vom „Engel Hiltensperger“*. In: *Herdfeuer*. (1935) Nr. 2, S. 528.

(139) Vgl. [o. V.]: *„Sankt Blehk“ unter den „Sechs Bücher des Monats“*. In: *Herdfeuer*. (1934) Nr. 4, S. 268.

(140) [o. V.]: *Eine Liste der Reichsstelle*. In: *Herdfeuer*. (1934) Nr. 4, S. 269.

(141) [o. V.]: *Anerkennung für die deutsche Hausbücherei*. In: *Herdfeuer*. (1934) Nr. 6, S. 397.

(142) Vgl. [o. V.]: *100 Bücher der nationalsozialistischen Büchereien*. In: *Herdfeuer*. (1935) Nr. 1, S. 463.

(143) Vgl. [o. V.]: *Unser 2. Reihenband — ein ganz großer Erfolg!* In: *Herdfeuer*. (1934) Nr. 3, S. 206f., hier S. 206; [o. V.]: *N. S. Funk über „Engel Hiltensperger"*. In: *Herdfeuer*. (1934) Nr. 4. Diese Seite hat keine Seitenangabe und folgt auf die Seite 272; [o. V.]: *N. S. Funk schreibt über die DHB*. In: *Herdfeuer*. (1935) Nr. 1, S. 463; [o. V.]: *Ein Urteil über Waggerl „Brot"*. In: *Herdfeuer*. (1935) Nr. 6, S. 782.

(144) [o. V.]: *N. S. Funk über „Engel Hiltensperger"*. A. a. O.

(145) Vgl. [o. V.]: *Völkischer Beobachter. Beilage „Deutsches Schrifttum" vom 4. Mai 1934. Ludwig Tügel: Sankt Blehk*. In: *Herdfeuer*. (1934) Nr. 4, S. 271; [o. V.]: *Völkischer Beobachter, 24. November 1934. Ein Buch von deutscher Sehnsucht. „Die große Fahrt" von Hans Friedrich Blunck*. In: *Herdfeuer*. (1935) Nr. 1, S. 455.

(146) [o. V.]: *Wer liest den „Illustrierten Beobachter"?* In: *Herdfeuer*. (1933) Nr. 6, S. 477.

(147) Vgl. [o. V.]: *SS-Gruppenführer Wittje über die Deutsche Hausbücherei*. In: *Herdfeuer*. (1933) Nr. 6. Diese Seite hat keine Seitenangabe und folgt auf die Seite 479; [o. V.]: *Der Führer des Gesamtverbandes der Deutschen Angestellten, Staatsrat Albert Forster, M. d. R., Danzig, über die Deutsche Hausbücherei*. In: *Herdfeuer*. (1933) Nr. 6. Diese Seite hat keine Seitenangabe und folgt als übernächste auf die Seite 479; [o. V.]: *... und immer neue Zustimmung!* In: *Herdfeuer*. (1934) Nr. 1, S. 62f.; [o. V.]: *Der Leiter der Albert Forster-Schule über die DHB*. In: *Herdfeuer*. (1935) Nr. 1, S. 461; [o. V.]: *Der Bezirksbürgermeister des Verwaltungsbezirks Köpenick der Stadt Berlin*. In: *Herdfeuer*. (1935) Nr. 2, S. 527.

(148) [o. V.]: *SS-Gruppenführer Wittje über die Deutsche Hausbücherei*. A. a. O.

(149) [o. V.]: *Der Führer des Gesamtverbandes der Deutschen Angestellten, Staatsrat Albert Forster, M. d. R., Danzig, über die Deutsche Hausbücherei*. A. a. O.

(150) [o. V.]: *Der Bezirksbürgermeister des Verwaltungsbezirks Köpenick der Stadt Berlin*. A. a. O.

(151) Vgl. [o. V.]: *Der Ehrenausschuß der Deutschen Hausbücherei*. In: *Herdfeuer*. (1934) Nr. 1. Diese Seite hat keine Seitenangabe und folgt auf die Seite 64.

(152) Vgl. [o. V.]: *Mitglieder des Ehrenausschusses der Deutschen Hausbücherei bei der Arbeit*. In: *Herdfeuer*. (1934) Nr. 1, S. 50.

(153) Hans Wolf: *Nationalsozialistische Kulturpolitik*. In: *Herdfeuer*. (1934) Nr. 2, S. 131f.

（154） Vgl. [o. V.]: *Adolf Hitler auf der Kulturtagung in Nürnberg*. In: *Herdfeuer*.（1933）Nr. 6, S. 479.
（155） Vgl. Joseph Goebbels: *Die Sendung des Buches in der nationalen Revolution. Aus der Rede von Reichsminister Dr. Goebbels vor dem Börsenverein Deutscher Buchhändler*. In: *Herdfeuer*.（1933）Nr. 4, S. 248–251. この記事については、拙著、五九–六四頁を参照。
（156） Vgl. Bernhard Payr: *Schöpferische Schrifttumskritik*. In: *Herdfeuer*.（1934）Nr. 3, S. 190f.
（157） Joseph Goebbels: a. a. O., S. 248.
（158） Bernhard Payr: a. a. O., S. 191.
（159） Vgl. Moeller van den Bruck: *Die Werte der nationalen Revolution*. In: *Herdfeuer*.（1933）Nr. 4, S. 241.
（160） Vgl. Paul Weinreich: *Ein Jahr deutsche Revolution!* In: *Herdfeuer*.（1934）Nr. 2, S. 65–70.
（161） Ebenda, S. 65.
（162） Luise Rinser: *Aus einem oberbayrischen B. d. M.-Führerlager*. In: *Herdfeuer*.（1934）Nr. 2, S. 127–131. この記事については、拙著、七四–八四頁を参照。
（163） Vgl. Hermann Haß: *Das Hakenkreuz*. In: *Herdfeuer*.（1934）Nr. 4, S. 259f.
（164） [o. V.]: *Eröffnung der Reichskulturkammer in Berlin*. In: *Herdfeuer*.（1934）Nr. 1, S. 48.
（165） Vgl. [o. V.]: *Reichsminister Dr. Goebbels besucht die deutsche Buchmesse in Berlin*. In: *Herdfeuer*.（1934）Nr. 1, S. 49.
（166） Vgl. [o. V. (H.)]: *Der Aufmarsch, eine Form der neuen Volksgemeinschaft*. In: *Herdfeuer*.（1934）Nr. 2, S. 71–74.
（167） Ebenda, S.74.
（168） [o. V.]: *Aus deutschem Schrifttum*. In: *Herdfeuer*.（1934）Nr. 1, S. 37.
（169） [o. V.]: *Aus deutschem Schrifttum*. In: *Herdfeuer*.（1934）Nr. 4, S. 245.
（170） [o. V.]: *Aus deutschem Schrifttum*. In: *Herdfeuer*.（1935）Nr. 2, S. 503.
（171） Vgl. [o. V.]: *Die reichhaltige Auswahlreihe*. In: *Herdfeuer*.（1934）Nr. 5, S. 310–327（A. a. O.）, hier S. 326f.
（172） [o. V.]: *Unterhaltung mit dem Leser*. In: *Herdfeuer*.（1934）Nr. 1, S. 60.（A. a. O.）
（173） Hans Ivers: *Waffenträger*. A. a. O., S. 292f.
（174） Constantin Mark: *Adolf Hitler/Wüste*. In: *Herdfeuer*.（1933）Nr. 4, S. 249.

(175) Thilo Scheller: *Die Hand des Führers*. In: *Herdfeuer*. (1935) Nr. 2, S. 509.
(176) Ebenda.
(177) クローディア・クーンズ（滝川義人訳）『ナチと民族原理主義』（青灯社）二〇〇六年、八二頁参照。
(178) [o. V.]: *Geschichte der DHB in zehn Sätzen*. In: *Herdfeuer*. (1935) Nr. 2. Diese Seite hat keine Seitenangabe und folgt auf die Seite 528.
(179) Vgl. [o. V.]: *Den Weg frei für die nationale Erhebung!* In: *Herdfeuer*. (1933) Nr. 3, S. 240.
(180) Vgl. [o. V.]: *An unsere Freunde!* A. a. O.
(181) Vgl. [o. V.]: *Unterhaltung mit dem Leser*. In: *Herdfeuer*. (1934) Nr. 1, S. 60. (A. a. O.)
(182) Vgl. [o. V.]: *Die Deutsche Hausbücherei*. In: *Herdfeuer*. (1934) Nr. 3, Rückseite des Titelblattes (A. a. O.); [o. V.]: *Die Deutsche Hausbücherei*. In: *Herdfeuer*. (1934) Nr. 4, Rückseite des Titelblattes. (A. a. O.)
(183) Vgl. [o. V.]: *Den Weg frei für die nationale Erhebung!* A. a. O.
(184) Vgl. [o. V. (H.)]: *Unterhaltung mit dem Leser*. In: *Herdfeuer*. (1933) Nr. 4, S. 315.
(185) Vgl. [o. V.]: *Die neue Jahresreihe*. In: *Herdfeuer*. (1933) Nr. 5, S. 348f. (A. a. O.)
(186) Vgl. Hans Wolf: *Das Werk ruft!* In: *Herdfeuer*. (1934) Nr. 2, S. 143f.
(187) Vgl. [o. V.]: *Nationale Kulturpolitik der Tat — Zahlen sprechen!* A. a. O.
(188) Hans Wolf: *Das Werk ruft!* A. a. O., S. 143f.
(189) Vgl. [o. V.]: *Der Führer bei seinen Truppen*. In: *Herdfeuer*. (1939) Nr. 6, S. 227.
(190) Vgl. Heinz Dick: *Siebzehnjährige bringen erste Hilfe*. In: *Herdfeuer*. (1939) Nr. 6, S. 229f.
(191) Ebenda, S. 229.
(192) Hans Ivers: *Kriegsneujahr 1940*. In: *Herdfeuer*. (1940) Nr. 1, S. 1ff., hier S. 3.
(193) [o. V.]: *Titelbild*. In: *Herdfeuer*. (1940) Nr. 1, Titelblatt.
(194) [o. V.]: *Titelbild*. In: *Herdfeuer*. (1940) Nr. 5, Titelblatt.
(195) [o. V.]: *Umschlagsseite*. In: *Herdfeuer*. (1940) Nr. 5, Rückseite des Titelblattes.
(196) Hans Ivers: *Rückblick und Ausblick. 25 Jahre Deutsche Hausbücherei*. A. a. O., S. 7.

(197) [o. V.]: *Unsere Wehrmacht nördlich des Polarkreises*. In: *Herdfeuer*. (1941) Nr. 2, S. 43ff., hier S. 43.

(198) Vgl. [o. V.]: *Soldatenheime. Treffpunkt des Landsers in den besetzten Gebieten*. In: *Herdfeuer*. (1941) Nr. 3, S. 85–88.

終章　ブッククラブの社会的役割と民族主義

本書は、ドイツにおけるブッククラブの発展と社会的役割、および民族主義的ブッククラブであるドイツ家庭文庫とナチズムのかかわりを論じたものであるが、考察の結果を総括すると、おおよそ次のようになる。

まず、ブッククラブに関する考察の成果は、大きく四つの点に集約される。

第一に、十九世紀末から一九四五年までのブッククラブについては、同時期のほぼすべてのブッククラブ、すなわち全五二団体を対象として、詳しい分析を行うことができた。具体的には、経済的特質と内容的特質を明らかにした上で、主に思想的な観点から全体を七つのグループに分類した。すなわち、「先駆的ブッククラブ」、「市民的な読者を持つブッククラブ」、「特殊な読者を持つブッククラブ」、「宗教的ブッククラブ」、「保守的・国家主義的ブッククラブ」、「左翼的労働者ブッククラブ」、「書籍販売のブッククラブ」である。次に、個々のブッククラブについて、成立年、活動拠点、関連団体、会員数、活動方法、思想傾向、読者層、ナチズムとのかかわりを詳しく考察した。このうち、活動方法の項目には、会員資格（入会金、会費、購入義務）、提供された図書の内容と装丁、図書の選択方法、会員雑誌、その他の提供品目、伝統的な書籍販売との関係などが含まれる。なお、五二のブッククラブのうち四三がワイマール共和国時代に設立されていることから、この時期がドイツにおけるブッククラブの最初の隆昌期とみなされる。また、七つのグループのうち、書籍販売業によって設立されたブッククラブ以外の六つは、世界観的に中立で営利的なブッククラブ（「市民的な読者を持つブッククラブ」）と特定の世界観を持つブッククラブ（「特殊な読者を持つブッククラブ」、「宗教的ブッククラブ」、「保守的・国家主義的ブッククラブ」、「左翼的労働者ブッククラブ」）に大きく二分されるが、前者が圧倒的に多数の会員を獲得した一方、提供された本の内容と会員の社会的階層の点で伝統的な書籍販売に対する本来の対案をなしたのは後者であり、とりわけ「左翼的労働者ブッククラブ」であった。

第二に、ブッククラブと伝統的な書籍販売との対立に関する集中的な考察を行い、ブッククラブが、第一次世界大戦後の新たな文化的、政治的、社会的現実に適応する用意を欠いた伝統的な書籍販売に対する対案として世の中に受け入れられ、安価な本の提供と多様な本の提供というこれまでにない特色を通じて、伝統的な書籍販売からの妨害にもかかわらず成長を遂げ、書籍販売において重要な地位を占め、読書文化の確たる構成要素となったことを明らかにした。伝統的な書籍販売の側では、小売書籍販売を経ない販売形式の急速な発展に対して、売り上げを奪われ、書籍販売における独占的な地位が脅かされるとの危機感を抱き、業界の組合組織である株式取引業者組合も協力する形で、ブッククラブに対する否定的なイメージの流布、ブッククラブで本が刊行されている作家へのボイコット、書籍販売業によるブッククラブの設立といった対抗措置を講じた。だが、これらはいずれも奏功せず、逆に、ブッククラブの側から起こされた訴訟は、いずれも書籍販売業の実質的な敗訴に終わった。また、ブッククラブの顧客の多くがもともと小売店で本を買う習慣がなかったり、期待する本が小売店で見いだせなかったりした人々だったという意味で、伝統的な書籍販売業の危機感そのものが本来は杞憂であった。つまり、ブッククラブの市場は伝統的な書籍販売の外部にあるため、相互に排除しあうことはなく、ブッククラブの発展は、書籍市場全体の拡大という意味で、伝統的な書籍販売にとってもきわめて有益なものだったのである。

第三に、一九四五年以後のドイツ連邦共和国（旧西ドイツ）におけるブッククラブについては、その発展の最盛期である一九六〇年代から一九八〇年代にかけての時期を中心に、ブッククラブの活動全般、提供図書、および同時代の評価について詳しい考察を行い、同時期の書籍販売や読書文化におけるブッククラブの重要性を、種々の具体的なデータに基づいて明らかにした。このうち、ブッククラブの活動全般については、基本的な活動方法の確認、主なブッククラブとその会員数、売上高と販売部数などの点で書籍販売全体に占める重要性などを詳しく跡づけた。提供図書の特色については、主要な五つのブッククラブの一九七二年から一九七七年の間の提供図書に基づいて考察を加え、①ブッククラブの提供する本は大きく文学と実用書によって二分される、②文学の中では小説、小説の中では恋愛小説・女性小説・運命小説の割合が高く、それらの多くは一般の書籍販売におけるベストセラーと一致する、③実用書では、ベストセラーとの相関関係はみられない一方、趣味の本や旅行案内など、政治的に無難で流行に左右されないテーマを持つ本が優先された、といった点を明らかにした。同時代の評価については、ブッククラブが書店に赴く必要のない、気楽で安価な本の購入方法の提供を通じて、教養や収入の低い人々を新たな読者層として獲得したことに対する肯定的な評価がみられる一方、消費者文化化、大衆文化化、公共性の解体といった意味で文学生活に混乱を引き起こすとの否定的な評価もみられることを詳細に跡づけた。こうした相反する見方をどのように総括するかは今後の課題であるが、少なくとも、こうして公の注目が集まったところにブッククラブのインパクトの大きさを窺うことが可能であり、また十九世紀末以降の発展を詳しく辿った本書の視点からみたとき、ブッククラブが本の購入と読書の広がりに、伝統的な書籍販売には成しえない貢献をしたことは明らかである。

第四に、以上のような全体的考察の後、一九四五年以後のドイツにおける最大のブッククラブであるベルテルスマン読書愛好会に関する事例研究を行い、一般の書籍販売と対立して活動し、本を通じた国民教育を前面に掲げた一九四五年以前の「古典的ブッククラブ」とは異なる、「現代的ブッククラブ」の主要特徴として次の二つの点を解明した。①一般の書籍販売と協力して活動する「二段階販売システム」は、書籍販売業との緊張の緩和、宣伝・勧誘力の増大、利益の向上を図った点で、ブッククラブの歴史において革新的な、優れた書籍販売方法であった。②一九七〇年代以降、販売方法と販売品目の両面で進められた「経営の多角化」は、とりわけレコードと音響機器を中心とする提供品目の拡大を通じて、ベルテルスマン読書愛好会を単なる書籍販売団体を越えた総合的な「余暇産業」へと発展させた。なお、このような販売品目の拡大は、趣味の多様化といった一九四五年以後のドイツにおける新たな文化的状況の反映であると同時に、一九八〇年代以降顕著になるブッククラブの衰退の予兆でもあったといえる。

以上の四つの成果を総合したとき、ブッククラブの最大の社会的役割は「読書の民主化」への貢献にあり、この点で社会の中・下層の人々への配慮を欠いた伝統的な書籍販売に対する重要かつ有効な対案をなしたと結論づけるのが妥当であると思われる。すなわち、二十世紀初頭から一九八〇年代にかけて、本を買って読む習慣が社会の広い層に普及するにあたり、ブッククラブは、少なくとも部分的には伝統的な書籍販売を上回る貢献をなしたのであった。

続いて、ドイツ家庭文庫に関する考察の成果は、大きく三つの点に集約される。

第一に、ドイツ家庭文庫の母体をなすドイツ民族商業補助者連合の教育・出版活動について、連合内部で実施された職業教育、一般教育、青少年教育と、連合の下部団体であるフィヒテ協会の活動を中心に考察した。その結果、同連合の教育活動が一九〇〇年代初頭から一貫してドイツにおける民族主義的な信条の普及に貢献し、資本主義的大経営の発展とプロレタリア運動の高まりの中で身分の低下に対する危機感を強めていた商業職員に強い影響を及ぼし、彼らのナチズムへの接近をもたらしたことを跡づけ、それによって、ドイツにおいて因習的な中間層イデオロギーがナチズムと合流した過程の一端を解明した。と同時に、商業職員の身分を高める上で、職業的知識だけでなくより広い一般教養を身につけることと、ドイツ人の民族性に基づく信条や世界観を培うことを重視した同連合の教育活動において、民族主義的な文学作品や歴史書の読書指導を主な目的とするドイツ家庭文庫の活動がとりわけ重要な位置を占めていたことを明らかにした。

第二に、こうしてドイツ民族商業補助者連合の教育・出版活動の中核をなしたドイツ家庭文庫については、同文庫の民族主義的な特色に関する集中的な考察を行い、次の四つの成果を得た。①民族主義的な読書指導を行うブッククラブとしての成立・発展を詳しく跡づけるとともに、一九一六年から一九四二年までに刊行された「主要シリーズ」全二〇三タイトルをリストアップし、その主要作家・作品にみられる民族主義的傾向を確認した。②ドイツ家庭文庫の図書提供システムを詳細に分析し、「自由選択」の拡大という「営利的」な手法が取り入れられる一方で、実際の購入においては「自由選択」の権利の放棄が強く要請されるとともに、会員の側でも進んでそれに従っていたことを突き止め、同文庫の図書提供システムが、経済的利点と同時に、民族主義に基づく同文庫と会員の固い信条的結束によって成り立っていたことを明らかにした。③ドイツ家庭文庫の本の装丁に着目し、同文庫において本が市民的教養の象徴とみなされていたことを確認するとともに、とりわけ総クロース装の重視が、同文庫における民族主義的信条と密接に関連し、会員への民族主義的な価値観の指導の一部をなしていたことを解明した。④一九二三年から二〇年間にわたって刊行されたドイツ家庭文庫の雑誌の変遷と記事を詳しく分析し、同文庫の雑誌が、会員の間に民族主義的な共同体意識を形成するための読書指導を行う上で重要な媒体であったと同時に、民族主義的信条の普及のためにより多くの会員を獲得するための宣伝手段でもあったことを明らかにした。

第三に、ナチス政権成立後のドイツ民族商業補助者連合とドイツ家庭文庫の活動について、詳しく跡づけた。まず、民族主義的ではありながらも、ナチスの活動と直接的なかかわりを持たないドイツ民族商業補助者連合とナチスとの軋轢は、皮肉なことに、まさにナチス政権の成立によって表面化した。同連合にとって、ナチス政権の成立はまさに、長年にわたる自らの民族主義的な活動が奏功したものであり、この意味で、ナチス政権下で優遇され、より活発な活動への道が拓かれることが期待された。ところが、こうして自律的な活動の継続・発展を望む連合と、ナチスの全体主義的な統制システムとの間には根本的な不一致があり、連合は、ナチス政権成立直後にドイツ労働戦線に取り込まれた後、早くもその翌年に解体されてしまったのである。これに対し、ドイツ家庭文庫の方は、意外にも、母体をなす連合が解体された後にもなお活動を継続・発展させることができたが、そこには、これをナチズムの普及に利用しようとするナチスの意向が働いており、それだけに、ナチス政権成立以後、同文庫の出版活動は反ユダヤ主義的、民族主義的、ナチス的な特色とナチスの宣伝媒体としての役割をよりいっそう強めていった。ドイツ家庭文庫に関する多くの先行研究において、従来、同文庫の活動は一九三四年のドイツ民族商業補助者連合の解体と同時に終わりを迎えたと考えられていたのに対し、同文庫がその後もナチス政権末期まで活動を継続し、ナチスの政権維持に役立ったことを詳細に明らかにしたことは、本書の大きな成果の一つといえる。

以上の三つの成果を総合すると、ドイツ民族商業補助者連合とドイツ家庭文庫の活動は、ナチスやナチス政権の誕生以前より、保守的な商業職員をはじめとするドイツ国民への民族主義的信条の普及に多大な影響を及ぼし、とりわけ第一次世界大戦後のドイツにおけるナショナリズムの隆昌とナチス政権の成立に大きく貢献した、またナチス政権成立後には、連合が統制・解体される一方で、ドイツ家庭文庫は活動を継続し、ナチスの宣伝媒体として利用された、と結論づけることができる。ドイツ家庭文庫は、ドイツにおける最初期の本格的なブッククラブであるが、その最大の特色は「読書の民主化」というブッククラブの社会的な役割を自らの思想信条の普及に利用した点にあり、この意味では非常に先見性を有していたといえる。だが、その思想信条が著しく民族主義的なものだったことで、やがてはナチズムという負の歴史に対する責任の一端を引き受けることになってしまったのであった。

補足資料　ドイツ家庭文庫の「主要シリーズ」一覧

(1)　ドイツ民族家庭文庫の「主要シリーズ」

一九一六／一七年の「年間シリーズ」

①タキトゥス『ゲルマーニア』(*Germanien*)
②ヘルマン・ムーテズィウス『戦後のドイツ人』(*Der Deutsche nach dem Kriege*)
③ベリス・フォン・ミュンヒハウゼン『バラードと詩』(*Balladen und Dichtungen*)
④ヘルムート・フォン・ミュッケ『エムデンとアイーシャ』(*Emden und Ayesha*)
⑤ゴルヒ・フォック『航海が必要だ』(*Seefahrt ist not!*)
⑥ハインリヒ・レルシュ『心よ、汝が血を沸き立たせよ』(*Herz! Aufglühe dein Blut*)
⑦シャルル・ド・コステル『ウーレンシュピーゲル』(*Ulenspiegel*)
⑧『ドイツ民族商業補助者のための一九一七年の年鑑』(*Jahrbuch 1917 für Deutschnationale Handlungsgehilfen*)
⑨ヴィルヘルム・ラーベ『飢餓牧師』(*Der Hungerpastor*)
⑩アードルフ・バルテルス『ドイツ文学史』(全二巻)(*Geschichte der deutschen Literatur. 2 Bände.*)
⑪ルートヴィヒ・ローレンツ『私たちの時代のハインリヒ・フォン・トライチュケ』(*Heinrich von Treitschke in unserer Zeit*)
⑫パウル・デーン『イギリスとジャーナリズム』(*England und die Presse*)
⑬カール・エルンスト・クノート『パウル・エルンスト・ケーラーのための記念碑』(*Ein Denkmal für Paul Ernst Köhler*)
⑭『戦時のドイツ商人について』(*Vom deutschen Kaufmann im Kriege*)
⑮ヴィルヘルム・ラーベ『死体運搬車』(*Der Schüdderump*)

⑯ルートヴィヒ・ヴィルザー『ドイツの先史時代』（*Deutsche Vorzeit*）
⑰『ドイツ民族商業補助者のための一九一八年の年鑑』（*Jahrbuch 1918 für Deutschnationale Handlungsgehilfen*）

一九一八年の「年間シリーズ」
①ヴェルナー・ヤンゼン『忠節の書』（*Das Buch Treue*）
②フリードリヒ・テオドール・フィッシャー『どなたかも』（*Auch Einer*）
③『フリードリヒ大王作品集』（全二巻）（*Friedrich des Grossen Werke. 2 Bände.*）
④グスタフ・フライターク『インゴとミソサザイの巣』（*Ingo und das Nest der Zaunkönige*）
⑤エーバーハルト・ケーニヒ『フリッツ老人が知っていたなら』（*Wenn der alte Fritz gewusst hätte*）
⑥『ハインリヒ・フォン・トライチュケ　フライターク＝ローリングホーヴェンによる選集』（*Heinrich von Treitschke. Auswahl von Freytag-Loringhoven*）
⑦ヴィクトール・フォン・シェッフェル『エッケハルト』（*Ekkehard*）

一九一九／二〇年の「年間シリーズ」
①ルードルフ・フォン・コシュツキ『力の源』（*Quelle der Kraft*）
②ヴェルナー・ヤンゼン『グードルン』（*Gudrun*）
③ヴィルヘルム・フォン・ポーレンツ『桶職人』（*Der Büttnerbauer*）
④ペーター・ローゼッガー『最後の人ヤーコプ』（*Jacob der Letzte*）
⑤ヘルマン・クリーガー『ハーネカンプ家』（*Familie Hahnekamp*）
⑥ヘルマン・アンデルス・クリューガー『ゴットフリート・ケンプファー』（*Gottfried Kämpfer*）
⑦マックス・アイト『鋤と万力の後ろ』（*Hinter Pflug und Schraubstock*）
⑧フリードリヒ・リーンハルト『オーバリーン』（*Oberlin*）
⑨ルイーゼ・フォン・フランソワ『レッケンブルガーの最後の女』（*Die letzte Reckenburgerin*）

⑩イェレミアス・ゴットヘルフ『下男ウーリ』（*Uli der Knecht*）
⑪アウグスト・シュペル『ブディヴォイ氏の息子たち』（*Die Söhne des Herrn Budiwoj*）
⑫エードゥアルト・メーリケ『選集』（*Auswahl*）
⑬アダム・ミュラー＝グッテンブルン『偉大なシュヴァーベン移住』（*Der grosse Schwabenzug*）
⑭ハインリヒ・フォン・クライスト『ミヒャエル・コールハース』（*Michael Kohlhaas*）
⑮フリッツ・ミュラー『クラマーとフリーマン　修業期間』（*Kramer & Friemann. Eine Lehrzeit*）
⑯ヘルマン・レーンス『闘狼』（*Der Wehrwolf*）
⑰ハインリヒ・ザイデル『レーベレヒト・ヒューンヒェン』（*Leberecht Hühnchen*）
⑱ルートヴィヒ・フィンク『薔薇の医師』（*Der Rosendoktor*）
⑲セルマ・ラーゲルレーヴ『ゲスタ・ベルリング』（*Gösta Berling*）
⑳ゴットフリート・ケラー『寓詩物語』（*Das Sinngedicht*）

一九二一年の「年間シリーズ」
①アルベルト・ペーターゼン『アルノルト・アムズィンク』（*Arnold Amsinck*）
②カール・アントン・ポストゥル『船室の書』（*Das Kajütenbuch*）
③フリッツ・ミュラー『一三枚の株券』（*Dreizehn Aktien*）
④ヴィルヘルム・マインホルト『ベルンシュタインの魔女』（*Die Bernsteinhexe*）
⑤ルートヴィヒ・ベニングホフ『ロマンチックな国』（*Romantikland*）
⑥オットー・エーリヒ・キーゼル『マルテ夫人と息子』（*Frau Marthe und ihr Sohn*）

一九二二年の「年間シリーズ」
①ヴェルナー・ヤンゼン『フィルダウシーの王書』（*Firdusis Königsbuch*）
②ゲオルク・クライベーマー『ユルゲンの天職』（*Jürgens Berufung*）

③E・T・A・ホフマン『砂男　花嫁選び』（*Der Sandmann. Die Brautwahl*）
④ハンス・パーロフ『リガの黒頭人協会』（*Die Schwarzhäupter von Riga*）

(2)　ドイツ家庭文庫の「主要シリーズ」

一九二三年の「年間シリーズ」
①ヴィルヘルム・フィッシャー＝グラーツ『底から』（*Aus der Tiefe*）
②ゴットフリート・ケラー『マルティン・ザランダー』（*Martin Salander*）
③ルドヴィカ・ヘーゼキール『垂木の紋章盾の下で』（*Unterm Sparrenschild*）
④ルートヴィヒ・ベニングホフ『浮き立つ心』（*Das freudige Herz*）

一九二四年の「年間シリーズ」
①ローベルト・ヴァルター編『ルートヴィヒ・リヒターの一八二一年から一八八三年の日記と年代記』（*Ludwig Richters Tagebücher und Jahreshefte 1821–1883*）
②イェレミアス・ゴットヘルフ『小作人ウーリ』（*Uli der Pächter*）
③ヴィリバルト・アレクシス『カバニス』（第一巻）（*Cabanis. 1. Band*）
④ヴィルヘルム・ラーベ『オトフェルト』（*Das Odfeld*）
⑤ヴィリバルト・アレクシス『カバニス』（第二巻）（*Cabanis. 2. Band*）
⑥アルベルト・ペーターゼン『若きペルテス』（*Der junge Perthes*）

一九二五年の「年間シリーズ」
①ルイーゼ・フォン・フランソワ『レッケンブルガーの最後の女』（*Die letzte Reckenburgerin*）
②アルフレート・プファレ『見習い』（*Probandus*）
③アルベルト・ペーターゼン『男ペルテス』（*Perthes der Mann*）

④マリー・ブローズィン『ある老女の青春の国から』（*Aus dem Jugendlande einer alten Frau*）
⑤モーリッツ・グラーフ・フォン・シュトラハヴィッツ『旗手』（*Der Fahnenträger*）
⑥ハインリヒ・ゲルステンベルク『エルンスト・モーリッツ・アルント　私たちへの遺産』（*Ernst Moritz Arndt. Sein Vermächtnis an uns*）

一九二六年の「年間シリーズ」
①ヴィルヘルム・ラーベ『森から来た人々』（*Die Leute aus dem Walde*）
②カール・ヴァイデル『ドイツ人の世界観』（*Deutsche Weltanschauung*）
③ハンス・プレーン＝デヴィッツ『最後のホーエンシュタウフェン人』（*Der letzte Hohenstaufe*）
④イェレミアス・ゴットヘルフ『黒い蜘蛛』（*Schwarze Spinne*）
⑤ロルフ・ブラント『世界史はかくの如し』（*So sieht die Weltgeschichte aus*）
⑥ヨハン・ペーター・ヘーベル『よた者』（*Lumpengesindel*）

一九二七年の「年間シリーズ」
①グスタフ・シュレーア『岩棚の農夫』（*Der Hohlofenbauer*）
②アルブレヒト・エーリヒ・ギュンター『戦いと友情』（*Kampf und Freundschaft*）
③アードルフ・バルテルス『ディトマルシェンの人々』（*Die Dithmarscher*）
④ヘルマン・クルツ『聖ウルバンの甕　およびその他の物語』（*St. Urbans Krug und andere Erzählungen*）
⑤ヴィルヘルム・ラーベ『ニワトコの花　およびその他の物語』（*Holunderblüte und andere Erzählungen*）
⑥ハンス・レーペン『ステップの子供たち』（*Kinder der Steppe*）
⑦ヴィルヘルム・ペック『ルングホルトの人々』（*Rungholtmenschen*）

一九二八年の「年間シリーズ」
①レオンハルト・シュリッケル『血に向かう血』(*Blut zu Blut*)
②マリー・ディーアス『ヘアゴットシュルツェ』(*Der Herrgottschulze*)
③ヴィルヘルム・ハインリヒ・リール『おしの市参事会員』(*Der stumme Ratsherr*)
④ヴィルヘルム・シュタインコップ『インゲボルク・フォン・デア・リンデ』(*Ingeborg von der Linde*)
⑤アードルフ・バルテルス『ディートリヒ・ゼブラント』(*Dietrich Sebrandt*)
⑥グスタフ・シュレーア『ズィッヒディッヒュア村の嵐』(*Sturm im Sichdichfür*)

一九二九年の「年間シリーズ」
①エルヴィーン・グイード・コルベンハイアー『ペナーテースの微笑』(*Das Lächeln der Penaten*)
②アルベルト・ペーターゼン『ユンカーの農場』(*Der Junkernhof*)
③ヴィルヘルム・シェーファー『逸話集』(*Ausgewählte Anekdoten*)
④フリードリヒ・グリーゼ『古き鐘』(*Alte Glocken*)
⑤オッティーリエ・ヴィルダームート『陽気な牧師館　およびその他のシュヴァーベンの物語』(*Das humoristische Pfarrhaus und andere schwäbische Geschichten*)
⑥ハインリヒ・ゾーンライ『海辺の足跡』(*Fußstapfen am Meer*)

一九三〇年の「年間シリーズ」
①エンリカ・フォン・ハンデル＝マゼッティ『哀れなマルグレート』(*Die arme Margret*)
②オットー・ネーベルタウ『雲と風の町』(*Die Stadt der Wolken und Winde*)
③ベンノ・リュッテナウアー『アレクサンダー・シュメルツレ』(*Alexander Schmälzle*)
④パウル・エルンスト『幸福への狭き道』(*Der schmale Weg zum Glück*)
⑤ロルフ・ブラント『ヴォルガの歌』(*Das Wolgalied*)

⑥ルードルフ・フーフ『一九二二年』（*Anno 1922*）

一九三一年の「年間シリーズ」
①ヴィル・フェスパー『苛烈なる種族』（*Das harte Geschlecht*）
②ハンス・グリム『ドゥアラの石油探検者』（*Der Ölsucher von Duala*）
③ヴィルヘルム・ヘーゲラー『ベライアの奇跡』（*Das Wunder von Belair*）
④ルドヴィカ・ヘーゼキール『テンプル団騎士とヨハネ騎士団員』（*Templer und Johanniter*）
⑤グスタフ・シュレーア『大地の苦しみ』（*Land Not*）
⑥ニコラウス・シュヴァルツコップ『黒いニコラウス』（*Der schwarze Nikolaus*）

一九三二年の「年間シリーズ」
①ハインツ・シュテーグヴァイト『炉の中の青年』（*Der Jüngling im Feuerofen*）
②トーニ・シュヴァーベ『境界なきものへの脱出』（*Der Ausbruch ins Grenzenlose*）
③ヨーゼフ・マグヌス・ヴェーナー『ヴェルダン戦の七人』（*Sieben vor Verdun*）
④リヒャルト・オイリンガー『金属工フォンホルト』（*Metallarbeiter Vonholt*）
⑤エーミール・シュトラウス『裸の男』（*Der Nackte Mann*）
⑥ハンス・フランク『おおい　船頭』（*Hol' über*）

一九三三年の「年間シリーズ」
①コンラート・ベステ『異教の村』（*Das heidnische Dorf*）
②カール・ベンノ・フォン・メヒョー『冒険』（*Das Abenteuer*）
③ルートヴィヒ・トーマ『愉快な物語』（*Lustige Geschichten*）
④ゴットフリート・ケラー『寓詩物語』（*Das Sinngedicht*）

⑤アウグスト・ヴィンニヒ『遙かなる道』（*Der weite Weg*）
⑥セルマ・ラーゲルレーヴ『シャルロッテ・レーヴェンシェルド』（*Charlotte Löwensköld*）

一九三四年の「年間シリーズ」
①エルヴィーン・グイード・コルベンハイアー『ヨアヒム・パウゼヴァング親方』（*Meister Joachim Pausewang*）
②ルートヴィヒ・テューゲル『大いなる変化』（*Die große Veränderung*）
③ゲオルク・シュミュックレ『天使ヒルテンシュペルガー』（*Engel Hiltensperger*）
④ハインリヒ・フォン・クライスト『躾と自由』（*Zucht und Freiheit*）
⑤ハンス・ヨースト『かくして彼らは去りゆく』（*So gehen sie hin*）
⑥エルンスト・ユンガー『鋼鉄の嵐の中で』（*Stahlgewittern*）

一九三五年の「年間シリーズ」
①ハンス・フリードリヒ・ブルンク『大航海』（*Die große Fahrt*）
②ハインツ・シュテーグヴァイト『聖なる不休』（*Heilige Unrast*）
③ヴィルヘルム・フォン・ポーレンツ『桶職人』（*Der Büttnerbauer*）
④リヒャルト・オイリンガー『ルートヴィヒ伝説』（*Ludwigslegende*）
⑤カール・ハインリヒ・ヴァッガール『パン』（*Brot*）
⑥アードルフ・バルテルス『ディトマルシェンの人々』（*Die Dithmarscher*）
⑦ハインツ・ローマン『ナチス突撃隊掃討す』（*SA räumt auf*）
⑧グンナール・グンナールソン『誓いの兄弟』（*Die Eidbrüder*）

一九三六年の「年間シリーズ」
①コンラート・ベステ『ゲズィーネとボステルマン家の人々』（*Gesine und die Bostelmänner*）

②ゴットフリート・ロータッカー『国境の村』（*Das Dorf an der Grenze*）
③セルマ・ラーゲルレーヴ『ダラーナから来た娘アンナ』（*Anna, das Mädchen aus Dalarne*）
④アウグスト・ヴィンニヒ『帰郷』（*Heimkehr*）
⑤ゲオルク・グラーベンホルスト『メロエ』（*Meroe*）
⑥ヨーゼフ・マグヌス・ヴェーナー『ベルゲラードの町と要塞』（*Stadt und Festung Belgerad*）
⑦ヒャルマール・クッツレープ『シルダの朝風』（*Morgenluft in Schilda*）
⑧ヘルマン・シュテーア『ナターナエル・メヒラー』（*Nathanael Maechler*）

一九三七年の「年間シリーズ」
①ハンス・フリードリヒ・ブルンク『ガイゼリッヒ国王』（*König Geiserich*）
②ヴィルヘルム・プライアー『トマハンス兄弟』（*Die Brüder Tommahans*）
③カール・ベンノ・フォン・メヒョー『初夏』（*Vorsommer*）
④イヴァール・リスナー『一人の男が世界の鼓動を聞く』（*Ein Mann hört den Herzschlag der Welt*）
⑤ヨーゼフ・ポンテン『モルゲンシュトローム河畔の民』（*Volk am Morgenstrom*）
⑥ヴァルデマール・アウグスティニー『ヤルスホルム村の漁師』（*Die Fischer von Jarsholm*）
⑦エルンスト・ユンガー『アフリカの遊び』（*Afrikanische Spiele*）
⑧ヘルマン・シュタール『地上の夢』（*Traum der Erde*）

一九三八年の「年間シリーズ」
①ヘンリック・ヘルゼ『白い船の戦い』（*Die Schlacht der weißen Schiffe*）
②ハインリヒ・エックマン『耕地の石』（*Der Stein im Acker*）
③ヴェルナー・ボイメルブルク『モント・ロイアル』（*Mont Royal*）
④ハインツ・シュテーグヴァイト『愚かな乙女』（*Die törichte Jungfrau*）

⑤ヴェルナー・ベルゲングリューン『大暴君と審判』(*Der Großtyrann und das Gericht*)
⑥ヘルマン・エリス・ブッセ『ブルクシュテッテンの人々』(*Die Leute von Burgstetten*)
⑦フリードリヒ・グリーゼ『車陣』(*Die Wagenburg*)
⑧アードルフ・メシェンデルファー『水牛の泉』(*Der Büffelbrunnen*)

一九三九年前半の「提案シリーズ」
①ハンス・フリードリヒ・ブルンク『ヴォルター・フォン・プレッテンベルク』(*Wolter von Plettenberg*)
②バルブラ・リング『ペートラ』(*Petra*)
③イヴァール・リスナー『太平洋岸の人々と権力』(*Menschen und Mächte am Pazifik*)
④ハンス・グリム『少尉とホッテントット人』(*Der Leutnant und der Hottentott*)
⑤ヤーコプ・シャフナー『ヨハネス・シャッテンホルトの遠足』(*Die Wanderfahrten des Johannes Schattenhold*)
⑥ヨーゼフ・マグヌス・ヴェーナー『シュトゥルエンゼー』(*Struensee*)
⑦ヨアヒム・フォン・デア・ゴルツ『クレーリィの木』(*Der Baum von Cléry*)

一九三九年後半の「提案シリーズ」
①エーリヒ・オットー・フォルクマン『赤い帯』(*Die roten Streifen*)
②ヴァルター・フランク『商人と兵隊』(*Händler und Soldaten*)
③ヴォルフガング・ホフマン＝ハルニシュ『素晴らしき国ブラジル』(*Wunderland Brasilien*)
④ウルリヒ・ザンダー『アクセル・ホルン』(*Axel Horn*)
⑤ヴィルヘルム・シェーファー『工場主アントン・バイハルツとテレースレ』(*Der Fabrikant Anton Beilharz und das Theresle*)
⑥エーミール・シュトラウス『十字路』(*Kreuzungen*)
⑦マルガレーテ・シーストル＝ベントラーゲ『婚約者』(*Die Verlobten*)
⑧ニール・ミラー・ガン『早すぎた洪水』(*Frühflut*)

一九四〇年前半の「提案シリーズ」
①ボーリス・ネーベ『アンデスの冒険』（*Abenteuer in der Anden*）
②テオドーア・ヤーコプス『最後の戦い』（*Die letzte Schlacht*）
③ヨーゼフ・マルティン・バウアー『フォーレン広場の家』（*Das Haus am Fohlenmarkt*）
④ヴァルデマール・アウグスティニー『トロム湖の娘』（*Die Tochter Tromsees*）
⑤シュテイン・シュトローヴェルス『フランドルの愛の戯れ』（*Liebesspiel in Flandern*）
⑥ヴィルヘルム・ツィーグラー『指導なき民族』（*Volk ohne Führung*）
⑦ミルコ・イェルズィヒ『騎士』（*Der Ritter*）
⑧ルートヴィヒ・トーマ『思い出』（*Erinnerungen*）

一九四〇年後半の「提案シリーズ」
①ジャック・バーンヴィル『フランスの戦争目的』（*Frankreichs Kriegsziel*）
②アウグスト・ヴィンニヒ『驚異の世界』（*Wunderbare Welt*）
③フェリックス・リュツケンドルフ『三月の風』（*Märzwind*）
④ハインリヒ・ツィリヒ『小麦の花束』（*Der Weizenstrauß*）
⑤オイゲン・ディーゼル『ディーゼル』（*Diesel*）
⑥ヨアヒム・フォン・デア・ゴルツ『石切り場』（*Der Steinbruch*）
⑦ルートヴィヒ・テューゲル『馬の音楽』（*Pferdemusik*）
⑧ヨーゼフ・マグヌス・ヴェーナー『結婚式の牝牛』（*Die Hochzeitskuh*）

一九四一年前半の「提案シリーズ」
①カール・ハインリヒ・ヴァッガール『母』（*Mutter*）
②ケーテ・ラムベルト『生の家』（*Das Haus des Lebens*）

③キリアン・コル『見えぬ旗』（*Die unsichtbare Fahne*）
④オットー・ネーベルタウ『女優』（*Die Schauspielerin*）
⑤『言葉と写真によるドイツの勝利のドキュメント』（*Dokumente des deutschen Sieges in Wort und Bild*）
⑥ブルーノ・ブレーム『ズザンネよさようなら』（*Auf Wiedersehn, Susanne*）
⑦ハインリヒ・レルシュ『下部ライン地方とアクロポリスの間』（*Zwischen Niederrhein und Akropolis*）
⑧ハインツ・シュテーグヴァイト『熱愛の宝』（*Ihr vielgeliebten Schätze*）

一九四一年後半の「提案シリーズ」
①フリードリヒ・グリーゼ『金髪の人々』（*Die Weißköpfe*）
②イルゼ・シュライバー『楽園への逃走』（*Die Flucht ins Paradies*）
③カール・ハインツ・プフェファー『イギリス』（*England*）
④パウル・エルンスト『青春の思い出』（*Jugenderinnerungen*）
⑤ハンス・フリードリヒ・ブルンク『女猟師』（*Die Jägerin*）
⑥ヴァルター・ペーゲル『虹の上の娘』（*Das Fräulein auf dem Regenbogen*）
⑦ヴァルター・フォルマー『ペッター家の人々』（*Die Pöttersleute*）
⑧エーディス・ミケライティス『女王』（*Die Königin*）

一九四二年前半の「提案シリーズ」
①ローゼ・プランナー＝ペテリーン『神聖なきずな』（*Das heilige Band*）
②ヒャルマール・クッツレープ『同時代人リンゼンバルト』（*Zeitgenosse Linsenbarth*）
③ヴィルヘルム・ズィーヴァース『薔薇の紋章』（*Das Rosenwappen*）
④カール・ローテ『オリヴィア』（*Olivia*）

図版出典

第Ⅰ部・第Ⅱ章

図1　*Bertelsmann Lesering mit dem großen Schallplattenprogramm*.（1972）H. 3, Titelblatt.

図2　*Bertelsmann Lesering-Illustrierte*.（1964）H. 3, S. 4.

図3　Bertelsmann AG（Hrsg.）: *175 Jahre Bertelsmann. Eine Zukunftsgeschichte*. Gütersloh（C. Bertelsmann）2010, S. 19.

図4　Ebenda, S. 133.

図5　Ebenda.

図6　Ebenda, S. 147.

図7　*Bertelsmann Lesering mit dem großen Schallplattenprogramm*. A. a. O., S. 60.

図8　Ebenda, S. 90.

図9　*Heim und Buch. Anbaumöbel Wandregale*.（um 1960）, Titelblatt.

余論

図1　*Vierteljahresblätter des V. d. B*. 2（1926）Nr. 1, Titelblatt.

図2　*Der Schatzgräber. Zeitschrift der Gesellschaft deutscher Literaturfreunde*. 2（1923）H. 9, Titelblatt.

図3　*Die Buchgemeinde. Zeitschrift für Bücherfreunde*.（1925）H. 1, Titelblatt.

図4　*Welt und Wissen. Unterhaltende u. belehrende illustrierte Zeitschrift*. 19（1930）H 9, Titelblatt.

図5　*Deutscher Bücherschatz*. 3（1929）H. 1, Titelblatt.

図 6　*Die Lesestunde. Zeitschrift der Deutschen Buch-Gemeinschaft.* 3（1926）Nr. 11, Titelblatt.

図 7　*Die blaue Blume. Ein Büchlein von romantischer Kunst und Dichtung*/Bearbeitet von Cajetan Oßwald. Den Mitgliedern der „Romantischen Gemeinde“ als Sonder-Kunstgabe überreicht. 1926. Im Verlag der „Romantischen Gemeinde“ zu Leipzig, Titelblatt.

図 8　*Der braune Reiter.* 2（1934）H. 7, Titelblatt.

図 9　Ebenda, S. 1.

図 10　*Die Büchergilde. Zeitschrift der Büchergilde Gutenberg.*（1925）Nr. 1, Titelblatt.

図 11　Ebenda, S. 4.

図 12　*Der Bücherkreis.* Oktober（1924）H. 1, Titelblatt.

図 13　*Urania. Kulturpolitische Monatshefte über Natur und Gesellschaft.*（1926/27）H. 4, Titelblatt.

図 14　*Blätter für Alle.* 2（1927）H. 11, Titelblatt.

図 15　*Heimstunden. Proletarische Tribüne für Kunst, Literatur und Dichtung.*（1926）, Titelblatt.

図 16　*Der Klassenkampf. Marxistische Blätter.* 2（1928）Nr. 3, Titelblatt.

図 17　*Die Meister.* 6（1925）H. 1, Titelblatt.

図 18　*Der Bücherwurm. Monatsschrift für Bücherfreunde.* 10（1924）H. 3, Titelblatt.

図 19　*Eckart. Blätter für evangelische Geisteskultur.* 1（1924）H. 2/3, Titelblatt.

図 20　*Der Pflug. Zweimonatsschrift des Wolframbundes.* 5（1927）H. 3, Titelblatt.

図 21　*Weltstimmen. Die schönsten Weltbücher in Umrissen.*（1927）H. 3, Titelblatt.

第II部・第1章

図 1　Heinz Stange: *Die Kaufmannschule des D. H. V. in Hamburg.* In: *Kaufmännische Praxis.*（1926）Nr. 9, S. 454.

図 2　*Deutsche Handels-Wacht.*（1922）Nr. 1, Titelblatt.

図 3　*Welt des Kaufmanns.*（1925/26）H. 1, Titelblatt.

図 4　[o. V.]: *Förderband für schräge Förderung.* In: *Welt des Kaufmanns.*（1926/27）H. 1, Titelbild.

図5 *Kultur des Kaufmanns*.（1920/21）H. 4, Titelblatt.
図6 Oskar Schwindrazheim: *Hafen*. In: *Kultur des Kaufmanns*.（1920/21）H. 6, Titelbild.
図7 *Der fahrende Gesell. Monatsschrift des Bundes für deutsches Wandern und Leben*. 8（1920）H. 11, Titelblatt.
図8 ［Wa］: *Fichte-Gesellschaft*. In: *Jungdeutsche Stimmen*. 2（1920）H. 23/24. Diese Seite hat keine Seitenangabe und folgt als übernächste auf die Seite 480.
図9 *Jungdeutsche Stimmen*. 2（1920）H. 23/24, hinterer Buchdeckel.
図10 *Deutsches Volkstum. Monatsschrift für das deutsche Geistesleben*.（1927）Bd. 1, Titelblatt.
図11 Wilhelm Stapel: *Volksbürgerliche Erziehung. Versuch einer volkskonservativen Erziehungslehre*. Dritte, wesentlich vermehrte Auflage. Hamburg/Berlin/Leipzig（Hanseatische Verlagsanstalt）1927, Einband.

第Ⅱ部・第Ⅰ章

図1 *Herdfeuer*.（1929）Nr. 11, S. 175.
図2 *Herdfeuer*.（1939）Nr. 2, Titelblatt.
図3 *Herdfeuer*.（1932）Nr. 5, S. 266.
図4 Sophus Hansen: *Bildnis eines Buchfreundes*. In: *Herdfeuer*.（1932）Nr. 6, Titelblatt.
図5 ［o. V.］: *Werbepreise wie noch nie!* In: *Herdfeuer*.（1932）Nr. 6, S. 348.
図6 ［o. V.］: *Der erste Band der Jahresreihe 1936 in Ganzleinen- und Halblederausgabe*. In: *Herdfeuer*.（1936）Nr. 1, S. 63.
図7 ［o. V.］: *Vom Guten zum Besseren!* In: *Herdfeuer*.（1935）Nr. 1, S. 460.
図8 Siegfried Lokatis: *Hanseatische Verlagsanstalt. Politisches Buchmarketing im »Dritten Reich«*. Frankfurt am Main（Buchhändler-Vereinigung GmbH）1992., S. 42.
図9 ［o. V.］: *Neue Werbepreise*. In: *Herdfeuer*.（1933）Nr. 3. Diese Seite hat keine Seitenangabe und folgt auf die Seite 240.
図10 ［o. V.］: *Die wertvollen Werbegaben der D. H. B.* In: *Herdfeuer*.（1933）Nr. 5, S. 399f., hier S. 399.
図11 ［o. V.］: *Mitglieder des Ehrenausschusses der Deutschen Hausbücherei bei der Arbeit*. In: *Herdfeuer*.（1934）Nr. 1, S. 50.
図12 ［o. V.］: *Eröffnung der Reichskulturkammer in Berlin*. In: *Herdfeuer*.（1934）Nr. 1, S. 48.

図13 ［o. V.］: *Reichsminister Dr. Goebbels besucht die deutsche Buchmesse in Berlin*. In: *Herdfeuer*.（1934）Nr. 1, S. 49.
図14 ［o. V. (H.)］: *Der Aufmarsch, eine Form der neuen Volksgemeinschaft*. In: *Herdfeuer*.（1934）Nr. 2, S. 71–74, hier S. 73.
図15 Constantin Mark: *Adolf Hitler/Wüste*. In: *Herdfeuer*.（1933）Nr. 4, S. 249.
図16 Thilo Scheller: *Die Hand des Führers*. In: *Herdfeuer*.（1935）Nr. 2, S. 509.
図17 ［o. V.］: *Den Weg frei für die nationale Erhebung!* In: *Herdfeuer*.（1933）Nr. 3, S. 240.
図18 Vgl. ［o. V.］: *Der Führer bei seinen Truppen*. In: *Herdfeuer*.（1939）Nr. 6, S. 227.
図19 *Herdfeuer*.（1940）Nr. 1, Titelblatt.
図20 *Herdfeuer*.（1940）Nr. 5, Titelblatt.

参考文献

一　二次文献

（1）　欧文文献

Amtmann, Eberhard und Heribert: *VdB — Bibliographie. Geschichte und Verzeichnis der nachweisbaren Titel des „Volksverband der Bücherfreunde“ und der „Weltgeistbücherei“*. Heidelberg（Eberhard Amtmann Verlag）1999.

Baumgärtner, Alfred Clemens（Hrsg. unter Mitarbeit von Alexander Beinlich u. a.）: *Lesen — Ein Handbuch. Lesestoff, Leser und Leseverhalten, Lesewirkungen, Leseerziehung, Lesekultur*. Hamburg（Verlag für Buchmarkt-Forschung）1974.

Bertelsmann AG（Hrsg.）: *175 Jahre Bertelsmann. Eine Zukunftsgeschichte*. Gütersloh（C. Bertelsmann）2010.

Bigler, Rolf R.: *Literatur im Abonnement. Die Arbeit der Buchgemeinschaften in der Bundesrepublik Deutschland*. Gütersloh（Bertelsmann Reinhard Mohn oHG）1975.

Böck, Max: *Die Auswirkungen neuer Markt- und Vertriebsformen auf Preisbindung und Sortiment*. München（V. Florentz）1980.

Börsenverein des Deutschen Buchhandels（Hrsg.）: *Buch und Buchhandel in Zahlen*. Frankfurt am Main（Buchhändler-Vereinigung）1980, 1989/90, 1993, 1995, 2000, 2010, 2014.

Böttger, Siegwart/Fritsch, Werner: *Deutschnationaler Handlungsgehilfen-Verband (DHV) 1893–1934*. In: *Die bürgerlichen Parteien in Deutschland. Handbuch der Geschichte der bürgerlichen Parteien und anderer bürgerlicher Interessenorganisationen vom Vormärz bis zum Jahre 1945. Bd. 2*. Hrsg. von Dieter Fricke. Leipzig（Bibliographisches Institut）1970, S. 702–714.

Brohm, Berthold: *Das Buch in der Krise. Studien zur Buchhandelsgeschichte der Weimarer Republik*. In: *Archiv für Geschichte des*

Buchwesens. Bd. 51. Hrsg. von der Historischen Kommission des Börsenvereins des Deutschen Buchhandels e. V. Frankfurt am Main（Buchhändler-Vereinigung GmbH）1999, S. 189–332.

Brunn-Steiner, Ursula: *Der Volksbildungsverein Wiesbaden: bibliothekarische Bildungsarbeit im Kaiserreich und in der Weimarer Zeit*. Wiesbaden（Stadtarchiv）1997.

Bühnemann, Michael/Friedrich, Thomas: *Zur Geschichte der Buchgemeinschaften der Arbeiterbewegung in der Weimarer Republik*. In: *Wem gehört die Welt — Kunst und Gesellschaft in der Weimarer Republik*. Hrsg. von der Neuen Gesellschaft für Bildende Kunst. Berlin（Neue Gesellschaft für Bildende Kunst）1977, S. 364–397.

Bussche, Raimund von dem: *Konservatismus in der Weimarer Republik. Die Politisierung des Unpolitischen*. Heidelberg（Universitätsverlag C. Winter）1998.

Dietzel, Thomas/Hügel, Hans-Otto: *Deutsche literarische Zeitschriften 1880–1945. Ein Repertorium. Bd. 2*. München/New York/London/Paris（K. G. Saur）1988.

Dräger, Horst: *Die Gesellschaft für Verbreitung von Volksbildung. Eine historisch-problemgeschichtliche Darstellung von 1871–1914*. Stuttgart（Ernst Klett Verlag）1975.

Dräger, Horst: *Volksbildung in Deutschland im 19. Jahrhundert. Bd. 2*. Bad Heilbrunn/OBB.（Verlag Julius Klinkhardt）1984.

DuMont, Reinhold Neven: *Die Kollektivierung des literarischen Konsums in der modernen Gesellschaft durch die Arbeit der Buchgemeinschaften*.（Freiburg Univ. Diss.）Köln 1961.

Edmondson, Nelson: *The Fichte Society: A Chapter in Germany's Conservative Revolution*. In: *The journal of modern history/University of Chicago*.（1966）Vol. 38（2）, pp. 161–180.

Emig, Brigitte: *Zur Geschichte der sozialdemokratischen Buchgemeinschaft „Der Bücherkreis" und ihres Verlags 1924–1933*. In: Brigitte Emig/Max Schwarz/Rüdiger Zimmermann: *Literatur für eine neue Wirklichkeit. Bibliographie und Geschichte des Verlags J. H. W. Dietz Nachf. 1881 bis 1981 und der Verlage Buchhandlung Vorwärts, Volksbuchhandlung Hottingen/Zürich, German Cooperative Print. & Publ. Co., London, Berliner Arbeiterbibliothek, Arbeiterjugendverlag, Verlagsgenossenschaft »Freiheit«, Der Bücherkreis*. Berlin/Bonn（J. H. W. Dietz Nachf.）1981, S. 463–482.

Evangelisches Johannesstift Berlin, Historisches Archiv（Hrsg.）: *Historisches Archiv des Evangelischen Johannesstifts Berlin. Bestände und Sammlungen*. Stand: Januar 2006.

Faultisch, Werner/Strobel, Ricarda: *Bestseller als Marktphänomen. Ein quantitativer Befund zur internationalen Literatur 1970 in allen Medien*. Wiesbaden (Harrassowitz) 1986.

Franzmann, Bodo: *Lesekultur heute. Über Nutzen und Notwendigkeit von Lesen, Leseförderung und Buchgemeinschaften*. In: *Medien*. 3 (1981) H. 2, S. 24–30.

Garke-Rothbart, Thomas: *„... für unseren Betrieb lebensnotwendig ..." Georg von Holtzblinck als Verlagsunternehmer im Dritten Reich*. München (K. G. Saur) 2008.

Gebauer, Horst: *Die Marxistische Büchergemeinde*. In: *Marginalien. Zeitschrift für Buchkunst und Bibliophilie*. (1984) H. 95, S. 61–67.

Gerardi, Alfred: *Kunden in jedem Haus. Wie der Versandhandel arbeitet*. Düsseldorf (Econ Verlag) 1959.

Gerstenberger, Heide: *Der revolutionäre Konservatismus. Ein Beitrag zur Analyse des Liberalismus*. Berlin (Duncker & Humblot) 1969.

Giloth, Mathias: *Kundenbindung in Mitgliedschaftsystemen: ein Beitrag zum Kundenwertmanagement – dargestellt am Beispiel von Buchgemeinschaften*. Frankfurt am Main/Berlin/Bern/Bruxelles/New York/Oxford/Wien (Peter Lang) 2003.

Girardi, Maria-Rita/Neffe, Lothar Karl/Steiner, Herbert (Bearb.): *Buch und Leser in Deutschland. Eine Untersuchung des DIVO-INSTITUTS*. Gütersloh (C. Bertelsmann) 1965.

Glotz, Peter: *Der Beitrag der Buchgemeinschaften zur Arbeitnehmerbildung*. In: *Bertelsmann-Texte 4*. Hrsg. von der Zentralen Presse- und Informationsabteilung der Bertelsmann AG. Gütersloh (C. Bertelsmann) 1975, S. 21–28.

Gööck, Roland: *Bücher für Millionen. Fritz Wixforth und die Geschichte des Hauses Bertelsmann*. Gütersloh (Bertelsmann Sachbuchverlag) 1968.

Gossler, Ascan: *Publizistik und konservative Revolution. Das „Deutsche Volkstum" als Organ des Rechtsintellektualismus 1918–1933*. Münster/Hamburg/London (Lit Verlag) 2001.

Grundmann, Herbert: *Parallelausgaben. Gegenüberstellung von Original- und Sonderausgaben der Verlage mit Buchgemeinschafts- und Taschenausgaben*. Bonn (H. Bouvier) 1961.

Habermas, Jürgen: *Strukturwandel der Öffentlichkeit. Untersuchungen zu einer Kategorie der bürgerlichen Gesellschaft*. Neuwied/Berlin (Luchterhand) 1962.

Hamel, Iris: *Völkischer Verband und nationale Gewerkschaft. Der Deutschnationale Handlungsgehilfen-Verband 1893–1933*. Frankfurt am Main (Europäische Verlagsanstalt) 1967.

Häufig, Ernst Moritz: *Vom Buchhändlerbörsenverein*. In: *Die Weltbühne*. 21 (1925) Nr. 29, S. 107–109.

Heinz, Hellmuth: *Die Büchergilde Gutenberg 1924–1933*. In: *Marginalien. Zeitschrift für Buchkunst und Bibliophilie*. (1970) H. 37, S. 23–43.

Henze, Eberhard: *Buchgemeinschaften*. In: *Lexikon des gesamten Buchwesens. Bd. 1*. Hrsg. von Severin Corsten, Günther Pflug und Friedrich Adolf Schmidt-Künsemüller. Stuttgart (Anton Hiersemann) 1987, S. 592–597.

Hiller, Helmut: *Bücher billiger*. München (Buch und Öffentlichkeit e. V.) [um 1968].

Hillesheim, Jürgen/Michael, Elisabeth: *Lexikon nationalsozialistischer Dichter. Biographien – Analysen – Bibliographien*. Würzburg (Königshausen & Neumann) 1993.

Hoepke, Klaus-Peter: *Die deutsche Rechte und der italienische Faschismus. Ein Beitrag zum Selbstverständnis und zur Politik von Gruppen und Verbänden der deutschen Rechten*. Düsseldorf (Droste Verlag) 1968.

Hohendahl, Peter Uwe: *Die Freude des Wählens. Die Programm-Illustrierten der Buchgemeinschaften*. In: *Zeitschrift für Literaturwissenschaft und Linguistik. Beiheft 1: Literatur für viele 1. Studien zur Trivialliteratur und Massenkommunikation im 19. und 20. Jahrhundert*. Hrsg. von Anton Kaes und Bernhard Zimmerman. Göttingen (Vandenhoeck & Ruprecht) 1975, S. 121–132.

Holtmann, Jan Philip: *Pfadabhängigkeit strategischer Entscheidungen. Eine Fallstudie am Beispiel des Bertelsmann Buchclubs Deutschland*. Mit einem Geleitwort von Prof. Dr. Georg Schreyögg. Köln (Kölner Wissenschaftsverlag) 2008.

Hömberg, Walter: *Kulturvertrieb als Freizeitservice? — Buchgemeinschaften*. In: *Medien*. 3 (1981) H. 2, S. 6–12.

Hutter, Martin: *Das Angebot der Buchgemeinschaften*. In: *Medien*. 3 (1981) H. 2, S. 14–23.

Hutter, Martin/Langenbucher, Wolfgang R.: *Buchgemeinschaften und Lesekultur. Studie zum Programmangebot von sechs Buchgemeinschaften (1972–1977)*. Berlin (Volker Spiess) 1980.

Kayser, Wolfgang: *Das literarische Leben der Gegenwart*. In: *Deutsche Literatur in unserer Zeit*. Mit Beiträgen von W. Kayser, B. von Wiese, W. Emrich, Fr. Martini, M. Wehrli, Fr. Heer. 2., durchgesehene Auflage. Göttingen (Vandenhoeck & Ruprecht) 1959, S. 5–31.

Kliemann, Peter: *Buchgemeinschaften*. In: *Literaturbetrieb in Deutschland*. Hrsg. von Heinz Ludwig Arnold. Stuttgart/München/Hannover

(Richard Boorberg) 1971, S. 135–146.

Kollmannsberger, Michael: *Buchgemeinschaften im deutschen Buchmarkt: Funktionen, Leistungen, Wechselwirkungen*. Mit einem Geleitwort von Elisabeth Noelle-Neumann. Wiesbaden (Harrassowitz) 1995.

Kurz, Roland: *Nationalprotestantisches Denken in der Weimarer Republik: Voraussetzungen und Ausprägungen des Protestantismus nach dem Ersten Weltkrieg in seiner Begegnung mit Volk und Nation*. Gütersloh (Gütersloher Verlagshaus) 2007.

Langenbucher, Wolfgang R.: *Die Demokratisierung des Lebens in der zweiten Leserevolution. Dokumentation und Analyse*. In: *Lesen und Leben: Eine Publikation des Börsenvereins des Deutschen Buchhandels in Frankfurt am Main zum 150. Jahrestag der Gründung des Börsenvereins der Deutschen Buchhändler am 30. April 1825 in Leipzig*. Hrsg. von Herbert G. Göpfert, Ruth Meyer, Ludwig Muth, Walter Rüegg. Frankfurt am Main (Buchhändler-Vereinigung GmbH) 1975, S. 12–35.

Lokatis, Siegfried: *Ein Konzept geht um die Welt. Vom Lesering zur Internationalisierung des Clubgeschäfts*. In: *175 Jahre Bertelsmann. Eine Zukunftsgeschichte*. Hrsg. von Bertelsmann AG. Gütersloh (C. Bertelsmann) 2010. S. 132–171.

Lokatis, Siegfried: *Hanseatische Verlagsanstalt. Politisches Buchmarketing im »Dritten Reich«*. Frankfurt am Main (Buchhändler-Vereinigung GmbH) 1992.

Lorenz, Heinz: *Die Gilde freiheitlicher Bücherfreunde 1929–1933*. In: *Marginalien. Zeitschrift für Buchkunst und Bibliophilie*. (1992) H. 126, S. 34–48.

Lorenz, Heinz: *Die Universum-Bücherei. 1926–1939. Geschichte und Bibliographie einer proletarischen Buchgemeinschaft*. Berlin (Elvira Tasbach) 1996.

Melis, Urban van: *Buchgemeinschaften in der Weimarer Republik*. Stuttgart (Anton Hiersemann) 2002.

Melis, Urban van: *Buchgemeinschaften*. In: *Geschichte des deutschen Buchhandels im 19. und 20. Jahrhundert. Bd. 2: Die Weimarer Republik 1918–1933. Teil 2*. Im Auftrag der Historischen Kommission hrsg. von Ernst Fischer und Stephan Füssel. Berlin/Boston (Walter de Gruyter) 2012, S. 553–588.

Meyer, Andreas: *Die Verlagsfusion Langen-Müller. Zur Buchmarkt- und Kulturpolitik des Deutschnationalen Handlungsgehilfen-Verbands in der Endphase der Weimarer Republik*. Frankfurt am Main (Buchhändler-Vereinigung GmbH) 1989.

Meyer-Dohm, Peter: *Der westdeutsche Büchermarkt. Eine Untersuchung der Marktstruktur, zugleich ein Beitrag zur Analyse der ver-*

tikalen Preisbindung. Stuttgart (Gustav Fischer Verlag) 1957.

Mohler, Armin: *Die konservative Revolution in Deutschland 1918–1932. Ein Handbuch*. Dritte, um einen Ergänzungsband erweiterte Auflage. Darmstadt (Wissenschaftliche Buchgesellschaft) 1989.

Nasarski, Gerlind: *Osteuropavorstellungen in der konservativ-revolutionären Publizistik. Analyse der Zeitschrift „Deutsches Volkstum" 1917–1941*. Bern (Herbert Lang)/Frankfurt am Main (Peter Lang) 1974.

Nerger, Katja/Zimmermann, Rüdiger (bearbeitet): *Zwischen Antisemitismus und Interessenvertretung. Periodika und Festschriften des Deutschnationalen Handlungsgehilfen-Verbands in der Bibliothek der Friedrich-Ebert-Stiftung. Ein Bestandsverzeichnis*. Bonn (Bibliothek der Friedrich-Ebert-Stiftung) 2006.

Oeltze, Otto: *Die Buchgemeinschaften*. In: *Handbuch des Buchhandels. Bd. 4. Übrige Formen des Bucheinzelhandels — Zwischenbuchhandel und Buchgemeinschaft*. Hrsg. u. Red. von Friedrich-Wilhelm Schaper. Wiesbaden/Gütersloh (Verlag für Buchmarkt-Forschung) 1977, S. 406–453.

Raabe, Paul: *Das Buch in den zwanziger Jahren. Aspekte einer Forschungsaufgabe*. In: *Das Buch in den zwanziger Jahren. Vorträge des zweiten Jahrestreffens des Wolfenbütteler Arbeitskreises für Geschichte des Buchwesens, 16. bis 18. Mai 1977*. Hrsg. von Paul Raabe. Hamburg (Dr. Ernst Hauswedell & Co.) 1978, S. 9–32.

Repschläger, Max: *Der Reise- und Versandbuchhandel*. In: *Der deutsche Buchhandel. Wesen · Gestalt · Aufgabe*. Hrsg. von Helmut Hiller und Wolfgang Strauss. Hamburg (Verlag für Buchmarkt-Forschung) 1968, S. 230–240.

Rosin, Hans: *„Buchgemeinschaft" und Bildungspflege*. Stettin (Verlag „Bücherei und Bildungspflege") 1926.

Roszinsky-Terjing, Arnd: *Imperien auf dem Hauptvorschlagsband. Über Buchgemeinschaften*. In: *Literaturbetrieb in der Bundesrepublik Deutschland. Ein kritisches Handbuch*. Hrsg. von Heinz Ludwig Arnold. München (edition text + kritik GmbH) 1981, S. 112–124.

Rüppel, Rudolf: *Christliche Buchgemeinschaften in Europa und in den USA*. In: *Bertelsmann Briefe* (Juli 1964), H. 31, S. 1–6.

Runge, Kurt: *Die Buchgemeinschaft und ihre Problematik*. In: *Das Recht am Geistesgut. Studien zum Urheber-, Verlags- und Presserecht. Eine Festschrift für Walter Bappert*. Hrsg. von Fritz Hodeige. Freiburg (Verlag Rombach) 1964, S. 219–241.

Rütters, Peter: *Der Deutschnationale Handlungsgehilfen-Verband (DHV) und der Nationalsozialismus*. In: *Historisch-Politische Mitteilungen*. (2009) Nr. 16, S. 81–108.

Sarkowicz, Hans/Mentzer, Alf: *Schriftsteller im Nationalsozialismus: Ein Lexikon*. Berlin (Insel Verlag) 2011.

Sarkowski, Heinz: *‹Der Deutsche Buch-Club›, Hamburg (1927–1935)*. In: *Ernst Hauswedell: 1901–1983*. Hrsg. im Auftrage der Maximilian-Gesellschaft von Gunnar A. Kaldewey. Hamburg (Maximilian-Gesellschaft e. V.) 1987, S. 9–35.

Schildt, Axel: *Konservatismus in Deutschland. Von den Anfängen im 18. Jahrhundert bis zur Gegenwart*. München (Verlag C. H. Beck) 1998.

Schmitt, W. Christian: *Eine Branche im Röntgenbild: Backen auch Buchklubs bald (wieder) kleine Brötchen?* In: *Medien*. 3 (1981) H. 2, S. 12ff.

Schmitt, W. Christian: *Vor dem Ende der Lesekultur. 20 Jahre Buch- und Literaturmarkt aus nächster Nähe*. Kehl/Strasbourg/Basel (Morstadt) 1990.

Scholl, Bernadette: *Bürgerlich orientierte Buchgemeinschaften*. In: *Buchgestaltung in Deutschland 1900–1945*. (Ausstellungskatalog) Hrsg. von Walter Kambartel. Bielefeld (Antiquariat Granier) 1987, S. 47–52.

Scholl, Bernadette: *Buchgemeinschaften in Deutschland 1918–1933*. Engelsbach/Frankfurt am Main/Washington (Hänsel-Hohenhausen) 1994.

Schulz, Gerd: *Buchhandels-Ploetz. Abriß der Geschichte des deutschsprachigen Buchhandels von Gutenberg bis zur Gegenwart*. 5., aktualisierte Auflage. Freiburg/Würzburg (Verlag Ploetz) 1990.

Sieger, Ferdinand: *Buchgemeinschaften heute: betriebsverfassungsrechtlicher Tendenzschutz*. München (J. Schweitzer) 1983.

Sommer, Heinz: *›Universum-Bücherei für Alle‹ — Ein Nachtrag. Ergänzendes zu dem Beitrag von Heinz Lorenz im Heft 92 (1983) der ›Marginalien‹*. In: *Marginalien. Zeitschrift für Buchkunst und Bibliophilie*. (1984) H. 96, S. 22–34.

Strauss, Wolfgang: *Die deutschen Buchgemeinschaften*. In: *Der deutsche Buchhandel. Wesen · Gestalt · Aufgabe*. Hrsg. von Helmut Hiller und Wolfgang Strauss. Hamburg (Verlag für Buchmarkt-Forschung) 1968, S. 266–278.

Strauss, Wolfgang: *Bemerkungen zur gesellschaftlichen Relevanz von Buchgemeinschaften*. In: *Beiträge zur Geschichte des Buches und seiner Funktion in der Gesellschaft*. Hrsg. von Alfred Świerk. Stuttgart (Anton Hiersemann) 1974, S. 280–290.

Tietz, Bruno: *Der Direktvertrieb an Konsumenten: Vortrag beim — vom Unternehmensbereich Buchgemeinschaften der Bertelsmann AG am 17. Oktober in Hamburg veranstalteten — Colloquium „Werbung – Direktvertrieb – Verbraucherschutz“*. Gütersloh (Zentrale

Presse- und Informationsabteilung der Bertelsmann AG）1975.
Uhlig, Christian: *Der Sortimentsbuchhandel. Ein Lehrbuch.* Völlige Neubearbeitung des Werkes von Friedrich Uhlig. Stuttgart（Dr. Ernst Hauswedell & Co.）2008.
Weiling, Christoph: *Die „Christlich-deutsche Bewegung“. Eine Studie zum konservativen Protestantismus in der Weimarer Republik.* Göttingen（Vandenhoeck & Ruprecht）1998.
Weissbach, Frank: *Buchgemeinschaften als Vertriebsform im Buchhandel.* In: *Buchgemeinschaften in Deutschland.* Hrsg. von Gunter Ehni und Frank Weissbach. Hamburg（Verlag für Buchmarkt-Forschung）1967, S. 17–101.
Wulf, Joseph: *Literatur und Dichtung im Dritten Reich. Eine Dokumentation.* Frankfurt am Main/Berlin（Ullstein）1989.
Zickfeldt, Kurt: *Die Umgestaltung des Buchmarktes durch Buchgemeinschaften und Fachvereinsverlage in Zusammenhang mit den Plänen und Versuchen der Sozialisierung und Verstaatlichung des Buchwesens.* Osterwieck am Harz（A. W. Zickfeldt）1927.
Ziegler, Edda: *Verboten – verfemt – vertrieben. Schriftstellerinnen im Widerstand gegen den Nationalsozialismus.* München（Deutscher Taschenbuch Verlag）2010.
Zopp, Hans: *Buchgemeinschaften. Ihre Rolle und Wertigkeit in der Kulturvermittlung.* In: *Medien.* 3（1981）H. 2, S. 39–40.
[o. V.]: *Verlage/Bertelsmann-Konzern. Die Bestsellerfabrik.* In: *Der Spiegel.*（1957）H. 30, S. 32–41.

（2）和文文献

有元秀文「読解力向上を目指したブッククラブの指導法の開発　理解と解釈を重視したクリティカル・リーディングの理論と方法」（『全国大学国語教育学会発表要旨集』第一一六号、二〇〇九年、一九二—一九五頁）。

雨宮昭彦「第二帝政期ドイツにおける商業労働力の存在形態——ドイツ職員（Angestellte）問題の一側面」（政治経済学・経済史学会『土地制度史学』第三〇巻・第一号、一九八七年、一—二一頁）。

雨宮昭彦「第一次大戦前ドイツ商業職員の〈移動〉と社会的系譜——一九〇八年ＤＨＶ労働調査に即して」（東京都立大学経済学部・経済学会『経済と経済学』第六一号、一九八八年、八三—一〇七頁）。

雨宮昭彦「第一次世界大戦前ドイツにおける中・下級商業職員の職業的育成——徒弟制度の変質と商業学校の発展」（社会経済史学会『社會經濟史學』第五六巻・第一号、一九九〇年、六二—九三頁）。

雨宮昭彦『帝政期ドイツの新中間層――資本主義と階層形成』（東京大学出版会）二〇〇〇年。

池田浩士『ファシズムと文学――ヒトラーを支えた作家たち』（インパクト出版会）二〇〇六年。

H・A・ヴィンクラー（後藤俊明・杉原達・奥田隆男・山中浩司訳）『ドイツ中間層の政治社会史　一八七一―一九九〇年』（同文館）一九九四年。

ハインリヒ・アウグスト・ヴィンクラー（後藤俊明・奥田隆男・中谷毅・野田昌吾訳）『自由と統一への長い道　I・II』（昭和堂）二〇〇八年。

大嶽卓弘「ブリューニンク内閣と職員層　初期ブリューニンク内閣に於ける失業保険政策とドイツ国家商店員連盟」（慶應義塾大学三田史学会『史学』第五七巻・第二号、一九八五年、一三三―一五八頁）。

尾崎俊介「アメリカを変えたブッククラブ――Book-of-the-Month Club の過去・現在・未来」（愛知教育大学英語研究室「外国語研究」第四三号、二〇一〇年、四三―六四頁）。

小野清美『保守革命とナチズム』（名古屋大学出版会）二〇〇四年。

蔭山宏『ワイマール文化とファシズム』（みすず書房）一九八六年。

クローディア・クーンズ（滝川義人訳）『ナチと民族原理主義』（青灯社）二〇〇六年。

塩原亜紀「所蔵される書物――円本ブームと教養主義」（横浜国立大学国語国文学会「横浜国大国語研究」第二〇号、二〇〇二年、一―一〇頁）。

ヘルマン・シェーファー（稲木勝彦訳）『現代ドイツ文學（作家と作品）』（東京開成館）一九四四年。

新海英行『現代ドイツ民衆教育史研究――ヴァイマル期民衆大学の成立と展開』（日本図書センター）二〇〇四年。

K・ゾントハイマー（川島幸夫・脇圭平訳）『ワイマール共和国の政治思想』（ミネルヴァ書房）一九七六年。

竹岡健一「雑誌『かまどの火』について――ナチズムと文学メディアのかかわりに関する考察の新たな手がかりとして」（日本独文学会『ドイツ文学』第一一六号、二〇〇四年、六一―六八頁）。

竹岡健一『ルイーゼ・リンザーとナチズム――二十世紀ドイツ文学の一側面』（関西学院大学出版会）二〇〇六年。

竹岡健一「ドイツにおける〈書籍学〉――概観とマインツ大学書籍学研究所に関する事例研究」（九州大学独文学会『九州ドイツ文学』第二七号、二〇一三年、一―一八頁）。

谷喬夫『現代ドイツの政治思想――ナチズムの影』（新評論）一九九五年。

田村栄子『若き教養市民層とナチズム――ドイツ青年・学生運動の思想の社会史』(名古屋大学出版会) 一九九六年。

田村栄子・星乃治彦(編)『ヴァイマル共和国の光芒――ナチズムと近代の相克』(昭和堂) 二〇〇七年。

ジェフリー・ハーフ(中村幹雄・谷口健治・姫岡とし子訳)『保守革命とモダニズム――ワイマール・第三帝国のテクノロジー・文化・政治』(岩波書店) 一九九一年。

平井正『二〇世紀の権力とメディア――ナチ・統制・プロパガンダ』(雄山閣出版) 一九九三年。

ヤン・ベルク他(山本尤・三島憲一・保坂一夫・鈴木直訳)『ドイツ文学の社会史 上・下』(法政大学出版局) 一九八九年。

ヨースト・ヘルマント(識名章喜訳)『理想郷としての第三帝国――ドイツ・ユートピア思想と大衆文化』(柏書房) 二〇〇二年。

デートレフ・ポイカート(木村靖二・山本秀行訳)『ナチス・ドイツ――ある近代の社会史』(三元社) 二〇〇五年。

明星聖子「デジタルアーカイブのための新しい『文献学』――未来の『文学全集』、そしてその先にあるものを考えて」(情報処理学会研究報告 人文科学とコンピュータ研究会報告、2006-CH-70、二五―三二頁)

望田幸男・田村栄子『ハーケンクロイツに生きる若きエリートたち』(有斐閣) 一九九〇年。

ジョージ・L・モッセ(植村和秀・大川清丈・城達也・野村耕一訳)『フェルキッシュ革命――ドイツ民族主義から反ユダヤ主義へ』(柏書房) 一九九八年。

山口定「ナチスの抬頭と中間層」(東京大学社会科学研究所「ファシズムと民主主義」研究会編『運動と抵抗 中』ファシズム期の国家と社会7(東京大学出版会) 一九七九年、一四七―一九二頁)。

山口知三『ドイツを追われた人びと 反ナチス亡命者の系譜』(人文書院) 一九九一年。

ウォルター・ラカー(脇圭平・初宿正典・八田恭昌訳)『ワイマル文化を生きた人びと』(ミネルヴァ書房) 一九八〇年。

ウォルター・ラカー(西村稔訳)『ドイツ青年運動――ワンダーフォーゲルからナチズムへ』(人文書院) 一九八五年。

ヘルマン・リュッベ(今井道夫訳)『ドイツ政治哲学史――ヘーゲルの死より第一次世界大戦まで』(法政大学出版局) 一九九八年。

鷲巣由美子「ホワイトカラーの家族像 ファラダの『しがない男よ、さあどうする』を中心に」(『学習院大学ドイツ文学会研究論集』第三号、一九九九年、二一一―二三七頁)。

二　一次文献

（１）　ドイツ民族商業補助者連合の定期刊行物

①　Deutsche Handels-Wacht

Inhaltsverzeichnisse von „*Deutsche Handels-Wacht*". (1922) Nr. 1–37.

Wessarius: *Die Sprachenschule des D. H. V. in London*. In: *Deutsche Handels-Wacht*. (1928) Nr. 24, S. 485f.

[Wa]: *Am 1. April nach Hamburg zur Kaufmannsschule des DHV*. In: *Deutsche Handels-Wacht*. (1933) Nr. 4, S. 50.

[Wa]: *Unsere Sprachenschulen in London, Paris, Barcelona*. In: *Deutsche Handels-Wacht*. (1933) Nr. 19, S. 268.

②　Kaufmännische Praxis

[o. V.]: *Das Hochschulstudium für Kaufleute*. In: *Kaufmännische Praxis*. (1925) Nr. 5, S. 215.

[o. V.]: *Verkaufstatistik (Umsatzstatistik)*. In: *Kaufmännische Praxis*. (1925) Nr. 5, S. 216f.

Werner: *Die Folgen der Annahmeverweigerung beim Handelskauf*. In: *Kaufmännische Praxis*. (1925) Nr. 5, S. 217f.

Heine, Julius: *Die Befugnisse des Ladenangestellten*. In: *Kaufmännische Praxis*. (1925) Nr. 5, S. 218.

[Wa]: *Handelshochschul-Ferienkursus des D. H. V*. In: *Kaufmännische Praxis*. (1925) Nr. 5, S. 218.

Stange, Heinz: *Die Kaufmannschule des D. H. V. in Hamburg*. In: *Kaufmännische Praxis*. (1926) Nr. 9, S. 454.

③　Volkstum und Leben

[o. V.]: *Gewerkschaftspolitik und Bildungsarbeit*. In: *Volkstum und Leben*. (1922) Nr. 2, S. 90.

Weinberger, Ludwig: *Die Lichtbildstelle des D. H. V*. In: *Volkstum und Leben*. (1922) Nr. 8, S. 409.

Ziegler: *Unser Bildungswesen*. In: *Volkstum und Leben*. (1922) Nr. 9, S. 457.

Henschel, Otto: *Die Aufgabe der Geselligkeitspflege*. In: *Volkstum und Leben*. (1925) Nr. 8, S. 441.

Weitenauer: *Ein Rundgang durch die Bildungsarbeit der Abteilung 17*. In: *Volkstum und Leben*. (1925) Nr. 8, S. 440f.

Krebs: *Die Volksschule und wir!* In: *Volkstum und Leben*. (1925) Nr. 8, S. 441f.

Krebs: *Standwerdung als Bildungsproblem*. In: *Volkstum und Leben*.（1926）Nr. 7, S. 365.
Norwig: *Das berufsständische Seminar des D. H. V.* In: *Volkstum und Leben*.（1928）Nr. 20, S. 412.

④ Kultur des Kaufmanns

Inhaltsverzeichnisse von „*Kultur des Kaufmanns*".（1920/21）H. 4 – H. 6, H. 8 – H. 12;（1921/22）H. 3.
Schwindrazheim, Oskar: *Hafen*. In: *Kultur des Kaufmanns*.（1920/21）H. 6, Titelbild.
[Wa]: *Hamburger Handelsbücher, Kaufmanns Taschenbücher*. In: *Kultur des Kaufmanns*.（1920/21）H. 8, Rückseite des Einbands.

⑤ Welt des Kaufmanns

Inhaltsverzeichnisse von „*Welt des Kaufmanns*".（1923/24）H. 1 –（1926/27）H. 12;（1928/29）H. 1 –（1931/32）H. 12;（1932/33）H. 11.
[o. V.]: *Förderband für schräge Förderung*. In: *Welt des Kaufmanns*.（1926/27）H. 1, Titelbild.
[Wa]: *Wichtige Handbücher für den Buchhalter*. In: *Welt des Kaufmanns*.（1932/33）H. 11, S. 353.

⑥ Jungdeutsche Stimmen

Engelhardt, Emil: *Das Volkshochschulheim auf dem Lande*. In: *Jungdeutsche Stimmen*.（1920）H. 19/20, S. 405–409.
[Wa]: *Fichte-Gesellschaft*. In: *Jungdeutsche Stimmen*.（1920）H. 23/24. Diese Seite hat keine Seitenangabe und folgt als übernächste auf die Seite 480.

⑦ Deutsches Volkstum

Deutsches Volkstum.（1927）H. 1 –（1936）H. 12.
Inhaltsverzeichnis von „*Deutsches Volkstum*".（1933）1. Halbjahr（von Januar bis Juni）.

（2） ドイツ民族商業補助者連合関連人物の著作

Engelhardt, Emil: *Die Fichte-Hochschule in Hamburg: Aufbau, Verwaltung und Arbeit: 1917 bis 1919*. Hamburg（Verlag des deutschen

Volkstum）1919.
Gerber, Hans: *Ueber die Jugendbewegung*. Hamburg（Hanseatische Verlagsanstalt）1921.
Habermann, Max: *Stand und Staat, eine Rede an die junge Mannschaft des DHV*. Hamburg/Berlin/Leipzig（Haneatische Verlagsanstalt）1931.
Stapel, Wilhelm: *Die literarische Vorherrschaft der Juden in Deutschland 1918 bis 1933*. Hamburg（Hanseatische Verlagsanstalt）1937.
Zimmermann, Albert: *Der Deutschnationale Handlungsgehilfen-Verband. Sein Werden, Wirken und Wollen*. Hamburg（Hanseatische Verlagsanstalt）1921.

（3） ブッククラブのカタログ雑誌等

① ドイツ家庭文庫

[o. V.（Schn.）]: *Zum Geleit*. In: *Der hansische Bücherbote*.（1923）Nr. 1/2, S. 1.
[o. V.]: *Deutsche Hausbücherei*. In: *Der hansische Bücherbote*.（1923）Nr. 1/2, S. 7.
[o. V.]: *Deutsche Hausbücherei*. In: *Der hansische Bücherbote*.（1923）Nr. 8, S. 36.
[o. V.]: *Deutsche Hausbücherei*. In: *Der hansische Bücherbote*.（1923）Nr. 9, S. 41.
[o. V.]: *Deutsche Hausbücherei*. In: *Der hansische Bücherbote*.（1924）Nr. 1/2, S. 8f.
[o. V.]: *Was bietet die Deutsche Hausbücherei?* In: *Der hansische Bücherbote*.（1924）Nr. 5. Diese Seite hat keine Seitenangabe und folgt auf die Seite 52.
[o. V.]: *Mitgliedschaft der Deutschen Hausbücherei*. In: *Der hansische Bücherbote*.（1924）Nr. 5. Diese Seite hat keine Seitenangabe und folgt auf die Seite 52.
[o. V.]: *Bücherbünde und Deutsche Hausbücherei*. In: *Der hansische Bücherbote*.（1924）Nr. 6/7, S. 97ff.
[o. V.]: *Deutsche Hausbücherei*. In: *Der hansische Bücherbote*.（1925）Nr. 1, Rückseite des Titelblattes.
[o. V.]: *Deutsche Hausbücherei*. In: *Der hansische Bücherbote*.（1926）Nr. 12, S. 207.
Wulff, Richard: *Die Deutsche Hausbücherei als Gesinnungsgemeinschaft*. In: *Der Hausbücher-Bote*.（1928）Nr. 10, S. 155ff.
[o. V.]: *Was will die Deutsche Hausbücherei? Rückblick und Ausblick*. In: *Der Hausbücher-Bote*.（1928）Nr. 3, S. 51.

Wulff, Richard: *Die Deutsche Hausbücherei als Mittelpunkt der Familie*. In: *Der Hausbücher Bote*. (1928) Nr. 11, S. 170ff.

[o. V.]: *An unsere Hausbücherei-Freunde*. In: *Herdfeuer*. (1929) Nr. 1, S. 1.

[o. V.]: *Deutsche Hausbücherei*. In: *Herdfeuer*. (1929) Nr. 1, S. 13.

[o. V.]: *Amtliche Mitteilungen der Deutschen Hausbücherei Hamburg*. In: *Herdfeuer*. (1929) Nr. 3, S. 48.

[o. V.]: *Deutsche Hausbücherei*. In: *Herdfeuer*. (1929) Nr. 4, S. 61.

[o. V.]: *Leinen oder Halbleder?* In: *Herdfeuer*. (1929) Nr. 6, S. 80.

[o. V.]: *Wie komme ich billig zu guten Büchern? Wie ergänze ich meine Bücherei am besten?* In: *Herdfeuer*. (1929) Nr. 10, S. 158.

[o. V.]: *Jedem deutschen Hause eine gediegene Eigenbücherei durch die Deutsche Hausbücherei*. In: *Herdfeuer*. (1929) Nr. 11, S. 175.

[o. V.]: *Die neue erweiterte Auswahlreihe*. In: *Herdfeuer*. (1929) Nr. 11, S. 176.

[o. V.]: *Die Autoren der Jahresreihe 1930 der Deutschen Hausbücherei*. In: *Herdfeuer*. (1929) Nr. 12, S. 190.

[o. V.]: *Mitteilungen der deutschen Hausbücherei*. In: *Herdfeuer*. (1929) Nr. 12, S. 192.

[o. V.]: *So wächst Ihre Bücherei*. In: *Herdfeuer*. (1930) Nr. 1, S. 15.

[o. V.]: *Jetzt jeden Monat ein Buch! Jetzt brauchen Sie nicht mehr zu warten!* In: *Herdfeuer*. (1930) Nr. 5, S. 80.

[o. V.]: *Die neue Jahresreihe der Deutschen Hausbücherei*. In: *Herdfeuer*. (1930) Nr. 11, S. 172.

[o. V.]: *Die Auswahlreihen der deutschen Hausbücherei, aus der gewählt werden kann*. In: *Herdfeuer*. (1930) Nr. 11, S. 173.

Wolf, Hans: *Ein Buch wird zerlegt*. In: *Herdfeuer*. (1931) Nr. 1, S. 14.

[o. V.]: *Betr. Auswahlbände der Reihe 1931*. In: *Herdfeuer*. (1931) Nr. 1, S. 16.

[o. V. (Schn.)]: *Die Leistungssteigerungen der Deutschen Hausbücherei*. In: *Herdfeuer*. (1931) Nr. 2, S. 32.

[o. V.]: *Wer mehr will, braucht nicht zu fasten*. In: *Herdfeuer*. (1931) Nr. 2, S. 32.

[o. V.]: *Eine Erleichterung in der Buchwahl*. In: *Herdfeuer*. (1931) Nr. 5, S. 16.

[o. V.]: *Bücher, die nichts kosten! Auch für Sie!* In: *Herdfeuer*. (1931) Nr. 7, S. 14.

[o. V.]: *Literarische Diktatur — von wem?* In: *Herdfeuer*. (1931) Nr. 8, S. 2f.

[o. V.]: *Das bringen wir Ihnen 1932*. In: *Herdfeuer*. (1931) Nr. 10, S. 16.

Schneider, Emil: *Wie die Deutsche Hausbücherei wurde*. In: *Herdfeuer*. (1931) Nr. 11, S. 2f.

[o. V.]: *Die Sondergaben 1932*. In: *Herdfeuer*. (1931) Nr. 11, S. 10.
[o. V.]: *Die reichhaltige Auswahlreihe*. In: *Herdfeuer*. (1931) Nr. 11, S. 10–15.
[o. V. (Mitglied 11053)]: *Ein Brief aus Elberfeld*. In: *Herdfeuer*. (1931) Nr. 12, S. 15.
[o. V.]: *Wie unsere Hausbüchereibände entstehen*. In: *Herdfeuer*. (1932) Nr. 1, S. 11f.
[o. V.]: *Die Werber-Ehrenliste der deutschen Hausbücherei!* In: *Herdfeuer*. (1932) Nr. 3, S. 110.
[o. V.]: *Unterhaltung mit dem Leser*. In: *Herdfeuer*. (1932) Nr. 3, S. 112.
[o. V.]: *Unsere Sommergaben*. In: *Herdfeuer*. (1932) Nr. 4, S. 189.
[o. V.]: *Einbandart der Wahlbände und der Sommergaben*. In: *Herdfeuer*. (1932) Nr. 4, S. 189.
[o. V.]: *Die Werber-Ehrenliste der deutschen Hausbücherei!* In: *Herdfeuer*. (1932) Nr. 4, S. 192.
[o. V.]: *Die Werber-Ehrenliste der deutschen Hausbücherei!* In: *Herdfeuer*. (1932) Nr. 5, S. 268.
Hansen, Sophus: *Bildnis eines Buchfreundes*. In: *Herdfeuer*. (1932) Nr. 6, Titelblatt.
[o. V.]: *Die neue Jahresreihe*. In: *Herdfeuer*. (1932) Nr. 6, S. 310–325.
[o. V.]: *Die reichhaltige Auswahlreihe*. In: *Herdfeuer*. (1932) Nr. 6, S. 326–336.
[o. V.]: *Werbepreise wie noch nie!* In: *Herdfeuer*. (1932) Nr. 6, S. 348.
[o. V.]: *Unsere Werbepreise 1932/1933*. In: *Herdfeuer*. (1932) Nr. 6, S. 349.
[o. V.]: *Jedes Mitglied ein Werber!* In: *Herdfeuer*. (1932) Nr. 6, S. 350.
[o. V.]: *Unterhaltung mit dem Leser*. In: *Herdfeuer*. (1933) Nr. 1, S. 75.
[o. V.]: *Die Ehrenliste der erfolgreichen Werber*. In: *Herdfeuer*. (1933) Nr. 1, S. 75.
Böhme, Susanne: *Deutsche Frauen werben für das Deutsche Buch. Briefe, die uns erreichten*. In: *Herdfeuer*. (1933) Nr. 1, S. 76.
[o. V.]: *Von unserer Hausbücherei*. In: *Herdfeuer*. (1933) Nr. 1, S. 78.
[o. V.]: *Unsere Sommer- und Weihnachtsgaben 1933*. In: *Herdfeuer*. (1933) Nr. 2, S. 156f.
[o. V.]: *Die Ehrenliste der erfolgreichen Werber für die deutsche Hausbücherei*. In: *Herdfeuer*. (1933) Nr. 2, S. 158.
Pressentin, v.: *Senator v. Pressentin. 1. Gauführer im „Stahlhelm“, B. d. F., Gau Hamburg*. In: *Herdfeuer*. (1933) Nr. 3, S. 236.
[o. V.]: *Der 4. Reihenband wird besonders schön!* In: *Herdfeuer*. (1933) Nr. 3, S. 237.

[o. V.]: *Im Kampf um die Erneuerung deutscher Kultur*. In: *Herdfeuer*. (1933) Nr. 3, S. 238.

[o. V.]: *Den Weg frei für die nationale Erhebung!* In: *Herdfeuer*. (1933) Nr. 3, S. 240.

[o. V.]: *Neue Werbepreise*. In: *Herdfeuer*. (1933) Nr. 3. Diese Seite hat keine Seitenangabe und folgt auf die Seite 240.

Bruck, Moeller van den: *Die Werte der nationalen Revolution*. In: *Herdfeuer*. (1933) Nr. 4, S. 241.

Goebbels, Joseph: *Die Sendung des Buches in der nationalen Revolution. Aus der Rede von Reichsminister Dr. Goebbels vor dem Börsenverein Deutscher Buchhändler*. In: *Herdfeuer*. (1933) Nr. 4, S. 248–251.

Mark, Constantin: *Adolf Hitler/Wüste*. In: *Herdfeuer*. (1933) Nr. 4, S. 249.

[o. V. (H.)]: *Umstellung der deutschen Dichterakademie*. In: *Herdfeuer*. (1933) Nr. 4, S. 297.

[o. V. (H.)]: *Unterhaltung mit dem Leser*. In: *Herdfeuer*. (1933) Nr. 4, S. 315.

[o. V.]: *Werbepreise, wie noch nie!* In: *Herdfeuer*. (1933) Nr. 4, S. 320.

[o. V.]: *An unsere Werber!* In: *Herdfeuer*. (1933) Nr. 4. Diese Seite hat keine Seitenangabe und folgt auf die Seite 320.

[o. V.]: *An unsere Freunde!* In: *Herdfeuer*. (1933) Nr. 5, S. 348.

[o. V.]: *Die neue Jahresreihe*. In: *Herdfeuer*. (1933) Nr. 5, S. 348f.

[o. V.]: *Feriengabe*. In: *Herdfeuer*. (1933) Nr. 5, S. 362.

[o. V.]: *Weihnachtsgabe*. In: *Herdfeuer*. (1933) Nr. 5, S. 363.

[o. V.]: *Die reichhaltige Auswahlreihe*. In: *Herdfeuer*. (1933) Nr. 5, S. 366–383.

[o. V.]: *Die wertvollen Werbegaben der D. H. B*. In: *Herdfeuer*. (1933) Nr. 5, S. 399f.

[o. V.]: *An unsere Werber!* In: *Herdfeuer*. (1933) Nr. 5. Diese Seite hat keine Seitenangabe und folgt als übernächste auf die Seite 399.

[o. V.]: *Wer liest den „Illustrierten Beobachter“?* In: *Herdfeuer*. (1933) Nr. 6, S. 477.

[o. V.]: *Es geht um den Einband!* In: *Herdfeuer*. (1933) Nr. 6, S. 478.

[o. V.]: *Adolf Hitler auf der Kulturtagung in Nürnberg*. In: *Herdfeuer*. (1933) Nr. 6, S. 479.

[o. V.]: *An unsere Werber!* In: *Herdfeuer*. (1933) Nr. 6. Diese Seite hat keine Seitenangabe und folgt auf die Seite 479.

[o. V.]: *SS-Gruppenführer Wittje über die Deutsche Hausbücherei*. In: *Herdfeuer*. (1933) Nr. 6. Diese Seite hat keine Seitenangabe und folgt auf die Seite 479.

[o. V.]: *Der Führer des Gesamtverbandes der Deutschen Angestellten, Staatsrat Albert Forster, M. d. R., Danzig, über die Deutsche Hausbücherei*. In: *Herdfeuer*. (1933) Nr. 6. Diese Seite hat keine Seitenangabe und folgt als übernächste auf die Seite 479.

[o. V.]: *Aus deutschem Schrifttum*. In: *Herdfeuer*. (1934) Nr. 1, S. 37.

[o. V.]: *Eröffnung der Reichskulturkammer in Berlin*. In: *Herdfeuer*. (1934) Nr. 1, S. 48.

[o. V.]: *Reichsminister Dr. Goebbels besucht die deutsche Buchmesse in Berlin*. In: *Herdfeuer*. (1934) Nr. 1, S. 49.

[o. V.]: *Mitglieder des Ehrenausschusses der Deutschen Hausbücherei bei der Arbeit*. In: *Herdfeuer*. (1934) Nr. 1, S. 50.

[o. V.]: *Unterhaltung mit dem Leser*. In: *Herdfeuer*. (1934) Nr. 1, S. 60.

[o. V.]: *... und immer neue Zustimmung!* In: *Herdfeuer*. (1934) Nr. 1, S. 62f.

[o. V.]: *Otto Hanke, Halle/Saale, stellv. Gaubetriebszellenobmann, brachte in 14 Tagen 139 Werbungen!* In: *Herdfeuer*. (1934) Nr. 1, S. 63.

[o. V.]: *Werberehrenliste der deutschen Hausbücherei*. In: *Herdfeuer*. (1934) Nr. 1, S. 64.

[o. V.]: *Der Ehrenausschuß der Deutschen Hausbücherei*. In: *Herdfeuer*. (1934) Nr. 1. Diese Seite hat keine Seitenangabe und folgt auf die Seite 64.

Weinreich, Paul: *Ein Jahr deutsche Revolution!* In: *Herdfeuer*. (1934) Nr. 2, S. 65–70.

[o. V. (H.)]: *Der Aufmarsch, eine Form der neuen Volksgemeinschaft*. In: *Herdfeuer*. (1934) Nr. 2, S. 71–74.

Rinser, Luise: *Aus einem oberbayrischen B. d. M.-Führerlager*. In: *Herdfeuer*. (1934) Nr. 2, S. 127–131.

Wolf, Hans: *Nationalsozialistische Kulturpolitik*. In: *Herdfeuer*. (1934) Nr. 2, S. 131f.

[o. V.]: *Ehrung von erfolgreichen Hausbüchereiwerbern*. In: *Herdfeuer*. (1934) Nr. 2, S. 142.

Wolf, Hans: *Das Werk ruft!* In: *Herdfeuer*. (1934) Nr. 2, S. 143f.

[o. V.]: *Die Deutsche Hausbücherei*. In: *Herdfeuer*. (1934) Nr. 3, Rückseite des Titelblattes.

Payr, Bernhard: *Schöpferische Schrifttumskritik*. In: *Herdfeuer*. (1934) Nr. 3, S. 190f.

[o. V.]: *Nationale Kulturpolitik der Tat — Zahlen sprechen!* In: *Herdfeuer*. (1934) Nr. 3, S. 203.

[o. V.]: *Unser 2. Reihenband — ein ganz großer Erfolg!* In: *Herdfeuer*. (1934) Nr. 3, S. 206f.

[o. V.]: *Die Deutsche Hausbücherei*. In: *Herdfeuer*. (1934) Nr. 4, Rückseite des Titelblattes.

[o. V.]: *Aus deutschem Schrifttum*. In: *Herdfeuer*. (1934) Nr. 4, S. 245.

Haß, Hermann: *Das Hakenkreuz*. In: *Herdfeuer*. (1934) Nr. 4, S. 259f.

[o. V.]: *„Sankt Blehk“ unter den „Sechs Bücher des Monats“*. In: *Herdfeuer*. (1934) Nr. 4, S. 268.

[o. V.]: *Eine Liste der Reichsstelle*. In: *Herdfeuer*. (1934) Nr. 4, S. 269.

[o. V.]: *Völkischer Beobachter. Beilage „Deutsches Schrifttum“ vom 4. Mai 1934. Ludwig Tügel: Sankt Blehk*. In: *Herdfeuer*. (1934) Nr. 4, S. 271.

[o. V.]: *N. S. Funk über „Engel Hiltensperger“*. In: *Herdfeuer*. (1934) Nr. 4. Diese Seite hat keine Seitenangabe und folgt auf die Seite 272.

Ivers, Hans: *Waffenträger*. In: *Herdfeuer*. (1934) Nr. 5, S. 292f.

[o. V.]: *Die Jahresreihe 1935*. In: *Herdfeuer*. (1934) Nr. 5, S. 294–309.

[o. V.]: *Die reichhaltige Auswahlreihe*. In: *Herdfeuer*. (1934) Nr. 5, S. 310–327.

[o. V.]: *Anerkennung für die deutsche Hausbücherei*. In: *Herdfeuer*. (1934) Nr. 6, S. 397.

[o. V.]: *Die Woche des deutschen Buches*. In: *Herdfeuer*. (1934) Nr. 6. Diese Seite hat keine Seitenangabe und folgt auf die Seite 400.

[o. V.]: *Völkischer Beobachter, 24. November 1934. Ein Buch von deutscher Sehnsucht. „Die große Fahrt“ von Hans Friedrich Blunck*. In: *Herdfeuer*. (1935) Nr. 1, S. 455.

[o. V.]: *Geschichte der DHB in Bildern*. In: *Herdfeuer*. (1935) Nr. 1, S. 458.

[o. V.]: *Vom Guten zum Besseren!* In: *Herdfeuer*. (1935) Nr. 1, S. 460.

[o. V.]: *Der Leiter der Albert Forster-Schule über die DHB*. In: *Herdfeuer*. (1935) Nr. 1, S. 461.

Schrader: *Ein Urteil über das „Herdfeuer“*. In: *Herdfeuer*. (1935) Nr. 1, S. 461.

[o. V.]: *N. S. Funk schreibt über die DHB*. In: *Herdfeuer*. (1935) Nr. 1, S. 463.

[o. V.]: *100 Bücher der nationalsozialistischen Büchereien*. In: *Herdfeuer*. (1935) Nr. 1, S. 463.

[o. V.]: *Hallo, ich bin die Werbegabe!* In: *Herdfeuer*. (1935) Nr. 1. Diese Seite hat keine Seitenangabe und folgt auf die Seite 464.

[o. V.]: *Aus deutschem Schrifttum*. In: *Herdfeuer*. (1935) Nr. 2, S. 503.

Scheller, Thilo: *Die Hand des Führers*. In: *Herdfeuer*. (1935) Nr. 2, S. 509.

[o. V.]: *Zum Halblederband „Die große Fahrt“*. In: *Herdfeuer*. (1935) Nr. 2, S. 524.

[o. V.]: *Wir hören auf*. In: *Herdfeuer*. (1935) Nr. 2, S. 524 u. 526.

[o. V.]: *Der Bezirksbürgermeister des Verwaltungsbezirks Köpenick der Stadt Berlin*. In: *Herdfeuer*. (1935) Nr. 2, S. 527.

[o. V.]: *Berufung des Verfassers vom „Engel Hiltensperger“*. In: *Herdfeuer*. (1935) Nr. 2, S. 528.

[o. V.]: *Geschichte der DHB in zehn Sätzen*. In: *Herdfeuer*. (1935) Nr. 2. Diese Seite hat keine Seitenangabe und folgt auf die Seite 528.

[o. V.]: *Unser nächster Band*. In: *Herdfeuer*. (1935) Nr. 3, S. 586f.

[o. V.]: *Werbegaben, die Freude machen*. In: *Herdfeuer*. (1935) Nr. 3, S. 588.

[o. V.]: *Die Deutsche Hausbücherei*. In: *Herdfeuer*. (1935) Nr. 3. Diese Seite hat keine Seitenangabe und folgt auf die Seite 591.

[o. V.]: *Bücherfreunde sind Hausbücherei-Mitglieder*. In: *Herdfeuer*. (1935) Nr. 4, S. 653.

[o. V.]: *Ihr Band 9/1935*. In: *Herdfeuer*. (1935) Nr. 4, S. 654.

[o. V.]: *Die Jahresreihe 1936*. In: *Herdfeuer*. (1935) Nr. 5, Rückseite des Titelblattes.

Schreyer, Alf: *Aus der Werkstatt der DHB*. In: *Herdfeuer*. (1935) Nr. 5, S. 663–666.

[o. V.]: *Die Jahresreihe 1936*. In: *Herdfeuer*. (1935) Nr. 5, S. 668–683.

[o. V.]: *Die reichhaltige Auswahlreihe*. In: *Herdfeuer*. (1935) Nr. 5, S. 684–705.

[o. V.]: *Unser nächster Band*. In: *Herdfeuer*. (1935) Nr. 5, S. 711f.

[o. V.]: *Die Bedingungen der DHB-Mitgliederschaft*. In: *Herdfeuer*. (1935) Nr. 5. Diese Seite hat keine Seitenangabe und folgt auf die Seite 719.

[o. V.]: *Die Woche des deutschen Buches*. In: *Herdfeuer*. (1935) Nr. 5. Diese Seite hat keine Seitenangabe und folgt auf die Seite 721.

[o. V.]: *Ein Urteil über Waggerl „Brot“*. In: *Herdfeuer*. (1935) Nr. 6, S. 782.

[o. V.]: *Der erste Band der Jahresreihe 1936 in Ganzleinen- und Halblederausgabe*. In: *Herdfeuer*. (1936) Nr. 1, S. 63.

[o. V.]: *Zu unseren Einbänden*. In: *Herdfeuer*. (1936) Nr. 2, S. 126.

[o. V.]: *Zu nebenstehender Bildseite*. In: *Herdfeuer*. (1936) Nr. 4, S. 252f.

[o. V.]: *Woche des deutschen Buches 1936*. In: *Herdfeuer*. (1936) Nr. 5, S. 273.

Ivers, Hans: *Die Hausbücherei im Jahre 1937*. In: *Herdfeuer*. (1936) Nr. 5, S. 274f.

[o. V.]: *Die Jahresreihe 1937*. In: *Herdfeuer*. (1936) Nr. 5, S. 276–291.

[o. V.]: *Die reichhaltige Auswahlreihe*. In: *Herdfeuer*. (1936) Nr. 5, S. 292–313.

[o. V.]: *Neueinstellungen in die Auswahlreihe*. In: *Herdfeuer*. (1936) Nr. 5, S. 316.

[o. V.]: *Unser nächster Band*. In: *Herdfeuer*. (1937) Nr. 1, S. 59ff.

[o. V.]: *An alle Mitglieder der Deutschen Hausbücherei*. In: *Herdfeuer*. (1937) Nr. 3, S. 158.

Bauerndorff, Maria-Luise von: *Immer gut gefallen*. In: *Herdfeuer*. (1937) Nr. 3, S. 159.

Ivers, Hans: *Jahresreihe 1938*. In: *Herdfeuer*. (1937) Nr. 5, S. 242f.

[o. V.]: *Die Jahresreihe 1938*. In: *Herdfeuer*. (1937) Nr. 5, S. 244–251.

[o. V.]: *Bitte, bewahren Sie sich dieses Heft gut auf!* In: *Herdfeuer*. (1937) Nr. 5. Diese Seite hat keine Seitenangabe und folgt auf die Seite 255.

[o. V.]: *Die reichhaltige Auswahlreihe*. In: *Herdfeuer*. (1937) Nr. 6, S. 297–299.

[o. V.]: *Unser nächster Band*. In: *Herdfeuer*. (1937) Nr. 6, S. 301f.

[o. V.]: *Das muß man wissen*. In: *Herdfeuer*. (1938) Nr. 1, S. 44.

Ivers, Hans: *Mehr Auswahl — ein großer Schritt vorwärts!* In: *Herdfeuer*. (1938) Nr. 5, S. 204f.

[o. V.]: *Unsere Neuerscheinungen für das erste Halbjahr 1939*. In: *Herdfeuer*. (1938) Nr. 5, S. 204–212.

[o. V.]: *Die reichhaltige Auswahlreihe*. In: *Herdfeuer*. (1938) Nr. 5, S. 213–233.

[o. V.]: *14 neue Bücher im Jahr!* In: *Herdfeuer*. (1938) Nr. 5, S. 238.

[o. V.]: *Bitte, beachten Sie das besonders!* In: *Herdfeuer*. (1938) Nr. 5, S. 238.

[o. V.]: *Zur Aufklärung!* In: *Herdfeuer*. (1938) Nr. 6. S. 284.

[o. V.]: *Neues Jahr — neues Ziel*. In: *Herdfeuer*. (1939) Nr. 1, S. 43f.

[o. V.]: *Ab 1. Juli 1939 völlig freie Wahl!* In: *Herdfeuer*. (1939) Nr. 2, S. 78.

[o. V.]: *Unsere Neuerscheinungen für das zweite Halbjahr 1939*. In: *Herdfeuer*. (1939) Nr. 2, S. 79–87.

[o. V.]: *Die reichhaltige Auswahlreihe*. In: *Herdfeuer*. (1939) Nr. 2, S. 88–91.

[o. V.]: *Auch ein Beweis des Vertrauens!* In: *Herdfeuer*. (1939) Nr. 3, S. 137.

[o. V.]: *Die neue Reihe!* In: *Herdfeuer*. (1939) Nr. 5, S. 211.
[o. V.]: *Unsere Neuerscheinungen für das erste Halbjahr 1940*. In: *Herdfeuer*. (1939) Nr. 5, S. 212–216.
[o. V.]: *Die reichhaltige Auswahlreihe*. In: *Herdfeuer*. (1939) Nr. 5, S. 217–220.
[o. V.]: *1916 – 1933 – 1939. Ein Aufruf an alle Mitglieder der Deutschen Hausbücherei*. In: *Herdfeuer*. (1939) Nr. 6, S. 225f.
[o. V.]: *Der Führer bei seinen Truppen*. In: *Herdfeuer*. (1939) Nr. 6, S. 227.
Dick, Heinz: *Siebzehnjährige bringen erste Hilfe*. In: *Herdfeuer*. (1939) Nr. 6, S. 229f.
[o. V.]: *Titelbild*. In: *Herdfeuer*. (1940) Nr. 1, Titelblatt.
Ivers, Hans: *Kriegsneujahr 1940*. In: *Herdfeuer*. (1940) Nr. 1, S. 1ff.
Richard: *Brief an ein neues Hausbücherei-Mitglied!* In: *Herdfeuer*. (1940) Nr. 1, S. 31f.
[o. V.]: *Unsere neuen Bücher.* In: *Herdfeuer*. (1940) Nr. 2, S. 44–48.
[o. V.]: *Die reichhaltige Auswahlreihe*. In: *Herdfeuer*. (1940) Nr. 2, S. 49–66.
[o. V.]: *Das deutsche Buch im Kriege*. In: *Herdfeuer*. (1940) Nr. 2, S. 68.
[o. V.]: *Ab sofort nur noch Leinen-Bände!* In: *Herdfeuer*. (1940) Nr. 2, S. 68.
[o. V.]: *Auswahlbände*. In: *Herdfeuer*. (1940) Nr. 3, S. 105.
Wolf, Hans: *Was noch längst nicht alle Mitglieder wissen!* In: *Herdfeuer*. (1940) Nr. 3, S. 108.
[o. V.]: *Verlegung von Lieferterminen*. In: *Herdfeuer*. (1940) Nr. 4, S. 141.
[o. V.]: *Titelbild*. In: *Herdfeuer*. (1940) Nr. 5, Titelblatt.
[o. V.]: *Umschlagsseite*. In: *Herdfeuer*. (1940) Nr. 5, Rückseite des Titelblattes.
Ivers, Hans: *An der Schwelle des 25. Lebensjahres*. In: *Herdfeuer*. (1940) Nr. 5, S. 145f.
[o. V.]: *Unsere Neuerscheinungen für das erste Halbjahr 1941*. In: *Herdfeuer*. (1940) Nr. 5, S. 156–160.
[o. V.]: *Die reichhaltige Auswahlreihe*. In: *Herdfeuer*. (1940) Nr. 5, S. 161–178.
Ivers, Hans: *Rückblick und Ausblick. 25 Jahre Deutsche Hausbücherei*. In: *Herdfeuer*. (1941) Nr. 1, S. 1–7.
[o. V.]: *Unsere Wehrmacht nördlich des Polarkreises*. In: *Herdfeuer*. (1941) Nr. 2, S. 43ff.
[o. V.]: *Unsere Neuerscheinungen für das zweite Halbjahr 1941*. In: *Herdfeuer*. (1941) Nr. 2, S. 52–56.

[o. V.]: *Die reichhaltige Auswahlreihe*. In: *Herdfeuer*.（1941）Nr. 2, S. 57–74.
[o. V.]: *Ein Appell!* In: *Herdfeuer*.（1941）Nr. 2, S. 77 u. 79.
[o. V.]: *Soldatenheime. Treffpunkt des Landsers in den besetzten Gebieten*. In: *Herdfeuer*.（1941）Nr. 3, S. 85–88.
Ivers, Hans: *Rückblick 1941 – Ausblick 1942*. In: *Herdfeuer*.（1941）Nr. 4, S. 145ff.
Doebel, U.: *Jugend und Buch*. In: *Herdfeuer*.（1941）Nr. 4, S. 152f.
[o. V.]: *Unsere Neuerscheinungen für das erste Halbjahr 1942*. In: *Herdfeuer*.（1941）Nr. 4, S. 154ff.
[o. V.]: *Die reichhaltige Auswahlreihe*. In: *Herdfeuer*.（1941）Nr. 4, S. 157–172.
[o. V.]: *Im nächsten Jahr für RM. 12, — noch 4 Bücher!* In: *Herdfeuer*.（1941）Nr. 4, S. 173.

② 愛書家国民連合

[o. V.]: *Der Abwehrkampf des Volksverbandes der Bücherfreunde gegen den Börsenverein der deutschen Buchhändler und die Deutsche Buchhändler-Gilde e. V*. In: *Vierteljahresblätter des V. d. B*. 1（1926）Nr. 1, S. 6f.

③ ドイツ図書共同体

[o. V.]: *Der Weg der Deutschen Buch-Gemeinschaft*. In: *Das Zeitungsbuch*.（1925）Nr. 18, S. 2–4.
[o. V.]: *Führende Persönlichkeiten des geistigen Deutschland über die Deutsche Buch-Gemeinschaft*. In: *Das Zeitungsbuch*.（1925）Nr. 18, S. 5–12.

④ ロマン主義同好会

Werneck, Fritz: *Zum Geleit*. In: *Die blaue Blume. Zeitschrift der Romantischen Gemeinde zur Pflege der Romantik*. 1（1925）H. 1, S. 1–3.
Werneck, Fritz: *Aufruf zum Beitritt*. In: *Die blaue Blume. Zeitschrift der Romantischen Gemeinde zur Pflege der Romantik*. 1（1925）H. 1, S. 4f.

⑤　ボン図書同好会

Wolff, H.: *Die Buchgemeinde als Idee*. In: *Die Buchgemeinde. Vierteljahresschrift der Bonner Buchgemeinde*. 1（1928）H. 2, S. 29.

⑥　褐色図書同好会

Schenzinger, K. A.: *Mitteilungen an die Mitglieder des „Braunen Buch-Rings“*. In: *Der braune Reiter*. 1（1933）H. 1/ 2, S. 27.

[o. V.]: *Die Mitgliedschaft*. In: *Der Braune Buch-Ring — Weg und Ziel*. Hrsg. von Wilhelm Andermann. Berlin（Der Braune Buch-Ring）1940, S. 4.

⑦　グーテンベルク図書協会

[o. V.]: *An die Gilde!* In: *Die Büchergilde*. 1（1925）Nr. 1, S. 1–4.

⑧　ブックサークル

[o. V.]: *Ein Arbeiter schrieb*. In: *Der Bücherkreis*. Okt.（1924）H. 1, S. 3ff.

[o. V.]: *Der ‚Volksverband der Bücherfreunde‘ treibt Revanche-Propaganda!* In: *Der Bücherkreis*. 1（1925）H. 5, S. 18.

[o. V.]: *Briefkasten*. In: *Der Bücherkreis*. 1（1925）H. 9, S. 18.

[o. V.]: *Neue Satzungen des „Bücherkreises“*. In: *Der Bücherkreis*. 2（1926）H. 19, S. 122f.

[o. V.]: *Die Mitglieder und Freunde des Bücherkreises*. In: *Der Bücherkreis*. 4（1929）H. 1, S. 2f.

[o. V.]: *An unsere Mitglieder und Freunde*. In: *Der Bücherkreis*. 6（1930）H. 4, S. 74–77.

⑨　ウラニア出版協会・ウラニア自由教育研究所

[o. V.]: *Zum Geleit!* In: *Urania. Monatshefte für Naturerkenntnis und Gesellschaftslehre*. 1（1924/25）H. 1, [S. 1].

⑩　マルクス主義図書協会

[o. V.]: *„Klassenkampf“ — Unser Programm!* In: *Der Klassenkampf*. 1（1927）H. 1, S. 1.

⑪　自由愛書家協会
[o. V.]: *Gildenfreunde*. In: *Besinnung und Aufbruch*. 1（1929）H. 1, S. 3f.

⑫　図書同盟
[o. V.]: *Ein Willkommen*. In: *Der Bücherwurm*. 9（1924）H. 1, S. 1.

⑬　ヴォルフラム同盟家庭文庫
Raskop, Heinz: *Die Heimbücherei des Wolframbundes 1927/28*. In: *Der Pflug*. 5（1927）H. 4, S. 181f.

⑭　ドイツ図書購買共同体
Südekum, Albert: *Gruß an die B. E. G*. In: *Welt der Bücher*.（1925）Nr. 1, S. 1f.

⑮　ベルテルスマン読書愛好会
Bertelsmann Lesering-Illustrierte.（1964）H. 1, H. 3.
Bertelsmann Lesering mit dem großen Schallplattenprogramm.（1972）H. 3.

あとがき

序章で触れた通り、本書は、おおむね二〇〇九年から二〇一六年にかけて、次の三つの研究助成を得て行った研究の成果をまとめたものである。

（1）日本学術振興会科学研究費補助金・基盤研究（C）「第一次世界大戦後のドイツにおける民族主義的読書共同体〈ドイツ家庭文庫〉とナチズム」（課題番号22520320、二〇一〇―二〇一二年度）。
（2）国際文化交流事業財団人物交流派遣・招聘事業（派遣）「ドイツにおける〈ブッククラブ（Buchgemeinschaft）〉と〈書籍学（Buchwissenschaft）〉に関する資料の調査・収集」（二〇一二年度）。
（3）日本学術振興会科学研究費補助金・基盤研究（C）「ドイツにおけるブッククラブの発展と社会的役割」（課題番号25370361、二〇一三―二〇一五年度）。

ドイツのブッククラブに関する資料は、一次文献、二次文献ともに、日本国内にはほとんど所蔵されていないため、これらの研究助成により現地で資料調査を行うことがなければ、本書に収めた研究の遂行はほとんど不可能であった。具体的には、ライプツィヒのドイツ国立図書館（二度）、ライプツィヒ大学書籍学研究所、ボンのフリードリヒ・エーベルト財団、およびマインツ大学書籍学研究所（二度）で調査を行い、多数の有益な資料を複写することができた。と同時に、ライプツィヒ大学書籍学研究所のジークフリート・ロカティス教授と嘱託教師のヴェラ・ドゥモント氏、およびマインツ大学書籍学研究所のウーテ・シュナイダー教授から有益な助言を受けることもでき、研究の大きな推進力となった。また、これらの施設や研究者との連絡や、研究成果の印刷発表と口頭発表に際し、ドイツ語文の校閲について、勤務校の同僚である與倉アンドレーア教授に大変お世話になった。加えて、本書で利用した文献のうち、ドイツ家庭文庫の雑誌『かまどの火』の複写の収集にあたっては、二〇一〇年当時ドイツ学術交流会給費留学生としてキール大学に留学されていた細川裕史氏（現阪南大学准教授）のご協力を頂くことができ、お蔭でほぼ全巻を網羅した研究が可能となった。以上の施設と諸氏、ならびにここでお名前をあげることができないものの、研究を進める上でご配慮を頂いた多くの方々に、この場をお借りして心より謝意を表したい。

本書の大部分は、既発表論文が底本となっているが、執筆にあたり大幅な加筆修正が行われている。本書の内容と初出との関連は、以下の通りである。

序　章　書き下ろし

第Ⅰ部・第一章

第一節「ドイツにおける〈ブッククラブ〉の歴史と研究の観点」（「かいろす」の会『かいろす』第四九号、二〇一一年、三三―六五頁）。

第二節「一九四五年以前のドイツにおける〈ブッククラブ〉と伝統的な書籍販売」（九州大学独文学会『九州ドイツ文学』第二八号、二〇一四年、三一―五九頁）。

第Ⅰ部・第二章

第一節「一九六〇年代から一九八〇年代のドイツ連邦共和国におけるブッククラブ――その活動、提供図書、および同時代の評価について」（日本独文学会『ドイツ文学』第一五〇号、二〇一五年、一三三―一四六頁）。

第二節　「ベルテルスマン読書愛好会の〈二段階販売システム〉――〈現代的〉ブッククラブの主要特徴」（九州大学独文学会『九州ドイツ文学』第二九号、二〇一五年、二九―四五頁）。

第三節　「ベルテルスマン読書愛好会における〈経営の多角化〉について――提供品の拡大を中心に」（鹿児島大学法文学部『人文学科論集』第八三号、二〇一六年、一三―三六頁）。

余　論　「一九四五年以前のドイツにおけるブッククラブ――五二団体の解説」（「かいろす」の会『かいろす』第五二号、二〇一四年、六一―一二三頁）。

第Ⅱ部・第一章

第一節　「ドイツ民族商業補助者連合（DHV）の歴史と活動――労働組合活動と政治的動向とのかかわりを中心に」（鹿児島大学法文学部『人文学科論集』第七一号、二〇一〇年、一五五―一七三頁）。

第二節　「ドイツ民族商業補助者連合（DHV）の教育活動――その全体像と〈民族主義的〉特色――第Ⅰ部　序論と職業教育」（鹿児島大学言語文化研究会『VERBA』第三五号、二〇一一年、九一―一一二頁）。

第三節　「ドイツ民族商業補助者連合（DHV）の教育活動――その全体像と〈民族主義的〉特色――第Ⅱ部　一般教育、青少年教育、および結論」（鹿児島大学法文学部『人文学科論集』第七四号、二〇一一年、一三三―一六四頁）。

第四節　同右

第五節　「ドイツ民族商業補助者連合（DHV）の教育活動――その全体像と〈民族主義的〉特色――補説　フィヒテ協会と雑誌『ドイツ民族性』」（九州大学独文学会『九州ドイツ文学』第二五号、二〇一一年、二七―五四頁）。

第Ⅱ部・第二章

第一節　「〈ドイツ家庭文庫〉について――ワイマール共和国時代から第三帝国時代における右翼商業職員への読書指導の一端」（「かいろす」の会『かいろす』第四七号、二〇〇九年、八四―一〇四頁）。

第二節　「〈ドイツ家庭文庫〉における図書提供システムと〈信念のきずな〉のかかわりについて」（九州大学独文学会『九州ドイツ文学』第二六号、二〇一二年、二七―五五頁）。

第三節　*Über die Wichtigkeit des Bucheinbands in der „Deutschen Hausbücherei". In: Interlingualität – Interkulturalität – Interdisziplinarität: Grenzerweiterungen der Germanistik.* Hrsg. von QIAN Minru/WEI Yuqing, 外語教学与研究出版社（北京）, S. 879–887, 2015.

第四節　「ドイツ家庭文庫の雑誌の変遷と収録記事――一九二三年一号から一九四一年四号まで」（鹿児島大学言語文化研究会『VERBA』第三六号、二〇一二年、八五―一三〇頁）。

第五節　「ナチス時代の〈ドイツ家庭文庫〉の活動について」（「かいろす」の会『かいろす』第五〇号、二〇一二年、五七―九六頁）。

終　章　書き下ろし

日本ではこれまで、ブッククラブが研究対象とされることはほとんどなく、わずかにイギリスとアメリカのいくつかのブッククラブに関する研究が散見される程度であり、ドイツのブッククラブに関する研究となるとほぼ皆無に等しかった。その意味で、本書を通じて、ドイツにおいてブッククラブが広く大衆に受け入れられる形で様々な社会的役割を果たしており、長年にわたる公的な議論と研究の蓄積がみられることに注意を喚起し、文学研究や書籍研究の対象としてのブッククラブの意義を明らかにすることができたとすれば、望外の喜びである。と同時に、こうしてこれまでの成果をまとめて上梓する運びとなったものの、筆者の研究はようやく緒についたばかりであり、残された課題も少なくない。今後とも、ブッククラブという独特な書籍文化の特色をよりいっそう解明するべく、研究を続けていきたい。

本書は、日本学術振興会科学研究費補助金・研究成果公開促進費（学術図書、課題番号１７ＨＰ５０５６、二〇一七年度）の交付を受けて刊行された。また、出版にあたり、九州大学出版会の尾石理恵さんと野本敦氏に多大なご尽力を頂いた。厚くお礼を申し上げたい。

二〇一七年秋

竹岡健一

著者紹介

竹 岡 健 一（たけおか・けんいち）

1961年生まれ。九州大学大学院文学研究科博士後期課程中退。鹿児島大学法文学部教授。博士（文学）。専門はドイツ文学。
著訳書『ルイーゼ・リンザーとナチズム――20世紀ドイツ文学の一側面』（関西学院大学出版会、2006年）、『ヘルマン・ヘッセ全集』（第6巻）共訳（臨川書店、2006年）、『ドイツ短編　1945–1968年　12の作品と解釈』（同学社、2008年）、『ヘルマン・ヘッセ　エッセイ全集』（第8巻）共訳（臨川書店、2010年）など。

ブッククラブと民族主義（みんぞくしゅぎ）

2017年12月10日　初版発行

著　者　竹　岡　健　一
発行者　五十川　直　行
発行所　一般財団法人　九州大学出版会
〒814–0001 福岡市早良区百道浜 3–8–34
九州大学産学官連携イノベーションプラザ305
電話　092–833–9150
URL　http://kup.or.jp/
印刷・製本　研究社印刷株式会社

© Kenichi Takeoka, 2017
ISBN 978–4–7985–0218–2

人名索引

ア行

アイト，マックス（Max Eyth） 428
アイヒェンドルフ，ヨーゼフ・フォン（Joseph von Eichendorff） 149, 151, 157, 202
アヴェナリウス，フェルディナント（Ferdinand Avenarius） 282
アウグスティニー，ヴァルデマール（Waldemar Augustiny） 435, 437
アズナヴール，シャルル（Charles Aznavour） 112
アドラー，マックス（Max Adler） 191, 192, 196
アヒェンバッハ，オスカー・ローベルト（Oscar Robert Achenbach） 377
アマン，マックス（Max Amann） 374
アリ，ミリアム（Myriam Harry） 164
アリモフ，セルゲイ（Sergei Alymow） 175
アルトハウス，パウル（Paul Althaus） 273, 281
アルニム，アヒム・フォン（Achim von Arnim） 157, 202
アルブレヒト，アウグスト（August Albrecht） 179
アルント，エルンスト・モーリッツ（Ernst Moritz Arndt） 167, 431
アレクサンダー，ペーター（Peter Alexander） 112
アレクシス，ヴィリバルト（Willibald Alexis） 169, 309, 430
アーレン，マイケル（Michael Arlen） 153
アンツェングルーバー，ルートヴィヒ（Ludwig Anzengruber） 149, 174
アンデルセン，ハンス・クリスチャン（Hans Christian Andersen） 139, 146
アンデルマン，ヴィルヘルム（Willhelm Andermann） 170
アンドレーゼン，ヘルベルト・グスタフ（Herbert Gustav Andresen） 91
イェール，ゲオルク（Georg Joel） 389
イェルズィヒ，ミルコ（Mirko Jelusich） 313, 315, 437
イェンセン，オットー（Otto Jenssen） 193
イバニェス，ヴィセンテ・ブラスコ（Vicente Blasco Ibáñez） 174
イーファース，ハンス（Hans Ivers） 374, 401, 402
ヴァイス，エーミール・ルードルフ（Emil Rudolf Weiss） 146
ヴァイスケーニヒ，エーバーハルト（Eberhard Weißkönig） 46
ヴァイスコップ，F. C.（F. C. Weiskopf） 186
ヴァイデル，カール（Karl Weidel） 431
ヴァインライヒ，パウル（Paul Weinreich） 391
ヴァーグナー，ジークフリート（Siegfried Wagner） 264

ヴァーグナー，ヘルムート（Helmut Wagner） 193
ヴァーグナー，リヒャルト（Richard Wagner） 158
ヴァッガール，カール・ハインリヒ（Karl Heinrich Waggerl） 153, 315, 385, 434, 437
ヴァッサーマン，ヤーコプ（Jakob Wassermann） 40, 153, 155
ヴァハラー，エルンスト（Ernst Wachler） 264, 279
ヴァール，ハンス（Hans Wahl） 204
ヴァルター，ローベルト（Robert Walter） 430
ヴァルヒャー，ヤーコプ（Jakob Walcher） 196
ヴィクステン，アルベルト（Albert Viksten） 177
ヴィスマン，ハインツ（Heinz Wismann） 392
ヴィーゼナー，ルードルフ（Rudolf Wiesener） 269
ヴィックスフォート，フリッツ（Fritz Wixforth） 84–86, 88, 89, 94
ヴィトイェ，クルト（Curt Wittje） 386
ヴィヒェルン，ヨハン・ヒンリヒ（Johann Hinrich Wichern） 230
ヴィルザー，ルートヴィヒ（Ludwig Wilser） 307, 428
ヴィルダームート，オッティーリエ（Ottilie Wildermuth） 432
ヴィンクラー，フリッツ（Fritz Winkler） 176
ヴィンニヒ，アウグスト（August Winnig） 274, 306, 310, 315, 321, 375, 383, 389, 393, 434, 435, 437
ヴェーゲナー，アルミン・T.（Armin T. Wegener） 139
ヴェスターマン，ゲオルク（Georg Westermann） 36, 37
ヴェッケルレ，エードゥアルト（Eduard Weckerle） 192, 196
ヴェーデマイアー＝ペーツィヒ，ハンス・フォン（Hans von Wedemeyer-Pätzig） 277
ヴェーナー，ヨーゼフ・マグヌス（Josef Magnus Wehner） 308, 310, 314, 372, 375, 383, 433, 435–437
ヴェーバー，カール・マリア・フォン（Carl Maria von Weber） 112, 158
ヴェーバー，レオポルト（Leopold Weber） 279
ヴェヒトラー，フリッツ（Fritz Wächtler） 390
ヴェルシュ，ローベルト（Robert Welsch） 165
ヴェルテン，ハインツ（Heinz Welten） 143
ヴェルネク＝ブリュッゲマン（Werneck-Brüggemann） 157
ヴェルマン，クルト（Kurt Woermann） 277
ヴェンデル，フリードリヒ（Friedrich Wendel） 180–183
ヴェント，ハンス（Hans Wendt） 376
ヴォルツォーゲン，ハンス・フォン（Hans von Wolzogen） 264, 278
ヴォルフ，アルトゥール（Arthur Wolf） 189–191
ヴォルフ，エードゥアルト（Eduard Wolf） 195
ヴォルフ，フリードリヒ（Friedrich Wolf） 43, 180

ウムラウフ，エルンスト（Ernst Umlauff） 89
ウーラント，ルートヴィヒ（Ludwig Uhland） 158
ウルマン，ヘルマン（Hermann Ullmann） 279, 306
ウルリ，レッサー（Lesser Ury） 176
ウングナート，ヴァルター・ツア（Walther zur Ungnad） 384, 393
ウンセット，ジグリット（Sigrid Undset） 139, 147
ウンルー，フリッツ・フォン（Fritz von Unruh） 148
エアハルト，ハインツ（Heinz Erhardt） 113
エッカルト，ディートリヒ（Dietrich Eckart） 279
エックシュタイン，エルンスト（Ernst Eckstein） 193
エックマン，ハインリヒ（Heinrich Eckmann） 313, 314, 435
エッサー，ヘルマン（Hermann Esser） 389
エーバース，ゲオルク・モーリッツ（Georg Moritz Ebers） 140
エーバーハルト，ヴィルヘルム（Wilhelm Eberhard） 303
エマー，フランツ（Franz Emmer） 390
エリアスベルク，アーロン（Ahron Eliasberg） 163, 164
エルケス，エードゥアルト（Eduard Erkes） 186
エルスター，ハンス・マルティン（Hanns Martin Elster） 146, 148
エルスナー，リヒャルト（Richard Elsner） 167
エルツェ，オットー（Otto Oeltze） 63, 94
エルツェン，フリードリヒ・ヴィルヘルム・フォン（Friedrich Wilhelm von Oertzen） 394
エルボーゲン，J.（J. Elbogen） 164
エルンスト，パウル（Paul Ernst） 148, 309, 310, 314, 382, 432, 438
エーレンプライス，マルクス（Marcus Ehrenpreis） 164
エレンブルク，イリヤ（Ilja Ehrenburg） 201
エンゲルケ，ゲリト（Gerrit Engelke） 190
エンゲルハルト，エーミール（Emil Engelhardt） 260, 269
エンデルレ，アウグスト（August Enderle） 196
オイリンガー，リヒャルト（Richard Euringer） 310, 313–315, 372, 373, 383, 384, 399, 433, 434
オイレンベルク，ヘルベルト（Herbert Eulenberg） 147, 148
オグネフ，ニコライ（Nikolai Ognew） 189
オクラス，ヘルマン（Hermann Okraß） 393
オーザー，エーリヒ（Erich Ohser） 176
オステン，ハンス・フォン・チャッマー・ウント（Hans von Tschammer und Osten） 390
オッセンバッハ，ハンス（Hans Ossenbach） 136

オトヴァルト，エルンスト（Ernst Ottwalt） 201
オパトシュ，ジョゼフ（Jpseph Opatoschu） 164
オルデン，バルダー（Balder Olden） 153
オルデンベルク，ヘルマン（Hermann Oldenberg） 55
オルロフ，ピーター（Peter Orloff） 112

カ行

カイスラー，フリードリヒ（Friedrich Kayßler） 136
カッツ，リヒャルト（Richard Katz） 153
カツネルソン，ジグムント（Siegmund Kaznelson） 165
カップシュタイン，テオドーア（Theodor Kappstein） 136
カップヘア，エーゴン・フォン（Egon von Kapherr） 169
カーニッツ，オットー・フェリックス（Otto Felix Kanitz） 186
カフカ，フランツ（Franz Kafka） 154
カール，エリック（Eric Carle） 75
ガルケ＝ロートバルト，トーマス（Thomas Garke-Rothbart） 341
カルポフ，ミハイル（Michail Karpow） 175
カレノフスキー，マルティン（Martin Kallenowsky） 169
カロッサ，ハンス（Hans Carossa） 153
ガン，ニール・ミラー（Niel Miller Gunn） 436
カンプフマイアー，パウル（Paul Kampffmeyer） 179
キーゼル，オットー・エーリヒ（Otto Erich Kiesel） 429
キッシュ，エゴーン・エルヴィーン（Egon Erwin Kisch） 187
キーファー，ヴィルヘルム（Wilhelm Kiefer） 264, 278, 279, 281, 303, 304
ギュス，マックス（Max Gyth） 308
キューネル，ヨーゼフ（Josef Kühnel） 161
ギュンター，アルブレヒト・エーリヒ（Albrecht Erich Günther） 244, 245, 278, 280, 315, 431
ギュンター，クルト（Kurt Günther） 176
ギュンター，ゲルハルト（Gerhard Günther） 279
グッゲンハイム，フェリックス（Felix Guggenheim） 148
グツコー，カール（Karl Gutzkow） 183
クッツレープ，ヒャルマール（Hjalmar Kutzleb） 279, 315, 435, 438
クナウフ，エーリヒ（Erich Knauf） 172, 175, 177
クニーリング，ルッツ（Lutz Knieling） 53
クネフ，ヒルデガルト（Hildegard Knef） 73
クノート，カール・エルンスト（Karl Ernst Knodt） 427
クービン，アルフレート（Alfred Kubin） 176

クライスト，ハインリヒ・フォン（Heinrich von Kleist） 139, 158, 203, 272, 308, 429, 434
クライトン，ロバート（Robert Crichton） 73
グライヒェン＝ルスヴルム，アレクサンダー・フォン（Alexander von Gleichen-Rußwurm） 139
クライベーマー，ゲオルク（Georg Kleibömer） 279, 429
クラウス，オイゲン（Eugen Clauß） 303
クラウス，カール（Karl Kraus） 195
クラウス，クリスティアン（Christian Kraußl） 257, 260, 264, 303
クラウディウス，マティアス（Matthias Claudius） 206
グラス，ギュンター（Günter Grass） 70
クラッセン，ヴァルター（Walther Classen） 248, 279, 282
グラッツェル，フランク（Franz Glatzel） 244, 245, 260, 261
グラーフ，オスカー・マリア（Oskar Maria Graf） 39, 174, 190
グラーフ，ゲオルク・エンゲルベルト（Georg Engelbert Graf） 186, 192
クラブント（Klabund） 38
グラーベンホルスト，ゲオルク（Georg Grabenhorst） 318, 435
クラマー，エーリヒ（Erich Cramer） 79, 80, 85
クリーガー，ヘルマン（Hermann Krieger） 428
クリスティアンゼン，カール（Carl Christiansen） 389
クリスピーン，アルトゥール（Artur Crispien） 178, 179
グリーゼ，フリードリヒ（Friedrich Griese） 308, 310, 314, 315, 382, 402, 432, 436, 438
グリム兄弟（Brüder Grimm） 111, 158
グリム，ハンス（Hans Grimm） 153, 306, 308–310, 313–315, 369, 382, 383, 389, 433, 436
グリム，フリードリヒ（Friedrich Grimm） 384
クリューガー，フェーリクス（Felix Krueger） 272, 275, 285, 288, 289
クリューガー，ヘルマン・アンデルス（Herman Anders Krüger） 428
グリーン，ジュリアン（Julien Green） 153
クルツ，ヘルマン（Hermann Kurz） 431
クルツ，ローラント（Roland Kurz） 287
クルマッハー，ゴットフリート（Gottfried Krummacher） 389
グルラント，アルカディ（Arkadij Gurland） 196
グルンスキー，カール（Karl Grunsky） 278
クレイマー，スー（Su Kramer） 112
グレゴール，ハンス（Hans Gregor） 171
グレーザー（Gläser） 310

クレーナー，アードルフ・フォン（Adolf von Kröner） 133
クレーバー，クルト（Kurt Kläber） 187, 190
クレープス，アルベルト（Albert Krebs） 244, 250
クレラ，A.（A. Kurella） 186
グロイ，ハンス（Hans Gloy） 244, 303
クログマン，カール・ビンセント（Carl Bincent Krogmann） 389
グロス，ジョージ（George Grosz） 187
グロス，フリッツ（Fritz Gross） 201
グロッスィー，ブランカ（Blanka Glossy） 55
クローメ，フリードリヒ・レオンハルト（Friedrich Leonhard Crome） 55
クント，ヴァルター（Walther Kundt） 394
グンナールソン，グンナール（Gunnar Gunnarsson） 434
ゲツェニー，ハインリヒ（Heinrich Getzeny） 273
ゲック，ローラント（Roland Gööck） 88
ゲッツ，ヴォルフガング（Wolfgang Goetz） 139
ケッペル（Käppel） 244
ゲッベルス，ヨーゼフ（Joseph Goebbels） 289, 380, 385, 386, 391, 392, 394, 399
ゲツラフ，パウル（Paul Guetzlaff） 145
ゲーテ，ヨハン・ヴォルフガング・フォン（Johann Wolfgang von Goethe） 54, 138, 139, 146, 151, 175, 202, 254, 272
ゲーニウス，アードルフ（Adolf Genius） 162
ケーニヒ，エーバーハルト（Eberhard König） 169, 279, 428
ケーラー，ヴィルヘルム（Wilhelm Köhler） 378
ケラー，ゴットフリート（Gottfried Keller） 146, 158, 308, 429, 430, 433
ケラーマン，ヘルマン（Hermann Kellermann） 168
ゲーリヒ，オットー（Otto Gerig） 306
ゲルシェンクローン，アレクサンダー（Alexander Gerschenkron） 195
ケルシェンシュタイナー，マリー（Marie Kerschensteiner） 149
ケルシュ，アードルフ（Adolf Koelsch） 148
ゲルシュテッカー，フリードリヒ（Friedrich Gerstäcker） 202
ゲルステンベルク，ハインリヒ（Heinrich Gerstenberg） 431
ゲルバー，ハンス（Hans Gerber） 260, 295
ゲルリング，ラインハルト（Reinhard Gerling） 53
ゲルリング，ラインホルト（Reinhold Gerling） 142
ケルル，ハンス（Hans Kerrl） 389
コシュツキ，ルードルフ・フォン（Rudolf von Koschützki） 428
コステル，シャルル・ド（Charles de Coster） 427
コツデ，ヴィルヘルム（Wilhelm Kotzde） 170, 279

ゴット，カレル（Karel Gott） 112
ゴットヘルフ，イェレミアス（Jeremias Gotthelf） 309, 429, 430, 431
ゴーテ，トーア（Thor Goote） 171
コッホ，エーリヒ（Erich Koch） 376
ゴドウィン，ウィリアム（William Godwin） 201
コーベルネ，ズィギスムント（Sigismund Koberne） 148
コマロミ，ヨハン（Johann Komáromi） 177
ゴーリキー，マクシム（Maxim Gorki） 141, 180, 187
コル，キリアン（Killian Koll） 313, 438
コルヴィッツ，ケーテ（Käthe Kollwitz） 187
ゴルツ，コルマール・フォン・デア（Colmar von der Goltz） 260
ゴルツ，ブルーノ（Bruno Golz） 275
ゴルツ，ヨアヒム・フォン・デア（Joachim von der Goltz） 315, 436, 437
ゴルトシュミット，アルフォンス（Alfons Goldschmidt） 188
コルネリウス，ペーター（Peter Cornelius） 158
コルベンハイアー，エルヴィーン・グイード（Erwin Guido Kolbenheyer） 281, 306, 308, 309, 311, 313–315, 382, 383, 389, 399, 432, 434
コーン，エーミール・ルートヴィヒ（Emil Ludwig Cohn） 309
コンラッド，ジョゼフ（Joseph Conrad） 153
コンラート，ハインリヒ（Heinrich Conrad） 135

サ行

ザイデヴィッツ，マックス（Max Seydewitz） 191, 192, 194–197
ザイデヴィッツ，ルート（Ruth Seydewitz） 192, 197
ザイデル，イナ（Ina Seidel） 153
ザイデル，ヴィルヘルム（Wilhelm Seidel） 308
ザイデル，ハインリヒ（Heinrich Seidel） 429
ザウケ，クルト（Kurt Saucke） 151, 154
ザロモン，エルンスト・フォン（Ernst von Salomon） 171
ザンダー，ウルリヒ（Ulrich Sander） 315, 436
ザンダー，エルンスト（Ernst Sander） 153, 154
シェークスピア，ウィリアム（William Shakespeare） 139, 151
シェッフェル，ヴィクトール・フォン（Viktor von Scheffel） 143, 158, 307, 428
シェーファー，ヴィルヘルム（Wilhelm Schäfer） 148, 153, 204, 306, 308–310, 315, 382, 389, 399, 432, 436
シェーファー，ヘルマン（Hermann Schäfer） 406
シェーマン，ルートヴィヒ（Ludwig Schemann） 278
シェラー，ティーロ（Thilo Scheller） 394

シェンツィンガー，カール・アロイス（Karl Aloys Schenzinger） 171
シェーンヘア，ヨハネス（Johannes Schönherr） 172, 174
シェーンベルナー，フランツ（Franz Schoenberner） 154, 155
シェーンライン，ヘルマン（Hermann Schönlein） 132
シーストル＝ベントラーゲ，マルガレーテ（Margarete Schiestl-Bentlage） 315, 436
シッケレ，ルネ（René Schickele） 154
ジッド，アンドレ（André Gide） 154
シテインベルク，イサーク（Jishag Steinberg） 201
シトロフ，ベルトルト（Berthold Schidlof） 142
シーバー，アンナ（Anna Schieber） 206
シャウケル，リヒャルト（Richard Schaukal） 279
シャガール，マルク（Marc Chagall） 175
シャクセル，ユーリウス（Julius Schaxel） 186
ジャクソン，マヘリア（Mahalia Jackson） 113
シャフナー，ヤーコプ（Jakob Schaffner） 146, 315, 436
シャミッソー，アーダルベルト・フォン（Adalbert von Chamisso） 157, 202
シャラー，W.（W. Scharrer） 148
シャル，アダム（Adam Scharr） 182
ジャン・パウル（Jean Paul） 158
シュヴァープ，アレクサンダー（Alexander Schwab） 182
シュヴァーベ，トーニ（Toni Schwabe） 433
シュヴァルツ，ゲオルク（Georg Schwarz） 177
シュヴァルツコップ，ニコラウス（Nikolaus Schwarzkopf） 310, 433
シュヴィント，モーリッツ・フォン（Moritz von Schwind） 158
シュヴィントラツハイム，オスカー（Oskar Schwindrazheim） 240
シュタインコップ，ヴィルヘルム（Wilhelm Steinkopf） 432
シュターペル，ヴィルヘルム（Wilhelm Stapel） 244, 245, 247, 260, 269, 273, 277–289, 297–299, 303, 304, 367, 389
シュタール，ヘルマン（Hermann Stahl） 315, 435
シュタルク，コンスタンティン（Constantin Starck） 377
シュテーア，ヘルマン（Hermann Stehr） 40, 146, 153, 314, 315, 435
シュティフター，アーダルベルト（Adarbert Stifter） 139, 158, 203
シュテーグヴァイト，ハインツ（Heinz Steguweit） 308–310, 313–315, 320, 372, 373, 375, 384, 399, 433–435, 438
シュテーリン，ヴィルヘルム（Wilhelm Stählin） 279
シュトゥムプ，エーミール（Emil Stumpp） 176
シュトラウス，エーミール（Emil Strauß） 309, 314, 315, 383, 399, 433, 436
シュトラウス，ヨハン（Johann Strauss） 112

シュトラッサー，カール＝テオドーア（Karl-Theodor Strasser） 384
シュトラハヴィッツ，モーリッツ・グラーフ・フォン（Moritz Graf von Strachwitz） 431
シュトルム，テオドーア（Theodor Storm） 146, 151, 158, 203
シュトルム，フーゴー（Hugo Storm） 135
シュトレッカー，カール（Karl Strecker） 55
シュトレーベル，ハインリヒ（Heinrich Ströbel） 191
シュトローヴェルス，シュテイン（Stijn Streuvels） 437
シュナイダー，ヴィリー（Willy Schneider） 112
シュナイダー，エーミール（Emil Schneider） 255, 257, 303
シュナック，フリードリヒ（Friedrich Schnack） 153
シュニッツラー，アルトゥール（Arthur Schnitzler） 153, 155
シュパイアー，ヴィルヘルム（Wilhelm Speyer） 153
シュパン，オトマール（Othmar Spann） 272
シュピッツヴェーク，カール（Carl Spitzweg） 158
シュペーマン，アードルフ（Adolf Spemann） 58, 59
シュペーマン，ヴィルヘルム（Wilhelm Spemann） 133
シュペル，アウグスト（August Sperl） 308, 429
シューベルト，フランツ（Franz Schubert） 158
シューマン，ローベルト（Robert Schumann） 158
シュミットボン，ヴィルヘルム（Wilhelm Schmidtbonn） 153
シュミュックレ，ゲオルク（Georg Schmückle） 311, 313, 315, 383–385, 434
シュライバー，イルゼ（Ilse Schreiber） 438
シュライプナー，ハインリヒ（Heinrich Schreibner） 196
シュラム，ハインツ（Heinz Schramm） 378
シュリッケル，レオンハルト（Leonhard Schrickel） 432
シュルツェ＝デリチュ，ヘルマン（Hermann Schulze-Delitzsch） 131
シュルピヒ，カール（Karl Schulpig） 184
シュレーア，グスタフ（Gustav Schröer） 314, 431–433
シュレーゲル，アウグスト・ヴィルヘルム（August Wilhelm Schlegel） 157
シュレーダー，カール（Karl Schröder） 181–183
シュレッサー，ヴィルヘルム（Wilhelm Schlösser） 133
ショイバー，ヨーゼフ（Joseph Scheuber） 161
ショイリヒ，パウル（Paul Scheurich） 55
ショック，ルードルフ（Rudolf Schock） 113
ショッテ，ヴァルター（Walter Schotte） 53, 62
ショット，アントン（Anton Schott） 162
ショル，ベルナデッテ（Bernadette Scholl） 312, 316

ショルツ，ヴィルヘルム・フォン（Wilhelm von Scholz） 148
シラー，フリードリヒ・フォン（Friedrich von Schiller） 139, 151, 175, 272
シーラッハ，バルドゥア・フォン（Baldur von Schirach） 171, 390, 400
シロカウアー，アルノー（Arno Schirokauer） 154, 155
シロカウアー，アルフレート（Alfred Schirokauer） 143
ジロドゥ，ジャン（Jean Giraudoux） 153
シンクレア，アップトン（Upton Sinclair） 153, 174, 187
ジンメル，ヨハネス・マリオ（Johannes Mario Simmel） 70, 74
ズィーヴァース，ヴィルヘルム（Wilhelm Sievers） 438
ズィーヴェルツ，ズィグリット（Sigfrid Siewerts） 153
ズィグリスト，アルベルト（Albert Sigrist） 182
ズィーマー，ハインリヒ（Heinrich Siemer） 148
ズィームセン，アンナ（Anna Siemsen） 186, 196
スウィフト，ジョナサン（Jonathan Swift） 151
ズーダーマン，クララ（Clara Sudermann） 143
ズーダーマン，ヘルマン（Hermann Sudermann） 136
スタンダール（Stendhal） 187
スピノザ（Spinoza） 289
ズューデクム，アルベルト（Albert Südekum） 44
ゼーガース，アンナ（Anna Sehgers） 187
ゼルゲル，アルベルト（Albert Soergel） 136
ゾーシチェンコ，ミハイル（Michail Soschtschenko） 175
ゾラ，エーミール（Émil Zola） 175, 187, 188
ソルジェニーツィン，アレクサンドル（Alexander Solschenizyn） 74
ゾーレ，カール（Karl Sohle） 279
ゾンマーフェルト，マルティン・H.（Martin H. Sommerfeldt） 376
ゾーンライ，ハインリヒ（Heinrich Sohnrey） 314, 315, 432

タ行

タキトゥス（Tacitus） 270, 303, 427
ダレー，ヴァルター（Walther Darrè） 383, 393
チェヒ＝ヨッホベルク，エーリヒ（Erich Czech-Jochberg） 376, 377
チェンバレン，ヒューストン・スチュワート（Houston Stewart Chamberlain） 264, 279
チャールズ，レイ（Ray Charles） 113
ツィーグラー，ヴィルヘルム（Wilhelm Ziegler） 437
ツィーグラー，ベンノ（Benno Ziegler） 225, 244, 277, 374, 392
ツィックフェルト，クルト（Kurt Zickfeldt） 25–27, 30, 61

ツィリヒ，ハインリヒ（Heinrich Zillich） 315, 437
ツィンマーマン，アルベルト（Albert Zimmermann） 243, 254, 257, 258, 264, 266, 303, 396
ツヴァイク，アルノルト（Arnold Zweig） 153, 155, 164, 174
ツヴァイク，シュテファン（Stefan Zweig） 40, 154, 155
ツェヒ，パウル（Paul Zech） 180
ツェラー，エドガー（Edgar Zeller） 393
ツェーラム，C. W.（C. W. Ceram） 79
ディーアス，マリー（Marie Diers） 314, 432
ティーク，ルートヴィヒ（Ludwig Tieck） 149, 157
ディクス，オットー（Otto Dix） 176
ディケンズ，チャールズ（Charles Dickens） 141, 143, 146
ティース，フランク（Frank Thiess） 153
ティース，ヨハネス（Johannes Thiess） 277
ディーゼル，オイゲン（Eugen Diesel） 437
ディーデリヒ，フランツ（Franz Diederich） 175
ディーデリヒス，オイゲン（Eugen Diederichs） 53
ディートリヒ，カール（Karl Dietrich） 170
ディトレフゼン，ヴィルヘルム（Wilhelm Ditlevsen） 269
ティマーマンズ，フェリックス（Felix Timmermanns） 153
ディラー（Diller） 244
ディールス，マリー（Marie Diers） 169
ティルマン，フリッツ（Fritz Tillmann） 160
ティーレ，フランツ（Franz Thiele） 390
ディンター，アルトゥール（Artur Dinter） 279
テオドレ，ミヒャエル（Michael Theodore） 112
テスケ，ハンス（Hans Teske） 279
デニケン，エーリヒ・フォン（Erich von Däniken） 74
デーブリーン，アルフレート（Alfred Döblin） 148, 308, 399
テューゲル，ルートヴィヒ（Ludwig Tügel） 311, 315, 321, 383–385, 434, 437
デューラー，アルブレヒト（Albrecht Dürer） 248
デーン，パウル（Paul Dehn） 427
デーンハルト，ハインツ（Heinz Dähnhardt） 276, 279
ドイブラー，テオドール（Theodor Däubler） 153
トウェーン，マーク（Mark Twain） 141, 174
トゥホルスキー，クルト（Kurt Tucholsky） 187, 188, 309
ドストエフスキー，フョードル・M.（Feodor M. Dostojewski） 146, 175
トーデ，ヘンリー（Henry Thode） 264

トーマ，リヒャルト（Richard Thoma） 236
トーマ，ルートヴィヒ（Ludwig Thoma） 433, 437
ドメゾーン，アンドレ（André Demaison） 177
トラー，エルンスト（Ernst Toller） 190, 309
トライチュケ，ハインリヒ・フォン（Heinrich von Treitschke） 308
トラーヴェン，ブルーノ（Bruno Traven） 43, 174, 177
トラウマン，エルンスト（Ernst Traumann） 54
トルストイ，アレクセイ・K.（Alexei K. Tolstoi） 149
トルストイ，レフ（Leo Tolstoi） 141
トルトゼン，ヨハネス（Johannes Thordsen） 84, 86, 90
ドレスラー，A. W.（A. W. Dreßler） 176
ドレスラー，ブルーノ（Bruno Dreßler） 68, 172, 173, 177
トレチャコフ，セルゲイ（Sergej Tretjakow） 187
トレープスト，ハウプトマン（Hauptmann Tröbst） 169
ドレーマー，アーダルベルト（Adalbert Droemer） 62
ドロステ＝ヒュルスホフ，アネッテ・フォン（Annette von Droste-Hülshoff） 202

ナ行

ナーゲル，ハンナ（Hanna Nagel） 176
ニコラエフスキー，ボーリス（Boris Nikolaevskij） 182
ニッチュマン，パウル（Paul Nitzschmann） 53
ニューマン，ジョン・ヘンリー（John Henry Newman） 161
ネクセ，マルティン・アンデルセン（Martin Anderson Nexö） 174, 179
ネッツェル，カール（Karl Nötzel） 206
ネットラウ，マックス（Max Nettlau） 201
ネーベ，ボーリス（Boris Nebe） 437
ネーベルタウ，オットー（Otto Nebelthau） 432, 438
ネルリヒ，ゲオルク（Georg Nerlich） 176
ネロスロフ，アレクサンダー（Alexander Neroslow） 176
ノヴァーリス（Novalis） 157
ノヴィコフ＝プリボイ，A.（A. Nowikow-Priboj） 175
ノイマン，アルフレート（Alfred Neumann） 153, 155
ノイメルカー，ユーリウス（Justus Neumärker） 386
ノルデ，エーミール（Emil Nolde） 176

ハ行

ハイク，ハンス（Hans Heyck） 383
ハイゼ，パウル（Paul Heyse） 289

ハイト，アウグスト（Augst Haid） 390
ハイドン，フランツ・ヨーゼフ（Franz Joseph Haydn） 112
ハイネ，ハインリヒ（Heinrich Heine） 151, 163, 187, 302
パイル，ベルンハルト（Bernhard Payr） 391
ハインチェ（Heintje） 112
バウアー，ヴィルヘルム（Wilhelm Bauer） 373
バウアー，ヨーゼフ・マルティン（Josef Martin Bauer） 314, 437
ハウク，エルンスト（Ernst Hauck） 169
ハウザー，オットー（Otto Hauser） 169
ハウザー，ハインリヒ（Heinrich Hauser） 153
ハウシルト，ヘルベルト（Herbert Hauschild） 177
ハウシルト，マックス（Max Hauschild） 176
ハウスヴェーデル，エルンスト（Ernst Hauswedell） 151, 154, 155
ハウフ，ヴィルヘルム（Wilhelm Hauff） 146, 157, 202
ハウプト，グンター（Gunther Haupt） 392
ハウプトマン，カール（Carl Hauptmann） 146
ハウプトマン，ゲルハルト（Gerhart Hauptmann） 40, 146, 153
バウムバッハ，ルードルフ（Rudolf Baumbach） 140
パケ，アルフォンス（Alfons Paquet） 148
ハーゲマイアー，ハンス（Hans Hagemayer） 392
ハス，ヘルマン（Hermann Haß） 391
パステルナーク，ボリス・レオニードヴィチ（Boris Leonidowitsch Pasternak） 70
ハーゼルマイアー，ハインリヒ（Heinrich Haselmeyer） 386
バッシー，シャリー（Shirley Bassey） 112
バッハ，ヨハン・セバスチャン（Johann Sebastian Bach） 111
パトー，エーミール（Emile Pataud） 201
ハーバーマン，マックス（Max Habermann） 257, 263, 277
バーブ，ユーリウス（Julius Bab） 146
ハムスン，クヌート（Knut Hamsun） 151–153
パリエール，エメ（Aime Palliere） 164
ハーリヒ，ヴァルター（Walther Harich） 54
バール，ヘルマン（Hermann Bahr） 40
バルザック，オノレ・ド（Honoré de Balzac） 187
バルシェク，ハンス（Hans Baluschek） 179
バルテル，マックス（Max Barthel） 174, 190
バルテルス，アードルフ（Adolf Bartels） 169, 264, 279, 303, 304, 307, 313, 384, 396, 427, 431, 432, 434
ハルトヴィヒ，テオドーア（Theodor Hartwig） 195

ハルトゥング，パウル（Paul Hartung） 151, 154
ハルトマン，エードゥアルト・フォン（Eduard von Hartmann） 139
バルトルシュ，フリードリヒ（Friedrich Baltrusch） 306
ハルベ，マックス（Max Halbe） 136
パレッティ，ザンドラ（Sandra Paretti） 73
パーロフ，ハンス（Hans Parlow） 430
ハーン（Hahn） 244
バーンヴィル，ジャック（Jacques Bainville） 437
ハンデル＝マゼッティ，エンリカ・フォン（Enrica von Handel-Mazzetti） 432
ハンフリーズ，レス（Les Humphiries） 112
ビェリック，フリッツ（Fritz Bieligk） 193
ピカソ，パブロ（Pablo Picaso） 175
ビグラー，ロルフ・R.（Rolf R. Bigler） 63
ビスマルク，オットー・フュルスト・フォン（Otto Fürst von Bismarck） 306, 389
ビスマルク，ヘルベルト・フォン（Herbert von Bismarck） 277
ビスマルク＝シェーンハウゼン，オットー・エードゥアルト・レオポルト・フュルスト・フォン（Otto Eduard Leopold Fürst von Bismarck-Schönhausen） 256, 264
ビーダー，テーオバルト（Theobald Bieder） 269
ヒトラー，アードルフ（Adolf Hitler） 263, 285–289, 313, 371, 373, 376–378, 385, 388, 390, 391, 394, 395, 400, 403
ビューヒナー，ゲオルク（Georg Büchner） 202
ヒラー，ヘルムート（Helmut Hiller） 334
ピリニャーク，ボリス・アンドレーヴィチ（Boris Andrejewitsch Pilnjak） 187
ヒンゼンカムプ，ヨハン（Johann Hinsenkamp） 160
ビンディング，ルードルフ・G.（Rudolf G. Binding） 153, 154
ファーバー，グスタフ（Gustav Faber） 393
ファラダ，ハンス（Hans Fallada） 153, 290
ファンデルル，ヴィルヘルム（Wilhelm Fanderl） 378
フィッシャー，エリアス（Elias Fischer） 140
フィッシャー，ザムエル（Samuel Fischer） 62
フィッシャー，ハンス・W.（Hans W. Fischer） 146
フィッシャー，フリードリヒ・テオドール（Friedrich Theodor Vischer） 143, 428
フィッシャー＝グラーツ，ヴィルヘルム（Wilhelm Fischer-Graz） 430
フィヒテ，ヨハン・ゴットリープ（Johann Gottlieb Fichte） 265, 269, 272, 273
フィンク，ルートヴィヒ（Ludwig Finckh） 308, 309, 314, 315, 429
フィンケ，ハインリヒ（Heinrich Finke） 54
フェヴァル，ポール（Paul Féval） 143
フェージン，コンスタンティン（Konstantin Fedin） 187

フェスパー，ヴィル（Will Vesper） 38, 309, 310, 314, 315, 382, 383, 399, 433
フェーダー，ゴットフリート（Gottfried Feder） 393
フェーデラー，ハインリヒ（Heinrich Federer） 140
フォイヒトヴァンガー，リオン（Lion Feuchtwanger） 39, 144, 308, 309
フォーゲル，ブルーノ（Bluno Vogel） 190, 201, 202
フォーゲル，ユーリウス（Julius Vogel） 54
フォーサイス，フレデリック（Frederick Forthyth） 73
フォック，ゴルヒ（Gorch Fock） 303, 304, 315, 396, 427
フォルクマン，エーリヒ・オットー（Erich Otto Volkmann） 436
フォルスター，アルベルト（Albert Forster） 386, 387, 390
フォルマー，ヴァルター（Walter Vollmer） 315, 438
フォンターネ，テオドーア（Theodor Fontane） 141, 146
フケー，フリードリヒ・デ・ラ・モット（Friedrich de la Motte Fouqué） 158
プージェ，エーミール（Emile Pouget） 201
ブッシュ，ヴィルヘルム（Wilhelm Busch） 151
ブッセ，ヘルマン・エリス（Hermann Eris Busse） 314, 436
プードル，ハインリヒ（Heinrich Pudor） 279
ブーバー，マルティン（Martin Buber） 154
フーフ，リカルダ（Ricarda Huch） 38, 141, 146, 153, 206
フーフ，ルードルフ（Rudolf Huch） 310, 314, 315, 433
プファラー，アルフレート（Alfred Pfarrer） 279
プファレ，アルフレート（Alfred Pfarre） 430
プフェファー，カール・ハインツ（Karl Heinz Pfeffer） 438
ブーフナー，エーバーハルト（Eberhard Buchner） 55
ブーフハイム，ロータル＝ギュンター（Lothar-Günther Buchheim） 73
ブヘナウ，ズィークフリート（Siegfried Buchenau） 151
ブライ，フリッツ（Fritz Bley） 264, 279
プライアー，ヴィルヘルム（Wilhelm Pleyer） 313, 315, 320, 402, 435
フライシュハウアー，オットー（Otto Fleischhauer） 149
プライスター，ヴェルナー（Werner Pleister） 276, 277, 279
フライターク，グスタフ（Gustav Freytag） 141, 144, 146, 183, 307, 428
フラーケ，オットー（Otto Flake） 136, 147
ブラス，オットー（Otto Brass） 192, 194, 195
ブラック，ロイ（Roy Black） 112
フランク，ヴァルター（Walter Frank） 393, 436
フランク，ハンス（Hans Franck） 147, 308, 315, 433
フランク，ブルーノ（Bruno Frank） 38, 148
フランク，レオンハルト（Leonhard Frank） 153, 308

フランクハオザー，アルフレート（Alfred Frankhauser） 206
フランソワ，ルイーゼ・フォン（Louise von François） 202, 428, 430
ブランチュ，ルードルフ（Rudolf Brandsch） 389
ブラント，ロルフ（Rolf Brandt） 431, 432
プランナー＝ペテリーン，ローゼ（Rose Planner-Petelin） 438
プリヴィエ，テオドール（Theodor Plivier） 201, 202
フリッチュ，テオドーア（Theodor Fritsch） 383, 393
プリンツホルン，ハンス（Hans Prinzhorn） 154
ブルク，パウル（Paul Burg） 143
ブルクハルト，ヤーコプ（Jacob Burckhardt） 55
ブルック，メラー・ファン・デン（Moeller van den Bruck） 383, 391, 393
ブルテ，ヘルマン（Hermann Burte） 279
ブルヒャルツ，マックス（Max Burchartz） 393
ブルームトリット＝ヴァイヒャルト，ヴァルター（Walter Blumtritt-Weichardt） 56, 203, 204
ブルンク，ハンス・フリードリヒ（Hans Friedrich Blunck） 309, 310, 313, 314, 320, 372, 373, 375, 382, 384, 385, 392, 402, 434–436, 438
ブルンシュテット，フリードリヒ（Friedrich Brunstäd） 274, 306
フレクサ，フリードリヒ（Friedrich Freksa） 144
プレクツァング，エルンスト（Ernst Preczang） 172, 174, 177, 190
プレットナー，カール（Karl Plättner） 201
ブレポール，フリードリヒ・ヴィルヘルム（Friedrich Wilhelm Brepohl） 205, 206
ブレーム，ブルーノ（Bruno Brehm） 153, 313, 314, 438
フレーリヒ，パウル（Paul Frölich） 196
フレンガー，ヴィルヘルム（Wilhelm Fraenger） 55
プレーン＝デヴィッツ，ハンス（Hans Prehn-Dewitz） 431
ブレンターノ，クレメンス（Clemens Brentano） 157, 202
プロイスラー，オトフリート（Otfried Preußler） 75
ブローズィン，マリー（Marie Brosin） 431
フロベール，ギュスターヴ（Gustave Flaubert） 147
ブローム，ベルトルト（Berthold Brohm） 63
ブンディエス，アードルフォ（Adolfo Bundies） 277
ヘーゲラー，ヴィルヘルム（Wilhelm Hegeler） 433
ペーゲル，ヴァルター（Walter Pegel） 438
ヘジャーランド，アニタ（Anita Hegerland） 112
ヘス，アルベルト（Albert Hess） 44
ベステ，コンラート（Konrad Beste） 310, 314, 346, 384, 433, 434
ヘーゼキール，ルドヴィカ（Ludovica Hesekiel） 430, 433

ペーターゼン，アルベルト（Albert Petersen） 429, 430, 432
ペック，ヴィルヘルム（Wilhelm Poeck） 431
ヘッセ，ヘルマン（Hermann Hesse） 38
ヘッセ，マックス・ルネ（Max René Hesse） 153
ベッヒャー，ヨハネス・R.（Johannes R. Becher） 187
ヘッベル，フリードリヒ（Friedrich Hebbel） 146, 202
ベートーヴェン，ルートヴィヒ・ヴァン（Ludwig van Beethoven） 158
ペトリヒ，フランツ（Franz Petrich） 192
ベニングホフ，ルートヴィヒ（Ludwig Benninghoff） 153, 269, 429, 430
ベーハイム＝シュヴァルツバッハ，マルティン（Martin Beheim-Schwarzbach） 153
ペヒシュタイン，マックス（Max Pechstein） 176
ヘヒシュテッター，ゾフィー（Sophie Hoechstetter） 139
ベヒリー，ハンス（Hans Bechly） 303, 306
ヘーベル，ヨハン・ペーター（Johann Peter Hebel） 431
ヘミングウェイ，アーネスト（Ernest Hemingway） 73
ベル，ハインリヒ（Heinrich Böll） 70
ベルク，アードルフ・フォン（Adolf von Berg） 53
ベルゲ，V.（V. Berge） 153
ベルゲングリューン，ヴェルナー（Werner Bergengruen） 436
ヘルゼ，ヘンリック（Henrick Herse） 435
ヘルツ，ハインリヒ（Heinrich Hertz） 288
ベルテルスマン，カール（Carl Bertelsmann） 82
ベルテルスマン，ハインリヒ（Heinrich Bertelsmann） 82, 83
ヘルマン，エーリヒ（Erich Hermann） 182
ヘルマン＝ナイセ，M.（M. Herrmann-Neisse） 187
ペレグドフ，アレクサンダー（Alexander Peregudow） 175
ベロウ，ゲオルク・フォン（Georg von Below） 264
ヘンケル，カール（Karl Henkell） 179
ヘンシェル，オットー（Otto Henschel） 244, 249
ヘンデル，ゲオルク・フリードリヒ（Georg Friedrich Händel） 111
ベンラート，ヘンリー（Henry Benrath） 153
ホイザー，クルト（Kurt Heuser） 153
ホイフィヒ，エルンスト・モーリッツ（Ernst Moritz Häufig） 48
ボイメルブルク，ヴェルナー（Werner Beumelburg） 313, 314, 435
ボーエル，ヨハン（Johan Bojer） 153
ポストゥル，カール・アントン（Carl Anton Postl） 429
ポッセケル，フリードリヒ（Friedrich Possekel） 145
ボット，カール（Karl Bott） 228, 229, 232, 236, 239

ホネッテ（Honette） 94
ボーネンベルガー（Bohnenberger） 93, 94
ホフマン，E. T. A.（E. T. A. Hoffmann） 54, 146, 157, 430
ホフマン，ヴァルター（Walter Hofmann） 207
ホフマン，ハインリヒ（Heinrich Hoffmann） 395
ホプマン，ヨーゼフ（Josef Hopmann） 162
ホフマン＝ハルニシュ，ヴォルフガング（Wolfgang Hoffmann-Harnisch） 436
ホフマンスタール，フーゴ・フォン（Hugo von Hofmannsthal） 154
ポリヤコフ，ザロモン（Salomon Poljakoff） 164
ホルツ，アルノー（Arno Holz） 179
ホルツブリンク，ゲオルク・フォン（Georg von Holtzbrinck） 133, 341
ポルト，フリーダ（Frieda Port） 54
ボルトロット，ギド（Gido Bortolotto） 393
ホルリッツ，アルベルト（Albert Horlitz） 178
ホルム，Z.（Z. Holm） 163
ポーレンツ，ヴィルヘルム・フォン（Wilhelm von Polenz） 307, 428, 434
ポンテン，ヨーゼフ（Josef Ponten） 314, 315, 435

マ行
マイアー，アンドレアス（Andreas Meyer） 312, 316
マイアー，マックス（Max Meyer） 165
マイゼ，アルノルト（Arnold Meise） 179
マイデンバウアー，ハンス（Hans Meydenbauer） 53
マイナー，フェリックス（Felix Meiner） 53
マインホルト，ヴィルヘルム（Wilhelm Meinhold） 429
マクリーン，ドン（Don Mclean） 112
マッケイ，ジョン・ヘンリー（John Henry Mackay） 201
マツシュカ，フランツ・グラーフ・フォン（Franz Graf von Matuschka） 136
マトウ，カール（Karl Mathow） 386
マフィー，ペーター（Peter Maffy） 388
マル，ハインツ（Heinz Marr） 279
マルク，コンスタンティン（Constantin Mark） 394
マルクス，カール（Karl Marx） 188
マルシュラー，ヴィリー（Willy Marschler） 389, 390
マルティーニ，ルイーゼ（Louise Martini） 113
マン，トーマス（Thomas Mann） 40, 62, 146, 203
マン，ハインリヒ（Heinrich Mann） 38, 146
マンハルト，ヨハン・ヴィルヘルム（Johann Wilhelm Mannhardt） 276, 285, 289

ミケライティス，エーディス（Edith Mikeleitis） 438
ミーゲル，アグネス（Agnes Miegel） 382, 389
ミッチェル，マーガレット（Margaret Mitchell） 147
ミューザム，エーリヒ（Erich Mühsam） 200–202
ミュッケ，ヘルムート・フォン（Helmut von Mücke） 303, 427
ミュラー，カール・アレクサンダー・フォン（Karl Alexander von Müller） 204
ミュラー，フリッツ（Fritz Müller） 429
ミュラー＝グッテンブルン，アダム（Adam Müller-Guttenbrunn） 429
ミュラー＝フライエンフェルス，リヒャルト（Richard Müller-Freienfels） 139
ミューレン，ヘルミュニア・ツア（Hermynia Zur Mühlen） 190
ミュンツェンベルク，ヴィリ（Willi Münzenberg） 186
ミュンヒハウゼン，ベリス・フォン（Börris von Münchhausen） 303, 314, 315, 427
ムッカーマン，フリードリヒ（Friedrich Muckermann） 207
ムーテズィウス，ヘルマン（Hermann Muthesius） 303, 427
ムムバウアー，ヨハネス（Johannes Mumbauer） 207
ムル，ヴィルヘルム（Wilhelm Murr） 390
メシェンデルファー，アードルフ（Adolf Meschendörfer） 315, 436
メッフェルト，カール（Carl Meffert） 182
メヒョー，カール・ベンノ・フォン（Karl Benno von Mechow） 308, 310, 315, 320, 384, 433, 435
メーリケ，エードゥアルト（Eduard Mörike） 143, 158, 429
メリス，ウルバン・ファン（Urban van Melis） 28, 29, 130
メーリング，ヴァルター（Walter Mehring） 187
メーリング，ハンス（Hans Möhring） 154
メーリング，フランツ（Franz Mehring） 188
メルクル，カスパール・ルートヴィヒ（Kaspar Ludwig Merkl） 55
メンツ，ゲルハルト（Gerhard Menz） 37
メンデルスゾーン，フェーリクス（Felix Mendelssohn） 112, 289
メント，ジョー（Jo Ment） 112
メンヒェン＝ヘルフェン，オットー（Otto Mänchen-Helfen） 182
モーア，マックス（Max Mohr） 153
モーツァルト，ヴォルフガング・アマデウス（Wolfgang Amadeus Mozart） 112
モーロ，ヴァルター・フォン（Walter von Molo） 144, 148
モーロワ，アンドレ（André Maurois） 153
モーン，ハインリヒ（Heinrich Mohn） 82, 83
モーン，ヨハネス（Johannes Mohn） 82
モーン，ラインハルト（Reinhard Mohn） 83, 85
モンテパン，グザヴィエ・ド（Xavier de Montepin） 143

ヤ行

ヤクボウィッツ，ミヒャエル（Michael Jakubowicz） 178, 179
ヤーコプス，テオドーア（Theodor Jakobs） 437
ヤコブセン，イエンス・ペーター（Jens Peter Jacobsen） 147
ヤレス，カール（Karl Jarres） 36
ヤーン（Jahn） 244
ヤンゼン，ヴェルナー（Werner Jansen） 279, 307, 428, 429
ユゴー，ヴィクトル（Victor Hugo） 141
ユルゲンス，ウード（Udo Jürgens） 112
ユンガー，エルンスト（Ernst Jünger） 306, 315, 383, 389, 434, 435
ユンガー，フリードリヒ・ゲオルク（Friedrich Georg Jünger） 171
ユンカース，アジャ（Adja Yunkers） 175
ユング，フランツ（Franz Jung） 182
ヨースト，ハンス（Hanns Johst） 311, 313–315, 382, 384, 385, 402, 434

ラ行

ライトマン，エルヴィーン（Erwin Reitmann） 377
ライナー，H. W.（H. W. Lainer） 153
ライヒ，アルベルト（Albert Reich） 377
ライベタンツ，クルト（Curt Reibetanz） 177
ラインハルト，ルートヴィヒ（Ludwig Reinhardt） 386
ラヴィ，ダリア（Daliah Lavi） 112
ラウマン，クルト（Kurt Laumann） 193
ラーゲルレーヴ，セルマ（Selma Lagerlöf） 153, 429, 434, 435
ラスト，ジェームス（James Last） 112
ラッカス，マティアス（Matthias Lackas） 90
ラッセン，アウグスト（August Lassen） 136
ラデツキー，ローベルト（Robert Radetzky） 201
ラーベ，ヴィルヘルム（Wilhelm Raabe） 144, 146, 307, 309, 427, 430, 431
ラムバッハ，ヴァルター（Walther Lambach） 239, 301, 303
ラムベルト，ケーテ（Käte Lambert） 437
ラングベーン，ユーリウス（Julius Langbehn） 169
ランツェンベルガー，Ed.（Ed. Lanzenberger） 303
ラント，ハンス（Hans Land） 143
リスナー，イヴァール（Ivar Lissner） 435, 436
リッター，カール・ベルンハルト（Karl Bernhard Ritter） 260, 273, 276, 277, 279
リネル，アン（Han Ryner） 201
リヒター，アードリアン・ルートヴィヒ（Adrian Ludwig Richter） 158, 309

リベラ，ディエゴ（Diego Rivera） 175
リュツケンドルフ，フェリックス（Felix Lützkendorf） 315, 437
リュッテナウアー，ベンノ（Benno Rüttenauer） 310, 432
リューデケ，アンナ（Anna Lüdeke） 140
リュデッケ，テオドーア（Theodor Lüddecke） 384, 393, 394
リール，ヴィルヘルム・ハインリヒ（Wilhelm Heinrich Riehl） 432
リング，バルブラ（Barbra Ring） 436
リンザー，ルイーゼ（Luise Rinser） 4, 391
リーンハルト，フリードリヒ（Friedrich Lienhard） 264, 279, 309, 428
ルイス，シンクレア（Sinclair Lewis） 174
ルクセンブルク，ローザ（Rosa Luxemburg） 188, 196
ルース，メアリー（Mary Roos） 112
ルスラント，アレクサンダー・フォン（Alexander von Rußland） 153
ルップレヒト，アードルフ（Adolf Rupprecht） 178
ルッペル，K. H.（K. H. Ruppel） 154
ルートヴィヒ，E.（E. Ludwig） 187
ルートヴィヒ，オットー（Otto Ludwig） 144
ルンゲ，クルト（Kurt Runge） 46
ルンゲ，フィリップ・オットー（Philipp Otto Runge） 158
ルントフスキー，アーダルベルト（Adarbert Luntowski） 279, 303, 304
レーヴィ，パウル（Paul Levi） 191
レーヴィ，フリッツ（Fritz Lewy） 195
レヴェントロウ，エルンスト・グラーフ・ツー（Ernst Graf zu Reventlow） 171, 394
レオンハルト，パウル（Paul Leonhard） 145
レッシング，ゴットホルト・エフライム（Gotthold Ephraim Lessing） 151
レットフ＝フォルベック，パウル・フォン（Paul von Lettow-Vorbeck） 256, 306
レーツロープ，エドウィン（Edwin Redslob） 204
レーテル，アルフレート（Alfred Rethel） 158
レーナウ，ニコラウス（Nicolaus Lenau） 158
レーニン，ウラジミール（Wladimir Lenin） 188, 196
レハール，フランツ（Franz Lehàr） 112
レーファー，カール（Carl Röver） 390
レーブザック，ヴィルヘルム（Wilhelm Löbsack） 386
レブロフ，イヴァン（Ivan Rebroff） 112
レーペン，ハンス（Hans Reepen） 431
レマルク，エーリヒ・マリア（Erich Maria Remarque） 73, 308–310, 399
レルシュ，ハインリヒ（Heinrich Lersch） 304, 314, 315, 427, 438
レールス，ヨハン・フォン（Johann von Leers） 377

レン，ルートヴィヒ（Ludwig Renn） 153, 155
レーンス，ヘルマン（Hermann Löns） 308, 315, 429
レンネルト，パウル（Paul Rennet） 141
レンネルト，ハンス（Hans Rennert） 141
ロス，コリン（Colin Ross） 153
ローズィン，ハンス（Hans Rosin） 63
ローゼッガー，ペーター（Peter Rosegger） 307, 428
ローゼンフェルト，クルト（Kurt Rosnfeld） 191, 195
ローゼンベルク，アルフレート（Alfred Rosenberg） 171, 287, 288, 383
ロータッカー，ゴットフリート（Gottfried Rothacker） 313, 315, 320, 435
ロッカー，ルードルフ（Rudolf Rocker） 202
ロツキイ，ハインリヒ（Heinrich Lhotzky） 169
ローテ，カール（Carl Rothe） 438
ロート，アルフレート（Alfred Roth） 260, 264
ロート，ヨーゼフ（Joseph Roth） 153, 155
ローマン，ハインツ（Heinz Lohmann） 315, 384, 393, 434
ローマン，リヒャルト（Richard Lohmann） 178
ロラン，ロマン（Romain Rolland） 147
ロレンス，D. H.（D. H. Lawrence） 153
ローレンツ，ハインツ（Heinz Lorenz） 189
ローレンツ，ルートヴィヒ（Ludwig Lorenz） 427
ロンドン，ジャック（Jack London） 174

ワ行

ワーウィック，ディオンヌ（Dionne Warwicke） 112

事項索引

ナ行

ハ行